SECRET D'ÉTAT

* * *

LE PRISONNIER MASQUÉ

DU MÊME AUTEUR
CHEZ POCKET

Dans le lit des rois
Dans le lit des reines

Les Dames du Méditerranée-Express

1. La jeune mariée
2. La fière Américaine
3. La princesse mandchoue

La Florentine

1. Fiora et le Magnifique
2. Fiora et le Téméraire
3. Fiora et le Pape
4. Fiora et le roi de France

Les Loups de Lauzargues

1. Jean de la nuit
2. Hortense au point du jour
3. Félicia au soleil couchant

Le Roman des châteaux de France t. 1 et t. 2

Les Treize vents

1. Le Voyageur
2. Le Réfugié
3. L'Intrus
4. L'Exilé

Le Boiteux de Varsovie

1. L'Étoile bleue
2. La Rose d'York
3. L'Opale de Sissi
4. Le Rubis de Jeanne la Folle

Un aussi long chemin

Secret d'État

1. La Chambre de la Reine
2. Le Roi des Halles
3. Le Prisonnier Masqué

De deux roses l'une

JULIETTE BENZONI

SECRET D'ÉTAT

* * *

LE PRISONNIER MASQUÉ

PLON

ISBN 2-266-08385-6

« Chez moi, le secret est enfermé dans une maison aux solides cadenas dont la clé est perdue et la porte scellée. »

Les Mille et Une Nuits.

Première partie

L'INFANTE

CHAPITRE 1

LES VEUVES

« C'est notre plaisir et notre volonté que Mme la duchesse de Fontsomme, notre amie, soit attachée à la personne de notre future épouse, l'Infante Marie-Thérèse, en tant que dame du Palais en éventuelle suppléance de Mme la duchesse de Béthune, dame d'atour. Mme la duchesse de Fontsomme rejoindra la Cour à Saint-Jean-de-Luz dans les derniers jours du mois de mai afin d'y assister aux fêtes de notre mariage. LOUIS, par la Grâce de Dieu... »

Sylvie de Fontsomme laissa l'épais papier aux armes royales se replier de lui-même tandis que le messager allait prendre réconfort et repos après une si longue route. En effet, le jeune roi Louis XIV, la reine mère Anne d'Autriche et la Cour se trouvaient alors et depuis plusieurs mois à Aix-en-Provence. La surprise était extrême ; l'émotion aussi. Que l'envoyé fût un mousquetaire — donc un gentilhomme — et non un simple courrier donnait plus de poids encore à ces deux petits mots, « notre amie », venus sous la plume royale. L'attention du jeune souverain qu'elle avait peu vu ces dernières années corrigeait la sécheresse de l'ordre. Car c'en était un, plus qu'une invitation. Aucune autre réponse que l'obéissance n'était attendue.

Songeuse, Sylvie se disposa à rejoindre ses hôtes dans l'un des salons neufs du château ancestral dont la reconstruction était achevée depuis dix-huit mois. Une tâche à laquelle la duchesse, sachant combien son époux y tenait, s'était attachée dès qu'elle eut pris conscience de la lourde tâche qui lui incombait. Grâce à Dieu, c'était chose faite à présent et elle admettait volontiers avoir pris plaisir à voir s'élever, au bord un peu mélancolique d'un étang, l'élégante demeure de briques roses et de pierres au doux ton de crème que le crayon magique des frères Le Vau avait dessinée en si bel accord avec les profondes verdures et les ciels changeants du vieux Vermandois. Les vestiges, conservés et parés, de l'ancienne forteresse rêvaient un peu à l'écart près de la chapelle où reposaient les Fontsomme d'autrefois et où Jean, l'époux de Sylvie, dormait son dernier sommeil.

Ici, point de somptuosité excessive comme dans l'extraordinaire palais aux champs de Nicolas Fouquet, l'un des meilleurs amis de la famille, mais des lignes pures, des matières nobles et surtout beaucoup, beaucoup de lumière pour les grandes pièces aux ors assourdis, aux peintures délicates et aux tapisseries soyeuses. L'ensemble était frappé au coin du meilleur goût et digne en tous points des seigneurs du passé comme de ceux de l'avenir.

Justement, celui en qui s'incarnait cet avenir accourait vers elle en chemise et pieds nus pour se jeter dans ses jupes avec tant d'impétuosité qu'il dut s'y raccrocher à pleins bras pour ne pas tomber.

— Maman, Maman !... C'est bien un mousquetaire qui vient d'arriver n'est-ce pas ? Que venait-il faire ?

— Philippe ! gronda-t-elle. Que faites-vous là en cette tenue ? Vous devriez dormir depuis longtemps !...

— Oh je sais ! Et l'abbé a fait tout ce qu'il fallait pour ça en me donnant à lire ce gros Quinte-Curce tellement ennuyeux ! Pourtant je n'y arrivais pas et j'ai entendu le galop du cheval...

— Vous vous êtes levé et vous avez vu un mousquetaire ? Ce qui prouve que vous avez de bons yeux car il est plutôt crotté ! Eh bien, maintenant retournez vous coucher !

Sans lâcher sa mère, il leva sur elle des yeux câlins :

— Oh, Maman, vous savez bien que je ne trouverai jamais le sommeil si vous ne me dites rien ? Ce n'est pas ma faute si je suis curieux !

— Non. Ce serait plutôt la mienne, soupira Sylvie qui n'avait pas oublié l'intérêt passionné de son enfance pour tout ce qui l'entourait. Eh bien tenez ! ajouta-t-elle en lui donnant sa nomination, lisez et retournez dans votre lit !

Mais si elle avait cru calmer le petit garçon, elle

se trompait. Il plongea incontinent dans un enthousiasme débordant, improvisant un pas de danse qu'il acheva dans un grand salut :

— Magnifique ! Le Roi ! la Cour ! les fêtes !... Recevez mes humbles félicitations, madame la duchesse ! Nous allons donc voir du pays !

— Vous n'allez rien voir du tout, jeune homme ! Sinon votre décor habituel... et le collège de Clermont où vous serez admis à la rentrée.

Son ardeur soufflée comme une chandelle sous le vent, Philippe se calma tout net. La mine boudeuse, l'œil en dessous et le sourcil froncé, il demanda :

— Nous n'allons pas avec vous ?

Il était si drôle ainsi que Sylvie se mit à rire :

— Bien sûr que non ! Très peu de personnes sont invitées au mariage du Roi et c'est une grande faveur d'y assister. Il ne saurait être question d'amener toute sa parentèle.

— Je ne suis pas votre parentèle, je suis votre fils comme Marie est votre fille. Il y a une nuance, il me semble ?

Sylvie s'agenouilla pour attirer contre elle le petit corps rétif :

— Vous avez tout à fait raison, mon cœur ! Vous êtes mes enfants chéris et vous le savez... mais Marie restera à la Visitation jusqu'aux vacances et vous irez m'attendre à Conflans avec l'abbé de Résigny.

— ... Et M. de Raguenel ?

— Non. Je compte l'emmener. Vous ne voudriez pas que votre mère traverse la France pour ainsi dire seule ?... Mais si vous êtes très sage vous pourrez venir assister à la joyeuse entrée dans Paris du Roi et de la nouvelle Reine. Cela vous convient ?

Cela lui convenait, mais pour rien au monde il ne se serait rendu si vite et il se laissa embrasser sans rendre le baiser avant de déclarer d'une voix pointue :

— Oui... je crois que cela me conviendra.

Puis, brusquement, il jeta ses bras au cou de sa mère, plaqua sur sa joue un gros baiser avant de s'enfuir en courant.

Sans quitter sa position, Sylvie regarda la petite silhouette blanche disparaître derrière la porte du vestibule. Elle adorait cet enfant de son remords et de son péché tout autant que sa jolie petite Marie confiée depuis un an aux Dames de la Visitation pour parfaire une éducation sur laquelle, en douze ans, trois gouvernantes s'étaient usées après que la fidèle Jeannette se fut déclarée débordée. Dieu sait pourtant ce que la jeune duchesse de Fontsomme avait pu souffrir lorsqu'elle s'était aperçue que le court moment de folie — et de divin bonheur ! — vécu dans les bras de François allait donner un fruit. De François qui venait de tuer en duel Jean de Fontsomme, l'époux tendrement aimé de Sylvie...

Il arrivait encore à Sylvie de frissonner d'horreur au souvenir des mois qui avaient suivi la mort de Jean. Le chagrin d'abord et un terrible sentiment de culpabilité l'avaient terrassée. Puis la honte était venue lorsqu'elle s'était découverte enceinte. A ce moment, elle avait vraiment cru devenir folle. Sans la vigilance attentive de son parrain qui ne la quitta plus dès l'instant où il sut le drame de Conflans, elle eût peut-être attenté à sa vie ou à celle d'un enfant dont elle ne voulait pas. Mais, avec l'aide de la maréchale de Schomberg appelée à la rescousse, Perceval de Raguenel réussit à surmonter la crise et à faire entendre raison à la jeune femme. A eux deux ils la maintinrent debout, mais ce fut l'ex-Marie de Hautefort qui trouva les mots les plus convaincants parce que les plus rudes :

— Si vous ne voulez pas de cet enfant donnez-le-moi, à moi qui n'en aurai jamais ! Mais ne le tuez pas ! Vous n'en avez pas le droit !

— Aurais-je donc celui d'élever sous un nom prestigieux auquel il n'a aucun droit le fils de mon amant ?

— Votre amant ? Pour quelques minutes d'abandon et alors que vous avez aimé cet homme depuis l'enfance ? Le mot est un peu vaste. Prenez le problème autrement et admettons que ce malheureux duel — encore un mot impropre puisque alors votre maison était assiégée ! —, que ce malheureux duel donc n'ait jamais eu lieu. Vous seriez tout de même enceinte ? Et que diriez-vous à l'époux que vous n'avez pas vu depuis des mois ?

— Croyez-vous que je n'y pense pas ? fit Sylvie en détournant les yeux.

— Vous auriez avoué, ou vous auriez... fait passer ce fruit incommode ?

— Non. J'aurais avoué au risque de tout perdre parce que je crois que ce petit bâtard m'eût été infiniment cher. Retrouvez-vous comme vous le pourrez dans mes contradictions !

— Vous auriez savouré le châtiment que vous estimez mériter ? Laissez les modes jansénistes à ces messieurs de Port-Royal et revenez sur terre ! Avez-vous oublié les dernières paroles de Jean ?

— Les oublier ? Oh non ! Il a dit... qu'il allait m'aimer ailleurs !

— Donc il avait déjà pardonné. Plus encore là où il est, et je crois que son âme souffrirait de vous voir commettre un crime. Soyez certaine qu'il préfère de beaucoup que l'enfant naisse et vive sous son nom.

— Même si c'est un garçon ?

— A plus forte raison ! Ce nom continuera, et grandira même peut-être encore avec l'apport du sang de Saint Louis ? Ne soyez pas plus regardante que la Reine !

Il fallait que Marie fût très émue pour se laisser aller à évoquer le redoutable secret qu'elle partageait avec Sylvie depuis tant d'années déjà. On ne s'étendit pas, d'ailleurs, sur le sujet. Sylvie réfléchissait.

— Alors ? s'impatienta Marie. Me donnerez-vous cet enfant ?

— Vous étiez sérieuse tout à l'heure ?

— Très. Ce n'est pas un sujet avec quoi j'aime à plaisanter. Je me fais fort de convaincre mon époux...

— Alors pardonnez-moi ! conclut Sylvie en

allant embrasser son amie, mais je crois que je vais le garder.

— Et vous ferez bien.

Perceval approuva chaleureusement. Après tout, bien peu de monde pourrait émettre un doute sur la paternité de Fontsomme. En dehors de Marie et de lui-même à qui Sylvie s'était confiée, de Pierre de Ganseville l'écuyer de François de Beaufort et du vieux couple Martin, gardien du domaine de Conflans et entièrement dévoué, seuls le prince de Condé et sa langue volontiers malveillante eussent été inquiétants mais Monsieur le Prince était parti pour Chantilly lorsque Corentin Bellec vint au camp de Saint-Maur chercher Fontsomme pour l'emmener au secours de sa demeure et de sa femme en péril. Quant à ceux qui avaient été témoins du duel, c'était pour la plupart des mercenaires croates ignorant la langue française. Ce qui avait un instant laissé espérer à Perceval que l'on pourrait laisser croire que Jean de Fontsomme s'était battu contre un pillard quelconque sortant de sa maison ; mais il y avait là deux ou trois officiers qui connaissaient bien Beaufort, et qui d'ailleurs n'avaient rien vu d'extraordinaire à ce que deux gentilshommes appartenant à des camps différents croisent le fer. Il avait donc fallu laisser au Roi des Halles sa responsabilité, cependant nul n'avait pu imaginer la raison réelle du duel. Neuf mois plus tard, la jeune veuve mettait au monde un petit garçon qu'elle aima de tout son cœur dès qu'on le déposa au creux de ses bras. Et bien qu'elle eût choisi de vivre son deuil à l'écart de la

Cour — ce qui était tout à fait compréhensible pour un couple aussi uni — le Roi fit savoir qu'il entendait être le parrain avec sa mère, la reine Anne d'Autriche, comme marraine. Ce jour-là, outre le prénom royal obligatoire en pareil cas, le bébé reçut celui de Philippe qui avait été celui de son grand-père, le maréchal de Fontsomme. Sylvie n'avait pas osé le baptiser Jean, donnant comme explication que son époux eût certainement fait le même choix.

Le baptême qui eut lieu au Palais-Royal fut la dernière manifestation de cour à laquelle Sylvie prit part. Décidée à vivre désormais à l'écart pour se consacrer à ses enfants et aux vassaux du duché, elle ferma son hôtel de la rue Quincampoix et partagea son temps entre le château proche des sources de la Somme et son domaine de Conflans. Elle y vécut les convulsions délirantes d'une Fronde devenue folle : l'ennemi d'hier devenait l'ami de demain, les princes s'entre-tuaient, entraînant à leur suite telle ou telle fraction d'un peuple désorienté, où il était de plus en plus difficile de se reconnaître.

Le seul grand événement où elle parut fut le sacre du jeune Roi. Pour ce jour — le 7 juin 1654 — elle fit le voyage de Reims afin de rendre, dans la cathédrale illuminée, l'hommage solennel au nom d'un petit duc de Fontsomme âgé de cinq ans à peine... L'accueil de Louis XIV la toucha profondément :

— N'est-il pas un peu cruel, madame la duchesse, de fuir ainsi ceux qui vous aiment ?

— Je ne fuis personne autre que le bruit, Sire. Et, à présent que les troubles ont cessé, le bruit et la gaieté conviennent à l'aube d'un grand règne, à une cour pleine de jeunesse...

— A qui ferez-vous croire que vous êtes vieille ? Surtout pas à votre miroir, je pense ? Ainsi, je dois renoncer à vous avoir à mes côtés ?

— Non, Sire ! Le jour où Votre Majesté aura besoin de moi, je serai toujours prête à répondre à son appel. Mais je pense, ajouta-t-elle en plongeant dans la grande révérence de cour, que le temps n'en est pas encore venu...

— Peut-être avez-vous raison car je ne suis pas encore vraiment le maître. Mais il viendra, soyez-en certaine...

« On dirait qu'il est venu », pensa-t-elle tout haut en ramassant l'ordre royal que Philippe avait laissé tomber.

En fait, elle n'était pas certaine de ce qu'elle éprouvait. Certes, elle se sentait flattée, contente aussi de cette fidélité chez un jeune prince adulé qui n'oubliait cependant pas les affections de son enfance mais, à côté de cela, une crainte faisait son apparition : celle de se retrouver en face de François de Beaufort, cause initiale de sa recherche passionnée de l'éloignement...

Lorsqu'elle s'était abattue sur le corps frappé à mort de son époux, ne lui avait-elle pas crié qu'elle ne le reverrait de sa vie ? Cette crainte, elle ne l'éprouvait pas au moment du sacre ; Beaufort payait ses folies de la Fronde par l'exil sur les terres de Vendôme et elle ne risquait pas de le rencontrer. Il en allait autrement pour le mariage, car le rebelle avait fait sa soumission et on l'avait reçu en grâce même si c'était un peu du bout des lèvres. Irait-il à Saint-Jean-de-Luz ainsi que l'y autorisait son rang de prince du sang même en lignée bâtarde ? Braverait-il le désagrément de voir se froncer un sourcil royal ? Il était impossible de répondre à cette question. Qui pouvait dire si, depuis le temps, le charme de ce diable d'homme n'avait réussi à faire fondre l'ancien préjugé ?

Quoi qu'il en soit, cela ne changeait rien au fait qu'elle redoutait l'instant où ses yeux le reverraient. Il n'était guère facile de naviguer à la Cour sous des paupières closes. Tôt ou tard les amants d'une heure se retrouveraient face à face, mais, grâce à Dieu, Sylvie avait du temps devant elle pour s'y préparer et faire en sorte de ne pas retomber au pouvoir de l'ancien amour dont elle savait bien que les braises n'étaient qu'endormies sous la cendre du deuil.

Elle traversait lentement le plus grand des salons quand une voix inquiète se fit entendre :

— Pas de mauvaise nouvelle j'espère ? Nous étions en peine de vous.

Fin, racé, élégant dans ses habits de velours noir éclairés d'un grand col et de manchettes en point de Venise, Nicolas Fouquet s'inscrivait dans le chambranle à filets d'or de la porte comme un portrait de Van Dyck dans son cadre. Les mains tendues, il s'avança vivement vers son amie qui lui offrit les siennes :

— Rassurez-vous ! C'est plutôt une bonne nouvelle bien qu'elle contrarie mes plans de vie : le Roi veut que je prenne rang parmi les dames de l'Infante quand elle sera notre reine. Je dois rejoindre la Cour à Saint-Jean-de-Luz....

Le surintendant des Finances porta à ses lèvres les mains qu'il tenait avec une exclamation de joie :

— C'est une très bonne nouvelle, ma chère Sylvie ! Enfin vous retrouvez la place qui vous est due ! C'est assez, en vérité, d'enfermer tant de grâce dans la solitude campagnarde ! Et je vous verrai plus souvent...

— ... sans être obligé, vous qui avez tant à faire, de perdre votre précieux temps à courir les routes de cette campagne-là ? Si vous saviez comme ces marques d'amitié me sont précieuses...

— Moi, en revanche, je vous verrai moins ! dit Marie de Schomberg qui, pelotonnée devant la grande cheminée de marbre turquin [1], avait entendu.

— Et pourquoi s'il vous plaît ? Je vous aime trop pour sacrifier la joie d'être avec vous à je ne sais quelle vie de cour ; d'ailleurs, il ne tiendrait qu'à vous...

— N'en dites pas plus ma chère ! Vous savez bien qu'en dehors de Nanteuil ou de vos demeures, je ne me supporte à Paris que dans mon cher couvent de La Madeleine. Je n'aime plus la reine Anne, je connais à peine le jeune Roi et j'ai toujours exécré Mazarin...

— Il est fort malade et n'en a plus pour long-

1. Marbre bleu veiné de blanc, provenant d'Italie.

temps à ce que l'on dit, remarqua Perceval de Raguenel qui jouait distraitement avec l'une des pièces du jeu d'échecs abandonné par Fouquet...

— Cela ne change rien à l'horreur qu'il m'inspire... surtout s'il est vraiment l'époux de celle à qui je m'étais dévouée. Quant à celle qui va venir, elle ne saurait me toucher. Mon époux a emporté la plus grande part de mon cœur, m'en laissant juste assez pour mes rares amis. En outre... le mariage royal est prévu pour le 6 ou 7 juin. Il y aura alors quatre ans tout juste que Charles s'est éteint dans mes bras...

La voix se brisa. Emue aux larmes, Sylvie se traita mentalement de sotte mais ne commit pas la faute de se précipiter sur Marie pour la prendre dans ses bras ou lui offrir des paroles de consolation qui ne serviraient à rien : Marie n'aimait pas que l'on s'interpose entre elle et sa douleur. Sylvie seule, peut-être, avait pu mesurer la profondeur de la blessure qui déchirait la maréchale de Schomberg depuis que l'époux passionnément aimé, l'un des grands soldats du règne de Louis XIII, s'était éteint à cinquante-cinq ans, des suites de ses nombreuses blessures. A demi folle de désespoir — eût-elle été hindoue qu'elle se fût jetée avec bonheur dans les flammes du bûcher funèbre ! — sa veuve, une fois le corps confié à l'église de Nanteuil-le-Haudouin, courut s'enfermer dans le couvent de La Madeleine, près du village de Charonne, d'où elle ne sortit qu'au bout de plusieurs mois pour son magnifique château, jadis élevé sur des ruines féodales par Henri de

Lenoncourt et où François Ier aimait à s'arrêter en allant à Villers-Cotterêts. Là résidaient la splendeur et la gloire des Schomberg dont elle se voulait la gardienne ; là revivaient les plus belles heures d'un bonheur sans autres nuages que ceux suscités par la sombre passion du vainqueur de Leucate et de Tortosa pour sa rayonnante épouse. Mais elle vendit sans hésiter au président d'Aligre l'hôtel parisien où Charles avait assez peu vécu.

L'instant pénible fut vite maîtrisé par cette femme fière dont la beauté, à près de quarante-quatre ans, demeurait éclatante dans les voiles d'un deuil sévère qui exaltait sa blondeur. Elle se leva pour embrasser son amie et la féliciter :

— Je suis heureuse que vous participiez à l'au rore d'un règne. Vous êtes trop jeune pour appartenir tout entière à l'ancien.

— Jeune ? Je vais avoir trente-huit ans, Marie !

— Je sais ce que je dis ! Vous avez un teint parfait, pas une ride et la tournure d'une jeune fille...

— Il faut sans tarder songer à vos toilettes ! coupa Fouquet. Je sais qui vous en taillera d'admirables !

— Voilà le roi du goût qui montre le bout de son nez ! dit Sylvie en riant. Mon cher ami, vous savez très bien que j'ai juré de ne plus porter de couleurs et de garder, ma vie durant, celles du deuil...

— Comme Diane de Poitiers a gardé celui de son vieil époux le grand sénéchal de Normandie ? Ce qui ne l'a pas empêchée d'être la maîtresse proclamée d'Henri II jusqu'à la mort de celui-ci. Vous n'avez pas été élevée en vain au château d'Anet. J'ajoute que ce n'est pas du tout un mauvais choix : on fait de grandes choses avec du noir, du blanc, du gris et du violet. Laissez-moi faire et je vous promets le plus grand succès !

— Ce n'est pas ce que je cherche. Je désire seulement être... convenable ! Le Roi apprécie l'élégance mais aussi la mesure.

— Vous serez ravissante... et sans tapage ! Mais il faut que je rentre à Paris tout de suite ! Je vais dire à mes gens de préparer mes équipages.

— Quoi ? Si vite ?

— Il n'y a pas de temps à perdre. Tous les tailleurs de Paris sont déjà sur les dents. Je vous reverrai à Conflans !

— Mais...

— Ne l'empêchez pas ! coupa Perceval qui avait gardé le silence. Il est si heureux de s'occuper de vous ! J'admets qu'il pousse un peu loin le goût du faste, mais c'est un ami si fidèle !

En un instant, le château paisiblement endormi sous la fraîcheur humide et douce d'une nuit d'avril fut en révolution car c'était devenu un fort grand seigneur que Nicolas Fouquet et il déplaçait beaucoup d'air ! Sa brillante intelligence, sa générosité, sa fortune assise sur des biens familiaux, un riche mariage — ou plutôt remariage ! —, une espèce de génie grâce à quoi tout fructifiait entre ses mains et aussi sa fidélité à la cause royale durant la Fronde, jointe au fait qu'il avait su sauver la fortune de Mazarin, lui avaient valu de devenir le surintendant des Finances de France, le procureur général du Parlement de Paris, le seigneur de Belle-Isle rachetée deux ans plus tôt aux Gondi réduits aux extrémités et de plusieurs autres lieux. Son château de Saint-Mandé où il se plaisait à réunir artistes et poètes pour qui il tenait table ouverte était peut-être le plus agréable des environs de la capitale, mais on disait partout que ce petit paradis serait bientôt éclipsé par celui que Fouquet faisait construire sur sa vicomté de Vaux, près de Melun : un véritable palais dans lequel il concentrait tout ce qu'il avait pu découvrir en France de jeunes génies en matière d'architecture, de décoration, de peinture, de sculpture, de jardins et de tous les arts possibles et imaginables. Une demeure de rêve qui n'était pas sans susciter déjà quelques jalousies : à commencer par celle de l'autre homme de confiance de Mazarin, un certain Colbert, issu d'une famille de marchands et de banquiers rémois, qui, au physique comme au moral, était le contraire absolu du Surintendant : aussi raide, rude, sévère, pesant et sombre que Fouquet était souple, diplomate, élégant, raffiné et séduisant. Ils ne faisaient jeu égal que sur deux plans : l'intelligence et le fait que tous deux étaient des bourreaux de travail. Un véritable duel était engagé entre eux, un combat aux armes encore mouchetées que la malignité du cardinal attisait discrètement dans le but de les mieux tenir en main. La devise « Diviser pour régner » eût convenu à merveille au rusé ministre qui, ayant lui-même amassé des biens excessifs, voyait d'un mauvais œil briller si haut l'astre du Surintendant.

Très lié, comme Sylvie elle-même, avec la famille Fouquet, Perceval de Raguenel n'observait pas sans inquiétude le faste grandissant déployé par son jeune ami mais se gardait de faire partager ses craintes à sa filleule. Bien que, depuis la mort de son ami Théophraste Renaudot, survenue sept ans plus tôt, il fût moins au fait des événements quotidiens de la Ville et de la Cour, il lui avait été donné d'observer à travers la tourmente de la Fronde le comportement de Mazarin. En outre, il gardait un réseau d'amis judicieusement choisis pour pouvoir satisfaire une curiosité toujours en éveil. Il s'était même découvert une passion pour la botanique et la médecine. Aux approches de la soixantaine, il avait acquis une sagesse et une connaissance de l'humain assez exceptionnelles et pensait qu'un jour viendrait où Mazarin trahirait Fouquet.

Rusé, habile, fin diplomate et grand politique, le ministre n'en était pas moins avide, cupide, vain de sa personne et d'autant plus jaloux que l'âge venant, mais surtout la maladie, ruinaient lentement une séduction qui passerait bientôt à l'état de souvenir et lui laissaient entrevoir qu'il ne lui restait plus beaucoup de temps pour jouir de l'immense fortune accumulée. Jeune, beau, adoré des femmes, apprécié des hommes et en outre fort riche, Fouquet commençait à repousser dans l'ombre un homme généralement détesté qui n'en conservait pas moins la réalité du pouvoir. Rien que la façon dont Mazarin poussait ce Colbert enlevé aux Le Tellier était significative... mais

Fouquet, sûr de lui, ne voulait rien entendre. Ses armes à l'écureuil hissant et leur devise ambitieuse « Quo non ascendet » brillaient dans le soleil de la réussite. Et Perceval avait fini par se taire, sachant combien il est vain de vouloir lutter contre le destin.

Depuis la mort de Jean, il veillait sur Sylvie, auprès de laquelle il vivait le plus souvent, ne retournant que par courtes périodes dans sa maison de la rue des Tournelles sur laquelle Nicole veillait jalousement, assistée par Pierrot devenu un grand et solide garçon. La riche bibliothèque des ducs de Fontsomme le consolait d'être souvent éloigné de la sienne. Sa filleule et les enfants pour lesquels il éprouvait des sentiments de grand-père, et qui le traitaient comme tel, étaient d'un prix beaucoup plus grand à ses yeux. En outre, son installation auprès de Sylvie avait enfin permis le mariage de Jeannette et de Corentin, qui portait à présent le titre d'intendant des domaines de la famille. A son regret, le couple était sans enfant mais n'en vouait que plus d'attachement à la jeune Marie et au petit Philippe. A eux tous — y compris Marie de Schomberg et les Fouquet —, ils formaient autour de Sylvie l'anneau de vigilante affection qui la préservait de nouvelles atteintes de la vie. Ce fut dans ce refuge que l'ordre royal ouvrit une brèche. Restait à savoir quelle sorte de vents s'y engouffreraient.

Le lendemain matin, les hôtes de Fontsomme se dispersaient. Le mousquetaire royal qui se nommait Benigne Dauvergne, sieur de Saint-Mars, reprenait la route d'Aix, la maréchale de Schomberg, au lieu de rentrer à Nanteuil, partait pour La Flotte visiter sa grand-mère malade tandis que Sylvie et Perceval, laissant un Philippe boudeur jouir de la campagne avec l'abbé de Résigny et Corentin Bellec, rejoignaient l'une sa maison de Conflans près du bois de Vincennes, l'autre son hôtel de la rue des Tournelles, pour y faire leurs préparatifs de voyage. Jeannette accompagnait sa duchesse :

— Je refuse, confia-t-elle à son époux, de la laisser retourner sans protection dans une cour qui ne doit pas valoir beaucoup mieux que celle d'avant.

— Ne cherche pas de mauvaises raisons ! Tu es ravie d'aller voir de près les fêtes du mariage et c'est bien naturel, ajouta-t-il avec un bon sourire.

— C'est vrai... et puis je n'aime pas qu'elle soit loin de moi. Nous étions déjà sœurs de lait, mais depuis le jour abominable où nos mères ont été assassinées par l'horrible Laffemas — qu'il brûle en enfer pour l'éternité ! —, nous sommes liées par quelque chose de plus...

— L'affection, je pense ? Je sais bien, soupira Corentin, qu'il ne faut pas dire du mal des morts mais je respire mieux depuis qu'il a disparu, celui-là !

— D'autant qu'il a eu vraiment le sort qu'il méritait, après tous ces tourments qu'il se plaisait à infliger au pauvre monde.

En effet, un soir d'hiver — la Fronde vivait ses derniers mois — les serviteurs de celui que l'on appelait jadis le Bourreau du Cardinal de Richelieu s'étaient réfugiés, épouvantés, dans l'église Saint-Julien-le-Pauvre, en disant que le Diable était venu chercher leur maître et lui faisait subir les tourments d'une horrible agonie après s'être enfermé avec lui dans sa chambre. Quelques voisins les rejoignirent et tous passèrent la nuit en prières sans que personne se hasarde à aller voir ce qui se passait au juste. Au matin quand, formés en corps important, ils se risquèrent à rentrer, le spectacle qu'ils découvrirent était abominable : sur le lit souillé de sang et de sanies, le cadavre nu et presque noir était tordu dans les derniers spasmes d'une épouvantable agonie. Le visage déformé, les yeux exorbités reflétaient une terreur sans nom. En outre, au milieu du front, un grand cachet de cire rouge frappé de la lettre grecque omega et des coulures de cire brûlante sur tout le corps achevaient de rendre ce mort effrayant. Personne ne voulut y toucher et l'on alla chercher les Frères de la Miséricorde avec des seaux d'eau bénite pour procéder à l'ensevelissement de l'ancien Lieutenant civil qui avait terrifié Paris et la province durant des années. Il n'y eut qu'une voix dans le peuple pour affirmer qu'il avait été damné tout vivant bien que, le jour même sur le Pont-Neuf, à l'heure de la plus grande affluence, un homme vêtu de noir mais portant un masque grotesque eût sauté sur le socle de la statue d'Henri IV pour proclamer que lui, le capitaine Courage, avait fait justice de l'infâme tourmenteur de femmes puis, bondissant sur le parapet s'était tiré un coup de pistolet dans la tête en se laissant tomber dans la Seine. Témoins de la scène, Perceval de Raguenel et son ami Théophraste Renaudot, le gazetier, s'étaient efforcés, la nuit suivante, de retrouver le corps de cet étrange garçon qui avait été un ami fidèle, mais ils n'y parvinrent pas et se contentèrent de faire dire des messes.

Avant de quitter Paris, Sylvie fit deux visites : la première au couvent de la rue Saint-Antoine, où sa fille réserva un accueil encore plus enthousiaste que Philippe à la nomination de sa mère auprès de la nouvelle Reine. Proche de ses quatorze ans, Marie ne rêvait que de voir le monde, la Cour et surtout le Roi dont une grande partie de ses compagnes pensionnaires étaient amoureuses. Depuis plus d'un an ces demoiselles se passionnaient pour le roman éclos entre le jeune Roi et Marie Mancini, l'une des nièces de Mazarin, qui avait vécu deux ans avec l'une de ses sœurs à la Visitation où elles avaient laissé un souvenir indélébile par leur espièglerie et leur habitude de vider leurs encriers dans les bénitiers de la chapelle. La jeune Italienne était devenue, du coup, l'héroïne du couvent et l'on s'arrachait les informations sur le développement de l'aventure. On savait que le Cardinal avait exilé ses nièces à Brouage. C'était à qui ajouterait le plus de détails à la scène des adieux, où Marie, furieuse et désespérée, avait lancé à Louis XIV : « Vous êtes roi, vous pleurez et je pars ! » Depuis, on faisait même des paris . Louis XIV parviendrait-il à gravir son calvaire jusqu'au mariage avec l'Infante, ou bien, incapable de résister à sa passion, affirmerait-il enfin la volonté d'épouser celle qu'il aimait ?

Que sa mère fût invitée à Saint-Jean-de-Luz transporta de joie l'adolescente :

— Oh ! Maman, promettez-moi de m'écrire tous les jours ! Je veux absolument savoir tout ce qui va se passer !

— Que veux-tu qu'il se passe d'extraordinaire ? dit Sylvie en riant. Notre roi va donner une reine à la France, un point c'est tout !

— Oui, mais laquelle ? L'Infante ou Marie Mancini ? Beaucoup de mes compagnes jurent qu'il est trop épris pour se laisser marier et qu'il en a assez de faire les volontés du vieux Mazarin ! Il adore Marie.

— Vous êtes des folles et vous rêvez trop ! Le vieux Mazarin, comme tu dis, a juré de ramener lui-même sa nièce à Rome si elle s'obstinait à vouloir se faire épouser. Il faut comprendre qu'il jette ses dernières forces dans le traité dont l'Infante est le couronnement et qui met fin à plus de trente ans de guerre. Si Louis XIV veut rester roi, il doit épouser Marie-Thérèse... ou alors renoncer au trône en faveur de son frère.

— Dieu que vous êtes sévère, Maman ! L'amour ne doit-il pas primer sur toutes considérations politiques ?

— Pas quand on est roi de France !... Cependant, je promets de t'écrire souvent...

— Tous les jours ?

— Je ferai ce que je pourrai....

— Merci ! Vous êtes un ange ! Et... à ce propos, quand pensez-vous me sortir d'ici ? J'ai quatorze ans et ma marraine était fille d'honneur à douze ! Et puis...

— Et puis tu as hâte de te montrer ailleurs que dans un parloir ? La vanité est un gros péché !

— Je ne suis pas vaniteuse... et pas hypocrite non plus. Je sais seulement que je ne suis pas vilaine !

Sylvie poussa un gros soupir. Pas vilaine ? Sa petite Marie était tout simplement ravissante avec ses grands yeux bleus et ses magnifiques cheveux d'un blond de lin. En trouvant le moyen de ressembler à la fois à son père et à sa mère, elle réussissait l'ensemble le plus piquant et le plus charmant qui fût. Ce qui n'allait pas sans inquiéter Sylvie, persuadée que sa fille attirerait bien des convoitises dès l'instant où elle la produirait à la Cour. Aussi avait-elle fixé à l'âge de quinze ans les débuts mondains de Marie. De toute façon, avec son caractère impétueux, souvent imprévisible, il ne serait guère possible de la garder plus longtemps sous le boisseau.

Sa seconde visite fut pour l'hôtel de Vendôme. Elle gardait à la duchesse et à Elisabeth de Nemours, sa fille, une profonde tendresse ; aussi n'avait-elle guère cessé, la Fronde enfin vaincue, de fréquenter en toute tranquillité d'esprit la grande demeure du faubourg Saint-Honoré. Et cela pour la meilleure des raisons : elle était certaine de ne jamais y rencontrer François.

Après ses folies d'une guerre civile dont il était en partie responsable, celui que l'on avait surnommé le Roi des Halles connut naturellement l'exil dans les châteaux familiaux d'Anet ou de Chenonceau. Un exil assez agréable, vécu le plus souvent en compagnie de Monsieur — Gaston d'Orléans, le dangereux frère du défunt roi Louis XIII — et surtout de sa fille, l'impétueuse Mademoiselle qui, dans le dernier combat de la Fronde, avait si hardiment fait tirer les canons de la Bastille sur les troupes royales. Ces deux-là s'entendaient à merveille. En outre, le bel accord existant depuis toujours entre Beaufort et son père, le duc César de Vendôme, comme avec son frère Louis de Mercœur, s'était rompu le jour de 1651 où Louis, avec la bénédiction de son père, avait épousé Laura Mancini, l'aînée des nièces de Mazarin. Que ce fût un mariage d'amour n'enlevait rien, aux yeux du rebelle, à ce qu'il considérait comme une trahison et une insupportable mésalliance.

Plus tard, un véritable drame l'éloignait un peu plus de sa famille : le 30 juillet 1652, Beaufort tuait en duel le mari d'Elisabeth, Charles-Amédée de Savoie, duc de Nemours. La cause en était misérable et la faute incombait entièrement à Nemours qui n'avait pu supporter que son beau-frère devînt gouverneur de Paris durant les derniers sursauts de la Fronde. Le jeune fou avait tout employé pour amener Beaufort sur le terrain, allant jusqu'à le traiter de bâtard et de lâche, exigeant que le combat soit à mort et au pistolet, beaucoup plus dangereux que l'épée, parce qu'une récente blessure à la main le gênait pour manier une lame. A sept heures du soir, sur le marché aux chevaux derrière les jardins de l'hôtel de Vendôme la rencontre eut lieu, alignant huit seconds à côté des deux adversaires [1]. La balle de Nemours ne fit qu'effleurer Beaufort qui, au lieu de tirer, adjura son « frère » d'en rester là, mais l'autre, ivre de rage, exigea que le combat continue à l'épée. Quelques instants plus tard il s'écroulait, la poitrine transpercée par ce coup redoutable qui avait déjà tué Jean de Fontsomme.

Le désespoir d'Elisabeth fut immense : elle adorait cet homme qui cependant l'avait trompée de façon si constante. Presque aussi désolé qu'elle, François s'enferma pour un temps chez les Chartreux mais, par la blessure de Nemours s'échappa une partie de l'amour qui avait si longtemps uni le frère et la sœur. Et l'hôtel de Vendôme où Elisabeth s'était réfugiée avec ses filles fut fermé à l'involontaire meurtrier en dépit du chagrin de Françoise de Vendôme — mère d'Elisabeth, de François et de Louis —, qui espérait qu'un jour le temps arrangerait les choses...

Il ne les arrangea guère. François resta volontairement à l'écart malgré le deuil qui affligea son frère aîné. En 1657, la charmante Laura, qui avait été le premier brandon de discorde dans la famille, mourait en quelques jours, laissant deux

1. Dans les duels en règle il était d'usage que les seconds s'affrontent, mais ce jour-là, Nemours et Beaufort employaient le pistolet.

fils à un époux désespéré qui s'enferma aux Capucins avec l'intention d'y prendre l'habit. Si Beaufort eut un élan de pitié pour son frère, il n'en fit rien paraître. Quelque temps après, Mercœur devenait gouverneur de Provence où il défendit avec brio les intérêts du Roi en réprimant une révolte à Marseille.

La famille retrouvait son lustre. Le mariage avec la nièce de Mazarin qui avait si fort ulcéré François y était pour quelque chose. Ainsi, le duc César avait reçu l'Amirauté que son fils cadet désirait si fort et depuis, si on ne le voyait guère à Paris, ce n'était plus comme autrefois pour cause d'exil mais parce qu'il était en mer et y faisait de l'excellent travail. Certes, sa survivance était acquise de fait à Beaufort, mais ce n'était pour celui-ci qu'une mince consolation.

Toujours fidèle à elle-même, la duchesse Françoise veillait de loin sur lui comme sur tout son petit monde. C'était auprès d'elle, dans sa tendresse et sa foi profonde, que la pauvre Elisabeth trouvait le plus grand réconfort. Toutes deux consacraient une grande part de leur temps à la charité bien que Mme de Nemours n'eût pas le courage de suivre sa mère dans les lieux de perdition où elle continuait, en dépit de son âge, à s'efforcer de porter secours aux filles de mauvaise vie.

Lorsque Sylvie arriva à l'hôtel de Vendôme, la duchesse était absente. Cette fois, elle ne s'était pas rendue dans quelque « bourdeau » ni dans quelque taudis. D'une Elisabeth visiblement très affligée, la visiteuse apprit que la duchesse était à Saint-Lazare, auprès de monsieur Vincent dont la santé donnait de graves inquiétudes. A demi perclus, l'apôtre de toute misère s'en allait vers sa fin, sans perdre pour autant la sérénité joyeuse qu'il mettait en toutes choses.

Les paroles désolées de Mme de Nemours contrastaient fort avec le vacarme qui régnait dans la maison où l'on aurait juré qu'une troupe de chats en colère étaient lâchés.

— N'y prenez pas garde ! sourit Elisabeth d'un air gêné. Ce sont mes filles... Depuis huit jours elles ne cessent de se battre.

Et comme Sylvie, sans oser la question, ne pouvait maîtriser un sourcil interrogateur, elle reprit :

— Toutes deux se sont amourachées du neveu du maréchal de Gramont, le jeune Antoine Nompar de Caumont [1], et j'avoue n'y rien comprendre car il est petit, laid, encore qu'il ait grand air et possède un esprit du diable !

Sylvie pensa que le mauvais goût familial pouvait être héréditaire, Elisabeth elle-même ayant eu un faible prononcé pour l'abbé de Gondi au temps où il n'était pas encore le cardinal de Retz, mais elle se contenta de remarquer :

— Des goûts et des couleurs on ne peut discuter. Surtout en amour, mais pourquoi se battre ? Ce jeune homme arbitrerait-il les combats ?

1. Plus connu sous le nom de Lauzun qu'il portera plus tard.

— Il est à cent lieues de s'en douter mais ces demoiselles ont décidé qu'il serait à l'une ou à l'autre. Alors elles ne cessent de le jouer aux dés, la perdante devant se retirer au couvent. Comme le sort est variable, elles finissent par se battre. C'est d'autant plus ennuyeux qu'un prétendant se présente pour Marie-Jeanne-Baptiste, mon aînée...

— Déjà ?

— Elle a seize ans et le parti n'est pas négligeable puisqu'il s'agit de notre jeune cousin Charles-Léopold, l'héritier de Lorraine.

— Qu'en dit votre mère ?

— Vous la connaissez. Elle dit qu'il faut les laisser se crêper le chignon tant qu'il leur plaira dès l'instant où elles ne se défigurent pas et qu'aucun problème ne se pose tant que le jeune Caumont ne viendra pas demander la main de l'une ou de l'autre, ce qui ne saurait se produire. N'empêche que tout cela me tourmente et que je me sens vieillir jour après jour...

Le pire était qu'elle vieillissait en effet. A quarante-six ans, la pauvre femme en paraissait quinze de plus et il ne subsistait pas grand-chose de la belle jeune fille blonde, si gaie, si heureuse de vivre, qui avait été, pour Sylvie, une compagne d'enfance tellement affectueuse. Il est vrai que depuis son mariage avec Nemours elle avait beaucoup souffert, d'abord de la quasi-indifférence d'un époux qu'elle aimait, puis de la mort successive de ses trois fils, enfin de celle de l'époux en question sous l'épée du frère qu'elle adorait. Restaient ces deux filles qui semblaient se donner un mal fou pour ajouter à ses chagrins.

— Reprenez-vous, mon amie, et songez un peu à vous-même. Je pense comme Mme de Vendôme que, pour vos filles, le mariage arrangera tout. Vous devez veiller à retrouver votre sérénité d'autrefois.

— Vous avez peut-être raison... Ainsi, vous retournez à la Cour ? Cela vous fait-il plaisir ?

— L'attention particulière du Roi m'a touchée. Pour le reste...

— Avez-vous pensé que tôt ou tard vous reverriez François ?

Sylvie ne s'attendait pas que ce nom vienne, surtout sous sa forme la plus familière. Elle pâlit un peu mais s'efforça de sourire :

— J'essaierai de fermer les yeux...

— Vous n'y arriverez pas...

Il y eut un silence puis Mme de Nemours murmura :

— Moi j'ai pardonné, Sylvie. Vous devriez en faire autant...

— Croyez-vous ?... C'est peut-être plus facile pour vous : il est votre frère et vous l'aimiez tant !

La riposte vint, si brutale en dépit de la douceur de la voix que Sylvie ferma les yeux :

— Vous l'aimiez plus encore !... Soyez honnête envers vous, mon amie : même quand vous avez épousé Fontsomme — et c'était naturel — vous l'avez toujours aimé, n'est-ce pas ?

En se relevant, les paupières de Sylvie laissèrent échapper une larme. Elle n'aurait jamais imaginé

Elisabeth capable d'une telle pénétration. Comme elle ne répondait pas, celle-ci poursuivit :

— En outre, dans un cas comme dans l'autre, il ne voulait pas donner la mort : je sais que mon époux l'a acculé à un duel qu'il a tenté d'éviter. Quant au vôtre, les mauvais hasards d'une guerre civile horrible les ont mis face à face, l'épée à la main... et j'espère que votre fils ne cherchera pas, un jour, à tirer vengeance du défenseur d'une cause différente de celle de son père.

— Personne, chez moi, ne fera quoi que ce soit pour qu'il en ait jamais l'idée. D'ailleurs, le nom de votre frère n'est jamais prononcé et pour Philippe son père a été tué pendant la Fronde, un point c'est tout.

— Quel âge a-t-il ?

— Dix ans.

— Déjà ! Il approche de l'âge où l'on cherche toutes les vérités.

— Je sais. Tôt ou tard, il saura quelle main a frappé. Eh bien, à ce moment-là nous verrons...

Voilà que les hurlements, un instant apaisés, reprirent de plus belle ainsi que la nervosité de Mme de Nemours :

— Il faut que cela cesse ! s'écria-t-elle. Je vais dire que l'on mène à l'instant ces deux furies aux Capucines jusqu'à demain : elles seront bien obligées de se taire !

Elle s'élançait à travers la vaste pièce, allant et venant comme un oiseau affolé en déchirant son mouchoir mais sans prendre aucun parti. Sylvie se demanda si elle n'avait pas peur de ses filles. Aussi sa voix fut-elle lénifiante à souhait :

— Voulez-vous que je leur parle ?

— Vous feriez cela ? demanda Elisabeth avec une lueur d'espoir dans l'œil.

— Pourquoi pas ? Mais d'abord je voudrais savoir où se trouve ce jeune Caumont... Doivent-elles le rencontrer prochainement ?

— Il est marquis de Puy... je n'arrive jamais à prononcer. On l'appelle d'ailleurs Péguilin. Quant à le rencontrer, il n'en est pas question : il commande la 1re compagnie de gentilshommes à bec-de-corbin [1] qui ne quitte jamais le Roi. Vous le verrez à Saint-Jean-de-Luz.

— Alors tout ceci est ridicule... J'y vais !

— Vous trouverez facilement : elles habitent notre appartement quand nous étions petites.

Sylvie trouva avec d'autant moins de peine qu'une troupe de chambrières et de gouvernantes était agglutinée devant une porte, close sur un vacarme proprement démoniaque : ces demoiselles devaient être occupées à tout casser là-dedans.

On s'écarta devant elle avec de vagues révérences et elle ouvrit d'un geste décidé, ce qui livra passage à une tasse lancée d'une main vigoureuse qui vint s'écraser sur le mur du couloir. Le spectacle était dantesque : au milieu d'un choix

1. Cette troupe d'élite portait une hache d'arme terminée par une pointe recourbée. Ceux qui la composaient se tenaient près du Roi au combat et marchaient devant lui, deux par deux, aux grandes cérémonies.

d'objets brisés allant d'un vase de majolique à un pot de chambre, de meubles renversés et de coussins éventrés, les deux filles couchées l'une sur l'autre s'efforçaient de s'étrangler mutuellement. Rouges, dépeignées, les vêtements déchirés, elles étaient à faire peur. La voix glacée de Sylvie tomba sur elles comme une douche :

— Joli spectacle ! Il est bien dommage que ce cher... Péguilin soit si loin ! Il serait peut-être flatté mais je me demande ce qu'il en pensera quand je lui raconterai !

Instantanément elles furent debout — c'était la plus grande qui avait le dessous ! — et se plantèrent devant l'intruse avec une identique mine effrayée qui n'arrangeait rien. L'aînée, Marie-Jeanne-Baptiste que l'on appelait Mlle de Nemours alors que l'autre Marie-Jeanne-Elisabeth était nommée Mlle d'Aumale, esquissa une vague révérence et exhala, encore essoufflée :

— Madame la duchesse de Fontsomme !... Vous allez le voir ?

— Sans aucun doute : le Roi m'a nommée dame de la nouvelle Reine et je pars pour Saint-Jean-de-Luz demain matin. Le récit de vos exploits fera la joie de la Cour... et de l'intéressé...

Sans écouter leurs protestations, elle alla prendre dans la chambre de toilette voisine deux miroirs à main qu'elle leur tendit :

— Regardez-vous ! Et expliquez-moi quel supplément de beauté vous espérez obtenir de ce traitement mutuel ?

D'autant qu'elles n'étaient pas des modèles

d'esthétique en dehors des magnifiques cheveux roux de l'aînée et blonds chez la cadette, de leurs yeux bleus et d'un teint qui à l'état normal était éclatant mais qui, dans l'état présent, avait subi des dégâts. Un seul coup d'œil dans les glaces les renseigna mieux qu'un long discours et, avec un bel ensemble, elles éclatèrent en sanglots, suppliant leur visiteuse de ne rien dire... surtout de ne rien dire !

— J'y consens par affection pour votre mère, dit Sylvie en allant ramasser les dés qu'elle confisqua, mais à la seule condition que vous me promettiez de ne jamais recommencer. On n'obtient pas l'amour d'un homme en le jouant aux dés, même quand on est princesse. Il est préférable d'essayer de le séduire.

Laissant les deux filles à leur remise en état et à leurs réflexions, Sylvie alla rejoindre Elisabeth qui l'attendait avec anxiété.

— Plus de bruit ! fit-elle avec émerveillement. On dirait que vous avez réussi.

— Et j'espère que vous allez pouvoir goûter un peu de paix. Tenez, je leur ai pris ceci, ajouta Mme de Fontsomme en remettant les dés à son amie. Tâchez qu'elles ne s'en procurent pas d'autres !

Mme de Nemours la remercia avec effusion et la raccompagna jusqu'au grand vestibule. Au moment de se quitter, elle la retint .

— Encore un instant, s'il vous plaît ! Je suppose que vous allez rouvrir l'hôtel de Fontsomme...

— Je me pose la question. Certes, il le faudrait pour la commodité.

— En outre, vous n'avez plus à craindre un voisinage pénible. Mon frère a quitté la rue Quincampoix pour un petit hôtel proche de la porte Richelieu et du Palais-Royal...

— Ah !... Dans ce cas, je vais donner des ordres pour que la maison soit prête à me recevoir à mon retour des Pyrénées. Merci de m'avoir prévenue...

C'était incontestablement une bonne nouvelle. Même si elle lui préférait Conflans, Sylvie estimait que sa résidence parisienne serait beaucoup plus pratique, surtout en hiver, pour son service auprès de la Reine. Elle décida aussi de s'entretenir le soir même avec son maître d'hôtel et son chef jardinier pour que le mur écroulé au fond du parterre soit relevé et qu'on le double non seulement d'une rangée d'arbres mais aussi d'une haie épaisse et haute empêchant toute vue sur la maison voisine. Ainsi pourrait-elle peut-être goûter à nouveau le charme de cet enclos raffiné sans être assaillie par les souvenirs d'un autrefois devenu importun. Et sans doute au fond d'elle-même Sylvie craignait-elle moins l'image de François priant à ses genoux dans son propre jardin que l'ombre légère et désolée de Mme de Montbazon rencontrée une nuit d'été dans l'ancien hôtel de Beaufort alors vide et abandonné.

Comme tout être doué d'une extrême sensibilité, Sylvie croyait aux fantômes. Celui de la belle duchesse, depuis si longtemps la maîtresse préférée de Beaufort, hantait souvent sa mémoire depuis qu'elle avait appris sa mort survenue trois ans plus tôt, en avril 1657. Et dans quelles conditions !

A cette époque, Marie de Montbazon, veuve depuis quelques mois du duc Hercule âgé de quatre-vingt-six ans et qui n'avait guère compté dans sa vie, partageait ses faveurs entre Beaufort, dont par périodes elle égayait l'exil, et un jeune abbé de cour, Jean-Armand Le Bouthillier de Rancé. Un de ces abbés « pour rire » comme il en fleurissait tant dans les grandes familles où l'on se montrait moins soucieux de servir Dieu que de récolter quelques riches bénéfices ecclésiastiques. L'abbé de Rancé, joueur, bretteur, buveur, coureur de jupons et fort joli garçon au demeurant, s'était épris de la belle Marie en dépit de la différence d'âge et il semblait qu'elle eût réussi à fixer ce cœur-là... C'était d'ailleurs, pour elle comme pour Beaufort avec qui il chassait parfois, une sorte de voisin de campagne, son château de Veretz n'étant pas très éloigné de Montbazon ni de Chenonceau.

Au mois de mars de cette année-là, Mme de Montbazon revenait à Paris pour régler une quelconque affaire quand, au passage d'un pont, celui-ci, fort vétuste et miné par de grandes crues, s'écroula. On la tira des débris plus morte que vive. Transportée à Paris, elle y contracta une rougeole qui, très vite, s'avéra gravissime. Elle sut qu'il lui fallait songer à faire sa paix avec le Ciel. Certains disent même qu'elle n'en eut pas le temps et que la mort la surprit en plein désespoir de quitter la vie.

Sur ces entrefaites, le jeune Rancé, ayant appris son accident et sa maladie, accourut de Touraine pour lui porter le réconfort de son amour. Epuisé par la longue route à cheval, il arriva au soir tombant rue de Bethisy où se trouvait l'hôtel de Montbazon. Une demeure qu'il n'aimait pas parce que, à la Saint-Barthélemy, on y avait assassiné l'amiral de Coligny. Elle lui parut plus sinistre encore que de coutume.

Pourtant les portes sont ouvertes. Dans la fièvre née de sa fatigue, Rancé aperçoit de vagues formes de serviteurs. Où est la duchesse ? Dans sa chambre, cette chambre qui parfois lui a été si douce. Il court, pousse la porte et aussitôt tombe à genoux, le cœur arrêté devant l'horreur du spectacle. Il y a là un cercueil ouvert éclairé par de grands cierges de cire jaune. Un cercueil contenant un corps sans tête : le corps de Marie ! La tête aux yeux clos repose à côté, sur un coussin. Jamais cauchemar fut-il plus affreux ? Un moment, un long moment, le malheureux s'est cru en train de devenir fou.

Mais il n'est pas fou, pas plus qu'il ne rêve, et à cette horreur existe une explication affreuse mais tellement simple : lorsque l'ébéniste livra le cercueil de bois précieux, on s'aperçut qu'il était trop court : l'homme de l'art n'avait pas tenu compte de la gracieuse longueur du cou. Donc, pour ne pas refaire un meuble si onéreux, le chirurgien-barbier de la maison coupa tout simplement la tête.

Ce fut un autre homme qui sortit, ce soir-là, de l'hôtel de Montbazon. L'abbé de cour venait de mourir, pour laisser place à un prêtre poursuivi par le remords et la honte de sa vie passée. Il repartit pour la Touraine, vendit ses biens, ne conservant que la plus misérable de ses abbayes, quelques bâtiments en ruine érigés sur des fonds marécageux dont, avec le temps, il allait faire le plus sévère, le plus rude des monastères français : Notre-Dame-de-la-Trappe...

Cette affreuse histoire, Sylvie l'apprit de la duchesse de Vendôme. Celle-ci la tenait de son fils François que Rancé, sur le chemin du repentir, était allé visiter à Chenonceau. La famille portait alors le deuil de la jeune duchesse de Mercœur mais celui de Beaufort fut deux fois plus sévère et, au fond de son cœur, Sylvie l'en aima mieux sans même s'en rendre compte. De toute sa jalousie, elle avait détesté Marie de Montbazon parce qu'elle avait pu mesurer la profondeur et la sincérité de son amour pour François, mais il lui eût déplu que celui-ci n'eût pas salué d'un vrai chagrin une liaison de quinze ans...

Cependant, elle-même souhaitait l'oublier le plus vite possible.

CHAPITRE 2

LE CHOCOLAT
DU MARÉCHAL DE GRAMONT

Se loger à Saint-Jean-de-Luz alors que la maison du Roi, celle de sa mère, celle du cardinal Mazarin plus une partie de la Cour s'étaient abattues sur la vigoureuse petite cité maritime représentait une sorte d'exploit. Cependant, Sylvie et Perceval ne rencontrèrent pas la moindre difficulté, grâce toujours à Nicolas Fouquet. Dès qu'il sut que ses amis devaient assister au mariage royal, le tout-puissant Surintendant envoya un courrier à son ami Etcheverry, l'un des armateurs baleiniers du port. Leurs relations s'étaient nouées à l'automne précédent lorsque Fouquet, averti de ce que Colbert concoctait contre sa gestion un mémoire meurtrier destiné à Mazarin, en avait appris la teneur grâce à son ami Gourville, s'était alors jeté sur les routes pour rejoindre le Cardinal à l'autre bout de la France et prendre le contre-pied du fameux mémoire en gagnant Colbert de vitesse. Depuis le début de l'été, en effet, Mazarin était à Saint-Jean-de-Luz pour discuter avec l'envoyé espagnol, don Luis de Haro, les clauses du traité des Pyrénées et préparer le mariage royal qui en serait le couronnement. Fouquet relevait de maladie, aussi Mazarin, de plus en plus délabré, apprécia-t-il le courage du Surintendant en homme qui sait ce que forcer un corps épuisé veut dire : le mémoire tomba à l'eau. Mais, pendant ce séjour où il jouait sa vie, Fouquet apprécia à sa juste valeur l'hospitalité de la maison Etcheverry [1] et le caractère à la fois fier et joyeux de ses habitants.

En quittant Paris, Sylvie et Perceval étaient assurés qu'un appartement les attendait et qu'aucun prince ou courtisan si riche soit-il ne pourrait les en priver.

— Cela plaide en faveur d'une grande force de caractère chez notre futur hôte, remarqua le chevalier de Raguenel. La ville doit être prise d'assaut par tous ceux qu'un campement sur la plage ne tente guère. Il est vrai que lorsque l'on connaît la générosité de Fouquet !

Le voyage par un temps radieux enchanta Sylvie qui n'avait jamais parcouru d'autres routes que celles menant aux terres de Vendôme, celles de Picardie et celle de Belle-Isle. En outre, la solitude n'y était pas à craindre : on aurait dit que tout ce que le royaume comptait d'un peu illustre ou de fortuné se déversait en direction de la côte basque. Au point même que les terres les plus inhospitalières comme les landes sablonneuses et

1. Ces « baleiniers » allaient fournir l'une des plus belles lignées de corsaires basques.

marécageuses au sud de Bordeaux ne présentaient plus de danger : des caravanes de carrosses et de cavaliers se formaient tout naturellement. On voyagea même un jour avec une troupe de pèlerins en route pour Compostelle de Galice où ils s'en allaient prier au tombeau de saint Jacques. C'était avant la traversée d'une épaisse forêt et cette poignée de braves gens — les temps de grands pèlerinages étaient révolus ! — demandèrent à profiter de la protection représentée par plusieurs voitures accompagnées de valets bien armés.

Pour son retour dans la nouvelle Cour sans doute jeune et gaie, Mme de Fontsomme ne pouvait rêver mieux que Saint-Jean-de-Luz. D'abord, le site était magnifique avec sa baie lumineuse adossée aux contreforts si verts des Pyrénées. En outre, elle y retrouvait l'océan qu'elle aimait tant. N'était-il pas celui-là même qui baignait Belle-Isle ? Il dansa pour elle sous le soleil son plus beau ballet de grandes vagues nobles et majestueuses en lui soufflant au visage son air chargé d'iode qu'elle retrouvait avec délices. Et que la petite ville promue pour un temps capitale du royaume était donc joyeuse et colorée ! Entourant quelques belles demeures de brique et de pierre à tourelles carrées coiffées de toits roses à peine pentus, les maisons à colombages, dont les boiseries gaiement colorées et les balcons ajourés tranchaient sur le blanc éclatant des hourdis, formaient une cour révérencieuse à la vieille église Saint-Jean-Baptiste, sévère avec ses hauts murs, ses rares ouvertures et sa tour puissante. Et, au milieu de tout cela, un vrai carnaval commencé depuis le 8 mai, date à laquelle le carrosse doré du Roi était entré dans la ville au son des cloches et du canon, salué par le bayle et les jurats en chaperons et toges rouges et par les danses bondissantes des crasquabillaires revêtus d'habits blancs couverts de rubans éclatants et de grelots. Le blanc, le rouge et le noir étaient les couleurs du pays. S'y mêlaient à présent les tuniques bleu et or des mousquetaires, les vestes rouge et or des chevau-légers, les plumes de toutes couleurs dont le moindre seigneur, la dame la moins fortunée ornaient leurs chapeaux, et puis des habits de satin, de velours, de brocart, de taffetas, le tout brodé, soutaché, cousu de perles ou de pierres fines, évoluant dans un air de fête incessante avec, voltigeant dans l'air ensoleillé, des accords de guitare ou de violon. Le cardinal Mazarin avait bien fait les choses et Saint-Jean-de-Luz rayonnait de joie, de grâce et de jeunesse puisqu'un roi de vingt ans, le plus séduisant de tous, y venait épouser l'Infante...

Lorsque la voiture et le « fourgon » de Mme de Fontsomme s'arrêtèrent devant la maison Etcheverry après avoir traversé une foule qui se ruait vers la plage pour admirer, dans la baie, les joutes nautiques disputées autour de la galère dorée du Roi, il y faisait relativement calme. Accueillis par l'armateur avec une courtoisie parfaite, Sylvie et Perceval pénétrèrent dans une grande salle claire aux murs blanchis à la chaux,

aux meubles luisants, où leur furent offerts du vin et des pâtisseries pour les remettre du voyage en attendant le souper, tout en échangeant les politesses un peu banales qui sont de mise entre gens qui ne se connaissent pas.

Mais, tout en grignotant un massepain, le nez sensible de Sylvie frémissait légèrement, cherchant à identifier une odeur agréable et tout à fait inconnue. Sa curiosité l'emporta sur le code des convenances.

— Pardonnez-moi, monsieur, dit-elle à son hôte, mais je sens ici un parfum que...

Manech Etcheverry sourit, amusé :

— Que vous ne connaissez pas et que j'ai moi-même découvert depuis peu. Il s'agit du chocolat de M. le maréchal de Gramont qui loge aussi chez moi les jours où il trouve plus commode de ne pas regagner son gouvernement de Bayonne. C'est une boisson dont il a fait l'expérience lors de son ambassade en Espagne pour demander la main de l'Infante....

— Le cho...

— Chocolat, madame la duchesse. M. le maréchal s'est mis à en raffoler et en a rapporté une provision.. avec la manière de le préparer...

— En avez-vous déjà bu ?

— Oui. Le maréchal m'a fait cet honneur mais j'avoue que je n'en suis pas aussi fervent que lui. C'est terriblement sucré ; enfin, on dit que c'est excellent pour la santé. Cela donnerait des forces...

— Oh, fit Raguenel, je crois savoir de quoi il

s'agit. Les Aztèques l'appelaient « le nectar des dieux » et c'est le conquistador Hernán Cortés qui l'a rapporté du Mexique... Il paraîtrait même que là-bas ces... grosses fèves, je crois, servaient de monnaie. Un produit rare... et fort cher !

— L'Espagne en développe les plantations outre-Atlantique mais, pour l'instant le chocolat est pratiquement réservé à la famille royale et aux Grands. Ce sont surtout les dames...

— Autant dire, dit Sylvie en riant, que le pauvre maréchal n'en boira pas souvent, ni bien longtemps...

— Si, parce que notre future reine en est férue et qu'elle sera largement approvisionnée. En outre, M. de Gramont est décidé à s'en procurer suffisamment pour pouvoir installer à Bayonne ce qu'il appelle une « chocolaterie ». J'espère que l'odeur ne vous sera pas désagréable, madame la duchesse, car elle est souvent présente, mais si vous en étiez incommodée...

— J'ouvrirais mes fenêtres, tout simplement. Ne tourmentez pas le maréchal ! A présent, je vous remercie de votre accueil, monsieur Etcheverry, et j'aimerais changer de vêtements pour aller me présenter à Leurs Majestés.

— C'est trop naturel ! Dès que vous serez prête, un valet vous conduira. Le Roi habite la maison Lohobiague et la Reine Mère la maison Haraneder, qui sont, bien entendu, les plus belles de la ville...

Une heure plus tard, vêtue d'une robe d'épais taffetas blanc à grands ramages noirs, d'un dessin hardi mais que sa silhouette sans défaut lui permettait, coiffée d'un grand chapeau de velours noir orné de plumes blanches, Sylvie s'apprêtait à quitter la maison Etcheverry en chaise à porteurs quand le manège d'un mousquetaire de belle mine et qu'elle croyait reconnaître attira son attention. En effet, il semblait s'intéresser à la demeure de l'armateur mais il le faisait avec une rare maladresse. Avec ses allées et venues nerveuses, ses arrêts brusques, ses coups d'œil furtifs et ses soupirs, il était aussi peu discret que possible. Ce n'était pourtant pas un gamin que ce sieur de Saint-Mars qui était venu à Fontsomme porter l'ordre du Roi. Il devait avoir la trentaine et Sylvie fut tentée de lui demander ce qu'elle pouvait faire pour lui, mais elle craignit d'être indiscrète et passa son chemin.

Un moment plus tard, elle faisait son entrée dans la belle salle de compagnie, tout inondée de soleil où la reine Anne tenait sa cour, réduite à deux personnes pour l'heure présente : l'inévitable Mme de Motteville qui était sa confidente et sa plus chère compagne et sa nièce Marie-Louise d'Orléans-Montpensier, celle que l'on appelait la Grande Mademoiselle depuis qu'elle avait eu l'étrange idée, durant la Fronde, de tourner les canons de la Bastille contre les troupes royales venues reprendre Paris. Elle en gardait une sorte d'auréole guerrière en ne quittant guère la tenue de chasse qui s'apparentait, à la jupe près, à celle des hommes et lui donnait l'air d'être toujours prête à monter à cheval pour prendre la fuite. Ce qui ne l'empêchait pas de porter là-dessus des bijoux à faire rêver...

Au physique c'était une grande fille de trente-trois ans, douée d'une évidente bonne santé, d'un port majestueux mais d'une beauté... moyenne. Comme elle était la femme la plus riche de France — ses biens immenses comportaient entre autres les principautés de Dombes et de La Roche-sur-Yon, les duchés de Montpensier et de Châtellerault plus le comté d'Eu, etc. —, elle avait cependant reçu de nombreuses demandes en mariage, qui n'avaient pas abouti. Vertueuse autant qu'une amazone, elle prétendait que l'amour était « indigne d'une âme bien faite » et qu'en ce qui la concernait elle entendait épouser un roi ; mais, peu douée pour percer les brumes de l'avenir, elle avait manqué la couronne anglaise en refusant le jeune Charles II encore exilé. En réalité, celui qu'elle voulait c'était Louis XIV en personne, sans imaginer un seul instant qu'elle pourrait ne pas lui plaire. Mazarin avait mis fin à ses espérances, d'où sa fureur, ses accointances avec les princes rebelles... et les canons de la Bastille qui lui avaient valu l'exil. Rentrée en grâce trois ans plus tôt, elle n'en était pas moins repartie pour son château de Saint-Fargeau après avoir refusé le roi de Portugal parce que, même pour être reine, elle refusait de lier sa vie à celle d'un paralytique doublé d'un fou. Le mariage royal mettait fin à ce nouvel exil et Mademoiselle reprenait sa belle place dans la famille.

Lorsque Sylvie pénétra dans la pièce, elle parlait

avec animation à la Reine mais, à l'annonce du nom, elle tourna vers l'arrivante un visage tout à fait affable :

— Madame de Fontsomme !... En voilà une surprise ! On vous disait cloîtrée à jamais dans vos terres picardes.

Comme si elles étaient les plus vieilles amies du monde, elle alla au-devant de Sylvie, mains tendues, ce qui ne permit à celle-ci qu'une demi-révérence. Cependant, Anne d'Autriche se chargeait de la réponse :

— On ne résiste pas au Roi, ma nièce. La duchesse a été nommée auprès de l'Infante votre cousine [1]. Venez là, ma chère Sylvie, que je vous embrasse ! En vérité vous nous avez manqué et j'ai applaudi à la décision de mon fils. Plus de dix ans de deuil, c'est un peu trop !

— Il faut avouer, reprit Mademoiselle qui louchait sur la robe de Sylvie, que le deuil se présente parfois sous des aspects tout à fait réussis. Si toutefois vous le portez toujours ?

— Que Votre Altesse n'en doute pas, répondit Sylvie. J'ai fait vœu de ne plus jamais porter de couleurs...

— Comme Diane de Poitiers qui était une femme de goût ! Il est vrai que vous avez été élevée dans ses châteaux. Je me demande si je ne suivrai pas votre exemple.

1. Marie-Thérèse était petite-fille d'Henri IV par sa mère Elisabeth, épouse de Philippe IV d'Espagne, et Mademoiselle l'était aussi par son père, Gaston d'Orléans, frère de Louis XIII.

Elle-même en était au plus sévère des tenues funèbres en mémoire de son père, mort le 2 février précédent, et comme, à ce moment, ils étaient plutôt en froid, Mademoiselle n'avait pas remplacé sans soupirer ses panaches éclatants par les coiffes et les voiles de crêpe. Elle essayait de s'en consoler en portant là-dessus le plus de perles qu'elle pouvait.

— Votre Altesse est trop jeune pour ce choix. En outre, dit Sylvie qui, bien qu'absente, connaissait son monde, cela pourrait déplaire au prince souverain dont elle fera choix quelque jour.

Elle comprit qu'avec ces quelques mots elle s'était attiré la sympathie de la princesse. Celle-ci, en effet, se tournait vers la Reine Mère avec impétuosité.

— J'aimerais, dit-elle, que Mme de Fontsomme m'accompagne demain à Fuenterrabia où j'ai l'intention d'assister incognito au mariage par procuration de l'Infante. Je suis curieuse de voir cela.

— Incognito ? Cela n'a pas de sens. Si vous n'êtes pas reconnue vous n'aurez pas le droit d'entrer dans l'église...

— Nous serons deux dames françaises venues rendre ce... discret hommage à leur nouvelle souveraine. Je crois que c'est une bonne idée.

— Excellente même, mais Motteville ira avec vous. Elle est mes yeux et mes oreilles et, surtout, sait comme personne faire le récit de ce qu'elle a vu...

— Avec plaisir. Nous serons donc trois !

L'arrivée de Mazarin lui coupa la parole et le

ballet des révérences recommença. Le Cardinal entra comme s'il habitait le même appartement que la Reine, sans se faire annoncer et en pantoufles. Cependant, aux yeux de Sylvie qui ne l'avait pas vu depuis au moins deux ans, ce détail se justifiait moins par le bruit persistant d'un mariage secret entre lui et Anne que par les ravages de la maladie. Pour la première fois de sa vie, la duchesse admira le courage de cet homme torturé par la gravelle et de cruels rhumatismes déformants, qui, depuis des mois, affrontait, loin des commodités de son palais, les diplomates espagnols afin d'en finir à jamais avec la sempiternelle guerre d'Espagne et conclure une paix scellée par l'union de deux jeunes gens. Toujours aussi élégant, aussi soigné et répandant des odeurs suaves pour masquer celles de la maladie, il n'en portait pas moins sur son visage et dans sa taille légèrement courbée les stigmates désormais ineffaçables. Seules ses mains dont il était fier gardaient leur beauté et leur blancheur, et ses manières demeuraient fidèles à elles-mêmes : de l'accueil qu'elle reçut de lui, Sylvie aurait pu déduire, si elle l'avait moins connu, que son absence de la Cour avait causé au pauvre Cardinal d'insupportables douleurs auxquelles son retour venait de mettre fin.

— Un Italien est toujours un Italien, lui souffla Mademoiselle. Celui-là surtout, on ne le changera jamais...

Cependant le grand cabinet, si paisible l'instant précédent, se remplissait. Les princesses de Condé et de Conti arrivaient avec les dames qui avaient assisté aux joutes nautiques. Les fifres et les tambours joints à des « vivats ! » et à des chants formaient une joyeuse cacophonie et annonçaient le Roi.

Bientôt il s'encadrait dans la haute porte, symphonie bleu et or nettement détachée du flot multicolore de ses gentilshommes. Sylvie pensa que l'Infante avait de la chance et que, s'il n'avait pas été le roi de France, il aurait été remarqué comme un très beau jeune homme, en dépit d'une taille que l'on eût souhaitée plus haute. Mais il était le maître et cela se lisait dans toute sa personne, à l'éclat impérieux du regard bleu, à la façon de porter la tête, à l'aisance souveraine du geste et de l'attitude. Louis XIV possédait la grâce d'un danseur, sans la moindre trace de mièvrerie. Et que son sourire était donc séduisant ! Il n'était guère de femme qui n'y fût sensible...

Le contraste avec son frère qui marchait à son coude, juste un pas en arrière, était frappant. Juché sur d'énormes talons, le jeune Monsieur était franchement petit mais fort joli. Avec ses épais cheveux noirs bouclés, sa figure fine et éveillée, il semblait avoir récupéré tout l'héritage italien de la famille. Avec cela, fardé, parfumé, enrubanné, accommodé à ravir et scintillant de parures, il passait pour « la plus jolie créature du royaume » bien qu'il fût aussi brave que pouvait l'être son frère. En fait, Philippe était ce que Mazarin avait voulu qu'il soit : un être un peu hybride, trop attaché à la parure, à l'art, aux douceurs de la vie, au plaisir et à la beauté de ses décors pour jamais représenter l'équivalent du danger incessant que feu Gaston d'Orléans avait été pour le roi Louis XIII. Il semblait qu'il n'eût que trop bien réussi...

Louis XIV était de charmante humeur : les joutes l'avaient amusé, balayant — pour combien de temps ? — la mélancolie d'amour qui s'était emparée de lui depuis sa rupture avec Marie Mancini. L'accueil qu'il fit à Sylvie bénéficia de ces heureuses dispositions. Son œil vif eut tôt fait de la remarquer parmi les dames massées autour de sa mère et il alla droit à elle :

— Quelle joie de vous revoir, duchesse ! Et toujours aussi ravissante !

Il lui tendit la main pour la relever de sa révérence et effleura cette main de ses lèvres ornées d'une fine moustache, sous les regards surpris et déjà envieux de sa cour :

— Sire, répondit Sylvie, le Roi est trop indulgent ! Puis-je me permettre de le remercier d'avoir songé à moi ?

— C'était tout naturel, madame. Je tenais fort à entourer celle qui va devenir mon épouse de dames que j'aime et apprécie tout particulièrement, et vous êtes, je crois, ma plus ancienne amie. Venez un peu ici, Péguilin !

Le nom fit tressaillir Sylvie qui regarda de tous ses yeux celui dont rêvaient les petites Nemours ; à première vue, elle se demanda ce qu'elles pouvaient lui trouver : c'était un petit homme d'un blond assez fade, pas beau mais bien bâti et d'une figure à la fois insolente et spirituelle. Il n'hésita d'ailleurs pas à se plaindre :

— Sire ! Je m'appelle Puyguilhem ! Est-ce vraiment si difficile à prononcer ?

— Je trouve Péguilin moins barbare ! Et puis cela n'aura qu'un temps : jusqu'à ce que le comte de Lauzun, votre père, quitte ce monde. En attendant je tiens à vous présenter à Mme la duchesse de Fontsomme qui m'est chère. Si vous obtenez son amitié, je vous en estimerai davantage.

— J'en serai transporté de joie, Sire, fit le jeune homme en offrant à Sylvie le salut le plus élégant et le plus courtois qui soit, mais il suffit de voir Mme la duchesse pour brûler de lui plaire...

Tout en parlant il la regardait droit dans les yeux, avec un sourire si franc qu'elle sentit fondre ses préventions.

— Ne brûlez pas, monsieur ! Trop de flamme ne convient pas à l'amitié qui est la douceur de l'existence, dit-elle en riant. Mais s'il ne dépend que de moi, nous serons amis...

Tandis que le Roi s'éloignait, on échangea encore quelques paroles aimables, puis le jeune capitaine alla rejoindre avec un empressement révélateur une fort jolie femme qui bavardait avec Mme de Conti. Celle-ci se retira aussitôt et ils furent seuls.

— Qui est-ce ? demanda Sylvie à Mme de Motteville en désignant le couple du bout de son éventail. Je veux dire : qui est-elle ?

— La fille du maréchal de Gramont, Catherine-Charlotte. Elle et M. de Puyguilhem sont cousins et ont passé ensemble leurs années d'enfance.

— Est-ce qu'ils s'aiment ?

— C'est, je crois, l'évidence. Malheureusement, Catherine est depuis quelques semaines princesse de Monaco. Le pauvre Puyguilhem a trop peu de bien, en dépit d'un beau nom, pour prétendre à sa main. Cela ne l'empêche pas de prétendre au reste de sa personne !

En revoyant en pensée les figures tuméfiées des petites Nemours, Sylvie pensa qu'elles ne soutenaient vraiment pas la comparaison et que leur pauvre mère n'était pas au bout de ses peines. Il est vrai qu'à cet âge un amour chasse l'autre et que les peines n'en sont guère durables. Tout au moins pour la majorité des filles.

Fatiguée par le voyage et peu désireuse de passer la nuit en divertissements variés — il y aurait danses locales sur la place et comédie donnée par les gens de l'hôtel de Bourgogne puis bal chez la Reine —, elle obtint sans peine la permission d'aller prendre quelque repos, d'autant que, pour l'expédition prévue à Fuenterrabia, on partirait tôt le matin. Mais, en arrivant à la maison Etcheverry, elle constata avec étonnement que M. de Saint-Mars n'avait pas encore quitté la place. Il semblait même y avoir pris racines car, adossé bras croisés sous le balcon de la maison d'en face, il fixait certaine fenêtre comme si, par la seule force de ses yeux, il essayait d'en faire sortir quelqu'un.

Quand la chaise de Sylvie s'arrêta devant la porte, il sursauta puis se jeta précipitamment dans l'espèce de boyau courant entre deux bâtisses.

— Il y a quelque histoire d'amour là-dessous, marmotta Mme de Fontsomme entre ses dents...

Et, de fait, elle trouva le fin mot de l'histoire quand, priée à souper par son hôte, elle vit, debout auprès de lui, une très belle jeune fille d'environ dix-sept ans qu'il présenta brièvement : « Ma fille Maïtena », et qui offrit une belle révérence à la locataire de son père. Pur produit de la terre basque, Maïtena — teint d'ivoire, cheveux d'ébène et regard de braise — possédait tout ce qu'il fallait pour faire perdre la tête même au plus grand seigneur. A plus forte raison un modeste mousquetaire.

Après le souper, Sylvie en parla à Perceval qui, lui, n'avait pas quitté la maison depuis leur arrivée.

— Oh, j'ai remarqué ! dit-il. Quand j'ai vu la jeune fille j'ai compris, mais cet écervelé qui n'a pas bougé de tout l'après-midi se conduit comme un imbécile. Notre hôte n'a pas la mine d'un homme qui laisse conter fleurette à sa fille sans hausser un sourcil...

— Quand il est venu chez nous, ce Saint-Mars semblait pourtant quelqu'un de sérieux !

— Comme si vous ne saviez pas que l'amour rend fou les plus sages... Et vous savez aussi qu'il est toujours là, fit Raguenel qui s'était approché de la fenêtre ouverte sur une nuit délicieusement douce, bleue et pleine de musique. Ah ! Il y a du nouveau ! Venez voir !

Un officier à la mine fière, la figure fine et l'œil étincelant sous l'ombre du feutre gris à panache rouge, venait de mettre pied à terre et tançait son subalterne avec un accent gascon que des années de service auprès du Roi n'avaient pas réussi à atténuer. Ce dont M. d'Artagnan, lieutenant des mousquetaires faisant office de capitaine, se souciait peu parce qu'il en était fier, mais le sens de son discours fut des plus clairs pour les deux observateurs : ayant négligé de prendre la garde chez le Roi comme il en avait le devoir, le pauvre amoureux reçut l'ordre de rejoindre le cantonnement et d'y garder les arrêts de rigueur jusqu'à nouvel ordre. Avec un soupir à fendre l'âme et un regard désespéré à la chère maison qu'il fallait quitter, Saint-Mars partit en traînant les pieds mais sans tenter de discuter le moins du monde. Cela n'eût fait qu'aggraver sa faute.

D'Artagnan remontait en selle pour l'escorter quand un autre cavalier arriva. Le mousquetaire retint son mouvement pour saluer le maréchal de Gramont qui de son côté le hélait joyeusement :

— Eh bien, mon ami, êtes-vous enrôlé dans la police ou bien jouez-vous ici les bons pasteurs ?

— Prenez la seconde hypothèse, monsieur le maréchal. Je suis venu récupérer une brebis qui s'égare un peu trop souvent de ce côté.

— Si vous connaissiez la demoiselle de la maison, vous comprendriez mieux. Elle est belle à damner un saint.

— Mes mousquetaires ne sont pas des saints et ils ont l'honneur de servir le Roi. Les tentations leur sont interdites. Tout au moins quand ils sont de garde...

— Bah, vous savez ce qu'est l'amour dans nos pays [1]. Et ne devez-vous pas vous marier vous-même ?

— J'y songe parce que je désire des fils. C'est donc là une affaire sérieuse... A présent, souffrez que je vous quitte, monsieur le maréchal...

— Ne me tiendrez-vous pas compagnie un moment ? J'arrive de l'île des Faisans où j'avais un détail à régler au pavillon des Conférences et je suis fourbu. Je compte sur un bon chocolat pour me remettre... Venez le partager avec moi.

— Un ch...

Sa bonne éducation permit à l'officier d'éviter une grimace mais son sourire confit en regrets était un vrai poème. Il se hâta de s'excuser car le Roi l'attendait, salua, sauta en selle et piqua des deux. Le maréchal haussa les épaules et rentra dans la maison. Lorsque Sylvie se coucha, l'odeur du mystérieux breuvage régnait en souveraine sur toute la maison.

— Je trouve ce parfum agréable mais un peu écœurant à la longue, confia-t-elle le lendemain à Mademoiselle et à Mme de Motteville tandis que, dans le carrosse de la première, on se dirigeait vers Fuenterrabia.

— Il va falloir vous habituer à le respirer jour après jour, fit la princesse. Notre future reine en

1. Tous deux étaient béarnais, cousinant même quelque peu.

fait, paraît-il, une effrayante consommation. Le mieux serait que vous y goûtiez : c'est assez bon, vous savez.

— Votre Altesse a essayé ?

— Grâce au maréchal de Gramont ! Il en offre à tous ceux qui passent à sa portée. De toute façon vous n'y couperez pas puisque vous partagez la même maison.

— Il le faudra bien. Mais, j'y pense : pourquoi donc un mariage par procuration alors que tout est prêt ici pour la cérémonie définitive ?

— Parce qu'une infante d'Espagne ne saurait quitter le royaume de ses pères que mariée. C'est la loi... Nous arrivons.

Etagée sur une colline aux jardins fleuris, cernée de remparts médiévaux, Fuenterrabia ne manquait ni d'allure ni de grâce. On remonta la rue principale entre deux rangées de maisons à balcons et miradors au milieu d'une foule dense qui se partageait, sur la place principale, entre l'église Santa-Maria et le vieux palais de Charles Quint où la fiancée devait loger. La grande mine de la princesse — dont l'illusoire incognito fut vite percé — leur permit de s'installer en bonne place dans une église aux autels surchargés de dorures. Jugeant sans doute que tout cela était insuffisant, l'aposendador de la Cour, le peintre Diego Vélasquez, y avait ajouté tapisseries et grands tableaux représentant des scènes de piété. Les odeurs d'encens y étaient si fortes que Mme de Motteville éternua à plusieurs reprises, s'attirant les regards courroucés d'une noblesse qui ne laissa pas de surprendre Sylvie, habituée aux joyeuses couleurs dont se parait la cour de France. Là, presque tout le monde était en noir, les hommes en pourpoints d'un autre âge — certains conservaient même le carcan de la fraise empesée —, les femmes en lourdes robes à manches pendantes. Elles avaient l'air de porter, sous leurs jupes, de grands tonneaux aplatis devant et derrière que l'on appelait le « gardifante », avec très peu de linge visible. En revanche, tous et toutes arboraient d'énormes bijoux d'or incrustés de grosses pierres — cet or que les conquistadors avaient envoyé d'Amérique par caravelles entières. De leur côté, les Espagnols regardaient les trois Françaises avec curiosité mais sans animosité : le grand deuil de Mademoiselle, celui de Sylvie et le noir prudent arboré par la confidente de la Reine plaidaient en leur faveur. Debout dans le chœur, don Luis de Haro, qui négociait depuis des mois avec Mazarin, s'apprêtait à tenir le rôle du roi de France...

Enfin, menée par la main gauche de son père, l'Infante parut et tous les cous se tendirent...

A côté du roi Philippe IV, vêtu de gris, d'argent, et portant à son chapeau un grand diamant, le « Miroir du Portugal », plus la « Pérégrine » qui était la plus grosse perle connue, Marie-Thérèse paraissait curieusenent terne. Sa robe était de simple laine blanche avec des broderies ton sur ton et mates, ses magnifiques cheveux blonds « coiffés en large » de chaque côté des oreilles, à peine visibles sous une espèce de bonnet blanc qui l'enlaidissait. Pourtant, elle était charmante avec son teint éclatant, sa jolie bouche ronde et ses magnifiques yeux bleus, doux et brillants. Malheureusement, elle était petite et elle avait de vilaines dents.

— Quel dommage qu'elle ne soit pas un peu plus grande ! souffla Mme de Motteville. Je crois tout de même que le Roi en sera content...

— On lui mettra des talons, répondit Mademoiselle du même ton. Et puis lui-même n'est pas si grand ! Il ferait beau voir qu'il fît le difficile !

Après quoi, on ne vit plus rien, le Roi et sa fille étant passés sous une espèce de courtine de velours ouverte seulement du côté de l'autel où officiait l'évêque de Pampelune.

La cérémonie achevée, les trois Françaises battirent en retraite pour rejoindre, dans l'île des Faisans, celle qui était désormais la Reine Mère et qui allait revoir son frère pour la première fois depuis quarante-cinq ans...

— On va nous remettre notre nouvelle souveraine ? demanda Sylvie qui, en tant que dame d'atour suppléante, espérait bien pouvoir déshar-narcher la pauvre petite reine pour la montrer à son époux sous un aspect plus flatteur.

— On voit bien que vous ne connaissez pas l'étiquette espagnole ! soupira Mademoiselle. Aujourd'hui ce sont les retrouvailles familiales auxquelles mon cousin, seul de toute la Cour, n'assistera pas.

En effet, dans la petite île au milieu de la Bidassoa presque entièrement occupée par le pavillon des Conférences aux deux galeries opposées menant à une grande salle, on avait disposé un long tapis rouge coupé en son milieu afin de figurer la frontière entre les deux royaumes. Là encore, Vélasquez s'était dépensé sans compter et la salle ressemblait assez à une exposition de peintures. Les deux Cours s'y massèrent silencieusement, chacune de son côté. Puis le roi d'Espagne et la Reine Mère vinrent au bord coupé du tapis, se donnèrent une froide accolade... quand Anne d'Autriche, emportée par l'émotion, voulut embrasser vraiment son frère. Il rejeta vivement la tête en arrière. Puis on s'installa chacun dans un fauteuil pour parler tandis que l'Infante prenait place sur un coussin où elle disparut presque entièrement dans son « gardifante ».

Cependant Louis XIV, qui galopait sur l'île côté français depuis un moment, se rongeait d'impatience. N'y tenant plus, il vint à la porte de la salle demander si « un étranger » pouvait y être admis.

Aussitôt la Reine Mère, après un sourire à son vis-à-vis, pria Mazarin d'autoriser cet étranger à regarder l'assistance. Escorté de don Luis de Haro, celui-ci alla ouvrir assez largement pour que les jeunes époux puissent s'apercevoir, sans que l'on permît à Louis de franchir le seuil. Philippe IV toussota pour s'éclaircir la voix :

— Voilà un beau gendre, laissa-t-il tomber. Nous aurons bientôt des petits-enfants.

Mais, comme Anne demandait en souriant à l'Infante ce qu'elle en pensait, il se hâta d'ajouter d'un ton rogue :

— Il n'est pas temps encore !

Le jeune Monsieur se mit à rire :

— Ma sœur, que vous semble cette porte ? demanda-t-il à la jeune fille devenue toute rouge mais qui rit elle aussi.

— La porte me semble fort belle et fort bonne, dit-elle.

Ce fut tout pour ce jour-là. On échangea des politesses glacées et l'on se sépara, le roi d'Espagne emmenant sa fille avec lui.

– Je me demande s'il se résoudra un jour à nous la donner ! grogna Mademoiselle.

— Après-demain, répondit Mme de Motteville qui avait pris connaissance des détails du cérémonial.

— Tout cela est d'un ridicule ! Mon cousin Beaufort a eu tout à fait raison de ne pas venir assister au mariage. Il déteste déjà les Espagnols en suffisance : il se serait livré à quelque éclat.

— Ce qui eût été une stupidité de plus à porter à son crédit, grinça Mazarin qui avait entendu. J'ai d'ailleurs veillé à ce qu'il ne soit pas invité.

— Et le Roi vous a écouté ?

– Sans difficulté. Votre Altesse devrait savoir qu'il ne déborde pas d'amour pour ce turbulent personnage.

Tandis que Mademoiselle ripostait avec la verdeur de langage qu'on lui connaissait, Sylvie s'écarta, partagée entre l'indignation d'entendre ce Mazarin parler du cousin du Roi avec cet insolent mépris et le soulagement de savoir qu'elle ne risquait pas de le rencontrer au détour d'une rue de Saint-Jean-de-Luz. Elle éprouvait le besoin d'un peu de temps encore avant de trouver le courage de poser les yeux sur celui qu'elle avait juré de ne plus revoir. Il était suffisamment inquiétant d'avoir senti son cœur battre plus vite quand son nom était venu aux lèvres de la princesse...

Elle y songea jusqu'à son retour à la maison de l'armateur où elle trouva largement de quoi changer le cours de ses pensées. Après avoir laissé Mademoiselle à son domicile et être entrée à l'église pour une prière, elle revenait à pied dans la joyeuse agitation de la rue quand elle fut abordée par un homme qu'elle ne reconnut pas tout de suite parce qu'il était en costume civil.

— Par grâce, madame la duchesse, veuillez me pardonner d'oser vous arrêter avec cette hardiesse, mais il n'y a que vous qui puissiez me rendre la vie.

Avec un sourire amusé, elle considéra les six pieds de gêne rougissante qui lui faisaient face :

— Vous ne ressemblez guère à un mourant, monsieur de Saint-Mars. Je vous trouve même fort bonne mine !

— Ne raillez pas, par pitié ! Je suis assez malheureux comme cela !

— Et vous risquez de l'être davantage si l'on vous voit arpenter la ville. N'êtes-vous pas aux arrêts de rigueur, ou bien vous a-t-on libéré ?

— Non, et je sais que je cours de grands risques, mais il fallait à tout prix que je vienne jusqu'ici pour essayer de trouver quelqu'un qui me prenne en compassion. Je voudrais... je voudrais faire tenir un billet à la jeune fille qui habite votre maison...

— C'est plutôt moi qui habite la sienne, ou en réalité celle de son père, et je rendrais sans doute à celui-ci un très mauvais service si j'acceptais d'être votre messagère. Que ne vous adressez-vous à un valet ? Il est bien rare qu'avec de l'or on n'obtienne pas quelque complaisance.

Les yeux gris du mousquetaire reflétèrent soudain une vraie douleur :

— Je suis pauvre, madame, et ne possède que ma solde. S'il en était autrement je n'aurais pas besoin d'aide : je serais entré hardiment dans la maison de Manech Etcheverry en lui demandant la main de sa fille mais, dans l'état actuel des choses, il me jetterait dehors dès le premier mot. Or, j'aime Maïtena à en perdre la raison... et je crois que je ne lui déplais pas.

— Je veux bien vous croire, mon ami, dit Sylvie d'un ton radouci, mais en ce cas je dois vous demander ce que vous espérez d'elle, puisqu'il vous est impossible de la rechercher en mariage.

— Rien de contraire à l'honneur ! Dans ce billet, ajouta-t-il en tirant un papier étroitement plié du revers de son gant, je lui dis tout mon amour, je la supplie de ne pas se laisser engager à un autre et d'attendre que j'aie fait fortune. Car, j'en suis certain, un jour viendra où je serai très riche...

— Cela peut demander du temps. Êtes-vous sûr qu'elle saurait attendre ?

— Cela peut aller très vite car j'ai des projets. Au service d'un roi jeune et ardent il suffit d'un coup de chance ! Oh, madame, je vous en prie, acceptez de lui remettre ce billet et je vous bénirai ma vie entière !

Il semblait si malheureux, si sincère aussi, que Sylvie baissa un peu sa garde. Pourtant, elle objecta encore :

— Est-ce tellement urgent ? Ne pouvez-vous attendre de la rencontrer... une autre occasion ?

— Je n'en aurai jamais de meilleure. En outre, il y a urgence parce que son père a des projets de mariage pour elle. Et il faut que je regagne mes arrêts. Ils durent jusqu'à après-demain lorsque la Reine arrivera...

— Soit ! Donnez-moi cela. Je m'arrangerai pour qu'elle l'ait sans me compromettre. Il suffira de glisser le billet sous la porte de sa chambre lorsque je serai certaine qu'elle y sera.

— Oh, madame la duchesse ! Que de gratitude !...

— Ce n'est rien. Mais n'y revenez pas !

En rentrant, Sylvie trouva Perceval qui l'attendait en compagnie du maréchal de Gramont... et en buvant du chocolat. Le vieux soldat-diplomate — il n'avait pourtant que cinquante-six ans mais en portait davantage ! — tenait beaucoup à offrir ses hommages à la veuve de l'un des plus brillants parmi ses pairs et surtout à la belle-fille d'un vieil ami : il avait beaucoup combattu avec le maréchal-duc de Fontsomme qui avait guidé ses premiers pas aux armées.

— Quand votre fils sera en âge de porter les

armes, j'aimerais qu'il me soit confié, madame, et qu'en attendant vous m'accordiez la grâce de me considérer de vos amis. J'aurais voulu que ce soit plus tôt mais vous aviez choisi de vivre à l'écart de la Cour et j'en ai moi-même été souvent absent, pris par les armées ou mon gouvernement de Bayonne. Plus rarement dans mon château de Bidache qui en est proche et où j'aimerais tant vous recevoir un jour prochain.

Sylvie n'allait pas tarder à découvrir, l'usage aidant, que lorsque Gramont prenait la parole il ne la lâchait pas de sitôt. La faconde méridionale, sans doute ! C'était un pur Béarnais sec et grisonnant avec un visage taillé à coups de serpe, un grand nez, un œil vif et moqueur et une moustache arrogante et raide qui donnait à sa physionomie un air de chat furieux. Grand air, d'ailleurs, et assez bon homme aimant à traiter généreusement ses amis. Très fier de sa race, au demeurant, il ne laissait ignorer à personne que son père avait été le dernier vice-roi de Navarre et que sa grand-mère n'était autre que la fameuse Corisande d'Andoins qui avait été le premier grand amour d'Henri IV.

Ce jour-là pourtant, il n'y fit pas allusion et ne tarda pas à donner à son discours un tour galant, laissant vite entendre à Mme de Fontsomme qu'il la trouvait fort à son goût. Ce qui agaça un peu Sylvie mais amusa beaucoup Perceval. Ce fut lui, cependant, qui arrêta le flot en demandant à sa filleule si elle ne souhaitait pas goûter, elle aussi, la « boisson des dieux ». Ce qu'elle accepta volontiers.

Le maréchal se hâta de la servir mais elle eut droit alors à une description minutieuse de la façon de préparer le breuvage ainsi qu'à celle de l'instant magique où Gramont y avait goûté, instant qui lui avait « ouvert les portes du Paradis ». Ce ne fut pas le cas de Sylvie : elle admit que cette espèce de purée liquide parfumée à la cannelle n'était pas désagréable, mais c'était beaucoup trop sucré et elle eut un peu mal au cœur. Avec une franchise justifiée par la crainte de se voir noyée sous le chocolat à chacune de ses rencontres avec le maréchal-duc, elle donna son sentiment.

— Il me semble, apprécia-t-elle, que l'on doit s'en lasser rapidement !

— N'en croyez rien ! J'admets que le premier contact ne soit pas toujours concluant, mais il faut persévérer. De toute façon, ma chère duchesse, vous êtes condamnée à vous y habituer au plus vite : votre nouvelle reine en boit toute la journée et vous allez être de ses dames...

— Dès l'instant où je ne serai pas obligée d'en absorber, il n'y aura que demi-mal.

Rentrée dans sa chambre, elle ne songea plus qu'à la façon dont il convenait de remettre le message confié par le pauvre Saint-Mars et qu'elle regrettait d'avoir accepté. La fille de la maison était, en effet, d'un abord réservé, un peu fier même, et Sylvie se voyait mal lui remettant discrètement un billet. Et pourquoi pas avec un sourire complice ?... Elle était si gênée qu'elle n'osa pas en parler à Jeannette qui remontait avec une robe fraîchement repassée. Après le souper, elle se déclara fatiguée et se coucha, laissant Jeannette aller faire une promenade en compagnie de la vieille gouvernante de la maison Etcheverry. Puis se releva aussitôt pour guetter le grincement de la porte de la jeune fille. Lorsqu'elle fut certaine que celle-ci était rentrée dans sa chambre, elle courut pieds nus jusqu'à la porte, glissa la lettre dessous et repartit aussi vite, son cœur cognant dans sa poitrine comme si elle venait de courir un grand danger. Revenue à l'abri de ses propres murs, elle se mit à rire en silence :

« Je dois être en train de devenir une vieille folle, pensa-t-elle. Jouer à cela, à mon âge ! Si Marie me voyait... »

Et en attendant un sommeil dont elle n'avait nulle envie, elle ralluma une bougie, s'installa à sa table et écrivit une longue lettre à sa fille.

Si elle espérait en avoir fini avec les amours du mousquetaire, elle se trompait. Dans la matinée, tandis que Perceval partait pour Bayonne avec Gramont, elle décida, tentée par un temps idéal, d'aller marcher un peu au bord de cet océan qui lui rappelait tant de choses. Or, au moment où elle sortait, elle fut légèrement heurtée par Maïtena qui, un voile sur la tête et un missel à la main, se rendait sans doute à la messe. La jeune fille s'excusa, s'effaça pour la laisser passer, mais elle laissa aux doigts de Sylvie un petit billet que celle-ci déroula après avoir pris le large. Il ne contenait que quelques mots : « Par pitié, madame, acceptez de me rejoindre à la chapelle des Hospitaliers... »

Renonçant à sa promenade, Sylvie, qui avait déjà remarqué, aux abords de l'église majeure, l'ancienne commanderie des chevaliers de l'Hôpital convertie en hospice pour les pèlerins qui se dirigeaient vers Compostelle par la route du littoral, en prit le chemin en se demandant si l'endroit était bien choisi : l'hospice, en effet, était plein de gens qui, pèlerins ou non, attendaient le mariage royal dans l'espoir de grandes aumônes. La chapelle brasillait de cierges et bourdonnait de prières quand elle y entra. Maïtena était agenouillée à l'écart près du baptistère. Elle alla l'y rejoindre épaule contre épaule et murmura :

— Eh bien ? Que puis-je pour vous ?

Maïtena leva sur elle de beaux yeux sombres noyés de larmes :

— J'ai conscience de mon audace, madame la duchesse, et je vous demande mille fois pardon d'oser m'adresser à vous mais hier au soir, en recevant la lettre, j'ai pensé que vous accepteriez peut-être de nous aider encore. Vous avez été si bonne...

— Comment savez-vous que c'était moi ?

— Je vous ai aperçue quand vous parliez avec lui près de l'église. Oh, madame la duchesse, je vous en supplie, dites-lui que je ne peux lui accorder tout ce qu'il demande. Certes, je suis prête à l'attendre. Au besoin dans le couvent d'Hasparren dont mon père me menace si je refuse d'épouser le cousin qu'il me destine, mais il faut qu'il soit patient. En aucun cas, je ne peux le rejoindre le soir du mariage à l'endroit où nous nous sommes rencontrés plusieurs fois.

— Pourquoi veut-il que vous y alliez ?

— Pour que nous puissions échanger notre foi avec notre sang. Il dit qu'ensuite il aura tous les courages, il sera prêt à tout braver pour me conquérir, mais il veut être sûr de moi ! Je voudrais bien y aller, pourtant je sais que je ne le pourrai pas : mon père me surveille de trop près.

Sylvie connaissait la vieille coutume médiévale qui lie deux êtres à jamais dès l'instant où ils ont mêlé quelques gouttes de leur sang mais, à son âge, elle savait mesurer ce que valent les exubérances de la passion en son début...

— C'est de la folie ! murmura-t-elle avec un demi-sourire. Prendre ce risque n'ajouterait rien à votre amour s'il est fort et sincère...

— Sans doute, mais il faut le lui dire. Vous voulez bien essayer de lui faire comprendre ?

— Il garde les arrêts jusqu'à l'arrivée de l'Infante, demain soir, où M. d'Artagnan aura besoin de tous ses mousquetaires. Je ne peux le voir.

— Sans doute mais le rendez-vous est pour après-demain. Cela vous laisse du temps...

— Croyez-vous ? Dès que l'Infante sera là, je ne pourrai plus la quitter.

Elle s'imaginait mal, en effet, abandonnant son service pour se mettre à la recherche d'un quelconque mousquetaire et l'entretenir en aparté, mais elle sentit Maïtena frissonner contre son bras et comprit qu'elle pleurait. Elle l'entendit murmurer :

— Je vous en conjure, madame, aidez-moi ! Essayez au moins de lui faire passer ce billet. J'y ai ajouté un mouchoir que j'ai taché de mon sang. Il faudra qu'il s'en contente.

Cette pauvre enfant était touchante. Sylvie prit à la fois le menu paquet et la main qui l'offrait :

— Je trouverai un moyen. Je vous le promets ! Et vous, essayez de retrouver un peu de sérénité. Si vous avez un long combat à soutenir, vous en aurez besoin...

— Je vais prier encore un moment ici. Prier pour nous, bien sûr, mais aussi pour vous ! Merci, de tout mon cœur, madame la duchesse...

Il était temps de se séparer. Après un large signe de croix, Sylvie se releva et se dirigea vers la sortie, non sans s'arrêter pour une aumône aux moines augustins qui tenaient l'hospice. Si elle ne voyait pas Saint-Mars le lendemain soir, elle chargerait Perceval de se mettre à sa recherche. L'important était que le pauvre amoureux eût son gage avant l'heure fixée pour le rendez-vous.

Vint le moment tant attendu où l'Infante fut remise à la France. La veille, les deux Rois s'étaient enfin rencontrés pour se jurer amitié, fidélité, et contresigner ce traité qui refermait les portes de la guerre ouvertes depuis trop longtemps. Ce jour-là, dans le pavillon des Conférences, la Cour de Paris et celle de Madrid se firent face pour la dernière fois : l'Espagnole sombre, sévère dans ses velours noirs, figée de mépris muet devant la Française chatoyante de couleurs, de plumes, de broderies et de diamants. Et puis, entre elles, ternissant la joie de la paix retrouvée, le drame de la séparation pour deux êtres qui s'aiment mais savent qu'ils ne se reverront jamais. L'Infante était en larmes et l'apparente impassibilité de son père craquait sous le poids du chagrin.

Cette scène déchirante à laquelle Anne d'Autriche s'efforça d'apporter l'apaisement de sa tendresse compréhensive, Sylvie ne la vit pas. Avec les autres dames qui allaient composer la maison de Marie-Thérèse, elle attendait, au logis de la Reine Mère, le moment d'être présentée. En l'absence de la duchesse de Béthune, retenue à Paris par un accès de fièvre éruptive, elle allait assumer pour la première fois ce rôle de dame d'atour dont Marie de Hautefort s'acquittait si bien jadis et ne se sentait pas au mieux. En fait, elle avait le trac comme une comédienne débutante qui va entrer en scène pour son premier rôle. En compagnie de la duchesse de Navailles, dame d'honneur, et de deux des « filles », Mlles de la Mothe-Houdancourt et du Fouilloux, elle s'occupa de faire en sorte que la chambre où l'Infante passerait sa première nuit française — et sa dernière nuit de vierge ! — lui soit aussi accueillante que possible. Un grand réconfort : entre elle et la dame d'honneur, la sympathie avait été immédiate. A trente-cinq ans, donc sa contemporaine, Suzanne de Baudéan, mariée depuis neuf ans à Philippe de

Navailles dont elle avait un fils, était une jeune femme énergique et droite, aimable quand on lui plaisait, ce qui n'était pas toujours le cas, d'humeur affable mais plutôt stricte sur le chapitre de la moralité. Colonel d'un régiment de marine, son époux — un cousin proche du duc de Gramont — était souvent à la mer sous les ordres du duc de Vendôme, et elle-même se voulait inattaquable sur le plan de sa vie privée, observant d'un œil critique les mœurs relâchées de ses contemporains. Elle avait la dent dure et, le matin même, elle avait réuni le bataillon des filles d'honneur pour leur tenir un petit discours, aux termes duquel ces demoiselles apprirent qu'étant au service d'une jeune princesse aussi vertueuse que sage, élevée en outre à l'ombre de l'Escurial, elles n'auraient à attendre ni pitié ni faiblesse au cas où il leur arriverait de manquer à leurs devoirs et, pis encore, à l'honneur. Ce serait la mise à la porte immédiate sans aucune considération de famille ou de relation [1]. La mine déconfite des jeunes visages traduisit bien ce que l'on pensait de ce programme et Sylvie, amusée et un peu apitoyée, ne put s'empêcher de demander, une fois seule avec la dame d'honneur, si elle était certaine que la surintendante de la maison de la Reine ratifierait toujours ses condamnations :

1. Mme de Navailles était la cousine de la future Mme de Maintenon dont on connaît l'action sur l'éducation des filles. Elle en avait d'ailleurs partagé l'enfance durant plusieurs années.

— Elle ne me gênera pas beaucoup. C'est le titre qui intéresse la princesse Palatine [1], et non la fonction qu'elle a obtenue de haute lutte grâce à Mazarin, car le Roi lui pardonne mal son agitation pendant la Fronde. Cela m'étonnerait que nous la gardions longtemps. Que fait-elle, en ce moment, au lieu de veiller à tout comme son emploi l'exige ? Elle baye aux corneilles, étendue sur des coussins dans le cabinet de la Reine Mère, en disant qu'elle a trop chaud ! Il est vrai que c'est une si grande dame ! ajouta Mme de Navailles avec un sourire féroce.

— Elle est aussi fort belle ! fit Sylvie rêveusement.

— Dites qu'elle l'est encore ! Je vous accorde qu'elle a été sublime. Ses aventures d'ailleurs ne se comptent pas. Celle avec l'archevêque de Reims, jadis, a défrayé la chronique. Un curieux modèle pour des filles d'honneur !

Avec la nuit, la ville s'illumina. Il y avait des chandelles à toutes les fenêtres, des lanternes à toutes les portes, des torches enfin dans des centaines de mains cependant qu'un peu partout, lorsque l'on sut le cortège proche, des feux de joie s'allumaient. Enfin, vers dix heures du soir, le

1. Ne pas confondre avec la seconde épouse de Monsieur. Anne de Gonzague de Nevers était la sœur de cette Marie de Gonzague qui avait fait perdre la tête — à tous les sens du terme — au jeune Cinq-Mars avant de devenir reine de Pologne. Toujours à cause du titre, Anne avait épousé l'électeur Palatin de Bavière dont elle était veuve.

carrosse royal fit son entrée, escorté de toute la Cour à cheval : Monsieur galopait à la portière droite et Mademoiselle à la portière gauche. Au fond de la voiture, toute « en broderies d'or et d'argent », l'Infante se tenait assise très droite, hiératique comme une madone de cathédrale. Les acclamations s'élevaient sur les pas de ses chevaux et elle leur répondait d'un geste timide, d'« un sourire un peu tremblant » contrastant joliment avec l'enthousiasme indescriptible qu'elle soulevait.

Un même mouvement précipita aux fenêtres les femmes qui allaient former son entourage. Elles agitaient des mouchoirs tandis que le carrosse approchait la maison de la Reine Mère où Marie-Thérèse vivrait sa première nuit française. Dans les mousquetaires d'escorte, Sylvie reconnut Saint-Mars. Elle aperçut aussi, dans la foule, Perceval qui jouait les badauds en homme pour qui c'est un vrai plaisir... Enfin, vint le temps des révérences quand, sa main dans celle d'Anne d'Autriche, l'Infante pénétra au milieu d'un profond silence dans l'appartement qui serait sien pour si peu de temps. De près, il était visible qu'elle avait beaucoup pleuré mais qu'elle s'efforçait de faire bonne contenance.

En voyant s'approcher cette enfant désolée, raidie dans son énorme robe de satin incarnat brodée d'or qui semblait la soutenir plus que la vêtir, Sylvie ressentit un véritable élan de pitié et de sympathie. La douceur, la résignation aussi se lisaient sur ce jeune visage. La Reine Mère, à présent, procédait aux présentations : la surintendante d'abord, la dame d'honneur ensuite, puis ce fut son nom qui tomba des lèvres royales :

— Mme la duchesse de Fontsomme vous plaira, ma fille ! dit-elle en espagnol. C'est elle qui a enseigné la guitare au Roi, qui en joue fort bien. Elle sert notre couronne depuis l'âge de quinze ans. Elle est droite et sûre. En outre, elle parle notre langue à la perfection...

Les doux yeux bleus, si mélancoliques, s'éclairèrent et, après que Sylvie lui eut souhaité une protocolaire bienvenue dans le plus pur castillan, la jeune fille déclara se réjouir sincèrement de leurs futurs rapports. Tandis que l'on passait aux autres dames, celle-ci découvrit l'impensable : cette fille d'une princesse française ne connaissait pas sa langue maternelle. Or, en dehors de la Reine Mère, de Mme de Motteville, d'elle-même et, fort heureusement, du Roi, la langue du Cid n'était guère pratiquée à la Cour.

— Eh bien ! pensa Sylvie pas découragée pour autant, on essaiera de la lui apprendre !

Cependant on conduisait Marie-Thérèse dans sa chambre dont avaient déjà pris possession sa caméristе espagnole, la noire et sèche Molina, la fille de celle-ci et une naine affreuse vêtue de façon extravagante qui répondait au nom de Chica et tripotait tout ce qui lui tombait sous la main. On eut quelque peine à obtenir un peu de paix et, tandis que Molina se consacrait à la réception de coffres qui arrivaient d'Espagne, les dames françaises purent débarrasser leur jeune maîtresse de l'encombrant « gardifante » et de l'écrasante coiffure emplumée. Elles eurent la surprise alors de découvrir sous tout cela une jeune fille pleine de grâce, faite à ravir et possédant les plus beaux cheveux blonds naturellement bouclés que l'on pût voir.

— Notre roi a beaucoup de chance, Madame ! dit doucement Sylvie, ce qui lui valut un beau sourire cependant que, chez sa mère, ledit Roi se faisait tancer d'importance : n'avait-il pas émis le désir de consommer son mariage le soir même ? On le rappela vertement aux convenances, puis tout le monde — entendez les deux Reines, le Roi et Monsieur ! — se retrouva pour souper en petit comité. Marie-Thérèse y parut vêtue d'un négligé de batiste abondamment orné de dentelles et de rubans, les cheveux coiffés lâches, spectacle qui amena un sourire sur les lèvres de son époux.

Laissant la famille royale à ses agapes, Sylvie retourna dans la chambre avec Mme de Navailles pour mettre un peu d'ordre et préparer le coucher. Elles y trouvèrent Molina dans tous ses états : une cassette de bijoux manquait à l'appel.

— Vous en êtes sûre ? demanda Sylvie.

— Très ! Quand on a chargé le char qui est encore en bas, j'y ai mis moi-même les trois petits coffres à bijoux... et on ne m'en a monté que deux !

— On va monter le troisième...

— Non. Je suis allée voir. La voiture est vide.

— Qui a déchargé ?

— Des valets pour les gros coffres et deux soldats pour les cassettes.

— Cela regarde Mme la surintendante, dit Mme de Navailles, mais comme elle est allée souper chez le Cardinal, je vais m'en occuper et faire comparaître les valets. Mme de Fontsomme, voulez-vous aller jeter un coup d'œil en bas ?

— Volontiers.

Devant la maison Haraneder, un certain désordre régnait autour du chariot vide que deux gentilshommes de la Reine Mère passaient au peigne fin sous l'œil vide du cocher. La foule attirée par le débarquement des bagages se retirait. Cependant, à quelques pas de la porte, deux mousquetaires discutaient avec animation. L'un d'eux était M. d'Artagnan. Sylvie s'approcha :

— Vous êtes le capitaine d'Artagnan, n'est-ce pas ?

— Lieutenant seulement, madame, fit-il en la saluant...

— Pouvez-vous m'expliquer ce qui s'est passé ? Je suis la duchesse de Fontsomme, dame d'atour suppléante de la nouvelle reine.

— Une affaire grave, je le crains, madame la duchesse. Pour faire honneur à l'Infante, le Roi avait décidé que mes mousquetaires garderaient, cette nuit, les portes de sa maison. Quand les chariots sont arrivés, deux d'entre eux étaient en faction : M. de Laissac ici présent et M. de Saint-Mars.

— Monsieur de S...

— Vous le connaissez ?

— A peine mais, je vous en prie, veuillez continuer.

D'Artagnan expliqua alors qu'au moment où les chariots s'étaient arrêtés — leur escorte espagnole n'ayant pas dépassé les portes de la ville — les laquais s'étaient chargés des grandes malles de cuir mais que l'intendant de la Reine Mère avait prié les gardes de bien vouloir se charger des cassettes scellées aux armes d'Espagne. L'un après l'autre, Laissac et Saint-Mars les avaient montées, chacun d'eux attendant pour y aller que l'autre soit redescendu. Or, descendant pour la seconde fois, M. de Laissac n'avait retrouvé ni le dernier coffret ni Saint-Mars...

— Vous ne supposez tout de même pas qu'il ait pu ?... Oh ! Mais c'est un gentilhomme et un soldat... protesta Sylvie

— Je sais, et croyez que cette perspective ne me réjouit pas...

— Il n'y a aucune raison qu'il soit parti avec le coffret ! Si M. de Saint-Mars a abandonné son poste il a dû avoir une raison... grave ! Une raison importante. Vous savez comme moi quel... attrait exerce sur lui la maison Etcheverry où je loge...

— Sans doute. Malheureusement, quelqu'un l'a vu !

— Prendre le coffret et s'enfuir avec ?

— Oui.

— Qui prétend cela ?

— L'homme que vous voyez là-bas, gardé par deux de mes hommes. C'est l'un des pèlerins de l'hospice et il a vu Saint-Mars filer en direction de la mer...

Abasourdie, Sylvie essayait de mettre deux idées bout à bout. Le rendez-vous fixé à Maïtena n'était que pour le lendemain soir et Saint-Mars n'avait aucune raison... à moins que ?...

Elle crut entendre encore la voix si triste du jeune homme murmurer : « Je suis pauvre... S'il en était autrement, j'entrerais hardiment dans la maison d'Etcheverry pour lui demander sa fille... » Et sentit son cœur s'alourdir. Face à la fortune que représentaient les bijoux d'une infante, n'avait-il pu résister à la tentation ? Après tout, elle ne connaissait pas cet homme ni jusqu'où la passion pouvait le mener. Pourtant, quelque chose lui murmurait que c'était impossible. Ce Saint-Mars avait un regard trop franc, trop direct ! En outre, Maïtena, si fière, n'accepterait jamais de devoir son bonheur à un vol misérable... surtout exécuté de cette façon stupide ! Il faisait nuit sans doute, mais de là à filer avec un coffret sous le bras en s'imaginant que personne ne le verrait partir, c'était proprement ridicule. Elle s'aperçut qu'elle pensait tout haut quand elle entendit d'Artagnan opiner :

— Je suis assez de votre avis et je crois m'y connaître en hommes, mais on ne sait jamais ce qui peut se produire dans la tête d'un garçon amoureux. S'il n'y avait ce témoin...

— Puis-je lui parler ?

— Bien entendu. Venez avec moi !

Le pèlerin qui arborait avec ostentation un grand chapeau de feutre cabossé orné au retroussis de la traditionnelle coquille Saint-Jacques ne plut pas à Sylvie. En dépit de sa vêture pieuse, de sa mine confite et de sa parole onctueuse, il se dégageait de lui quelque chose de trouble. Avec une sorte de complaisance, il répéta l'accusation déjà portée : il avait vu le mousquetaire descendre du chariot avec un coffret puis, au lieu de rentrer dans la maison, regarder autour de lui si personne ne pouvait le voir et s'enfuir à toutes jambes vers l'obscurité de la plage.

— Et vous, il ne vous a pas remarqué ? demanda Sylvie.

— Non, j'étais dans l'ombre de la petite chapelle que vous voyez là-bas et, sur le moment, je n'en ai pas cru mes yeux. Mais... il a bien fallu me rendre à l'évidence. En dépit de son magnifique uniforme, cet homme n'est qu'un voleur !...

— Cela vous satisfait, capitaine ? Je veux dire lieutenant ?

Sylvie avait attiré le mousquetaire à quelques pas pour lui poser la question. Il haussa les épaules :

— Pas vraiment, madame la duchesse ! Mais le moyen de dire le contraire ? D'autant que je ne vois pas pour quelle raison un pèlerin inconnu s'amuserait à nous mentir. Et, en vérité, je ne connais pas bien Saint-Mars.

— Vous allez le libérer, ce pèlerin ?

— Le moyen de faire autrement ? Un routier de Dieu ! L'Infante serait horrifiée que l'on s'en prenne à l'un de ces gens-là...

Prenant l'officier par le bras, elle l'attira à quelques pas.

— Ne pourriez-vous, au moins...

Elle s'arrêta net. Un peu plus loin, Perceval de Raguenel et le duc de Gramont traversaient tranquillement la place où des danseurs espagnols s'apprêtaient pour un spectacle. Plantant là le mousquetaire sans autre explication, elle saisit ses jupes à deux mains et se mit à courir vers eux :

— Toutes mes excuses, monsieur le maréchal, mais je dois parler de toute urgence à votre compagnon. Souffrez que je vous l'enlève !

L'expression de joyeuse surprise s'effaça du noble visage :

— J'espérais que vous nous rejoigniez, soupira-t-il. Nous allions souper chez Mademoiselle.

— Croyez-moi tout à fait navrée, mais il s'agit d'une affaire d'importance.

Perceval connaissait trop bien Sylvie pour ne pas venir à son secours. Quelques excuses courtoises et il se laissait emmener. En quelques mots elle lui raconta ce qui venait de se passer puis, désignant le pèlerin que ses gardes laissaient aller :

— Il faut suivre cet homme ! Quelque chose me dit qu'il ment.

— Comptez sur moi !

Il se mit en marche à la suite du bonhomme tandis que Sylvie regagnait précipitamment la maison de la Reine Mère. Il fallait absolument qu'elle fût au coucher, et elle arriva juste à temps pour voir Louis XIV baiser cérémonieusement — avec tout de même un soupir de regret ! — la main de Marie-Thérèse avant de regagner son propre logis. Pendant son absence, Mme de Navailles avait réussi à calmer la Molina par le truchement de Motteville : il ne fallait pas que l'on trouble par une vilaine affaire de vol la première nuit en France. Mais, dès que la jeune fille eut posé la tête sur l'oreiller, elle lui tira sa révérence au propre comme au figuré et regagna la maison Etcheverry aussi vite que possible, sans se laisser distraire par la fête colorée qui se donnait sur la place : il fallait, à tout prix, qu'elle voie Maïtena !

En dépit de l'heure tardive, tout était encore éclairé et tout empestait le chocolat : on avait dû en préparer pour le retour du maréchal. Quand elle pénétra dans la grande salle, un certain désordre y régnait : sièges renversés, pots cassés, dont d'ailleurs Manech Etcheverry semblait se soucier fort peu. Assis sur une chaise devant la cheminée, les coudes aux genoux et le dos rond, il fumait sa pipe avec une sorte de rage en regardant les flammes... Il ne se leva même pas à l'entrée de Sylvie, preuve patente qu'il devait être de fort mauvaise humeur.

— Vous ne dormez pas encore ? dit doucement Sylvie.

— Le moyen de dormir dans une ville prise de folie ! L'Infante aura de la chance si elle peut fermer l'œil.

— Il faut tout de même essayer. Je... j'aurais voulu parler à votre fille. Peut-être est-elle encore éveillée elle aussi ?

— Elle n'est pas là !

Le cœur de Sylvie manqua un battement et tout de suite elle envisagea le pire : les deux amoureux s'étaient enfuis avec la cassette de bijoux. Pourtant, elle obligea sa voix à rester paisible pour demander :

— Elle participe à la fête sans doute ? Elle est allée voir les danseurs... C'est bien naturel...

Mais du coup, Etcheverry se leva et lui fit face. Elle eut l'impression qu'il bouillait de colère et devait s'imposer un gros effort pour ne pas l'envoyer promener avec ses questions.

— Non. Elle est partie ce soir pour un couvent de l'intérieur...

— Départ mouvementé si j'en juge par ce que je vois ici ?

— Puis-je savoir, madame la duchesse, pour quelle raison vous vous intéressez si fort à ma fille ?

— Je me suis prise d'une vraie sympathie pour elle parce qu'elle est aussi fière que belle, mais jouons cartes sur table si vous le voulez bien : elle est vraiment partie pour un couvent... ou bien ?...

— Vous voulez savoir si elle s'est enfuie avec ce fou qui m'est tombé dessus tout à l'heure en la réclamant à tous les échos et en m'accusant de l'avoir emmenée dans une retraite cachée pour la marier sur l'heure à son cousin. Du délire pur et simple !

— Quand on est amoureux on délire facilement. Ainsi M. de Saint-Mars était ici ?

— Oui. Il était déchaîné. Il hurlait qu'on l'avait prévenu trop tard et il a fouillé partout, même chez vous, et chez M. le maréchal où il a failli mettre le feu en renversant le réchaud sur lequel son valet espagnol était en train de préparer cette infernale boisson. Mais enfin, il est parti en courant pour aller je ne sais où... Le Ciel m'a bien inspiré en me disant de mettre dès ce soir ma fille à l'abri de ce furieux... Qu'il aille au diable !

— Il y a longtemps qu'il est parti ?

— Quelques minutes avant votre arrivée.

— Donc j'avais raison, triompha Sylvie. On l'a attiré dans un piège car il ne pouvait pas, à la même heure, être en train de tout casser ici et de s'enfuir avec les bijoux de l'Infante. Ce qu'il faut savoir, maintenant, c'est où il se trouve et là-dessus j'ai mon idée.

— Si vous m'expliquiez ?

— Trop long, mais vous pouvez venir avec moi si cela vous chante... ou plutôt attendez-moi un instant, ajouta-t-elle avec un regard à ses petits souliers de satin qui demandaient grâce. Le temps de changer de souliers.

Jeannette eut vite fait d'arranger cela. Elle voulait suivre sa maîtresse mais celle-ci s'y opposa : il valait mieux qu'elle reste au logis. Un moment plus tard, Sylvie trottait aux côtés de l'armateur en direction de l'hospice. Chemin faisant, elle fit de l'affaire un court récit et posa une question : Saint-Mars portait-il sa tunique de mousquetaire au moment de son esclandre ? La réponse fut négative, et comme son compagnon faisait remarquer, avec aigreur, qu'il n'avait aucune raison d'aider un homme qu'il détestait, elle haussa les épaules :

— Vous avez les meilleures de toutes : d'abord, un homme de votre qualité se doit de respecter le droit de quiconque à la justice. Ensuite, votre intérêt est que ce pauvre garçon, dont le seul tort est d'aimer plus riche que lui, puisse poursuivre sa carrière. Dans quelques jours elle l'éloignera de vous et vous ne le reverrez sans doute jamais. Les soldats meurent beaucoup au service du Roi.

— Nos marins aussi. La pêche à la baleine est le plus dangereux métier du monde et je veux un gendre qui s'y connaisse !

Ainsi que Sylvie l'espérait, Perceval était encore près de là. Quand elle l'appela à mi-voix, il sortit de l'ombre de la tour carrée.

— Vous arrivez bien, soupira-t-il. J'étais en train de me demander ce que je devais faire...

— Il s'est passé quelque chose ?

— Plutôt, oui ! Votre pèlerin, ainsi que nous le pensions, est rentré tranquillement mais quelque chose me poussait à attendre encore et apparemment j'ai eu raison : on s'agite beaucoup chez les moines augustins quand un roi se marie. Il y a un quart d'heure environ, trois hommes sont arrivés qui en soutenaient un quatrième. Ou plutôt qui le portaient. Ils se sont engouffrés dans l'hospice, avec quelque difficulté tout de même : le frère portier commençait à trouver qu'il y avait beaucoup de pèlerins dehors cette nuit. Ils ont dit qu'ils avaient réussi à retrouver leur frère. Malheureusement, c'était dans un ruisseau où il cuvait son vin... mais je jurerais que le prétendu ivrogne est Saint-Mars.

— Bien. En ce cas, cher Parrain, veuillez poursuivre votre faction un moment encore au cas où...

— Que voulez-vous faire ?

— Aller chercher M. d'Artagnan ! Il faut qu'il obtienne du Roi la permission de fouiller l'hospice...

— Terre d'asile ? Le Roi n'acceptera pas !

— Si cet asile est aussi celui des joyaux de sa femme, cela m'étonnerait beaucoup qu'il n'accepte pas. De toute façon nous allons voir ce que dira M. d'Artagnan.

On le trouva sans peine. Il était toujours à la maison de la Reine, comme s'il n'arrivait pas à s'en détacher. Visiblement très soucieux, il écouta Sylvie et son compagnon sans mot dire. Quand ce fut fini, il appela quatre de ses mousquetaires.

— Avec moi, messieurs ! Nous allons à l'hospice.

— Vous ne demandez pas un ordre du Roi ? interrogea Sylvie.

Le lieutenant la regarda sous le nez en lui dédiant un sourire féroce :

— Quand il s'agit de mes hommes, j'irais chez le diable en personne sans demander permission à qui que ce soit ! J'en répondrai moi-même à Sa Majesté... s'il le faut !

— Vous risquez votre carrière !

— Peut-être, mais si vous avez raison et si nous ne faisons pas vite, ces soi-disant pèlerins qui doivent être de vrais voleurs risquent de filer vers l'Espagne au lever du soleil ! Encore une objection ?

— Mon Dieu non. Sauf peut-être une mise au

point : si vous devez en répondre devant le Roi, je serai avec vous !

— Pourquoi pas ! On a déjà vu plus bizarre...

Un moment plus tard, la cloche de l'ancien couvent des Hospitaliers attirait une fois de plus le frère portier au guichet. Il s'entendit réclamer d'urgence « au nom du Roi » une entrevue avec le Frère supérieur et ne se fit pas trop prier pour ouvrir sa porte, mais il eut tout de même un haut-le-corps en voyant entrer, derrière l'officier, quatre mousquetaires bien armés et une dame, mais pas l'armateur. Froissé dans sa piété, celui-ci avait préféré battre en retraite.

Il fut moins facile de convaincre le Supérieur de laisser les soldats du Roi fouiller sa maison.

— Je sais bien que les errants de Dieu ne sont pas tous des saints mais le seul fait de s'engager sur le pénible chemin de Saint-Jacques doit leur valoir paix et protection. Je refuse. Ou alors apportez-moi un ordre de Mgr l'évêque...

— Je n'ai pas le temps. Et d'ailleurs je n'ai l'intention de molester personne. Nous opérerons en douceur... et je suppose que personne ne couche à la chapelle ?

— En effet, mais pendant les offices les pèlerins sont invités à se joindre à nous... et matines n'est pas loin.

— Après quoi viendra le jour et nos gens peuvent filer avec leur butin. Songez-y, mon père : les bijoux de l'Infante qui devient aujourd'hui notre reine ! Cela frise la lèse-majesté. Si vous m'accordez ce que je demande nous allons ôter casaques et chapeaux et nous nous séparerons. Tous ici connaissent leur camarade. Mme la duchesse de Fontsomme qui représente l'Infante le connaît. Pressons, Votre Révérence ! Vous permettez ou non ?

— Qui vous dit que votre homme n'est pas complice des prétendus voleurs ? C'est lui qu'on a vu partir avec le coffret....

— Non. C'est l'un des autres revêtu de son uniforme après l'avoir suffisamment affolé pour qu'il accepte ce curieux remplacement... Alors, nous y allons ? Si vous refusez, je demanderai au Roi la fermeture de votre hospice !

— Eh bien... faites comme vous l'entendrez mais si vous ne trouvez rien...

— Je suis homme à répondre de mes actes !

On trouva. On trouva même tout : Saint-Mars toujours sous l'effet de la drogue qu'on lui avait ingurgitée de force, les quatre voleurs paisiblement endormis en attendant l'heure de se mêler aux autres pour reprendre la route, les joyaux de l'Infante répartis dans les « panières » de ces pèlerins d'un genre bien particulier. Et la casaque du mousquetaire ! Les malandrins tentèrent de se défendre en chargeant Saint-Mars. Il avait tout fait et eux n'étaient là que pour passer les bijoux en Espagne où on les vendrait sans peine à un juif de Burgos.

— C'est sans doute pour cela que vous l'avez drogué quand vous l'avez récupéré à la sortie de la maison Etcheverry ? fit d'Artagnan.

Le gros homme qui avait joué le rôle du dénonciateur protesta :

— La maison... Etcheverry ? On n'avait rien à y faire. On l'attendait sur la plage. Il est venu tout droit à nous...

— Après avoir jeté sa casaque ? Comme c'est vraisemblable ! Il comptait déserter, partir avec vous, abandonner tout ? Son honneur et le reste ?

— Il voulait épouser une fille riche. Il lui fallait de l'argent. Tout était arrangé avec elle et elle devait le rejoindre. Pas besoin d'aller la chercher.

— Il y est allé pourtant, affirma Sylvie. Manech Etcheverry pourra témoigner qu'il a tout mis en l'air dans sa maison...

L'autre prit un air malin :

— Peut-être qu'il s'était mis d'accord avec lui aussi. En tout cas, nous on n'a pas bougé de la plage...

— Et il n'est pas allé chez Etcheverry ?

— Ben... non ! Il n'avait pas le temps et ça risquait de le faire prendre.

— Et ça ?

D'un doigt, Sylvie désignait l'énorme tache grasse et brune étalée sur le justaucorps de daim du mousquetaire.

— Ça, reprit-elle, c'est du chocolat : celui qu'il a renversé dans l'appartement du maréchal de Gramont. Etcheverry en témoignera...

— Ne vous donnez pas tant de peine, madame la duchesse. Ce chocolat est une bonne preuve comme aussi le sommeil tenace de ce malheureux que l'on aurait sans doute abandonné à sa honte et à la justice du Roi avant de filer en Espagne. De toute façon, on connaîtra les détails de l'opération quand le bourreau s'occupera de ces messieurs pour leur tirer la vérité... Qu'on les emmène et qu'on ramène cet imbécile au cantonnement...

— Il sera puni gravement ?

— Il a abandonné son poste, non ? Et un poste de confiance. En outre, il a prêté sa casaque pour que l'on ne s'aperçoive pas tout de suite de son absence. Il fera de la prison militaire, mais je veillerai à ce que, ensuite, il réintègre les mousquetaires. C'est un bon soldat, très brave. J'entends le garder... mais il vous devra une fière chandelle !

Ce fut ce que le pauvre Saint-Mars écrivit le lendemain à Sylvie : « Je sais, madame la duchesse, ce que vous avez fait pour moi. Je sais que vous avez sauvé ma vie et mon honneur. Ils vous appartiennent désormais et vous pourrez venir me les réclamer quand vous le voudrez... »

— Pauvre garçon ! murmura la jeune femme en approchant la lettre de la flamme d'une bougie. Que pourrais-je bien faire de sa vie et de son honneur surtout ? Laissons-le oublier !

Mais Perceval saisit le papier qui commençait à brûler et l'éteignit sous son talon :

— Ce genre de lettre ne se détruit pas, Sylvie ! Ça se garde même précieusement. Vous ne savez pas de quoi votre avenir et le sien peuvent être faits...

— Eh bien, gardez-la si cela vous fait plaisir !

soupira-t-elle. Il est l'heure d'aller habiller l'Infante pour la messe de mariage...

Quelques heures plus tard, Marie-Thérèse, ravissante dans sa première toilette française — robe de satin blanc semée de fleurs de lis comme l'immense manteau de velours pourpre attaché à ses épaules —, prenait le chemin de l'église. Le manteau était soutenu à mi-longueur par les jeunes sœurs de Mademoiselle et au bout par la princesse de Carignan, mais il n'avait pas fallu moins de deux dames et d'un coiffeur pour convaincre la couronne royale de rester fixée au sommet de la magnifique chevelure blonde, fraîchement lavée et trop abondante de la princesse.

Sous les vivats et le carillon frénétique des cloches on alla vers l'église à pied comme tout un chacun, sous une chaleur tropicale et d'ardents rayons de soleil dont une floraison de parasols essayaient de défendre le beau cortège. Le prince de Condé ouvrait la marche, puis venait Mazarin empaqueté dans un métrage impressionnant de moire pourpre, des diamants à tous les doigts. Ensuite le Roi, en habit de drap d'or voilé de fine dentelle noire, sans un bijou, précédant la fiancée menée à droite par Monsieur, à gauche par M. de Bernaville, son chevalier d'honneur. La Reine Mère rayonnante de joie venait ensuite et enfin Mademoiselle, qui avait couvert ses voiles noirs de tout ce qu'elle possédait de perles. Toutes avec des traînes qui, sans être aussi longues que celle de la nouvelle reine, n'en compliquèrent pas moins les évolutions dans la belle église au somptueux retable doré et sculpté, où les hommes de la région, placés dans les trois galeries étagées jusqu'à la voûte en berceau de navire, firent entendre les plus beaux chants du monde.

Sylvie qui se souvenait de ce qu'avait été le ménage de Louis XIII et d'Anne d'Autriche pria de tout son cœur pour que ce nouveau couple, si bien assorti, trouve ce bonheur qui est rarement le lot des personnes royales, mais le sourire de Louis quand il regardait sa jeune femme, et surtout le regard de Marie-Thérèse, déjà brillant d'un amour qui ne s'éteindrait jamais, permettaient les plus grandes espérances.

Anne d'Autriche, elle non plus, n'oubliait pas. Elle s'attachait de toute sa force à ce qu'elle espérait un bonheur et, le soir venu, pour qu'au moins la pudeur de Marie-Thérèse ne soit pas soumise à trop rude épreuve, elle n'hésita pas à bousculer les traditions, referma elle-même les rideaux du lit sur le jeune couple à peine couché et renvoya tout le monde.

— Pensez-vous qu'ils seront heureux ? demanda Sylvie à Mme de Navailles tandis qu'elles quittaient ensemble la maison du Roi.

— J'en doute un peu. Le bruit court qu'en rentrant à Paris le Roi ferait, seul, un crochet par Brouage où Mazarin a exilé sa nièce Marie, sous le prétexte de visiter le port de La Rochelle. D'autre part, certains regards posés sur l'une des filles d'honneur ne m'ont pas échappé. Il faudra veiller au grain...

— Ou faire en sorte que la Reine continue de plaire à son époux ?

— Quelque chose me dit que ce sera plus difficile...

Le vent de mer rafraîchissait la nuit étoilée. Les deux femmes prolongèrent leur promenade pour mieux en profiter.

CHAPITRE 3

UN CADEAU POUR LA REINE

Ce fut à Fontainebleau et, bien entendu, au moment où elle s'y attendait le moins que Sylvie revit François.

Avant de présenter la Reine à Paris et d'y faire avec elle sa « joyeuse entrée », Louis XIV décida de passer quelques jours dans un palais qu'il aimait particulièrement. Il y avait plus d'un an que la Cour avait quitté la capitale pour la Provence et le Pays basque et il est toujours agréable de rentrer chez soi. En outre, le long voyage de retour en plusieurs semaines ponctuées de fêtes, de discours, de banquets, de bals et de toutes sortes de distractions avait offert trop de logements improvisés, voire misérables, pour que tous ne souhaitent retrouver l'espace et le charme de ce qui était alors la plus agréable des résidences royales.

Sylvie aussi aimait Fontainebleau où elle avait séjourné à plusieurs reprises sous le règne précédent. Elle appréciait la beauté de la grande forêt et l'agrément des bâtiments moins élevés que ceux de Saint-Germain, moins sévères que ceux du

Louvre où la royauté s'était réinstallée après les troubles de la Fronde — avec le Cardinal qui tenait beaucoup de place — quand on avait pu mesurer la difficulté de défendre l'aimable Palais-Royal. Sylvie conservait le souvenir — amusé avec le recul du temps ! — de sa première rencontre avec Richelieu. Et c'est en y pensant qu'elle était descendue dans les jardins, ce matin-là de bonne heure, dans l'intention de jouir de la fraîcheur de la rosée et de refaire cette première promenade qui devait avoir tant d'influence sur sa vie de petite fille d'honneur de quinze ans, puisqu'elle lui avait permis de rencontrer, non seulement le redoutable Cardinal mais aussi celui qui était devenu son époux et que, ce jour-là, accompagnait le trop beau et trop imprudent Cinq-Mars. Un pèlerinage de tendresse en quelque sorte !

Il était vraiment tôt : l'aurore incendiait le ciel et Sylvie pensait disposer d'une petite heure, le couple royal étant encore au lit. Or, en arrivant au pavillon Sully, elle s'aperçut que l'immense enfilade de jardins allant de l'étang aux carpes au Grand Canal était envahie par une foule de gens affairés, valets, ouvriers, jardiniers et artificiers, mêlés à ce qui ne pouvait être que les préparatifs d'une grande fête dont personne n'avait sonné mot, le parc étant, la veille au soir, rigoureusement vide et désert. Déçue, un peu mécontente, elle allait se décider à rentrer au château quand, derrière elle, une voix masculine se fit entendre :

— Par grâce, madame, gardez-moi le secret encore deux ou trois heures !

Le son grave et chaud de la voix l'atteignit comme une flèche. Elle se retourna et vit qu'il était là, que c'était lui qui venait de parler. A cause de la grande mante de soie légère dont elle s'était enveloppée contre l'humidité de l'aube, il ne l'avait pas reconnue. Et maintenant ils étaient face à face, figés par la surprise et se regardant sans trouver un mot à dire, sans oser un geste. Seuls vivaient leurs cœurs, qui battaient la chamade, leurs yeux qui se pénétraient plus ardemment peut-être que ne l'eût fait un baiser, illuminés d'une joie dont ils n'étaient maîtres ni l'un ni l'autre mais qui, très vite, épouvanta Sylvie. Réagissant enfin, elle voulut fuir, mais il la retint par un pli de sa mante :

— En souvenir d'autrefois, Sylvie, accordez-moi au moins cet instant puisque Dieu nous permet de le vivre à l'écart des regards indiscrets de la Cour.

— Dieu ? N'est-ce pas un trop grand nom, trop commode aussi pour un simple hasard ?

— Que vous regrettez, bien sûr !

— Je viens de manquer au serment que j'avais fait à votre victime de ne vous revoir de ma vie. N'est-ce pas assez ?

— Non, parce que vous êtes injuste. Quand deux hommes se font face, l'épée à la main, les armes sont égales. C'est corps pour corps, sang pour sang, vie pour vie, et quand l'un d'eux tombe, il n'est pas plus une victime que l'autre un bourreau.

— Vous l'avez tué pourtant !

— Mais je ne le voulais pas et c'est là que résidait la différence entre nous : lui se battait pour tuer. Moi pas.

— Vous en êtes sûr ?

— En conscience, oui ! Nous étions de force sensiblement égale au jeu de l'escrime et je ne voulais pas mourir. Peut-être me suis-je défendu un peu trop bien. J'ai conscience, depuis longtemps, qu'il eût mieux valu pour moi d'être tué. Pour moi et surtout pour vous... Mon ombre eût été plus heureuse : elle aurait vécu tout près de vous ces interminables années où vous êtes demeurée quasiment recluse sur vos terres et qui m'ont fait tant de mal !

— Cela ne se dirait guère, fit-elle avec une pointe d'amertume qui n'échappa pas à François.

— Allons donc ! Ne me dites pas que je n'ai pas changé ?

C'était indéniable, mais s'il était à présent différent, il n'en était peut-être que plus séduisant. Ses cheveux, jadis si longs, si blonds, avaient pris une teinte plus foncée et s'argentaient légèrement vers les tempes. Coupés au ras des épaules et rejetés en arrière, ils dégageaient le visage énergique dont les traits se creusaient, accusant davantage la ressemblance avec César de Vendôme son père. Si le jeune dieu nordique d'autrefois s'effaçait, il était incontestable que la maturité seyait à François de Beaufort : sa silhouette, sans s'épaissir le moins du monde, en tirait plus de puissance sous le justaucorps de daim gris fer qu'il portait avec des bottes de cavalier.

— En effet, admit Sylvie, vous avez changé...

Mais il ne la laissa pas continuer :

— L'apparence seulement, Sylvie. Le cœur, lui, est toujours le même... toujours tout à vous !

— Encore un mot sur ce sujet et je vous quitte ! fit-elle sévèrement en esquissant un mouvement de retraite qu'il arrêta de la main.

— Je pensais, après tant d'années de pénitence, avoir acquis le droit de vous dire ce qu'il en est de moi.

— Celui qui est entre nous ne vous accorde aucun droit. D'ailleurs, je ne vous crois pas. Si éloignée que j'aie été de la Cour, ses bruits n'en sont pas moins venus jusqu'à moi. On parlait, à votre sujet, d'une demoiselle de Guerchy ; on avance à présent le nom de Mme d'Olonne...

Au léger sourire qui détendit les lèvres dures, elle comprit qu'elle venait de commettre une faute en laissant entendre qu'elle s'intéressait toujours à lui et se traita de sotte. Cette fois, il fallait partir si elle ne voulait pas poursuivre le dialogue sur un ton différent. Virant sur ses talons avec une prestesse qui fit voler sa mante, elle se trouva nez à nez avec Nicolas Fouquet, survenant à la tête d'une troupe de musiciens et disant :

— Où en êtes-vous, monseigneur ? Tout sera-t-il prêt pour le plaisir de Leurs Majestés lorsqu'elles sortiront de la messe ?... Tiens, madame la duchesse de Fontsomme ! C'est apparemment le jour des surprises, mais la mienne est la plus heureuse puisque je vous rencontre. Vous êtes bien matinale.

— J'ai toujours aimé ce parc et je venais y rêver un peu quand je suis tombée...

— Sur les préparatifs de la fête que M. le duc de Beaufort veut offrir au Roi et pour laquelle il s'est donné beaucoup de peine.

— Je n'en serais pas sorti sans vous, mon cher Fouquet ! Vous êtes, en vérité, un grand magicien....

— Inutile de me chanter ses louanges ! coupa Sylvie en tendant sa main au surintendant des Finances. M. Fouquet est, depuis longtemps, l'un de mes plus fidèles amis. Mais j'ignorais que vous vous connaissiez ? ajouta-t-elle d'un ton plus sec.

— Vous n'allez pas, j'espère, lui en vouloir pour ça ? C'est la passion de la mer qui nous a rapprochés. Vous n'ignorez pas que j'ai la survivance du poste d'amiral qui est encore à mon père. Fouquet est le nouveau maître de Belle-Isle et nous avons tous deux de grands projets pour mieux fortifier les côtes bretonnes et construire en eau profonde un port capable d'accueillir des vaisseaux de guerre entre Brest et Dunkerque. Nous pensons aussi à ma principauté de Martigues dont on pourrait faire, en Méditerranée, un grand port de commerce....

— Pitié, monseigneur ! dit Fouquet en riant. N'accablez pas Mme de Fontsomme sous nos projets. Peut-être nous prendrait-elle pour des fous... Oh Dieu ! Voilà M. Colbert qui nous arrive avec sa mine sombre et son œil fureteur. Il me suit à la trace dès que je mets le pied chez le Roi.

— Le miel attire les mouches et puis, mon ami, votre trace est si brillante qu'elle est facile à relever. Pour ma part je n'aime pas cette laide figure d'envieux et je vous la laisse. J'accompagne Mme de Fontsomme jusqu'au Grand Degré...

Sylvie aurait bien voulu refuser, mais elle craignit de paraître discourtoise aux yeux de Fouquet. Elle chemina donc un instant sans parler aux côtés de François puis demanda :

— Pourquoi perdre votre temps à me faire la conduite ? Vous allez être en retard.

— C'est avec vous que je suis en retard : de dix ans ! Sylvie... Accordez-moi de vous revoir... de temps en temps au moins. Ces années m'ont été si pénibles...

Les yeux fixés sur la pointe de ses souliers qui apparaissaient et disparaissaient au rythme de la marche, Sylvie se garda bien de tourner la tête vers lui. Au son de sa voix, elle devinait qu'il devait avoir ce visage de passion auquel jadis elle n'avait pu résister.

— Cela ne m'est pas apparu si long, à moi !

— Dieu que vous êtes cruelle ! Seulement je ne vous crois pas. Ce fou de Bussy-Rabutin prétend que l'absence est à l'amour ce qu'est au feu le vent... qu'il éteint le petit et allume le grand. Le mien est plus fort que jamais, Sylvie. Et le vôtre ?

— Brisons là, je vous prie ! C'est une question que je ne vous permets pas de me poser parce que je ne me la pose plus depuis longtemps. Cela dit, la vie de cour nous obligera à des rencontres. Il faudra vous en contenter.

— J'aimerais pourtant voir vos enfants. Votre petite Marie était si mignonne... et, ajouta-t-il d'un ton plus grave, je serais heureux de connaître votre fils.

— Pourquoi ? demanda-t-elle, la gorge soudain séchée.

— C'est... naturel il me semble...

Cette fois elle le regarda avec une sorte d'épouvante, mais il venait de s'arrêter près d'un portique de roses et de jasmins, et respirait une fleur d'un air innocent. Que savait-il au juste de la naissance de Philippe ? En connaissait-il la date exacte au point d'en déduire la vérité ? Pourtant, la guerre faisait rage à cette époque et il croulait sous les responsabilités...

— Que voyez-vous là de si naturel ? demanda-t-elle, décidée à le pousser dans ses retranchements.

Il eut un sourire, arracha la rose qu'il lui offrit, prit son autre main pour l'entraîner à l'écart des jardiniers au travail puis, posant sur ses doigts un baiser très doux, il murmura :

— Ne me laisserez-vous jamais personne à aimer ?

Sans rien ajouter, il laissa la main retomber et rejoignit le théâtre de verdure improvisé où tout à l'heure on donnerait l'un de ces ballets que le Roi aimait tant. Rêveuse, Sylvie remonta chez la Reine...

La fête de M. de Beaufort fut une réussite et le Roi daigna s'y amuser. Sylvie nettement moins, car dès l'instant où elle parut dans la suite de la Reine, le maréchal de Gramont, qui la poursuivait de ses assiduités depuis Saint-Jean-de-Luz en dépit de la présence de sa femme, s'attacha à ses pas avec une constance que la jeune femme jugeait agaçante.

Le clou de la journée fut l'instant où Beaufort, magnifique dans un habit de taffetas noir glacé d'argent — Sylvie devait découvrir par la suite que, comme elle, il ne portait que les couleurs du deuil —, vint mettre genou en terre devant la jeune Reine en lui offrant le plus ravissant négrillon qui se puisse voir. Il devait avoir de dix à douze ans et, pour rehausser encore sa beauté, on l'avait vêtu de satin doré et coiffé d'un turban assorti où moussaient des plumes blanches. Tout à fait à son aise, il salua d'abord avec une amusante gravité en croisant les mains sur sa poitrine et en s'inclinant puis, content des murmures admiratifs des courtisans, il alluma un éclatant sourire.

— Il vient du royaume de Soudan, Madame, expliqua Beaufort en espagnol, tout exprès pour vous servir. Il est adroit en toutes choses, il joue de la flûte et sait danser. Il s'appelle Nabo... Il est chrétien.

Tandis que Marie-Thérèse, rouge de joie, riait en frappant ses mains l'une contre l'autre dans un geste qui lui était familier, sa naine qui la suivait partout comme un petit chien vint prendre le jeune garçon par la main pour l'entraîner sous une tonnelle où elle s'était préparé un petit repas de gâteaux et de sucreries afin de le partager avec lui. Ils étaient à peu près de la même taille mais le contraste qu'ils formaient — elle si laide en dépit de ses habits magnifiques, lui si beau ! — était frappant et, naturellement, quelques plaisanteries osées fusèrent sur ce qui pouvait sortir plus tard d'un tel couple. Un coup d'œil sévère du Roi les fit taire tandis que Marie-Thérèse recommandait :

— Tu peux jouer avec lui, Chica, mais ne me l'abîme pas !

Sur le visage grossier où les traits semblaient avoir du mal à se mettre d'accord pour composer une physionomie, un étonnant, un radieux sourire éclata soudain :

— Oh non !.. Il est trop joli ! Chica en prendra grand soin !...

Pendant le souper fastueux où Beaufort tint à servir en personne son jeune souverain, Mademoiselle, qui pour une fois n'avait pas faim, se rapprocha de Sylvie assise à l'écart sur un banc de pierre voisin d'un parapluie de roses, et s'installa auprès d'elle. Durant le long voyage de retour, les deux femmes avaient noué amitié.

— Que faites-vous là seulette ? Ne me dites pas que votre amoureux vous délaisse déjà ? Ou bien l'avez vous renvoyé ?

— Mon amoureux ? Oh... M. de Gramont ? Il vient de partir pour Paris où l'appelle je ne sais quelle affaire.

Elle dit cela d'un ton tellement indifférent que la princesse se mit à rire.

— Allons, je constate avec joie qu'il ne vous émeut guère et vous n'imaginez pas comme j'en suis ravie !

— Pourquoi donc ?

— Parce que je redoute qu'il ne devienne veuf un jour et ne demande votre main...

— Pourquoi deviendrait-il veuf ? La duchesse est-elle malade ?

— Sa santé n'est pas des meilleures. Ce n'est d'ailleurs pas une sinécure d'avoir épousé un Gramont, et la pauvre Françoise de Chivré qui détient le titre déteste son château de Bidache où on la confine généralement et passe le plus de temps qu'elle peut avec sa fille, la princesse de Monaco. Elle doit s'y sentir en sûreté !

— En sûreté ? Ne le serait-elle pas auprès de son époux ?

— Oh, l'époux serait assez bon homme en dépit de son caractère emporté, et surtout intéressé, mais le pire c'est son frère, le chevalier, qui est un vrai démon et que, malheureusement, il écoute un peu trop. Si celui-ci juge un jour qu'une nouvelle alliance, avec une femme riche et bien en cour, pourrait être utile à la famille, la duchesse pourrait faire à Bidache un dernier séjour... un peu malsain.

— Vous ne voulez pas dire, Altesse, que cette pauvre femme pourrait...

Le regard effaré de sa nouvelle amie fit sourire la princesse.

— Oh si ! Je les en crois très capables et la pauvre Françoise ne l'ignore pas. Elle fait d'affreux cauchemars quand elle est là-bas. Elle m'a dit un jour y avoir rencontré le fantôme de sa belle-mère...

— La mère du maréchal ? Lui serait-il arrivé malheur ?

— C'est le moins qu'on puisse dire. Ecoutez plutôt...

Et Mademoiselle raconta comment, un jour de mars 1610, le père du maréchal, rentrant chez lui inopinément, surprit sa femme, la belle Louise de Roquelaure, en tendre conversation avec un sien cousin, Marsilien de Gramont que, par malheur, il aimait aussi. Sa réaction fut immédiate : il embrocha le séducteur tandis que Louise réussissait à s'enfuir jusqu'à un couvent voisin. Le mari furieux l'en tira bien vite pour la traduire devant une espèce de tribunal composé des notables du pays où elle eut la pénible surprise de trouver le cadavre de son amant que l'on n'avait pas encore enterré. Tous deux furent condamnés à être décapités, ce que l'on exécuta aussitôt sur Marsilien mais, pour sa femme, Antonin de Gramont préféra attendre, craignant un peu les représailles d'un beau-père qui était non seulement gouverneur de Gascogne mais fort bien en cour. En effet, Roquelaure en appela à la Reine, Marie de Médicis, et Gramont reçut l'ordre « de ne rien tenter contre la vie de son épouse ». Cet ordre que lui porte le conseiller de Gourgues, Gramont le reçoit avec colère. Il part pour Paris, laissant la coupable à la garde de sa mère qui n'était autre que la fameuse Diane d'Andoins, dite Corisande, la première passion du jeune Henri IV alors roi de Navarre. C'est une femme dure, orgueilleuse qui supporte mal le temps qui passe. Elle déteste sa belle-fille. Le mari a-t-il ou n'a-t-il pas donné d'instructions à sa mère ? Toujours est-il que le 9 novembre suivant, on portait en terre la jeune femme à laquelle Corisande refusa la sépulture des Gramont...

— On dit, acheva Mademoiselle, que la malheureuse aurait été jetée au fond d'une oubliette où Corisande la laissa mourir les os brisés. En ce qui me concerne, je n'ai jamais voulu aller à Bidache et je vous conseille d'en faire autant...

— Quelle horrible histoire ! émit Sylvie, glacée jusqu'à l'âme. Et le fils n'a rien tenté pour sa mère ?

— Il la connaissait à peine. Depuis sa naissance il vivait chez Corisande, à Hagetmau. Alors, si vous apprenez la mort de la duchesse, sauvez-vous à toutes jambes !...

Sylvie n'écoutait plus. Elle regardait la table royale où François remplissait la coupe de Louis XIV avec des gestes presques tendres. Mademoiselle surprit ce regard et soupira :

— Celui-là aussi vous aime... et au fond je ne vois pas pourquoi vous ne l'épouseriez pas ?

Le propos ne surprit pas Sylvie. La princesse était depuis longtemps la meilleure amie de François, sa complice durant la Fronde et sans doute aussi sa confidente. Sans même tourner la tête, elle répondit :

— Pendant des années ce fut mon rêve impossible et ça l'est plus encore à présent...

— A cause de ce malheureux coup d'épée ? Nous étions tous un peu fous alors et l'on s'étripait joyeusement en famille selon que l'on tenait pour ou contre Mazarin, mais s'il s'est souvent battu en duel, jamais Beaufort n'a été l'agresseur. C'est pour cela, je crois, que sa sœur lui a pardonné la mort de Nemours. Vous devriez pardonner aussi...

— C'est à mon fils que le pardon appartient. Lorsqu'il aura l'âge d'homme — ce qui vient vite ! — il saura à quoi s'en tenir et, s'il pardonne, je n'aurai aucune raison d'être plus intransigeante.

— Et s'il ne pardonne pas, s'il provoque Beaufort en duel ?

— Cela, je saurai l'empêcher, dussé-je y laisser la vie... mais j'espère bien ne pas en venir là !

— Je l'espère aussi, cependant suivez mon conseil. Faites la paix avec Beaufort ! Même Chimène a fini par épouser Rodrigue !

Cette fois, Sylvie se contenta de sourire. Elle ne pouvait deviner qu'un danger plus grand, plus immédiat surtout, allait se présenter bientôt.

Le jeudi 26 août, dans la fraîcheur du matin, le Roi et la Reine qui avaient quitté Fontainebleau prirent place sur un double trône abrité de soie fleurdelysée à crépines d'or que l'on avait érigé sur un vaste espace herbu, et un peu en élévation, situé à mi-chemin environ du château de Vincennes et de la porte Saint-Antoine [1]. Tous

1. Cet endroit, qui prendra le nom de place du Trône puis,

deux, naturellement, étaient vêtus avec la somptuosité qu'un peuple attend de ses souverains en représentation, mais pour ce jour où Paris allait découvrir sa reine, Louis XIV avait volontairement assourdi son propre éclat afin de laisser briller davantage Marie-Thérèse. Celle-ci portait en effet une robe de satin noir tellement brodée d'or et d'argent, tellement enrichie de perles et de pierreries que l'on n'en voyait plus guère la couleur d'origine. Des diamants scintillaient sur sa jeune gorge, à ses oreilles, ses bras, ses petites mains, et, sur sa chevelure coiffée lâche afin qu'on pût l'admirer, la couronne royale étincelait de tous ses feux dans le soleil du matin. Louis se contentait d'un habit entièrement brodé d'argent et d'un seul diamant à son chapeau sous le piquet d'aigrette et de plumes blanches.

Le jeune couple reçut là l'hommage des corps constitués, subit avec patience l'interminable discours d'un chancelier Séguier drapé d'or de la tête aux pieds et qui croyait que ce jour était aussi celui de son triomphe : ce n'était plus un secret pour personne que Mazarin allait vers sa fin et l'imposant personnage pensait que le rôle de Premier ministre l'attendait... Enfin, l'immense cortège qui allait amener la Reine au Louvre put s'ébranler. Louis XIV sauta, avec un évident soulagement, sur un beau cheval bai brun tandis que Marie-Thérèse s'installait dans un « char plus

---

sous la Révolution, de place du Trône renversé, est aujourd'hui la place de la Nation.

beau que celui que l'on donne faussement au soleil et ses chevaux auraient emporté le prix de la beauté sur ceux de ce dieu de la fable ». Elle souleva un enthousiasme délirant auquel elle répondit par des sourires d'abord timides puis plus assurés et qu'elle appuyait d'un joli geste de la main à mesure que les acclamations se levaient sur son passage. Elle pouvait voir, caracolant devant elle, l'homme qu'elle aimait à présent plus que tout au monde : de lui, en ce jour de gloire, ne pouvaient lui venir que des bonheurs. On était bien loin de la pompe espagnole où le peuple, saluant très bas, regardait passer dans un silence religieux des idoles hiératiques parées comme des châsses de saints. A Paris on saluait aussi, mais on se relevait vite pour jeter son chapeau en l'air, crier, chanter et dire des vers :

Venez, ô reine triomphante,
Et perdez sans regrets le beau titre d'Infante
Entre les bras du plus beau des rois.

Il était six heures du soir quand, de concerts en compliments et d'hymne en arcs de triomphe, on atteignit enfin le Louvre qui, pour la circonstance, avait fait toilette — la longue absence de la Cour l'avait permis — et offrait des appartements rénovés, des tentures fraîches, des fleurs partout... même si la Cour carrée n'était toujours pas achevée.

En compagnie de Mmes de Navailles et de Motteville, Sylvie avait assisté au défilé depuis l'un des balcons de l'hôtel de Beauvais appartenant à cette femme de chambre d'Anne d'Autriche que l'on surnommait Cateau la Borgnesse et dont la fortune avait connu un essor incroyable depuis que, pendant la Fronde, elle s'était emparée du jeune Roi pour le déniaiser, exploit qui avait ravi sa mère. Depuis, l'époux de la dame, ancien marchand de rubans dans la galerie du Palais, avait été promu conseiller et baron de Beauvais, et une véritable manne céleste ne cessait de pleuvoir sur le couple. Elle leur avait permis d'acheter à Madeleine de Castille, l'épouse de Fouquet, un terrain longeant la rue Saint-Antoine, sur lequel ils avaient bâti un magnifique hôtel dont la nouveauté résidait dans le corps de logis principal donnant directement sur la rue et orné de plusieurs balcons. Tendu de velours pourpre, les deux plus beaux avaient abrité, l'un, Anne d'Autriche, sa belle-sœur la reine mère d'Angleterre et la jeune Henriette, fille de celle-ci, le deuxième, Mazarin et Turenne. Les principaux de la Cour, ceux qui n'étaient pas dans le cortège, se partageaient les autres. Pour leur part, Mme de Fontsomme et ses deux amies n'avaient accepté que contraintes et forcées : elles détestaient d'un cœur unanime cette baronne de Beauvais aux armoiries fraîchement peintes en qui elles ne voyaient pas grande différence, sur le plan de l'honorabilité, avec une patronne de bourdeau. Mais la possibilité de refuser leur avait été ôtée par la Reine Mère en personne : elles étaient « ses » invitées, en partant du principe que, dans la maison qu'elle honorait de sa présence, elle était chez elle. Les rétives s'étaient donc inclinées, ce qui avait valu à Sylvie de recevoir le salut énamouré de M. de Gramont qui défilait devant le Roi avec les autres maréchaux de France ; mais à peine le cortège éloigné, peu désireuses de partager le pain et le sel de Cateau la Borgnesse, elles tirèrent toutes trois leur révérence pour gagner le Louvre par un chemin détourné et s'y restaurer en attendant l'arrivée de la Reine.

En descendant de carrosse devant l'entrée principale — qui était encore la porte de Bourbon mais plus pour longtemps, car Louis XIV avait décidé de raser tout ce qui restait du Vieux Louvre —, Sylvie fut abordée par un gentilhomme d'une quarantaine d'années, portant beau encore que vêtu à une mode vieille d'une dizaine d'années, dont la tournure ainsi que le teint basané dénonçaient un coureur d'aventures venu de loin. Son visage irrégulier n'était pas sans charme et il montra une politesse parfaite en saluant Sylvie :

— Je vous demande en grâce de me pardonner si je vous suis importun, madame, mais j'étais dans la foule tout à l'heure et quelqu'un vous a signalée à mon attention comme étant Mme la duchesse de Fontsomme. Je serais désespéré de faire erreur car je serais alors impardonnable...

— On ne vous a pas trompé, monsieur. Je suis bien celle que l'on vous a dit mais... puis-je savoir en quoi je vous intéresse ?

— J'aimerais obtenir de vous un instant d'entretien. J'avais pensé me présenter à votre hôtel mais vous n'y êtes pas souvent et vous me pardonnerez, j'espère, d'avoir saisi l'occasion.

— Qu'avez-vous donc de si important à me dire, monsieur ? Vous comprendrez sans peine que je ne puisse m'arrêter plus longtemps ni retenir au seuil du palais les dames qui m'attendent ?

— Pas ici, sans doute, mais j'ai eu, madame la duchesse, l'honneur de vous demander un entretien...

— Soit. Eh bien, puisque vous connaissez mon hôtel, soyez-y demain vers six heures du soir. Je ne serai pas de service. Mais... auparavant, me confierez-vous votre nom ?

L'inconnu balaya le sol des plumes fatiguées de son chapeau :

— Acceptez mes excuses ! J'aurais dû commencer par là ! Je me nomme Saint-Rémy, Fulgent de Saint-Rémy et je viens des Iles. J'ajoute que nous sommes un peu parents...

Ces derniers mots trottèrent longtemps dans la tête de Sylvie tandis qu'elle gagnait l'appartement de la Reine avec ses compagnes. Ils en furent chassés par ce qu'elles y trouvèrent : la duchesse de Béthune, provisoirement en bon état — les apothicaires parisiens n'avaient pas de meilleure cliente ! —, venait d'arriver pour prendre le service que Mme de Fontsomme assumait depuis le mariage. Elle avait commencé par vouloir inspecter la garde-robe de Marie-Thérèse ainsi que ses bijoux, mais elle comptait sans Maria Molina qui, flanquée des autres femmes espagnoles, de Nabo et de Chica, ne l'entendait pas de cette oreille et prétendait tout simplement la mettre à la porte. En fait de dame d'atour, Molina ne connaissait que « Mme de Fontsoume » et ne comprenait pas ce que cette intruse venait faire ici, pourquoi elle tripotait des bijoux dont la conservation ne relevait pas d'ailleurs de la dame d'atour mais du garde du cabinet. Comme elles employaient toutes deux une langue différente, la compréhension n'était pas au rendez-vous et le combat semblait d'autant plus chaud.

Mme de Motteville et Sylvie se jetèrent dans la bataille oratoire qui sans elles serait peut-être allée plus loin, Molina se montrant facilement agressive dès qu'il s'agissait de « son Infante » et Mme de Béthune possédant un caractère difficile. Née Charlotte Séguier et fille du Chancelier — le potentat doré de tout à l'heure ! — elle en avait hérité l'arrogance et se croyait, selon l'expression de Mme de Motteville qui ne l'aimait pas, « plus duchesse que toutes les autres ».

Lorsque le calme revint, le ressentiment de Mme de Béthune ne fut pas apaisé pour autant. Avec une parfaite injustice il alla tout entier à « Mme de Fontsomme qui aurait dû, dès l'arrivée de l'Infante en France, apprendre à ses domestiques le nom de la véritable dame d'atour et non s'installer dans la fonction comme si elle n'en était pas simplement suppléante ». Le tout sur un ton cassant qui exaspéra Sylvie.

— Et pourquoi pas les inciter à vous héberger chaque soir dans leurs prières ? riposta-t-elle. Si vous étiez venue à Saint-Jean-de-Luz comme vous en aviez le devoir, je n'aurais pas eu besoin de vous remplacer...

— Me sachant souffrante, vous auriez dû venir m'en demander permission avant de partir !

— Vous demander permission quand j'avais reçu, du Roi lui-même, l'ordre d'être présente là-bas ? Mais vous rêvez, madame !

— Entre gens de bonne compagnie, c'est ainsi que les choses se passent, ou se devraient passer.

— Vous vous en expliquerez avec Leurs Majestés.

— Je n'y manquerai pas, soyez-en sûre. L'étiquette...

— ... n'a rien à voir avec vos états d'âme, coupa Suzanne de Navailles impatientée. En tout cas, vous devriez y regarder à deux fois avant d'importuner Leurs Majestés. La Reine aime beaucoup Mme de Fontsomme avec qui elle peut parler sa langue natale. Ce qui n'est pas votre cas. Quant au Roi qu'elle a jadis initié à la guitare, il a pour elle plus que du respect...

Lorsque Marie-Thérèse arriva, recrue de fatigue après cette longue journée de représentation sous un soleil ardent, ses femmes s'empressèrent autour d'elle pour la libérer de ses lourds vêtements de parade mais, quand Molina voulut défaire la coiffure, Mme de Béthune s'interposa :

— C'est à la dame d'atour d'accomplir cette fonction.

Et elle repoussa Molina pour s'emparer de la Reine que l'on avait enveloppée d'un peignoir de fine batiste. Mais n'est pas coiffeuse qui veut et, au bout de quelques instants, il fut évident qu'en ôtant les fils de perles ou les pierres isolées, elle tirait copieusement les cheveux de sa patiente qui cependant ne disait rien, subissant son supplice avec une douceur exemplaire. Mme de Navailles, elle, ne le supporta pas longtemps :

— Tudieu, madame, quelle maladroite vous faites ! Laissez ces soins à qui en est capable.

— La Reine ne se plaint pas, que je sache !

— Non, coupa une voix autoritaire, parce qu'elle est la bonté même et qu'elle doit considérer cela comme une pénitence à offrir au Seigneur ! Retirez-vous, madame de Béthune, et laissez faire Molina !

Flanquée de l'indispensable Motteville, la Reine Mère venait de faire son entrée chez sa belle-fille, imposante et majestueuse à son habitude, et devant elle toutes les dames plièrent le genou. Elle leur sourit, mais n'en avait pas fini avec Mme de Béthune qu'elle n'était pas fâchée de pouvoir tancer : n'était-elle pas la fille de ce Séguier qui, au temps de ses épreuves, avait poussé l'audace jusqu'à porter la main sur elle pour s'emparer d'une lettre [1] ? Une offense que la fière Espagnole n'avait jamais pardonnée. Or Mme de Béthune ressemblait beaucoup à son père.

— Il vous plaît, apparemment, de remplir votre office quand il vous chante ! On ne vous a pas vue depuis des semaines et vous reparaissez tout à

1. Voir tome I, *La Chambre de la Reine*.

coup au moment où l'on s'y attend le moins pour troubler l'harmonie du service de la Reine. N'est-ce pas un peu cavalier ?

Frémissante de colère mais matée, la duchesse s'excusa sur sa mauvaise santé et les douleurs qui ne lui avaient pas permis de se joindre aux autres dames pour être présentée au moment du mariage. Elle était désolée d'avoir manqué si fort...

— Manqué ? Mais vous n'avez manqué à personne. Vous savez bien que vous devez votre charge à l'insistance de M. le Cardinal qui souhaitait obliger M. le Chancelier... A présent le sujet est clos. Mesdames, ajouta-t-elle en haussant le ton, j'ai une grande nouvelle à vous apprendre : Sa Majesté la reine douairière d'Angleterre, ma sœur, nous a fait la grâce d'accorder à mon fils Philippe la main de sa fille Henriette. Toutes deux vont repartir prochainement pour Londres afin d'obtenir l'agrément du roi Charles II qui ne fait aucun doute. Pendant ce temps, nous veillerons à la composition de la maison de la future duchesse d'Orléans... Allons, du calme ! dit-elle en riant. La nouvelle n'est pas si nouvelle et vous vous en doutiez bien un peu ?

Le bruit, en effet, s'en était glissé dans les salons depuis le retour de la Cour. Mazarin poussait le projet avec d'autant plus d'enthousiasme que ce mariage serait pour lui un excellent moyen de faire sa paix avec le jeune Charles II auquel il avait si souvent refusé des secours pour ne pas compromettre son entente avec Cromwell et dont le soudain retour sur le trône lui posait quelques problèmes.

Anne d'Autriche laissa le léger brouhaha s'apaiser, puis, s'approchant de Sylvie tout en gardant l'œil sur la dame d'atour :

— Quel âge a votre fille Marie, madame de Fontsomme ?

— Quatorze ans, Votre Majesté.

— Elle en aura donc quinze l'an prochain lorsque les noces auront lieu. L'âge que vous aviez vous-même, ma chère Sylvie, lorsque vous vîntes me servir... avec tant de dévouement ! Aussi sa place me semble tout indiquée chez les filles d'honneur de la nouvelle Madame. La dernière fois que je la vis, elle promettait d'être jolie et Monsieur tient beaucoup à ce que sa cour se compose uniquement d'être jeunes et beaux.

C'était une faveur extrême que cette nomination avant toutes les autres et, en plongeant dans sa révérence pour remercier, Sylvie la ressentit comme telle. Sans pour autant en éprouver beaucoup de joie. De la crainte plutôt : elle ignorait de quoi serait faite cette nouvelle cour, brillante sans doute si l'on s'en tenait aux goûts somptuaires et raffinés du jeune Monsieur, mais peut-être encore moins sage que ne l'était celle du Louvre quand elle-même y était entrée. Marie n'était ni faible ni peureuse. Elle possédait, comme l'on dit, un caractère et elle ne rêvait que de briller dans le monde. Elle serait sans doute ravie mais sa mère savait que c'en serait fini de sa tranquillité à elle. D'autant que ce jour si glorieux venait de lui donner une ennemie. Il n'y avait pas à se tromper sur le regard venimeux que coulait vers elle la dame d'atour en titre.

Du coup, elle eut ce soir-là toutes les peines du monde à s'endormir en dépit des paroles apaisantes prodiguées par Perceval lorsqu'il l'avait vue revenir visiblement troublée.

— Ne vous tourmentez donc pas pour un événement qui se produira dans un an. A chaque jour suffit sa peine...

— Justement ! En dehors de Marie il y a ce personnage, M. de Saint-Rémy, dont je voudrais savoir ce qu'il me veut.

— Ce qu'il « nous » veut ! Vous pensez bien que je serai là. En attendant, essayez de vous reposer. Moi je sors !

— Où allez-vous ?

— A Saint-Mandé, demander à souper à notre ami Fouquet. Vous savez qu'il a des intérêts dans les Iles. Il saura peut-être me dire d'où vient le personnage.

Ainsi qu'il en avait gardé l'habitude, Perceval, dédaignant les voitures, partit à cheval — il disait qu'avec un cheval on passait partout et que cela allait plus vite ! — mais revint plus tôt qu'on ne l'attendait : le charmant château de Saint-Mandé où Fouquet aimait travailler et réunir son petit groupe d'artistes, écrivains et néanmoins fidèles amis, était à peu près vide ce soir-là. Perceval n'y trouva que le poète Jean de La Fontaine qui rêvassait sous son cèdre favori en buvant le vin de Joigny que Vatel, le maître queux du Surintendant, faisait venir pour lui. Toujours aimable, il en offrit un verre au visiteur mais fut incapable de lui apprendre où se trouvait Fouquet. Une seule chose était sûre : ce soir on souperait sans lui. Le chevalier de Raguenel déclina l'invitation. Il allait repartir en priant La Fontaine de l'annoncer pour le lendemain, quand l'abbé Basile fit son apparition. Ce qui était presque aussi bien que le maître des lieux car Basile, le mauvais sujet de la famille, était à la fois le jeune frère et l'homme à tout faire de Fouquet.

Un curieux homme, cet abbé commendataire de Saint-Martin de Tours qui n'avait jamais reçu les ordres, ce qui valait mieux pour l'Eglise ! Intrigant, jouisseur, brave comme l'épée qui ne le quittait guère et presque aussi intelligent que son aîné, rusé comme un renard et volontiers brouillon, il s'était épanoui comme une fleur au soleil dans le tumulte de la Fronde tout en faisant preuve d'une certaine suite dans les idées en servant fidèlement Mazarin — et son frère bien sûr ! — depuis onze ans. Joyeux viveur au demeurant et volontiers touche-à-tout, il écouta ce que Perceval avait à dire avec l'attention méritée par un homme appartenant à une famille riche et bien en cour.

— Saint-Rémy, dites-vous ? Cela devrait être aisé à trouver. Les Français ne pullulent pas vraiment sur les îles d'Amérique. Il est possible que cet homme en vienne : je sais qu'un navire a touché terre, ces jours derniers, à Nantes : il faut savoir s'il était dessus et je ne manquerai pas de me renseigner.

Et comme Perceval un peu remonté le remerciait, il ajouta :

— Un sourire de Mme la duchesse de Fontsomme sera ma meilleure récompense. Voilà des années que je suis à ses pieds mais elle n'a jamais eu l'air de s'en apercevoir. Il est vrai que derrière Nicolas, on ne me voit plus !

— Au fait, sauriez-vous où il est ?

— A Charenton, chez Mme du Plessis-Bellière où il s'est réfugié tout à l'heure pour chercher un peu d'air frais. Il étouffait de rage en sortant de chez M. le Cardinal qui, tout mal en point qu'il est, ne cesse de le harceler pour obtenir les intérêts des sommes qui lui ont été confisquées pendant la Fronde.

— Un homme dans son état ne devrait-il pas songer davantage au salut de son âme qu'à la rondeur de sa bourse ?

— Un homme normal comme vous et moi, sans doute, mais M. le Cardinal est plus attaché à sa fortune que jamais. Il faut le voir errant à travers les salles de son palais ou de ses appartements du Louvre, en pantoufles, appuyé sur une canne et les larmes aux yeux ! Quand il ne malmène pas mon frère, il ne cesse de dire adieu à toutes les belles choses qu'il a réunies et qu'il devra, hélas, quitter un jour prochain. Et il pleure ! C'est à mourir... de rire !

— Je ne vois là rien qui puisse étouffer M. le Surintendant. Il connaît depuis longtemps l'avidité du Cardinal et ce n'est pas une nouveauté pour lui.

— Certes, mais la nouveauté c'est qu'à peine en présence de Son Eminence, il voit M. Colbert sortir de quelque trou, un mémoire à la main... Ses humeurs s'en trouvent contrariées au possible ! Il serait temps, je crois, que le Seigneur mette quelque hâte à rappeler à lui le Cardinal : ce Colbert l'envahit de plus en plus...

— Vous fondez vos espoirs dans l'arrivée au affaires de notre jeune roi ?

— Bien entendu. Il est jeune, justement, il adore sa mère qui est fort amie de mon frère et celui-ci sait être si séduisant ! Il sera Premier ministre !

Perceval admira la belle assurance de l'abbé Basile sans la partager. Il éprouvait pour Nicolas Fouquet estime et affection, mais craignait que ses brillantes qualités ne fussent autant de défauts aux yeux du sombre Colbert et que leurs luttes à venir ne restituent celle du pot de terre contre le pot de fer. En attendant, il n'était pas mécontent d'avoir rencontré Basile : l'abbé était l'homme qu'il lui fallait pour mener une enquête qui eût surchargé inutilement la tâche du Surintendant.

Le lendemain, à l'heure prévue, M. de Saint-Rémy se présentait à l'hôtel de Fontsomme. En suivant à travers les salons le valet de pied en livrée vert, noir et argent, ses yeux allaient de droite à gauche comme s'il essayait d'évaluer les richesses de cette noble et riche demeure avec une expression qui, certainement, n'aurait pas plu à ses habitants s'ils avaient pu la surprendre. On alla ainsi jusqu'à la « librairie » où le défunt maréchal avait accumulé un certain nombre de raretés littéraires qui faisaient la joie de Perceval. Celui-ci examinait d'ailleurs un document tiré du chartrier au moment où le visiteur fut introduit dans la pièce. Dès le seuil, celui-ci salua en homme qui sait son monde et accepta le siège que Sylvie lui désigna après avoir décliné les noms et qualités de son parrain.

Au second examen, Saint-Rémy ne lui plaisait pas beaucoup plus que la première fois en dépit d'une certaine grâce, d'un certain magnétisme qui ne lui échappaient pas. Elle n'en fut pas moins courtoise :

— Eh bien, monsieur, qu'avez-vous de si important à me dire pour m'avoir suivie jusqu'aux portes du Louvre ?

Le gentilhomme des Iles eut l'air embarrassé. Il prit un temps pour répondre mais, finalement, offrit un sourire qui découvrit d'assez belles dents et se décida :

— Il s'agit d'une vieille histoire, madame la duchesse, et que vous jugerez peut-être banale mais qui revêt pour moi une extrême importance parce qu'il dépend de vous qu'elle ait une fin heureuse ou non, selon l'esprit dans lequel vous la recevrez. En un mot, j'ai l'honneur d'être votre beau-frère...

La surprise était de taille. D'instinct, Sylvie tourna les yeux vers Raguenel, dont le geste de dérouler un parchemin se figea un bref instant, mais le regard qu'elle ramena sur son visiteur était paisible :

— Vous devez faire erreur, monsieur, dit-elle froidement, ou peut-être êtes-vous victime d'une approximation de nom mais je n'ai jamais appris que feu mon époux eût un frère...

— Et même un frère aîné. Je me hâte d'ajouter cependant qu'il l'a toujours ignoré. Je vous l'ai dit, il s'agit d'une vieille histoire, de celles un peu trop fréquentes d'amours de jeunesse qui tournent mal... mais laissent des fruits.

Perceval estima qu'il était temps pour lui de se mêler à la conversation :

— Si je comprends bien, monsieur, vous êtes un bâtard ?

L'autre poussa un soupir à faire tomber les murs :

— On peut voir la chose de cette façon, mais je ne devrais pas l'être. Lorsque le défunt maréchal était encore en puissance de père et portait le nom de marquis d'Autancourt que son fils a porté ensuite, il était fort épris de ma mère qui était très belle mais de petite noblesse boulonnaise. Elle s'est trouvée enceinte et, comme jadis le roi Henri IV envers Mlle d'Entragues, il lui a signé avant de partir pour la guerre une promesse de mariage si l'enfant qu'elle portait était un fils. Malheureusement, le père de ma mère, que je ne saurais en aucune façon appeler mon grand-père, s'est aperçu de l'état de sa fille et c'était un homme d'une grande sévérité. Il l'a jetée dans un couvent jusqu'à ce qu'elle eût accouché de l'enfant, quel qu'il soit, que l'on ferait alors disparaître, après quoi elle épouserait l'homme riche qu'on lui destinait. Ma mère n'a pu supporter ce destin : elle a réussi à s'enfuir du couvent avec l'aide d'un garçon qui l'aimait et qui voulait aller au pays d'Amérique. Je suis né sur le bateau. Par la suite, ils ont rejoint M. Belain d'Esnambuc à l'île Saint-Christophe et, bien sûr, ils se sont mariés... mais ma mère a toujours gardé la promesse de mariage qui aurait dû faire de moi un duc de Fontsomme... et le maître de tout ceci...

C'était dit sans colère et même avec une douceur que Sylvie jugea beaucoup plus déplaisante qu'un éclat. Perceval n'aima pas davantage :

— Comme vous le dites, monsieur, votre histoire est intéressante... encore que banale, et je ne vois pas bien ce que vous attendez de nous. Vous n'imaginez pas, je pense, attaquer le mariage du défunt maréchal de Fontsomme avec Mlle de Nesles, ni celui de feu le duc Jean avec Mlle de Valaines ici présente...

— Nullement, nullement mais... c'est chose grave qu'une promesse de mariage dûment signée et elle pourrait être prise en considération par le Parlement au cas où Mme la duchesse n'aurait pas d'héritier mâle.

— On voit bien que vous venez de loin, monsieur, coupa Sylvie. J'ai un fils...

— Posthume ! Vous voyez que je suis mieux au fait que vous ne le croyez, madame. Or, son père ayant quitté ce monde avant sa naissance a, de ce fait, été fort empêché de le reconnaître... Il n'est donc duc de Fontsomme que parce que vous êtes sa mère...

Sylvie se sentit pâlir mais Perceval estimait en avoir assez entendu. Sans bouger de la place qu'il était venu occuper près du fauteuil de sa filleule, il désigna la porte :

— Sortez ! Je ne sais pas ce que vous espériez en venant nous raconter vos sornettes, mais j'estime que nous avons perdu assez de temps ! Allons, dehors !

En même temps, il prenait une sonnette placée sur une table pour faire revenir le laquais lorsque Sylvie l'arrêta du geste : elle était un peu étonnée de voir Perceval, toujours si maître de lui, perdre soudain tout son calme.

— Un instant ! Je désire en savoir un peu plus sur ce personnage. D'abord, je dirai qu'il est facile de se dire possesseur d'un document, encore faut-il pouvoir le produire...

— S'il n'y a que cela, je peux vous le montrer... tout au moins sa copie fidèle car on ne saurait emporter partout, sur soi, quelque chose d'aussi important. J'ai tout reproduit avec fidélité, jusqu'au dessin du sceau qui est de cire verte.

Sylvie jeta un coup d'œil sur le fac-similé puis le passa à Perceval.

— Une copie fidèle, hein ? grogna celui-ci. Qui nous dit que ce n'est pas là tout ce que vous possédez ?

— Le simple fait que vous pouvez la garder afin de vous en imprégner suffisamment pour comprendre que ce n'est pas une plaisanterie. Vous verrez l'original lorsqu'il sera aux mains d'un juge. J'espérais ne pas être contraint à en venir là...

— Justement, reprit Sylvie, qu'espériez-vous en vous approchant de cette maison ? Que j'allais vous dire : nous sommes navrés de l'occuper à votre place, monsieur le duc, et nous allons faire en sorte que tout soit remis en ordre pour votre plus grande satisfaction ? Et cela en dépit du fait que j'ai été mariée au Palais-Royal, en présence du Roi, de la Reine et du cardinal Mazarin...

Fulgent de Saint-Rémy eut un sourire indulgent qui se voulait apaisant :

— Calmez-vous, madame la duchesse. Je n'ai jamais rien imaginé de tel. Seulement... je suis pauvre, je n'ai plus de famille... et j'espérais en trouver une.

— Ici ? Chez nous ? émit Sylvie abasourdie par l'audace du personnage.

— Pourquoi pas ? Votre défunt époux et moi étions demi-frères... et je ferais, croyez-moi, un oncle tout à fait acceptable pour vos enfants.

— Vos plaisanteries ne sont pas drôles, mon garçon ! gronda Perceval. Allez-vous-en à présent, et plus vite que ça !

— Pour aller où ? Voyez ! Je n'ai plus un liard...

Et afin de bien montrer qu'il ne mentait pas, il se leva enfin et retourna ses poches puis ajouta :

— La misère est mauvaise conseillère. Mon voyage jusqu'ici m'a coûté tout ce qui me restait...

— Et vous avez pensé qu'un chantage était une bonne façon de renflouer vos finances ? ricana Perceval. Seulement, c'est manqué. Vous pouvez présenter votre... chiffon à tout le Parlement, personne n'y fera attention et si vous intentez un procès, cela peut durer des années...

— Dans l'état actuel des choses, sans doute, je n'ai pas les moyens d'un procès. Mais, si d'aventure — ce qu'à Dieu ne plaise ! — le jeune duc venait à disparaître... et j'ajoute que M. Colbert me protège.

Au cri d'horreur de Sylvie répondit l'exclamation furieuse du chevalier de Raguenel et la sonnette s'agita si frénétiquement que quatre valets surgirent :

— Jetez cet homme dehors et qu'il ne reparaisse plus jamais dans cette maison ! s'écria Perceval pendant que Sylvie était allée prendre une bourse dans une armoire et la remettait à l'homme que l'on allait emmener.

— Aucune misère ne s'est jamais adressée à moi en vain. Il y a là cinquante écus : faites-en bon usage et ne revenez jamais !

Les yeux de Saint-Rémy s'allumèrent. Il eut un large sourire puis se débarrassa d'une secousse violente de l'étreinte des laquais :

— Je sortirai bien tout seul !... Grand merci, madame la duchesse ! Vous êtes une bonne personne. Je saurai m'en souvenir...

Suivi de son escorte en livrée, il quitta la salle avec des airs d'empereur cependant que la colère de Perceval se tournait contre Sylvie :

— N'êtes-vous pas un peu folle de lui avoir donné cet argent ? Vous l'avez entendu ? Il saura se souvenir de votre générosité ! Cela veut dire que vous ne vous débarrasserez plus de lui ! Jamais, vous entendez ?

La terreur qui s'était emparée de la jeune femme quand Saint-Rémy avait évoqué la mort possible de son fils trouva une échappatoire dans un violent emportement :

— Eh bien, il fera partie de mes pauvres et voilà tout ! Je suis assez riche pour cela ! N'avez-vous pas compris ce qu'il a dit ? Si on ne l'aide pas, il s'en prendra à Philippe... et je ne veux pas qu'il arrive quoi que ce soit à mon petit garçon !

— Sylvie, Sylvie ! Vous venez de mettre le doigt dans un engrenage qui ne cessera plus. Il a compris que vous aviez peur et il en jouera tout à son aise. Aujourd'hui il s'est contenté de ce que vous lui avez donné... et qui était beaucoup trop généreux, mais demain il en demandera le double et puis pourquoi pas — sait-on jamais avec des gens de cette impudence ? — la main de votre fille, puisqu'il tient tellement à entrer dans la famille ? Que feriez-vous alors ?

— Dites ce que vous proposez.

— De ramener Philippe auprès de nous et de renoncer au collège tant que nous ne serons pas débarrassés de cet homme.

— J'y songeais. D'autant qu'entre vous et l'abbé de Résigny, il en apprendra au moins autant. Ensuite ?

— Faire ce qu'il faut pour éliminer ce danger car il est sérieux, n'en doutez pas. Et, d'abord, tout apprendre de lui car j'ai trouvé son histoire un peu sommaire. Là-dessus, je compte sur l'abbé Fouquet pour en savoir plus.

La colère de Sylvie se calmait pour faire place à la réflexion.

— Une chose m'étonne : comment, débarquant des Iles, peut-il savoir que mon fils est né juste neuf mois après la mort de son père ? Il ne manquerait plus qu'il sache aussi ce qui s'est passé à Conflans cette nuit-là ?

— S'il le sait, il a dû l'apprendre depuis qu'il est ici, mais en ce cas de quelle façon ? Je ne vois pas comment ce Colbert dont il se réclame pourrait avoir percé nos secrets. En outre, si celui-ci est l'ennemi juré de notre ami Fouquet, sa position est trop fragile encore pour qu'il se lance dans des intrigues de cette sorte. Vous ne lui avez jamais rien fait, que je sache ?

— C'est à peine si nous nous connaissons. Quand nous nous croisons, il est toujours fort poli, fort courtois même, et j'essaie de lui faire bonne figure bien que je n'aime ni son regard ni sa conduite envers le Surintendant....

— Il faut savoir, vous dis-je ! Il faut savoir à n'importe quel prix ! Et... à ce propos, je vous demande des excuses pour mon emportement de tout à l'heure. C'est vous qui aviez raison car, avec vos pièces d'or, vous nous avez sans doute gagné un peu de temps. L'homme va s'endormir dessus en faisant des rêves dorés, mais nous n'avons aucune raison, nous, d'en faire autant. Quel malheur que notre cher Théophraste Renaudot nous ait quittés pour un monde meilleur. Personne ne savait, comme lui, trouver le pourquoi des choses et ouvrir la boîte de Pandore...

En dépit de ce regret posthume, l'abbé Fouquet ne tarda pas à se révéler fort utile. Une semaine plus tard, Perceval apprit de lui que si, le 10 du mois précédent, le navire de commerce *Ange Gabriel* appartenant à l'armateur Le Bouteiller de Nantes, avait bien repris terre dans ce port avec une cargaison de bois exotiques en provenance de l'île de Saint-Christophe avec quelques passagers à son bord, aucun ne portait le nom de Saint-Rémy et ne correspondait à la description.

CHAPITRE 4

LA MENACE

Mazarin donnait sa dernière fête. Ce soir-là, dans ses appartements du Louvre éclairés *a giorno*, les Comédiens de Monsieur, menés par leur chef Molière qui était aussi leur auteur, leur metteur en scène et le premier des interprètes, allaient donner deux pièces : *L'Etourdi* et *Les Précieuses ridicules*. Ce n'était pas uniquement pour la commodité de l'illustre malade que l'on jouait chez lui, mais le théâtre du Petit-Bourbon, jouxtant le Louvre où la nouvelle troupe en vogue se produisait en général, était en démolition à cause de la rénovation du vieux palais et celui du Palais-Royal, que Monsieur voulait magnifique pour ses futures fêtes d'homme marié, n'était pas encore terminé. Personne au fond ne s'en plaignait parce que le décor de la galerie où s'étalait une partie des collections du Cardinal était d'une grande magnificence. Marie de Fontsomme, dont c'était la première fête et qui serait tout à l'heure présentée au Roi, aux deux reines et surtout à Monsieur, ouvrait de grands yeux émerveillés et ne se tenait plus de joie. Enfin elle allait vivre dans ce monde étincelant dont elle rêvait tellement au fond de son couvent !

Vêtue d'une robe de satin bleuté et de dentelles mousseuses qui ressemblaient à de petits nuages sur un ciel matinal, des rubans assortis dans sa chevelure blonde coiffée avec recherche et un fil de perles soulignant la base de son cou gracieux, l'adolescente formait avec sa mère — velours et dentelle noirs servant d'écrin à une extraordinaire parure de diamants légèrement rosés dont le maréchal-duc avait jadis acheté les pierres à un marchand de Bruges — un groupe sur lequel les regards s'attardaient avec des expressions diverses. Mademoiselle que l'on rencontra en premier fut franchement admirative :

— On ne saurait dire laquelle de vous est la plus jolie mais vous aurez du mal, ma chère duchesse, à garder longtemps fille cette ravissante enfant...

— Oh, mais je ne veux pas me marier vite ! protesta Marie. Je vais être fille d'honneur de la nouvelle Madame et l'on dit que lorsqu'elle sera là, Monsieur donnera des fêtes tous les jours !

— C'est vrai, soupira la princesse. A votre âge, les fêtes sont ce qui compte le plus...

— Votre Altesse ne les aimerait-elle plus ? demanda Sylvie en souriant. Elle s'entend pourtant si bien à les organiser...

— Peut-être mais je n'en ai guère envie. D'ailleurs, je ne suis plus vraiment maîtresse chez moi. A mon retour de Saint-Jean-de-Luz j'ai eu la surprise de trouver ma belle-mère [1] installée dans mon Luxembourg. Elle ne cesse de pleurer, de renifler, fouille partout et incommode tous mes domestiques. Il y a des moments où je me demande si je ne devrais pas entrer au couvent !

En fait, la mélancolie de Mademoiselle venait moins de sa cohabitation forcée avec une princesse encombrante que du prochain mariage de Monsieur. Etant donné la hauteur de son rang, elle avait longtemps pensé que seul le Roi ou son frère seraient dignes d'elle. Le premier venait de convoler et voilà que le second allait en faire autant ! La vie manquait singulièrement de charme ces derniers temps. Sylvie qui savait fort bien tout cela se permit un sourire :

— Ce serait dommage ! J'ai toujours pensé que Votre Altesse ferait une grande souveraine et l'Europe ne manque pas de rois à marier. A commencer par le roi d'Angleterre...

Une exclamation de Marie lui coupa la parole :

— Oh, Maman, voyez donc ! Voici M. le duc de Beaufort ! Comme il est beau ! Et quelle allure royale ! Un magnifique gentilhomme en vérité !

— Mais d'où le connais-tu ? fit Sylvie abasourdie.

— Comment, d'où je le connais ? Mais Maman, souvenez-vous ! C'est vous-même qui me l'avez présenté un matin à Conflans. Je ne l'ai jamais

1. Marguerite de Lorraine, seconde épouse de son père feu Gaston d'Orléans.

oublié... D'autant que je l'ai aperçu deux ou trois fois au parloir de la Visitation.

Le plafond du Primatice s'écroulant sur sa tête aurait moins troublé Sylvie que la nouvelle perspective soudain ouverte devant elle. Se pouvait-il que Marie, sa petite Marie, se soit laissé prendre au charme dont elle-même était captive depuis tant d'années ? Le rire de Mademoiselle qui félicitait Marie de son bon goût la sauva de l'envie qui lui venait de prendre sa fille par la main pour s'enfuir avec elle. De toute façon, si le mal était fait, aucune fuite ne servirait à quoi que ce soit. Sa propre expérience en faisait foi...

François d'ailleurs approchait, rejoint depuis un instant par Nicolas Fouquet. Deux jeunes filles l'accompagnaient dont la vue arracha une exclamation de colère à la jeune Marie :

— Oh, mon Dieu ! Il est avec ces affreuses filles Nemours que je ne peux souffrir !

— Là, dit Mademoiselle, je ne vous donne pas tort. Non seulement elles ne sont pas belles mais elles sont d'une hauteur insupportable depuis que je ne sais qui leur a prédit que l'une serait reine et l'autre souveraine...

Les deux groupes se rejoignirent. On échangea révérences, saluts et compliments avec la grâce exigée par le code de bienséance du temps puis, tandis que Mademoiselle plaisantait Beaufort sur son rôle de chaperon de ses nièces, Fouquet tira Sylvie à part :

— J'ai appris par mon frère l'abbé que l'on vous

importune, madame. C'est ce que je ne saurais tolérer. Il s'agirait d'un homme qui se prétend bâtard du défunt maréchal votre beau-père ?

— En effet. Il aurait en sa possession une promesse de mariage signée du maréchal... Oh, tout cela est affreusement compliqué, mon ami, et vous êtes déjà surchargé de travail...

— Laissez ! Il n'y a rien que je ne sois prêt à faire pour vous. Je verrai demain le chevalier de Raguenel et nous prendrons ensemble les dispositions qui conviennent ; comme il s'agit sans doute de rechercher un personnage dans les bas-fonds de Paris, j'amènerai avec moi l'un de mes commis, un jeune homme tout à fait extraordinaire qui possède un flair de limier et qui m'a déjà rendu grands services : il s'appelle François Desgrez.

— Je ne suis pas du tout certaine qu'il vive dans les bas-fonds. Cet homme pose à la noblesse et comme je lui ai donné quelque argent...

— On verra du côté des tripots. Mais ce que je veux, moi, ajouta-t-il en prenant la main de Sylvie à demi couverte par une mitaine de dentelle pour la baiser, c'est que vous soyez en repos et que vous laissiez vos amis s'occuper d'un personnage qui n'aurait jamais dû avoir le droit de vous aborder...

Il jeta un vif coup d'œil au petit cortège des valets qui apportaient Mazarin dans une chaise pour le placer près du théâtre et sourit :

— D'ici peu, je disposerai d'un pouvoir quasi illimité. Il sera tout entier à votre service...

Puis il la quitta pour rejoindre le Roi qui

arrivait, suivi d'une brillante troupe de jeunes gentilshommes. A peine relevée de sa révérence, Sylvie se rapprocha du groupe formé par Mademoiselle, Beaufort et les trois jeunes filles, et constata qu'une grande agitation régnait chez les petites Nemours : elles venaient de reconnaître leur idole, leur cher « Péguilin », et, sans se soucier de protocole, voulaient à tout prix aller vers lui, ce qui fâcha Beaufort :

— Ou vous vous tenez tranquilles, gronda-t-il, ou je ne me charge plus de vous ! Ne me faites pas regretter de ne pas vous avoir laissées au chevet de votre mère au lieu de vous mener à la comédie.

— Mme de Nemours est souffrante ? demanda Mademoiselle.

— Une de ses éternelles migraines. De toute façon, elle ne serait pas venue chez le Cardinal... Ce qui n'empêche que ces deux-là sont insupportables ! Quand je pense que celle-ci doit épouser l'héritier de Lorraine ! ajouta-t-il en désignant l'aînée. Elles n'ont que ce « Péguilin » en tête...

— Il faudra que je le regarde plus attentivement, rit Mademoiselle... Ah, voilà les reines ! Allons prendre nos places, ma chère, fit-elle en se tournant vers Sylvie...

C'est à ce moment que Sylvie entendit la petite voix claire de sa fille demander :

— Pourquoi ne venez-vous plus jamais nous voir, monsieur le duc ? Les roses de Conflans sont toujours aussi belles, vous savez ?

Sylvie pensa alors que les enfants les plus chers pouvaient être parfois une croix bien lourde à porter. Sans laisser à François le temps de répondre, elle dit un peu nerveusement :

— Il est temps d'apprendre la Cour, Marie ! On dit monseigneur et l'on ne pose pas de questions aussi cavalières à un prince du sang...

— Oh ! Je suis bien certaine que... monseigneur ne m'en veut pas.

— Pas un instant ! Au contraire, dit Beaufort en cherchant le regard de Sylvie qui se dérobait. Mais c'est à la maîtresse de maison de formuler une invitation...

— Mais voyons, Maman serait ravie...

— Assez bavardé, Marie ! coupa Sylvie. Le spectacle va commencer dès que Leurs Majestés seront assises...

Les reines, en effet, prenaient place dans les fauteuils préparés pour elles. Louis XIV, pour sa part, resta debout, se contentant de s'appuyer négligemment à celui du Cardinal. Cette situation, en le laissant plus libre de ses mouvements, lui permettait d'entretenir tout un commerce de sourires et de clins d'œil avec la belle comtesse de Soissons, Olympe Mancini, qui avait été sa maîtresse avant son mariage et pour laquelle il montrait un regain de faveur. Très certainement il était redevenu son amant. Il suffisait, pour s'en convaincre, de voir la mine inquiète et les yeux rougis de la jeune Reine dont le regard ne quitta pas un seul instant son époux tant que durèrent les deux comédies. Ce souci avait au moins le mérite de l'occuper, puisqu'elle était tout à fait incapable de comprendre quoi que ce soit en dépit des explications que lui donnait sa belle-mère.

Les deux pièces furent vivement applaudies. L'auteur vint, au baisser de rideau, recevoir les compliments du Roi et du Cardinal qui lui octroyèrent chacun une pension de trois mille livres, après quoi Louis XIV félicita son frère en lui disant qu'il lui enviait ses comédiens [1].

— C'est un honneur qu'être envié par le Roi, répondit Monsieur tout ravi, mais puis-je demander à mon frère s'il a des nouvelles de Londres ? Sait-on enfin quand Madame Henriette nous ramène la princesse ma fiancée ? Il me semble que les choses traînent en longueur !

— Mais, ma parole, vous êtes pressé, mon frère ? dit Louis XIV en riant.

— Ma foi oui, je suis pressé.

— Est-ce d'entrer en possession de vos apanages de duc d'Orléans, de Chartres et autres lieux, ou bien avez-vous vraiment hâte d'épouser les petits os des Saints-Innocents ?

— Telle qu'elle est, notre cousine Henriette me plaît ! riposta Monsieur vexé, et il n'y a aucune raison pour que je ne sois pas aussi heureux en ménage que vous, mon frère !

Pendant ce temps, Sylvie avait présenté sa fille aux deux reines qui la reçurent avec beaucoup de grâce. Monsieur, se tournant vers elles, examina Marie, eut un large sourire et ajouta :

1. Ceux du Roi étaient les comédiens de l'hôtel de Bourgogne.

— En outre, j'ai hâte que d'aussi charmants visages viennent fleurir mes châteaux et m'aider à faire de ma cour un lieu plein d'agréments...

— Est-ce à dire que la nôtre ne vous convient pas ?

Le dialogue se durcissait d'instant en instant. Mazarin se hâta d'y mettre fin en demandant la permission de se retirer. Il semblait en effet au bord de l'évanouissement et l'on s'empressa autour de lui tandis que Louis XIV offrait la main à sa femme pour la ramener dans ses appartements. Sylvie ne suivit pas : Mme de Béthune était à son poste comme chaque fois qu'il y avait fête ou cérémonie. Mais, en rentrant rue Quincampoix, il lui fallut affronter sa fille.

Marie qui n'avait pas dit un mot durant tout le trajet éclata sans même prendre le temps d'ôter son grand manteau fourré :

— En vérité, Maman, je ne vous comprends pas ! Vous êtes d'une impolitesse inouïe avec M. de Beaufort ! Je le croyais de vos amis. Ne l'est-il plus ?

La voix était coupante, le ton acerbe et Sylvie sentit son cœur trembler. Après avoir hanté sa vie entière, François allait-il être un sujet de discorde entre elle et sa fille ? Pour éviter l'affrontement qu'elle sentait venir, elle choisit de prendre un détour :

— Vous souvenez-vous de votre père, Marie ?

— Bien sûr, je m'en souviens ! Comment oublier sa bonté, sa tendresse... son charme aussi car, si petite que je fusse alors, je le revois avec beaucoup de netteté : un beau, un fier gentilhomme...

— Alors, ne pouvez-vous comprendre ce que l'on doit à sa mémoire ? Ignorez-vous qui l'a tué ?

— Non. Je sais que l'épée était celle de M. de Beaufort, mais nous étions en guerre alors et ils appartenaient à des partis différents. Depuis, la paix est revenue et avec elle la réconciliation. Mme de Nemours dont il a tué aussi l'époux lui a bien pardonné...

— Mme de Nemours est sa sœur : ceci explique cela. En outre, Nemours a pratiquement obligé son beau-frère à venir sur le terrain. Mais d'où savez-vous tout cela ? Du couvent ?

— Bien sûr ! Les pensionnaires ne font pas vœu de silence. Les nonnes non plus d'ailleurs... De toute façon votre excuse ne vaut pas, mère : Mme de Nemours est sa sœur mais vous l'étiez presque. N'avez-vous pas été élevés ensemble ?

— Sans doute et je l'ai aimé... autant que l'on peut aimer un frère, mais...

— Comment avez-vous fait pour n'en pas être amoureuse ? C'est le plus séduisant des hommes !... Vous auriez pu l'épouser ?

— Ne dites pas de sottises ! Il appartient à la maison de Bourbon et j'étais de noblesse plus modeste...

Marie rejeta l'objection d'un geste désinvolte :

— Est-ce que cela compte quand on s'aime ?... Peut-être autrefois, mais moi qui suis fille de duc, je pourrais l'épouser ! Et pardieu c'est ce que je veux ! Devenir sa femme !

— Non seulement vous jurez mais en plus vous êtes folle ! Il a plus de cinquante ans et...

— La belle affaire ! Il en paraît vingt de moins ! Et puis je l'aime ! Je suis sûre que je n'aimerai jamais que lui ! Quant à mon père, il m'approuverait ! Il avait l'âme trop haute pour garder rancune à qui l'a vaincu au noble jeu d'épée. C'est dit : je l'épouserai !

Un courant d'air amena à cet instant Jeannette qui arrivait de Fontsomme, le nez rougi et les mains glacées en dépit des gros gants qui les recouvraient. D'un coup d'œil, elle embrassa Marie dressée bien droite dans ses habits de fête, arborant un sourire déjà triomphant, et Sylvie assise dans un fauteuil, la mine accablée :

— On dirait que j'arrive à un moment intéressant ? dit-elle. Qui épousons-nous ?

— Elle veut épouser M. de Beaufort ! soupira Sylvie. Il paraît qu'elle n'aimera jamais que lui.

Comprenant à quel point sa maîtresse avait besoin d'elle, Jeannette prit le parti de rire :

— Miséricorde ! Un barbon qui pourrait être au moins son père !

Le cri furieux de Marie lui coupa la parole :

— Un barbon ? Il est plus jeune que n'importe lequel de nos muguets de cour ! Et je l'aime !

— Et, naturellement, il vous aime aussi ?

— N... on ! Pas encore ! Du moins je ne crois pas... mais il y viendra ! Je saurai si bien l'enjôler qu'il va m'adorer !

Jeannette alla prendre la jeune fille par la main pour l'entraîner vers l'escalier :

— Au moins la modestie ne vous étouffera jamais ! Allez donc vous coucher, mon petit chat ! Avec de telles idées en tête vous ferez sûrement de beaux rêves ! Et il faut que je parle à Mme la duchesse !

Marie disparut en chantonnant l'air dont Molière avait accompagné ses *Précieuses* et Jeannette revint vers Sylvie qui levait déjà sur elle des yeux inquiets :

— Qu'as-tu à me dire ? C'est grave ? Pour arriver à cette heure...

— Point du tout ! J'ai eu seulement envie de respirer un peu l'air de la ville. Corentin m'agace avec ses comptes, ses fermages, ses grandes galopades à travers le domaine. Je l'ai laissé à ses plaisirs et me voilà !

— Vous êtes fâchés ?

— Même pas ! Seulement, de temps en temps, il a besoin de se rappeler ce qu'était sa vie sans moi. Mais, dites-moi, madame ? Ce que je viens d'entendre... ce n'est pas sérieux ?

— Que Marie s'est entichée de M. de Beaufort ? J'ai bien peur que si...

— Et cela vous rend toute triste, mais il faut penser qu'à quinze ans le cœur n'est guère fixé...

— Le mien l'était bien avant. J'avais quatre ans, Jeannette, quand j'ai rencontré l'enchanteur dans la forêt d'Anet...

— Oui, mais ensuite vous ne l'avez plus quitté et les jours ont fait leur œuvre en cimentant ce qui était fragile. Marie va vivre à la Cour, dans l'entourage d'une princesse de seize ans. Il y aura des fêtes et beaucoup de beaux jeunes gentilshommes autour d'elle. Cela lui passera vite.

— Dieu t'entende, ma Jeannette...

Le 6 février, un violent incendie éclatait au Louvre dans ce que l'on appelait la Petite Galerie et qui jouxtait les appartements de Mazarin. Epouvanté, en dépit de son état de plus en plus critique, le Cardinal se fit transporter à Vincennes, au rez-de-chaussée du Pavillon du Roi dont il avait fait construire la plus grande partie. Le Roi, lui, gagna Saint-Germain, mais au nombre de ceux qui suivirent Mazarin par comparaison avec ceux qui suivirent Louis XIV, il était facile de comprendre qui menait tout dans le royaume. Sylvie suivit la Reine et son devoir, laissant ses enfants à la garde vigilante de Perceval, de l'abbé et de ses fidèles serviteurs.

Mais tandis qu'à Vincennes Mazarin se remettait un peu de sa peur et s'efforçait de faire bonne figure, n'apparaissant à ses courtisans que « la barbe faite, étant propre et de bonne mine avec une simarre couleur de feu et sa calotte sur la tête », tandis qu'appuyé sur son valet Bernouin, il mettait de plus en plus de temps quand, à tout petits pas, il visitait les collections qu'il avait fait porter au château, s'y accrochant de toutes ses forces comme si tableaux, sculptures, joyaux et meubles précieux possédaient le pouvoir de le retenir sur la terre, le grand événement si impatiemment attendu par Monsieur se produisait : la princesse Henriette, sa mère et une superbe suite anglaise débarquaient au Havre après avoir essuyé la mauvaise humeur de la Manche en hiver et même manqué mourir : avant l'embarquement, la jeune fille avait été fort malade et l'on avait craint pour sa vie.

Mais lorsque la future Madame apparut à Saint-Denis où le Roi, les reines et toute la Cour l'attendaient, ce fut tout juste si elle ne fut pas saluée par un cri de stupeur unanime : en quelques mois, le papillon avait rompu sa chrysalide et la petite fille triste et maigre, élevée par charité et avec laquelle Louis adolescent refusait de danser parce qu'il la trouvait trop laide, avait fait place à une rayonnante jeune fille, un peu mince peut-être mais dont la tournure élégante, le délicat visage au teint lumineux, les beaux yeux sombres et les magnifiques cheveux châtains traversés de reflets roux, toute la personne empreinte d'une grâce exquise formaient un ensemble dégageant un charme prenant... et auquel Louis XIV se prit au premier coup d'œil. Monsieur, lui, éclatait de joie, se déclarant amoureux comme il ne l'avait jamais été en dépit de la mine boudeuse de son ami de cœur, le beau et dangereux chevalier de Lorraine.

— Eh bien, mon frère ? s'exclama-t-il peu charitablement, que vous semblent les petits os des Saints-Innocents ?

— Que l'on ne devrait jamais parler sans savoir et qu'avec les femmes il faut s'attendre à tout. Vous avez beaucoup de chance, mon frère. Tâchez de ne pas l'oublier trop vite...

— Il n'y a guère de chance que j'oublie ! fit le prince avec une soudaine aigreur. Ceux de mes amis que j'avais envoyés au Havre accueillir ma femme la regardent avec des yeux mourants... et que dire de ce Buckingham qui nous arrive avec elle ?

En effet, au grand émoi d'Anne d'Autriche, en qui cette venue remuait tant de doux et cruels souvenirs, Henriette et sa mère étaient accompagnées par le favori du roi Charles II, le magnifique George Villiers, fils de l'homme qui avait été son plus grand amour peut-être, un amour auquel il s'en était fallu d'un cheveu qu'elle ne cède dans les jardins d'Amiens. Et la Reine Mère eut, en offrant sa main aux lèvres de ce beau jeune homme trop semblable à celui dont elle gardait l'image au fond du cœur, un sourire, un regard que les plus anciens de la Cour n'eurent aucune peine à traduire : le jeune duc aurait droit à toutes ses indulgences... Dès lors, chacun retint son souffle avec l'impression délectable que les éléments d'un petit drame étaient en train de se mettre en place.

Le Roi avait voulu que, pour le mariage de son frère, tout fût magnifique. La fiancée et sa mère reçurent une fois encore l'hospitalité du Louvre, mais combien différente de celle qu'elles avaient connue au temps de l'exil : au lieu des salles à peu près vides du rez-de-chaussée sans le moindre confort et souvent sans feu, elles eurent un vaste appartement tendu de brocart avec d'épais tapis, des peintures fraîches abondamment ornées de dorures, des meubles précieux, de hautes glaces multipliant à l'infini le décor de rêve, des candélabres chargés de bougies roses, une foule de serviteurs empressés et de gardes aux fières tournures. De même, et puisque le Carême n'allait guère tarder, on multiplia les fêtes : le 25 février, en particulier, il y eut ballet dansé par le Roi et les plus jeunes, les plus beaux éléments de sa cour. Une grande soirée qui fit pleurer Marie de rage : elle ne serait présentée, avec les autres filles d'honneur et le reste de la maison de Madame, qu'au soir du mariage. Pas question, cette fois, d'accompagner sa mère ! Il fallut rester à la maison en compagnie de Perceval qui, narquois, lui proposa de l'initier aux échecs. Ce qu'elle prit pour une allusion de mauvais goût. Furieuse, elle courut s'enfermer dans sa chambre pour y bouder tout à son aise...

Il est vrai que c'était une belle fête. Certains trouvèrent bizarre que le ballet du Roi eût pour titre « Le ballet de l'Impatience » alors qu'à Vincennes Mazarin voyait ses jours comptés se réduire à chaque aurore. Mais en fait, c'était une galanterie mettant en scène l'impatience du jeune époux de voir couronner ses vœux. Les deux fiancés, assis côte à côte et scintillant de mille feux, applaudirent à tout rompre mais, curieusement, l'intérêt de la Cour se porta moins sur eux que sur la Reine Mère. Toute vêtue d'un noir somptueux, à son habitude, elle portait ce soir-là un curieux bijou : sur un gros nœud de velours noir fixé sur une épaule, douze ferrets de diamant étincelaient, superbes et un peu provocants.

Le maréchal de Gramont qui avait obtenu, non sans peine, d'escorter Mme de Fontsomme en eut un hoquet de stupéfaction.

— Ainsi, elle les gardait encore ! murmura-t-il dans sa moustache. Je ne l'aurais pas cru...

— De quoi parlez-vous ? demanda Sylvie.

— Des ferrets que la Reine Mère porte ce soir à son épaule...

— Tiens, c'est vrai, elle les porte enfin ! Je les ai vus souvent dans ses coffres à bijoux. Il est vrai que la mode en est un peu passée, sauf peut-être pour les hommes.

— Demandez-moi plutôt pourquoi elle les porte ce soir et je vous répondrai : en l'honneur du jeune duc de Buckingham...

— Mais... pourquoi ?

— Ah, vous êtes trop jeune pour avoir connu cette étonnante histoire ! Mais... allons plutôt présenter nos compliments à M. d'Artagnan qui inaugure son habit de capitaine des mousquetaires !

Superbe dans sa tenue rouge brodée d'or qu'il arborait avec une parfaite désinvolture ne laissant pas supposer qu'il en avait rêvé pendant trente ans, l'officier, adossé bras croisés à l'une des portes de la vaste salle, semblait contempler le chatoyant spectacle, mais un observateur attentif se fût aperçu qu'en fait il regardait Anne d'Autriche et qu'une larme brillait dans ses yeux sombres.

Gramont était apparemment cet observateur car il s'arrêta à quelques pas du capitaine.

— Nous le saluerons tout à l'heure. Laissons-le à son émotion !

Cette marque de délicatesse toucha Sylvie plus que ne le pouvaient les incessantes déclarations de son amoureux. D'un geste spontané, elle glissa son bras sous le sien, ce qui le transporta de joie.

— Si vous me racontiez cette histoire, mon cher duc ?

L'embrasure d'une fenêtre — ce refuge des apartés de cour — les accueillit et Gramont retraça pour Sylvie ce qui était pour les uns une légende et pour quelques initiés une entière vérité : lors de la dernière ambassade que Buckingham, le père, éperdument amoureux de la reine de France, avait contraint son souverain, Charles Ier, à lui confier, Anne d'Autriche lui avait remis en souvenir ces ferrets qu'elle tenait de son époux. Richelieu, ayant eu vent de l'histoire par ses espions, avait chargé l'une de ses créatures anglaises, lady Carlisle, de dérober l'un des ferrets et de le lui faire parvenir. Après quoi, il s'était plaint aimablement à l'ombrageux Louis XIII de ce que la Reine ne portait jamais un cadeau qui lui allait si bien. Il n'en fallut pas plus pour que le Roi exige de sa femme qu'elle se pare pour une fête prochaine de ce qu'elle n'avait plus. C'est alors qu'un homme dévoué, soutenu par quelques amis, était allé au péril de sa vie redemander au duc les malencontreux ferrets et avait eu le bonheur de les rapporter à temps, après que Buckingham eut fait refaire celui qu'on lui avait volé...

— D'Artagnan était cet homme précieux,

conclut Gramont. Il est aussi mon ami de longue date. Il n'est pas étonnant qu'il se sente ému de revoir ces joyaux qui lui rappellent tant de choses...

— La Reine a dû le remercier... royalement ?

— Elle lui a offert son portrait, qu'il considère comme son bien le plus précieux après son épée mais qui lui attire pas mal d'ennuis avec sa femme.

— Il est marié ?

— Il a épousé, il y a quelques mois, une veuve assez belle et bien rentée mais qui lui rend déjà la vie impossible. D'abord c'est une bigote qui saute du lit conjugal après chaque moment d'épanchements pour aller demander pardon à Dieu de ce qu'elle considère comme un affreux péché et, en outre, elle est jalouse au point de ne pouvoir tolérer que le portrait de la Reine soit exposé dans la chambre de son époux...

Puis, comme Sylvie ne pouvait s'empêcher de rire :

— Ne riez pas, malheureuse ! C'est un grave cas de mésentente ! Et ce soir elle doit être folle de le savoir ici.

— Pourquoi ne l'accompagne-t-elle pas ?

— Elle est enceinte mais, de toute façon, elle déteste la Cour qu'elle considère comme un lieu pervers entre tous...

D'Artagnan, cependant, avait remarqué le couple et deviné que l'on parlait de lui. Il s'approcha et salua Sylvie en homme heureux de la rencontre :

— C'est une joie de vous retrouver, madame la

duchesse. Je ne suis pas près d'oublier l'aventure que nous avons courue ensemble... ni la gratitude que je vous dois...

— Une aventure ? De la gratitude ? et je ne sais rien ? s'indigna le maréchal déjà touché par une légère jalousie.

— Je vous raconterai cela, mon cher ami. Mme la duchesse est une femme étonnante...

— Qu'est devenu notre... protégé ?

— Saint-Mars ? Il est brigadier et mène à présent une vie d'une rigueur extrême. Il est au mieux avec M. Colbert, c'est tout dire !

— A propos d'amitié, sourit Sylvie, me donnerez-vous la vôtre, monsieur d'Artagnan ? L'hôtel de Fontsomme n'est pas très loin d'ici et vous y serez toujours le bienvenu...

Une flamme joyeuse dans le regard, le mousquetaire s'inclina sur la main qu'on lui tendait :

— C'est une invitation que je n'aurai garde d'oublier. Merci, madame la duchesse ! Quant à l'amitié et le respect, ils vous sont acquis depuis longtemps... Oh !... je vous demande excuses : le Roi m'appelle.

Accoutumé à lire sur les visages, l'œil d'aigle de l'officier avait saisi au passage le regard de Louis XIV. Il se hâta vers lui.

— Je me demande, grogna le maréchal, si j'ai eu bien raison de vouloir lui parler. Cet homme est capable de vous assiéger et...

— Personne ne peut m'assiéger, comme vous dites, si je m'y oppose. Vous devriez le savoir mieux que personne, mon cher maréchal !

La fête, ce soir-là, s'acheva plus tôt que prévu. A Vincennes le Cardinal s'était senti assez mal pour envoyer prier le Roi de vouloir bien le rejoindre. Celui-ci décida aussitôt que, dès le matin, la Cour se transporterait au Pavillon du Roi afin d'y assister le Cardinal jusqu'à son heure dernière. Pour Sylvie, cela signifiait que sa maisonnée émigrerait à Conflans afin d'être plus près pour assurer son service.

Le jeune Philippe se déclara enchanté : il aimait Conflans presque autant que Fontsomme et Sylvie se réjouit de retrouver ses amies Mme de Senecey et Mme du Plessis-Bellière. Seule Marie poussa les hauts cris :

— Mais le mariage, alors ? C'est pour quand ?

— Si le Cardinal agonise, il est impossible de donner une date. La reine Henriette et sa fille vont rester au Louvre et Monsieur dans son appartement des Tuileries pour être plus près d'elles. Tout le reste de la Cour suit le Roi. Prends patience, ajouta-t-elle plus doucement devant la déconvenue peinte sur le joli visage. Ce ne sera peut-être pas très long.

— Oui, mais s'il meurt demain, il y aura sûrement deuil de cour ?

— Oh, je pense, mais comme il ne s'agit pas d'un membre de la famille, ce deuil sera court. Monsieur ne patientera pas pendant des mois.

Au matin, tandis que l'on chargeait sur les voitures les quelques bagages personnels indispensables — Mme de Fontsomme ayant en horreur les déménagements perpétuels, ses différentes résidences étaient toujours tenues prêtes à la recevoir ! — un messager de Nicolas Fouquet lui apporta un billet qui contenait tout juste trois phrases mais combien réconfortantes : « Votre tourmenteur est à la Bastille. Je veillerai à ce qu'il y reste. Je baise vos jolis doigts... »

Il faisait, ce matin-là, un temps affreux — pluie et vent mêlés —, pourtant, Sylvie se sentit soudain aussi légère que sous un gai soleil de printemps.

— Dieu soit loué ! Nous allons enfin respirer ! dit-elle en tendant la lettre à Perceval qui la lut d'un coup d'œil.

— Je ne sais pas comment notre ami s'y est pris mais c'est tout de même une belle chose qu'être procureur général du Parlement...

— ... en attendant d'être Premier ministre, songez-y ! Ah, mon cher parrain, vous n'imaginez pas à quel point je suis soulagée. Le cauchemar se dissipe.

Et comme Philippe, flanqué de l'abbé de Résigny, sortait de la maison pour rejoindre son cheval — il se déclarait trop grand pour voyager en carrosse comme un poupon —, elle courut à lui, le prit dans ses bras et le serra contre elle sans se soucier du beau chapeau à plumes dont il était si fier.

— Ma mère ! protesta-t-il en le rattrapant de justesse, que faites-vous de ma dignité ? Puis, soudain inquiet : Est-ce que je ne vous accompagne plus ? Etes-vous en train de me dire au revoir ?

— Non, mon fils. Simplement j'ai eu soudain

grande envie de vous embrasser. Vous êtes le plus joli cavalier que j'aie jamais vu !

— Ah ! j'aime mieux cela !

Cette petite scène qui fit sourire Perceval n'obtint de Marie qu'un haussement d'épaules agacé. Déjà installée dans le carrosse, emmitouflée dans une mante fourrée ne laissant voir que le bout de son nez, elle n'était qu'une boule de réprobation, détestant tout le monde d'un cœur unanime : ce matin pluvieux, Conflans où l'on ne s'était même pas soucié de savoir si la Seine n'avait pas envahi les jardins, la maisonnée au grand complet y compris sa mère, le palais de Vincennes où M. de Beaufort ne mettait jamais les pieds parce qu'il était trop proche du donjon où il avait langui durant cinq longues années, et surtout le cardinal Mazarin qui mettait une si mauvaise grâce à quitter ce monde !...

Le tout-puissant ministre n'était toujours pas entré en agonie comme le laissait supposer son appel au Roi. Seulement, ayant appris par ses médecins qu'il n'avait plus guère de temps, il avait voulu se garder celui de donner au jeune souverain tous les conseils dictés par une longue expérience des affaires... Durant quinze jours, dans le silence de sa chambre gardée par le fidèle Bernouin et par deux Suisses qui en interdisaient l'accès, même au médecin, cet homme de cinquante-huit ans qui en paraissait quinze de plus, rongé par le mal autant que par le travail écrasant qu'il assumait depuis tant d'années, détailla pour des oreilles affamées ce que l'on pourrait appeler son testament politique, assorti de conseils plus secrets dont on ne tarderait pas à voir les effets. Dans l'ombre des courtines pourpres, le moribond au visage fardé pour tenter de cacher les ravages du mal laissa tomber des paroles lourdes de conséquences, qui pour certains pèseraient autant que la dalle d'un tombeau. Des paroles qui n'avaient pas grand-chose à voir avec cette charité chrétienne que l'on s'attend à rencontrer chez un homme près de comparaître devant son Créateur, mais que Louis XIV recueillit avec intérêt. Pour finir, Mazarin dit à son roi qu'il lui léguait son immense fortune, paroles accompagnées d'une mine qui fouetta l'orgueil du jeune souverain : celui-ci refusa de dépouiller la famille de son ministre, même si la tentation était forte pour un garçon souvent réduit à la portion congrue. Mazarin alors, soulagé, donna un dernier conseil...

Partout dans le château, autour de cette chambre si bien close, les espoirs fleurissaient, les ambitions se déchaînaient. Fouquet passait des heures en compagnie de la Reine Mère dont il n'ignorait pas qu'elle était son plus ferme soutien ; Colbert patrouillait incessamment dans les antichambres du mourant, armé de dossiers qu'il espérait bien avoir encore le temps de soumettre ; le chancelier Séguier avait du mal à cacher ses espérances d'accéder au poste suprême ; la belle Olympe de Soissons se voyait déjà, favorite déclarée, régnant en maîtresse sur les sens du Roi et les affaires du royaume ; seule la jeune Reine priait...

mais ses dames avaient vite découvert que, de toute façon, elle priait toujours énormément et qu'en dehors de la passion qu'elle vouait à son époux elle ne s'attachait guère qu'à deux activités : le service de Dieu et le jeu. Ou plutôt les jeux, et d'argent de préférence. Ne les ayant jamais pratiqués dans les palais de son père, elle s'y adonnait à présent avec un enthousiasme qui lui coûtait très cher...

Enfin, l'événement tant attendu, tant espéré, se produisit. Dans la nuit du 8 au 9 mars, vers quatre heures du matin, le Roi qui dormait auprès de la Reine fut réveillé par Pierrette Dufour, une femme de chambre de Marie-Thérèse qu'il avait chargée de le prévenir au cas où la mort passerait : le Cardinal avait exhalé son dernier soupir entre deux et trois heures du matin. Sans éveiller sa femme, il se leva, s'habilla rapidement et gagna la chambre mortuaire où il trouva le maréchal de Gramont qu'il embrassa en pleurant :

— Nous avons, lui dit-il, perdu un bon ami.

Il ordonna aussitôt le deuil en noir, comme pour un membre de sa famille, pleura beaucoup, contrairement à sa mère qui, elle, ne pleura guère, puis, quelques heures plus tard, regagnait Paris où le Conseil était convoqué pour le lendemain. Derrière lui, le château de Vincennes se vida comme par enchantement, laissant le défunt à la grande solitude de ceux dont on n'a plus rien à espérer.

Le lendemain, à sept heures du matin, le Conseil se réunissait au Louvre dans la salle qui lui était habituelle. Ministres et secrétaires d'Etat, ils étaient sept autour du chancelier Séguier plus important que jamais et qui, du haut de sa majesté, lançait des regards ironiques au surintendant des Finances qui les dédaignait franchement. Elégant à son habitude, tiré à quatre épingles en dépit de l'heure matinale, Fouquet était cependant plus distant que de coutume et regardait par une fenêtre la Seine couverte d'une brume qui ne permettait pas de voir l'autre rive.

Le Roi vint, vêtu de noir, et chacun après l'avoir salué se dirigea vers son siège habituel pour y prendre place, mais Louis XIV resta debout, ce qui obligea les autres à en faire autant. Il se tourna aussitôt vers le Chancelier, laissant peser sur lui un regard sous lequel celui-ci perdit peu à peu sa superbe. Un regard de maître et, quand sa voix s'éleva, le ton, lui aussi, en était nouveau :

— Monsieur, lui dit-il, je vous ai fait assembler avec mes ministres et mes secrétaires d'Etat pour vous dire que, jusqu'à présent, j'ai bien voulu laisser gouverner mes affaires par feu M. le Cardinal. Il est temps que je les gouverne moi-même. Vous m'aiderez de vos conseils quand je vous les demanderai. Hors le courant du sceau auquel je ne prétends rien changer, je vous prie et vous ordonne, monsieur le chancelier, de ne rien sceller en commandement que par mes ordres et sans m'en avoir parlé à moins qu'un secrétaire d'Etat ne vous les porte de ma part. Et vous, mes secrétaires d'Etat, je vous ordonne de ne rien signer, pas même une sauvegarde ni un passeport, sans mon commandement... Vous, monsieur le surintendant, je vous prie de vous servir de Colbert que feu M. le Cardinal m'a recommandé [1]... Pour Lionne, il est assuré de mon affection. Je suis content de ses services... »

Ce petit discours fit l'effet d'une bombe. Les sept hommes rassemblés autour de la longue table n'en croyaient pas leurs oreilles. Plus de Premier ministre ! Un Conseil réduit à donner son avis « quand on le lui demanderait » ? Quant au petit couplet sur Hugues de Lionne, chargé des Affaires étrangères, il donnait à penser clairement que si l'on était si content de lui c'est qu'on l'était moins des autres. Le chancelier Séguier se sentit un peu souffrant et rentra vite se mettre au chaud au milieu de ses livres et de ses richesses. Fouquet, lui, fila chez la Reine Mère dont il attendit patiemment le lever pour lui raconter ce qui venait de se passer. Mais elle ne fit qu'en rire :

— Il veut faire le capable, dit-elle en haussant les épaules, mais il aime trop les plaisirs. Cette belle ardeur au travail n'y résistera pas longtemps, à présent que le Cardinal n'est plus là pour tenir serrés les cordons de la bourse...

C'était l'évidence même ! Et Fouquet repartit pour Saint-Mandé tout à fait rassuré.

1. Philippe Erlanger, *Louis XIV*.

CHAPITRE 5

LA FÊTE MORTELLE

Le mariage de Philippe d'Orléans et d'Henriette d'Angleterre eut enfin lieu le 30 mars, dans la chapelle du Palais-Royal qui était alors la résidence de la veuve de Charles Ier, mère de la fiancée. Mgr de Cosnac le célébra devant un autel décoré par les Visitandines de Chaillot de ces fleurs en colle de poisson — des roses blanc et argent — qui étaient leur spécialité. Mazarin n'avait quitté ce monde que depuis trois semaines, ce n'en fut pas moins le mariage le plus gai et le plus brillant qui se puisse voir. Madame était ravissante, Monsieur brillait comme un soleil, entouré des plus beaux gentilshommes de la Cour mués en satellites mais un peu éclipsés par l'éblouissant duc de Buckingham. Les deux reines mères arboraient des mines ravies. Seule, Marie-Thérèse s'efforçait de cacher des yeux gros de larmes parce que son époux ne quittait pas la mariée des yeux. Pendant ce temps, parquées dans un salon du palais, les nouvelles filles d'honneur attendaient avec impatience le moment d'être présentées. Marie encore plus que les autres.

Il n'y avait pas assez de place dans la chapelle pour qu'elle et ses compagnes aient pu voir la cérémonie, mais elle le supportait très bien. Il lui suffisait d'être dans la place et le rideau se lèverait bientôt sur la vie dont elle rêvait. C'était cela l'important.

La jeune fille n'en regardait pas moins avec curiosité celles qui allaient partager sa vie quotidienne au service de la princesse en se demandant si elle aurait plaisir à nouer amitié avec l'une ou avec l'autre, comme jadis sa mère avec Mlle de Hautefort. C'était assez difficile à décider parce qu'on ne leur avait pas accordé le droit de se parler depuis que la sévère Mme de La Fayette — une amie personnelle de la reine Henriette-Marie ! — les avait rassemblées en se contentant d'indiquer les noms. Sur la dizaine, Marie n'en avait retenu que quatre ; les autres lui paraissaient dépourvues d'intérêt, appartenant à cette catégorie de la société qu'elle appelait « moutonnière » parce qu'elle se déplaçait toujours en un groupe compact dans lequel on ne distinguait rien. Certes, toutes étaient jolies dans le petit troupeau mais ces quatre-là semblaient aussi intelligentes. Singulièrement celle qui portait le plus grand nom : Athénaïs de Rochechouart-Mortemart, dite Mlle de Tonnay-Charente : grande, d'une blondeur rayonnante avec des yeux magnifiques scintillants comme des diamants bleus, elle avait une allure d'altesse, de grandes manières et un esprit vif qu'un seul mot permettait de déceler. Blonde aussi mais pourtant son contraire, Louise de La Baume

Leblanc de La Vallière évoquait les douceurs du clair de lune avec son teint transparent, sa grâce flexible, sa fragilité, ses yeux d'azur clair et ses cheveux aux reflets d'argent. Celle-là était timide et douce. Les deux autres étaient brunes : Aure de Montalais avec un teint d'ivoire chaud et les yeux noirs les plus vifs et les plus gais qui soient, Elisabeth de Fiennes, elle, se contentait d'un châtain foncé avec des joues de rose et des prunelles brunes et veloutées. Mais, à la réflexion, Marie conclut qu'elle se sentait plus attirée par Tonnay-Charente et Montalais : la première parce qu'elle lui rappelait sa marraine, la fière et superbe Hautefort, la seconde parce que, avec elle, on ne devait pas s'ennuyer facilement. La Vallière faisait un peu trop victime prête pour le sacrifice et Fiennes n'avait pas l'air de s'intéresser à ce qui se passait autour d'elle. Son choix personnel fut en quelque sorte ratifié par les deux jeunes filles car l'une lui adressa un sourire et l'autre un clin d'œil.

Après la présentation, elles se rejoignirent tout naturellement :

— Mesdemoiselles, dit Athénaïs de Tonnay-Charente qui était aussi l'aînée, je ne sais ce que vous pensez de notre avenir, mais je crois que nous avons beaucoup de chance d'appartenir à Madame plutôt qu'à la Reine...

— Nous nous amuserons certainement bien davantage ! renchérit Aure de Montalais en contemplant avec satisfaction le cercle de jeunes gentilshommes qui brûlaient de faire leur connaissance...

— Vous devez savoir cela, vous, Fontsomme ! La duchesse votre mère, qui remplace Mme de Béthune plus souvent qu'à son tour, ne trouve pas sa charge trop pesante ? Des nains, des duègnes macérées dans le bénitier et des prières, surtout des prières, quand toute la Cour ne songe qu'à chanter et à danser ?

— Je vais vous confier un secret, dit Marie en riant. Ma mère est capable de s'accommoder de n'importe quelle forme de cour, mais ce qui lui gâche la vie, c'est le chocolat ! Elle déteste le chocolat qui lui donne mal au cœur. Et malheureusement, la Reine en boit plusieurs tasses par jour...

— Moi, je trouve cela plutôt bon et je m'en accommoderais beaucoup plus que des prières...

— Mesdemoiselles, mesdemoiselles ! Laissons là ces futilités, faisons notre choix parmi ceux que nous allons côtoyer chaque jour et accordons-nous afin de nous apporter secours et assistance. Et surtout, éviter de piétiner les plates-bandes de l'une ou de l'autre, dit Athénaïs. Pour ma part, je trouve le marquis de Noirmoutiers assez de mon goût.

— Le beau miracle, rit Montalais. On le dit amoureux de vous et prêt à demander votre main. De mon côté, j'ai des visées assez hautes. A défaut du duc de Buckingham qui va nous quitter parce que Monsieur est jaloux de lui, j'avoue que le comte de Guiche...

— Mauvais choix, ma chère ! L'héritier du

maréchal de Gramont est l'ami de cœur de Monsieur !

— Oh, vous croyez ?

— J'en suis certaine. Cependant, il se peut qu'il ne le reste pas longtemps s'il continue à regarder Madame comme il le fait depuis deux jours. S'il n'est pas en train de tomber amoureux, je veux bien être pendue !

— En ce cas, fit Aure de Montalais avec philosophie, il faudra que je regarde ailleurs... Et vous, ajouta-t-elle en souriant à Marie, vers qui se tourne votre cœur ?

La petite — elle était la plus jeune des trois — devint toute rouge.

— Oh moi je... je ne m'intéresse pas aux jeunes gens. J'aime qu'un homme soit vraiment un homme. Pas une ébauche.

— Vous avez un penchant pour un barbon ? fit Athénaïs moqueuse. C'est grand dommage ! Allons, dites-nous tout puisque nous allons vivre à présent aussi proches que des sœurs...

Elles étaient toutes deux charmantes, amicales et ne songeaient certainement pas à se moquer d'elle, pourtant Marie répugnait à lancer le nom qui habitait sa tête et son cœur. Son regard flotta autour d'elle, s'arrêta...

— C'est... c'est M. d'Artagnan !

— Le capitaine des mousquetaires ?

Les deux autres étaient ébahies mais Marie releva bien haut son petit nez en agitant nerveusement son éventail.

— Et pourquoi pas ? C'est la plus fine lame du royaume, dit-on, et il a... des dents superbes !

Comprenant qu'elle avait trouvé là un faux-fuyant, ses compagnes se mirent à rire de bon cœur. D'un geste presque tendre, Athénaïs caressa sa joue d'un doigt léger.

— Vous avez raison : nous sommes trop curieuses ! Gardez votre secret, petit masque !... Je crois, en tout cas, que nous ne nous ennuierons pas ensemble...

De ce jour, Sylvie ne vit presque plus sa fille en dehors des cérémonies religieuses auxquelles toute la Cour assistait. Ou plutôt toutes les cours, car il fut vite évident que celle de Madame l'emportait sur les autres. Tout ce que la France comptait de noblesse jeune, riche, gaie, vivante et avide de s'amuser se donna rendez-vous au palais des Tuileries ou au château de Saint-Cloud dont Monsieur avait fait une merveille... Le petit homme avait du goût et si sa « passion » pour sa jeune femme ne dura guère que quinze jours, il se montra ravi d'être au centre de ce que la vie parisienne comptait de plus élégant et de plus joyeux : en un mot d'être à la pointe de la mode ! Et Madame enchantait tous les cœurs. On la découvrait vive, intelligente, primesautière, aimant par-dessus tout séduire et s'amuser. Le départ de Buckingham, que Monsieur avait exigé de sa mère parce qu'il le trouvait outrecuidant — Philippe appartenait à cette espèce de jaloux, la pire de toutes, qui est celle des jaloux sans amour —, n'avait guère touché Madame. Le beau duc avait fait son temps d'adorateur et devait céder la place à une autre cible, beaucoup plus passionnante aux beaux yeux de la princesse : le Roi, qui se rendait chez elle au moins une fois par jour. Louis XIV lui-même, qui venait de signer le contrat de mariage de Marie Mancini, son grand amour de jeunesse, avec le richissime prince Colonna et de la voir partir sans sourciller pour l'Italie, se libéra d'Olympe de Soissons en la nommant surintendante de la maison de la Reine en remplacement de la princesse Palatine. Ce qui ne causa aucun plaisir à sa femme : en dépit du fait qu'il la rejoignait chaque soir dans son lit avec une grande ponctualité, il était évident que Madame l'occupait tout entier.

En revanche, on vit beaucoup Fouquet dans la maison de Conflans où Sylvie s'était résolue à rester avec l'approche des beaux jours et, surtout, le bruit que le Roi ne tarderait guère à transporter la Cour à Fontainebleau. Proche de Saint-Mandé et voisin du domaine de Mme du Plessis-Bellière, le joli manoir représentait pour lui un havre d'amitié où il était certain d'être toujours compris, toujours encouragé car les deux femmes se voyaient souvent et il n'était pas rare que venant chez l'une il trouvât l'autre.

A la suite du fameux Conseil où Louis XIV avait fait entendre sa volonté de régner seul, le Surintendant n'avait pu se défendre d'une vague inquiétude en dépit des assurances de la Reine Mère. Inquiétude compensée par la mine mélancolique du chancelier Séguier qui se voyait très bien chaussant les pantoufles de Mazarin. Il est toujours très doux d'assister à la déception de quelqu'un que l'on n'aime guère. Sa position à lui, Fouquet, ne changeait pas : elle restait splendide, même si elle comportait maintenant un bémol en la personne de Jean-Baptiste Colbert, Colbert sa bête noire qui devenait son bras droit et pouvait prendre place au Conseil... Une sorte de réconciliation de surface était intervenue entre les deux hommes mais le superbe, le magnifique Fouquet était bien décidé à ignorer autant que faire se pourrait ce fils de drapier voué selon lui aux emplois subalternes...

— Ne l'ignorez pas trop ! conseilla doucement Perceval de Raguenel. Cet homme-là ne vous aimera jamais et il vous jalouse.

— Et si bras droit il y a, renchérit Mme du Plessis-Bellière qui se trouvait là, je ne saurais trop vous conseiller d'accepter de devenir manchot si vous ne voulez qu'il vous gangrène. Je le crois acharné à votre perte.

— Ma perte ? Comme vous y allez, marquise ! Puis, renouvelant le duc de Guise en un mouvement d'une inimitable hauteur : « Il n'oserait ! »

La suite des jours sembla lui donner raison : le Roi apparemment adorait un Surintendant qui semblait uniquement attaché à le distraire. Ainsi, en rejoignant ses amis, un soir, Fouquet annonça triomphalement :

— La Reine Mère et moi avions raison : le Roi a l'intention de s'amuser. Il est las de voir Monsieur et Madame attirer à eux toute la gaieté du royaume : il emmène la Cour à Fontainebleau où il veut donner de grandes fêtes.

— Que vous allez devoir payer, mon ami, dit Perceval.

— Bien entendu. Il veut quatre millions !

La somme tomba comme un pavé sur le petit groupe réuni dans le salon de Sylvie dont on avait entrouvert les fenêtres — le temps étant d'une grande douceur — sur la floraison embaumée des lilas. Mme du Plessis-Bellière reposa sa tasse de thé encore à demi pleine [1].

— Et... vous les avez ?

— Si à ce jour, je ne les ai pas en totalité, je les aurai, soyez sans crainte. Je veux que le Roi soit content ! Et vous ne savez pas tout : pendant que la Cour sera à Fontainebleau, je suis invité à lui faire les honneurs de Vaux !

Celle que, chez les Précieuses, Mlle de Scudéry avait baptisée du joli nom d'Artémise se leva si brusquement que ses jupes volumineuses firent tomber son fauteuil.

— Il vous demande quatre millions et, en outre, une fête à Vaux ? Car, vous ne vous y trompez pas j'imagine : vous ne vous en tirerez pas avec un bol du lait de vos vaches...

— Non. Je sais que recevoir la Cour à Vaux va me coûter beaucoup plus cher, mais je crois que le Roi veut sonder mon obéissance et connaître jusqu'à quel point je lui suis dévoué. Même si j'y

1. Le thé qui avait déjà des adeptes était en France depuis 1648.

laisse les trois quarts de ma fortune, je sais qu'il me rendra tout cela...

Les trois autres s'entre-regardèrent avec inquiétude. En apportant cette double nouvelle qui aurait dû le terrifier, Fouquet semblait au contraire tout joyeux, presque rayonnant :

— Il vous le rendra ? dit Raguenel. Où prenez-vous cette belle assurance ? Je croirais plutôt que Louis XIV veut votre ruine, mon ami, parce que Colbert est derrière qui pousse à la roue...

— Laissez-le pousser ! Après m'avoir fait connaître sa volonté, notre Sire m'a laissé entendre qu'il songeait pour moi à une très grande charge.

— Laquelle, mon Dieu ?

Fouquet n'hésita qu'un instant puis sourit :

— Je sais que je devrais garder cela pour moi mais je vous vois si troublés que je ne résiste pas au bonheur de vous rassurer. Le chancelier Séguier est un homme âgé. Le temps du repos est proche pour lui où il pourra jouir, loin des affaires, de son duché de Villemor et de sa fortune. Son poste m'est promis... sous le sceau du secret ! Voilà ! Je vous ai tout dit, souffrez que je retourne travailler à Saint-Mandé où l'on m'attend. J'ai beaucoup, beaucoup à faire !

Quand le galop rapide de ses magnifiques chevaux l'eut emporté vers son château, un silence tomba sur les trois personnages, chacun essayant d'analyser cette avalanche de nouvelles. La marquise émit son opinion la première.

— Si Colbert n'existait pas, je dirais que tout est pour le mieux...

— Mais il existe, continua Sylvie, et je sais que, chaque soir au Louvre, le Roi s'enferme avec lui pour travailler. Il n'est qu'intendant des Finances et ce n'est pas normal. Il me semble que la logique voudrait que ce soit avec notre ami ?

— Si vous voulez le fond de ma pensée, ce n'est pas cela qui me tourmente. Pour devenir chancelier de France, Fouquet devra revendre sa charge de procureur général...

— En effet : les deux sont incompatibles...

— Alors, je vous en supplie, marquise, vous qui êtes sa conseillère la plus écoutée, veillez à ce qu'il ne s'en défasse qu'une fois nommé. Un procureur général est inattaquable, intouchable. Quoi qu'il ait fait on ne peut le traduire en justice ou lui faire quelque procès que ce soit. S'il vendait avant d'être nommé chancelier, il serait comme un soldat qui enlèverait sa cuirasse au milieu d'une bataille...

Mme du Plessis-Bellière se releva aussitôt :

— Ayez la bonté de faire avancer mes chevaux ! s'écria-t-elle. Je vous prie de m'excuser pour le souper de ce soir mais il vaut mieux, je crois, que j'aille le demander à M. Fouquet. Il faut que je mette dans notre camp Pellisson, Gourville et La Fontaine... Chère Sylvie, vous allez partir pour Fontainebleau et je ne vous reverrai pas avant longtemps mais n'oubliez pas que je suis votre amie... et ne manquez pas de me prévenir s'il vous arrivait quelque bruit inquiétant au sujet du Surintendant...

— Soyez tout à fait sûre que je n'y manquerai pas.

Mais Sylvie devait s'apercevoir très vite qu'appartenir à l'entourage de la Reine ne constituait pas un poste idéal pour observer ce qui se passait chez le Roi. A Fontainebleau, en effet, la pauvre Marie-Thérèse se trouva mise un peu à l'écart, se réfugiant plus que jamais dans les jupons de sa belle-mère. La véritable reine dans ce joli printemps qui explosait sous un ciel d'une exquise douceur, ce fut Madame. Le Roi lui consacrait tout le temps qu'il ne donnait pas aux affaires de l'Etat et aux quelques heures nocturnes passées auprès de sa femme. Elle était le centre de toutes fêtes, des promenades en forêt, des chasses, des baignades dans la Seine, des concerts et des comédies données en plein air et, en vérité, le couple royal, ce n'était plus du tout Louis et Marie-Thérèse mais bien Louis et Henriette... Ils étaient le rayonnant pôle d'attraction d'une jeunesse turbulente, débauchée, cruelle, libertine et volontiers rabelaisienne, mais superbe et pleine de feu, et la Cour qui ne comptait alors que cent à deux cents personnes semblait n'exister que par elle et pour elle... Les échos des violons et les fusées des feux d'artifice enchantaient et illuminaient presque toutes les nuits de Fontainebleau où l'on ne dormait plus guère.

Pourtant, personne n'allait encore jusqu'à imaginer l'ébauche d'un roman : le Roi, c'était l'évidence même, s'ennuyait avec son épouse et, ayant décidé d'attirer à lui tous ceux qui composaient naguère la si joyeuse cour des Tuileries, il était normal qu'il privilégiât celle qui en était la séduisante animatrice. En outre, il n'était pas la seule cible — tout au moins en apparence ! — de la coquetterie savante de Madame. Une coquetterie assez subtile pour ne pas s'adresser directement à lui. Il fut vite évident pour tout le monde qu'elle prenait plaisir à la cour de moins en moins discrète que lui faisait le beau comte de Guiche, le favori de son époux, et tout aussi évident que Guiche brûlait pour elle d'une de ces passions qui ne regardent ni au rang ni aux circonstances.

Las d'essayer — sans le moindre succès — de ramener à lui le volage, Monsieur explosa en reproches indignés qui se déversèrent sur ceux qu'il considérait déjà comme coupables. Henriette, avec un flegme tout britannique, se contenta de lui rire au nez en haussant les épaules, mais Guiche s'oublia jusqu'à traiter le prince comme il l'eût fait de n'importe quel mari à l'esprit un peu dérangé. Fou de rage, celui-ci courut chez le Roi pour obtenir contre l'insolent une lettre de cachet qui l'enverrait à la Bastille pour longtemps, mais Louis XIV n'avait aucune envie de faire cette peine au maréchal de Gramont qu'il aimait. Il tenta de calmer le jeu :

— Mon frère, mon frère, je crains que vous ne preniez les choses un peu trop à cœur ! Si Madame est coquette, je vous le concède, songez qu'avant tout elle aime à s'amuser. Quant à Guiche, vous le connaissez depuis longtemps ! Un

Béarnais à la tête chaude avec qui vous vous êtes brouillé et raccommodé plus d'une fois...

— Ce n'étaient que peccadilles et j'étais sûr alors de son amitié, mais ce qui vient de se passer ne se peut supporter. Il m'a insulté, Sire, et je demande au Roi de le chasser...

— Comme vous m'avez demandé il y a peu de chasser le duc de Buckingham au risque de créer, avec l'Angleterre, un grave incident diplomatique et de me brouiller avec mon frère Charles II. Grâce à Dieu, nous avons une mère, et c'est elle qui a obtenu ce départ... sans drame !

— Je l'en remercie mais le cas n'est pas le même. Buckingham n'était pas votre sujet. Guiche, si ! Je veux qu'on l'arrête !

— Pour quel crime ? Des mots lancés dans la colère et qu'il doit regretter de tout son cœur ? Cela ne mérite pas l'échafaud... ni même la Bastille ! Allons, mon frère, calmez-vous ! Je vous en fais la promesse, je parlerai à Madame. Quant à Guiche...

— Vous allez le laisser continuer son manège de billets, de sérénades et autres galanteries qui font rire de moi ?

— Je ne permettrai jamais que l'on rie de vous, mon frère, dit le Roi avec gravité. Il partira pour ses terres jusqu'à ce qu'il ait compris le respect que l'on vous doit.

Le soir même, le comte de Guiche quittait Fontainebleau la mort dans l'âme et Louis XIV s'efforçait de consoler son père en l'assurant de son amitié pour la famille de Gramont. Le lendemain, au cours d'une promenade en forêt, il sermonna doucement Madame qui, après s'être montrée courroucée des « injustes et injurieux soupçons de Monsieur », remercia son beau-frère d'avoir su comprendre qu'il lui serait doux d'être délivrée d'un amour embarrassant mais qui ne trouvait pas d'écho dans un cœur heureux de s'épanouir aux rayons d'un aimable soleil levant... Et les deux jeunes gens, heureux de se comprendre si bien, passèrent encore plus de temps ensemble s'il était possible...

En prenant son service, ce matin-là, dans la chambre de la Reine, Sylvie sentit aussitôt que l'atmosphère était tendue. Assise au bord de son lit tandis que Maria Molina la chaussait, Marie-Thérèse offrait une mine boudeuse et des yeux rouges. En dehors des premières prières qu'elle murmurait avant de se lever, elle n'avait pas sonné mot.

— Le Roi n'a pas rejoint la Reine, chuchota Mme de Navailles. Il a dansé une partie de la nuit et le reste, il l'a passé sur le Grand Canal en gondole avec Madame et des musiciens italiens.

Sans répondre, Sylvie prit des mains d'un page les jarretières de rubans ornées de bijoux et vint s'agenouiller devant la Reine pour les boucler autour de ses jambes ainsi que l'exigeait sa charge. Ce qui lui valut un regard navré.

— Votre Majesté a mal dormi ? demanda-t-elle doucement.

— Pas dormi du tout ! fut la laconique réponse.

Puis le pesant silence retomba tandis que Sa

Majesté gagnait sa chaise percée comme si elle allait à l'échafaud. Ensuite, le rite de la toilette commença avec le ballet des pages et des chambrières portant l'eau, la cuvette, le savon de Venise et les parfums. Même l'apparition de la première tasse de chocolat ne réussit pas à amener un sourire sur le jeune visage. C'était tout à fait inhabituel. D'ordinaire, surtout quand son époux avait bien accompli son devoir conjugal, Marie-Thérèse était gaie, riait de tout et si on la plaisantait gentiment sur sa nuit, elle riait plus fort et frottait ses petites mains l'une contre l'autre d'un air ravi. Rien de tout cela ce matin dont le joyeux soleil faisait pourtant chatoyer l'or des boiseries, le cristal des vases remplis de fleurs, les coupes d'agates, les porte-flambeaux d'argent et les menus objets de toilette en or pur ! Même Chica la naine feignait de dormir, roulée en boule dans la ruelle du lit, et Nabo, le jeune Noir dont la Reine raffolait, se contentait de la regarder d'un peu loin avec de grands yeux désolés.

La Reine mit sa chemise puis on la vêtit d'une jupe de soie blanche si étroite qu'elle adhérait à ses formes en voie d'épanouissement. On lui passa ensuite un léger corset en toile fine mais bien pourvu de baleines, qu'on laça pour affiner la taille. Elle protesta, disant qu'on la serrait trop. Sylvie en profita pour essayer de détendre l'atmosphère :

— La jeunesse et la minceur habituelle de la Reine ont tendance à faire oublier qu'elle porte un enfant et qu'elle a besoin désormais de grands ménagements. Le Roi aurait dit ce matin à M. de Vivonne que j'ai rencontré dans la cour d'Honneur que la fête s'étant poursuivie plus tard que prévu, il n'avait pas voulu troubler le sommeil de Sa Majesté en venant rejoindre...

Aussitôt Marie-Thérèse parut ressusciter.

— Verdad ?... Que el Rey...

— ... s'inquiète fort d'une santé devenue doublement précieuse. C'est ainsi que l'on en use lorsque l'on aime bien Madame... dit Mme de Fontsomme avec une belle révérence qu'un sourire encore tremblant récompensa.

Tandis que Pierrette Dufour, la femme de chambre française, coiffait les magnifiques cheveux, les pages apportèrent les vêtements de dessous et de dessus qui étaient de soie épaisse alternant le bleu et l'or, après quoi, Sylvie fixa les joyaux de tête et de corsage. Un dernier nuage de parfum et Marie-Thérèse se leva, fit une belle révérence à tous ceux qui avaient assisté à sa toilette, prit des gants et, suivie de Nabo qui portait son missel, s'envola chez la Reine Mère comme elle avait coutume de le faire chaque matin. Au seuil des appartements d'Anne d'Autriche, elle se heurta presque à Monsieur qui en sortait, encore rouge de colère et tout ébouriffé.

— Ma sœur, dit-il, je viens de me plaindre à notre mère de ce que l'on nous traite fort mal, vous et moi, et je veux espérer que vous venez faire entendre même chanson ! En vérité cela ne peut plus durer ! Je suis déterminé à regagner mon château de Saint-Cloud si l'on continue à en user envers moi comme tous ces jours !

Et, sans même songer à saluer, Monsieur partit comme un boulet de canon qui ferait voltiger un mouchoir de dentelle, trouvant même le moyen de bousculer un Suisse de garde.

De ce que se dirent Anne d'Autriche et sa belle-fille nul n'en eut confidence, mais quand les deux femmes se rendirent ensemble à la chapelle, suivies cette fois de leurs dames et gentilshommes — on était un dimanche —, chacun put voir que Marie-Thérèse avait de nouveau les yeux rouges et que la Reine Mère arborait un air de sévérité qui ne lui était guère habituel, surtout si tôt le matin. Madame, elle, ne parut pas. La princesse de Monaco vint prévenir qu'elle avait la fièvre, toussait et devait garder le lit :

— Nous irons la réconforter tout à l'heure, dit la Reine Mère d'un ton qui laissait prévoir que le réconfort pouvait fort bien s'accompagner d'une mercuriale. Après quoi, elle envoya Mme de Motteville prier le Roi de passer chez elle dès qu'il aurait un moment.

Au fond, Anne d'Autriche n'était pas tellement mécontente d'avoir enfin une occasion de régenter un peu cette jeunesse écervelée et bouillonnante de vie qui avait trop tendance à la laisser à l'écart avec Marie-Thérèse. Elle ne doutait nullement de la tendresse de ses fils, mais elle était consciente de ce que, vieillie, souvent malade, elle manquait un peu d'attraits pour une cour avide de plaisirs et de jouissances... Le Roi vint, entendit ce qu'elle avait à dire, puis s'en alla quérir des nouvelles de Madame avec laquelle il s'entretint un moment sans témoins. Lorsqu'il sortit, il annonça qu'il reviendrait le lendemain, puis il alla prendre son frère par le bras avec de charmantes marques d'affection « pour le réconforter » et décida de l'emmener à la chasse puisque les réjouissances prévues pour ce jour ne pouvaient avoir lieu. Monsieur détestait la chasse qu'il jugeait un exercice trop brutal pour l'harmonie de ses mises, toujours admirables, et la délicatesse de ses mains, mais il se laissa tout de même emmener sans résistance. Quant à la reine Marie-Thérèse, bien que désolée que son état la prive de suivre son époux à la chasse — elle était une excellente cavalière ! —, elle acheva cette journée agitée dans l'odeur mélangée du chocolat, de l'encens brûlé en quantité dans son oratoire et dans le calme lénifiant qui suit les grandes tempêtes. Le château tout entier fut ce jour-là d'une grande tranquillité.

Au retour des chasseurs, le Surintendant, qui venait d'arriver de sa terre de Vaux en compagnie du duc de Beaufort, vint avec ses grandes manières habituelles tenir l'étrier au Roi devant le bel escalier en fer à cheval construit jadis par Louis XIII. Ce procédé sembla mettre Louis XIV d'excellente humeur :

— Avez-vous quelque bonne nouvelle à nous porter, monsieur Fouquet ?

— Aucune en particulier, Sire. Je souhaitais seulement savoir de Votre Majesté quel jour elle arrêtait pour faire à ma maison de Vaux le grand honneur de venir jusqu'à elle ?...

— Quoi déjà ? N'avions-nous pas parlé du mois d'août, et nous finissons juin ! Faut-il tant de préparatifs pour une visite de campagne ?

— Lorsqu'il s'agit de recevoir le plus grand roi du monde, Sire, tout autour de lui doit s'efforcer de tendre à la perfection et je veux que le Roi soit content.

Louis XIV eut un sourire qu'un observateur attentif eût jugé ambigu :

— Recevez-nous selon vos moyens, monsieur, et nous serons satisfait ! Ah, mon cousin Beaufort, vous voilà donc ! Je vous croyais à Saint-Fargeau, chez Mademoiselle qui nous boude ces temps derniers ?

— Non, Sire ! J'étais à la campagne de M. Fouquet. Nous établissons de grands plans pour que le Roi ait une marine digne de lui et nous avons travaillé...

— Comme c'est bien ! Mais puisque vous voilà, allez donc saluer Madame qui est souffrante. Vous savez quelle amitié elle vous porte. Vous lui ferez plaisir...

— Et à moi plus encore, Sire, mais... ce malaise... serait-il annonciateur d'un heureux événement ?

— Cela m'étonnerait fort ! ricana le Roi. Et prenez garde à ne pas faire trop le galant auprès d'elle. Monsieur crie comme une orfraie dès que Madame regarde un gentilhomme avec quelque douceur !

Ce soir-là, l'arrivée inopinée de la duchesse de Béthune permit à Sylvie d'échapper à l'atmosphère étouffante de l'appartement royal. Elle souffrait d'un violent mal de tête, dû autant aux vapeurs conjuguées de l'encens et du chocolat qu'au duel oratoire incessant qui opposait, jour après jour, la surintendante de la maison de la Reine, Olympe Mancini, comtesse de Soissons, à la dame d'honneur, Suzanne de Navailles, dès que leurs obligations les mettaient en présence. Les criailleries de l'Italienne trop vaniteuse pour être intelligente, perverse et cruelle de surcroît, se heurtaient à l'ironie mordante, au dédain à peine voilé de la duchesse de Navailles pour une femme à l'origine douteuse, selon les critères de la noblesse française, et dont le Roi, pour se débarrasser d'une maîtresse devenue encombrante, n'avait rien trouvé de mieux que lui donner à régir la maison de sa femme.

Peu tentée par un retour dans son logis où la chaleur du jour devait s'attarder, Sylvie pensa que la fraîcheur du parc lui ferait le plus grand bien. C'était l'heure du souper du Roi et elle y serait sans doute assez tranquille. Comme d'habitude, elle traversa le Parterre pour descendre vers la Cascade et le Canal qui perçait de part en part les ombrages épais du parc... Elle allait à pas lents, maniant d'un geste machinal un précieux éventail d'écaille blonde et attentive à l'éloignement progressif des bruits du château. Elle allait vers le silence, vers le calme de l'eau endormie sous un ciel bleu sombre criblé d'étoiles et sous la caresse d'un rayon de lune. Un instant, elle s'arrêta pour contempler tant de beauté et ne même plus entendre le froissement de sa robe sur le sable. Elle saisit alors le crissement léger de pas qui s'approchaient : un couple venait qui la retint contre la balustrade et dans l'ombre d'une statue, soudain gênée par sa situation de témoin involontaire. Ennemie jurée des potins de cour et de ceux qui en faisaient quotidiennement la chasse, elle voulut se retirer mais un éclat de rire la retint, suivi d'un :

— Par la mordieu, ma chère petite, savez-vous que ceci ressemble beaucoup à un enlèvement ?

— Le moyen de faire autrement quand on veut parler à quelqu'un ? Voilà des semaines que l'on ne vous a vu et vous tombez chez Madame au moment où l'on vous y attend le moins ? J'ai saisi l'occasion en m'échappant lors de votre sortie, en vous suivant et en vous demandant un instant d'entretien. En êtes-vous fâché... monseigneur ?

Les deux voix n'étaient que trop faciles à identifier pour Sylvie. C'étaient celles de sa fille et de Beaufort. Elle resta, prenant soin de s'abriter davantage derrière la statue. D'ailleurs, la nuit était assez claire pour qu'elle distingue sans peine les deux promeneurs dont le but semblait être les cascades.

— Pas le moins du monde, jeune demoiselle. Je me sentirais plutôt flatté... si je ne craignais que vous ne souhaitiez me faire part de quelque ennui de la duchesse votre mère ?

— Ma mère ? Que vient-elle faire ici et pourquoi donc supposez-vous que je veuille parler d'elle ?

— Parce que nous avons été élevés ensemble ou peu s'en faut et parce que vous ne pouvez ignorer à quel point elle m'est chère ?

La douceur soudaine du ton de François n'en fit ressortir que mieux la colère qui vibra dans la voix de Marie :

— Voilà bien de l'affection perdue ! Ma mère vous déteste, monsieur le duc. Oubliez-vous que vous avez tué mon père ? Cela ne lui laisse guère de raisons de vous aimer...

— Je le sais, hélas ! Et croyez bien que j'en suis plus navré que je ne saurais dire. Et tout autant de la brutalité de votre accusation. Si j'ai tué le duc de Fontsomme, je ne l'ai pas voulu et cela change tout. Vous êtes trop jeune pour apprécier ce qu'était la Fronde quand on n'était pas du même parti. Et un duel, quand les armes et la valeur sont égales, n'a rien à voir avec un meurtre.

En dépit de la gravité sombre des paroles de son compagnon, Marie se mit à rire :

— Vous vous donnez bien du mal pour plaider une cause gagnée depuis longtemps. Pour moi tout au moins...

— Cette absolution me rend fort heureux, fit Beaufort avec gravité. C'est de cela que vous vouliez me parler ?

Il y eut un silence, comme si Marie hésitait au bord de quelque chose d'inconnu, mais elle avait trop de bravoure pour balancer longtemps. En outre, il y avait des jours et des jours qu'elle préparait les paroles qu'elle allait prononcer. Derrière sa statue, Sylvie entendit :

— J'ai à dire que je vous aime et que je veux être votre femme.

C'était énoncé simplement mais avec une noblesse qui fit trembler Sylvie parce que l'on y sentait une vraie détermination. Sa petite Marie, en qui se révélait la femme, pensait profondément chacun des mots qu'elle venait de prononcer. François dut le sentir aussi car il ne rit pas et même laissa passer un peu de temps avant de répondre :

— Qui suis-je pour mériter le choix d'un être aussi charmant que vous ? Et si jeune !... Trop sans doute pour savoir en vérité ce que c'est que d'aimer.

— Par pitié, laissez de côté les vieux poncifs ! Il n'y a pas d'âge pour l'amour et je n'ignore pas que ma mère vous a aimé quand elle était encore une petite fille...

— Jusqu'à ce qu'elle rencontre votre père ! Le cœur change, Marie... Il en sera du vôtre comme de celui de la duchesse...

Les larmes aux yeux, Sylvie lui envoya une pensée de gratitude. François savait bien qu'elle l'avait toujours aimé et que le mariage n'y avait rien changé mais il était bon que Marie le crût. Comment réagirait-elle si elle en venait à voir en sa mère une rivale ? Marie, cependant, repartait à l'attaque :

— Et le vôtre, monseigneur ? Qu'en est-il ?

fit-elle d'un ton mordant qui effraya sa mère parce que la femme qu'elle serait bientôt s'y révélait avec son goût du combat et sa capacité de souffrance. Vos nombreuses maîtresses l'encombrent-elles au point de n'y point laisser place à un amour... légitime ?

— Plus les maîtresses sont nombreuses et moins elles encombrent. D'autant qu'elles n'y ont jamais eu place.

— Quoi, vous n'aimez pas ces femmes que vous affichez ?

— Je ne crois pas afficher qui que ce soit.

— Vraiment ? Et Mme d'Olonne ?

Beaufort haussa les épaules :

— Choisissez mieux vos exemples, mademoiselle ! Mme d'Olonne n'en est pas un... surtout pour une jeune fille ! Elle n'est pas de celles que l'on aime.

— Et Mlle de Guerchy ?

— Mlle de Guerchy non plus !

— Alors, parlons de Mme de Montbazon ? Celle-là au moins vous l'avez aimée ?

Une soudaine colère amena la foudre dans les yeux de Beaufort.

— Celle-là, je vous défends d'y toucher ! Respect à la mort, Marie de Fontsomme ! Et à celle-là surtout ! Je crois que je vais vous laisser poursuivre seule cette promenade...

Il s'écartait déjà. Elle le retint d'un cri :

— Non !... Je vous en supplie, restez encore un peu ! Et pardonnez-moi si je vous ai blessé mais, voyez-vous, c'est la première fois que j'aime —

sûrement aussi la dernière quoi que vous en pensiez ! — et je ne sais pas bien m'y prendre.

— L'amour vrai n'a pas besoin de savoir s'y prendre ! A présent mon enfant, écoutez-moi...

— Je ne suis pas votre enfant et ne veux pas l'être !

— Dieu que vous êtes fatigante ! Cessez donc de jouer aux propos interrompus ! Ce que j'ai à vous dire est sérieux. Tout d'abord, sachez que je ne me marierai jamais. Lorsque j'étais enfant, on me destinait à Malte et l'idée m'en plaisait parce que j'ai toujours rêvé de courir les mers. Mais je n'ai pas fait profession et n'ai même jamais aperçu les clochers de la sainte île guerrière...

— Rien ne vous empêche donc de vous marier...

— Si : moi ! Parce que jamais la femme que j'aime — pardonnez-moi si je vous irrite mais il en faut bien venir à le dire ! — jamais cette femme ne m'acceptera pour époux...

Marie recula comme si une balle l'avait frappée :

— Ainsi, vous aimez quelqu'un ? fit-elle d'une voix dont l'altération fit mal à Sylvie. Qui est-ce ?

— Je ne l'ai jamais dit qu'à Dieu et à elle. Encore ne suis-je pas certain qu'elle m'ait cru...

— Alors, pourquoi ne pas renoncer et prendre celle qui pourrait peut-être vous aider à oublier ?

— On n'oublie plus à mon âge et ce serait vous faire courir un trop grand risque. Vous méritez mieux ! Regardez devant vous ! Pas derrière. Moi j'appartiens au passé !

— De la Cour peut-être mais pas de la gloire ! Vous êtes un homme de guerre, vous serez amiral après le duc votre père et vous pourchasserez l'ennemi sur toutes les mers du monde. Donc vous deviendrez un héros ! Et je veux être la femme d'un héros... pas d'un muguet de cour épiant sans cesse le moindre froncement de sourcil du souverain.

François se mit à rire de si bon cœur qu'il en détendit l'atmosphère :

— Je commence à comprendre pourquoi vous tenez tant à vous embarrasser d'un barbon. Un marin n'est pas souvent là, ce qui laisse à son épouse tout le loisir de mener la vie qu'elle veut tout en portant avec fierté l'auréole de gloire.

Le cri de colère de Marie dérangea une chouette qui humait paisiblement l'air nocturne :

— Oh ! C'est indigne !... Mais dites tout ce que vous voulez, vous ne me découragerez jamais. Je me suis déterminée à n'épouser personne d'autre que vous... ou Dieu !

Ayant dit, elle lui tourna le dos et prit sa course vers le château illuminé après avoir ramassé à pleines mains sa jupe de satin rose, sans imaginer un seul instant qu'elle laissait sa mère plongée dans un abîme de réflexion... ni que son bien-aimé, en la voyant partir, ne put retenir un « ouf » de soulagement.

Cet amour-là était plus qu'intempestif et même il l'effrayait, lui qui n'avait jamais eu peur de rien. Voilà qu'après dix longues années de pénitence sans un sourire de Sylvie, sans pouvoir même une seconde effleurer ses doigts de ses lèvres, cette jeune étourdie s'avisait de l'aimer ? Que penserait-elle, sa douce et fière Sylvie, si elle apprenait qu'il avait pris le cœur de sa fille ? Qu'il cherchait une laide vengeance pour dix ans de dédain, ou un moyen encore plus laid de se rapprocher d'elle en dépit de sa volonté ?

Retrouvant un geste d'autrefois qui lui était familier quand, petit garçon à Anet ou à Chenonceau, il se trouvait embarrassé, il ramassa quelques cailloux et fit des ricochets sur l'eau du Grand Bassin, et ce fut cette eau qui lui suggéra une solution : prendre la mer, demander à Fouquet-le-tout-puissant de lui obtenir un commandement, réaliser enfin ce rêve-là, le plus vrai, le plus pur ! Tourner le dos à la Cour, ses pièges, ses perfidies et naviguer en simple capitaine avec une poignée d'hommes, sans attendre que la mort d'un père qu'il aimait lui offre l'Amirauté...

Le dernier caillou ponctua sa décision et, après l'avoir lancé, il se mit à la recherche de son ami Fouquet. Lorsqu'il fut éloigné, Sylvie quitta enfin sa statue et continua sa promenade interrompue. Sa tête ne la faisait plus souffrir mais elle avait plus que jamais besoin de réfléchir dans le silence et la solitude. Elle descendit vers le ruban miroitant du canal...

Pendant ce temps Marie, revenant vers le château, rencontra Tonnay-Charente et Montalais qui la cherchaient :

— Où diantre étiez-vous passée ? s'écria la première. A-t-on idée de s'esquiver ainsi quand il se passe des choses passionnantes ?

Marie aurait bien riposté que Beaufort lui paraissait le plus passionnant des sujets mais, outre qu'elle n'entendait partager son secret avec personne, c'eût été sans doute peine perdue, les deux autres paraissant excitées au plus haut point.

— Vraiment ? fit-elle d'un ton léger. Monsieur aurait-il fait à son épouse une déclaration d'amour publique ?

— Nous n'aurions pas dépensé un pas pour vous raconter cela, dit Montalais. C'est du Roi qu'il s'agit.

— Belle nouvelle ! Tout le monde sait que le Roi est follement amoureux de sa belle-sœur. Au point de faire pleurer la Reine.

— Si vous nous laissiez parler ? fit sévèrement Athénaïs, cela vous éviterait de dire des sottises. A présent, si nous ne vous intéressons pas...

D'un geste, Marie arrêta son mouvement de retraite et s'excusa gentiment :

— Ne m'en veuillez pas : je suis un peu nerveuse ces temps-ci...

— Vous voyez pourtant M. d'Artagnan tous les jours ? fit Montalais acide.

— Sans doute mais j'ai d'autres sujets de contrariété. A présent, s'il vous plaît, instruisez-moi !

— Eh bien, voilà l'affaire...

Douée de façon incontestable pour le récit, Athénaïs retraça, avec verve et une grande fidélité, la petite scène qui s'était jouée chez Madame après le départ de M. le duc de Beaufort. Le Roi était entré pour prendre à son tour des nouvelles de la belle malade, mais sans s'attarder. L'heure du souper approchait et Sa Majesté, douée d'un robuste appétit, ne cacha pas qu'elle avait faim. C'est ce détail qui rendit l'événement tellement extraordinaire : en quittant la chambre de Madame, Louis, au lieu de foncer vers la porte, s'est approché du groupe des filles d'honneur et s'est adressé directement à Mlle de La Vallière pour lui demander si elle se plaisait à Fontainebleau. Naturellement, la première surprise passée, le respect avait obligé les compagnes de la jeune fille à s'écarter, la laissant avec le Roi dans un superbe isolement.

— Bien incommode, d'ailleurs ! grogna Aure de Montalais. Nous entendions d'autant moins que cette pauvre Louise, rouge comme une cerise et tout interdite, balbutiait des réponses à peu près inaudibles en faisant les yeux les plus mourants du monde...

— Et c'était dans la chambre de Madame ? En sa présence ? Et elle n'a rien dit ?

— Rien du tout. Elle regardait la scène du fond de son lit en buvant de l'eau d'oranger d'un air tout à fait bénin. Mais moi j'arriverai bien à savoir ce que le Roi a dit à Louise. Nous sommes compagnes depuis que nous servions ensemble la vieille Madame à Blois. Elle ne peut rien me cacher.

Pourtant, la curieuse Montalais en fut pour sa peine : Louise refusa de révéler la moindre des paroles du Roi. Tout en parlant, elle pressait son cœur de ses mains comme si elle craignait qu'il laissât échapper la moindre bribe de ce précieux trésor. Attitude dont ses trois compagnes tirèrent une stupéfiante conclusion : La Vallière avec ses airs de vierge sage, fragile et attachant peu d'importance aux choses de la terre, était amoureuse de son souverain...

— Amoureuse folle, amoureuse perdue ! Allez donc après cela vous fier à l'eau qui dort, conclut Montalais.

Elle et ses compagnes n'étaient pas au bout de leurs surprises. Les jours qui suivirent alimentèrent avec générosité leurs conversations comme celles de toute la Cour. Louis XIV se mit à faire ouvertement la cour à La Vallière ! Dès qu'il entrait chez Madame, c'était elle qu'il cherchait avant même de saluer la princesse. Allait-on en promenade : on le voyait à la portière de sa voiture pour lui donner la main. Il y eut surtout l'épisode de l'orage qui éclata alors que l'on s'éparpillait en forêt où l'on put voir Louis rester debout sous un arbre, tête nue, à se tremper, tandis que de son chapeau et même de sa personne il s'efforçait de protéger sa jolie compagne. Lorsqu'il rejoignit le gros de la troupe, le couple émettait en se regardant sans cesse une sorte de rayonnement plus révélateur qu'un long discours. Madame qui, jusqu'alors, avait suivi ces divers jeux avec un air amusé cessa de sourire...

En fait, il s'était passé ceci : devant la levée de boucliers soulevée par leur amour affiché avec tant d'insolence, Louis et Henriette s'étaient résolus à donner le change : on décida de s'abriter à la lumière d'un « chandelier ». Autrement dit, le Roi feindrait de s'éprendre d'une des filles d'honneur de sa maîtresse que l'on prit soin de choisir la plus discrète possible, la plus vulnérable aussi. Ce fut Louise de La Vallière après que Madame — qui ne songeait nullement à se créer une rivale — eut refusé Tonnay-Charente trop belle et trop altière, Fontsomme trop jeune, trop jolie et qui de toute évidence ne saurait pas jouer son rôle parce qu'elle ne s'intéressait pas au Roi, Montalais enfin, trop maligne et sûrement trop difficile à manier.

Or, au cours de ses conversations en aparté avec la jeune fille, Louis XIV découvrit cette chose incroyable, inouïe : la petite Tourangelle l'aimait, passionnément même, depuis qu'elle l'avait vu jadis à Blois chez sa tante d'Orléans. Et c'était l'homme qu'elle aimait, non le Roi, et elle l'eût cent fois préféré simple mousquetaire ou hobereau de campagne que marié à la fois à la France et à une Infante.

L'amour attire l'amour et celui-là était bien puissant : Louis flamba comme un brandon de pin et oublia tout à fait Madame qui n'eut plus d'autre ressource que se rapprocher des deux Reines pour faire front contre la nouvelle favorite. La pauvre allait en voir de toutes les couleurs mais, en attendant, la foule des courtisans se tournait dans un mouvement d'ensemble réglé depuis des siècles vers l'astre en train de se lever. Nicolas Fouquet s'annonça chez son amie Sylvie de Fontsomme.

— Je viens aux nouvelles, mon amie. J'arrive tout juste de Vaux et j'entends des choses si étonnantes qu'il me faut des assurances. On parle du

Roi et d'une fille d'honneur alors qu'à mon dernier passage tout était à Madame ?

— Eh bien tout a changé. Du moins je le crois, mais c'est Marie que vous devriez interroger, mon cher Fouquet, puisque c'est de l'une de ses compagnes qu'il s'agit.

— Dès que le Roi est en jeu, une dame d'honneur de la Reine doit en savoir tout autant. Sa Majesté ne doit pas se satisfaire davantage de cette nouvelle aventure que de la précédente.

Sylvie se mit à rire :

— C'est le moins que l'on puisse dire ! La pauvre !... Songez que, depuis son mariage il y a un peu plus d'un an, cette pauvre petite Infante amoureuse comme il n'est pas permis a vu son époux se complaire d'abord avec Soissons, puis avec Madame tout court et maintenant c'est cette malheureuse La Vallière qu'il projette en pleine lumière. Du coup, les deux Reines et Madame sont tout le temps ensemble, visiblement liguées contre la nouvelle favorite...

— Parlez-moi d'elle ! Qui est-elle au juste ?

— Une charmante enfant ! Timide, douce, effacée, une vraie violette des bois. Elle n'a que dix-sept ans. Elle appartient à la bonne noblesse tourangelle...

— Fortunée ?

— Oh, je ne crois pas ! Parmi les filles d'honneur de Madame elle est la plus modestement vêtue. Son défunt père, le marquis de La Vallière, possédait quelques biens mais la veuve les avait un peu écornés avant de se remarier avec le maître d'hôtel de la vieille Madame. La Reine, naturellement, sait tout cela et, en elle, l'épouse bafouée rejoint l'Espagnole offensée. Elle finirait peut-être par admettre une maîtresse de haut rang, mais elle considère La Vallière comme une fille de rien et son orgueil en souffre.

— Vous pensez que le Roi est vraiment amoureux, vous qui le connaissez depuis l'enfance ?

Sylvie écarta les mains en signe d'impuissance :

— Qui peut se vanter de bien connaître un homme tel que lui ? Tout ce que je peux dire c'est qu'il en a l'air.

— C'est tout ce que je voulais savoir ! Je baise vos jolies mains, ma chère duchesse !

Un salut pirouettant plein d'élégance et Fouquet disparaissait dans les profondeurs du palais en disant qu'il savait ce qui lui restait à faire. Il était déjà hors de vue quand Sylvie, inquiète, ouvrit la bouche pour demander à quoi il pensait...

En fait, l'idée du surintendant des Finances était d'envoyer, à Louise de La Vallière, Mme du Plessis-Bellière pour lui porter ses hommages et lui offrir deux cent mille livres « pour que sa parure soit digne d'une auguste attention ». C'était, malheureusement, la bourde à ne pas faire, Louise n'étant pas taillée sur le même patron que la majorité des dames de la Cour. Non seulement elle refusa mais, bouillante d'indignation, elle alla tout raconter au Roi...

Aussi Louis XIV est-il fortement prévenu contre son ministre lorsque, en fin d'après-midi du 17 août, son carrosse encadré de mousquetaires et de gardes-françaises franchit les hautes grilles dorées du château de Vaux-le-Vicomte et s'avance dans la large allée sablée dont une armée de domestiques prévenants a ôté le moindre caillou... L'effet de surprise est total : devant la magnificence du château et de ses jardins soudain surgis des bois qui l'ont dissimulé jusque-là, Louis XIV a le souffle coupé et, tandis que la longue file des voitures s'avance, il contemple presque incrédule ces parterres brodés, fleuris, ces eaux jaillissantes — on est en pleine canicule —, ces statues et cette architecture hardie, majestueuse, si nouvelle.

Et puis voici Fouquet lui-même qui attend le Roi au bas du perron tandis que sa femme va se placer à la portière de la Reine Mère. Marie-Thérèse qui souffre d'une grossesse que la chaleur rend pénible n'a pu venir mais, invitée particulière des Fouquet, Sylvie a rejoint son amie Motteville. Ce qu'elle voit l'épouvante : le Surintendant a jeté l'or à la pelle pour que la fête et la splendeur du château soient inoubliables, et c'est trop, beaucoup trop pour un jeune roi souvent impécunieux et dont l'œil n'a rien de tendre.

Après les rafraîchissements, Fouquet fait les honneurs du parc aux onze cents jets d'eau, puis d'un potager qui n'a son rival nulle part au monde. Bien plus tard, Louis XIV fera mieux encore à Versailles, pourtant, on pourra l'entendre dire à ses courtisans : « Vous êtes trop jeunes pour avoir mangé des pêches de M. Fouquet. »

Ensuite, on revient au château et l'on passe à

table. Tandis que Fouquet et sa femme servent au Roi et à Anne d'Autriche, dans de la vaisselle d'or, les mets les plus délicats préparés par Vatel, trente buffets regorgeant de victuailles et des vins les plus fins sont à la disposition des invités. Le Roi a d'abord dévoré, puis son appétit s'est ralenti et il est devenu rêveur cependant que sa mère feignait de dédaigner ce qu'on lui offrait.

Le souper achevé, on gagne le théâtre de verdure élevé près d'une sapinière. Comme l'on redoute un orage, les spectateurs trouvent l'abri d'une vaste tente de damas blanc. Une comédie de Molière est au programme. Ce sera *Les Fâcheux* dont certains se demandent s'il n'y a pas là quelque intention discrète. Enfin, un extraordinaire feu d'artifice, chef-d'œuvre de Torelli, embrase le ciel d'été. Il fait jaillir des fleurs de lis accompagnant les monogrammes du Roi et de la Reine Mère qui se fondent ensuite en milliers d'étoiles. On ne saurait rien imaginer de plus galant ni de plus magnifique, pourtant Louis XIV regarde cela d'un œil froid. Il se sent humilié, comparant ces splendeurs à ce qu'il possède lui-même, et oublie qu'avant de faire sa propre fortune, Fouquet a aidé vigoureusement Mazarin à faire la sienne. Mazarin qui avant de mourir lui a donné, en la personne de Colbert, l'instrument pour perdre Fouquet.

— Madame, murmura-t-il à sa mère, ne ferons-nous pas rendre gorge à ces gens-là ?

A deux heures du matin, Fouquet pensant que le Roi souhaite se reposer lui demande humblement s'il acceptera d'occuper pour cette nuit la chambre fabuleuse qu'on lui a préparée. Mais non, le Roi veut rentrer dans son Fontainebleau. Aussitôt les trompettes sonnent et, tandis que l'on avance les voitures, le château tout entier semble s'embraser par la magie des artificiers et Fouquet vient tenir la portière à son royal invité. A cet instant il a un dernier geste, combien généreux : il offre Vaux, ses merveilles et tous ceux qui les ont fait naître à ce roi qui n'a même pas pour lui un sourire, qui ne remercie même pas pour cette fête qui a ruiné le Surintendant. Il refuse le domaine mais gardera en mémoire les noms des artistes qui l'on créé : Le Vau, Lebrun, Le Nôtre, sans compter Molière qui cependant est encore à son frère, et aussi La Fontaine qui a dit de si jolis vers...

Il s'en va, remâchant sa colère et une jalousie indigne d'un roi quand il se veut grand...

Sylvie a vu tout cela. Elle a vu aussi le sourire de matou satisfait qui orne la lourde face de Colbert. Celui-là sent la chair fraîche... Alors, laissant Mme de Motteville repartir seule, elle a choisi de s'attarder. Fouquet le magnifique trouvera bien une voiture pour la ramener à Fontainebleau avant le lever de la Reine. Ce qu'elle veut, c'est parler à son ami : elle rejoint le couple qui, debout au pied du perron, regarde le train royal se fondre dans la nuit.

Mme Fouquet l'a vue venir et lui offre un sourire las :

— J'ai dit tout ce que je pouvais dire, ma chère

amie, mais il n'a rien voulu entendre. Souffrez que je me retire à présent : je suis si fatiguée...

— On le serait à moins... Reposez-vous bien ! Quant à vous, mon cher Nicolas, je crois que vous êtes fou. Vous rendez-vous compte de ce que vous avez fait ? Cette fête démontre de façon éclatante, pour le Roi, que vous êtes plus riche et plus puissant que lui...

— Il s'est invité lui-même. Pouvais-je le recevoir comme un voisin de campagne ? Je l'ai reçu comme je le devais et ce que j'ai voulu lui montrer c'est que j'étais capable de l'aider à devenir le plus grand roi du monde !

— Vous avez fait ce qu'il voulait. Ou plutôt ce que Colbert voulait... Je crains fort que l'on ne vous ôte votre surintendance et que vous ne soyez jamais Premier ministre. Mais grâce à Dieu, vous êtes toujours procureur général, ce qui vous sauve du pire !... Vous l'êtes toujours, n'est-ce pas ? ajouta-t-elle inquiète de la mine soudain assombrie de son ami.

— Non, je ne le suis plus. J'ai vendu ma charge à M. de Harlay pour un million quatre cent mille livres... dont vous venez de voir s'envoler la meilleure part avec les illuminations, le spectacle et les feux d'artifices.

— Mon Dieu ! Vous avez fait cela ? Mais...

— Allons, allons, coupa-t-il d'un ton léger qui se voulait rassurant, même si l'on me fait quitter la vie publique, je saurai bien y revenir avec le temps. Et en attendant, je me partagerai entre ici, où je suis bien, Saint-Mandé où je suis encore mieux et Belle-Isle. Vous voyez que j'aurai de quoi m'occuper.

— Et si l'on vous prenait tout cela, si l'on allait... encore plus loin ?

— Ne dramatisez pas ! Nous ne sommes plus au Moyen Age ou au temps des Valois et je ne m'appelle ni Enguerrand de Marigny ni Beaune de Semblançay. Cela dit... je suis heureux que vous soyez restée, mais venez prendre quelque repos ! A l'aube ma voiture vous ramènera à Fontainebleau...

En revenant vers son poste dans la fraîcheur d'une aurore glorieuse rendue plus joyeuse par le chant d'une alouette matinale, Sylvie ne parvenait pas à repousser de noirs pressentiments qui ne s'apaisèrent pas dans les jours qui suivirent. D'ailleurs, la Cour fut moins gaie. Le Roi était tout à ses nouvelles amours qu'il rencontrait secrètement — mais ce ne fut pas longtemps un secret ! — dans la chambre de son fidèle Saint-Aignan. La Reine poursuivait une grossesse qui la tourmentait, et Madame la rejoignait à présent dans les malaises d'une future maternité qui ne l'enchantait pas car elle la privait souvent des plaisirs qu'elle aimait tant.

Peu de temps après, un matin, le Roi annonça qu'il comptait partir prochainement pour Nantes où se réunissaient les Etats de Bretagne. Seuls ses gentilshommes l'accompagneraient. Les Reines resteraient à Fontainebleau. Et le soir même, le capitaine d'Artagnan rejoignait Sylvie au bord du Grand Canal où elle avait pris l'habitude de faire quelques pas à des heures aussi régulières que possible.

— Je suis venu, madame, vous donner un bon avis. Je ne vous cache pas que j'ai longtemps balancé avant de venir vers vous... quelque plaisir que j'en aie mais vous m'avez, il n'y a pas si longtemps, sauvé un ami et je veux essayer de vous rendre la pareille.

— Voilà un préambule bien effrayant.

— Et ce qui va suivre ne l'est pas moins. Dites à M. Fouquet de ne pas se rendre aux Etats de Bretagne... ou, s'il y va, qu'il ne fasse que traverser Nantes pour aller s'enfermer dans Belle-Isle...

— Mais... pourquoi ?

— Parce que le Roi le fera arrêter... et par moi, j'en jurerais, comme il a bien failli le faire l'autre nuit à Vaux.

Sylvie considéra avec épouvante la haute silhouette du mousquetaire :

— Arrêter M. Fouquet, chez lui ? Alors qu'il venait de se ruiner aux trois quarts pour lui plaire ?

— C'est pourquoi j'ai eu l'honneur de dire à Notre Majesté qu'elle se déshonorerait en agissant ainsi et que, pour ma part, je ne me sentais pas disposé à faire si vilaine besogne...

— Et vous n'êtes pas à la Bastille ? souffla Sylvie abasourdie d'une pareille audace.

— Eh non ! Le Roi me connaît depuis longtemps. Il est jeune, impulsif, et quand il est en colère il est difficile de lui faire entendre raison ; pour cette fois, il a bien voulu admettre que j'étais dans le vrai et que l'acte eût été fâcheux, mais je gagerais tout ce que je possède au monde que, s'il va à Nantes, M. Fouquet n'en repartira pas avec ses propres chevaux. Des chevaux, il est vrai, qui vont très vite car je n'en connais guère de plus beaux. Alors, qu'il s'en serve quand il en est temps encore !

Sylvie passa son bras sous celui de d'Artagnan et fit avec lui quelques pas silencieux.

— Est-ce qu'en me donnant cet avis, murmura-t-elle enfin, vous ne manquez pas à votre devoir envers le Roi ?

— Rien ne me fera manquer à mon devoir envers le Roi. S'il m'ordonne dans les jours à venir d'arrêter le Surintendant, je l'arrêterai sans hésiter, mais l'ordre ne m'en est pas encore donné et je ne fais que vous confier ce que je crois...

— Je ne sais si l'on m'écoutera mais je vous dois un grand, un très grand merci...

— Je ne crois pas. Voyez-vous je... je déteste jusqu'à l'idée que je pourrais voir des larmes dans vos yeux...

Ce jour-là, Sylvie comprit que d'Artagnan était amoureux d'elle.

Fouquet, comme elle s'y attendait, ne voulut rien entendre. Bien que souffrant d'une fièvre tenace, il voulut aller à Nantes où le Roi le convoquait, mais fit la plus grande partie de la route sur une confortable gabarre qui descendit la Loire, en même temps qu'une autre portant Colbert avec laquelle on lutta de vitesse de la meilleure grâce du monde. Cette atmosphère quasi amicale confortait Fouquet dans l'idée que ses amis se trompaient du tout au tout. Avant le départ, le Roi, qui fit le voyage à cheval, n'avait-il pas fait prendre par Le Tellier des nouvelles de sa santé ?

A Nantes, le Surintendant et sa femme — elle ne le quittait plus d'une semelle depuis la fête de Vaux — s'installèrent à l'hôtel de Rougé qui appartenait à la famille de Mme du Plessis-Bellière. Fouquet se coucha mais reçut néanmoins une joyeuse délégation de femmes de Belle-Isle qui, dans leurs beaux atours de fête rouges, vinrent danser pour lui. Le Roi envoya Colbert prendre de ses nouvelles et celui-ci en profita pour soutirer au Surintendant, dont il préparait la perte depuis si longtemps, 90 000 livres « pour la Marine ». Il annonça aussi que le lendemain, 5 septembre, il y aurait Conseil matinal au château, le Roi ayant décidé de partir pour la chasse.

Fouquet s'y traîna du mieux qu'il put, ressortit entouré de la foule habituelle des solliciteurs qui empêchèrent toute action contre lui. Ce fut seulement place de la Cathédrale que d'Artagnan, accompagné de quinze mousquetaires, rattrapa sa chaise à porteurs et lui signifia l'ordre d'arrestation. Le prisonnier leva sur lui des yeux pleins d'une immense surprise :

— Arrêté ? Moi qui croyais être dans l'esprit du Roi mieux que personne du royaume ?... En ce cas, faites en sorte qu'il n'y ait point d'éclat...

— Cela dépend un peu de vous, monsieur, fit l'officier avec une tristesse qui n'échappa pas à

Fouquet. Pour ma part, sachez que j'aurais préféré ne jamais accomplir ceci...

— Où me conduisez-vous ?

— Au château d'Angers....

— Et les miens ? ...

— Je n'ai pas d'ordre les concernant...

Tandis que d'Artagnan s'éloignait de quelques pas pour un ordre, Fouquet murmura à son valet La Forêt : « A Saint-Mandé et à Mme du Plessis-Bellière. » Dans son esprit, cela voulait dire que ceux de sa maison et son amie devaient faire en sorte d'enlever ses papiers personnels. Intelligent et vif, La Forêt s'éclipsa, quitta Nantes à pied jusqu'au prochain relais de poste et partit à fond de train. Quand il arriva à destination il était déjà trop tard : Colbert avait pris ses précautions...

Ce fut le 7 septembre que, par un courrier envoyé au chancelier Séguier et un autre à la Reine Mère, ceux de Fontainebleau apprirent ce qui venait de se passer à Nantes. Epouvantée, Sylvie prit, dans la journée, le premier prétexte pour quitter son service, laissant Marie-Thérèse dolente sur une chaise longue, en compagnie de Chica qui chantait pour elle et de Nabo qui lui faisait de l'air avec un énorme éventail en plumes d'autruche bleues. Elle courut chez la Reine Mère, s'attendant à la trouver aussi désolée qu'elle-même. Depuis qu'il possédait quelque pouvoir, Fouquet l'avait servie avec dévouement et fidélité, même et surtout pendant les temps si rudes de la Fronde. Il était aussi l'homme de confiance de Mazarin qu'elle avait aimé au point de l'épouser secrètement. Elle allait sans doute tout faire pour venir en aide à si noble et si généreux serviteur qui jamais ne lui avait refusé quoi que ce soit, quitte à payer de sa propre bourse.

Or, lorsque Sylvie entra dans les appartements, elle entendit l'écho de deux rires et, trouvant Motteville au seuil du Grand Cabinet, elle lui demanda qui était là.

— La vieille duchesse de Chevreuse, répondit celle-ci. Vous ne le savez peut-être pas mais elle est venue souvent ces derniers temps.

— Pour pleurer misère comme d'habitude ou quémander pour son jeune amant, le petit Laigue ?

— Non. Pour se réjouir... Ecoutez plutôt !

Avec un demi-sourire, Françoise de Motteville entrouvrit la porte du Cabinet, laissant parvenir jusqu'à elle et son amie la voix aigre et exultante de l'ancienne beauté du temps de Louis XIII :

— Vous verrez, Madame, ce M. Colbert vous sera un bien meilleur serviteur que ce Fouquet dont vous avez enfin compris qu'il n'a jamais songé qu'à sa propre fortune. Il était temps que vous abandonniez cet homme qui n'est après tout qu'un traitant malhonnête...

— Ah, je l'avoue, la fête insensée qu'il nous a donnée à Vaux m'a fait voir combien vous aviez raison de me mettre en garde. Le défunt Cardinal a d'ailleurs bien vivement recommandé M. Colbert au Roi et il savait ce qu'il faisait...

— Je vous annonce ? proposa Motteville, la main sur la poignée de la porte.

— Non... Non, c'est inutile, ma chère amie. Je

n'ai pas besoin d'en savoir plus et je perdrais mon temps. A propos : savez-vous ce qu'a obtenu cette femme pour ce bel ouvrage ?

— Une pension, je crois... et surtout un commandement pour le jeune Laigue. Celui-ci avait fort à se plaindre du Surintendant qui l'avait traité selon ses mérites.

Ecœurée, Sylvie regagna son appartement. Ce qu'elle venait d'entendre ne la surprenait qu'à moitié. Depuis qu'elle connaissait Anne d'Autriche, elle l'avait vue abandonner l'un après l'autre amant et fidèles serviteurs : François de Beaufort, La Porte, Marie de Hautefort, Cinq-Mars et François de Thou qu'elle avait livrés au bourreau, et jusqu'à cette même Chevreuse rappelée après un long exil pour se voir écartée de la Cour comme un meuble inutile, mais celle-là avait su revenir en surface, plus venimeuse que jamais. Colbert, férocement attaché à la perte de son ennemi, avait vite compris quel parti on en pouvait tirer, moyennant finances bien entendu... Tout cela, en vérité, était infâme et le service des rois présentait bien souvent des côtés sordides. Au fond, il était sans doute dommage qu'Anne d'Autriche n'eût pas épousé son beau-frère, l'homme de toutes les démissions, de tous les abandons. Ces deux-là étaient faits pour s'entendre.

Tandis que ses pieds chaussés de satin gris foulaient l'herbe d'une pelouse, elle dérangea une couleuvre qui fila vers l'eau et elle resta là un instant à la regarder disparaître, frappée par le symbole. Les armes de Colbert portaient une couleuvre — encore qu'une vipère eût mieux convenu ! —, celles de Fouquet un écureuil : la bête rampante avait pris à son piège le petit coureur aérien et s'enflait pour l'étouffer avant de l'avaler...

Sentant les larmes lui venir, Sylvie rentra chez elle le plus vite qu'elle put puis décida de demander un congé. Il fallait qu'elle sache ce que devenaient la femme et les enfants du prisonnier, ses proches amis aussi dont certains étaient les siens, et cela Perceval saurait sûrement le lui dire. Elle verrait alors ce qu'il était possible de faire pour eux...

Toujours bonne, Marie-Thérèse lui octroya toutes les permissions qu'elle voulut, demandant seulement qu'elle ne s'éloignât pas trop longtemps. Suzanne de Navailles lui serra la main sans rien dire. Elle savait combien elle était sensible au sort de ceux qu'elle aimait et pour sa part l'eût volontiers accompagnée, mais il n'était pas possible de laisser la Reine aux griffes de Mme de Béthune ou d'Olympe de Soissons. Il fallait lui assurer autant que possible une grossesse tranquille.

Sylvie rentra chez elle le cœur un peu apaisé pour apprendre que Mme Fouquet était exilée — limogée avant la lettre puisque, Dieu sait pourquoi, on l'envoyait à Limoges —, que Mme du Plessis-Bellière était exilée à Montbrison, le frère archevêque de Narbonne et l'abbé Basile exilés on ne savait où et le frère évêque d'Agde dans son diocèse. Les maisons étaient fouillées de fond en comble, surtout celle de Saint-Mandé dont Colbert se chargea personnellement, au mépris de tout droit, puis les scellés mis partout et d'abord sur Vaux. Quant à l'hôtel de la rue Neuve-des-Petits-Champs, on en chassa sans ménagements les enfants dont le dernier n'avait que deux mois et que l'on eût mis à la rue si un ami dévoué ne les avait conduits chez leur grand-mère... En même temps, on libérait ceux que le Surintendant, pour une raison ou pour une autre mais en général pour des délits, avait fait emprisonner. Mais cela, Sylvie et les siens ne le surent que plus tard, lorsque, quinze jours après le drame, l'abbé de Résigny accourut de Fontsomme dans un état à faire pitié : Philippe, son élève, avait été enlevé alors qu'avec des gamins de son âge il gaulait des noix au fond du parc...

L'un des cavaliers ravisseurs — ils étaient cinq — avait crié à l'abbé, éperdu et impuissant :

— Va dire à ta maîtresse que c'est une grave imprudence de jeter en prison les amis de M. Colbert... surtout lorsque l'on est de ceux de M. Fouquet !

La mère n'accorda que peu de temps à l'horrible douleur qui la transperça. La lionne se réveilla vite en elle. Elle commanda ses chevaux.

— Qu'allez-vous faire ? demanda Perceval inquiet. Comptez-vous affronter ce Colbert ?

— La duchesse de Fontsomme ne s'abaisse pas à ces gens-là ! Je vais au Roi !

— Autrement dit, à Fontainebleau ? Alors je

vais avec vous... ne serait-ce que pour guetter votre sortie au cas où elle s'effectuerait entre des gardes... Vous venez aussi, l'abbé, puisque vous avez été témoin !

Et Perceval de Raguenel s'en alla chercher le petit bagage qu'en homme de précaution il tenait toujours prêt à toute éventualité...

CHAPITRE 6

FRANÇOIS

Donnant la main à la Reine, le Roi sortait de la chapelle où le couple venait d'entendre la messe et traversait la double haie des courtisans inclinés quand soudain une femme pâle et belle dans ses atours de deuil, sans un bijou, se dressa devant lui avant de plier le genou jusqu'à toucher le sol. Puis sa voix s'éleva. Assez pour que tous pussent entendre.

— J'en appelle à la justice du Roi à l'instant où il vient de rencontrer Dieu parce que le Roi seul peut contraindre le ravisseur de mon fils à me le rendre !

Louis XIV eut un haut-le-corps, fronça le sourcil, mais au bout d'une seconde lâcha la main de la Reine pour relever Sylvie avec une sollicitude qui souleva un murmure d'admiration.

— Que dites-vous là, duchesse ? Votre fils aurait été enlevé ?

— Hier, Sire, sur nos terres de Fontsomme et sous les yeux de son précepteur, l'abbé de Résigny qui me suit...

— Comment pouvez-vous savoir qui a commis

ce forfait ? Ces gens-là ne se vantent pas, en général.

— Ceux-là pensent pouvoir agir à visage découvert. Leur chef s'est déclaré ami de M. Colbert agissant contre une amie de M. Fouquet...

Le visage du Roi se figea, son regard durcit et sa bouche prit un pli désagréable.

— Ah ! dit-il seulement.

Puis, alors que chacun retenait son souffle :

— Je reconduis la Reine chez elle. Suivez-moi ensuite jusqu'à mon cabinet. Vous aussi l'abbé !

— Et si le Roi le permet, moi aussi !

Fendant la foule d'une épaule puissante, François de Beaufort venait se ranger au côté de Sylvie. L'œil royal eut un éclair de colère :

— Vous, monsieur de Beaufort ? Et à quel titre je vous prie ? Si c'est celui d'enfance, il est insuffisant...

— Mme de Fontsomme me déteste et le Roi le sait bien mais j'ai tué en duel le père de ce jeune garçon et je réclame le droit de... me mettre à son service puisque je l'ai privé de son défenseur naturel.

— C'est assez juste... à condition que la duchesse vous accepte.

Sylvie n'hésita même pas, heureuse, en dépit de tout, de ce soutien inattendu du véritable père. Soutien qui n'était pas sans danger : ami de Fouquet, Beaufort pouvait être suspect aux yeux de Louis XIV. La rejoignant dans une attaque contre Colbert, il jouait peut-être sa liberté.

— J'accepte, Sire.

— En ce cas venez ! Votre main, Madame, ajouta-t-il en revenant à son épouse qui n'avait rien compris mais que les atours noirs de Sylvie inquiétaient.

François, lui, n'osa pas offrir son appui physique à celle qu'il aimait désormais sans espoir, mais le regard qu'il posa sur elle la réconforta et ils marchèrent côte à côte en silence dans le sillage bleu et or de la traîne de Marie-Thérèse.

Tandis que l'on traversait la grande et magnifique salle de bal d'Henri II pour gagner les appartements de la Reine puis ceux du Roi, un incident faillit se produire : avertie par ces mystérieuses transmissions qui à la Cour propagent les nouvelles à la rapidité de l'éclair, Marie, suivie d'Athénaïs qui s'efforçait de la rattraper, voulut se précipiter vers sa mère. Elle fut attrapée au vol par Perceval qui, mêlé aux courtisans comme tout gentilhomme, possédait le droit de le faire, guettait son apparition.

— Doucement, jeune fille ! Personne n'a besoin de toi ici et ta mère moins que quiconque.

— Mais que fait-elle avec M. de Beaufort ?

— Il s'est mis à son service pour retrouver ton frère qui a été enlevé hier par... des inconnus. Ta mère vient de faire appel à la justice du Roi. Le ravisseur serait un personnage important. Maintenant tu en sais autant que moi. Mademoiselle, ajouta-t-il en se tournant vers Tonnay-Charente, soyez assez bonne pour la ramener chez Madame ! Et toi, Marie, tiens-toi tranquille ! Je te promets que tu auras des nouvelles...

— N'ayez crainte ! assura Athénaïs, je me charge d'elle. Elle sera surveillée de près... mais j'enverrai Montalais aux nouvelles ! C'est notre plus habile espionne ! conclut-elle en riant de toutes ses belles dents blanches.

Elle avait pris le bras d'une Marie réticente pour l'emmener quand un nouveau personnage entra sans plus de façons dans la conversation :

— Si forte qu'elle soit, votre Montalais ne vaudra jamais un homme habile, surtout quand il s'agit de savoir ce qui se passe chez le Roi. Mademoiselle de Fontsomme, je suis déjà votre serviteur, acceptez-moi comme chevalier servant. J'ajoute que je suis aussi votre admirateur...

— Quelle audace, Péguilin ! protesta Athénaïs. Vous êtes déjà le serviteur de tellement de dames que vous devez être fort encombré. Laissez mon amie Marie tranquille et retournez à vos affaires ! Je suis sûre que Mme de Valentinois vous cherche...

— Bah ! Elle est chez Madame et nous nous y rendons. Venez, mademoiselle, ajouta-t-il en présentant son poing fermé à Marie avec un regard enjôleur.

— Un instant, coupa Perceval avec un rien de sévérité. Je suis le tuteur de Mlle de Fontsomme... et je n'ai pas l'honneur de vous connaître.

— Moi non plus je ne vous connais pas, fit le jeune homme avec impertinence, mais qu'à cela ne tienne : j'ai nom Antonin Nompar de Caumont marquis de Puyguilhem et je suis...

— Le neveu du maréchal de Gramont, récita Tonnay-Charente les yeux au ciel, et je commande la 1re compagnie de cent gentilshommes aux becs-de-corbin... et mon bec à moi est encore plus acéré que le signe de ma fonction ! Passez votre chemin, marquis ! Vous devriez déjà être à la porte du Roi pour écouter ce qui s'y passe !

— Je n'écoute pas aux portes, mademoiselle, et mes informations sont d'un ordre plus subtil. En outre... je souhaite être mieux connu de votre compagne...

— Elle vous connaîtra bien assez tôt ! Venez, Marie...

— Quelle pécore ! Il faudra qu'elle en rabatte le jour où j'irai vous demander, monsieur le tuteur, la main de votre pupille !

— Vous voulez épouser Marie ? ... A propos, je suis le chevalier Perceval de Raguenel. Autant que vous sachiez mon nom.

— Vous avez raison, cela peut servir. Mais dites-moi un peu pourquoi je n'épouserais pas ? Elle est ravissante et c'est un parti magnifique ?

— Et vous, êtes-vous aussi un parti magnifique ?

Le jeune homme eut le curieux sourire qui lui plissait toute la figure et cependant lui donnait beaucoup de charme :

— Je ne dirais pas cela. Mon père, le comte de Lauzun, est plus riche d'ancêtres que de ducats... mais vous pouvez être certain que je ferai mon chemin. Le Roi m'aime bien parce que je l'amuse.

— Je croyais qu'il était question de mariage avec l'une des filles de Mme de Nemours ?

— Impossibilité majeure à cela, mon cher. Si j'épousais l'une, l'autre m'arracherait les yeux et sans doute aussi ceux de l'heureuse élue. Non, grâce à Dieu, ces deux folles et leur mère sont parties exercer leurs ravages en Savoie... et j'espère bien n'en plus entendre parler. A bientôt, monsieur le chevalier... moi je vais aux nouvelles !

Dans le cabinet du Roi, la conversation était moins tournée vers le badinage. En entrant, Louis XIV avait gagné son fauteuil derrière la lourde table où portefeuilles ouverts, classeurs et liasses de papiers attestaient qu'il ne s'agissait pas là d'un vain ornement, puis désigné un siège à Sylvie, Beaufort et l'abbé restant debout de chaque côté.

— Racontez-moi ce qui s'est passé, ordonna-t-il en se carrant dans le haut fauteuil de chêne et de cuir clouté.

Avec plus de clarté que l'on en pouvait attendre de son émotion, M. de Résigny retraça la scène dont il avait été le témoin : les enfants occupés à leur cueillette, puis les cavaliers tellement sûrs d'eux-mêmes qu'aucun n'avait songé à se masquer, l'enlèvement du petit duc et enfin la phrase dédaigneusement lancée au précepteur éperdu. Quand il eut terminé, le Roi garda le silence un instant, puis :

— Cet homme a dit : « les amis de M. Colbert » ? Qui sous-entendait-il ? En auriez-vous quelque idée, duchesse ?

— Oui, Sire. Il s'agirait d'un certain Fulgent de Saint-Rémy, débarqué voici quelque temps de l'île

Saint-Christophe et qui, se prétendant le frère aîné de feu mon époux, réclamait sa part d'héritage... sans d'ailleurs avancer aucune preuve.

— Un frère aîné ? Le maréchal de Fontsomme se serait-il marié deux fois ?

— Pas vraiment, mais il aurait signé une promesse de mariage à une jeune fille au cas où elle attendrait un enfant avant de partir pour la guerre. Elle s'est retrouvée enceinte, le père qui la destinait à un autre s'en est aperçu et l'a jetée dans un couvent dont elle s'est échappée à la fois pour sauver l'enfant à venir et suivre le seul ami qu'elle eût. Ils se sont embarqués pour les îles et l'enfant — ce Saint-Rémy — serait né sur le bateau. Il prétend pouvoir produire la promesse de mariage et s'est dit plus ou moins protégé par M. Colbert...

— Comment avez-vous traité ses prétentions ?

— Il m'est apparu assez misérable et je lui ai donné quelque argent...

— Vous avez eu tort. Ce genre de personnage se jette dans la rue sans explications...

— Je sais, Sire, mais il m'a aussi fait peur, je l'avoue, surtout quand il a dit qu'au cas où il arriverait quelque chose à mon fils — le dernier duc ! —, il ferait valoir ses prétentions devant le Parlement et le juge d'Armes du Roi. Et mon fils vient d'être enlevé...

— Il fallait appeler le guet, madame !... ou bien cet homme possède-t-il quelque moyen d'avoir barre sur vous ? Je ne vois pas bien ce que cela pourrait être car votre vie est limpide, mais les maîtres chanteurs sont pleins d'imagination...

Sylvie réprima un tressaillement : la main de Beaufort venait de se poser, légère puis ferme, sur son épaule comme pour l'engager à la prudence. Sous cette chaude pression, elle éprouva un étrange réconfort parce que cela voulait dire qu'il était prêt à tout pour sauver l'enfant dont il savait mieux que personne de qui il était le fils. Même s'il devait affronter ce jeune homme couronné qu'il avait tout autant de raisons d'aimer.

— Pas à ma connaissance, Sire, mais peut-être faudrait-il demander à M. Colbert ce que je lui ai fait pour qu'il s'en prenne à moi avec tant de cruauté ?

— Je ne crois pas qu'il ait la moindre raison de s'en prendre à vous en particulier, duchesse, ou de vous reprocher quoi que ce soit... sinon peut-être une trop grande amitié pour ce Fouquet que nous venons d'arrêter. Mais de là à de telles actions...

— Les amis de M. Fouquet sont fort maltraités ces temps derniers : exil, prison et j'en passe. M. Colbert donne libre cours à sa haine, jusqu'à fouiller lui-même, au mépris des lois, les papiers intimes de l'ancien Surintendant... même les lettres de femmes. Or, n'ayant jamais écrit à M. Fouquet, je ne crois pas qu'il en ait trouvé de moi...

— Un instant, madame ! On dirait que vous trouvez là belle occasion de faire le procès d'un serviteur qui m'est précieux. Il est possible qu'il outrepasse ses droits mais c'est par zèle pour la couronne et non par je ne sais quelle haine !

— Sire, coupa Beaufort, à qui Votre Majesté veut-elle faire croire cela ? Le monde entier sait que Colbert exècre Fouquet, mais le Roi ne nous fait pas l'honneur de nous recevoir pour en discuter. Seulement pour tenter de savoir ce qu'il advient d'un enfant innocent, du fils d'un serviteur encore plus fidèle que ne le sera jamais M. Colbert...

Le regard royal se chargea d'éclairs :

— A votre place, monsieur le duc, je ne rappellerais pas trop que vous étiez aussi fort ami du prisonnier...

— Nous travaillions ensemble à la défense des côtes de France, à l'amélioration de la Marine, donc au service de Votre Majesté mais, en dehors de cela, Sire, le Roi qui connaît Mme la duchesse de Fontsomme depuis toujours, et qui me connaît moi depuis longtemps, n'ignore pas que nous avons le même défaut, elle et moi : quand nous donnons notre amitié, nous gardons fidélité dans la mauvaise fortune comme dans la bonne sans que cela fasse de nous, pour autant, des conspirateurs. La justice du Roi nous est aussi sacrée que sa personne.

Les yeux de Louis XIV allèrent de l'un à l'autre : de cette femme si charmante et si digne à cette espèce de héros de roman qu'il avait cent fois maudit pendant la Fronde sans se défendre de l'admirer.

— Monsieur de Gesvres ! appela-t-il.

Le capitaine des gardes apparut aussitôt :

— M. Colbert est au château ?

— Oui, Sire... du moins je le crois !

— Qu'il vienne sur l'heure !

Le Roi se leva et alla vers l'une des fenêtres de son cabinet donnant sur le jardin de Diane. L'automne en son début dorait les feuillages et semblait donner aux fleurs sur le point de mourir plus d'éclat encore qu'au cœur de l'été sous le ciel adouci. Le silence s'établit sur la grande pièce. Un silence qui ne dura guère. Mis sans doute au courant de ce qui s'était passé au sortir de la messe, Colbert s'était rapproché de l'appartement royal et le marquis de Gesvres n'eut pas à le chercher bien loin. Peu de minutes s'écoulèrent avant qu'il ne fît son entrée, un portefeuille sous le bras comme d'habitude : il semblait en effet ne pouvoir se déplacer sans cet accessoire qui mettait l'accent sur sa passion du travail tout en lui donnant une contenance. Il faut ajouter que ledit portefeuille était souvent bourré de papiers...

Celui que Mme de Sévigné appellerait bientôt « le Nord » était alors un homme de quarante-deux ans, grand et assez corpulent. Avec son visage aux traits pleins, ses yeux, sa moustache et ses cheveux noirs, coupés assez courts, Jean-Baptiste Colbert n'inspirait pas la sympathie, plutôt une sorte de crainte larvée tant on devinait en lui un homme aussi redoutable, aussi impitoyable que l'avait été Richelieu. Cependant, il convenait de ne pas se tromper sur son aspect monolithique : il cachait une vaste intelligence qui eût été géniale avec plus de sensibilité et de finesse, mais Colbert, extrêmement ambitieux et avide de pouvoir comme de richesse, laissait paraître sur sa physionomie une farouche détermination à déblayer sans douceur les obstacles dressés sur sa route et la satisfaction intime de sa cruelle victoire contre Fouquet.

En entrant, il salua comme il convenait le Roi, la duchesse et les deux autres personnages présents, non sans qu'à la vue de Beaufort un bref éclair se fût allumé dans son œil sombre.

— Monsieur Colbert, dit Louis XIV, je vous ai fait mander pour que vous entendiez l'étrange récit que vient de me faire M. l'abbé de Résigny que voici. J'ajoute pour être plus clair que l'abbé est le précepteur du jeune duc de Fontsomme.

Il fallut bien que le malheureux se résigne à répéter ce qu'il avait vu et entendu. Sylvie s'attendait à le voir s'écrouler sous le noir regard de l'intendant des Finances mais, bien qu'il fréquentât les grands capitaines uniquement chez Tite-Live et les étoiles plus volontiers que les ministres, le petit abbé était de bonne race et ce fut avec une grande dignité qu'il redit la phrase accusatrice des malandrins.

— Quelle explication pouvez-vous donner à ceci, monsieur Colbert ? fit le Roi d'un ton négligent.

— Aucune, Sire. Mme la duchesse de Fontsomme qui ne me connaît pas ne m'a jamais rien fait et je n'ai pas l'habitude de m'attaquer aux enfants...

— C'est tout récent, alors ? coupa Beaufort avec un mépris mal déguisé. Sans M. de Brancas qui les a récupérés au nom de Sa Majesté la Reine Mère pour les mener à leur grand-mère, vous jetiez au ruisseau ceux de votre ancien patron !...

— Encore une fois, que l'on laisse M. Fouquet là où il est ! gronda le Roi en frappant du poing sur la table.

Puis, consultant une note prise peu avant :

— Vous auriez dans vos amis, Colbert, un certain... Saint-Rémy qui se prétend des droits à l'héritage de feu le maréchal-duc de Fontsomme...

— J'ai, en effet, reçu cet homme il y a quelque temps. C'était peu après le mariage de Votre Majesté. Il venait des Iles. De Saint-Christophe si je me souviens bien, mais dans la brève entrevue que je lui ai accordée, il n'a été question en rien d'une quelconque prétention à une quelconque succession.

— Pourquoi l'avoir reçu, en ce cas ?

— Le Roi n'ignore pas à quel point je m'intéresse aux terres lointaines, singulièrement aux îles Caraïbes, à des vues commerciales. Venant de Saint-Christophe, il était normal que je l'écoute.

— Que voulait-il ?

— A bout de ressources, il cherchait un emploi... un embarquement peut-être. En outre, il m'était adressé par une dame qui veut bien m'honorer de son amitié.

— Qui donc ?

— Mme de La Bazinière...

Sylvie ne put retenir une exclamation étouffée, mais qui dirigea tous les regards sur elle.

— Vous connaissez cette dame ? demanda le Roi.

— Oh oui, Sire. Je l'ai connue lorsque nous étions elle et moi filles d'honneur de la Reine, mère de Votre Majesté... qui pourrait en parler mieux que je ne souhaite le faire. Elle s'appelait alors Mlle de Chémerault et elle me rappelle... de bien mauvais souvenirs dont je ne veux pas fatiguer le Roi.

— Tiens donc !... Et cette femme serait capable de faire enlever votre fils ?

— Elle est capable de tout ! fit Beaufort. En ce qui me concerne, mon siège est fait et il nous reste à offrir des excuses à M. Colbert sous le nom duquel s'abritent des gens sans aveu. Si le Roi le permet, je me charge de cette affaire.

Fort sombre jusque-là, le visage du Roi s'éclaira. Il était enchanté que son cher Colbert soit mis si aisément hors de cause. François venait de jouer avec beaucoup d'habileté en renonçant à se poser en ennemi juré de l'intendant. Quant à celui-ci, au cas où il aurait couvert jusque-là les agissements de la dame, il devrait quitter cette position puisque le Roi était au courant. S'il poursuivait dans cette voie, il risquait peut-être un avenir qu'il voulait brillant. En effet, Louis XIV dit :

— Cela regarde au premier chef notre Lieutenant civil. M. Dreux d'Aubray recevra des ordres dans ce sens...

— Je supplie le Roi de n'en rien faire ! pria Sylvie

saisie d'une angoisse nouvelle. Si mon fils est retenu chez elle... ce dont je doute, Mme de La Bazinière aura tout le loisir de le faire disparaître. Je ne veux pas risquer sa vie... en admettant qu'il soit encore vivant, ajouta-t-elle avec dans la gorge un sanglot.

Le Roi se leva et vint vers elle, se penchant même pour prendre ses mains dans les siennes :

— Vous la craignez à ce point ? Ma pauvre amie, il faut pourtant lui faire rendre gorge...

— Mais il ne faut pas qu'elle se sache démasquée, s'écria Beaufort, les yeux sur Colbert. Laissez-moi faire, Sire, au nom des liens de parenté qui nous unissent !

— Et que vous avez parfois oubliés !

— Je ne cesse de me le reprocher. Le Roi sait bien que je ne veux désormais que le servir de toutes mes forces...

— Le Roi le sait, monsieur le duc, intervint Colbert d'une voix dont la douceur surprit tout le monde. Il le sait si bien que j'apportais aujourd'hui à sa signature votre commandement en vue de mettre les vaisseaux de Brest en état de joindre ceux de La Rochelle, afin d'être en mesure d'entreprendre la prochaine campagne de printemps...

Il avait ouvert son portefeuille et en tirait un grand papier au-devant duquel le Roi avança la main sans quitter son cousin des yeux :

— J'espère que vous êtes content, mon cher duc ? Je sais que vous rêvez pour nous d'une marine nombreuse, puissante... ce dont elle est encore loin mais vous aurez toute l'aide nécessaire [1].

Beaufort rougit, pâlit, ses yeux bleus soudain pleins d'étoiles. Il s'inclina profondément en murmurant un remerciement ému mais, en se redressant, demanda :

— Quand dois-je partir pour Brest ?

— Le plus tôt sera le mieux, répondit Colbert. Huit vaisseaux ont le plus urgent besoin de recevoir les soins des maîtres de hache [2] et des maîtres voiliers. M. Duquesne vous attend.

— Sire, dit Beaufort, vous réalisez mon rêve le plus cher. Cependant...

— Cependant ? fit Louis XIV avec hauteur.

— Je ne saurais partir en paix si Mme de Fontsomme n'a pas retrouvé son fils.

— Cela peut durer longtemps ? grogna Colbert qu'un coup d'œil meurtrier de Beaufort cloua sur place.

— Pas avec moi, monsieur ! Pas avec moi...

— En ce cas, je vous accorde huit jours, dit le Roi. Ensuite vous rejoindrez Brest. Madame de Fontsomme, la Reine se privera de vos services le temps qui vous sera nécessaire pour retrouver votre sérénité, mais ne manquez pas de me tenir informé d'une affaire qui me tient à cœur par l'amitié que je vous porte.

1. Dix-neuf vaisseaux, dont onze seulement en état de prendre la mer, plus une dizaine de galères, c'était tout ce que la France possédait alors (J.P. Desprats, *Les Bâtards d'Henri IV*).

2. Les maîtres charpentiers de marine.

Puis, sur un ton moins grave :

— Avez-vous appris à jouer de la guitare à votre fils ?

— Je l'ai appris à ma fille, Sire. Philippe, lui, ne rêve que plaies et bosses. Il suivra le chemin de son père et de son grand-père...

— Vous m'en voyez extrêmement heureux ! Retrouvez-le vite ! Mes futurs soldats me sont précieux !

— La Chémerault ! Encore elle !... gronda Sylvie dans le carrosse qui la ramenait à Paris avec Perceval. Ne me laissera-t-elle donc jamais en paix ?

— Elle vous a « oubliée » pendant dix ans. Elle doit supposer que cela suffit, soupira Perceval. Non, plus sérieusement, je pense qu'avec Saint-Rémy sorti on ne sait d'où elle a dû voir naître une occasion inattendue. Songez donc à ce qui pourrait se passer au cas où son protégé arriverait à obtenir satisfaction ? Elle pourrait même devenir duchesse de Fontsomme puisqu'elle est veuve !

— Vous êtes fou ? Cet aventurier duc de Fontsomme après avoir fait disparaître mon fils ? Jamais le Roi n'accepterait cela !

— Je le pense aussi et vous avez bien fait de lui porter votre plainte. Même si ce Saint-Rémy produit sa fameuse promesse de mariage, les cours souveraines ne s'aviseraient pas de l'entériner sans son aveu. Et croyez-moi, depuis l'arrestation du Surintendant, nombreux sont ceux qui tremblent maintenant devant le jeune autocrate en train de s'affirmer.

— Sans doute, mais cela ne me rend pas mon fils. Oh, mon parrain j'ai peur !... Si vous saviez...

Il entoura ses épaules d'un bras affectueux pour l'attirer contre lui :

— Je sais, mon petit ! Pleurez si vous en avez envie, cela vous soulagera. Pleurez mais ne perdez pas espoir... Je suis sûr que Philippe est vivant et que nous allons recevoir une demande de rançon...

C'était exactement ce que pensait Beaufort au même moment tout en galopant sur la route de Paris en compagnie de son fidèle écuyer Pierre de Ganseville, avec quelques lieues d'avance sur la voiture. A cette différence près qu'il était peut-être encore plus pressé. Huit jours ! Il n'avait que huit jours pour retrouver son fils et faire rendre gorge aux malandrins ! Ce n'était pas beaucoup mais il fallait que ce fût assez, car aller vivre enfin l'existence dont il avait toujours rêvé en laissant Sylvie malheureuse, il ne le supporterait jamais. Son amour pour elle avait grandi à mesure que passait le temps depuis qu'elle s'était détournée de lui. C'était l'amour de Rodrigue pour Chimène, la passion désespérée de Jauffre Rudel pour sa Princesse lointaine. Il l'adorait comme une idole inaccessible et la désirait comme une femme, avec des fureurs douloureuses qu'il s'efforçait d'apaiser avec l'une ou l'autre de ses maîtresses. Et malgré l'angoisse qui le tenaillait pour ce petit garçon si cher, il éprouvait une joie secrète de pouvoir être enfin son chevalier, de lutter pour elle, de se rapprocher d'elle enfin....

Arrivé à son logis — un petit hôtel agréable près de la porte Richelieu —, il sauta à terre, jeta la bride à un valet accouru et entraîna Ganseville dans sa chambre au pas de charge. Avec les années, une profonde amitié s'était scellée entre les deux hommes, dépassant de beaucoup les relations de seigneur à écuyer, et quand Jacques de Brillet, l'autre écuyer de Beaufort, avait exprimé le désir d'entrer en religion comme il le souhaitait depuis longtemps, le duc avait assisté à sa prise d'habit aux Capucins, fait un don important au couvent, mais ne l'avait pas remplacé. A la limite, c'était même mieux ainsi car cela resserrait encore les liens entre Ganseville et lui-même... Le Normand râleur, bon vivant, joyeux compagnon, droit comme une lame d'épée, aimant les femmes, la bonne chère, les aventures dangereuses et les batailles lui convenait davantage encore à présent qu'il n'y avait plus de comparaisons à établir.

En quelques mots il le mit au courant de la situation, nota l'éclair de joie qui brilla dans les yeux bleus, si semblables aux siens, à l'annonce du prochain départ pour Brest. Ganseville aussi adorait la mer.

Puis on délibéra autour d'un pâté, d'un chapon et de deux bouteilles de vin de Beaune que Beaufort fit servir dans sa chambre pour être plus tranquille. Ganseville proposa de faire le tour des cabarets, tripots et autres lieux plus ou moins mal famés à la recherche de Saint-Rémy. Perceval de Raguenel en avait fourni une bonne description étayée d'un croquis, mais Beaufort pensait que ce serait du temps perdu, le mieux étant d'aller droit au but en s'attaquant à la tête du complot. Autrement dit, à Mme de La Bazinière en personne.

— Je vais aller la voir, assura-t-il, et je compte lui faire suffisamment peur pour qu'elle abandonne sa proie à défaut de ses projets.

— Ce n'est pas une si bonne idée. Ce genre de dame ne se laisse pas facilement impressionner parce qu'elle est capable de tout. Rappelez-vous qu'à quinze ans elle était déjà l'espionne stipendiée de Richelieu...

— Aussi n'ai-je pas l'intention de la traiter comme une dame mais comme ce qu'elle est en réalité, c'est-à-dire pas grand-chose.

— Cela peut donner des résultats si vous tapez assez fort car, bien que n'étant plus une jouvencelle, l'ex-Mlle de Chemerault tient à son apparence qui est encore fort belle. Je l'ai aperçue il n'y a pas si longtemps au Cours-la-Reine...

— Ne me dis pas que tu t'intéresses à elle, mais si c'est cela, tu dois savoir où elle habite à présent ? Tout ce que j'en sais est qu'elle a quitté le bel hôtel du quai de la Reine-Marguerite [1] que son vieil époux avait fait construire peu après une mort qui a suivi le mariage de si près. Elle ne s'entendait pas, je crois, avec son beau-fils ?

— Oh ! lui ne demandait pas mieux. On dit

1. Quai Malaquais actuel.

qu'il était follement amoureux d'elle au point de vouloir l'épouser, mais le vieux La Bazinière lui avait laissé un beau douaire qui lui a fait préférer la liberté... et les libéralités de Particelli d'Emery. Je crois qu'il lui avait offert un hôtel mais je ne sais plus où...

— Fâcheuse perte de mémoire ! Et nous n'avons plus l'abbé Fouquet. Celui-là savait toujours tout sur tout le monde !

— Non, mais nous avons Mme d'Olonne... ou bien auriez-vous oublié qu'elle connaît la terre entière... et qu'elle tient fort à vous ?

— Plus que je ne tiens à elle. Mais tu as raison : ces femmes galantes se connaissent toutes parce qu'elles se détestent et s'envient. Je vais chez elle.

L'idée était bonne. Celle que l'on surnommait l'Hétaïre du siècle bien qu'elle portât de par son mari le nom de La Trémoille était fort renseignée, comme ses semblables, sur celles qui pouvaient lui faire de l'ombre. Fort introduite dans les milieux littéraires, Mme d'Olonne n'en collectionnait pas moins les amants, mais le dernier en date, Beaufort, semblait lui tenir à cœur de façon toute particulière. Aussi fit-elle quelques difficultés pour donner le renseignement qu'on lui demandait. Il fallut que François jure sur l'honneur qu'il n'avait sur Mme de La Bazinière d'autres desseins que néfastes.

— Je la crois coupable de l'enlèvement d'un enfant et c'est cet enfant que je veux retrouver, dit-il d'un ton si grave que la belle n'eut plus envie de se fâcher ni même de rire. Son ravissant visage

— elle était fort jolie mais de formes un peu trop amples pour qui aimait la minceur — se chargea de tristesse :

— Bien que je ne l'estime guère, je ne l'aurais pas crue à ce point mauvaise. Elle habite rue Neuve-Saint-Paul un hôtel avec mascarons et ferronneries construit pour elle à la mort de son époux. Il se situe presque en face de celui du Lieutenant civil, M. Dreux d'Aubray...

Cette précision arracha à Beaufort un rire bref :

— Le Lieutenant civil que le Roi chargera de l'enquête si l'enfant n'est pas retrouvé rapidement ? Eh bien, au moins, il n'aura pas loin à aller pour l'interroger ! Merci de tout cœur, ma belle amie ! Je sais que vous êtes de celles sur qui l'on peut compter. Donnez-moi un baiser et je m'en vais...

— Déjà ?

— Il n'y a pas de temps à perdre mais je vous tiendrai informée...

Le baiser fut rapide puis François s'envola, laissant la jeune femme écouter, non sans mélancolie, le galop de son cheval décroître dans les profondeurs de la rue Coq-Héron. Qu'il fût venu monté disait assez sa hâte car leurs demeures étaient peu éloignées. En fait, François ne fit que toucher terre chez lui, le temps de récupérer Ganseville, et, à la nuit tombante, tous deux pénétraient dans la rue Neuve-Saint-Paul bordée de belles demeures dont les jardins roussis par l'automne gardaient le souvenir de ce qu'étaient autrefois ceux de l'hôtel royal Saint-Paul que ces propriétés morcelaient... Elle n'en était pas mieux éclairée : uniquement par les lumières tombant des fenêtres et un seul quinquet devant une statuette de saint. Les deux hommes n'eurent cependant aucune peine à trouver celle décrite par Mme d'Olonne. Lorsque Ganseville annonça les noms et titres de son maître à un majordome accouru à l'appel du portier, une sorte de stupeur parut s'emparer de l'homme, peu habitué sans doute à recevoir des princes, et il partit en courant pour l'annoncer. Beaufort se lança aussitôt sur ses talons afin de ne pas laisser faiblir l'effet de surprise. Ganseville, lui, s'établit dans le vestibule avec la mine d'un homme qu'il ne ferait pas bon importuner.

A la suite du maître d'hôtel qui eut tout juste le temps de l'annoncer, Beaufort traversa un grand salon où l'on n'avait pas ménagé les dorures avant de pénétrer dans une pièce plus petite, plus intime aussi, un cabinet de conversation tendu de damas jaune avec sièges assortis où deux femmes s'entretenaient, assises de part et d'autre d'une table supportant des livres, une écritoire et un vase de marguerites d'automne assorties au décor. Elles furent sur pied en une seconde et, toujours avec le même ensemble, offrirent à l'arrivant une gracieuse révérence qu'il leur rendit en balayant le tapis des plumes de son chapeau, politesse dont il se fût exempté si l'hôtesse avait été seule. Il s'excusa même de son arrivée impromptue et de déranger si cavalièrement des dames, mais il souhaitait entretenir Mme de La Bazinière d'un objet ne souffrant aucun délai.

— Ne vous excusez pas, monseigneur, j'allais partir, dit, avec un sourire à damner un saint, la dame inconnue qui était fort jolie, petite mais bien faite avec de beaux cheveux bruns et de grands yeux que leur azur céleste n'empêchait pas d'être fort impudents. De la bouche pincée de son hôtesse, Beaufort apprit qu'il s'agissait d'une voisine, fille du Lieutenant civil Dreux d'Aubray, mariée à un certain Brinvilliers que l'on venait de faire marquis. Visiblement, la petite marquise grillait de curiosité et ne se retirait pas sans regrets. Elle aurait tant aimé savoir ce que le fameux duc de Beaufort, le Roi des Halles, venait faire chez une belle un peu passée !

— Même si son amant ne l'occupe pas, elle ne va pas dormir de la nuit, dit l'ex-Mlle de Chémerault avec un petit rire méchant.

— J'imaginais qu'elle était de vos amies ? On dirait qu'il n'en est rien...

— Détrompez-vous, monseigneur, nous sommes amies... autant qu'on peut l'être tout au moins avec ce genre de femme...

— Ce genre de femme ? Elle est marquise si j'ai bien compris ! Pas vous. Vous n'êtes même plus rien du tout sinon la veuve d'un traitant...

Le ton insolent fouetta l'orgueil de celle qui avait été Françoise de Barbezière de Chémerault. Elle n'aimait pas qu'on lui rappelle ce que l'on ne pouvait appeler autrement qu'une déchéance et que d'ailleurs sa famille ne lui avait pas pardonné. Elle se redressa de toute sa taille qui était toujours belle et ses magnifiques yeux sombres tentèrent de foudroyer le prince qui la traitait si cavalièrement.

— N'avez-vous pris la peine de venir chez moi, monseigneur, que pour m'être désagréable ? Vous étiez plus courtois autrefois...

— Lorsque vous étiez fille d'honneur de la Reine que vous trahissiez déjà allègrement ? Oh, si peu ! De toute façon, mettons les choses au net : je ne suis pas ici pour vous être agréable. Bien au contraire !

— Alors veuillez sortir si vous ne voulez pas que j'appelle mes laquais pour vous jeter dehors, tout prince que vous êtes !

Au lieu de se diriger vers la porte, François s'assit sur le siège laissé libre par Mme de Brinvilliers :

— Je ne vous le conseille pas car, cette porte franchie, je n'aurais qu'à traverser la rue pour trouver le Lieutenant civil — le père de votre « amie » de tout à l'heure — et lui demander l'aide que le Roi, hier soir, m'autorisait à demander...

— De l'aide ? Contre moi ? Et d'ordre du Roi ? Qu'est-ce que ce galimatias ?

— Appelez cela comme vous voulez mais, si vous ne vous décidez pas à m'écouter, vous risquez de graves ennuis. M. Colbert, interrogé par le Roi hier à Fontainebleau, n'a fait aucune difficulté pour admettre que vous lui aviez envoyé l'un de vos amis, un certain Fulgent de Saint-Rémy, afin qu'il utilise ses services...

L'œil aigu de François nota sans peine que la dame pâlissait sous le rouge qui lui faisait des joues pleines de santé. Pourtant elle parut se détendre, s'assit à son tour de façon à n'offrir qu'un profil encore parfait et prit un éventail comme si une soudaine montée de la température en justifiait l'emploi. Elle sourit :

— Fallait-il vraiment déranger Sa Majesté pour une telle vétille ? Quel mal y a-t-il à recommander à un futur ministre un pauvre diable plein de talents et fort malmené par la vie ?

— Aucun, fit Beaufort avec un bon sourire. Tout dépend des intentions qui vous animaient. Au fait, où l'avez-vous trouvé, votre protégé ?

— Devant ma porte. Il arrivait des Iles où un cousin de mon défunt mari lui avait donné un mot de recommandation. Il brûlait de trouver enfin un emploi digne d'un homme intelligent...

— Il y a tant à faire aux Iles, surtout fortune, que je ne vois pas bien ce qui pouvait l'inciter à entreprendre la traversée. A condition qu'il l'ait entreprise, évidemment !

— Que voulez-vous dire ?

— Qu'à l'époque où il prétend être arrivé, aucun Saint-Rémy n'a pris passage sur l'un des bateaux qui sont venus des Iles. Que ce soit de Saint-Christophe, de la Martinique ou de la Guadeloupe. Ou alors, il a voyagé sous un autre nom qui est son nom réel et il n'aurait revêtu celui dont il se pare... qu'en arrivant ici et dans un but trop évident.

— Vous me tenez là un discours tout à fait obscur. Je vous ai dit ce que je savais de ce malheureux... ou croyais savoir. En ce cas, ma bonne foi ne peut être mise en cause.

De bénin, le sourire de Beaufort se fit carnassier, montrant des dents parfaites qui ne demandaient qu'à mordre :

— Tendre agnelle ! Douce innocente ! Ainsi vous n'avez agi que par pure charité... parce que, bien sûr, vous ignoriez que cet aventurier osait se prétendre le fils aîné du feu maréchal de Fontsomme... ces Fontsomme dont vous rêvez depuis toujours de ceindre la couronne ducale...

— En vérité, j'ignore de quoi vous voulez parler.

— ... au point, poursuivit Beaufort, de n'avoir pas hésité à aider votre protégé à enlever le jeune duc. Seulement, les ravisseurs ont eu le tort de clamer qu'ils appartenaient à M. Colbert, prétention que celui-ci nie de façon formelle !

Cette fois, Mme de La Bazinière éclata d'un rire dans lequel une oreille exercée eût décelé quelque fêlure :

— Bien entendu il le nie parce que le pauvre homme n'y est pour rien, comme moi-même ! La farce est d'ailleurs un peu grossière et se déchiffre aisément : ce sont des amis de M. Fouquet qui ont enlevé l'enfant en se proclamant du parti de Colbert pour le déconsidérer.

— Les amis de Fouquet enlever le fils d'une des leurs ? Comme c'est vraisemblable !

— Ce serait justement d'une grande habileté pour qui veut mettre Colbert dans un mauvais cas.

— J'admets que vous en seriez capable. Cependant M. Colbert ne garde aucun doute là-dessus : il s'en tient au fait que vous lui avez recommandé Saint-Rémy et que c'est lui, donc vous, qui a fait enlever le jeune duc de Fontsomme. Aussi, madame, je vous conseille de le rendre aux siens dans les heures qui viennent... et en bon état si vous voulez éviter de graves ennuis. Serviteur !

Beaufort tournait les talons pour sortir, mais elle l'arrêta d'un cri :

— Arrêtez !

Il la toisa avec mépris :

— Encore quelque chose à dire ?

— Oui. Je me demande ce que penserait le Roi qui est si fort du côté de la chère duchesse s'il savait que ce jeune duc, comme vous dites, n'a aucun droit au nom et encore moins au titre ?

— Continuez !

— Il comprendrait tout de suite pour quelle raison vous vous faites le champion de votre protégée...

— J'ai tué le père de cet enfant en duel : je le lui dois !

— Vous n'avez pas du tout tué son père, puisque son père c'est vous...

— Encore un de ces ragots dont vous aimez à vous repaître ! En vérité, vous êtes une créature infâme...

— Peut-être, mais si vous ne voulez pas que le Roi apprenne la vérité, je vous conseille de me laisser en dehors de cette affaire et de chercher votre Saint-Rémy ailleurs que chez moi...

Alors Beaufort perdit son sang-froid. Dégainant son épée d'un geste fulgurant, il en plaça la pointe au creux de la gorge de La Bazinière :

— Dites-moi où est l'enfant ou je vous tue !

Soudain blême, les narines pincées et les lèvres blanches, elle essaya encore de plastronner :

— Vous ne tueriez pas une femme ?

— Vous n'êtes pas une femme, vous êtes un monstre. Alors j'attends... mais pas plus longtemps que cinq secondes. Une... deux...

A cet instant la porte s'ouvrit sous la main d'un valet qui avait peut-être « gratté » mais qu'aucun des deux adversaires n'avait entendu. Il tenait un billet à la main. Aussi vivement qu'il avait dégainé, François abaissa sa lame tandis que la femme s'affalait dans le fauteuil avec un soupir énorme. L'homme salua Beaufort comme s'il n'avait rien remarqué de l'étrange scène :

— L'écuyer de monseigneur m'a dit de lui remettre au plus vite ce billet.

Beaufort déplia le papier et fronça le sourcil en découvrant un seul mot : « Venez ! » mais il n'eut pas le temps de demander ce que cela signifiait. Derrière le premier laquais, trois autres venaient d'entrer, armés de gourdins. Il comprit que ces gens, qui avaient dû écouter à la porte, venaient à la rescousse de leur patronne, qui d'ailleurs reprenait ses esprits.

— Laissez, mes braves ! fit-elle avec un sourire encore tremblant. Monseigneur a eu un accès de fièvre mais c'est passé et il se retire...

François reprit son chapeau qu'il enfonça sur sa tête, puis fonça sur les valets qu'il écarta de la porte d'un moulinet meurtrier. Au seuil, il se retourna :

— Nous verrons ce qu'en pensera le Roi,

lança-t-il. Sachez ceci, en attendant : l'enfant doit être rendu à sa mère ou à moi-même demain matin, faute de quoi les gens du Roi investiront cette maison...

Mme de La Bazinière haussa ses belles épaules, rendant à Beaufort dédain pour dédain :

— Si cela les amuse...

Il lui laissa le dernier mot. Au bas de l'escalier il retrouva Ganseville qui, le nez en l'air, regardait vers l'étage et semblait prêt à s'élancer.

— On dirait qu'il se passe des choses bizarres ici ! grogna-t-il en repoussant au fourreau son épée à moitié tirée. Je viens de voir un déploiement de valets suspect.

— Il l'était, mais allons-nous-en pour le moment...

Tandis qu'ils reprenaient leurs chevaux sous l'œil atone d'un portier apparemment changé en statue, Ganseville chuchota à son maître :

— On fait le tour du pâté de maisons et on revient...

Ce fut dans la rue Beautreillis qu'il consentit à s'expliquer :

— Peu après votre arrivée, une jeune dame, fort jolie ma foi, a descendu l'escalier au pied duquel je me tenais. Elle a fait mine de manquer une marche et s'est accrochée à moi pour ne pas tomber...

— Instant agréable ! marmotta Beaufort. Tu as raison, elle est assez ravissante...

— Oh, elle doit s'intéresser davantage à vous. Tandis que je la soutenais, elle m'a soufflé : « Dites à votre maître de venir me voir. La maison d'en face. C'est important... »

— Tiens donc ! Ça pourrait l'être en effet : cette dame est la fille du Lieutenant civil. Elle s'appelle... attends !... La marquise de... de...

— De Brinvilliers, compléta Ganseville impavide. J'ai interrogé l'un des chiens de garde de la Chémerault. C'était tout naturel, vu la beauté de la dame. Il n'a fait aucune difficulté pour me renseigner, avec un gros rire en prime...

Pour ne pas attirer l'attention des gens de Mme de La Bazinière, Beaufort décida de revenir seul et à pied dans la rue Neuve-Saint-Paul. On laissa les chevaux dans une auberge voisine du couvent de la Visitation-Sainte-Marie, puis le duc se dirigea vers l'hôtel Dreux d'Aubray tandis que son écuyer s'embusquait dans le renfoncement d'un portail de façon à garder l'œil sur celui de La Bazinière.

Au portier qui lui ouvrit, Beaufort n'eut pas à décliner son identité. Apparemment, la charmante marquise ne doutait pas un instant qu'il n'accourût à son invitation et elle l'avait décrit avec suffisamment de précision pour que le bonhomme le guide sans un mot jusqu'au vestibule où attendait un laquais.

La maison était curieusement peu éclairée et semblait déserte ou presque. On n'y entendait pas de bruit et le visiteur impromptu se sentit rassuré : il s'était demandé un moment ce qu'il dirait s'il se trouvait soudain nez à nez avec le Lieutenant civil — encore que celui-là ne ressemblât en rien à son prédécesseur défunt Laffemas, dont il n'avait ni la dangereuse intelligence, ni la cruauté, ni l'astuce : un magistrat exécutant sa tâche sans la moindre originalité et sans guère d'efficacité. Mais ni lui ni le mari qui devait être aux armées ne se montra. Après avoir parcouru une galerie vitrée, Beaufort pénétra dans un petit cabinet très féminin avec ses soies bleues et ses girandoles de cristal, où son hôtesse l'attendait dans une robe d'intérieur abondamment garnie de dentelles et si largement décolletée qu'il se demanda s'il ne s'agissait pas, après tout, d'un vulgaire piège galant. D'autant qu'à la réflexion il ne voyait pas bien ce que cette dame pouvait avoir à lui dire. Cette vague déception ne dura guère. Après lui avoir offert une belle révérence, la dame l'invita à prendre place :

— Vous avez dû, monseigneur, être aussi surpris de mon invitation que cette chère Mme de La Bazinière l'a été de votre visite de tout à l'heure. J'ai d'ailleurs cru comprendre, à votre air, que l'amitié n'y participait guère...

— Vous semblez avoir des yeux aussi bons que beaux, marquise, mais à quoi avez-vous vu cela ?

— Votre mine était celle de quelqu'un qui vient demander des comptes plutôt qu'un moment de conversation badine. Il faut que je vous dise qu'en toute vérité je n'aime pas beaucoup ma voisine.

— Que faisiez-vous chez elle en ce cas ?

— De la surveillance ! Voyez-vous, mon père est veuf et fort riche. Cette Mme de La Bazinière s'est mis en tête de le séduire et de se faire épouser. Comme mon père est, en outre, un homme fort obstiné — encore que je ne sois pas certaine que ses vues rejoignent celles de la dame —, je me garde bien de prendre une attitude inamicale. Au contraire, en cultivant le bon voisinage je peux la surveiller de plus près...

— C'est fort sage mais je ne vois pas en quoi je peux vous apporter une aide quelconque pour empêcher ce mariage.

Mme de Brinvilliers prit sur une petite table posée près d'elle un drageoir contenant des fruits confits qu'elle offrit à son visiteur, et comme il esquissait un geste de refus :

— Vous devriez y goûter. Ces fruits sont délicieux : je les fais moi-même...

Pour ne pas la désobliger, il prit une prune qu'il trouva fort bonne en effet, encore qu'un peu collante aux doigts. Elle-même se servit, dégusta et reprit le fil de la conversation :

— Ne vous y trompez pas, monseigneur ! Je ne vous demande pas votre aide, pas directement tout au moins, mais il est possible que je puisse vous être de quelque utilité. Si toutefois vous consentiez à me confier la raison de votre visite chez La Bazinière... Cependant, ne me répondez pas tout de suite et écoutez encore ceci : étant donné ce que je vous ai appris des intentions de cette femme, moi et deux de mes serviteurs dévoués la surveillons de près, elle et sa maison. De jour comme de nuit.

François dressa l'oreille, soudain très attentif.

— Auriez-vous surpris quelque chose d'inhabituel ?

— Vous jugerez. Il y a... quatre nuits je crois, je revenais de faire médianoche dans une demeure proche de la place Royale, j'étais en compagnie d'un ami qui me ramenait chez moi quand, dans cette rue, nous avons été dépassés par une voiture fermée escortée de deux cavaliers. Cette voiture est entrée dans la cour de La Bazinière et je n'y aurais rien vu d'extraordinaire si, lorsqu'elle est passée près de nous — en ralentissant car la rue n'est pas large —, je n'avais entendu des cris et des protestations, vite étouffés d'ailleurs, mais j'aurais juré qu'il s'agissait d'un enfant.

Beaufort sauta sur ses pieds, envahi d'une joie sauvage :

— C'est cet enfant que je venais lui réclamer. Il est le fils d'une amie chère enlevé il y a en effet quatre jours.

— Me direz-vous qui il est ?

— Le jeune duc de Fontsomme. Sa mère est des dames de la jeune Reine...

Les beaux yeux bleus jetèrent des flammes vite cachées sous la paupière :

— Un rapt ! Et celui d'un duc ! Monseigneur vous me ravissez ! Que cette femme en soit convaincue et elle disparaît !

— N'allez pas si vite ! Rien ne dit que l'enfant soit encore chez elle...

— Je jurerais qu'il y est encore. D'abord la voiture en question n'est jamais ressortie. Comme je vous l'ai dit, la maison est surveillée la nuit et moi je m'y rends chaque jour. Mon instinct me disait que le moment était venu de me prendre pour cette femme d'une incroyable passion. Je vais chez elle sous les prétextes les plus divers. Je joue un peu les folles ; je déclare que je m'annoncerai moi-même ; j'apporte de menus présents. Avant-hier, je suis tombée dans sa chambre où elle était en conversation avec un homme portant sa livrée mais que je n'avais jamais vu. Un homme d'une quarantaine d'années avec un visage long...

Beaufort tira de sa poche le dessin de Perceval et le lui tendit :

— Ressemblait-il à cela ?

— Mais... mais oui ! Tout à fait !

— Votre père est-il là ?

— Non. Pas ce soir. Il est à notre château d'Offémont...

— C'est fâcheux ! J'ai menacé cette femme, si l'enfant n'était pas rendu demain matin à sa mère, de faire investir son hôtel par les gens du Roi.

Ce fut au tour de la belle Marie-Madeleine de quitter les coussins où elle s'alanguissait si joliment :

— C'est toujours possible, même sans lui, mais alors elle n'a qu'une solution : envoyer cette nuit même le petit duc dans une autre cachette...

— Elle en a une autre : le tuer ! fit Beaufort d'un ton sinistre.

— Je ne crois pas. C'est une femme qui sait mesurer les risques et celui-là serait trop gros : un meurtre laisse des traces, ce serait la roue pour l'assassin et l'épée du bourreau pour elle. Où est votre écuyer ?

— Dehors. Il surveille la maison...

— Mon valet La Chaussée en fait autant. Sans vous commander, monseigneur, allez rejoindre votre serviteur, reprenez vos chevaux et restez à quelque distance. Quelque chose me dit que l'enfant va partir cette nuit. Je vais envoyer renverser une charrette de bois à l'autre bout de la rue...

« Quelle femme ! pensa Beaufort. Elle ferait un meilleur Lieutenant civil que son père ! » Puis, tout haut :

— Si nous réussissons, ce sera grâce à vous, marquise ! Comment pourrais-je vous remercier ?

Mme de Brinvilliers eut un petit sourire :

— J'aimerais, si la duchesse retrouve son fils, qu'elle accepte de me présenter à la Reine. Nous sommes nobles de fraîche date puisque le nom de mon époux est Antoine Gobelin, de la famille des grands liciers, mais Gobelin tout de même. Sans être tout à fait une savonnette à vilain, notre marquisat est un peu frais.

— Acquis aux armées, madame, ce qui donne bien des droits.

— Certes, certes... mais je voudrais voir la Cour d'un peu près.

— J'y veillerai, marquise, et la duchesse sera heureuse de vous aider.

Redescendu dans la rue obscure, Beaufort envoya Ganseville chercher les chevaux et s'établit avec lui dans le boyau nauséabond qui filait entre deux immeubles. On y jetait les détritus et c'était apparemment une terre d'élection pour les rats. Quelques coups de pied les mirent en fuite. En même temps, sortie des dépendances de l'hôtel d'Aubray, une charrette lourdement chargée se mit à cahoter sur les pavés inégaux avec des grincements d'apocalypse avant de s'effondrer juste à la sortie de la rue. Tout était donc en place et l'attente commença.

Elle allait être longue. Commencée aux environs de neuf heures, elle s'étira bien après que le clocher de l'église Saint-Paul eut sonné minuit. Les guetteurs commençaient à trouver le temps long quand, enfin, les portes de l'hôtel La Bazinière s'ouvrirent sans bruit : une chaise à porteurs, escortée de deux hommes armés d'une épée mais ne portant aucun luminaire, se dirigea vers la rue Saint-Paul.

— Où peut-elle aller ainsi en pleine nuit ? souffla Beaufort persuadé que son ennemie occupait la chaise. Suivons-la !

— Peut-être cette chaise n'est-elle qu'un leurre et ce qui nous occupe sortira-t-il après ?

— En ce cas, les gens de Mme de Brinvilliers pourraient s'en charger ? Mais il se peut que tu aies raison. On se sépare : moi je suis et toi tu restes !

Chasseur solitaire à ses heures — il aimait à parcourir ses terres un chien sur les talons, un fusil sous le bras —, Beaufort savait se déplacer sans faire le moindre bruit. Il se lança derrière le petit cortège, suivit avec lui un bout de la rue

Saint-Paul puis le vit obliquer vers le chevet de l'église construite quelques années auparavant par les Jésuites dont la maison professe était voisine. Il y avait là un cimetière auquel on accédait par l'intérieur de l'église, mais aussi par une petite porte ouverte dans le passage Saint-Louis sur le côté gauche du sanctuaire. La chaise s'engagea dans ce passage puis s'arrêta, mais personne n'en descendit. L'un des « gardes » s'approcha de cette porte dont il semblait avoir la clef car il l'ouvrit sans peine avant de revenir vers la chaise dont il tira un paquet oblong qu'il chargea sur son épaule, tandis que son compagnon, aidé par les porteurs, prenait divers outils dans le véhicule. Un voile rouge passa sur les yeux de Beaufort dont le cœur manqua un battement : ces gens allaient procéder à un enterrement clandestin et ce corps ne pouvait être que celui de Philippe. Il tira son épée et s'élançait déjà quand une main solide le retint :

— Ils sont quatre, monseigneur ! Ne faites pas ça tout seul.

— Qui es-tu ?

— La Chaussée, le valet de la marquise. Attendez un instant, je vais chercher votre écuyer...

— Commence par m'aider à franchir ce mur !

En effet, la chaise restait abandonnée dans le passage et la porte s'était refermée sur les quatre hommes. Sans répondre, La Chaussée se courba, offrant ses mains croisées à la botte de Beaufort qui s'enleva comme une plume et se retrouva au sommet du mur d'où il se laissa glisser avec souplesse sans le moindre bruit. Cependant, les quatre hommes et leur fardeau gagnaient le fond du cimetière et se mirent, non à creuser la terre, mais à soulever et faire glisser une dalle qui devait donner accès à un caveau. Beaufort entendit la pierre grincer et, sans attendre le secours annoncé, fonça à travers les tombes, l'épée haute. Attelés à leur tâche, les hommes ne le virent pas venir et l'un d'entre eux tomba, face contre terre, avec un hoquet, percé de part en part sans même savoir ce qui lui arrivait. Mais l'effet de surprise ne dura pas : le temps qu'il retire son arme du cadavre, un autre malandrin avait dégainé et l'attaquait. Touché au bras, Beaufort fit un saut en arrière, trouva le mur du cimetière et s'y adossa pour affronter non seulement l'homme armé mais les deux porteurs de chaise qui brandissaient un levier et une lourde barre de fer. Trop furieux pour sentir la douleur, il fit de si terribles moulinets avec sa lame que les autres, surpris, reculèrent, cherchant le défaut qui leur permettrait de l'atteindre. Il effraya sans peine les deux porteurs mais le troisième savait, de toute évidence, manier une rapière. Et soudain, Beaufort cria :

— Tu ne m'échapperas pas, Saint-Rémy, ou qui que tu sois ! Je vais te tuer comme la mauvaise bête que tu es !

— Il faudrait pouvoir m'atteindre. Nous sommes trois et tu es seul...

Ainsi c'était bien lui ! Beaufort se sentit des ailes et chargea avec une folle impétuosité. A cet instant le levier lancé d'une main vigoureuse le manqua d'un cheveu mais la seconde suivante le lanceur s'écroulait avec un affreux gargouillis, la gorge traversée par l'épée de Ganseville qui arrivait comme la foudre. L'homme à la barre de fer eut le même sort ; alors, se voyant pris entre deux feux, Saint-Rémy rompit brusquement le combat, fila comme une flèche à travers l'enclos et disparut aussi soudainemcnt que si la terre s'était ouverte sous ses pas. Ganseville se lança à sa poursuite tandis que François courait s'agenouiller auprès du corps enveloppé d'une couverture que l'on avait déposé près du caveau ouvert. Il était si bouleversé en écartant le tissu d'une main tremblante que les larmes inondaient son visage : l'enfant de Sylvie gisait devant lui, victime d'un aventurier et d'une misérable femme. Et lui, Beaufort, allait devoir le rapporter à une mère dont il anticipait le désespoir avec épouvante.

Soudain, comme il se penchait sur le petit garçon pour l'embrasser, il sentit que la peau était chaude et que Philippe respirait... Une violente bouffée de joie l'envahit :

— Ganseville ! appela-t-il sans se soucier du bruit qu'il faisait, Ganseville, viens vite ! Il est vivant ! Vivant !

Il enleva l'enfant dans ses bras et, sans s'occuper de sa blessure, le visage levé vers les étoiles, il sembla l'offrit au ciel.

L'écuyer accourut, examina le jeune garçon :

— Il est vivant mais inconscient... On a dû le droguer, mais avec quoi ?

— S'il s'agissait d'un poison en train d'agir ? s'alarma le duc.

— Il n'a pas l'air de souffrir...

— Et ces misérables allaient l'enterrer tout vif ! Comment peut-on être aussi ignoble !

Sans répondre, Ganseville s'approcha du caveau ouvert et s'aperçut qu'il était pourvu d'un escalier plongeant dans d'épaisses ténèbres. Il descendit quelques marches, remonta...

— Je ne crois pas qu'ils avaient l'intention de le tuer, plutôt de le cacher pendant que les exempts du Roi fouilleraient l'hôtel de La Bazinière ainsi que vous l'en avez menacée pour tout à l'heure. L'intérêt de Saint-Rémy n'est pas que l'enfant disparaisse à tout jamais sans qu'on sache ce qu'il est devenu. Il veut sans doute s'en servir pour tirer de l'argent à sa mère...

— Mais enfin, tu imagines ce pauvre petit se réveillant dans cette tombe ? Il y a de quoi mourir de peur...

— Possible aussi ! Dans ce cas, le cadavre que l'on découvrirait serait vierge de toute trace de sévices comme de toute trace de poison...

— Je ne suis pas encore certain que l'on n'en ait pas employé contre lui. Il faut essayer de le réveiller... le soigner !

On n'eut pas à chercher bien loin pour trouver du secours. L'agitation inhabituelle du cimetière, le cri de François avaient dû réveiller quelqu'un chez les Jésuites. Un homme en robe noire et bonnet carré surgit soudain, armé d'une lanterne. Sans hésiter, Beaufort se nomma et raconta ce qui venait de se passer. Le nouveau venu jeta un coup d'œil à l'enfant inconscient.

— L'un de nos frères est un excellent médecin. Il va l'examiner... Quant à ceci, ajouta-t-il en désignant le caveau ouvert, ce n'est pas une tombe mais un ancien cellier de l'hôtel Saint-Paul... que nous avons muré lors de la construction de l'église. Nous l'avions même oublié, je crois bien... Venez avec moi !

En suivant le religieux et Beaufort qui portait Philippe, Ganseville sourit intérieurement. Cela ne ressemblait pas aux Jésuites d'oublier un détail aussi important qu'une sortie secrète. Restait à savoir comment Saint-Rémy avait pu la découvrir...

Une salle basse et froide, meublée d'un austère crucifix mural et de quelques bancs, accueillit la petite troupe. Le Jésuite alluma à sa lanterne les quelques cierges disposés devant l'image sacrée puis sortit tandis que Beaufort et Ganseville étendaient Philippe sur un banc. L'enfant était aussi inerte qu'une poupée de son mais sa respiration, faible, restait régulière. Le vieux religieux l'examina avec plus de soin que n'en déployaient habituellement les médecins. Finalement, il se pencha sur la bouche qu'il renifla à plusieurs reprises, puis releva sur Beaufort son regard vif et son long nez chaussé de besicles :

— Une forte dose d'opium, diagnostiqua-t-il. Elle aurait pu tuer un enfant moins vigoureux que celui-là, mais je crois qu'il n'y a pas de soucis à se faire. Rapportez-le chez lui et attendez qu'il se réveille. On m'a dit que des malandrins s'apprêtaient à l'enterrer dans notre cimetière ?

— Oui, mon père... Je suis heureux que Dieu m'ait permis d'arriver à temps. J'ajoute que pour ce faire nous y avons tué trois hommes. Le quatrième s'est enfui, malheureusement...

— Dieu saura bien le retrouver. Ne vous souciez pas de vos cadavres, nous les enterrerons. Avez-vous une voiture pour emmener l'enfant ?

— Nous avons des chevaux. Mon écuyer va aller les chercher... et moi, demain, je reviendrai offrir à vous-même et à votre sainte maison le remerciement que me dicte ma gratitude.

Un moment plus tard François, heureux comme il ne l'avait pas été depuis bien longtemps, remettait à Sylvie son fils toujours endormi mais sain et sauf. Il n'avait guère eu de peine à se faire ouvrir l'hôtel de Fontsomme où personne ne dormait. A son retour de Fontainebleau, la jeune femme avait trouvé une demande de rançon : elle devait, le lendemain à minuit, déposer cinquante mille livres au pied de la statue du roi Henri IV, sur le pont Neuf, et rentrer chez elle où l'enfant lui serait remis une heure après le dépôt. Depuis, elle et Perceval s'occupaient de réunir la somme mais sans beaucoup d'espoir de retrouver Philippe. Comment faire confiance à des gens de cette sorte ? Cependant, il fallait jouer le jeu jusqu'au bout...

Elle crut que le ciel s'ouvrait quand François parut, portant l'enfant dans ses bras. Le regard qu'elle leva sur lui, François ne devait jamais l'oublier ni ce qu'elle murmura à travers ses larmes de joie :

— Je vous appelais « Monsieur Ange » autrefois, lorsque vous m'avez trouvée dans la forêt et j'ai longtemps été persuadée que vous en étiez un. Cette nuit, j'en suis sûre...

Bouleversé lui aussi, il refusa cependant de s'attarder même un instant dans la maison de Jean de Fontsomme. Il voulait reprendre la traque du ravisseur, le pousser dans ses retranchements et, du même coup, débarrasser le monde de l'ex-Mlle de Chémerault. Dans son besoin de vengeance, il rêvait d'incendier son hôtel comme jadis il avait détruit le château de La Ferrière. Mais quand, avec ceux de sa maison que Ganseville était allé chercher, il investit l'hôtel de la rue Neuve-Saint-Paul, le logis était vide. Il n'y restait pas même le portier... Et personne, pas même son alliée d'un soir dont les yeux bleus voyaient si clair, ne put lui dire où avaient disparu la dame et ses gens...

D'autant plus furieux que le moment approchait où le délai accordé par le Roi serait épuisé, il se disposait à repartir pour Fontainebleau afin de solliciter un peu plus de temps et des ordres d'arrestation en bonne et due forme lorsque Ganseville, tout son calme envolé, vint lui annoncer :

— Elle est là !

— Qui donc ?

— Mme de Fontsomme. Elle désire vous parler...

François eut un éblouissement. Sylvie chez lui, Sylvie dans la maison où il avait demandé à tant de femmes de tenter d'effacer son souvenir sans y parvenir jamais, cela lui parut à la fois merveilleux et vaguement scandaleux. Il s'élança au-devant d'elle après avoir jeté un coup d'œil aux fenêtres derrières lesquelles brillait le soleil : le temps permettait qu'il la reçoive au jardin. Il la rencontra à mi-chemin de l'escalier, la prit par la main et l'entraîna :

— Venez ! dit-il. Allons dehors ! Cette maison n'est pas digne de vous.

Le jardin était petit mais ce matin, sous les rayons encore tièdes, il était tout doré. Les arbres pleuraient doucement leurs feuilles roussies autour d'une fontaine représentant une nymphe versant l'eau contenue dans une jarre. Il y avait là un banc de pierre ; il l'y fit asseoir mais se tint debout devant elle :

— Vous chez moi ? commença-t-il doucement. Je n'ai pas de mots pour dire ma joie...

Sans répondre elle lui tendit une lettre dépliée qu'elle venait de tirer des poches de son ample cape de velours noir. Ce fut vite lu : il n'y avait là que peu de mots, mais combien menaçants sous leur forme abstraite : « Ce qui ne se fait pas à midi peut se faire le soir... » Saint-Rémy devait avoir lu Machiavel quelque part... Les mains nerveuses du duc froissèrent le papier :

— Quand avez-vous eu ça ?

— Il y a une heure par un gamin qui l'a remise au portier avant de partir en courant.

— Ainsi, non seulement ce misérable n'est pas parti au diable mais il nous nargue ? Comment ai-je pu le laisser m'échapper ?... Il faut à tout prix trouver un moyen de protéger n... votre fils. Je m'apprêtais à joindre le Roi et peut-être...

Elle l'arrêta du geste :

— Non ! Depuis que nous avons reçu ceci, le chevalier de Raguenel et moi nous avons réfléchi. Où que soit Philippe, dans ce royaume, il sera en danger tant qu'on n'aura pas mis la main sur ce bandit. Même au fond d'un couvent le péril sera partout. Sauf...

— Sauf ?

— Sauf auprès de vous ! François, je suis venue vous demander si vous acceptiez de l'emmener avec vous. A Brest d'abord puis en mer...

— Vous me le confieriez ?

Emerveillé par ce bonheur qu'elle lui offrait et qu'elle allait payer de larmes amères, il plia le genou devant elle, les mains ouvertes comme pour mieux recevoir ce beau présent mais sans oser toucher celle qui le lui offrait. Ce fut Sylvie qui se pencha et posa ses doigts sur les grandes paumes.

— Qui pourrait mieux veiller sur lui que son père ? murmura-t-elle. En outre, je sais que vous en ferez un homme digne du nom qu'il porte.

— Sur ma vie je vous le jure ! Mais lui, que pense-t-il ? Lui avez-vous parlé de cette idée ?

L'ombre d'un sourire adoucit le joli visage tendu où le souci mettait sa griffe :

— Lui ?... Il est fou de joie ! Au lieu d'entrer au

collège, il va être le page d'un prince et surtout il va voir la mer, les bateaux...

— Il les aime ?

— Autant que vous les aimez. Alors qu'il devrait être un terrien convaincu, il ne rêve que de grand large. Quand partez-vous ?

— Dans ces conditions, dès demain. Faites préparer son bagage. Je passerai le chercher moi-même, en voiture. Une fois à Brest j'écrirai au Roi qu'il a été obéi...

Sans quitter les mains de François qui à présent serraient les siennes, Sylvie se leva :

— Je le verrai avant vous. Philippe parti, je retournerai à Fontainebleau.

Tous deux marchaient à présent côte à côte, à pas lents. D'un geste naturel qui fit frémir François, Sylvie glissa sa main sous son bras et il y posa aussitôt la sienne. Pendant de trop brèves minutes, ils goûtèrent l'instant infiniment doux qui les unissait dans un amour plus grand qu'eux, qui était l'épanouissement de celui qu'ils n'avaient jamais vécu puisqu'ils se retrouvaient parents sans avoir jamais formé un couple.

— Vous en prendrez bien soin, n'est-ce pas ? demanda-t-elle d'une petite voix si triste que François dut lutter contre l'envie de la prendre dans ses bras. Sentant qu'il risquerait de tout gâcher, il se contenta de presser doucement les doigts délicats :

— Il vivra sans cesse auprès de moi...

— Ah, j'allais oublier ! Il y a l'abbé de Résigny, son précepteur. Il meurt de peur à l'idée de naviguer mais il refuse de quitter son élève. Déjà, il entendait le suivre au collège pour le préserver des amitiés dangereuses. Alors chez les marins !

Beaufort ne put s'empêcher de rire et cela leur fit du bien à tous les deux.

— J'ai déjà un chapelain, mais s'il sait jouer aux échecs votre abbé sera le bienvenu. Et s'il ne sait pas on lui apprendra.

Au seuil de la maison ils s'arrêtèrent. D'un geste plein de tendresse, François disposa le capuchon de velours autour du visage de Sylvie.

— Allez en paix, mon cœur ! Vous savez bien que, sans le connaître, j'ai toujours aimé notre petit Philippe. Je vous promets qu'il sera heureux. Demain je viendrai le chercher...

Elle se haussa sur la pointe des pieds pour poser, sur la joue bien rasée, un baiser léger et parfumé comme un pétale de fleur.

— Que Dieu vous bénisse et vous garde !

Une heure après le départ de son fils, Sylvie repartait pour Fontainebleau où, le soir même, elle obtenait d'être reçue par le Roi au retour de sa promenade. Louis XIV avait hâte, en effet, de connaître les développements de l'affaire débutée dans son cabinet. Il approuva les agissements de Beaufort et, bien qu'elle eût été prise sans sa permission, il approuva aussi la mesure décidée pour la sécurité du jeune Fontsomme. Il se contenta de remarquer :

— Vous ne craignez pas, en confiant votre fils au duc de Beaufort, de... susciter certains bruits ?

Sans broncher, Sylvie le regarda droit dans les yeux :

— Quoi que l'on fasse, Sire, on donne toujours à parler et, à ce propos, j'oserai demander au Roi de bien vouloir garder ce départ secret... à cause de ceci.

Elle tendait le billet menaçant reçu au lendemain du sauvetage de Philippe. Louis XIV le prit, le lut, fronça les sourcils puis, étalant le papier sur son bureau, il y appuya sa main, signifiant ainsi son intention de le garder.

— Vous avez ma parole, duchesse ! Il en sera fait selon votre désir, bien légitime. L'homme n'en sera pas moins recherché. Quant à mon cousin Beaufort, j'espère qu'il saura se montrer digne de votre confiance. A présent, allez rejoindre votre reine. Sa grossesse l'incommode et elle vous réclame...

La révérence étala largement la robe de satin gris sur le tapis royal. Mme de Fontsomme emportait une curieuse sensation en dépit de la bonté montrée par le Roi : lorsqu'il prononçait le nom de Beaufort, ses lèvres se pinçaient de façon curieuse. Fallait-il en conclure qu'il n'avait rien oublié de la Fronde, rien pardonné malgré les apparences, et qu'après tout ce commandement à la mer dont François était si heureux n'était rien d'autre qu'un moyen de l'écarter de la Cour et de la personne royale ?

Pendant ce temps, une scène que Sylvie eût jugée pleine d'intérêt se déroulait dans la maison de la rue des Petits-Champs qui était le domicile parisien de Colbert : le ministre, fort en colère, tançait vertement un Fulgent de Saint-Rémy visiblement mal à l'aise :

— Vous avez accumulé les sottises ! L'enlèvement du jeune duc était prématuré et n'a servi qu'à attirer la colère du Roi...

— J'ai besoin d'argent et vous ne m'en donnez guère, hasarda piteusement le coupable. Pour cette fois j'aurais rendu l'enfant... et je serais plus riche de cinquante mille livres...

— Que vous auriez dû partager avec votre complice ! Je vais vous en donner un peu mais vous allez disparaître aussi longtemps qu'il le faudra.

— Dois-je suivre M. de Beaufort en Bretagne ?

— Sûrement pas ! Il vous connaît à présent et il a de bons yeux. En outre, ce fruit-là n'est pas mûr et je ne suis pas encore assez puissant pour monter la grande affaire qui le fera disparaître. Nous verrons quand Fouquet aura été condamné et exécuté. Alors, il faudra que je me débarrasse de tous ses bons amis qui ne me pardonneront pas d'avoir causé sa perte. En attendant, il faut faire silence... et laisser la duchesse jouir en paix de ce qu'elle croit être une victoire. Elle est d'ailleurs beaucoup trop bien en cour ces temps-ci...

— Vous me traitez fort mal, monsieur le ministre, grogna Saint-Rémy. Comme si je n'avais aucun droit. Pourtant la promesse de mariage que je détiens est bien réelle...

— Elle le sera tout autant quand le temps viendra de la produire. Pour l'instant, je veux que vous imitiez Mme de La Bazinière et quittiez Paris.

— Pour aller où ?

— Pourquoi pas... en Provence ? suggéra Colbert en prenant une bourse assez ronde dans une armoire et en la jetant à son visiteur. Vous pourriez m'y être utile. Le gouverneur en est le duc de Mercœur, le frère aîné de Beaufort qui est veuf d'une nièce de Mazarin. Je peux vous recommander à lui. C'est une bonne pâte et vous pourriez essayer de gagner sa confiance. Les Vendôme forment une famille unie et vous apprendrez peut-être des choses intéressantes. Mais ne faites rien — vous m'entendez bien ? — rien sans mon aveu ! Sinon je vous abandonne !

— J'obéirai mais... faudra-t-il attendre longtemps ? Je ne suis plus tout jeune !

— Le temps qu'il faudra. Il travaille pour moi. Devenu tout-puissant je ferai de grandes choses pour le royaume mais j'abattrai l'un après l'autre tous mes ennemis. Prenez patience si vous voulez être un jour duc de Fontsomme ! Vous pourriez même épouser la veuve de votre demi-frère !

Et Colbert éclata de rire.

Deuxième partie

LA HAINE D'UN ROI
1664

CHAPITRE 7

UNE ÉTRANGE NAISSANCE

Lorsque, dans les derniers jours d'octobre, la Cour quitta Fontainebleau pour rentrer passer l'hiver au Louvre, Sylvie de Fontsomme poussa un soupir de soulagement. Depuis le dernier printemps on était passé du Louvre à Vincennes puis à Saint-Germain, à Compiègne et enfin à Fontainebleau, avec un intermède en mai à Versailles où Louis XIV entreprenait de construire le plus magnifique palais de la terre et où, en attendant, il donnait des fêtes dans le parc du petit château jadis construit par son père. La plus belle était sans conteste « Les plaisirs de l'île enchantée » qui avait duré six jours et où le goût du faste du jeune monarque s'était affirmé avec éclat. Et où, hélas, s'était affirmée aussi sa passion pour Louise de La Vallière dont il avait eu un enfant.

Certes, la timide jeune fille, toujours aussi follement éprise, avait accouché discrètement dans une maison proche du Louvre et le petit garçon déclaré sous un faux nom vivait loin de la Cour. Certes, La Vallière, héroïque, s'était montrée auprès de Madame dont elle était toujours fille d'honneur — et qui la détestait ! — quelques heures seulement après la naissance, mais le Roi ne cacha pas sa joie. Une joie presque aussi grande qu'à la naissance du Grand Dauphin survenue à l'automne de 1661. Ajoutons que cinq mois après la Reine et neuf après le fameux été de Fontainebleau où le Roi et sa belle-sœur affichaient leur mutuelle attirance en se quittant le moins possible, Madame donna le jour à une fille — dont elle n'éprouva aucune joie car dans sa déception elle criait qu'il fallait la jeter à la rivière ! Après cela, il ne fit doute pour personne que Louis XIV y avait contribué plus que Monsieur son frère et que l'on avait en lui un redoutable géniteur...

Depuis, Marie-Thérèse avait mis au monde une petite fille qui, hélas, ne vécut pas et attendait un nouvel enfant pour Noël. La Vallière, elle, en attendait un pour le début de l'année nouvelle et les courtisans, un peu désorientés par cette avalanche de bébés, ne savaient plus vraiment où donner de la révérence, mais en général on s'en amusait...

Ce n'était pas le cas de Marie-Thérèse. La malheureuse n'avait pas ignoré longtemps les débordements conjugaux de son époux et s'en désolait. Elle en souffrait même de façon si évidente que la Reine Mère ne voyait plus que faire pour la consoler. Mme de Fontsomme non plus, à qui elle se confiait volontiers et qui lui avait murmuré, un soir où La Vallière traversait ses appartements [1] pour aller souper chez la comtesse de Soissons :

— Cette fille qui a des pendants d'oreilles en diamants est celle que le Roi aime...

Une telle douleur désolait Sylvie. Elle n'avait jamais imaginé que le Roi Très Chrétien, son charmant petit élève d'autrefois, pût, avec l'exercice du pouvoir, se muer en une sorte de sultan vivant au milieu d'un harem et jetant le mouchoir à l'une ou à l'autre selon sa fantaisie. Et elle se plaisait de moins en moins dans cette cour où elle manquait d'air parce qu'elle y rencontrait de moins en moins d'amitié, cette amitié qui lui avait toujours été si précieuse.

Il y avait d'abord l'interminable procès de Nicolas Fouquet, inique et partial au point que le peuple, d'abord hostile bien entendu au surintendant des Finances, opérait depuis quelque temps une conversion totale qui lui faisait considérer Fouquet comme un martyr et Colbert comme un bourreau sans nuances que des libelles insultaient à longueur de journée. Outre Nicolas, cette douloureuse affaire tenait éloignés beaucoup de gens que Sylvie aimait : la femme du prisonnier, son amie Mme du Plessis-Bellière, ses frères et ses enfants étaient dispersés. Seule restait sa mère, femme d'une grande austérité, que Sylvie

1. Habituée à la pénombre des palais espagnols où les personnes royales recevaient une sorte de culte, Marie-Thérèse souffrait de vivre dans les perpétuels courants d'air des appartements français que tout un chacun pouvait traverser selon sa fantaisie.

fréquentait peu. Il y avait aussi celui qu'elle appelait le cher d'Artagnan, que sa femme et ses mousquetaires ne voyaient plus guère depuis trois ans parce que le Roi l'avait chargé de garder l'accusé à vue dans une tour de la Bastille...

Et puis — mais c'était de peu d'importance ! — le maréchal de Gramont, si assidu jusqu'à l'arrestation de Fouquet, feignait le plus souvent de ne pas voir Mme de Fontsomme lorsqu'ils se trouvaient ensemble à la Cour. Devenu colonel-général des chevau-légers, il se souciait de ne pas compromettre la faveur dont il jouissait, et Sylvie ne cachait pas assez qu'elle plaignait infiniment le prisonnier.

La mort aussi creusait des vides. Elle avait emporté Elisabeth de Vendôme, duchesse de Nemours, l'amie d'enfance, la presque sœur fauchée par la petite vérole au moment où la Cour goûtait à Versailles les délices de l'Ile enchantée. Par crainte de la contagion, Sylvie avait reçu l'interdiction d'aller la réconforter durant sa maladie. Seule sa mère, la duchesse de Vendôme qui ne craignait rien, surtout pas la mort, et une servante dévouée s'étaient occupées d'elle. Seul aussi, parmi les amis de la famille, le jeune « Péguilin » devenu comte de Lauzun à la mort de son père, brava tous les interdits pour venir saluer celle dont il avait pensé un instant faire sa belle-mère. Il s'en tira avec une quarantaine dans son logis mais ne s'en déclara pas moins satisfait d'avoir rendu hommage à une dame qu'il aimait bien. D'autant qu'il n'était plus question de mariage avec l'une des « petites Nemours » qui avaient été si folles de lui : l'aînée épousait le duc de Savoie et l'on disait que la seconde épouserait bientôt ce roi de Portugal refusé avec tant d'énergie par Mademoiselle qu'elle était exilée une fois de plus à Saint-Fargeau. Encore une amitié éloignée pour Sylvie ! En revanche, si Lauzun avait dû abandonner aussi ses vues sur Marie de Fontsomme, la façon cavalière dont la jeune fille avait expédié son prétendant avait noué entre celui-ci et celle qu'il souhaitait comme belle-mère une amitié, certes épisodique, mais solide et plutôt amusante.

Enfin, au printemps précédent, il avait fallu renoncer à la compagnie de Suzanne de Navailles exilée à la suite d'une péripétie semi-burlesque, assez peu honorable pour le Roi et qui, surtout, éclairait d'un jour inquiétant le côté rancunier de son caractère.

L'affaire avait eu pour cadre le château de Saint-Germain où, en dépit de sa passion pour La Vallière et de son assiduité nocturne chez sa femme, le Roi s'était pris d'un caprice pour Mlle de la Mothe-Houdancourt, l'une des plus jolies filles d'honneur de Marie-Thérèse. Il lui fit une cour si évidente que Mme de Navailles, responsable en tant que dame d'honneur du joyeux escadron, s'était crue autorisée par sa charge à faire une légère — oh très légère ! — remontrance au jeune potentat, suggérant qu'il choisisse ses maîtresses ailleurs que dans la maison de sa femme. Louis XIV accepta la mercuriale sans trop rechigner mais, la nuit suivante, au lieu d'emprunter le chemin habituel pour gagner la chambre de sa belle, il alla jouer les matous sur les toits du château où s'ouvraient de fort commodes lucarnes. Ce qu'apprenant, la duchesse de Navailles y fit poser des grilles intérieures durant la journée et, le soir venu, le Roi dut s'en retourner, insatisfait et même tout à fait furieux. N'osant pas donner libre cours à sa colère pour ne pas offenser sa femme, Louis XIV ravala sa rancune et attendit une occasion. Ou plutôt la récupéra.

Il s'agissait d'une fausse lettre du roi d'Espagne destinée à éclairer Marie-Thérèse sur les amours de son époux avec La Vallière. Cette épître avait pour auteurs la comtesse de Soissons, son amant le comte de Vardes et le comte de Guiche qui était celui de Madame, mais elle était si mal présentée qu'arrivée chez la Reine et entre les mains de la Molina, celle-ci sans rien en dire à sa maîtresse alla tout droit chez le Roi. Fureur de celui-ci et impossibilité de trouver un coupable : on en était là au moment de l'affaire des grilles. C'est alors que Mme de Soissons, toujours aussi venimeuse, vint avec un bel aplomb suggérer à son ancien amant que la dame d'honneur pouvait bien être à l'origine de cette vilaine histoire. Trop heureux de l'occasion, Louis XIV se soucia peu de chercher plus loin. Il tenait sa vengeance et, le soir même, les Navailles, mari et femme, recevaient un ordre d'exil qui les expédiait dans leurs terres du Béarn sans grand espoir d'en revenir de si tôt. Ce qui déchaîna la colère de la Reine Mère :

— Vous punissez la vertu à présent ?

Ce fut le début d'une brouille entre la mère et le fils, brouille qui ne dura guère : Louis vint demander son pardon, pleura même mais ne cacha pas qu'il lui était impossible de « gouverner ses passions » et qu'en tout état de cause, il faudrait bien que l'on s'y fasse : sa mère comme les autres.

Sylvie vit partir son amie avec un chagrin d'autant plus vif qu'il lui fallut ensuite subir la nouvelle dame d'honneur, l'ex-marquise de Montausier, devenue duchesse pour la circonstance, grâce aux éminents services guerriers de son époux, et qu'elle n'aimait vraiment pas. La nouvelle duchesse n'était autre que la fameuse Julie d'Angennes — fille de la non moins fameuse marquise de Rambouillet qui avait été si longtemps la reine des Précieuses —, celle que Montausier n'avait conquise, après nombre d'années, qu'en faisant composer pour elle un étonnant recueil de vers illustrés, *La Guirlande de Julie*. Le mariage avait eu lieu quand la belle atteignait ses trente-huit ans, ce qui était un record de virginité. C'était un bel esprit à qui le Roi avait confié tout d'abord le gouvernement des Enfants de France, lorsqu'ils se réduisaient au seul Dauphin. A présent, c'était la jeune Reine qu'on lui donnait à gouverner en quelque sorte, et elle montra vite de quoi elle était capable en s'essayant à faire accepter l'affaire La Vallière à la pauvre petite épouse révoltée qui, à toutes ses objurgations, répondait sans se lasser : « Je l'aime, je l'aime, je l'aime... »

— Si vous l'aimez vous devez souhaiter lui plaire... et accepter ses amies. Les amours des hommes ne durent jamais bien longtemps...

— Cela vous plaît à dire, madame, mais cette fille est plus reine que moi. Voyez ces fêtes que l'on donne...

— En l'honneur de Votre Majesté et de la Reine Mère !

— A qui ferez-vous croire cela ? s'écria Marie-Thérèse qui était beaucoup moins sotte qu'on ne le croyait en général. Les vers des poètes, les allusions, tous les hommages vont à elle et nous n'avons, nous autres reines, qu'à regarder... et accepter.

— Votre Majesté a tort de se mettre en tels états. Le Roi n'aime pas que l'on pleure. Il reviendrait vers Votre Majesté plus aisément s'il trouvait visage riant, ajustements coquets et commerce agréable avec celles qu'il lui arrive de choisir. Il vous faut acquérir l'expérience des choses du monde.

Sylvie alors était intervenue, assez écœurée du rôle que jouait la dame :

— Ce n'est pas la faute de la Reine si elle souffre ! A cela les plus beaux raisonnements ne peuvent rien...

Le Roi entrant à cet instant précis, la dispute qui menaçait tourna court, mais l'émotion de son arrivée inopinée fut si forte pour Marie-Thérèse qu'elle se mit à saigner du nez en abondance. Cela déplut.

— Du sang, à présent ? Jusqu'ici, ma chère, vous ne m'offriez que des larmes... Songez à l'enfant que vous portez !

Et il se retira, suivi de Mme de Montausier qui lui parlait à l'oreille. Il fallut à Sylvie, assistée de Molina et du jeune Nabo, de longues minutes pour que la Reine retrouve un peu de calme mais ce fut le jeune Noir qui réussit le mieux à apaiser sa maîtresse par ses chansons, ses rires et les espèces d'incantations dans une langue incompréhensible qu'il lui murmurait. En trois ans, il avait beaucoup changé, Nabo. C'était à présent un garçon de quinze ans, beau comme une statue de bronze. La Reine, dans son caprice de femme enceinte, le réclamait sans cesse auprès d'elle : il lui était devenu ausssi nécessaire que le chocolat dont elle absorbait de telles quantités qu'elles lui gâtaient les dents. Naturellement, cette présence incessante, comme celle de la naine d'ailleurs, incommodait la nouvelle dame d'honneur.

— Il arrivera que la Reine donne le jour à quelque petit monstre, disait-elle à qui voulait l'entendre. On devrait retirer de sous ses yeux des objets aussi insolites qui peuvent l'influencer gravement.

Mais Marie-Thérèse ne voulait pas se séparer de ceux qui lui rappelaient si fort son enfance dans le silence alourdi d'encens des palais castillans, soutenue du mieux qu'elle pouvait par Anne d'Autriche décidée à l'aider de tout ce qui lui restait d'influence.

Souffrant de plus en plus du cancer qui rongeait son sein, la vieille Reine de soixante-trois ans n'ignorait pas qu'elle allait vers une fin douloureuse et s'y préparait en multipliant les séjours dans son cher Val-de-Grâce, ou encore chez les Carmélites de la rue du Bouloi où sa belle-fille se rendait aussi fréquemment. Sa chère Motteville ne la quittait pas et elle recevait aussi quotidiennement la visite de son confesseur, le père Montagu, jadis lord Montagu, amant de la duchesse de Chevreuse et confident des belles amours d'autrefois. Mme de Fontsomme qui, à présent, la plaignait de tout son cœur venait aussi souvent qu'elle le pouvait ; ses liens d'amitié avec Mme de Motteville s'en trouvaient d'autant plus resserrés que la malade montrait toujours un vif plaisir à recevoir celle qu'il lui arrivait encore d'appeler en souriant « mon petit chat ! »...

Le soir du retour de Fontainebleau, une fois Marie-Thérèse installée dans son grand appartement du Louvre, Sylvie, libérée pour un temps, se fit conduire chez Perceval de Raguenel comme elle le faisait chaque fois que la Cour touchait terre à Paris entre deux déplacements. Cela lui permettait de retrouver son cher parrain, l'atmosphère si agréable de la rue des Tournelles, et de laisser fermé la moitié de l'année son hôtel de la rue Quincampoix, dont le plus gros du personnel rejoignait Fontsomme ou le manoir de Conflans, qui était la maison préférée de Sylvie.

Enfin, c'était là qu'elle avait le plus de chances de voir sa fille dont l'affection envers Perceval s'affirmait toujours davantage alors que celle portée jusque-là à sa mère semblait décroître.

Non qu'aucun incident se fût produit mais, depuis la nuit de Fontainebleau où Marie avait déclaré son amour à François et, surtout, depuis le départ de son frère avec l'homme qu'elle s'obstinait à aimer, la jeune fille avait beaucoup changé. En dehors des rencontres à la Cour, elle ne venait chez sa mère qu'en passant, dans l'espoir — trop souvent déçu ! — d'avoir « des nouvelles de Philippe » bien qu'un autre nom soit inscrit dans le filigrane. Son affection n'avait plus la chaleur de naguère : elle était... superficielle, distraite et semblait ressortir davantage de l'habitude que des mouvements du cœur. En revanche, elle professait pour Madame une sorte de dévotion, ne trouvant la vie supportable qu'auprès d'elle, ne cessant de proclamer l'agrément qu'il y avait à vivre aux Tuileries ou à Saint-Cloud, et refusant avec une belle régularité les partis qui se présentaient. Ainsi Lauzun n'avait été, parmi ses prétendants, qu'un météore : elle lui avait très vite laissé entendre que, n'ignorant rien de sa passion pour la ravissante princesse de Monaco, elle ne voyait aucune raison de tenir à ses côtés le rôle sans gloire d'épouse éternellement trompée à qui l'on ne demande que trois choses : renflouer des finances plutôt tristes, faire des enfants et surtout se taire. Or, tout au contraire de ce qu'elle attendait, ce langage direct lui en fit un ami.

— Pardieu, jeune demoiselle, vous me plaisez plus encore que je ne le croyais ! Et vous me donnez bien du regret : c'eût été agréable de passer la vie avec une épouse aussi intelligente que jolie... Alors, vraiment vous ne voulez pas devenir comtesse de Lauzun ?

— Sans façon ! Je ne nie pas que si vous n'êtes pas beau, vous avez beaucoup de charme ; malheureusement je n'y suis pas sensible ! Cela ne devrait pas vous faire de peine : tant de dames vous trouvent irrésistible !

— Même une bonne et franche association ne vous tente pas ? Je respecterai les apparences, vous me donnerez un héritier ou deux et, comme je suis très ambitieux, vous deviendrez une grande dame...

— Mais je compte bien le devenir sans votre aide. Sachez que j'ai décidé d'épouser un prince. Pas moins !

— Eh bien, voilà qui est clair ! Alors, si vous le voulez bien, ajouta-t-il avec ce sourire de fauve qui n'appartenait qu'à lui, oublions tout cela et soyons amis ! Mais vraiment amis : comme peuvent l'être deux garçons ! Aux postes que nous occupons l'un et l'autre, vous auprès de Madame et moi auprès du Roi, je crois que nous pouvons nous être fort utiles !

— Cela, je le veux bien, dit Marie avec un grand sourire. Soyez-moi loyal, je vous le serai aussi !

C'est ainsi que fut conclue une amitié dont Marie ignorait quels prolongements elle pourrait avoir un jour...

En se retrouvant dans la « librairie » de Perceval, assise face à lui devant la cheminée où pétillaient et craquaient des bûches et des pommes de pin répandant une délicieuse odeur, Sylvie goûta longtemps, en silence, l'un de ces moments de détente et de paix comme il est si difficile d'en savourer dans les châteaux royaux toujours hantés par les regards indiscrets, les oreilles aux aguets, la malveillance et les courants d'air...

Les yeux clos, la tête abandonnée sur le haut dossier de cuir clouté, Sylvie laissait décanter la fatigue du voyage, l'énervement des derniers instants à Fontainebleau dans les chambres démeublées, l'agacement des menus incidents de la route où tout le monde veut passer avant tout le monde pour approcher le Roi de plus près. Les cours royales ont toujours accouché de courtisans, mais ceux que le caractère abrupt et l'orgueil intraitable du jeune Louis XIV développaient déplaisaient à Mme de Fontsomme plus que ceux d'autrefois qui, à son sens, gardaient un semblant de dignité. En bref, le Roi était en train de domestiquer sa noblesse et cela la contrariait au point qu'elle se demandait si elle supporterait encore longtemps une atmosphère de plus en plus irrespirable pour elle. S'il n'y avait eu la pauvre petite Reine, si facilement délaissée, à qui elle s'attachait parce qu'elle lui faisait pitié, elle eût sans doute demandé son congé.

— C'est peut-être ce que je ferai, dit-elle

soudain à haute voix, lorsque la Reine aura mis son enfant au monde.

Perceval penché sur un livre releva la tête et vit que ses yeux étaient grands ouverts.

— Ce qui m'étonne, dit-il avec douceur, c'est que vous ayez tenu si longtemps. Vous n'êtes pas faite pour la vie de cour. Il y a trop de chausse-trappes, d'intrigues, de faux-semblants...

— Des intrigues j'en ai eu mon compte, mais j'avoue que j'aime bien notre petite reine. Et puis je voulais aussi veiller à l'avenir de mes enfants — au fond je ne suis pas si différente des autres ! — et voyez où j'en suis : je ne vois jamais ma fille et je n'ai pas vu mon fils depuis trois ans. Quelques lettres quand la flotte touche terre, dont la moitié sont l'œuvre de l'abbé de Résigny...

— Ne les dédaignez pas. Elles vous renseignent sur les faits et gestes de Philippe bien mieux qu'ils ne le fait lui-même. Quand il a dit qu'il se porte bien, qu'il adore M. de Beaufort et que vous lui manquez il estime son devoir largement accompli. Ce ne sera jamais un homme de plume. Et puis... il y a celles, rares je veux bien l'admettre, que vous adresse le duc lui-même.

Cette idée fit sourire Sylvie.

— Lui non plus ne sera jamais un homme de plume. Comme lorsqu'il m'écrit il ne fait pas appel à son secrétaire, il maltraite toujours autant l'orthographe.

— N'ayant jamais été « précieuse » cela ne doit pas vous troubler beaucoup. Et ce qui compte, ce sont les sentiments...

Il sourit avec tendresse au joli visage devenu tout rose. Il ne cessait de remercier le Ciel d'un rapprochement qu'il souhaitait depuis bien longtemps, allant même jusqu'à espérer qu'un mariage finirait par unir ces deux êtres tellement faits l'un pour l'autre et qui se connaissaient si bien. Rien ne pouvait être meilleur pour eux deux et aussi pour Philippe qui reviendrait un jour de ses voyages et qu'il serait bon de protéger officiellement. En effet, bien que depuis trois ans Saint-Rémy n'ait plus donné signe de vie et que sa complice vécût retirée dans un château provincial, le chevalier de Raguenel ne tenait pas pour définitive la disparition de l'aventurier. Il devait se cacher quelque part pour qu'on l'oublie et que la lourde main du Roi, qui l'avait manqué de si peu, se tourne dans une autre direction mais, à moins qu'il ne se fasse tuer dans quelque affaire, on le reverrait un jour ou l'autre... C'était d'ailleurs un sujet qu'il n'effleurait jamais avec Sylvie, préférant qu'elle chasse de son esprit une des plus pénibles périodes de sa vie. De même, il se gardait bien d'apprendre à sa filleule ce qu'il savait d'autres sources : Beaufort et les siens étaient retranchés dans Djigelli, place forte de la côte algérienne pour la prise de laquelle on avait chanté le 15 août dernier un beau *Te Deum* à Notre-Dame, mais depuis l'on était sans nouvelles, les Barbaresques faisant trop bonne garde pour qu'un courrier puisse passer...

Cependant, il était écrit dans le livre de la vie que cette soirée, dont Sylvie espérait qu'elle serait si paisible, était loin de s'achever pour elle. Ce fut d'abord, au moment où l'on allait passer à table, l'entrée tumultueuse de Marie. Ses arrivées étaient toujours tumultueuses et, dans le sillage azuré de ses habits de velours bleu, de satin blanc et d'hermine, l'automne parut reculer pour faire place au printemps. En entrant, elle ne vit pas sa mère et courut se jeter dans les bras de Perceval :

— Il y a des siècles que je ne vous ai vu et vous me manquiez ! Je ne vous demande pas comment vous vous portez : vous êtes plus jeune que jamais !

Sans lui laisser le temps de respirer elle distribua quelques baisers sur son visage, puis pirouetta sur ses talons et se trouva en face de Sylvie. Aussitôt, elle parut s'éteindre comme une fusée de feu d'artifice qui retombe :

— Mère ?... Vous étiez là ? Je ne vous savais pas de retour à Paris...

— La Cour fait pourtant assez de bruit quand elle rentre, fit Perceval, mécontent du nouveau ton de la jeune fille et de l'effet qu'il produisait sur Sylvie. Et les Tuileries sont voisines. Y est-on sourd à ce point ?

— Oh, nous autres de la maison de Madame, nous sommes devenus les indésirables, les parias. Depuis que notre princesse est à nouveau enceinte, on ne nous invite plus. « Les plaisirs de l'île enchantée » n'ont pas été pour nous et nous n'avons pas vu Versailles.

Elle parlait, parlait, se tenant devant Sylvie sans chercher à s'approcher d'elle.

— Tu ne m'embrasses pas ? murmura celle-ci

avec, dans la voix, une note douloureuse qui atteignit l'oreille fine de son parrain. Il fronça le sourcil mais déjà Marie répondait :

— Si... naturellement.

Ses lèvres fraîches touchèrent la joue de Sylvie, mais elle esquiva les bras maternels qui allaient se refermer sur elle en constatant :

— Vous êtes superbe à votre habitude et je vous en fais mon compliment. Je viens aux nouvelles, Parrain — les enfants de Sylvie s'étaient tout simplement calqués sur leur mère dans cette appellation affectueuse qu'ils n'avaient pas l'occasion d'employer puisque l'un et l'autre étaient filleuls du Roi. Avez vous reçu des lettres ?

— Aucune depuis notre dernier revoir mais...

— Et vous, Mère ?

Celle-ci s'approchait d'un des rayonnages de la bibliothèque pour cacher les larmes qui lui venaient. Elle répondit sans se retourner :

— Comme si tu ne savais pas que toutes les lettres venues de la mer sont adressées au chevalier de Raguenel par précaution ?

— Sans doute. Ce qui ne veut rien dire : s'il en a reçu une pour vous, il n'éprouve peut-être pas le besoin d'en parler.

— Quelle idée !

— Pourquoi le ferait-il ? Quand un amant écrit à sa maî...

La gifle coupa le mot en deux. Ce n'était pas Sylvie, trop blessée par ce qu'elle venait d'entendre, qui l'avait appliquée, mais Perceval qui n'y était pas allé de main morte : la joue délicate de Marie s'empourpra.

— Tu me prends pour quoi ? gronda-t-il. Un entremetteur ? Je suis le chevalier de Raguenel et cela oblige, ma fille ! Quant à l'insulte que tu viens d'infliger à ta mère, tu vas lui en demander pardon ! A genoux !

Ses doigts maigres, durs comme fer, avaient saisi le mince poignet pour contraindre Marie. Sylvie s'interposa :

— Non, je vous en prie ! Laissez-la. Que signifierait un pardon obtenu par force ? J'aimerais mieux apprendre d'où Marie tire cette connaissance toute nouvelle de ce qu'elle croit être ma vie intime.

— Tu as entendu ? Réponds ! intima Raguenel qui avait relâché sa pression mais pas le poignet.

Marie haussa des épaules désabusées :

— Je ne dis pas que ma mère soit toujours proche de M. de Beaufort mais qu'elle l'a été... il y a longtemps sans doute, et qu'entre eux l'amour n'est pas mort !

— Cela ne répond pas à ma question. Qui as-tu écouté ?

Marie eut un geste vague :

— Des familiers des Tuileries ou de Saint-Cloud qui savent beaucoup de choses... Ils n'y voient pas de mal. Au contraire, on admire...

— Qui ?

— Vous me faites mal !

— Je te ferai encore plus mal quoi qu'en dise ta mère si tu ne parles pas. Pour la dernière fois : qui ?

— Le comte de Guiche... le chevalier de Lorraine... le marquis de Vardes...

Perceval éclata d'un rire qui ne présageait rien de bon :

— L'amant de Madame, le mignon de Monsieur et le complice de Mme de Soissons dans la vilaine affaire de la fausse lettre espagnole ! Tu choisis bien tes amis ! Félicitations ! Tu préfères écouter ces langues de vipère, des gamins malfaisants qui n'ont jamais rien fait de leur noblesse sinon la traîner dans les alcôves ?... Et je croyais que tu nous aimais !

Il la lâcha si rudement qu'elle alla tomber dans le fauteuil laissé libre par sa mère où elle éclata en sanglots.

Sylvie étendit alors sa main sur elle en regardant Perceval dans les yeux pour l'empêcher de poursuivre. Pendant quelques instants elle la regarda pleurer. Ce fut seulement quand Marie retrouva un peu de calme que sa mère dit :

— Qu'elle vous aime toujours, vous, cela ne fait aucun doute car elle n'a aucune raison de vous en vouloir. Il n'en va pas de même pour moi. Vous savez bien qu'elle aime M. de Beaufort et elle me croit sa rivale !

— Ne l'êtes-vous pas ? hoqueta Marie.

— Je ne l'ai jamais été et ne le serai jamais, Marie ! Je sais que tu l'aimes. Plus sans doute que je ne le pensais. Lorsque tu le déclarais haut et fort, j'imaginais un de ces emballements comme il arrive souvent à quinze ans...

— Une fois donné, un cœur comme le mien ne se reprend pas.

— Il me faut bien l'admettre. Alors, écoute ce que je vais te dire : si M. de Beaufort venait un jour me demander ta main, je la lui accorderais sans l'ombre d'une hésitation.

— Parce que vous savez très bien qu'il ne le fera jamais ! clama Marie qui s'effondra de nouveau dans un abîme de larmes. Mais Sylvie n'eut pas le temps d'ajouter quoi que ce soit. Le pas d'un cheval s'était fait entendre dans la cour et Pierrot vint annoncer un messager de la Reine.

A sa grande surprise, ce fut Nabo qui mit genou en terre devant Sylvie. Pour ne pas soulever la curiosité sur son passage, il avait enveloppé sa tunique chamarrée d'un grand manteau de cheval et remplacé son turban par un chapeau noir à larges bords qu'il ôta en entrant, découvrant une toison courte et frisée comme celle d'un mouton karakul.

— La Reine est malade et malheureuse. Elle a besoin de son amie, dit-il.

Comme toujours avec Sylvie, il s'exprimait en espagnol. Avant de l'offrir à Marie-Thérèse, Beaufort avait veillé à ce qu'il apprît cette langue qui lui était devenue naturelle. Ce qui ne l'empêchait pas d'avoir plus que des notions de français.

— Qui t'envoie ?

— La dame de Motteville. Elle est venue ce soir...

— Où sont les autres ? Mme de Béthune ? Mme de Montausier ?

— Béthune fatiguée partie se coucher. La grande dame allée souper chez la favorite...

— Qui t'a donné mon adresse ?

— Motteville.

Bien sûr ! Il n'y avait plus qu'à rejoindre le Louvre pour une durée indéterminée ! Avec un soupir de lassitude, Sylvie renvoya le jeune Noir en ajoutant qu'elle le suivait, appela Pierrot pour qu'il fasse préparer sa voiture et, enfin, se tourna vers sa fille.

— Si tu n'es pas obligée de rentrer trop tôt, reste ici comme je le désirais tellement. Cela te fera le plus grand bien...

— Oh rien ne me presse ! Madame a ses vapeurs : elle s'est enfermée avec sa chère Mme de La Fayette [1] et la princesse de Monaco. Quant aux filles d'honneur qui restent, elles auraient plutôt tendance à m'agacer...

En parlant de celles qui « restaient », Marie faisait allusion au fait qu'elle avait perdu les compagnes qu'elle aimait : Montalais exilée depuis l'affaire de la lettre espagnole était retournée voir couler la Loire ; quant à Tonnay-Charente, après la mort de son fiancé, le marquis de Noirmoutiers, tué au côté du duc d'Antin dans un de ces duels stupides qui ressemblaient à des batailles rangées, elle avait épousé par amour le frère du duc défunt, le marquis de Montespan, vaillant soldat plus riche d'ancêtres que d'écus et

1. Il s'agit de l'auteur de *La Princesse de Clèves* qui était aussi l'amie et la confidente de Madame.

avec qui elle menait une vie passionnée mais difficile.

— Essayez de la garder cette nuit, Parrain, murmura Sylvie en embrassant Perceval. Je n'aime pas beaucoup qu'elle coure la ville après la tombée du jour. Même en voiture...

Il la rassura d'une pression de main et elle partit sans paraître s'occuper davantage de sa fille. Elle savait maintenant à quoi s'en tenir sur son étrange comportement et toute tentative de rapprochement dans l'état de crise où Marie se trouvait ne ferait qu'aggraver les choses. Il fallait se contenter d'espérer en l'éloquence et la sagesse du cher Perceval.

Au Louvre la situation était pire qu'elle ne le craignait. Elle pensait trouver Marie-Thérèse aux prises avec l'une des multiples indigestions que lui valaient son abus du chocolat et son goût trop prononcé pour les plats fortement aillés, et c'est effectivement ce qui s'était produit. L'odeur aigre qui emplissait la chambre et les servantes occupées à nettoyer les tapis en attestaient mais, en outre, la Reine noyée dans ses cheveux, ses larmes et ses draps froissés piquait une crise nerveuse que Molina et sa fille semblaient incapables de maîtriser. Le corps de la malheureuse, avec son ventre énorme qu'elle tendait par instants vers le ciel de lit en s'arc-boutant sur ses talons, était la proie de secousses convulsives que les femmes rassemblées dans sa chambre regardaient avec épouvante en se signant et en marmottant des prières affolées. Que dirait le Roi s'il s'avérait que la reine de France était possédée du démon ? On n'osait même pas appeler les médecins !

Or, Sylvie se souvint du cas analogue d'une femme près du terme de sa grossesse, qu'une espèce de rebouteux des environs de Fontsomme avait réussi à calmer. Elle ordonna à Molina de préparer un bain tiède et d'envoyer chercher un peu d'armoise chez un apothicaire pour en faire une tisane, puis elle demanda à Mme de Motteville qui était restée là et la reçut avec un soulagement visible, de vider la chambre de ceux qui n'avaient rien à y faire et de poster des gardes à la porte.

Dans la nuit, la crise s'apaisa et la Reine put reposer en paix, Sylvie aussi, pour qui l'on dressa un lit dans l'une des chambres de l'appartement royal où elle allait d'ailleurs rester jusqu'à l'accouchement, la Reine poussant des plaintes à fendre l'âme dès qu'elle ne la voyait plus. Il est vrai qu'elle allait avoir à subir bien des douleurs dans les jours à venir.

Dès le lendemain, les médecins assemblés par le Roi autour du lit de sa femme diagnostiquèrent doctement une « fièvre tierce », ce qui était à la portée du premier venu, la Reine faisant visiblement de la température ; en outre, elle se plaignait de violentes douleurs aux jambes. On lui appliqua donc le grand remède habituel, c'est-à-dire la saignée, avec la libéralité coutumière. En peu de jours, la pauvre Marie-Thérèse fut délestée d'une partie appréciable de son sang espagnol. Bientôt, elle eut de grandes douleurs aux jambes et l'accoucheur François Boucher se montra soucieux :

— Je crains que la Reine n'atteigne pas le terme prévu à Noël, confia-t-il au Roi. Mieux vaudrait se tenir prêts à un accouchement prématuré...

On prit aussitôt les dispositions nécessaires. Selon l'habitude, le lit de travail que l'on accrochait, dès le début de la grossesse, au plafond de la chambre de parade, fut descendu, débarrassé des housses qui le protégeaient — surtout durant les déplacements où l'on ne manquait pas de l'emporter ! — et on le mit sous une sorte de tente autour de laquelle on pouvait circuler pour les besoins du service sans trop déranger la parturiente. Puis on installa les instruments de chirurgie sous un autre pavillon, plus petit. Au moment de l'arrivée de l'enfant on écartait les rideaux afin que les princes, princesses et autres hauts personnages rassemblés dans la vaste pièce pussent ne rien perdre du spectacle et attestent, le cas échéant, qu'il n'y avait pas eu substitution d'enfant.

Ces précautions étaient sages : à l'aube du dimanche 16 novembre, la Reine qui, depuis plusieurs jours, subissait des contractions épisodiques entra dans les grandes douleurs. On la transporta dans la chambre de parade où le Roi vint rejoindre la Reine Mère qui depuis plusieurs jours passait le plus clair de son temps au chevet de sa belle-fille, oubliant ses propres douleurs pour tenter de la réconforter. Un par un, les autres membres de la famille et les grands du royaume prirent place autour d'eux. Enfin, une demi-heure avant midi, recrue de souffrance et de fatigue, Marie-Thérèse poussa un long gémissement et donna le jour à une petite fille dont l'aspect surprit tout le monde : plus petite que la moyenne des bébés, ce qui n'était guère surprenant puisqu'elle arrivait avec un bon mois d'avance, elle n'était pas rouge comme d'habitude mais d'un violet presque noir qui impressionna beaucoup les assistants, et le Roi plus encore que les autres.

— Cette enfant ne respire pas ! déclara d'Aquin, le médecin du Roi qui s'en empara, l'emporta dans la pièce voisine où un coussin était préparé devant le feu pour les premiers soins. D'un doigt expert, il débarrassa le nez et la bouche minuscules des « humeurs visqueuses et gluantes » qui les obstruaient puis, prenant l'enfant par les pieds, il claqua ses petites fesses jusqu'à ce qu'elle pousse son premier cri. Mais, remise droite, elle n'en demeura pas moins d'une couleur aussi peu orthodoxe que possible.

— Ce n'est rien, assura le médecin à l'intention du Roi qui l'avait suivi. Un effet d'asphyxie. Le sang privé d'air s'est figé et a noirci. Dans quelques jours il n'y paraîtra plus...

— Si vous le dites...

En dépit du grand crédit qu'il accordait à la médecine, le ton du Roi n'était guère aimable et d'Aquin détourna les yeux pour éviter le sombre éclair de ceux du maître. Pourtant, il s'en tint à sa version de l'événement et Louis XIV n'insista pas. D'ailleurs, ni l'un ni l'autre ne pensaient qu'un enfant ainsi fait pût vivre longtemps et, le jour même, sa nourrice flanquée du parrain et de la marraine — le prince de Condé et Madame — la portait à l'église Saint-Germain-l'Auxerrois, la paroisse royale, pour y être baptisée du double nom de Marie-Anne. Jamais on ne vit bébé recevoir l'eau lustrale si prodigieusement enveloppé : le béguin de dentelles qui cachait à demi sa petite figure foncée et la pénombre de l'église dissimulèrent assez bien son étrange couleur sur laquelle déjà glosaient les plus bavards parmi ceux qui avaient assisté à l'événement. On parla même d'un « petit monstre noir et velu » !

On n'eut pas beaucoup le temps de se perdre en conjectures car, peu après la délivrance, l'état de la Reine inspira les plus vives inquiétudes. Les convulsions recommençaient, au point que le Roi s'établit dans la chambre même de celle que l'on considéra aussitôt comme mourante. Il envoya distribuer de l'argent aux pauvres et fit des vœux pour le rétablisement d'une épouse si douce et si aimante. Voyant qu'elle s'affaiblissait encore, il ordonna qu'on lui porte le viatique...

— N'est-ce pas un peu tôt, Sire ? osa demander Sylvie qui ne savait plus que penser de tout ce dont elle venait d'être témoin.

— Non. Il est à craindre que Dieu n'ait envoyé cette rude épreuve que pour en délivrer rapidement sa mère.

— Il est certain, dit Anne d'Autriche qui ne quittait plus sa belle-fille elle non plus, qu'il faut souhaiter beaucoup plus ardemment voir la Reine vivre dans le Ciel que sur la terre...

Or, Marie-Thérèse souffrait sans doute mais n'était pas le moins du monde inconsciente. Elle gémit :

— Je veux bien communier mais non pas mourir !...

On la convainquit, avec une hâte que d'aucuns jugèrent fâcheuse, que c'était la meilleure chose à faire et qu'il y avait urgence. Sylvie pour sa part trouvait un peu suspecte cette grande hâte d'administrer la jeune femme. C'était comme si l'on essayait de forcer la main de Dieu en l'engageant à rappeler à lui dans les plus brefs délais quelqu'un qui venait de décevoir si étrangement. Cette fois. elle se garda bien de donner son opinion et se joignit à la cérémonie que l'on venait de décider : en grande pompe, le Roi, sa mère et toute la Cour portant des centaines de cierges et de torches allèrent accueillir le saint sacrement que Marie-Thérèse, qui fit effort pour se soulever, accueillit avec sa douceur et sa piété habituelles. Elle semblait résignée à ce sort dont elle ne voulait pas et qui déchaînait déjà les prières dans toutes les églises de Paris.

— Je suis bien consolée d'avoir reçu Notre Seigneur, soupira-t-elle. Je ne regrette la vie qu'à cause du Roi et de cette femme, ajouta-t-elle en désignant sa belle-mère.

Puis elle attendit une mort qui ne semblait pas autrement pressée de la rejoindre... Cependant, alors qu'une fois de plus elle veillait sa jeune reine en compagnie de Molina, Mme de Fontsomme fut avertie qu'une dame demandait à lui parler à la porte du Louvre. Elle s'enveloppa d'une mante — le temps était affreux, froid et pluvieux comme si l'hiver était déjà là —, descendit et, sortant du palais, vit une voiture arrêtée d'où, à sa vue, une femme déjà âgée et toute vêtue de noir, sortit aussitôt. Elle reconnut Mme Fouquet, la mère de son malheureux ami et la seule qui eût été épargnée par les ordres d'exil, à cause d'une haute piété confinant à la sainteté. Celle-ci lui mit un paquet dans les mains après l'avoir remerciée d'être venue jusqu'à elle :

— Vous savez, dit-elle, que j'ai de grandes connaissances des plantes, des élixirs et de toutes choses servant à adoucir le sort des chrétiens. On m'a décrit les souffrances de notre reine et j'ai composé pour elle un emplâtre à appliquer de la façon que j'ai écrite sur ce papier. Je suis certaine qu'avec l'aide de Dieu, elle en ressentira grand bien.

— De toute façon, dit Sylvie, nous ne risquons rien à essayer puisque les médecins assurent qu'elle est perdue...

— Je sais. On dit même, ajouta-t-elle avec une amertume dont elle ne fut pas maîtresse, que le Roi fait déjà préparer ses habits de deuil. En vérité, je crains qu'il n'ignore tout de la pitié...

Ayant dit, elle remonta vivement dans sa voiture et s'éloigna. Sylvie regarda l'attelage disparaître dans une rafale de pluie puis se hâta de regagner les appartements royaux où elle alla droit chez la Reine Mère. Elle ne pouvait, en effet, prendre sous sa seule responsabilité d'appliquer à Marie-Thérèse quelque remède que ce soit.

Anne d'Autriche se montra émue du geste de Mme Fouquet pour qui elle avait toujours éprouvé de l'amitié :

— Pauvre femme ! soupira-t-elle. A la veille de perdre peut-être son fils, elle pense d'abord à sa reine ! Je l'en remercierai, mais il convient d'essayer tout de suite cet emplâtre : au point où en est ma fille, nous ne risquons rien...

Et le miracle se produisit. Le 19 novembre, Marie-Thérèse était complètement hors de danger et retrouvait même ses forces avec une étonnante rapidité.

— Mon fils, dit alors la Reine Mère, ne conviendrait-il pas de montrer quelque gratitude à Mme Fouquet ?

La réponse vint, cinglante, horrifiante pour Sylvie :

— Puisqu'elle connaissait le moyen de sauver la Reine, il eût été criminel à cette femme de ne pas le faire connaître. A présent, si elle a cru obtenir ainsi des droits à mon indulgence pour son fils, elle se trompe. Si les juges le condamnent à mort, je le laisserai exécuter !... Qu'y a-t-il, madame de Fontsomme ? Vous semblez troublée.

Elle plongea dans une profonde révérence qui lui permit de dissimuler son visage.

— Je l'avoue, Sire ! Je pensais que la joie de voir Sa Majesté la Reine sauve ne laisserait place chez le Roi à aucun autre sentiment...

Il y eut un silence si lourd qu'elle n'osa même

pas relever la tête, s'attendant à être frappée par la foudre.

— Eh bien, vous vous trompiez, dit sèchement Louis XIV, et il passa son chemin pour s'en aller prendre des nouvelles de La Vallière dont la grossesse se passait tout à fait normalement. Mais la satisfaction qu'il en ressentait ne lui faisait pas oublier l'étrange petite princesse que le Ciel venait de lui envoyer... Il fut vite évident qu'elle était bien constituée, ne demandait qu'à vivre et que sa peau ne serait jamais blanche. En dehors des femmes qui s'en occupaient et à qui un ordre du Roi scellait les lèvres, nul n'était autorisé à l'approcher, pas même sa mère, sous le prétexte d'une maladie en voie d'évolution. Jusqu'à ce jour de décembre où Louis XIV convoqua la duchesse de Fontsomme et la reçut tard le soir, non dans son cabinet mais dans sa chambre et toutes portes closes.

— Nous avons une mission délicate à vous confier, duchesse, une mission qui exige le secret le plus absolu parce qu'elle relève de celui de l'Etat, mais nous vous savons discrète et dévouée à votre reine comme, nous voulons l'espérer, à votre roi.

— Je suis la servante de Leurs Majestés.

— Bien. Ce soir, à minuit, vous entrerez dans la chambre de... cette enfant qui nous est née voici peu. Vous y trouverez Molina qui vous la remettra. Vous gagnerez la sortie du palais où une voiture vous attendra. Nous ferons en sorte que vous ne rencontriez personne. Le cocher a déjà reçu ses ordres. C'est, lui aussi, quelqu'un de toute confiance...

Si elle fut surprise de ce qu'elle entendait, Sylvie se garda bien d'en montrer quoi que ce soit. Elle commençait à savoir que, s'il pleurait volontiers sous l'impulsion d'une sensibilité à fleur de peau, le Roi appréciait peu les émotions des autres et, ce soir, son visage était de marbre.

— Où dois-je conduire... la princesse ?

— Oubliez ce titre ! Quant à votre destination, le cocher la connaît et c'est suffisant. Il vous conduira dans une maison où vous remettrez l'enfant à la femme que vous rencontrerez ainsi que le coffre qui voyagera avec vous. Ensuite vous rentrerez chez vous. La Reine n'aura pas besoin de vous avant demain matin... où la nouvelle de la mort de notre fille Marie-Anne sera connue de tous.

Elle étouffa un cri :

— La mort, Sire ?

— Apparente, madame ! Sinon, inutile de vous priver d'une nuit de sommeil ! Soyez sans crainte, l'enfant de la Reine vivra cachée ; elle sera bien soignée jusqu'à ce qu'il soit possible de la confier à un couvent. Vous voyez, nous ne souhaitons mettre en péril ni son âme ni la nôtre.

— Puis-je poser encore une question, Sire ?

L'ombre d'un sourire glissa sous la fine moustache de Louis XIV.

— Pour une grande dame qui sait pourtant bien que l'on ne questionne pas le Roi, il nous semble que vous ne vous en privez guère depuis un instant. Cela dit, posez votre question.

— Pourquoi moi ?

— Parce que, hormis la Reine Mère... et une autre qui ne m'a jamais menti, vous êtes la seule femme de ma cour en qui j'aie toute confiance, déclara-t-il, laissant enfin de côté le pluriel de majesté. La Reine aussi, d'aillèurs, et afin de prévenir la question que vous n'oserez pas poser, c'est en plein accord avec elle. Elle a fort bien compris que cette enfant ne peut vivre au grand jour des palais royaux sans susciter le scandale. Si elle le souhaite, elle pourra, plus tard, aller la voir en secret. Et en votre seule compagnie, bien entendu. Serons-nous obéi ?

— Le Roi, je pense, n'en a jamais douté ?

— En effet ! Allez donc, madame, mais avant de nous quitter apprenez une bonne nouvelle : vous allez revoir votre fils ! Par la faute d'un de ses lieutenants, M. de Gadagne, le duc de Beaufort a perdu Djigelli si vaillamment gagné et revient nous rendre compte. Peut-être ne repartira-t-il plus jamais... ajouta-t-il d'un ton si dur que la joie soudaine de Sylvie s'éteignit comme une chandelle sous le vent.

— Si Djigelli a été perdu par un autre, la faute n'est pas sienne...

— Un chef est responsable de tous ses hommes, des capitaines au dernier soldat. En outre, peut-être avons-nous pardonné un peu trop vite à un homme qui fut si longtemps notre ennemi...

— Jamais il ne fut l'ennemi de son roi ! s'écria

Sylvie incapable de contenir sa protestation. Seulement du cardinal Mazarin... comme tant d'autres.

— Peut-être, mais... connaissez-vous l'axiome latin qui dit : « *Timeo Danaos et dona ferentes* » ?

— Non, Sire.

— Il signifie : « Je crains les Grecs et les présents qu'ils apportent. » J'aurais dû me méfier de celui offert par un ancien rebelle !

— Il regrette sincèrement ses fautes anciennes et ne souhaite que se dévouer au royaume...

— Alors qu'il veille à sa gloire... ou qu'il meure ! Brisons là madame ! Vous m'irritez en le défendant ! Songez seulement à vous préparer pour accomplir ce que je vous ai ordonné.

Il n'y avait rien à ajouter. En quittant la chambre royale, Sylvie avait le cœur lourd. Elle sentait confusément qu'une fois de plus elle se trouvait au cœur d'une énigme dont le mot lui échappait ou, plutôt, qu'elle redoutait de trouver. Depuis la naissance de Marie-Anne, Nabo, le jeune esclave noir, avait été retiré de l'appartement de Marie-Thérèse, escamoté sur l'ordre de la Reine Mère par Molina et sa fille qui craignaient que la couleur bizarre du nouveau-né ne vînt de ce qu'il était trop souvent présent auprès de la Reine, qu'elle l'avait trop regardé et qu'il avait en quelque sorte imprégné la vue de sa maîtresse. On ajoutait qu'à cause de Chica c'était une chance que l'enfant ne fût pas une naine... Sylvie était trop de son temps pour ne pas attacher crédit à ces superstitions. Elle avait toujours entendu dire que lorsqu'une femme est enceinte il faut ôter de sa vue toute forme anormale, voire monstrueuse. Cependant, la colère qu'elle avait lue dans le regard de Louis XIV dépassait ce genre de croyance et, maintenant, elle avait peur de ce qui avait pu arriver à ce malheureux garçon...

Si peur qu'en rejoignant Molina dans la chambre de Marie-Anne, elle ne put s'empêcher de lui demander ce qu'il était devenu. Le visage jaune et maigre de l'Espagnole refléta alors un véritable effroi tandis que ses lèvres minces se serraient, comme pour retenir des paroles prêtes à s'échapper. Sylvie, alors, posa sur son épaule une main apaisante :

— Considérez ce que je viens faire ici ce soir, Maria Molina, et voyez si vous pouvez m'accorder confiance. Je crains pour ce garçon...

L'Espagnole se décida :

— Dès que j'ai vu l'enfant j'ai eu peur moi aussi. Ma fille l'a emmené alors dans la partie du palais que l'on doit démolir et où personne ne va, dans l'intention de le faire sortir plus tard pour qu'il puisse quitter la ville et aller où il voudrait, mais quand elle est allée le rechercher, il n'y était plus... il y avait seulement des taches de sang sur le sol... Je ne peux rien dire de plus parce que je ne sais rien de plus... Il est l'heure à présent !

Sylvie prit dans ses bras la petite fille douillettement enveloppée de toiles fines, de soie et de « blanchet », ce tissu de laine blanche et fine que, depuis le Moyen Age, tissaient les femmes de Valenciennes. Par-dessus le tout, une petite couverture de velours noir doublée de fourrure qu'elle fit disparaître sous les plis de son ample manteau à capuchon, fourré lui aussi. La messagère allait sortir quand la Reine entra :

— Un instant je vous prie...

Elle vint jusqu'à Sylvie, écarta les tissus cachant la petite figure sombre et y posa ses lèvres tremblantes en un long baiser...

— Veillez bien sur elle, mon amie, murmura-t-elle. Vous ne savez pas à quel point il m'est dur de m'en séparer...

Cela, Sylvie n'en doutait pas. Marie-Thérèse était une excellente mère, bien meilleure que ne l'avait jamais été Anne d'Autriche. Elle veillait attentivement sur le Dauphin, sur sa nourriture, et souvent le faisait manger. Elle aimait aussi à le promener, à jouer avec lui sans se soucier des sourires de pitié qu'un comportement si peu royal faisait naître, mais les vraies mères la comprenaient et elle trouvait place dans leur cœur. Ainsi de Sylvie qui savait combien avait été douloureuse, pour la jeune Reine, la perte de son deuxième enfant, une fille déjà. Se séparer de celle-ci devait lui être bien cruel en dépit d'une couleur rendant impossible son séjour parmi les courtisans.

— Nous irons la voir, Madame, chuchota-t-elle. Le Roi l'a promis...

En quittant le visage de la petite, les lèvres de la Reine effleurèrent la joue de sa suivante :

— Dieu vous bénisse toutes deux !

Un moment plus tard, ayant traversé le Louvre sans rencontrer âme qui vive, Sylvie roulait vers une destination inconnue, escortée à distance, sans le savoir, par des mousquetaires destinés à éviter toute mauvaise surprise. Elle sut seulement que l'on sortit de Paris par la porte Saint-Denis...

Durant le chemin qui prit un peu moins de deux heures, elle berça doucement ce bébé pas comme les autres qui reposait avec confiance contre sa poitrine. C'était en vérité une belle petite fille ronde et dodue, dont les traits fins de la mère corrigeaient le caractère africain du visage. Une mousse de petits cheveux noirs auréolaient sa mignonne frimousse. En fait, sa ressemblance avec Nabo était certaine et Sylvie n'arrivait pas à comprendre comment on avait pu en arriver là. La réponse devait lui venir avant le lever du jour.

Il était environ cinq heures du matin quand la voiture la ramena chez Perceval après avoir remis Marie-Anne entre les mains d'une femme aimable et souriante, qui l'avait accueillie au seuil d'un petit manoir niché entre un étang et une forêt. Elle était très lasse et n'avait qu'une hâte : retrouver son lit dont elle espérait que Nicole Hardouin, la gouvernante de Perceval, aurait eu la bonne idée d'y installer un « moine [1] » car la chaufferette placée au départ dans la voiture était froide depuis longtemps et elle se sentait gelée jusqu'à l'âme.

Elle n'en fut pas moins surprise de trouver la

1. Bâti en bois au centre duquel on plaçait un réchaud pour chauffer un lit.

maison éclairée et Nicole debout qui lui tendait un bol de lait chaud.

— J'avais dit qu'on ne m'attende pas.

— On ne vous a pas attendue, madame la duchesse, mais il est arrivé quelque chose.

— Quoi ?

— Vous verrez bien. M. le chevalier vous attend dans les communs...

En fait, Perceval avait entendu la voiture et traversait la cour obscure pour venir à sa rencontre. Il l'entraîna sans mot dire jusqu'à l'une des chambres de domestique toujours inoccupées qui se trouvaient au-dessus de la sellerie et de la resserre du jardinier. A la lueur d'une veilleuse, elle vit sur l'oreiller une tête à demi recouverte de pansements, une tête noire : Nabo.

— En revenant de porter les ordures à l'égout, Pierrot l'a trouvé blotti contre la porte, à demi mort de froid et de faim, blessé de surcroît...

— Comment est-il venu ici ?

— La fille de la Molina l'avait caché dans les vieilles salles du Louvre. Elle lui apportait de quoi manger et devait le faire sortir de là mais elle a dû être suivie. Deux hommes masqués et armés l'ont trouvé et ont tenté de le tuer, sans y parvenir. En dépit du sang perdu, il a réussi à leur échapper grâce au fait qu'il a tellement rôdé dans le Louvre qu'il le connaît mieux qu'eux. Il a pu quitter le palais et se cacher dans l'entrepôt d'un batelier, mais il sentait qu'il s'affaiblissait et s'est traîné jusqu'ici, la seule maison qu'il connût un peu... et où il était sûr qu'on ne le livrerait pas...

— Il a eu raison. Mais ces hommes qui ont voulu le tuer, qui les envoyait ?

— Qui voulez-vous que ce soit ? Qui donc, dans le royaume, peut supposer qu'il a collaboré à une descendance plutôt bizarre ?

— Le Roi ?

— Peut-être pas directement mais à coup sûr Colbert qui semble tenir beaucoup à devenir son âme damnée... Celui-là est encore plus impitoyable que son maître. Et ce n'est pas peu dire ! gronda Perceval qui ne pardonnait pas à Louis XIV l'arrestation de son ami Fouquet.

— Mais enfin la Reine n'a pas pu... oh, Parrain, je gagerais ma part d'éternité sur sa pureté !

— Et vous auriez raison. Elle ne sait même pas que Nabo l'a violée et la surprise causée par la naissance a dû être aussi forte pour elle que pour les autres.

— Comment est-ce possible ?

— Oh ! c'est tout simple : ce malheureux garçon est amoureux d'elle depuis que Beaufort le lui a donné et vous savez aussi bien que moi qu'elle prenait plaisir à jouer avec lui, à l'entendre chanter. Pour elle, il n'était pas beaucoup plus qu'un objet. Le soir, il se cachait souvent sous son lit pour la regarder dormir...

— Mais le Roi rejoint sa femme toutes les nuits... ou presque ?

— Presque... et souvent fort tard depuis que La Vallière le tient captif de ses charmes. Une nuit, comme Nabo sortait de sa cachette pour s'adonner à son plaisir préféré, la Reine s'est réveillée soudain et l'a vu penché sur son lit. Elle a eu si peur qu'elle n'a même pas crié et s'est évanouie. Il en a profité. C'est aussi bête que cela !

— Mon Dieu ! Comment imaginer cela d'un garçon aussi jeune ? C'est presque un enfant encore...

— N'exagérons rien ! A son âge les appétits des hommes sont éveillés, surtout chez les Noirs. Et puis, il était amoureux... Maintenant laissons-le dormir !

— J'aimerais en faire autant, soupira Sylvie, mais je me demande si j'y parviendrai.

— Essayez de ne plus penser à Nabo pendant quelques heures. Il est chez moi et c'est « mon » problème plus que le vôtre. Demain nous verrons ce qu'il conviendra de décider.

— Le plus simple serait de le rendre à François de Beaufort puisque, d'après le Roi, il sera bientôt là, mais je pense que ce serait aggraver son cas. Le Roi lui en veut d'avoir offert Nabo à la Reine...

Le visage fatigué de Perceval s'illumina :

— Mais quelle bonne nouvelle vous venez de laisser échapper ! Nous allons revoir notre Philippe ? Dieu soit loué !

— Je savais que vous seriez aussi heureux que moi et c'est uniquement à ce retour tant attendu que je veux penser. Quant à ce pauvre garçon, le mieux sera, je crois, de l'envoyer à Fontsomme caché dans une voiture et de le remettre à Corentin. Il saura sûrement ce qui lui conviendra le mieux. Dans quelques jours, quand il sera remis. Jusque-là, il faut tenir cette porte fermée à clef...

— N'ayez crainte ! Seuls Nicole et moi entrerons.

Au lendemain de l'expédition de Sylvie, la Cour prit le deuil pour la princesse Marie-Anne, victime d'un « sang vicié », que l'on porta en terre en grand appareil après l'avoir mise au cercueil avec une remarquable discrétion. Enfin, le 20 décembre s'acheva l'interminable procès de Nicolas Fouquet avec une nouvelle manifestation de la haine du Roi. Alors que la cour souveraine l'avait condamné à l'exil, Louis XIV, furieux de se voir privé du plaisir de faire tomber sa tête, n'hésita pas à aggraver la sentence en vouant l'ex-Surintendant à la prison à vie. Il fallait bien consoler Colbert et ses deux soutiens, Le Tellier et son fils Louvois, d'avoir manqué leur mise à mort !

En effet, sur les vingt-deux juges composant la cour de justice, neuf seulement avaient voté pour la peine capitale, tous les autres se ralliant au bannissement à vie ou à temps. La conscience des magistrats et l'opinion publique — entièrement retournée en faveur de Fouquet — avaient été plus fortes que la haine royale. Celle-ci se traduisit en rancune tenace envers les juges qui avaient refusé de le suivre. Tous payèrent d'une façon ou d'une autre mais le plus touché fut l'intègre Olivier d'Ormesson, juge et rapporteur du procès qui, en découvrant des faux patentés dans l'acte d'accusation, sauva la vie de l'accusé. Il fut condamné à une retraite prématurée, lui refusant toutes les places et même la succession de son père dans la charge de conseiller d'Etat qui lui était promise. Sa charge fut donnée à l'obéissant Poncet qui avait voté la mort.

Ainsi s'exerçait la justice de celui qui se voulait le plus grand roi du monde mais qui avait trop d'orgueil pour jamais apprendre la vertu de clémence. En vain, la vieille Mme Fouquet qui avait sauvé la Reine vint prier à ses genoux que l'on respectât au moins le jugement de la Chambre. Tout ce qu'elle obtint — encore qu'elle ne le demandât pas — fut de résider où bon lui semblerait : le reste de la famille déjà mis à l'écart fut éparpillé à travers les provinces, et l'épouse de Nicolas Fouquet ne reçut pas la permission de rejoindre son époux dans la prison qu'on lui choisirait afin d'y vivre et mourir avec lui. Les illusions que conservait la duchesse de Fontsomme sur la grandeur d'âme de son ancien élève achevèrent de s'effriter.

Le 27 décembre, à onze heures du matin, Fouquet, toujours en compagnie de D'Artagnan, quittait la Bastille dans un carrosse fermé escorté de cent mousquetaires. Sa destination ultime était la forteresse de Pignerol, dans les Alpes.

CHAPITRE 8

MARIE

Après les fêtes de la nouvelle année, Sylvie se résigna à rouvrir l'hôtel de la rue Quincampoix. C'était tout naturel puisqu'elle attendait son fils qui en était le légitime propriétaire. Elle savait qu'il préférait Fontsomme ou Conflans, mais le château ducal, dans ses plaines picardes, était cerné par l'hiver avec ses neiges, ses glaces et ses congères et, à Conflans, la Seine qui avait débordé en fin d'année et qui à présent gelait rendait le séjour peu agréable. Donc, ce fut Paris, à la grande joie de Berquin, le maître d'hôtel, et de sa femme Javotte qui comprenaient mal les goûts simples de leur duchesse, et moins encore pour quelle raison une aussi haute maison devait se contenter d'un train de vie de procureur. La remise en état de la grande demeure, dont ils assuraient la garde quand la fin de l'automne les ramenait de Fontsomme, prit des proportions quasi pharaoniques, ce qui permit à Sylvie de rester quelques jours de plus dans la douillette maison de Perceval, rue des Tournelles, afin de ne pas attraper une fluxion de poitrine dans les courants d'air. Elle se transporta avec Jeannette rue Quincampoix dans les premiers jours de février... et s'y trouva bien. Les feux d'enfer allumés dans les grandes cheminées réchauffaient agréablement l'univers miroitant issu du grand nettoyage. En outre, Berquin avait déniché un jeune cuisinier nommé Lamy qui était le fils de l'hôte des Trois Cuillers, dans la rue aux Ours, et qui, gamin, avait été gâte-sauce de M. Vatel au temps de la splendeur de Fouquet [1]. A Saint-Mandé, à Vaux ou chez son père, le jeune homme avait appris suffisamment pour devenir un maître queux fort honorable, ce qui enchantait Perceval, invité permanent de la maison, et désolait Nicole, sa fidèle gouvernante.

Ce soir-là, soupant chez l'éditeur de Sercy qui était de ses amis, il ne partagerait pas le pâté de brochet, les perdrix à l'espagnole, les brouillades de champignons et autres délicatesses, le tout arrosé de vin de Champagne et de vin de Beaune, que Sylvie offrait en tête à tête à son ami d'Artagnan, revenu à la fois de Pignerol et à sa vie normale de capitaine-lieutenant des mousquetaires. Elle avait été touchée, en effet, qu'il vînt la voir sitôt son retour pour lui porter une affectueuse pensée d'un prisonnier auquel trois ans de vie commune avaient fini par l'attacher.

Tout au long du repas servi par le seul Berquin, l'officier évoqua pour elle le long voyage de trois

1. Après l'arrestation de Fouquet, Vatel avait jugé bon de passer en Angleterre.

semaines qui, par Lyon, l'avait mené jusqu'à la forteresse piémontaise, au débouché de la vallée du Chisone et à mi-chemin entre Briançon et Turin. Une place forte devenue prison du bout du monde dont il était impossible de s'évader, gardée à la fois par ses tours et ses murailles mais aussi par une nature magnifique autant que rude. Il dit la douceur, la résignation de cet homme dont la santé avait toujours été fragile, que le calvaire enduré avait à demi brisé, et comment, apitoyé par sa toux tenace, il l'avait enseveli sous les fourrures pour s'enfoncer au cœur des montagnes.

— Tous ses amis, surtout Mme de Sévigné que j'ai souvent rencontrée chez lui ou chez Mme du Plessis-Bellière, s'accordent à louer les excellents procédés dont vous avez toujours usé envers lui... remarqua Sylvie.

— Les consignes étaient déjà assez sévères. Il eût été indigne de moi de les aggraver, surtout envers un homme toujours si généreux. Vous savez... Je n'ai jamais apprécié ce métier de geôlier qui m'a été imposé et j'aurais été plus heureux de l'achever en menant M. Fouquet vers n'importe quelle terre d'exil qui eût été moins cruelle que ce donjon de Pignerol. Au moins les siens auraient pu le rejoindre...

— Et votre famille à vous, mon cher ami ? Que devient-elle ? Mme d'Artagnan doit être heureuse de vous avoir retrouvé. J'espérais d'ailleurs qu'elle vous accompagnerait...

Le capitaine vida lentement son verre en regardant son hôtesse d'un air méditatif :

— Mme d'Artagnan a quitté notre hôtel du quai Malaquais et votre serviteur sans espoir de retour, déclara-t-il d'une voix brève. Elle est lasse d'un mari qu'elle ne pouvait plus surveiller.

Sylvie ne put s'empêcher de rire, d'autant que la mine confite du mousquetaire n'inspirait vraiment pas la pitié, mais elle s'en excusa :

— Pardon !... mais que pouvait-elle souhaiter de mieux en fait de surveillance ? Vous étiez aussi prisonnier que Fouquet lui-même.

Un fin sourire glissa sous la moustache de l'officier :

— J'avais tout de même droit à quelques accommodements... Toujours est-il que ma femme ne veut plus me voir et m'a laissé une lettre d'adieu avant de partir pour son château de La Clayette avec mes deux jeunes enfants. Ils ne peuvent se passer d'elle pour le moment, mais j'espère qu'un jour viendra où elle me les rendra : les garçons ne sont pas faits pour vivre dans les jupes des femmes...

En réalité, c'était cela qui le touchait le plus. Pour le reste, Sylvie était persuadée que d'Artagnan n'aimait plus guère sa bigote de femme car, en dehors du fait que depuis longtemps il lui vouait à elle-même une admiration dont elle ne savait pas si elle était toute platonique, on chuchotait, à propos du séduisant capitaine, le nom d'une Mme de Virteville fort accueillante aux douleurs d'un sevrage forcé. Elle ouvrait la bouche pour donner son sentiment quand il murmura, le regard perdu au-dessus de l'épaule de son hôtesse comme s'il lisait sur le mur :

— Grâce à Dieu qui lui a inspiré cette honnêteté, elle n'a pas emporté le portrait qui m'a valu tant de scènes pénibles...

— Un portrait ? souffla Sylvie.

— Celui de la Reine. Pas celle d'à présent, la mienne... celle des ferrets de diamants. Elle me l'avait donné pour me remercier et Mme d'Artagnan se donnait le ridicule d'en être jalouse ! Elle n'a jamais compris que, pour moi, cette blonde image était aussi sacrée que celle de la Vierge Marie. Elle l'avait ôtée de ma chambre pour la mettre dans la sienne et j'ai dû batailler longtemps avant d'obtenir qu'on l'accroche au moins dans le cabinet de conversation... Enfin, il a repris sa place initiale.

Cette fois, Sylvie ne rit pas et même laissa retomber le silence. En quelques mots, elle avait deviné le secret de cet homme si passionnément dévoué à ses rois : comme tant d'autres, le jeune d'Artagnan, encore cadet de M. des Essarts, avait été victime de l'éclatante beauté de sa souveraine et l'homme mûr l'était encore. Qu'il se fût marié, qu'il lui fît la cour, à elle Sylvie, qu'il eût une maîtresse ne signifiaient rien. Il portait au cœur la cicatrice d'une blessure semblable à celle qui avait atteint jadis le jeune duc de Beaufort...

— Vous savez, je crois qu'elle est gravement malade, murmura Sylvie. Les médecins la déclarent incurable.

La fugitive crispation du visage de son invité signa pour Mme de Fontsomme ce qu'elle venait de deviner ainsi que la bouffée de colère qui lui succéda :

— Les médecins sont des ânes ! Feu le roi Louis XIII le savait bien. De quoi souffre-t-elle ?

— Son sein se gangrène et elle endure mille morts avec un admirable courage. Le Roi et Monsieur se relaient à son chevet. Il arrive que le Roi couche sur le tapis de sa chambre. Elle est si désolée de les voir en cet état qu'elle compte se retirer un jour prochain au Val-de-Grâce. Seules Mme de Motteville et Mme de Beauvais, sa femme de chambre, l'accompagneront avec l'abbé de Montagu, son confesseur...

— La Beauvais est toujours là ?

— Eh oui !... Oh, je suis comme vous, je ne l'aime guère mais la justice m'oblige à reconnaître son dévouement. Les soins qu'elle donne aux plaies qui se forment en rebuteraient plus d'une et si la Reine lui a donné beaucoup, elle sait l'en remercier.

Les deux amis s'entretinrent encore pendant un moment, singulièrement du retour prochain du duc de Beaufort, mais ce fut seulement lorsqu'il allait prendre congé que d'Artagnan déclara :

— Je m'aperçois qu'en vous parlant de M. Fouquet, je ne vous ai pas nommé le gouverneur de Pignerol.

— En effet. Est-ce que je le connais ?

— Vous lui avez même sauvé l'honneur donc la vie au moment du mariage royal.

La surprise releva les sourcils de Sylvie au milieu du front.

— Vous voulez parler de M. de Saint-Mars ?

— Eh oui ! Le voilà devenu geôlier.

— Comment cela s'est-il fait ?

— Un peu grâce à moi. Depuis l'aventure de Saint-Jean-de-Luz il s'est montré si exact dans son service, si brillant même, qu'il a été nommé brigadier. Il était à la tête du peloton avec lequel j'ai arrêté M. Fouquet à Nantes. Mais depuis il s'est marié et il souhaitait quitter le service pour une fonction plus stable.

— Marié ? Avec la belle Maïtena Etcheverry ?

— Oh, mon Dieu non ! Il n'avait toujours pas fait fortune et c'est pourquoi je l'ai recommandé pour le gouvernement de Pignerol. La place est bonne du point de vue financier...

— Tout de même ! Un château fort en pleines montagnes n'est guère un séjour pour une femme ? Je suppose qu'elle vit seule quelque part ?

— Jamais de la vie ! Elle est là-bas avec lui et très contente de son sort. Le couple est très uni, et fort bien logé, d'ailleurs.

— Et elle s'accommode de cette vie ?

— Mais oui. J'ajoute que c'est une très jolie femme qui ne s'intéresse qu'à son mari et aux biens matériels. Evidemment... pas très intelligente mais on ne peut pas tout avoir.

Tous deux rirent de bon cœur, puis Sylvie redevint pensive pour murmurer :

— Quel dommage que Fouquet soit au secret ! La vue d'une jolie femme lui eût été un peu consolante.

— Je ne crois pas qu'il y serait aussi sensible

qu'autrefois. Son malheur l'a beaucoup changé. Il n'aspire qu'à revoir les siens et se tourne constamment vers Dieu. Il n'espère qu'en Lui... et en la clémence du Roi !

— Il faudrait, alors, que le Roi change beaucoup .

Ils étaient arrivés dans le vestibule aux dalles miroitantes sous les lumières des chandeliers et d'Artagnan portait à ses lèvres la main que son hôtesse lui tendait quand les roues ferrées d'un carrosse ébranlèrent le silence de la rue, faisant surgir portier et laquais. Le grand portail s'ouvrit devant un véhicule couvert de boue et des chevaux écumants, autour desquels aussitôt des palefreniers s'empressèrent.

— Contentez-vous de les essuyer, je ne fais que passer ! cria une voix bien connue.

Et, poussant devant lui un jeune homme brun comme une châtaigne que Sylvie hésita à reconnaître, François de Beaufort surgit du véhicule et gagna en trois sauts le perron où Mme de Fontsomme et son invité venaient de paraître.

— Je vous le laisse deux jours et je le reprends, clama-t-il comme s'il avait l'intention de réveiller tout le quartier. Ah ! Monsieur d'Artagnan ! Serviteur ! C'est de bon augure et c'est aussi un plaisir de faire avec vous ma première rencontre parisienne. Vous n'êtes pas venu arrêter Mme de Fontsomme, au moins ?

Et de partir d'un rire tonitruant en serrant avec vigueur la main du capitaine.

— Peste, monseigneur ! Quelle force !... et quelle voix ! Songeriez-vous à quelque émeute ?

— Non, pardonnez-moi !... L'habitude de gueuler des ordres par tous les temps sur le pont d'un vaisseau.

Il se tournait vers Sylvie mais elle ne l'entendait ni ne le voyait. La mère et le fils se tenaient étroitement embrassés, trop émus pour trouver un seul mot. La joie de Sylvie était si forte qu'elle aurait pu en mourir, mais mourir heureuse, et des larmes silencieuses glissaient le long de ses joues, mouillant l'épaule de l'habit bleu qui vêtait le garçon. Les deux hommes les regardèrent un instant sans rien dire, puis :

— Il est plus grand que vous, à présent, remarqua doucement Beaufort...

C'était pure vérité. En trois ans Philippe s'était développé d'étonnante façon alors qu'il allait seulement sur ses seize ans. De tout temps destiné à être grand, il l'était devenu mais, à l'exception de la taille — et Jean de Fontsomme lui aussi était de haute stature ! — et de l'étincelant regard bleu, rien ne pouvait faire penser à son père naturel. Ses cheveux bruns traversés de mèches presque blanches, la coupe triangulaire du visage et le sourire appartenaient bien à sa mère.

— Quel beau garçon vous me rendez, François ! s'exclama-t-elle en l'écartant à bout de bras pour mieux le regarder...

— Mais je ne vous le rends pas, ma chère ! Je vous le prête seulement car nous repartons après-demain pour Toulon où j'ai des navires à réparer pour la prochaine campagne.

— Tout ce chemin pour si peu de temps ?

Il la regarda au fond des yeux, et dans ce seul regard mit tout son amour :

— Un instant de bonheur peut aider à vivre l'éternité, dit-il. Et moi je dois voir ce cuistre de Colbert qui prétend m'enlever la Marine, à cause de cette méchante affaire de Djigelli où j'ai été désobéi, sans doute à cause de l'espion qu'il a fait embarquer avec moi. Il voudrait faire de moi un... gouverneur de Guyenne, un terrien ! cracha-t-il traduisant bien le mépris du marin pour ce genre de fonction sédentaire. Mais moi je veux voir le Roi. C'est lui qui m'a donné mon commandement. Pas son Colbert que Dieu damne ! Et je vais faire en sorte qu'il me le laisse ! A vous revoir, capitaine ! Ma chère Sylvie...

Avant que celle-ci ait pu articuler un mot pour le retenir, il avait effleuré sa joue de sa moustache et bondi dans son carrosse en criant « Touche ! » au cocher. En un instant la cour se trouva vide, d'Artagnan ayant sauté sur son cheval pour emboîter le pas à Beaufort. Sylvie, alors, voulut entraîner son fils mais il était déjà dans les bras de Jeannette dont il ne sortit que pour faire face à la totalité des serviteurs de sa maison, réunis en hâte par un Berquin qui reniflait trop fort pour que sa majesté habituelle n'en souffrît pas. Il s'avança alors vers son jeune maître :

— Les gens de monsieur le duc tiennent à honneur de le saluer avec une grande joie. C'est un grand jour... ou plutôt une belle nuit qui le ramène chez lui !

Presque aussi ému que lui, Philippe serra ses mains, embrassa Javotte et eut un mot gentil pour chacun de ces gens dont presque tous le connaissaient depuis toujours.

— A présent, fit-il avec un grand sourire, j'aimerais manger quelque chose et surtout boire un peu de bon vin. Nous avons relayé pour la dernière fois à Melun et je suis gelé !

On s'empressa à le servir. Cette nuit-là, Sylvie ne dormit pas. Bien après qu'elle eut convaincu Philippe d'aller prendre quelque repos dans la chambre préparée pour lui depuis des semaines et où il avait suffi d'allumer feu et chandelles, elle resta pelotonnée avec Jeannette au coin de la cheminée de sa chambre, échangeant avec cette amie de toujours les impressions laissées par le retour de l'enfant qu'elles aimaient toutes deux. Elles étaient également frappées par le changement survenu en lui parce que, dans leur cœur, Philippe était toujours le petit garçon confié un jour au seul homme qui puisse le protéger efficacement du mortel danger représenté par Saint-Rémy. Et elles retrouvaient un jeune homme à la voix différente, portant à sa lèvre supérieure un mince trait d'ombre annonçant la moustache.

— Ce sera bientôt un homme, soupira Jeannette et nous ne l'avons pas vu grandir...

— C'est vrai. Dans ses lettres, l'abbé de Résigny — victime d'une double entorse en descendant du vaisseau de Beaufort, il avait dû rester à Toulon —

parlait de son intelligence, de ses grands progrès, sans compter toutes ces louanges sur le duc François « qui était pour lui comme un père », mais il ne mentionnait jamais le changement de sa personne sinon pour dire platement qu'il grandissait...

— Ce n'est pas si étonnant ! A le côtoyer chaque jour que Dieu faisait il ne l'a pas vu se transformer. Bientôt, quelque belle demoiselle nous le prendra, notre petit duc !

— Une femme ? Oui, sans doute un jour... mais quelqu'un de beaucoup plus fort que n'importe quel joli visage nous l'a déjà pris, de même qu'elle le prendra à celle qu'il choisira. C'est la mer... Sans compter le goût du combat !

Elle allait dire « ainsi que son père » et retint les mots de justesse comme si Jeannette ne savait rien, mais le silence est toujours le meilleur tombeau pour un secret. Cependant, elle n'avait jamais imaginé en les réunissant qu'ils allaient se convenir, se retrouver à ce point. En Beaufort s'incarnait à la fois pour Philippe le père qu'il n'avait pas connu et le héros que chaque enfant porte en lui. Tout à l'heure, pendant qu'il dévorait le repas improvisé qu'on lui avait servi, il répondait sans doute aux questions de sa mère mais l'ombre de François apparaissait dans presque toutes les réponses, au point que Sylvie n'avait pu s'empêcher de demander :

— Tu l'aimes, n'est-ce pas ? Et ne me demande pas qui. Je parle de Mgr François.

Le rayonnant sourire ! Il était la meilleure des

réponses et Philippe était encore trop jeune pour avoir appris à dissimuler :

— Cela se voit tant que ça ? C'est vrai que je l'aime ! et l'admire car c'est un homme exceptionnel tant par sa bravoure que par son cœur généreux. Et puis... avec lui, au moins, je pouvais parler de vous. Il m'a raconté beaucoup de choses sur le temps où vous étiez enfants tous les deux. Mais, au fait, pourquoi ne l'avez-vous jamais épousé ?

— S'il t'a raconté tant de choses, tu devrais savoir que j'étais de trop petite noblesse pour un prince du sang, même en ligne bâtarde. Les Vendôme épousent des princesses...

— Feu la duchesse de Mercœur sa défunte belle-sœur ne l'était pas, il me semble ?

— Elle était la nièce de Mazarin et Mazarin était un ministre tout-puissant. Ceci compensait cela. Et puis... nous n'étions liés que par une amitié... fraternelle ! Et puis j'ai rencontré ton père !

— Il m'en a parlé aussi... mais moins souvent que de vous. Il m'arrive de penser que vous lui êtes infiniment chère. Plus qu'une sœur, je crois...

— Tu es encore trop jeune pour y connaître quelque chose ! Va dormir. Tu en as besoin. Nous parlerons encore demain.

En dépit de la joie ressentie, elle se promit d'éviter soigneusement un sujet si brûlant dans les heures qu'il allait passer auprès d'elle. Elle allait enfermer ses paroles dans son cœur et savait qu'elle les rappellerait aux heures de solitude, de souci ou d'inquiétude....

S'apercevant que Jeannette, engourdie par la chaleur et la fatigue, piquait du nez dans son grand col blanc, elle la secoua doucement :

— Va te reposer ! Moi je n'ai pas sommeil. A l'aube j'enverrai chez M. de Raguenel et au Palais-Royal [1] afin de prévenir Marie.

Jeannette obéit et Sylvie restée seule permit à son esprit d'examiner la petite phrase de Beaufort qu'elle avait saisie au vol tout à l'heure : « ... sans doute à cause de l'espion qu'il avait fait embarquer avec moi », et qui maintenant, au plus noir de la nuit, prenait toute sa force menaçante. Qui était cet homme ? Comment Beaufort savait-il qu'il était à la solde de Colbert ? Se pouvait-il que ce fût Saint-Rémy sous une autre apparence ? Après tout, lorsque les deux hommes s'étaient battus au cimetière Saint-Paul, il faisait trop sombre pour que ses traits se gravent dans la mémoire du duc. Donc, peu de chance qu'il pût le reconnaître... Oui mais, d'autre part Philippe aussi était sur ce bateau, Philippe qui avait de bons yeux, une vive intelligence, une excellente mémoire, Philippe qui devait fort bien connaître le visage de son ravisseur. En outre, l'enfant revenait sain et sauf alors qu'au cours des dernières campagnes tant d'occasions auraient pu se présenter à un homme aussi froidement déterminé.

Peu à peu, elle se rassura, sans renoncer tout à

1. Après le départ de la reine Henriette d'Angleterre qui l'habitait jusque-là, Monsieur et Madame avaient pris possession de l'ancien Palais-Cardinal.

fait à demander quelques explications supplémentaires à Beaufort. Il était si étrange que l'ennemi soudainement apparu n'eût plus donné signe de vie depuis trois ans !... Perceval attribuait cela à la crainte salutaire inspirée par l'attitude d'un roi dont il devenait chaque jour plus évident qu'il entendait être le maître en toutes choses. Même un Colbert — en supposant qu'il n'eût pas renoncé à protéger le personnage ! — devait en tenir compte s'il voulait conforter une situation encore trop fragile pour ses ambitions immenses.

Ce jour-là, tout fut à la joie à l'hôtel de Fontsomme. Perceval accourut, flanqué de Nicole Hardouin et de Pierrot qui tenaient à saluer le jeune voyageur et, vers le milieu de la matinée, le carrosse de Sylvie ramenait une Marie excitée au plus haut point. Elle tomba dans les bras de son frère, riant et pleurant à la fois, prenant à peine le temps d'embrasser sa mère et Perceval, et tout de suite voulut l'accaparer :

— Allons dans ma chambre ! Nous avons tant de choses à nous dire !

— Hé là ! doucement ! protesta Perceval. Prétendrais-tu nous en priver ? Tu sais qu'il repart demain ?

— Déjà ?

— Eh oui, soupira le chevalier. M. de Beaufort repart pour Toulon demain matin. Il le prendra au passage.

— Ah !... Dans ce cas, je resterai jusqu'à son départ. Si toutefois... je peux passer la nuit ici ?

ajouta-t-elle avec un coup d'œil à Sylvie qui lui souriait.

— Naturellement. Ta chambre, tu le sais, est toujours prête à t'accueillir. Tu peux même y emmener ton frère. Pendant un moment tout au moins ! Vous devez avoir besoin de refaire connaissance...

— Merci. C'est vrai qu'il a tellement changé...

Les deux jeunes gens disparus, Perceval se carra dans son fauteuil en posant ses pieds sur l'un des chenets de la cheminée. Le temps au-dehors était toujours aussi horrible ; une brume épaisse recouvrait la Seine jusqu'aux basses branches des arbres qui la bordaient. Le chevalier frotta l'une contre l'autre ses longues mains fines d'un air songeur puis demanda :

— Ce désir de rester ici jusqu'au départ vient-il de celui de rester le plus longtemps possible avec son frère, ou bien de celui de revoir Beaufort ?

— Je pense qu'il doit y avoir un peu des deux, répondit Sylvie. Ne soyez pas trop sévère avec elle, mon parrain. Elle a toujours été d'un caractère vif, facilement emporté... comme je l'étais !

— J'aimerais mieux qu'elle vous ressemblât pour autre chose... et je n'aime pas du tout sa façon de vous traiter. Je lui ai pourtant bien expliqué qu'elle n'avait aucune raison de voir en vous une rivale... et qu'en tout état de cause sa passion pour un homme qui ne s'intéresse pas à elle est tout à fait stupide.

— Le malheur est qu'elle n'y peut rien et que cela me navre !

— Il faudrait la marier. Que diable ! C'est l'une des plus jolies filles de la Cour et les prétendants ne lui manquent pas...

Sylvie haussa des épaules désabusées :

— Je ne la contraindrai jamais ! Elle a refusé même ce charmant Lauzun...

— ... qui est à la Bastille pour avoir, dans une crise de jalousie, écrasé la main de la princesse de Monaco qu'il accuse de coucher avec le Roi. Ne me dites pas que vous regrettez un gendre qui n'en voulait qu'à une fortune d'autant plus souhaitable qu'elle s'accompagnait d'une épouse ravissante. Ajoutez à cela que je ne vois pas du tout ce que les femmes lui trouvent : il est petit, plutôt laid, et méchant comme un diable !

Sylvie ne put s'empêcher de rire :

— Vous avez toujours eu des femmes une idée trop idéale, cher Parrain. Il arrive que nous ayons de drôles de goûts ! Lauzun a beaucoup d'esprit et il se dégage de lui un charme étrange. J'avoue que je l'aime bien et je crois qu'il manque aussi au Roi. Sa cour est moins gaie...

Perceval leva les bras au ciel :

— Vous aussi ? Décidément, les femmes sont folles !

— C'est possible mais si nous ne l'étions pas un peu, vous vous ennuieriez par trop, vous, les hommes si sages !

Le reste de la journée se passa le plus agréablement du monde. Philippe raconta ses voyages, ses campagnes, l'affaire de Djigelli qui lui avait permis de lier une brève amitié avec deux jeunes marins de Malte : le chevalier d'Hocquincourt, et surtout le chevalier de Tourville qui semblait l'avoir fasciné.

— Jamais je n'ai vu homme si beau — presque trop d'ailleurs ! — si élégant, si vaillant ! Il vous plairait, ma sœur !

— Je n'aime pas les hommes trop beaux ! Leurs mœurs sont souvent condamnables. Voyez Monsieur ! Il est ravissant mais...

— M. de Tourville n'a rien de commun avec votre prince dont la réputation est venue jusqu'à nous. Ses mœurs sont parfaites, croyez-moi ! Et il est sensible à la beauté des femmes... J'espère pouvoir vous le présenter un jour.

— N'en faites rien si vous voulez me plaire. Et parlez plutôt de la mer, vous dites de si belles choses. Savez-vous, mère, que votre fils ne rêve que de commander un vaisseau du Roi ?...

— Je ne le nie pas, lança Philippe, mais je précise bien : un vaisseau, et de la flotte du Ponant de préférence. Je suis comme M. de Beaufort : je n'aime pas beaucoup les galères qui traînent trop de misère sous la pourpre et l'or. Et je préfère le Grand Océan à la Méditerranée que je trouve trop... soyeuse et perfide aussi. A propos, Mère, qu'est-il advenu de votre maison de Belle-Isle dont vous nous parliez jadis ?

Ce fut Perceval qui se chargea de la réponse :

— En vérité, elle n'en sait rien de plus que ce qu'en disait M. Fouquet dont l'amitié a veillé à l'entretien de ce petit bien lorsqu'il a acquis l'île et son marquisat il y aura bientôt sept ans. Il m'a souvent parlé des grands travaux qu'il entreprenait pour protéger Belle-Isle : une grande digue, des fortifications, un hôpital. Il n'y est allé qu'une seule fois, je crois, mais elle l'avait séduit et il voulait faire beaucoup pour elle. Depuis son arrestation, et surtout depuis sa condamnation, il semblerait que plus personne ne s'intéresse à cette terre dont on accusait cependant notre pauvre ami de vouloir faire je ne sais quel repaire de rebelles et d'ennemis du Roi !

Un silence suivit ce brusque éclat de colère, le premier que se permît le loyal chevalier de Raguenel dont Sylvie savait quelle chaude amitié il portait à Nicolas Fouquet. Par-dessus la table, elle lui sourit de tout son cœur et, pour alléger une tension qui pouvait être néfaste à son fils, elle soupira :

— Je suppose que les ajoncs ont dû s'emparer du potager de Corentin. Il faudra tout de même qu'un jour nous allions voir ce qu'il en est...

— Attendez l'un de mes retours, alors ! s'écria le jeune homme. J'ai très envie de voir cette île dont Mgr le duc parle avec toute la chaleur de l'amitié !

Beaufort venait de reprendre le devant de la scène ; l'incident était clos et Fouquet abandonné à son destin. N'était-ce pas naturel, pensa Sylvie, que de jeunes êtres regardent devant eux sans se soucier du passé ?

Le duc reparut en personne le lendemain vers dix heures du matin avec des chevaux frais, son carrosse de voyage récuré et des projets plein la tête. De toute évidence, il avait pleinement réussi dans son entreprise :

— Plus question d'aller gouverner la Guyenne ! clama-t-il dès l'entrée. Le Roi me donne, en Méditerranée, une escadre de course pour débarrasser cette mer des pirates barbaresques. Nous allons faire du bel ouvrage tous les deux, mon garçon ! ajouta-t-il en appliquant sur le dos de Philippe une claque qui le fit hoqueter, mais augmenta sa joie à l'idée des hauts faits qu'il allait accomplir avec son héros.

Connaissant l'appétit de François, Sylvie avait fait préparer par Lamy une solide collation et, pour la route, des paniers de victuailles destinés à nourrir les voyageurs jusqu'au soir afin de leur éviter un arrêt dans une plus ou moins bonne auberge. François accepta volontiers de passer à table « à condition que cela ne dure pas trop longtemps », et attaqua avec Philippe un superbe pâté de canard aux pistaches sculpté comme un lutrin d'église.

Cependant, tandis que, déjà coupés du monde extérieur, les deux marins se restauraient en discutant les nouveaux projets de Beaufort, Sylvie se demandait pourquoi Marie n'était pas descendue de sa chambre. Elle ne pouvait dormir encore, Beaufort ignorant l'art de se déplacer sans vacarme. Et puis n'était-elle pas venue pour voir son frère mais aussi pour lui ? Alors, pourquoi n'était-elle pas là ?

N'y tenant plus, elle murmura une vague excuse que personne n'entendit et s'élança dans l'escalier au milieu duquel elle rencontra Jeannette les bras chargés des draps de Philippe qu'elle descendait déjà au lavage.

— Tu n'as pas vu Marie ? demanda Sylvie.

— Ma foi non. Je viens de passer devant sa chambre : on n'y entend aucun bruit et si elle dort encore c'est tant mieux ! Depuis hier je me tourmente en me demandant de quelle scène d'adieux elle va nous régaler !

— Ne sois pas si dure avec elle ! Je vais la réveiller : elle ne nous pardonnerait pas de lui faire manquer le départ de son frère...

Achevant son ascension, Sylvie atteignit la porte de sa fille qu'elle ouvrit avec décision. La pièce où flottait le parfum de l'élégante fille d'honneur de Madame était plongée dans l'obscurité, personne n'ayant tiré les épais rideaux de velours bleu. Sans un regard pour le lit, elle se dirigea vers eux, les tira pour laisser entrer le triste jour hivernal. En même temps, elle s'écriait :

— Allons, debout ! Il en est grand temps si tu veux saluer ton frère et Mgr François avant...

Les mots moururent sur ses lèvres. Tournée à présent vers le lit, elle vit que personne n'y avait couché et aussi qu'un papier plié était piqué sur l'oreiller au moyen d'une longue épingle à tête de perles. Une lettre, adressée à elle-même et à Perceval.

« Il est temps que je joue ma chance, écrivait Marie. Il est temps qu'il cesse de voir en moi l'ombre de ma mère. Je ne suis plus une petite fille. Il doit l'apprendre. Je reviendrai duchesse de

Beaufort ou je ne reviendrai pas. Pardonnez-moi. Marie. »

Le choc fut si rude que Sylvie crut qu'elle allait s'évanouir et s'accrocha à l'une des colonnettes du lit, mais elle avait subi dans sa vie trop de chocs pour ne pas réagir vite. Une carafe d'eau était posée sur le chevet à côté d'un verre qu'elle remplit et vida d'un seul trait. Un peu remise, elle mit la lettre dans son corset de velours, sortit et redescendit d'un pas hésitant. En vérité, elle ne savait que faire. Les questions se bousculaient dans sa tête sans qu'elle pût trouver la moindre réponse. Son premier mouvement la poussait à mettre le billet sous le nez de François dont la voix joyeuse retentissait jusque dans le vestibule ; il n'était pas difficile d'imaginer comment il réagirait : ou il rirait ou il entrerait dans une belle colère. De toute façon, il jurerait qu'il renverrait Marie sous bonne garde dès l'instant où elle se présenterait à lui... et il y avait ces derniers mots que la jeune fille avait tracés avant ceux d'une contrition qu'elle n'éprouvait sans doute pas : « ... ou je ne reviendrai pas. » Et là, son cœur de mère se mettait à lui faire mal. Marie allait avoir dix-neuf ans. Au même âge, Sylvie avait voulu mourir. Elle revit avec une grande netteté le chemin serpentant à travers la lande vers la cassure d'une falaise où elle courait se jeter. Marie portait en elle le même sang impulsif, joint à la ténacité des Fontsomme. En outre... qui pouvait dire si elle n'arriverait pas à se faire aimer ? Autrefois, Sylvie eût joué sa vie sur l'amour de François pour la reine Anne. Puis il avait eu d'autres femmes avant qu'il ne s'avise de l'aimer, elle. En revoyant le radieux visage de Marie, sa jeunesse, son éclatante beauté, alors qu'elle-même penchait vers l'âge mûr, la mère pensa qu'elle n'avait pas le droit de s'opposer à ce qui était peut-être un décret du destin.

Elle arrêta au passage un valet qui courait vers les cuisines :

— Allez dire à M. le chevalier de Raguenel que je l'attends ici. Vite !

Quelques secondes plus tard, Perceval était auprès d'elle.

— Eh bien que faites-vous donc ? Ils vont partir. Où est Marie ?

Elle lui tendit la lettre qu'il parcourut d'un coup d'œil avant de gronder :

— Petit sotte ! Quand donc cessera-t-elle de s'accrocher à sa chimère ! Jamais Beaufort ne...

— Qu'en savez-vous ?... mais, surtout, que dois-je faire ? Le prévenir ? Prévenir Philippe ? Réfléchissez, mais vite !

— Pour que vous ayez posé la question, c'est que nous pensons de même vous et moi. Mieux vaut éviter à Philippe ce genre de souci. Il saura sûrement comment réagir lorsqu'il la verra surgir auprès du duc. Quant à celui-ci, averti, il sera furieux après elle à cause de vous, et son premier mouvement pourrait être... cruel pour notre Marie.

— Il n'ignore rien des sentiments qu'elle lui porte et je pense qu'il saurait lui parler doucement mais, en dehors des dangers du voyage jusqu'à

Toulon, je serais assez encline à la laisser tenter sa chance. Après tout, qui sait si elle ne le séduira pas ! Elle est si ravissante !

— Vous rêvez ?

— Non... mais je la préfère duchesse de Beaufort plutôt que morte !

Les yeux gris de Perceval plongèrent dans ceux de Sylvie avec une indicible expression de tendresse qui traduisait ce qu'il pensait.

— En attendant, excusez-la sur n'importe quoi et laissons-les partir ! Je les suivrai de près.

— Vous voulez...

— Me lancer sur ses traces pour tenter de limiter le dommage. N'ayez crainte : je n'ai pas l'intention de la ramener *manu militari*, seulement de veiller sur elle sans trop me montrer. Beaufort va rester à Toulon quelques semaines pour armer ses bateaux. C'est là-dessus qu'elle compte. Moi aussi. Je veux être là pour empêcher... l'irréparable !

L'apparition de Philippe dans le vestibule coupa court à leur entretien :

— Eh bien que faites-vous ? Nous devons partir. Où est Marie ?

— Elle a été rappelée tôt ce matin au Palais-Royal où Madame éprouve les plus grandes difficultés à se passer d'elle. Elle te dit mille tendresses et a promis de t'écrire...

Elle s'étonnait elle-même de la facilité avec laquelle le mensonge lui était venu aux lèvres. Philippe se mit à rire en constatant que les princes se souciaient peu des affections familiales. Quant à Beaufort, il n'eut pas l'air d'attacher autrement d'importance à l'incident : il avait hâte de repartir vers ces terres de Provence, dont une au moins, Martigues, lui appartenait toujours et dont son frère Mercœur était gouverneur, mais surtout vers les navires qu'il allait armer, soigner, poncer, bichonner avant de les mener sus aux Barbaresques, et sur cette mer qui ne lui offrirait pas la longue houle verte de son cher océan.

Le départ brusqué ne fut guère propice aux longues effusions malgré les lèvres de François qui s'attardèrent un peu sur le poignet de Sylvie, avec un regard d'une telle douceur qu'il lui fit fondre le cœur en même temps qu'il le serra. Cet amour dont elle rêvait depuis l'enfance lui faisait peur à présent, si pour vivre encore il devait se nourrir du cœur et de la vie de celle qui serait toujours sa petite fille.

Une heure plus tard, Perceval roulait vers Villeneuve-Saint-Georges dans une de ces voitures de poste que l'on commençait à appeler « chaises », que l'on attelait de deux ou de quatre chevaux et qui offraient l'avantage d'être parfaitement anonymes. Il avait en effet refusé le carrosse de voyage des Fontsomme sur les portières duquel s'étalaient des armoiries trop connues de Marie. Il emportait avec lui le billet de Marie et une lettre de Sylvie adjurant Beaufort, au nom de l'amour qu'il lui portait, de ne pas réduire sa fille au désespoir et, s'il n'y avait d'autre moyen, de demander à Philippe la main de sa sœur :

« Je vous bénirai si, grâce à vous qui m'êtes si cher, je retrouve la tendresse de ma fille. Voilà longtemps déjà qu'elle est jalouse de moi et je crains qu'elle n'en soit venue à me détester... », concluait Sylvie en espérant que François saurait la comprendre.

S'en étant ainsi remise à Perceval de ses espoirs, elle résolut de voir celle qui, depuis leur entrée commune chez les filles d'honneur de Madame, était devenue et restait l'amie de cœur de Marie : la jeune Tonnay-Charente, devenue par mariage marquise de Montespan en épousant deux ans plus tôt Louis-Armand de Pardaillan de Gondrin, marquis de Montespan et d'Antin, fils du gouverneur du Roi en Bigorre, dont elle était aussi éprise qu'il était amoureux d'elle. Une rareté donc, à la Cour, que ce mariage, d'autant que ni le Roi, ni la Reine, ni Madame, ni Monsieur ne signèrent le contrat comme il se devait pour la fille d'un duc. Si le Roi n'avait rien contre le duc de Mortemart, père de la jeune fille et de très haute noblesse, il n'en allait pas de même pour les Pardaillan — de fort bonne maison comportant aussi un duc — qui avaient eu naguère le tort de fronder, sans compter Mgr de Gondrin, archevêque de Sens et primat des Gaules qui, lui, avait celui d'être quelque peu janséniste.

Mariée donc avec l'autorisation réticente de Leurs Majestés, la jeune marquise s'était aussi brouillée avec Madame à peu près au moment où la deuxième des trois amies, Aure de Montalais, prenait le chemin de l'exil. Athénaïs était de trop bonne maison pour qu'on la laissât de côté et elle comptait à présent au nombre des dames de la reine Marie-Thérèse, qui appréciait beaucoup sa gaieté, sa piété et son entrain. Ce qui n'empêchait pas la ravissante jeune femme d'avoir le plus grand mal à tenir son rang. En effet, en dépit d'accords matrimoniaux qui semblaient prometteurs, le couple tirait le diable par la queue et, s'il n'en était pas encore réduit aux expédients, il n'en était pas loin. Le jeune marquis était couvert de dettes, et tous deux aimaient le faste. On vivait surtout d'emprunts.

Depuis plusieurs jours, Mme de Montespan ne venait pas au Louvre. Aux prises avec une seconde grossesse en son début, elle souffrait de nausées et de légers vertiges qui ne dureraient pas étant donné sa belle santé, mais qui la rendaient peu désirable autour d'une reine encore mal remise de la dernière naissance. Mme de Fontsomme était donc certaine de la trouver chez elle et se fit conduire au faubourg Saint-Germain, dans le vieil hôtel de la rue Taranne où les Montespan occupaient un appartement aussi vaste que peu confortable [1].

Elle trouva la belle Athénaïs étendue dans une sorte de nid de fourrures et dans un grand fauteuil au coin de la cheminée d'un vaste salon, où quelques tentures neuves et quelques beaux meubles s'efforçaient de masquer un début de décrépitude. Un peu pâle, bien sûr, mais d'une

1. La rue Taranne a été absorbée par le boulevard Saint-Germain. La maison occupée par les Montespan se situait à peu près à l'emplacement de la brasserie Lipp.

pâleur qui n'enlevait rien à une beauté qui confondait Sylvie chaque fois qu'il lui était donné de la contempler. Cette jeune femme était l'une des plus belles de son époque...

La marquise eut, pour sa visiteuse, un aimable sourire et voulut se lever pour la saluer. Celle-ci la pria de n'en rien faire :

— Il faut songer d'abord à votre état et vous ménager. Laissons s'il vous plaît pour aujourd'hui les politesses de la porte... à la porte.

— Votre bonté me rend confuse, madame la duchesse, d'autant plus que je m'attendais à votre visite. Marie est partie, n'est-ce pas ?

— Je pensais bien que vous en saviez quelque chose. N'êtes-vous pas sa seule amie...

— J'ignore si je suis la seule mais je l'aime beaucoup et je la voudrais heureuse. C'est pourquoi je l'ai aidée à quitter Paris.

Sylvie eut un haut-le-corps :

— Vous l'avez aidée... et vous me le dites, à moi, sa mère ?

Les magnifiques yeux bleus étincelèrent d'orgueil.

— Pourquoi m'abaisserais-je à mentir ? Je suis d'un sang trop fier pour cela. Depuis longtemps Marie souhaitait rejoindre M. le duc de Beaufort là où il déciderait de passer les mois d'hiver. Mais comme elle craignait qu'il ne fasse que toucher terre à Paris, elle a tout préparé à l'avance...

— Quoi, par exemple ?

— Un cheval que j'ai acheté pour elle, un habit complet de cavalier, une épée, des pistolets, un bagage léger mais suffisant pour une longue route...

Un peu abasourdie, Sylvie écoutait la calme énumération de ce dont cette femme avait muni sa fille pour qu'elle puisse se lancer dans une aventure insensée.

— Et comment est-elle entrée en possession de tout cela ?

— La nuit dernière. Dans la journée, elle m'avait fait tenir un billet m'annonçant que ce serait pour le petit matin. Tout ce que j'avais à faire était de lui envoyer à quatre heures, dans la rue Quincampoix, ma voiture et deux valets chargés de la ramener ici où elle s'est changée avant de prendre la route... avec une joie que vous n'imaginez pas.

Oh si ! Mme de Fontsomme se souvenait trop de ce qu'elle avait été elle-même pour ne pas imaginer avec une grande précision sa fille s'élançant sur les chemins enneigés à la poursuite de son rêve. C'était une excellente cavalière, grâce à Perceval qui lui avait aussi appris à se servir d'une arme à feu. Il y avait de l'amazone dans Marie qu'elle croyait voir galopant à travers la campagne, ivre d'espoir et de liberté. Son espoir, à elle Sylvie, était que le cher Parrain la rejoigne assez vite pour pouvoir la surveiller discrètement ainsi qu'il en avait l'intention... et surtout avant qu'elle ne fasse de mauvaises rencontres.

Revenant à l'instant présent, Sylvie contempla Mme de Montespan :

— Pensiez-vous vraiment contribuer à son bonheur en lui permettant de réaliser cette folie ?

— Je le pense, oui, parce que Marie est de celles qui vont jusqu'au bout de leurs projets, comme je le suis. Quitte à le regretter un jour mais, au moins, elles ne peuvent s'en prendre qu'à elles-mêmes, ajouta-t-elle avec un soupçon d'amertume qui n'échappa pas à l'oreille fine de sa visiteuse.

— Auriez-vous donc des regrets, madame ?

— De m'être mariée contre la volonté du Roi et même des miens parce que, après la mort de mon fiancé, le marquis de Noirmoutiers tué en duel, j'ai laissé l'amour m'emporter comme il emporte Marie ? Je n'en suis pas encore très sûre... il se peut d'ailleurs que Marie rencontre mon époux.

— Il est parti ?...

— ... pour rejoindre lui aussi M. de Beaufort, fit la marquise avec un petit rire nerveux. Il compte sur les combats à venir pour refaire quelque peu notre fortune. A ce propos, madame la duchesse, vous êtes responsable, vous aussi de la conduite de votre fille.

— Comment cela ?

— Vous êtes une mère fort généreuse. Vous savez, d'expérience sans doute, que tenir son rang à la Cour est dispendieux et vous ne laissez jamais Marie manquer d'argent. Cela permet bien des folies... comme, par exemple, d'aider parfois une amie... moins heureuse, acheva-t-elle, sans que sa tête altière indiquât la moindre gêne.

Sylvie ne lui demandait rien de tel. Elle se contenta de remarquer :

— Peut-être avez-vous raison mais j'ai toujours

aimé la voir belle et parée, c'est pourquoi je ne regrette rien. Au surplus, elle est libre d'en disposer comme il lui convient et pour telle cause qui lui tient à cœur. Je sais qu'elle vous aime.

— Et je le lui rends bien, comme je lui rendrai chaque sol prêté car un jour, je le sais, je serai riche... très riche même. Et puissante si j'en crois la prédiction que l'on m'a faite.

— Je n'en doute pas... Eh bien, ajouta Sylvie en se levant, il me reste à vous remercier de votre franchise et à me retirer.

Rejetant ses fourrures, Athénaïs rejoignit sa visiteuse dont elle étreignit les mains dans un geste spontané.

— En vérité vous êtes des gens rares, vous les Fontsomme, et l'on doit tenir à honneur d'être de vos amis. Ne craignez pas pour Marie ! D'abord parce que c'est une fille forte... et ensuite parce que j'ai prié mon frère Vivonne, qui la connaît et l'admire, d'essayer de la rencontrer pour lui venir en aide le cas échéant. Naturellement sous le sceau du secret, et comme nous sommes très proches je sais qu'il m'obéira. Il est, comme vous ne l'ignorez pas, général des galères par intérim.

Cette fois, Mme de Fontsomme dissimula une grimace. Ce surcroît de protection ne lui disait rien qui vaille. D'abord, trop est l'ennemi d'assez ; ensuite, parce qu'elle connaissait le jeune Vivonne depuis le temps héroïque où il était élevé auprès du jeune Roi en tant qu'enfant d'honneur. D'une folle bravoure, comme Beaufort, mais un fieffé galopin qui devait plus tard pencher sérieusement vers le libertinage. Mais quelle sœur ne voit son frère paré de toutes les qualités ? Elle se promit, quand elle aurait des nouvelles de Perceval, de l'avertir sur l'éventuelle protection de l'aîné des Mortemart.

Elle n'en remercia pas moins Mme de Montespan qui, glissant son bras sous le sien, tint à l'accompagner jusqu'à l'escalier. Avant de la quitter, celle-ci dit encore à sa visiteuse :

— Ne vous faites pas trop de reproches pour l'argent. J'aurais aidé Marie de toute façon et elle serait partie au besoin par le coche, déguisée en bourgeoise si les moyens lui avaient manqué. Je ne suis même pas certaine qu'elle n'aurait pas fait la route à pied... Elle l'aime vraiment.

C'était bien cela qui tracassait le plus Sylvie, et ce tracas, elle le partagea avec Jeannette qui l'attendait avec impatience.

— Ce n'est pas à toi que j'apprendrai que les filles sont folles quand elles sont amoureuses, et je peux juger par moi-même de la gravité du cas de Marie. Je crois bien qu'elle est tombée amoureuse de François la première fois qu'elle l'a vu, tout comme moi. Et elle n'avait que deux ans ! Deux de moins que moi qui en avais quatre quand ce malheur m'est arrivé...

— Ne soyez pas hypocrite ! dit Jeannette avec sa rude franchise. Vous dites malheur mais vous pensez bonheur... A propos d'hypocrite, Mme la marquise de Brinvilliers est passée tout à l'heure vous demander si vous vouliez l'accompagner dans ses visites charitables à l'Hôtel-Dieu pour porter les douceurs aux malades. Je lui ai dit que vous étiez au Louvre.

— Tu ne l'aimes pas beaucoup, on dirait ?

— Je ne l'aime pas du tout, et ne me faites pas de contes, elle vous déplaît autant qu'à moi.

— C'est vrai. Elle est charmante pourtant ! Jolie, gracieuse et obligeante. Toujours prête à rendre service...

— Trop ! Beaucoup trop ! Si vous voulez m'en croire, moins vous la verrez et mieux vous vous porterez !

Sylvie ne répondit pas. Depuis qu'un jour, sur le chemin de l'église, elle l'avait payée de l'aide apportée à Beaufort en présentant la jeune femme à la Reine, elle s'était efforcée de ne pas développer davantage leurs relations parce qu'elle n'arrivait pas à éprouver de la sympathie pour la marquise. Peut-être à cause de cette avidité à fleur de peau qu'elle avait découverte. En outre, sa réputation, encore intacte au moment où toutes deux étaient entrées en relations, se dégradait avec une curieuse rapidité. Mme de Brinvilliers affichait sa liaison avec un certain chevalier de Sainte-Croix qui se disait alchimiste. Le mari, quant à lui, ne cachait pas davantage ses relations avec une certaine personne, et les échos des colères du Lieutenant civil Dreux d'Aubray, père de la marquise, débordaient de beaucoup les limites de la rue Neuve-Saint-Paul.

Perceval qui entretenait toujours de bonnes relations avec ceux de la *Gazette* — le fils de Théophraste Renaudot et son petit-fils, l'abbé, qui s'intéressait beaucoup aux nouvelles — prétendait même qu'il lui arrivait de fréquenter les tavernes et qu'elle buvait de façon immodérée. Aussi déconseillait-il fortement à Sylvie de poursuivre des relations qui ne lui apporteraient rien de bon.

Dans les premiers temps, celle-ci avait résisté : ne devait-elle pas quelque chose à la marquise pour avoir aidé François à sauver Philippe ?

— Votre dette est payée, rétorqua-t-il. En outre, cette femme œuvrait surtout pour son propre compte : souvenez-vous qu'elle voulait écarter à tout prix du chemin de son père l'encore trop belle Mme de La Bazinière. Quand le destin a placé le duc de Beaufort sur son chemin, elle a sauté sur l'occasion : obliger un prince du sang, même bâtard, est une aubaine que l'on ne trouve pas à tous les coins de rue...

Avec le temps, Sylvie avait fini par admettre qu'il avait raison et s'était efforcée de tenir à distance la remuante marquise après l'avoir accompagnée à deux reprises dans ses visites aux malades de l'Hôtel-Dieu. Elle avait pourtant été sensible à la douceur, la gentillesse et la générosité avec lesquelles la jeune femme se penchait sur les plus misérables. Celle-ci était trop fine pour ne pas s'en être aperçue, et c'était le plus souvent pour obtenir sa compagnie dans ces occasions qu'elle venait la chercher.

— J'espère, conclut Jeannette, qu'elle finira par comprendre. En ce qui me concerne, vous ne serez plus jamais là pour elle...

Sylvie se contenta de lui sourire en guise de

consolation puis remonta dans sa chambre. Elle voulait écrire à la marraine de Marie, la chère Hautefort (elle n'avait jamais vraiment réussi à s'habituer au nom germanique de Schomberg) afin de lui raconter ce qui venait de se passer. A travers le temps, l'amitié des deux femmes gardait toute sa force, toute sa chaleur, et Sylvie aimait toujours autant confier ses soucis à cette autre Marie. Elle était de si bon conseil !

Une heure plus tard, un courrier à cheval partait pour Nanteuil tandis que Mme de Fontsomme rejoignait au Louvre la reine Marie-Thérèse dont l'attitude, en ces heures graves, l'émouvait : la Reine consacrait à sa belle-mère tout le temps qu'elle ne passait pas en prières dans son oratoire ou à l'église. On sentait qu'elle voulait entourer la malade d'une vraie tendresse et jouir de sa présence tant que Dieu l'autoriserait. C'était très touchant...

CHAPITRE 9

LA DISGRÂCE

Attendue avec une extrême impatience, la première lettre de Perceval mit longtemps à venir, au point que Sylvie se demandait si quelque mésaventure, quelque accident ou quelque mauvaise rencontre ne lui était advenu. Le contenu la rassura tout en lui fournissant l'explication de ce long silence : le cher homme ne voulait pas écrire tant qu'il ignorait où se trouvait au juste la fugitive.

Tout d'abord, espérant vaguement que, pour mieux brouiller les pistes, Marie s'était tout platement embarquée sous un déguisement dans le coche de Lyon, relayé ensuite par celui de Marseille, d'Aix, etc., il avait vite perdu cet espoir, le coche ayant été rattrapé par lui au deuxième relais. Et tout au long de la route, il s'était inquiété d'une jeune dame voyageant en « chaise », en carrosse, ou même par les voies fluviales : sachant qu'elle trouverait Beaufort à Toulon, Marie n'était pas autrement pressée. Pas un instant, il n'avait imaginé que courait devant lui, avec une avance de dix heures, un jeune et audacieux cavalier...

— Ces hommes sont inouïs ! remarqua Mme de Schomberg qui avait rejoint son amie dès le reçu de sa lettre et s'était installée rue Quincampoix pour lui tenir compagnie. Il ne leur viendrait pas à l'idée qu'une fille avide de gloire et d'éclat comme ma filleule, nourrie de romans chevaleresques, puisse souhaiter se conduire comme l'une de leurs héroïnes ! Et celui-là est peut-être le plus intelligent que je connaisse ! Que dit-il encore ? Il doit y avoir mille choses passionnantes dans cette longue lettre.

Il y en avait. D'abord, le récit des mésaventures du voyageur dont la chaise — décidément ce genre de véhicule n'était pas encore au point ! — avait brisé un essieu dans une profonde ornière aux environs de Mâcon, l'obligeant à se procurer un véhicule moins rapide mais plus solide. Pas question de continuer à cheval à cause d'un tour de rein, récolté dans l'accident. Marie était donc à Toulon depuis deux ou trois jours quand Perceval encore douloureux y parvint et, apparemment, elle n'y avait pas perdu son temps. A peine arrivé, Perceval se fit porter à l'Arsenal dont Beaufort ne sortait guère ; celui-ci remâchait encore la violente colère qui le secouait depuis vingt-quatre heures. L'accueil que reçut de lui Perceval de Raguenel s'en ressentit :

— Ah, vous voilà, vous aussi ? Une réunion de famille en quelque sorte ? aboya-t-il. Je suppose que Mme de Fontsomme vous suit de près ?

Mais Perceval n'était pas homme à se laisser impressionner par le tonnerre de cette bouche à feu humaine qu'il connaissait depuis la petite enfance.

— Mme de Fontsomme est à Paris, fort inquiète et fort affligée, monseigneur. Elle m'a confié une lettre que...

— Donnez !

Le messager s'exécuta sans autre commentaire mais suivit avec intérêt sur le visage du duc le cours changeant des sentiments. De la colère, Beaufort passa au sourire, puis à la tristesse et, finalement, retrouva sa fureur intacte :

— Sa bénédiction ! gronda-t-il en froissant le papier dans ses grandes mains nerveuses. Elle m'envoie sa bénédiction ! Elle veut, elle aussi, que j'épouse cette folle ! Alors qu'elle sait combien je l'aime, elle !...

— Et vous n'avez pas le droit de douter de son amour. Seulement... c'est une mère, et pour le bonheur de sa fille elle est prête à tous les sacrifices...

— Pas moi ! Et pourtant, il va bien falloir m'y résoudre.

— Vous allez... épouser Marie ? émit, sur le mode prudent, Raguenel un peu surpris tout de même de la rapidité avec laquelle la jeune fille semblait avoir eu gain de cause.

— Oh, ce n'est pas pour tout de suite !... Mais j'ai dû donner ma parole de gentilhomme. Vous n'imaginez certainement pas la scène que j'ai vécue hier, ici même !

La veille au soir, alors que Beaufort revenait des

chantiers où il surveillait la construction d'un vaisseau et la remise en état de six autres, il avait reçu la visite du « chevalier de Fontsomme ». Il fallait bien donner un nom pour passer les divers factionnaires commis à la garde du vieil arsenal jadis construit par Henri IV et où, de ce fait, Beaufort se sentait chez lui. Découvrir Marie sous ce déguisement masculin avait été une surprise pour le duc, moins tout de même que l'étrange lumière intérieure qui émanait d'elle.

— Je suis venue vous redire que je vous aime, déclara-t-elle d'emblée — et, comme à peine remis du choc il protestait avec quelque énergie, elle reprit : Il n'est pas question d'échanger ici des raisonnements ou d'essuyer des faux-fuyants, j'ajoute que je suis déterminée à devenir votre épouse...

— J'ai voulu, alors, reprit François, prendre cette incroyable déclaration sur le ton de la plaisanterie mais elle ne plaisantait pas. Sa figure était si grave qu'elle m'impressionnait. Elle a tiré de sa ceinture un stylet dont elle a placé la pointe contre sa gorge, disant que si je ne promettais pas immédiatement d'en faire ma femme, elle se tuait devant moi. Nous étions seuls car elle avait demandé à m'entretenir sans témoins pour « affaire d'importance ». Aucun secours ne pouvait me venir. Je n'avais plus la moindre envie de rire car je lisais dans ses yeux une horrible détermination : « Vous n'avez que dix secondes, ajouta-t-elle encore. Jurez sinon... » Pour mieux me convaincre, elle enfonça légèrement la pointe acérée et un peu de sang perla. Comprenant qu'elle irait jusqu'au bout de son projet, j'étais affolé. Elle se mit à compter : un... deux... trois... quatre... cinq... six... A sept j'ai rendu les armes... et juré de l'épouser ainsi qu'elle l'exigeait. Alors, elle a souri et remis le poignard dans sa gaine en disant qu'elle avait confiance en moi et que jamais je ne regretterais d'avoir accepté parce qu'elle ferait tout au monde pour me rendre heureux « ... à commencer par vous donner des enfants, ce que ma mère ne saurait plus faire ». C'était une phrase de trop : en acceptant, c'était à Sylvie que je pensais, Sylvie qui me haïrait pour l'éternité si sa fille se donnait la mort devant moi. Je lui ai fait entendre que le mariage n'était pas pour demain, qu'il ne pouvait en être question avant la campagne que je vais mener contre le reis Barbier Hassan, ce renégat portugais qui est l'amiral d'Alger ; en conséquence elle pouvait rentrer chez elle. Elle a refusé, prétextant qu'elle ne rentrerait que mariée, dût-elle rester ici un an ou deux. Je lui ai rappelé alors qu'il fallait aussi obtenir la permission du Roi et celle de ses parents : sa mère, son frère qui est à présent le chef de la famille, mais elle a souri, sachant bien que Philippe serait heureux que je devienne son beau-frère. Il n'y aurait d'ailleurs pas longtemps à attendre pour le savoir : simplement jusqu'à son retour de Saint-Mandrier où je l'avais envoyé inspecter une fortification. Voilà où j'en suis, mon cher Raguenel. Avouez que je me suis bien fait prendre au piège. Un vrai benêt !

— Vous pouviez difficilement agir autrement.

Je savais Marie capable d'une grande détermination, mais à ce point !... Son excuse est qu'elle vous aime depuis toujours, je crois. Peut-être autant que Sylvie elle-même...

— Sylvie ! dit Beaufort avec un accent douloureux. Pensez-vous qu'il me réjouisse de faire d'elle ma belle-mère quand je rêvais d'en faire ma duchesse ?

— Je pense qu'il faut laisser le temps au temps... que vous avez eu raison de mettre en avant les délais imposés par les circonstances. Mais... pouvez-vous me dire où se trouve Marie en ce moment ?

— A Solliès — c'est à trois lieues d'ici environ — chez la marquise de Forbin. Elle est, vous le savez peut-être, la mère de Mme de Rascas, la belle Lucrèce qui est la maîtresse de mon frère Mercœur et pour laquelle il fait construire à Aix ce qu'il appelle le pavillon Vendôme. C'est aussi pour moi une amie et je lui ai confié Marie, sans dire qu'elle est ma... fiancée puisqu'il paraît qu'elle l'est. J'ai exigé que, jusqu'à nouvel ordre, tout cela demeure secret...

— Sage précaution ! Peut-être arriverons-nous un jour à obtenir de Marie qu'elle vous rende votre parole ?

— Ne rêvez pas... Vous ne l'avez pas vue comme moi je l'ai vue...

La lettre s'achevait sur un récit succinct de l'entrevue que le chevalier de Raguenel avait eue avec Marie au château de Solliès et par l'annonce de son prochain retour. De toute évidence, la rencontre ne s'était pas bien passée et Perceval préférait attendre d'être en face de Sylvie pour en donner les détails. A moins qu'il préfère ne rien dire du tout. C'est du moins ce que pensait Mme de Schomberg :

— Pour qui sait lire entre les lignes il est très mécontent. J'avoue que je le suis aussi. Je n'aurais jamais cru ma filleule, que j'aime tendrement, capable de telles actions. Sa fugue m'amusait plutôt, je ne vous le cache pas, Sylvie, mais cette scène grandiloquente, cette façon d'obliger un homme à lui engager sa foi sous la menace du suicide me choque profondément. C'est d'un... commun !

— Oh c'est un peu ma faute ! soupira Sylvie. J'ai méconnu l'ardeur et la solidité de son amour pour François parce que je n'imaginais pas qu'il pût la conduire à de tels excès...

— Le malheur c'est que l'on ne connaît pas vraiment ses enfants. Parce qu'on leur a donné la vie, on doit penser qu'ils vous ressembleront en toutes choses, mais il y a derrière nous, derrière eux, des siècles d'ancêtres qui ont leur mot à dire. L'amour mis à part, les enfants restent des inconnus pour leurs parents... puisque l'amour est aveugle. Ce que vous vivez en ce moment, mon amie, me console de n'en point avoir...

Sylvie fit deux ou trois tours dans la pièce, redressant une fleur, maniant un livre aussitôt reposé, occupant ses mains pour tenter de dissimuler sa nervosité.

— Je me demande, s'interrogea-t-elle enfin, ce

que Philippe pense de tout cela ? Mon parrain n'en parle pas.

— Peut-être parce qu'il n'en a rien à dire...

En réalité, Philippe était trop désorienté pour avoir une opinion précise. Le poids des nouvelles qui lui tombèrent dessus, à son retour d'inspection, l'étourdit un peu. L'arrivée de sa sœur, son installation chez Mme de Forbin-Solliès et l'entretien en tête à tête où Beaufort lui demanda la main de Marie, en spécifiant bien qu'il ne pouvait être question, en aucun cas, d'ébruiter la nouvelle, puis la longue promenade qu'il fit le long du port avec Perceval et, enfin, sa visite au château de Solliès dont il était un habitué, le plongèrent dans un abîme de réflexions où se bousculaient des questions sans réponses du genre de celle-ci : pourquoi un événement aussi heureux qu'un mariage entre gens qui s'aiment devrait-il être tenu secret ? Ou encore : pourquoi l'humeur de son chef bien-aimé, toujours si joyeuse depuis leur retour à Toulon, était-elle devenue détestable ? Enfin, pourquoi Marie, à la conduite de laquelle il ne comprenait pas grand-chose, semblait-elle vouloir effacer jusqu'au souvenir de leur mère ? Et pourquoi refusait-elle de rentrer auprès de Madame qu'elle aimait tant ?

L'abbé de Résigny, resté son confident le plus intime, lui conseilla sagement de rester à l'écart et de ne pas essayer de pénétrer les arcanes compliqués d'un cœur de jeune fille. La lettre de quinzaine que celui-ci adressait avec beaucoup de régularité à Mme de Fontsomme reflétait à la fois l'état d'esprit du jeune homme et les conseils qu'il lui prodiguait en duo avec Perceval.

Enfin, l'escadre quitta Toulon pour courir sus aux Barbaresques et Perceval de Raguenel reprit le chemin de Paris après une dernière entrevue avec Marie. Il avait le cœur lourd. Jusqu'à la dernière minute il avait espéré emporter un mot de tendresse pour Sylvie, mais, sûre désormais de la parole extorquée à Beaufort, plus sûre encore d'elle-même, de sa jeunesse, de sa beauté et d'une victoire finale qui chasserait enfin sa mère des pensées de son « fiancé », la jeune fille s'était contentée de lui déclarer :

— Dites-lui que je suis heureuse et que j'espère l'être davantage. Je lui suis reconnaissante d'avoir écrit son consentement à ce mariage que je désire tant. Peut-être nous aidera-t-elle à obtenir celui du Roi ?

— Je ne le lui conseillerai pas. Nul ne peut se permettre de tenter d'influencer une décision du Roi. Surtout en ce qui concerne le duc de Beaufort qu'il n'aime guère. Que ferez-vous s'il refuse ?

— Nous pourrons toujours nous marier secrètement. Comprenez donc, à la fin, que ce que je veux c'est être à lui, et que s'il fallait vivre l'exil cela ne me ferait pas peur puisque je serais avec lui...

Qu'ajouter à cela ? Perceval rejoignit Sylvie à laquelle il fit un rapport aussi complet que possible. Elle l'écouta sans rien dire puis, quand ce fut fini, elle demanda seulement :

— Dites-moi au moins comment est cette dame

de Forbin ? Pensez-vous que Marie se trouve bien chez elle ?

— Oh, à merveille ! ricana Perceval. La marquise possède toutes les qualités d'une grande dame jointe aux grâces d'une femme aimable, cultivée et pleine de générosité, et nous pouvons remercier Dieu que cette folle lui soit confiée. Nous n'aurions pu espérer mieux et je la crois pleine de compréhension car, au moment où j'allais la saluer après avoir dit adieu à Marie, elle a murmuré : « Dites à Mme la duchesse de Fontsomme que je ferai en sorte qu'elle n'ait aucun reproche à m'adresser au jour où j'aurai l'honneur d'être en sa compagnie... »

Sylvie ferma les yeux pour mieux apprécier le poids d'angoisse qui se retirait d'elle. Sachant cette dame une amie de François et se souvenant trop bien de son expérience dans la demeure de Catherine de Gondi, à Belle-Isle, elle avait craint que Mme de Forbin-Solliès fût une ancienne maîtresse ou une amoureuse déçue. Il s'entendait si mal à juger les femmes ! Ce qui n'était pas le cas de Perceval. Aussi exhala-t-elle un long soupir, rouvrit les yeux et sourit au visage las de son vieil ami :

— Vous auriez dû commencer par me dire cela. Je n'ai guère confiance dans les « amies » de Monseigneur ! Eh bien, en ce cas, il ne nous reste plus qu'à attendre des nouvelles...

— Je peux déjà vous en donner de fraîches, dit Perceval en ouvrant son justaucorps pour en tirer une lettre. Avant de s'embarquer, le duc m'a donné ceci pour vous...

— J'espérais un peu qu'il répondrait à ma lettre. Voyons ce qu'il écrit, ajouta-t-elle en faisant sauter le cachet de cire rouge et en dépliant le papier sur lequel s'étalait la pittoresque écriture de François — au large car il n'y avait que peu de mots, mais ils lui firent à la fois froid dans le dos et chaud au cœur :

« J'épouserai puisque l'on m'y oblige, écrivait François, mais on ne me contraindra qu'à un mariage secret... et blanc. Je ne toucherai jamais à votre fille parce que je n'aimerai jamais que vous... »

Elle voulut offrir le billet à Perceval pour qu'il en prît connaissance mais il le refusa, disant qu'il en savait déjà le contenu.

— Eh bien, demanda Sylvie, comment croyez-vous que Marie recevra cette dernière disposition ? Nous allons au-devant d'un autre drame...

— Je ne crois pas. Ce qui compte pour elle c'est qu'il lui passe la bague au doigt. Vous n'imaginez pas sa confiance en elle. Elles se fait fort de l'amener une nuit ou l'autre là où elle le veut. Non sans raison, peut-être, elle pense qu'elle a toute la vie devant elle...

— Elle n'a pas tort... et puis elle est si belle ! Il n'est, après tout, qu'un homme...

Les mois qui suivirent furent sans doute les plus tristes que vécut la Cour, partagée entre la lente agonie de la Reine Mère et l'étalage que faisait

Louis XIV de sa passion pour La Vallière. On sentait qu'en dépit des témoignages d'amour qu'il ne cessait de donner à celle qui allait partir, en dépit de ses larmes fréquentes, le jeune Roi piaffait d'impatience de ne pouvoir entourer sa favorite — un terme que l'on n'avait pas employé depuis bien longtemps ! — de l'éclat des fêtes et de la caresse des violons. En mai se plaça d'ailleurs un épisode pénible. Lorsque Anne d'Autriche rédigea son testament et indiqua comment s'effectuerait entre ses enfants le partage de ses joyaux, Louis XIV insista d'indécente façon pour que sa mère lui lègue les grosses perles qui faisaient son admiration depuis l'enfance. La passion du Roi pour les pierres précieuses et les magnifiques joyaux commençait à être bien connue, et il ne supportait pas l'idée que ces perles exceptionnelles aillent à la petite Marie-Louise, la fille de Monsieur. Il finit par les avoir en les payant. Anne d'Autriche, alors, offrit à son fils cadet les fameux ferrets de diamants qui étaient peut-être son plus cher souvenir. Il les reçut en pleurant.

Durant tout ce temps, Philippe d'Orléans se montra un fils parfait, plein à la fois de douleur, de tendresse et de compassion. Lorsque sa mère fut ramenée du Val-de-Grâce au Louvre, il ne la quitta presque plus, se faisant son compagnon de tous les jours, son infirmier et presque son directeur de conscience. Un jour, voyant la terrible douleur crisper le visage émacié mais encore si beau, il s'écria :

— Je voudrais que Dieu m'accorde de supporter la moitié de vos souffrances !

Alors elle répondit :

— Ce ne serait pas juste. Dieu veut que je fasse pénitence...

La reine Marie-Thérèse, elle aussi, se vouait sans compter au service de celle en qui elle avait trouvé une seconde mère. Sylvie et Molina l'accompagnaient, car la Reine Mère aimait à présent entendre autour d'elle parler la langue de son enfance, et la première passait de longues heures en compagnie de son amie Motteville. Parfois, la malade demandait à son ancienne fille d'honneur de chanter pour elle comme autrefois, en ces temps si difficiles qu'elle comptait à présent au nombre des jours heureux. Alors, Mme de Fontsomme prenait la guitare et, le temps d'une chanson, redevenait le « petit chat » d'autrefois. Pendant ce temps le ventre de La Vallière s'arrondissait pour la troisième fois...

Les seules bonnes nouvelles de ces jours douloureux vinrent de la Méditerranée où Beaufort faisait merveille. Par deux fois, il porta aux pirates infidèles des coups sensibles : d'abord en forçant, dans le port de La Goulette, le vieux Barbier Hassan qui fut tué au début de la bataille et perdit cinq cents de ses hommes tandis que les canons des vaisseaux du Roi pilonnaient Tunis. Trois navires tombèrent aux mains des Français. La seconde fois, après un court passage à Toulon pour réparer ce qui pouvait l'être et prendre des unités intactes, Beaufort et les siens portèrent le fer et le feu dans le port barbaresque de Cherchell, incendièrent deux vaisseaux et en capturèrent trois. Les étendards des vaincus envoyés à Paris furent portés à Notre-Dame et accrochés aux voûtes séculaires pour le triomphant *Te Deum* du 21 octobre. Et la ville capitale chanta avec enthousiasme la gloire de celui en qui elle verrait toujours le Roi des Halles. Le lendemain, le père de son héros, César de Bourbon duc de Vendôme et amiral en titre, mourait dans son hôtel du faubourg Saint-Honoré.

Il avait soixante et onze ans et les maladies, fruits d'une vie de débauche, rongeaient ce grand corps taillé pour en vivre cent. La goutte, la gravelle et aussi la syphilis le consumaient au milieu de grandes douleurs qu'il s'efforçait d'apaiser en faisant appel à tous les remèdes que pouvaient offrir, non les médecins qu'il considérait comme des ânes, mais les cueilleurs de simples et rebouteux de campagne. Ses derniers mois, il les passa en compagnie de sa femme dans les châteaux qu'il aimait tant : Anet, Chenonceau et surtout Vendôme, son duché qu'il s'efforçait d'embellir et de mieux aménager. On le voyait parfois à Montoire ; il y possédait une petite maison où il se trouvait bien et qui le reposait des fastes de ses autres demeures. Le grand pécheur se repentait et trouvait un peu de douceur auprès de la fidèle épouse qui n'avait jamais cessé de l'aimer et qui, peu à peu, le ramenait vers Dieu.

Vers la fin du mois de septembre, sentant un mieux qu'il devait au remède d'un empirique de

Montoire, il se fit ramener à Paris afin d'y être plus près de ces grandes nouvelles qui annonçaient la gloire de son fils cadet, mais les souffrances le rattrapèrent vite et son agonie allait durer trois semaines. Cependant, quelques jours avant de quitter ce monde, il fit demander à Sylvie de venir le voir. Elle s'y rendit sans hésiter.

En pénétrant dans la chambre somptueuse qu'elle avait vue tant de fois dans son enfance, elle fut saisie à la gorge par l'odeur terrible de la maladie, mal combattue par celle de l'encens que l'on brûlait dans l'espoir que ce pansement des âmes apaiserait aussi le corps. La duchesse Françoise était là, en compagnie d'un capucin priant au pied du lit. Les deux femmes s'embrassèrent avec la chaleur des anciennes tendresses, puis Mme de Vendôme murmura :

— Le bon père et moi allons vous laisser avec lui. Il veut vous parler...

Et Sylvie resta seule avec cet homme qui avait permis qu'elle eût une enfance heureuse mais qui, ensuite, lui avait fait tant de mal... Elle s'approcha du lit que l'on venait de refaire sans doute, car il était aussi lisse et net qu'un lit de parade, regarda cette forme émaciée, jaunie et presque chauve qui avait été l'un des plus beaux hommes de son temps. Il semblait dormir et elle hésita sur ce qu'elle devait faire. Soudain, les terribles yeux bleus à peine pâlis s'ouvrirent d'un seul coup et se tournèrent vers elle :

— Vous êtes venue...

— C'est l'évidence, il me semble...

— Pourquoi ? Pour voir en quel état l'approche de la mort réduit votre plus vieil ennemi ?

— Vous n'êtes pas mon plus vieil ennemi. Celui-là, c'est l'homme qui a assassiné ma mère. A ce moment-là c'est vous, souvenez-vous-en, qui m'avez donné les moyens de continuer à vivre à l'abri de vos châteaux.

— Ce n'est pas moi : c'est la duchesse...

— Mais vous avez accepté ses décisions.

L'ombre d'un sourire flotta sur les lèvres sèches.

— Peut-être après tout y ai-je eu quelque mérite ? Sans vous détester vraiment au début, je me méfiais de vous... surtout à cause de cet amour têtu que vous vous obstiniez à porter à mon fils...

— Je sais. Vous me l'avez déjà dit... en d'autres circonstances.

— Je n'ai pas oublié. J'étais certain que vous vouliez surtout être duchesse...

— La vie est étrange, n'est-ce pas ? Je le suis sans l'avoir voulu.

— C'est, je crois, ce mariage avec un homme de cette qualité qui m'a ouvert les yeux sur la vôtre. Surtout après sa mort du fait de mon fils, si peu de temps avant qu'il ne tue aussi son beau-frère. Nous sommes des hommes terribles, j'en ai peur. Je... je vous ai fait beaucoup de mal...

— Pas autant que vous l'auriez voulu car vous ne m'avez jamais détruite... et pas davantage l'amour que je n'ai jamais cessé de lui porter.

— Vous l'aimez toujours ?

— Oui... je l'aimerai jusqu'au bout... et peut-être au-delà, si Dieu le veut !

Un silence que combla aussitôt la lourde respiration du mourant à la recherche de son souffle.

— Me croirez-vous si je vous dis que j'en suis... très heureux ?... A présent... je dois dire pourquoi je vous ai mandée. C'est d'abord... pour vous demander de me pardonner... un pardon à la mesure de mes remords qui sont profonds. Ensuite... Je voudrais que vous veilliez sur François... Il va être amiral de France et il a de nombreux ennemis que cette haute charge n'apaisera pas, tant s'en faut.

— Comment le pourrais-je ? Il court les mers à des centaines de lieues de moi, exposé à tous les dangers de la mer et des hommes...

— Quand on va mourir, il arrive que l'avenir entrouvre son voile. Un grand amour possède infiniment de puissance... et je sens qu'un jour il aura besoin du vôtre... Me promettez-vous ?

Vaincue par l'émotion, Sylvie se laissa tomber à genoux auprès du lit.

— Je vous le jure, monseigneur ! Tout ce qui sera en mon pouvoir, je le ferai pour lui...

— Me pardonnez-vous ?

— De tout mon cœur...

Alors, à travers les sanglots qui la secouaient, elle sentit sur son front la main de César qui traçait lentement le signe de la Croix.

— Que Dieu vous bénisse... comme je vous bénis ! S'il veut entendre le pécheur que je suis, je le prierai pour vous deux...

Au contraire de ce que l'on aurait pu penser, Louis XIV montra un réel chagrin de la mort de cet oncle tout en contrastes, à la fois follement brave et calculateur, débauché et cependant profondément chrétien avec des repentances spectaculaires, mais aussi généreux et compatissant aux petites gens, comme l'était François, cet oncle qu'il appelait « mon cousin ». Et puis, c'était le dernier des fils d'Henri IV qui retournait au Père. Aussi, à la surprise générale, ordonna-t-il que ses funérailles fussent celles d'un prince du sang. Tant qu'il fut en son hôtel de Vendôme, quatre hérauts d'armes veillèrent aux angles du catafalque aspergé régulièrement d'eau bénite par le premier gentilhomme de la Chambre. Partagée entre l'orgueil et le chagrin, la duchesse priait au pied du cercueil. Sylvie vint y plier le genou et dire une prière, en compagnie de Perceval mais aussi de Jeannette, et même de Corentin accouru de Fontsomme, pour saluer une dernière fois le prince dont ils avaient été les serviteurs. Ce fut pour Sylvie l'occasion d'apprendre que, dans son château de Picardie, le jeune Nabo reprenait goût à la vie en s'initiant à la culture et à l'art du jardinage : il était pour Corentin une aide non négligeable et toujours souriante...

Ensuite, elle, Jeannette et Perceval partirent pour Vendôme où l'on allait célébrer les funérailles. Seuls le fils aîné Louis de Mercœur, qui devenait duc de Vendôme, et ses deux fils, Louis-Joseph et Philippe, respectivement âgés de onze et dix ans, menèrent le deuil : l'escadre de Beaufort guerroyait toujours quelque part au large des côtes africaines...

Après que César eut été déposé en grande pompe dans le caveau de la collégiale Saint-Georges, Sylvie, avec une profonde émotion, fit ses adieux à celle qui lui avait servi de mère : Françoise de Vendôme voulait demeurer à jamais auprès de celui qu'elle avait aimé, qui lui avait donné de si beaux enfants et qui, en dépit de sa vie dissipée, lui avait toujours gardé une tendre admiration. Elle allait habiter le couvent du Calvaire où, depuis quelque temps déjà, elle se faisait bâtir un logis particulier ; elle y vivrait sous l'habit religieux...

Enfin, avant de reprendre le chemin de Paris, Sylvie tint à effectuer un dernier pèlerinage : monter seule au sommet de cette tour de Poitiers qu'elle regardait si souvent en pleurant de rage, jadis, quand ses petites jambes de quatre ans lui en interdisaient l'ascension. Elle se jurait, alors, d'y arriver un jour...

C'était chose faite à présent et, dans le vent aigre de novembre elle regarda longuement la ville et la campagne étendues à ses pieds, sachant qu'elle n'y reviendrait plus. Aussi bien n'avait-elle plus rien à y faire : elle était duchesse, l'égale de François, et la tour était à jamais vaincue... mais elle n'en était pas plus heureuse pour cela. Aujourd'hui, avec le duc César, elle enterrait son enfance, demain, avec la Reine Mère, elle dirait adieu à une adolescence trop brève dont elle regrettait à présent qu'elle n'eût pas duré plus longtemps.

Car Anne d'Autriche, elle aussi, s'en allait vers

une mort qui lui semblait de plus en plus désirable. Dans son grand lit de soie et de velours bleu brodés d'or, couronné en haut de chaque colonne par un bouquet de plumes bleues, « aurore », et d'aigrettes blanches, elle endurait un martyre que l'opium dont ses médecins la bourraient parvenait de moins en moins à éteindre les douleurs. Déchéance suprême pour cette femme belle, soigneuse de sa personne et toujours si délicate dans ses goûts, le sein gangrené répandait une odeur pénible que ses femmes s'efforçaient d'écarter d'elle en agitant des éventails en peau d'Espagne au parfum chaleureux.

Cette longue torture dura jusqu'en janvier. Un matin, soulevant pour la regarder l'une de ses belles mains, elle murmura :

— Ma main est enflée... Il est temps de partir...

Il était temps, en effet. Alors se déroula le lent cérémonial qui accompagne les rois jusqu'à l'heure dernière et qui commençait par une longue et minutieuse confession...

Ce matin-là, au moment où son carrosse la déposait à la porte du Louvre, Mme de Fontsomme vit la maréchale de Schomberg descendre d'une voiture trop maculée de boue et de neige pour ne pas arriver tout droit de la campagne. Elle courut vers elle avec une exclamation de joie :

— Comment êtes-vous si vite arrivée, Marie ? demanda-t-elle en l'embrassant. Aux petites heures du matin, j'ai envoyé un courrier à Nanteuil pour vous demander de vous hâter si vous vouliez revoir notre reine vivante...

— Mlle de Scudéry qui m'écrit souvent — pas à moi seule d'ailleurs : elle doit écrire un volume tous les jours — m'a fait savoir hier que Sa Majesté allait mourir. Elle a souvent tendance à exagérer les choses, mais cette fois, sa lettre rendait un son de vérité et je suis partie cette nuit...

— J'en suis tellement heureuse, mon amie ! Naturellement je vous garde chez moi. Renvoyez-y votre équipage se faire bouchonner et se mettre au chaud puisque j'ai le mien.

En se tenant par le bras, elles traversèrent ensemble la grande cour qu'une averse de neige avait blanchie dans la nuit et atteignaient le Grand Degré quand elles virent devant elle un homme déjà âgé, qui montait lentement en s'appuyant sur une canne et que certains de ceux qui se rendaient chez la Reine Mère saluaient en le dépassant. L'ex-Marie de Hautefort eut tôt fait de le reconnaître et l'arrêta :

— La Porte ? Mais quel plaisir inattendu ! On disait que vous aviez juré de ne plus jamais quitter Saumur...

Le visage lourd où s'inscrivait la fatigue des nombreuses années de service, auprès d'Anne d'Autriche d'abord dont il était le « portemanteau » et le confident, du jeune Louis XIV ensuite sur qui, en tant que valet de chambre, La Porte avait veillé, s'illumina soudain :

— Madame la maréchale de Schomberg ! Madame la duchesse de Fontsomme ! Je suis bien heureux... J'espérais en venant ici vous apercevoir... Je ne demanderai pas de nouvelles de vos santés : vous êtes toutes deux tellement semblables au souvenir que je garde !

— Nous avons tout de même vieilli un peu, dit Sylvie. Mais il n'est pas difficile de deviner la raison de votre venue : vous voulez « la » revoir une dernière fois.

— Oui. Depuis que j'ai été écarté de la Cour pour avoir osé dire ce que je pensais du cardinal Mazarin, j'ai vendu, comme vous le savez peut-être, ma charge de valet de chambre et me suis retiré dans un petit bien que je possède sur la Loire. Les bruits de la mort prochaine de celle qui est toujours ma chère maîtresse sont venus jusqu'à moi. Et j'ai voulu, une dernière fois, lui porter l'hommage de mon dévouement et de ma fidélité... Ensuite, je rentrerai chez moi pour n'en plus sortir.

— Eh bien, nous allons la saluer ensemble, dit Mme de Schomberg d'une voix émue. Soudés comme nous l'étions au temps où nous ne vivions que pour elle et pour son bonheur...

Naturellement, il y avait beaucoup de monde dans les appartements où l'on parlait, pour une fois, à voix basse. Dans le Grand Cabinet, le trio rencontra d'Artagnan.

— Le Roi est là ? lui demanda Sylvie.

— Pas encore mais il ne va pas tarder. Je suis ici de mon propre chef, pour rendre un dernier hommage tant que c'est encore possible. Voulez-vous entrer avec moi ? La Reine est là et aussi Monsieur. Madame vient d'avoir un léger malaise.

Dans la grande chambre aux meubles d'argent

et de bois précieux, où l'on avait répandu généreusement des parfums, Anne d'Autriche, dont le confesseur venait de se retirer, reposait presque sereine dans la blancheur des draps de batiste que l'on avait changé dès le petit matin et sur lesquels étaient disposés des sachets de senteur. Son fils Philippe était auprès d'elle, serrant l'une de ses mains contre son cœur, le visage inondé de larmes. Sa belle-fille priait de l'autre côté du lit.

Derrière le capitaine des mousquetaires dont les larges épaules ouvraient sans peine un passage, les trois visiteurs parvinrent jusqu'à la balustrade d'argent qui isolait les abords immédiats de la couche royale. Là, avec une ensemble parfait, les deux hommes s'inclinèrent tandis que les femmes plongeaient dans de profondes révérences. La mourante qui venait d'ouvrir les yeux les aperçut. Une expression de surprise heureuse se peignit sur son visage à voir ainsi réunis les visages des témoins de ses jeunes années et de ses belles amours. Elle leur sourit, esquissa le geste de tendre la main vers eux en se redressant un peu sur ses oreillers comme pour les attirer à elle... mais au sourire succéda un soupir douloureux. Les yeux se refermèrent et elle laissa retomber doucement son dos et sa main.

Une voix alors annonça : « Le Roi ! » et le groupe se retira. Les autres personnes présentes refluèrent sur le Grand Cabinet : la Reine Mère, avant de recevoir la communion, désirait s'entretenir sans témoins avec ses fils, l'un après l'autre. La chambre se vida. Le Roi resta seul avec sa mère...

L'entretien dura longtemps. Au point d'éveiller sinon l'inquiétude, au moins la curiosité. Le maréchal de Gramont, que Sylvie n'avait pas vu depuis l'affaire Fouquet et qui semblait prendre à tâche de l'éviter le plus souvent, se rapprocha d'elle d'un air aussi délibéré que s'ils s'étaient rencontrés la veille :

— Vous qui êtes dans les secrets des dieux, duchesse, sauriez-vous ce que la Reine Mère peut bien avoir à dire à son fils pour prendre tellement de temps ?

— Je suis dame de la jeune Reine, monsieur le maréchal, non de la Reine Mère. Au surplus... vous n'aurez qu'à le demander au Roi ! Vous vous êtes donné tant de peine pour être de ses intimes qu'il vous doit bien cela.

Il la regarda d'un air offusqué et son grand nez prit une belle teinte pourpre :

— Vous me traitez bien mal, madame. J'espérais que le temps...

— Le temps ne peut rien contre des amitiés, monsieur le maréchal. Proscrit, prisonnier ou tout ce que vous voudrez, M. Fouquet me reste cher.

— Et moi ? N'étais-je pas aussi votre ami ?

— Cela remonte à longtemps et il m'étonne que vous vous en souveniez encore ? Que je sache, ce n'est pas moi qui vous ai prié de vous éloigner, mais plutôt votre fidèle conseillère la Prudence et son cousin le maître du parfait courtisan ?

— Fi donc ! qui pourrait vous croire si cruelle ? Avez-vous donc oublié...

Sylvie prit son éventail et l'agita entre eux comme si une odeur déplaisante l'incommodait.

— S'il m'arrive de pardonner, je n'oublie jamais rien : ni le bien ni le mal. Vous souhaitiez faire de moi votre maîtresse et peut-être, à présent que la maréchale vous a quitté, songeriez-vous à m'épouser ?

— Mais je...

— Brisons là s'il vous plaît ! Permettez que je vous offre mes condoléances et reprenons chacun notre chemin. Aussi divergent que possible !

Suffoqué par cette philippique qui amenait un sourire sur les lèvres de Mme de Schomberg, le maréchal eût peut-être trouvé encore quelque chose à dire si, à cet instant, le Roi n'était apparu sur le seuil de la chambre. En dépit des larmes qui roulaient sur ses joues, il était d'une mortelle pâleur. Tellement semblable à un fantôme qu'un profond silence s'établit. Appuyé sur sa canne où blanchissaient les jointures de ses doigts, il fit deux pas, se tourna comme un automate vers Monsieur qui le regardait sans oser parler, parut faire sur lui-même un prodigieux effort puis articula :

— Allez rejoindre notre mère... mon frère ! C'est à vous qu'elle veut à présent dire adieu...

Puis il continua son chemin pour regagner ses appartements en attendant que les derniers sacrements soient apportés à la mourante.

Ce faisant et tandis qu'il avançait lentement entre la double haie des révérences et des saluts de cour, ses yeux se posèrent sur le petit groupe formé par les deux femmes et La Porte. Il s'arrêta devant eux. Ses yeux, alors, se firent incroyablement durs :

— Madame la maréchale de Schomberg ? fit-il avec hauteur. Vous vous êtes faite fort rare, ces temps derniers. Qui vous a poussée à revenir aujourd'hui ?

Un éclair de colère traversa les yeux d'azur de celle que l'on appelait jadis l'Aurore et qui méritait toujours ce sobriquet.

— L'amour et la fidélité que je voue depuis toujours à Sa Majesté la Reine Mère. Je souhaitais la revoir...

— Vous avait-elle appelée ?

— Non, Sire !

— En ce cas, vous serez certainement plus heureuse à Nanteuil-le-Haudouin, votre belle demeure...

Avant que Marie, abasourdie, eût trouvé quoi que ce soit à répondre, Louis XIV passait à Sylvie.

— Nous aurons à vous parler, madame la duchesse de Fontsomme. Lorsque la Reine notre auguste mère aura reçu le Seigneur et ses consolations, présentez-vous dans nos appartements ! Quant à vous, monsieur de La Porte, il n'est pas bon à votre âge de parcourir une longue route au cœur de l'hiver. Vous avez hâte, je pense, de rentrer à Saumur...

— Sire...

— J'ai dit Saumur !

Et il passa, raide comme un automate dans son habit de brocart, sans plus se soucier de ceux qu'il venait d'écraser ainsi en peu de secondes sous les hauts talons rouges qui lui servaient à se grandir. Un murmure s'élevait autour d'eux cependant que, déjà, l'on s'écartait de ces gens atteints de disgrâce comme on l'eût fait de malades contagieux.

De toute sa hauteur, Marie de Schomberg toisa les courtisans avec un sourire de mépris, puis, glissant son bras sous celui de Sylvie :

— Rentrons, ma chère ! Nous n'avons plus rien à faire ici. Venez aussi, La Porte !

— Allez m'attendre tous deux chez moi, Marie ! dit Sylvie. Je dois rester puisque le Roi me fait la grâce de me recevoir tout à l'heure. Prenez ma voiture et renvoyez-la-moi.

— Je ne vous laisserai pas seule dans ce palais.

Une voix grave se fit alors entendre :

— Elle ne sera pas seule, dit d'Artagnan qui venait de reparaître et n'avait rien perdu de la scène. Je reste avec Mme la duchesse et je l'escorterai chez le Roi quand le moment en sera venu.

L'œil flamboyant, la moustache arrogante, il offrit son poing fermé à Sylvie pour qu'elle y pose sa main et quitta avec elle le Grand Cabinet mais, dans les antichambres, le chemin leur fut barré : la reine Marie-Thérèse traversait les appartements pour aller recevoir, à la porte du palais, le saint sacrement que l'on apportait de Saint-Germain-l'Auxerrois. Le Louvre entier se figea dans le respect et ne bougea plus tant que Dieu fut au chevet de la mourante. Le Roi était revenu chez sa mère.

On attendit longtemps.

Enfin, dans la profondeur des appartements,

retentit le son grêle de la clochette agitée devant le grand ostensoir d'or, relayé par les claquements de talons des gardes présentant les armes. La procession de la Reine, qui suivait en priant, franchit à sa suite les antichambres, atteignit le Grand Degré et disparut dans ses profondeurs. Puis, le Roi regagna ses appartements. De nouveau d'Artagnan offrit sa main.

— Venez, madame !

Elle opposa alors une résistance :

— Je vous en prie, mon ami ! Il ne fait aucun doute pour moi que la disgrâce m'attend. Ne vous compromettez pas avec moi ! Le Roi pourrait ne pas vous le pardonner.

— Il me connaît, madame, et sait que ma fidélité commence avec lui mais s'étend à ceux que j'... qui sont mes amis. Au surplus, s'il ne comprenait pas, c'est moi qui serais déçu.

Le regard qu'elle lui offrit était plein d'admiration mais aussi de gratitude ! Que c'était bon, mon Dieu, de trouver à ce moment difficile cet homme au cœur si haut, ce vaillant entre tous les vaillants offrant si généreusement un abri contre la tempête, qui venait de frapper Marie et La Porte et qui ne manquerait pas de s'abattre sur elle si la cause en était ce qu'elle craignait de deviner.

En arrivant chez le Roi, d'Artagnan, sans lui lâcher la main, la confia au chambellan de service en précisant bien qu'il resterait là le temps qu'il faudrait pour la ramener lui-même à sa voiture ou chez la Reine, selon l'issue de l'audience.

— Et ne me dites pas que je dois agir autrement, ajouta-t-il en se tournant vers sa compagne. J'ignore ce que vous veut Sa Majesté, mais si elle s'imagine avoir quoi que ce soit à vous reprocher, c'est elle qui a tort !

Au moment où l'on allait introduire Sylvie dans le cabinet royal, Colbert en sortait. Il la salua avec toute la politesse désirable mais elle n'aima pas la lueur sardonique de ses yeux noirs, pas plus que le pli de contentement que dissimulait mal sa moustache, et son cœur se serra. Pour qu'il soit aussi content, elle devait s'attendre à de bien mauvaises nouvelles.

— Mme la duchesse de Fontsomme ! annonça le chambellan.

Louis XIV, cependant, ne se retourna pas. Il se tenait debout devant le grand portrait de son père par Philippe de Champaigne, encadré par deux torchères monumentales portant plusieurs grosses chandelles dont les flammes mouvantes semblaient animer l'effigie de Louis XIII, et il le scrutait comme s'il le voyait pour la première fois. Seul le feu qui flambait dans la cheminée de porphyre animait un silence que Sylvie, du fond de la révérence dont elle n'osait se relever, jugea vite insupportable, mais il lui était interdit de parler la première...

Ses genoux commençaient à souffrir quand le Roi se retourna tout d'une pièce et, une main derrière le dos, l'autre tourmentant les dentelles de sa cravate en point de Malines, il considéra la femme quasi prosternée devant lui.

— Relevez-vous, madame !

La voix était sèche, le ton cassant. Il ne l'invita pas à s'asseoir, mais ce fut tout de même un soulagement de retrouver la position verticale. Elle prit une profonde et discrète respiration, et attendit qu'il voulût bien parler. Ce qui ne tarda guère.

Lentement, Louis XIV revint prendre place derrière sa grande table où régnait un ordre impressionnant pour un homme dont tout un chacun savait qu'il était un bourreau de travail. Et, soudain il attaqua :

— Nous nous sommes résolu, madame, à vous écarter du cercle de la Reine où il semble que nous avons eu tort de vous appeler... L'approche d'une jeune souveraine doit être offerte en priorité à des femmes de haute moralité...

Sous le propos outrageant, un flot de sang monta au visage de la jeune femme en qui se réveilla d'un seul coup l'ancienne Sylvie d'autrefois, primesautière et emportée. Cependant, elle réussit à se contenir :

— Puis-je demander au Roi ce qu'il trouve à reprendre dans ma... moralité ?

— Du vivant de votre époux vous avez été la maîtresse de mon cousin Beaufort et vous l'êtes sans doute encore. Nous avons appris depuis peu, mais avec douleur, que, pour vous débarrasser de lui, vous avez fait tuer votre époux en duel par votre amant afin que ce malheureux ne puisse découvrir que vous étiez grosse d'un autre...

— C'est faux !

Emportée par l'indignation, elle avait crié sa

protestation. Les sourcils froncés de Louis XIV se resserrèrent encore :

— N'oubliez pas devant qui vous êtes et laissez de côté des façons de harengère qui ne vont que trop bien à la concubine du Roi des Halles...

De rouge, Sylvie devint très pâle. Elle considéra ce jeune homme couronné qu'elle avait aimé, paré de toutes les qualités et en qui elle découvrait chaque jour un peu plus une incroyable sécheresse de cœur. A ce moment, il lui rappelait d'étrange façon César de Vendôme quand, avec une violence et une cruauté incroyables, il tentait de convaincre l'enfant qu'elle était encore de commettre un crime. Si le sang d'Estrée, vindicatif et impitoyable, ne coulait pas dans ses veines, elle voulait bien être pendue ! Elle n'ignorait pas qui avait pu lui faire ce rapport venimeux, salissant, mais elle dédaigna soudain de se défendre :

— Dire qu'il fut un temps où le Roi disait m'aimer et ajoutait qu'il espérait voir durer cette affection dont j'étais si fière.

Haussant les épaules, elle recula de deux pas et s'abîma dans une profonde mais rapide révérence puis se détourna carrément pour sortir. Il la cloua sur place d'un :

— Restez ! Vous partirez quand je le jugerai bon. Je n'en ai pas fini avec vous.

Elle nota au passage qu'il abandonnait le pluriel de majesté mais sans en tirer la moindre conclusion. Peut-être, après tout, était-ce bon signe car Louis alla se jeter dans son haut fauteuil couvert d'une tapisserie précieuse et s'y accouda en posant son visage sur son poing fermé :

— Prenez le tabouret que vous voyez là et asseyez-vous ! N'êtes-vous pas duchesse ? Vous y avez droit !

Sans obéir, elle eut un petit sourire de dédain :

— Le Roi pense qu'il vaut mieux être assise pour se faire insulter ? Je préfère rester debout ! Ce tabouret ressemble trop à la sellette à laquelle ont droit les gens de noblesse quand ils passent en jugement.

— Mais vous passez en jugement, madame la duchesse de Fontsomme, à ceci près que je suis votre seul juge. Et je vous ordonne de vous asseoir !

Pour ne pas le pousser à bout, elle s'exécuta. Surtout en pensant à ses enfants dont elle devait s'efforcer de préserver l'avenir.

— Racontez à présent ! ordonna-t-il.

— Et quoi donc, Sire ?

— Vos amours avec M. de Beaufort. Je veux tout savoir ! Et n'alléguez pas je ne sais quel secret ! Dès l'instant où l'on en parle, ce n'en est plus un. Mais d'abord une question : votre fils est-il de lui ?

— Oui.

Il eut un petit reniflement et un mince sourire qui signifiaient « j'en étais sûr ». Cependant, Sylvie reprenait avec une dignité qui en imposa au jeune autocrate :

— Il est le fruit d'un amour d'enfance... et d'une heure d'abandon. Une seule ! A cela se réduisent mes « folles » amours avec François de Beaufort qu'ensuite je n'ai plus revu pendant dix ans...

— Racontez ! répéta-t-il cette fois avec une nuance plus douce.

Et Sylvie raconta...

Il l'écouta sans l'interrompre et elle crut voir s'adoucir l'expression de son visage. Comme elle achevait son récit on gratta à la petite porte donnant sur la chambre royale et Colbert parut, salua, et l'échine courbe, vint déposer un papier devant le Roi avant de se retirer. Louis XIV y jeta un coup d'œil puis le repoussa et se redressa, retrouvant soudain toute sa menaçante impassibilité :

— J'admets, dit-il, que vous ayez été victime de certaines circonstances dont je n'aime pas à me souvenir. C'est en mémoire de ces circonstances... et de l'affection qui m'attachait à vous jadis que vos enfants n'auront pas à porter le poids de votre faute. Votre fils gardera le nom, le titre et les prérogatives qu'on lui connaît. Quant à votre fille qui est bien celle du défunt duc, rien ne s'opposera à ce qu'elle fasse un brillant mariage... dont nous aurons soin d'ailleurs. En ce qui vous concerne, je désire que vous vous éloigniez de la Cour et regagniez vos terres de Picardie. Il m'importe trop qu'il n'y ait autour de la Reine que des femmes de vertu inattaquable...

En dépit de la gravité du moment, elle faillit lui rire au nez.

— Certes, on ne saurait trop louer celle de Mme la comtesse de Soissons, ne put-elle s'empêcher de lâcher en éprouvant une joie maligne à voir qu'il accusait le coup : les ailes de son nez blanchirent et ses doigts laissèrent échapper la plume d'oie avec laquelle ils jouaient depuis quelques minutes.

— Je ne vous connaissais pas cancanière, gronda-t-il.

— Moi non plus, Sire, et je le regrette, mais il arrive parfois que certaines comparaisons s'imposent. J'en demande pardon au Roi. Puis-je à présent me retirer ?

— Non, madame ! fit-il avec impatience. Je n'en ai pas encore fini avec vous car je pourrais, à la rigueur, oublier tout de ce que vous venez de relater pour moi si je n'avais encore à vous reprocher ce que je considère comme un véritable acte de rébellion.

— Un acte de rébellion ? Moi ?

— Oui. Vous ! En une circonstance récente et... pénible, j'avais placé en vous toute ma confiance et je crois vous en avoir donné un signe tangible en vous chargeant de certaine mission...

— Je ne me souviens pas d'avoir été chargée d'une quelconque mission, répondit Sylvie, les yeux dans ceux de Louis XIV.

— Voilà une attitude que je louerais sans réserve si, dans un but qui ne m'apparaît pas sans ombres dangereuses, vous n'aviez soustrait à ma justice ce misérable esclave noir...

— Justice, Sire ? Ce malheureux, réfugié dans l'une des salles désertes du Vieux Louvre, a échappé par miracle à des estafiers venus pour le tuer. Il a cherché refuge chez moi...

— Et pourquoi chez vous ?

— Peut-être parce que je l'ai toujours traité comme un être humain, non comme un jouet dépourvu d'âme. Jamais ma porte n'a été fermée à qui demande secours. C'est Mme de Vendôme qui m'a élevée. C'est d'elle que j'ai appris la charité, et aussi de monsieur Vincent...

Au nom du vieux prêtre retourné à Dieu dont l'aura de charité avait jadis impressionné sa jeunesse, Louis XIV tressaillit et, comme si elle obéissait à un commandement supérieur, sa voix se radoucit :

— A Dieu ne plaise, madame, que je reproche jamais à quelqu'un de s'être montré compatissant, mais ce garçon a commis un crime d'une extrême gravité. Il ne doit pas rester en vie pour s'en vanter un jour.

— Sire, ce n'est encore qu'un enfant...

— Un enfant qui accomplit le crime d'un homme n'en est plus un... Il doit disparaître comme doit disparaître toute trace de ce que vous savez.

— Sire ! s'écria Sylvie pleine d'angoisse, le Roi ne va pas...

— ... s'en prendre à la petite fille ? Je ne suis pas un monstre, madame, mais, au cas où vous auriez gardé quelque souvenir de votre voyage hors Paris, sachez seulement qu'elle n'est plus là où vous l'avez mise. Retirez-vous, à présent, madame, et veillez à gagner dès que possible vos terres de Fontsomme. Fort belles à ce que l'on m'a dit...

— Le Roi me chasse, dit Sylvie avec amertume,

comme il chasse Marie de Hautefort et Pierre de La Porte, ceux qui ont voué leur vie, par amour et fidélité, à sa mère...

— Je ne chasse personne. Simplement, à l'aube d'un nouveau règne j'entends balayer les vestiges de l'ancien. Allez, à présent, madame la duchesse ! Je ferai vos adieux à la Reine... Encore un mot ! A moins que je n'entende parler de vous de déplaisante façon, on ne touchera pas plus à vos biens qu'à votre personne. Songez à vos enfants !

En dépit de la colère et de l'indignation qui grondaient dans son cœur, la révérence du « vestige » fut un modèle de grâce et de dignité fière.

— Je ne doute pas que le Roi ne sache s'entourer désormais de serviteurs selon son cœur... ou plutôt selon ses goûts.

— Entendez-vous par là que je n'ai pas de cœur ? gronda-t-il. A la demande de ma mère, je vais rappeler les Navailles.

— Le défunt cardinal de Richelieu pensait que ce viscère n'avait rien à faire dans le gouvernement d'un Etat. Votre Majesté a toutes les chances de devenir un grand roi....

Furieux, Louis XIV, oubliant la majesté qu'il s'imposait, courut à la porte qu'il ouvrit lui-même pour intimer à l'insolente l'ordre de sortir, mais sur le seuil il trouva d'Artagnan et tourna contre lui sa colère :

— Que faites-vous là ? Je ne vous ai pas appelé.

— En effet, Sire. Mais j'ai accompagné jusqu'ici Mme la duchesse de Fontsomme et je l'attends pour la mener là où elle jugera bon d'aller.

— C'est le Roi qui décide où vont ses serviteurs. Et si nous vous ordonnions de la conduire à la Bastille ?

— Alors j'aurais l'honneur de prier le Roi de charger quelqu'un d'autre de cette vilaine commission et je ferais l'impossible pour qu'il n'y arrive pas, fit le mousquetaire sans se démonter. La Bastille ne saurait convenir à une dame de cette qualité et, jusqu'à présent, le Roi n'y a encore jamais envoyé un innocent...

— Savez-vous que c'est de la rébellion ?

— Non, Sire... De la simple courtoisie jointe à ce qui était autrefois le devoir d'un chevalier : protéger les faibles des mauvais chemins et des bêtes malfaisantes. Les rues de Paris ne sont pas sûres et le Louvre est peuplé de fauves toujours prêts à déchirer la proie qu'on leur abandonne. J'ajouterai aussi une respectueuse amitié !

Le regard bleu et le regard noir, aussi étincelants l'un que l'autre, se croisèrent comme des lames d'épée. Ce fut le Roi qui détourna la sien.

— Maudite tête de bois ! Faites comme vous l'entendrez !... Adieu, madame !

Comme si elle eût été celle d'un simple particulier en colère, la porte royale claqua le plus démocratiquement du monde. Avec un bon sourire, le capitaine des mousquetaires offrit derechef sa main à sa compagne :

— M'offrirez-vous un gobelet de vin chaud à la cannelle ? Par ces temps de froidure, c'est le meilleur remède que je connaisse contre les gelures du cœur.

— Tout ce que vous voulez ! Je ne remercierai jamais assez le Ciel de m'avoir donné un tel ami.

Et c'est ainsi, fièrement accompagnée par d'Artagnan et saluée, grâce à lui, par tous les soldats de garde, que Sylvie quitta le Louvre vingt-neuf ans, presque jour pour jour, après y être entrée dans le carrosse de la duchesse de Vendôme. Cette fois, pour n'y plus revenir.

Dans la cour, le capitaine demanda son cheval, mit Sylvie en voiture et l'escorta dans les rues nocturnes jusqu'à sa demeure. Voyant deux voitures qui attendaient, il préféra se retirer :

— Le vin chaud sera pour plus tard. Vous avez des visites et il vaut mieux que je regagne le Louvre.

— Je suis triste à la pensée que nous ne nous verrons plus, soupira Sylvie.

— Et pourquoi s'il vous plaît ?

— Demain je pars pour Fontsomme d'où je ne bougerai et je ne veux pas vous mettre dans un mauvais cas vis-à-vis du Roi.

D'Artagnan eut un sourire féroce qui fit briller ses dents blanches :

— Il faudra bien que ce blanc-bec apprenne que, s'il veut de bons serviteurs, il faut les laisser libres de leurs affections. J'irai vous voir et vous donner des nouvelles. Et c'est à moi que je ferai plaisir alors parce que... je ne peux pas imaginer une existence d'où vous seriez à jamais absente.

Emue, elle lui tendit une main sur laquelle il attarda ses lèvres puis, sautant en selle aussi lestement qu'à vingt ans, le mousquetaire partit sans se retourner...

Au coin de la cheminée de la bibliothèque, Sylvie trouva Marie de Schomberg, Perceval et La Porte qui l'attendaient en buvant ce vin à la cannelle auquel d'Artagnan avait renoncé. Lorsqu'elle les rejoignit, les trois visages se tournèrent vers elle :

— Eh bien ? dit la Maréchale.

— Exilée sur mes terres. Comme vous et comme vous, ajouta-t-elle en regardant tour à tour l'ancienne dame d'atour et le plus fidèle serviteur d'Anne d'Autriche. Celui-ci se leva et fit deux ou trois tours dans la pièce :

— Je gagerais ma tête que j'ai raison. Le confesseur de la Reine Mère a dû exiger d'elle, pour lui donner l'absolution et avant qu'elle ne reçoive le corps du Christ, qu'elle dise la vérité à son fils aîné.

— Et moi je dis que c'est impossible ! s'écria Marie. Même en confession, un secret d'Etat n'est pas fait pour les oreilles du premier prêtre venu !

— Mgr d'Auch n'est pas le premier prêtre venu et, même s'il l'était, violer le secret de la confession entraîne la damnation, dit Perceval. Cela dit, l'adultère est un péché grave : la Reine se devait à elle-même d'en décharger sa conscience. Je pense comme La Porte : le Roi sait tout à présent. Et vous êtes en danger... N'avez-vous pas été les complices de ses amours avec Beaufort ?

— Elle ne nous aurait pas livrés ! lança Marie avec violence...

— Livrés non, reprit La Porte, mais il a dû exiger de savoir qui pouvait être au courant. Cependant, je suppose qu'avant de donner des noms elle a dû faire jurer au Roi de ne pas nous faire de mal. Sinon nous serions déjà à la Bastille. Il se contente de nous éloigner de lui à jamais.

— La Porte a raison, approuva Perceval. Le hasard a voulu que, réunis tous trois, vous soyez les premiers à tomber sous son regard quand il est sorti de la chambre après avoir appris que, s'il porte bien le sang d'Henri IV, il n'a pas celui de Louis XIII. C'est une terrible révélation pour un jeune homme aussi orgueilleux, même si sa mère lui a donné la certitude que son frère Philippe n'en saurait jamais rien. Ce vieux renard de Mazarin savait ce qu'il faisait quand lui et la Reine développaient à qui mieux mieux les goûts féminins du petit prince afin qu'il ne devienne jamais un second Gaston d'Orléans. Louis est le Roi et entend bien le rester. Il est assez normal qu'il écarte de ses regards des visages qui ne peuvent que lui rappeler sa vérité.

— Vous pensez que Mazarin savait ? demanda Mme de Schomberg.

— Elle ne lui a jamais rien caché, fit La Porte avec amertume. N'était-il pas son époux secret ?

La voix de Sylvie, qui se taisait depuis un moment, se fit entendre :

— Et Beaufort ? Que devient-il dans tout cela ?

Le nom généra un silence où l'effroi se mêlait à l'anxiété. Tous savaient que Louis XIV n'avait jamais aimé le plus turbulent des Vendôme et n'osaient imaginer ce que pouvaient être ses sentiments maintenant qu'il savait... Ce fut encore Perceval qui le rompit :

— Le Roi Très Chrétien ne saurait accomplir un parricide qui le damnerait... Mais vous avez raison, Sylvie, de penser à lui. Je vais repartir pour Toulon où je l'attendrai : il faut qu'il soit prévenu de vive voix. Une simple lettre qui peut tomber en n'importe quelles mains serait trop dangereuse. Je vous rejoindrai à Fontsomme... car, bien sûr, vous partez ?

— Dès demain. Cette maison comme celle de Conflans vont rentrer dans le sommeil en attendant que mon fils les réveille...

Le lendemain 26 janvier 1666, Anne d'Autriche mourait, quelques minutes avant cinq heures du matin, en pressant sur ses lèvres le crucifix qu'elle avait gardé toute sa vie à la tête de son lit. Ainsi qu'elle l'avait demandé, on la revêtit de la bure des Tertiaires de Saint-François avant de porter son corps à la nécropole royale de Saint-Denis où elle rejoindrait son époux...

Toutes les cloches de Paris sonnaient en glas lorsque trois voitures, emportant respectivement Mme de Schomberg, La Porte et Sylvie, quittèrent la rue Quincampoix. Perceval, pour sa part, avait opté courageusement pour la chaise de poste en dépit du souvenir médiocre qu'il en gardait.

Avant de quitter son hôtel, Mme de Fontsomme avait réuni son personnel pour le mettre au courant de sa nouvelle situation et rendre leur liberté à ceux qui le désireraient. Mais il n'y eut pas la moindre défection. Berquin et Javotte resteraient à Paris avec quelques valets pour l'entretien de la maison. Tous les autres, y compris le nouveau cuisinier, optèrent pour le château ducal :

— Il n'y a aucune raison pour que Mme la duchesse mange mal sous le prétexte qu'elle habitera désormais la campagne, dit Lamy. En outre, j'y serai à l'aise pour écrire le Traité sur le petit gibier à poil et à plume que j'ai en tête depuis quelque temps...

Le seul regret de Sylvie, en quittant Paris, allait à sa jolie maison de Conflans qu'elle avait toujours aimée et où elle se sentait chez elle plus que nulle part ailleurs. Pour le reste, elle n'était pas attachée à l'hôtel parisien, et moins encore à cette Cour pavée d'embûches et d'ambitions assez sordides, en dépit de la pitié affectueuse que lui inspirait la pauvre petite Reine, plongée dans un réel chagrin et qui allait se trouver bien seule, privée d'un soutien moral que nul ne pourrait lui rendre.

Elle avait raison de craindre un surcroît de chagrins et peut-être aussi d'isolement pour Marie-Thérèse : à peine sa mère eut-elle fermé les yeux que Louis XIV, avec un cynisme confondant, joignait sa maîtresse au nombre des dames de son épouse : La Vallière quittait le Palais-Royal et l'entourage de Madame pour rejoindre celui de la Reine. Le Roi pourrait ainsi la voir plus souvent.

Cette nouvelle, Sylvie devait l'apprendre quelques semaines après sa disgrâce par une lettre de Mme de Montespan qui, avec un beau courage, l'assurait d'une amitié assez inattendue et née sans doute du fait qu'elle était la mère de Marie, mais ressemblant bien à la fière Athénaïs qui avait un peu tendance à considérer les Bourbons comme de souche moins ancienne et donc moins respectable que les Mortemart : « On aurait plaisir, écrivait-elle, à apprendre à certains hommes et à leurs concubines le respect dû aux dames de qualité et à une infante en particulier. »

La boutade fit sourire Sylvie mais l'histoire la désola parce qu'elle révélait une face encore cachée de ce roi qu'elle avait tant aimé : le mépris absolu de ce qui n'était pas son bon plaisir et une totale indifférence à la souffrance d'autrui comme à la valeur de la vie humaine.

Elle en eut une nouvelle preuve au lendemain de l'arrivée de cette lettre : Corentin, désolé et indigné à la fois, vint lui annoncer que, dans le bief de son moulin, le meunier de Fontsomme venait de trouver le corps de Nabo pris dans les herbes gelées. Il ne s'était pas noyé et portait encore au cou la corde avec laquelle on l'avait pendu. Détail horrible, sa joue avait été marquée au fer rouge d'une fleur de lys comme on aurait fait d'un voleur ou d'un esclave enfui et repris.

— Je ne l'ai pas vu hier, expliqua Corentin mais je ne m'en souciais pas trop. Depuis qu'il est ici, il aime parcourir la campagne, faire des promenades solitaires dans les bois...

— Par ce temps glacial et alors qu'il vient d'un pays chaud ?

— Oui. C'est étrange, n'est-ce pas ? Toute blancheur le fascine et je crois bien la neige, le givre plus encore que le reste. Qui a pu faire cela ?

— Réfléchissez, Corentin ! La fleur de lys est une réponse suffisante : le Roi a envoyé des bourreaux accomplir sa vengeance... Il faut que je voie notre curé pour que l'on procède vite à ses funérailles puisqu'il était baptisé....

— Il a fort à faire pour l'instant, assiégé qu'il est par le village. Tous crient à je ne sais quelle malédiction et veulent le contraindre à refuser l'église et le cimetière.

— J'y vais !

Chaussant des bottes fourrées et s'enveloppant d'un grand manteau, Sylvie, escortée de Corentin et de Jeannette, descendit au village où, sur la place de l'église, il y avait grand rassemblement autour du curé, l'abbé Fortier, et d'une échelle où, sous un sac à grains, reposait le jeune Noir. Son arrivée amena un silence plein de respect : elle savait que tous ces gens l'aimaient, pourtant elle redoutait un peu la peur qu'elle voyait dans leurs yeux. On ne lui laissa d'ailleurs pas le temps de prendre la parole. Celui que l'on considérait comme le plus important du village, un certain Langlois, s'avança vers elle, salua et déclara :

— Madame la duchesse, j'ai, sauf votre respect, à vous dire au nom de tous que nous ne voulons pas de ce nègre parmi nos morts. Ils ne pourraient plus reposer en paix.

— Pourquoi donc ? A cause de la couleur de sa peau ?

— Il y a de ça... mais aussi de sa vilaine mort. Il

a été assassiné et nous ne voulons pas que son âme errante vienne nous tourmenter.

— Elle ne pourrait tourmenter que l'assassin et ce n'est aucun de vous, je le sais. En outre, n'oubliez pas que Nabo était chrétien, baptisé dans la chapelle du château de Saint-Germain sous le nom de Vincent. Et qu'il n'a commis aucun crime.

— Ça, on n'en sait rien et vous non plus, madame la duchesse. Surtout que vous ne voyez jamais le mal nulle part...

— Peut-être, mais je le vois ici où l'on refuse à un chrétien les prières et une terre chrétienne.

— C'est ce que j'essayais de leur expliquer, madame la duchesse, soupira l'abbé Fortier, mais ils ne veulent rien entendre.

— Nous demandez pas ça ! insista Langlois, repris d'ailleurs en chœur par tous les autres.

Elle réfléchit puis ordonna :

— En ce cas, rapportez-le au château.

— Vous n'allez pas faire ça ? protesta aussitôt Langlois. Vous n'allez pas l'enterrer dans votre chapelle au milieu de nos ducs ?

— Non, mais dans la petite île qui est au milieu de l'étang. L'abbé Fortier viendra demain y consacrer un carré de terre. En attendant, qu'on le rapporte dans la chambre qu'il occupait aux communs.

On lui obéit en silence : le cavadre fut déposé sur son lit autour duquel on alluma des chandelles et disposa un bol d'eau bénite contenant un brin de buis des dernières Pâques fleuries, dont seuls

Sylvie et les siens firent usage. Mais le lendemain, lorsque l'abbé Fortier vint pour bénir la tombe que l'on n'avait pas eu trop de mal à creuser dans une terre où le dégel était commencé, le corps de Nabo avait disparu. Enlevé comme par enchantement en plein milieu des communs et par des gens qui ne laissèrent aucune trace. Comme il fut impossible de le retrouver, le village tout entier clama d'une seule voix que le Diable était venu le chercher et qu'il fallait dire les prières de purification.

Soulagée malgré tout de s'en tirer à si bon compte car les villageois auraient pu aussi bien réclamer que l'on flambe tout ce qui avait appartenu au malheureux garçon, et sa chambre en premier lieu, Sylvie leur accorda ce qu'ils demandaient, mais fit dire des messes dans sa chapelle privée et s'efforça d'oublier ce pénible événement qui lui semblait lourd de menaces et donnait la mesure de la vindicte royale...

L'avenir que Sylvie avait toujours souhaité simple et clair se chargeait de nuages sombres, plus oppressants encore dans ce grand château où, malgré la présence de la fidèle Jeannette et de la domesticité nécessaire, Sylvie se sentait si seule...

Il lui restait à toucher le fond de ce sentiment d'abandon qui s'emparait d'elle souvent aux heures noires de ses nuits où, en dépit des tisanes calmantes de Jeannette, elle s'efforçait en vain de trouver le sommeil. Le deuxième dimanche de février, alors qu'elle sortait de la grand-messe à l'église du village — il était très rare qu'on la vît dans la chapelle du château depuis le départ de l'abbé de Résigny — et reprenait, à pied, le chemin du retour avec Corentin, Jeannette et la plus grande partie de ses gens, leur groupe fut dépassé par une chaise de poste qui lui fit battre le cœur et hâter le pas. Enfin elle allait avoir des nouvelles ! Ce ne pouvait être que Perceval de Raguenel !

— Cela m'étonnerait, dit Corentin qui avait froncé le sourcil. Si M. le chevalier était là-dedans, il aurait fait arrêter auprès de vous...

— Alors, qui cela peut-il être ?

C'était Marie.

Une Marie qui, après avoir laissé tomber les fourrures dont elle s'emmitouflait, se tenait debout près de la cheminée du grand salon où brûlait un tronc d'arbre, offrant ses mains dégantées à sa chaleur. Elle ne se retourna même pas quand sa mère pénétra dans la pièce si vaste qu'elle lui rendait presque sa taille de petite fille, et pas davantage quand celle-ci s'écria, avec une joie qu'elle avait peine à retenir :

— Ma petite Marie ! Tu es revenue...

Ce fut seulement quand Sylvie fut près d'elle, déjà prête à la prendre dans ses bras, qu'elle tourna vers elle un visage plus froid que le marbre blanc de la cheminée :

— Je suis venue vous dire adieu... et aussi que je vous hais ! A dater de ce jour, vous n'avez plus de fille.

— Marie ! Qu'est-ce que cela veut dire ?

— Cela veut dire que vous avez gâché ma vie et que je ne vous le pardonnerai jamais, vous entendez ? Jamais !

Un sanglot étrangla le dernier mot.

Malgré la colère qu'elle sentait monter en elle devant tant d'injustice, Sylvie s'efforça au calme : les traces de chagrin que portait le ravissant visage la poussaient plus à ouvrir les bras qu'à brandir la foudre. François, sans doute, l'avait repoussée et... mon Dieu, c'était déjà si beau qu'elle n'ait pas mis son horrible menace à exécution et qu'elle soit là, bien vivante...

— Si tu essayais de me dire ce qui s'est passé ? Pourquoi avoir quitté, en plein hiver, le château de Solliès où tu te plaisais pour accomplir ce long chemin ? Et seule par-dessus le marché ? Tu n'as donc pas vu Perceval ?

Cette fois, Marie lui fit face et croisa les bras sur sa poitrine comme pour barrer l'accès de son cœur :

— Non, je ne l'ai pas vu. Pas plus que je n'ai vu l'homme que je voulais épouser et qui m'avait juré sa foi...

Elle ne retenait plus ses larmes et Sylvie sentit l'épouvante l'envahir. En dépit des liens du sang révélés, Louis XIV aurait-il fait assassiner Beaufort comme il avait fait exécuter le pauvre Nabo ?

— Pourquoi ne l'as-tu pas vu ? Que... que lui est-il arrivé ?

Au milieu de ses pleurs, Marie eut un sourire de dédain :

— Soyez rassurée ! Votre amant se porte bien. Du moins je le suppose car la flotte était encore en mer quand je suis partie.

— Mon amant ? M. de Beaufort ne l'est pas.

— Il ne l'est peut-être plus mais il l'a été, sinon je ne vois vraiment pas comment il aurait pu devenir le père de mon frère !

Un instant calmée, l'épouvante s'empara de nouveau de Sylvie qui eut un cri :

— Qui t'a dit une chose pareille ?

— Un ami de Mme de Forbin qui est devenu le mien. Un gentilhomme qui semble tout savoir de vous, ma mère !

Les deux derniers mots furent crachés avec un dégoût qui acheva de bouleverser Sylvie. Un terrible effort de volonté la tint debout au bord du gouffre qui menaçait de l'engloutir.

— On dirait que tu choisis bien mal tes amis. Puis-je savoir le nom de celui-là ?

Si elle croyait que Marie allait le lui lancer à la figure, elle se trompait. La jeune fille resta un instant sans voix, la regardant avec une espèce de dégoût.

— Et vous ne niez même pas ? Tout ce qui vous importe, c'est de savoir qui m'a empêchée de me couvrir de honte et de ridicule ?

— Pourquoi la honte ? Pourquoi le ridicule ? M. de Beaufort n'est pas ton père, que je sache ?

— S'il est celui de mon frère c'est exactement la même chose à mes yeux. En l'épousant je deviendrais la belle-mère de Philippe et cette idée me fait horreur ! Je ne veux pas de vos restes ! Et que vous ayez pu en accepter jusqu'à l'idée m'est insupportable. M. de Saint-Rémy avait bien raison...

Sylvie sursauta :

— Quel nom as-tu dit ? Saint-Rémy ? J'ai bien entendu ?

Marie parut soudain gênée et surtout mécontente d'elle-même .

— Cela m'a échappé mais... vous avez bien entendu. On dirait que vous ne l'aimez guère ? ajouta-t-elle avec un petit rire qui sonna faux.

— Si c'est celui que je crois, si c'est un homme revenu des Iles il y a peu d'années.

— C'est bien lui. Ce qui prouve que vous le connaissez autant qu'il vous connaît.

Sylvie ne répondit pas tout de suite. Le retour inopiné de cet ennemi juré l'accablait. Elle ne savait par quel chemin tortueux il s'était introduit dans la noble famille provençale où sa fille avait trouvé refuge, mais n'était pas loin d'y voir le doigt du destin attaché à la ruine de sa maison et des siens. Elle alla s'asseoir dans un fauteuil, ou plutôt s'y laissa tomber.

— C'est à M. de Beaufort que tu aurais dû en parler. Une nuit, dans le cimetière Saint-Paul à Paris, il a failli le tuer au moment où il s'apprêtait à faire mourir ton jeune frère d'une horrible façon, afin de pouvoir revendiquer le titre de duc de Fontsomme auquel il prétend avoir des droits. Ce démon a pu lui échapper et disparaître grâce, je le suppose, à la protection de Colbert qui ne nous pardonne pas notre amitié pour Nicolas Fouquet et les siens.

— Quelle fable me contez-vous là ?

— Ce n'est pas une fable, malheureusement. Libre à toi d'y croire ou de n'y pas croire, mais je regrette infiniment que M. de Raguenel ne soit pas ici pour te la raconter.

— Au fait... Où est-il ? Vous disiez tout à l'heure...

— Il est parti attendre à Toulon M. de Beaufort qu'un grave danger menace. Si j'ai bien compris, cela ne te concerne plus. Puis-je te demander ce que tu comptes faire à présent ? Restes-tu ici ?

— Vous plaisantez, ou n'avez-vous pas remarqué la voiture qui m'attend dehors ? Je suis seulement venue vous dire ce que je pensais de vous et de votre conduite.

— Tu as raison. Il vaut mieux que les choses soient claires entre nous. A ce propos, et toujours dans un souci de clarté, tu peux t'installer rue Quincampoix ou à Conflans. Tu seras certaine de ne pas m'y rencontrer : le Roi m'a exilée ici comme il a exilé ta marraine à Nanteuil... et certains autres.

Marie s'attendait à tout sauf à cela. Elle ouvrit des yeux immenses.

— Vous ? Exilée ? Mais pourquoi ?

— Cela ne te regarde pas. Ah, encore une question : ton frère sait-il ce que t'a confié ce bon M. de Saint-Rémy ?

— Comment l'aurait-il pu : il est encore en mer avec... dois-je dire son père ?

Sylvie laissa aller sa tête contre le haut dossier de velours et ferma les yeux, infiniment lasse :

— Tu le peux, mais pour l'amour de Dieu et s'il te reste une once d'amour pour lui, ne dis jamais rien à Philippe, sinon qu'il doit se garder d'approcher si peu que ce soit un monstre nommé Saint-Rémy et qui n'en veut qu'à sa vie.

— Je ne dirai jamais rien. Vous pouvez dormir en paix avec votre secret.

Sylvie ne la vit pas ramasser ses fourrures et marcher vers la porte en les traînant derrière elle. Elle ne l'entendit pas sortir. Ce fut seulement quand la chaise roula sur les graviers de la cour d'honneur qu'elle sut qu'elle n'avait plus de fille.

Lorsque Jeannette accourut vers elle après avoir vu Marie quitter le château de ses pères sans un regard pour quiconque, la duchesse avait glissé de son siège et gisait sur le sol, secouée par une violente crise de nerfs qui épouvanta sa suivante. On la releva, on la porta dans sa chambre à peine consciente.

Le soir venu, quand Perceval de Raguenel arriva au château, recru de fatigue mais assez satisfait d'avoir accompli sa mission — les navires de Beaufort étaient rentrés au port une heure après que Marie eut quitté Solliès —, il la trouva en proie à un violent accès de fièvre qui l'effraya. Sylvie, en effet, délirait et ce délire était tel que le chevalier décida de faire garder la malade par Jeannette, Corentin ou lui-même à l'exclusion de toute autre personne. On se relaierait à son chevet et toute visite serait interdite jusqu'à nouvel ordre.

Y compris celle du médecin de Bohain que l'on avait appelé sans le trouver et qu'il se sentait tout à fait capable de remplacer.

Quant à Marie, il s'occuperait d'elle lorsque sa mère serait hors de danger...

CHAPITRE 10

LA GRANDE EXPÉDITION

Le temps et la maladie se refermèrent sur Sylvie plus étroitement encore que les murs de sa chambre. Ses nerfs, tendus à l'excès depuis trop longtemps, craquèrent d'un seul coup en même temps que se déclarait une fluxion de poitrine contractée en sortant trop peu couverte dans le froid hivernal. En dépit des soins de Perceval de Raguenel qui, outre sa parfaite connaissance des plantes, avait jadis pris goût à la médecine avec son défunt ami Théophraste Renaudot, son état s'aggrava au point que l'on en vint à redouter une issue fatale. Durant des jours et des nuits, Sylvie délira sous la garde de Jeannette et de Perceval, désolés et à peu près impuissants. Elle était si mal que Perceval n'osait s'éloigner pour se mettre à la recherche de Marie, qu'il rendait responsable en grande partie de l'état de sa mère. Pourtant, il fallait que la jeune fille sût ce qu'elle avait fait. Ce serait trop triste, trop injuste, surtout si Sylvie mourait sans avoir revu aucun de ses enfants !

Pour Philippe, Perceval avait écrit à Beaufort dès qu'il avait compris que le danger était grand.

Sans doute arriverait-il bientôt. De plus, il avait aussi prévenu Marie de Hautefort mais celle-ci, victime d'une chute de cheval, ne pouvait se déplacer. Restait Marie. Où la trouver ? Avait-elle repris son service chez Madame ou se cachait-elle ?

— La meilleure façon de le savoir, c'est d'aller chez Mme la marquise de Montespan qui est son amie, conseilla Jeannette. Elle habite rue Taranne, au faubourg Saint-Germain. Elle doit savoir quelque chose.

Le conseil était bon. Perceval dépêcha aussitôt Corentin avec deux lettres, l'une destinée à la jeune marquise, l'autre à Marie elle-même, et attendit. Mais ce qu'il vit apparaître trente-six heures plus tard, au bout de la longue allée d'ormes qui signait l'entrée de Fontsomme, le confondit. Il espérait deux cavaliers ou peut-être une voiture de poste escortée de Corentin à cheval. Or, ce fut un énorme carrosse de voyage frappé d'armes royales et flanqué d'un peloton de gendarmes de la compagnie d'Orléans qui s'inscrivit dans le paysage. La mine fataliste, Corentin trottait à la portière du monument qui décrivit une gracieuse courbe avant de s'arrêter devant le perron. Tellement bardée de fourrures qu'elle avait l'air d'un ours coiffé d'un chapeau à plumes bleues et blanches, une grande femme en sortit, traînant après elle un petit homme blond et râblé, mais Perceval savait déjà à qui il avait affaire et se précipita à la rencontre de Mademoiselle, tout en se demandant ce qu'elle pouvait venir faire ici. Elle se chargea de le lui apprendre dès l'abord :

— Heureuse de vous voir, monsieur de Raguenel ! J'étais hier chez Mme de Montespan quand votre intendant est arrivé, cherchant la jeune Marie, et il nous a dit le triste état de Mme de Fontsomme, perdue dans les neiges des plaines picardes sans aucune possibilité d'un secours médical convenable ! Alors je vous amène un homme génial que j'ai découvert par le plus grand des hasards et que je cache chez moi... Où est notre malade ?

Perceval s'efforçait de suivre à la fois le flot de paroles et la marche tumultueuse de la princesse à travers le château, sous l'œil ahuri des valets. Du train où elle allait, il l'imaginait tombant comme la foudre dans la chambre de Sylvie. Il se précipita de façon à passer devant elle et à l'arrêter :

— Par grâce, Madame ! Je supplie Votre Altesse de me pardonner mon audace mais il faut qu'elle m'accorde un court instant d'entretien...

— De quoi voulez-vous que nous parlions ? Il y a mieux à faire...

— Peut-être, mais c'est du Roi que je veux parler ici ! Votre Altesse sait-elle que Mme de Fontsomme est exilée ?

— Bien sûr que je le sais ! J'ai appris cette... iniquité à mon château d'Eu où j'étais allée surveiller des travaux importants. Je suis rentrée à Paris aussitôt pour en savoir davantage.

— Tout ce que je peux dire, c'est que Votre

Altesse risque de mécontenter gravement Sa Majesté en venant ici et que...

— Et que quoi ? fulmina Mademoiselle en approchant son grand nez du visage de Raguenel qu'elle regarda au fond des yeux. Il y a beau temps que mon cousin me connaît ; il sait qu'on a beaucoup de mal à m'empêcher de faire ce que je veux ! Ce que je risque ? Qu'il m'expédie une fois de plus sur mes terres ? A sa guise ! A Eu j'ai beaucoup à faire et à Saint-Fargeau je fais exécuter de grandes tapisseries dont j'irais volontiers voir où elles en sont.

— Oh ! je sais que Votre Altesse n'a peur de rien...

— Si !

Prenant brusquement le bras de Perceval, elle l'entraîna jusqu'à l'étage en faisant signe à ses gens de rester en arrière.

— Si, répéta-t-elle plus bas. J'ai très peur des reproches que pourrait me faire mon cousin Beaufort si je laissais la dame de ses pensées passer de vie à trépas quand j'ai les moyens de la sauver. J'aime beaucoup mon cousin, chevalier. C'est mon vieux compagnon d'armes, mon vieux complice, et quand le Roi lui a confié ses vaisseaux, il m'est venu dire adieu au Luxembourg. C'est alors qu'il m'a confié le souci où il était de notre amie qui ne se méfiait pas assez de ce cuistre de Colbert et étalait peut-être un peu trop son amitié pour ce pauvre Fouquet. Je lui ai promis de faire de mon mieux pour veiller sur elle, dans la mesure de mes moyens et aussi discrètement que possible. Aujourd'hui je tiens ma promesse, mais même sans cela je serais venue : j'aime beaucoup la petite duchesse ; alors, vous me montrez sa chambre, oui ou non ?

Perceval s'inclina avec un respect plein d'émotion et précéda la princesse dans la galerie sur laquelle ouvraient les chambres. Le médecin rappelé d'un geste énergique les avait rejoints. A la porte de la chambre, Mademoiselle s'aperçut qu'elle avait trop chaud, se dépouilla de ses renards qui la doublaient de volume, les abandonna sur place, envoya son chapeau les rejoindre et, empoignant le médecin par le bras, elle l'entraîna dans la chambre.

— Qu'on nous laisse seuls ! ordonna-t-elle. Venez, maître Ragnard !

Perceval regarda passer avec résignation ce petit bonhomme qui portait le nom d'un redoutable chef viking et que Mademoiselle soulevait presque de terre en le faisant entrer. Jeannette était près de Sylvie, elle suffirait sans doute à exécuter les ordres du médecin. Pour sa part, il avait à s'inquiéter du logement de la suite civile et militaire de la princesse. Connaissant l'appétit proverbial de celle-ci, il descendit aux cuisines pour faire quelques recommandations à Lamy, mais le maître queux était déjà au courant et, dans les vastes cuisines, c'était le branle-bas de combat : les feux ronflaient et Lamy distribuait des ordres dans toutes les directions :

— Bénie soit cette bonne princesse qui nous vient voir en dépit du Roi lui-même, déclara-t-il à

Perceval avec enthousiasme. Il faut qu'elle garde de son séjour chez nous un souvenir ineffaçable !

Raguenel faillit objecter que l'état de la duchesse n'était peut-être guère propice à un repas de fête, mais le brave garçon était si content d'œuvrer pour la cousine du Roi que c'eût été dommage de jeter de l'eau sur ses flammes. Il laissa faire et remonta pour attendre le verdict du petit médecin. Ce fut long. Plus d'une heure s'était écoulée quand Mademoiselle reparut enfin. Seule.

— Eh bien ? souffla Perceval qui redoutait le pire.

— Il dit que si l'on fait ce qu'il veut, il y a une chance de la sauver...

— Naturellement on fera ce qu'il veut !

— Attendez de savoir, fit la princesse, mi-figue mi-raisin. Il va s'installer dans sa chambre et n'y veut personne sauf la « servante », comme il dit, pour le linge, la toilette et la nourriture. Et encore ! quand il l'appellera.

— Cela veut dire que nous n'avons plus le droit de voir Sylvie ? Cet homme est fou, non ?

— Non, mais il a ses méthodes et refuse que quiconque s'en mêle. Si vous n'acceptez pas, il repart demain matin avec moi !

— Mais enfin si les enfants arrivent ?

— Ils attendront, voilà tout. A ce propos, je ne sais si votre intendant vous l'a dit, mais personne ne sait où se cache la jeune Marie.

— Pas même Mme de Montespan ?

— Pas même ! Et l'on n'en sait pas plus chez

Madame où tout le monde est persuadé qu'elle est entrée dans un couvent. Pour en revenir à maître Ragnard c'est un homme qui ne parle pas, ou juste le nécessaire, qui a horreur des questions et ne vous répondra pas si vous lui en posez. Chez moi, il vit en solitaire dans une grande pièce sous les combles où il entasse une foule de livres et d'objets. On lui monte ses repas et il n'en sort que lorsque j'ai besoin de lui ou lorsque je change de résidence...

— Et cela satisfait Votre Altesse ?

— Tout à fait, même si mon Ragnard tient davantage du sorcier normand que du médecin traditionnel. Cela dit, la belle santé que toute la Cour m'envie devrait vous donner confiance...

— Certes ! Cependant Votre Altesse vient de dire qu'elle repartait demain ?

— Oui, mais je vous le laisse. Quand il s'estimera satisfait de son ouvrage, il vous le fera savoir et vous me le renverrez. J'ajoute qu'il n'acceptera aucun paiement... Mmm ! ajouta-t-elle en laissant palpiter ses narines, cela sent diantrement bon ! Montrez-moi ma chambre que je m'y lave les mains et passons à table ! Je meurs de faim.

Elle en apporta la preuve en faisant honneur à la cuisine de Lamy avec un entrain communicatif. Ainsi, Perceval qui n'avait pas faim se surprit à lui tenir tête fort honorablement. Elle tint même à féliciter le jeune maître queux en des termes qui firent craindre un instant à Perceval qu'elle ne lui offrît de passer à son service, mais Mademoiselle avait le cœur trop bien placé pour se faire payer l'aide qu'elle apportait. Elle partit le lendemain comme elle l'avait annoncé et ne cacha pas son plaisir de trouver dans sa voiture une grande bourriche remplie de pâtés, de tourtes, de pâtisseries et de confitures qui l'aideraient à supporter les longueurs du chemin. En tendant une dernière fois sa main à Perceval, elle murmura :

— Vous avez ma promesse, chevalier, que je ferai tout au monde pour raccommoder Sylvie avec le Roi. Il a toujours pour elle beaucoup d'affection et je ne comprends pas ce qui a pu se passer pour amener un tel changement !

— Pas maintenant, alors, Madame ! Je supplie Votre Altesse de ne rien tenter avant... quelque temps. Les ordres d'exil sont tombés sur un coup de colère du Roi. Il vaut mieux la laisser s'apaiser. D'autant que pour l'instant ma pauvre filleule serait bien en peine de paraître à la Cour.

— Soit ! Nous attendrons un peu... mais pas trop longtemps. Il n'est pas bon non plus de se faire oublier.

Raguenel pensait, au contraire, que se faire oublier serait la meilleure chose pour Sylvie et les anciens habitués du Val-de-Grâce [1], mais il ne voulait pas non plus décourager Mademoiselle. Il tint sa langue, salua une dernière fois et regarda la cavalcade encadrant le carrosse embouquer la grande allée à vive allure.

Commença alors, pour le château, une période étrange : il y avait Sylvie enfermée seule avec le

1. Voir tome I, *La Chambre de la Reine*.

médecin inconnu sans que personne pût savoir à quel traitement il la soumettait, et puis, autour, il y avait le château tout entier dont la vue semblait suspendue à cette chambre si bien close. Même Jeannette ne pouvait dire ce qui s'y passait. Suivie d'un laquais toujours chargé qu'elle laissait dehors, elle apportait de l'eau, de la nourriture qui se composait surtout de potages aux légumes, de lait et de compotes, changeait les draps du lit et le linge de la malade dont la maigreur l'effrayait, ou devait se procurer des choses aussi bizarres que de la glace et des sangsues mais, chaque fois qu'elle entrait, le médecin se tenait debout devant la fenêtre, le dos tourné, les mains appuyées à l'espagnolette ; il n'en bougeait pas sauf pour aider à changer les draps car il ne permettait pas l'entrée d'une autre servante. Il ne parlait pas, ne regardait même pas Jeannette, ce qui avait le don de l'agacer. Quant à Sylvie, elle la trouvait toujours endormie.

— C'est à croire qu'il lui donne une drogue pour ça avant que j'arrive, confia-t-elle à Perceval et à Corentin. Mais on dirait qu'elle va mieux. Elle n'est plus rouge et serait même plutôt pâle. Seulement, parfois, on dirait qu'elle souffre dans son sommeil. Oh ! J'ai tellement hâte qu'on nous la rende, conclut-elle en s'essuyant les yeux au coin de son tablier. Et puis ce n'est pas bien convenable, cet homme qui vit enfermé avec elle jour et nuit !

— Si c'est le prix à payer pour la guérir, c'est de peu d'importance, soupira le chevalier. Une grande malade n'est plus une femme pour son médecin et le médecin n'est plus un homme...

Cette belle confiance ne l'empêchait pas de passer des nuits blanches devant la porte si bien close, installé dans un fauteuil qu'il y transportait chaque soir, épiant les bruits, parfois bizarres, qui venaient de la chambre : cela ressemblait à des prières, des incantations dans une langue inconnue. Il en venait à penser qu'en disant qu'il y avait du sorcier dans ce Ragnard, Jeannette ne se trompait pas beaucoup. Cela expliquait le soin avec lequel Mademoiselle cachait ce médecin : la redoutable Compagnie du Saint-Sacrement avait de longues oreilles et même une princesse pouvait la redouter.

En attendant, Perceval trouvait le temps fort long, d'autant qu'il souffrait aussi du manque de nouvelles venues du monde extérieur. On ne savait toujours pas ce qu'était devenue Marie. Il avait fait lui-même un aller et retour à la Visitation de la rue Saint-Antoine dans l'espoir qu'elle y serait peut-être retournée, mais personne ne l'y avait vue. De plus — et plus inquiétant encore ! — il n'avait pas reçu la moindre réponse de Toulon. Personne n'avait répondu à sa dernière lettre. Pas même l'abbé de Résigny, cet infatigable écrivassier. La flotte s'était-elle encore déplacée ? Comment le savoir dans ce Fontsomme enfermé à la fois par les neiges et l'exil de sa maîtresse ?

Enfin, l'hiver s'effaça. La terre boueuse reparut avec les fondrières et les premiers bourgeons des arbres. Et puis, un matin, alors que Perceval rapportait son fauteuil chez lui, la porte de Sylvie s'ouvrit et maître Ragnard, habillé de pied en cap, son bagage à la main, fit son apparition. Il regarda le chevalier avec un grand calme et prononça les premières paroles que celui-ci eût entendues de sa bouche :

— Voulez-vous me faire préparer un cheval, s'il vous plaît ?

— Vous partez ?

— Sans doute. Mon ouvrage est achevé. La malade est entrée en convalescence et je n'ai plus rien à faire ici...

Il se dirigeait vers l'escalier, se ravisa :

— Vous trouverez sur la table mes instructions écrites pour les soins qu'il convient de donner encore dans les jours à venir. Serviteur, monsieur ! Ah ! Faites attention, elle a besoin de ménagements.

Fou de joie, Perceval l'accompagna aux écuries, cherchant un moyen quelconque de le remercier et aussi d'en savoir un peu plus sur le mal dont avait souffert Sylvie ; l'autre s'obstina dans un mutisme total, se contentant de soulever son chapeau lorsqu'une fois en selle il se dirigea vers la grande avenue du château. Perceval n'attendit pas qu'il se fût éloigné et prit sa course jusqu'à la chambre de sa filleule où une Jeannette enthousiaste l'avait précédé. Sylvie était étendue dans son lit les yeux grands ouverts, des yeux clairs et qui regardaient droit. Visiblement, elle était encore faible mais un peu de rose revenait à ses lèvres et elle sourit en tendant les bras vers lui :

— Que c'est bon de vous retrouver ! Il me

semble que je ne vous ai pas vu depuis des années...

— Vous pouvez dire un siècle, mon cœur. Qu'est-il advenu de vous durant tout ce temps ?

— Je l'ignore... Tout ce dont je me souviens c'est d'avoir souffert dans tout mon corps, mais surtout d'avoir dormi... et rêvé. D'abord c'étaient d'horribles cauchemars ; petit à petit, mes rêves sont devenus plus doux... Il me semblait que je retournais à Belle-Isle... et que j'étais heureuse...

— Maintenant, c'est moi qui vais m'occuper de vous et tout va aller bien, déclara Jeannette, d'un air de défi qui en disait long sur ce qu'elle avait enduré tous ces jours. Et elle commença par faire disparaître les traces du passage du médecin, puis s'installa un lit dans la chambre même de sa maîtresse.

Peu à peu, Sylvie revint à une vie normale et retrouva son aspect de naguère. Pourtant, son humeur semblait changée. C'était comme si, en elle, un ressort s'était détendu, lui ôtant un peu de ce goût de la vie qui l'habitait depuis la petite enfance. Au cours des promenades, de plus en plus longues, qu'elle faisait chaque jour au bras de Perceval, à travers la campagne, elle finit par laisser percer la tristesse que lui causait le silence de ceux qu'elle appelait « nos marins », mais ne posa aucune question concernant Marie. Non qu'elle eût chassé sa fille de son cœur — c'était là chose impossible parce qu'elle l'aimait trop ! —, cependant elle refusait d'évoquer son souvenir, son image même, comme celui qui a souffert rejette la vue d'un instrument de torture.

Perceval le comprenait, et au fond cela l'arrangeait car il n'osait pas lui dire que Marie avait disparu. D'autant que, s'étant rendu un matin à Saint-Quentin avec le jeune Lamy, celui-ci pour renouveler à l'abbaye sa provision d'ail et Perceval pour restituer à son ami le chirurgien Meurisse un ouvrage emprunté, il y avait appris quelque chose de peu rassurant. Tandis qu'avec Meurisse il buvait à l'auberge de la Croix d'Or quelques pots d'une excellente bière, maître Lubin le patron lui avait remis une paire de gants oubliés par Mlle de Fontsomme lors de son dernier passage. En questionnant adroitement le brave homme, Perceval sut que Marie s'était arrêtée chez lui quelques semaines plus tôt, y avait laissé l'ami avec qui elle voyageait et l'avait rejoint le soir même avant de reprendre, au matin, la route de Paris. Comportement bizarre qui n'avait pas été sans poser de questions à un homme habitué cependant aux lubies de ses hôtes. On connaissait bien Mlle Marie et l'on ne comprenait pas ce qu'elle pouvait faire en compagnie d'un homme qui aurait pu être son père, mais la jeune fille était de trop haut rang pour qu'on se permette autre chose que des conjectures. Simple curiosité d'ailleurs, leurs relations ne semblaient pas dépasser le stade de l'amitié. On avait pris deux chambres et Marie traitait son compagnon avec une certaine désinvolture... Là-dessus, passé au crible des questions de Perceval, l'aubergiste fournit une description si minutieuse du voyageur que Perceval ne conserva aucun doute : le compagnon de Marie, c'était Saint-Rémy, et c'était suffisamment inquiétant. Pourquoi ce voyage ensemble et, surtout, quelle place tenait ce misérable, cet assassin, ce dénonciateur dans l'esprit de Marie ? Il ne pouvait être question du cœur : lorsque l'on aime un Beaufort on ne reporte pas ses affections déçues sur un Saint-Rémy ! N'empêche qu'en rentrant à Fontsomme, Perceval cherchait fiévreusement un prétexte valable pour aller à Paris et s'y livrer à une enquête minutieuse...

Ce fut le courrier qui vint à son secours.

Dès que maître Ragnard eut regagné le palais du Luxembourg et que l'on sut Mme de Fontsomme hors de danger dans la société parisienne où elle conservait nombre d'amis, ceux qui ne réglaient pas leur vie sur le froncement des sourcils royaux se hâtèrent de lui écrire : Mademoiselle d'abord, puis Mme de Montespan, Mme de Navailles, d'Artagnan bien qu'il ne soit pas vraiment un homme de plume et surtout la chère Mme de Motteville.

La mort d'Anne d'Autriche ayant dissous sa maison, sa fidèle suivante quitta une cour où elle n'avait plus que faire et s'installa à la Visitation de Chaillot où sa sœur, Madeleine Bertaut, avait succédé en tant que Supérieure à Mère Louise-Angélique, connue dans le siècle sous le nom de Louise de La Fayette. C'est par elle que l'on sut l'arrivée de Marie dans ce couvent où elle ne connaissait pas grand-monde :

« Elle m'a laissé entendre qu'elle ne souhaitait pas faire profession mais se donner un temps de réflexion et prendre conseil de sa conscience ainsi que de Dieu... »

Ces derniers mots eurent le don d'agacer Perceval. Prendre conseil de Dieu ? Il était bien temps, alors que cette jeune sotte venait de traverser la France en compagnie d'un gredin et d'amener sa mère à deux doigts de la mort. Cependant, il se contint pour ne pas blesser Sylvie qui semblait tellement soulagée.

— Grâce à Dieu, elle est en sûreté ! soupira-t-elle en repliant la lettre qu'elle venait de lire à haute voix. Il nous faut seulement prier pour qu'elle nous revienne un jour ! Tout ce que j'espère, à présent, c'est de recevoir bientôt des nouvelles de Philippe. Ce long silence est cruel !

Le Ciel décida sans doute de se montrer clément car, le lendemain même, on recevait une lettre de l'abbé de Résigny. Datée de La Rochelle et pleine d'enthousiasme, elle ne faisait aucune allusion au drame du château familial... Les vaisseaux de Beaufort n'avaient fait que toucher terre à Toulon pour se ravitailler avant de passer dans l'Atlantique où deux tâches les attendaient. D'abord escorter à Lisbonne la fiancée du roi du Portugal qui n'était autre que la turbulente Marie-Jeanne-Elisabeth, nièce de Beaufort, et ensuite — ou en même temps ! — s'opposer aux entreprises de l'Angleterre sur la Hollande, alliée de la France par traité. Charles II, le frère bien-aimé de Madame, avait fait détruire les comptoirs de Guinée et, en Amérique, s'était emparé de La Nouvelle-Amsterdam [1]. Aussi, après de longues négociations, Louis XIV se décidait-il à soutenir son alliée par les armes. Sous le haut commandement de Beaufort, ses deux plus grands marins Abraham Duquesne et le chevalier Paul prirent la tête l'un de la flotte du Ponant, l'autre de celle du Levant.

« La guerre est devant nous, écrivait l'abbé d'un ton où l'on sentait percer les soupirs. Elle sera rude car l'Angleterre possède beaucoup plus de navires que nous, mais tous les fous qui m'entourent s'en réjouissent, à commencer par notre jeune héros qui me charge de mille tendres baisers pour Mme la duchesse et Mlle Marie. Il se porte à merveille... mieux que votre serviteur à qui les grandes vagues vertes de l'Atlantique ne réussissent pas plus que les dernières bénédictions données aux mourants sur un pont couvert de sang et criblé de mitraille... Peut-être me laissera-t-on à Lisbonne ou bien m'enverra-t-on attendre la flotte à Brest où elle mouillera l'hiver ?... »

— L'abbé vieillit, commenta Perceval. Il aura bien mérité de prendre quelque repos ici. D'autant que Philippe n'a plus vraiment besoin de lui...

— Il y a un moment déjà qu'il n'en a plus besoin mais ils sont liés par une telle affection que

1. Qui, du coup, va devenir New York !

j'hésite à lui demander de rentrer. Et puis, qui nous écrirait ?

Curieusement, la guerre qui se rallumait avec l'Angleterre allait influencer les hésitations de Marie...

Les temps joyeux des débuts de son mariage étaient révolus pour Madame dont les relations avec son époux allaient se détériorant en dépit de la présence de deux enfants. Cela par la faute des amis de Monsieur dont les uns la détestaient comme le chevalier de Lorraine, ou Vardes qu'elle avait fait exiler, et d'autres comme Guiche l'aimaient trop. En outre, si ses relations avec le Roi restaient confiantes et même tendres car Louis XIV voyait en elle son lien le plus sûr avec l'Angleterre joint à une conseillère intelligente et fine, la rupture était presque complète avec Marie-Thérèse qui ne cachait plus une jalousie au moins aussi forte que celle inspirée par La Vallière. Enfin, ce qui se passait à Londres inquiétait la princesse et même la désolait : la reine Henriette, sa mère, était revenue en France, chassée par la terrible épidémie de peste qui s'était étendue sur la capitale anglaise et avait tué nombre de ses amis, mais elle n'était pas d'un grand secours pour sa fille, partageant son temps entre son château de Colombes et les eaux de Bourbon. Ensuite, conséquence de l'épidémie et des nombreux feux qu'il avait fallu allumer pour détruire les cadavres, Londres, un an après, était ravagée presque en totalité par le terrible incendie qui détruisit tout les vieux quartiers et ferait date dans l'Histoire. Enfin, le petit duc de Valois qui allait sur ses deux ans tomba malade au moment où se détérioraient les relations entre les deux hommes qu'elle aimait le plus au monde : son frère Charles II et son beau-frère Louis XIV. Alors, apprenant que la jeune Marie de Fontsomme qu'elle avait toujours aimée tendrement était retirée au couvent de Chaillot, elle lui envoya Mme de La Fayette pour lui demander de revenir auprès d'elle. Et Marie reprit à la fois le chemin du Palais-Royal et une place privilégiée auprès de la princesse. Sur l'ordre de celle-ci, Mme de La Fayette en écrivit à la mère exilée, mais Marie, elle, continua de garder le silence... Résignée à présent, Sylvie se contenta, dès lors, d'attendre la suite des événements.

Le cours régulier, un rien monotone parfois, des jours, des semaines et des mois, glissait sur Fontsomme et ses habitants. Sylvie qui avait recommencé à monter à cheval s'occupait beaucoup de ses paysans. Ils lui rendaient sa sollicitude en respect et en amitié, même s'il lui fut toujours impossible de percer le mystère entourant la disparition de Nabo. Elle finit d'ailleurs par abandonner : c'était leur secret à eux et elle ne voulait pas forcer les consciences.

Contrairement aux dix années suivant son veuvage qu'elle avait vécues à Fontsomme, elle n'entretenait plus aucune relation avec les châtelains environnants. Ceux-ci, autrefois si empressés, ne se souciaient plus d'une femme ayant encouru la colère du Roi. Elle n'en souffrait pas et Perceval pas davantage, qui s'adonnait avec passion à la botanique, la lecture, l'art des jardins et des parties d'échecs acharnées avec l'abbé Fortier ou son ami Meurisse, qui venait parfois passer quelques jours. En outre, il entretenait une énorme correspondance avec des amis parisiens — Sylvie n'aimait pas beaucoup écrire et c'était lui qui se chargeait du courrier de la maison —, grâce à qui les bruits du monde continuaient d'arriver dans leur retraite. Mademoiselle se montrait la plus assidue et par elle on n'ignorait rien de ce qui se passait à la Cour. On sut ainsi qu'en dépit des enfants qu'elle continuait à donner au Roi, La Vallière allait vers son déclin, poussée peu à peu dans l'ombre de la disgrâce par un astre montant à l'éclat irrésistible : l'éblouissante Athénaïs de Montespan était en train de prendre Louis XIV dans ses filets. Lorsque La Vallière, grosse encore une fois, reçut le titre de duchesse, il ne fit de doute pour personne que c'était là un cadeau de rupture car il y avait longtemps déjà que la plus timide des favorites avait entamé son calvaire. La chute de Mme de Montespan dans les bras du Roi suivit de peu cet événement et, cette fois, ce fut la rumeur de la province qui en apporta la nouvelle à ceux de Fontsomme : c'est, en effet, à La Fère, distante de quelques lieues et où Louis XIV avait mené les dames pour leur faire admirer son armée, que tomba une vertu qui se disait si forte. La Vallière laissée volontairement à Paris n'avait pu le supporter : elle s'était jetée dans son carrosse en dépit de son état et des mauvais chemins pour rejoindre un amant qu'elle adorait, mais ne put que constater son malheur : son ancienne compagne des filles d'honneur de Madame était en train de la chasser... Encore quelques mois et elle quitterait la Cour pour le couvent de Chaillot. Quant à Mme de Montespan, elle n'écrivit plus jamais.

Sylvie se demanda alors si sa belle amitié pour sa fille durait toujours maintenant que la favorite pouvait laisser derrière elle les témoins des temps difficiles. A commencer par son mari, épousé par amour cependant, et qui, à présent, emplissait la Ville et la Cour des excès de sa fureur : il avait rossé les Montausier accusés par lui d'avoir livré sa femme au Roi, portait des cornes à son chapeau et voulait provoquer Louis XIV en duel. Il réussit seulement à récolter la Bastille. Sous la plume de Mademoiselle, ses excentricités prenaient un tour irrésistible, même si la bonne princesse savait y déceler la douleur vraie. Malheureusement, elle ne mentionnait jamais Marie sinon en filigrane : ainsi, depuis la mort du petit duc de Valois son fils, Madame tout à sa douleur se tenait à l'écart de la Cour. Sylvie pensa que c'était aussi bien pour Marie...

En fait, ce qu'elle espérait toujours trouver dans les lettres de Mademoiselle, c'étaient des nouvelles de François dont celle-ci restait la plus fidèle amie. Elle n'en parlait guère que pour déplorer la détérioration rapide des relations du duc avec Colbert en dépit des combats livrés — et gagnés ! — et en dépit de l'énorme travail de reconstruction de la flotte — cependant chère au ministre — à laquelle Beaufort consacrait tout son temps à terre. Jamais plus on ne le voyait à Paris, et pas davantage Philippe attaché à lui comme son ombre.

Un soir d'hiver enfin...

Les valets commençaient à fermer les volets intérieurs et Corentin faisait, avec ses chiens, sa ronde habituelle tandis qu'aux cuisines on couvrait les feux pour la nuit, quand la grande avenue aux ormes s'emplit des bruits d'une cavalcade : claquement allègre des sabots, tintement des gourmettes, grincement des roues de carrosse... En un instant, le château tout entier se secoua et se retrouva sur pied. On courut aux lanternes et aux torches, Corentin revint en hâte, cependant que Sylvie qui brodait une chasuble pour l'abbé Fortier et Perceval qui buvait un bouillon de pintade au coin de la cheminée de la bibliothèque se jetaient vers les fenêtres. Il y avait là un carrosse de voyage précédé de trois cavaliers et suivi d'une demi-douzaine d'hommes armés :

— Serait-ce Mademoiselle qui nous revient ? demanda Raguenel.

Sylvie, avec un cri étranglé, ramassait ses jupes et s'élançait en courant vers le grand vestibule : avant même que les lumières n'eussent éclairé les visages et que les chapeaux ne s'envolent joyeusement au bout des bras, son cœur les avait reconnus : ceux qui arrivaient là, c'étaient François et Philippe accompagnés de Pierre de Ganseville. On entendit la voix forte de Beaufort réclamer « une chaise pour porter M. l'Abbé » ! L'occupant du carrosse était, en effet, l'abbé de Résigny, mais combien changé ! Resté à terre durant la dernière campagne et confié à un confortable couvent nantais à la suite d'un petit accident, il y avait prospéré physiquement au point d'avoir doublé de volume, ce qui lui valait la douloureuse crise de goutte dont il souffrait.

— Ses chères moniales voulaient le garder, expliqua Beaufort en riant, mais M. l'abbé a tenu à nous accompagner pour faire pénitence !

— Il fallait à tout prix que je revienne, expliqua le malade porté avec une sage lenteur par deux solides laquais. J'ai besoin de retrouver un régime plus frugal et de maigrir...

— Cela m'étonnerait que vous y arriviez ici, s'écria Perceval en riant, nous avons peut-être le meilleur cuisinier de France ! D'ailleurs, vous allez bientôt en juger...

La cuisine, en effet, s'était réveillée dès que le pas des chevaux s'était fait entendre et Lamy était déjà à l'ouvrage.

— Que voilà une bonne nouvelle ! clama Beaufort. Nous mourons tous de faim.

Sylvie ne l'entendit même pas : elle pleurait de bonheur dans les bras de ce fils dont elle avait craint ne le revoir jamais. Elle ne s'arrêtait de l'embrasser que pour le contempler avec admiration : c'était à présent un magnifique gaillard dont n'importe quelle mère eût été fière. Le duc reprit, en riant :

— Vous m'aviez confié un jeune garçon mais je vous rends, il me semble, un duc de Fontsomme pleinement réussi.

— Vous me le rendez ? souffla Sylvie incrédule.

— C'est mon intention, mais...

— Mais moi je ne veux pas, ma mère, corrigea Philippe. Là où ira M. l'amiral je veux aller aussi...

— Nous en reparlerons tout à l'heure, coupa celui-ci. Il fait un froid affreux dans ce vestibule. Allons nous réchauffer !

Après que l'on eut porté l'abbé de Résigny dans son ancienne chambre avec tout le soin désirable et en lui jurant qu'il allait être servi, le reste des voyageurs s'installa devant une table dressée en un temps record et déjà couverte de nombreux plats. Avant de s'asseoir, la duchesse revint à la réalité et crut bon de prévenir :

— Vous devez tout de même savoir, monseigneur, avant de prendre place à cette table ce qu'il est advenu de moi. J'ai été...

— Exilée ? Je sais. Mademoiselle me l'a dit, en s'en indignant fort, et je la rejoins dans son sentiment. Ce jeune blanc-bec couronné commence bien mal son règne en s'attaquant aux plus fidèles des siens mais, de ce sujet, nous débattrons plus tard. Je dirai seulement que c'est, pour moi, une raison de plus de vous laisser Philippe. Il est chef de famille et vous aurez besoin de lui.

La joie de Sylvie baissa de plusieurs degrés.

— En ce cas, vous faites erreur, mon ami. Le Roi m'a nettement laissé entendre que son ordre d'exil ne touche que moi et qu'il entend garder sa faveur à mes enfants s'ils le servent bien.

— Là ! triompha Philippe. Qu'est-ce que je vous disais, monseigneur ? Ma mère a l'âme trop haute pour me vouloir garder dans ses jupes quand elle sait à quel point j'aime le service à la mer ! En revanche, c'est Marie que j'espérais trouver ici. Où est-elle ?

— Elle a repris son service auprès de Madame.

— Est-ce qu'elle n'est pas un peu folle ? Après être tombée comme la foudre sur Toulon en demandant pour ainsi dire M. l'amiral en mariage, ce qu'il a eu la bonté incroyable d'accepter, elle a disparu d'un seul coup en laissant seulement une lettre aux termes de laquelle cette jeune dinde lui rendait sa liberté. Et maintenant, elle est retournée chez Madame ? Vous la voyez souvent, j'espère ?

— Jamais, dit Perceval se lançant au secours de Sylvie dont il voyait les yeux se remplir de larmes. Laisse ta mère, je t'expliquerai, mais tu n'as pas tort de penser que ta sœur est un peu folle.

— Eh bien je la ramènerai à la raison ! C'est mon rôle à présent et elle me rendra compte de sa conduite. En vérité...

— Oubliez-la pour l'instant, monsieur mon fils, coupa Sylvie, qui ne tenait pas à ce que l'on s'étende trop sur un sujet qu'elle préférait de beaucoup confier à la diplomatie de son parrain. Et vous, monseigneur, vous parliez il y a un instant d'une « raison de plus » de vous séparer de Philippe. Cela veut dire qu'il y en a d'autres ?

— Bien sûr qu'il y en a d'autres, coupa le jeune homme. M. l'amiral veut partir en croisade et pense qu'il a peu de chances d'en revenir vivant...

— En croisade ?

Beaufort assena sur la table un coup de poing qui fit sauter la vaisselle de vermeil :

— Et si tu voulais bien m'accorder la parole ? gronda-t-il. Ceci est mon affaire et tu me permettras de l'exposer moi-même à ta mère et au chevalier de Raguenel.

Repoussant son assiette, il vida son verre que le valet placé derrière lui se hâta de remplir, geste qui détourna sur lui l'attention du duc :

— J'aimerais que nous soyons seuls dans cette salle, dit-il.

Un geste de Perceval fit sortir les serviteurs. Beaufort accoudé à la table reprit la parole sur un ton où perçait la colère :

— Mes relations avec Colbert sont devenues détestables. Cet homme me hait je ne sais pourquoi...

— Nous le savons tous ici, fit gravement Perceval. Parce que vous étiez l'ami de Fouquet et qu'ensemble vous aviez formé de grands projets...

— Des projets qu'il reprend à son compte et je ne le lui reprocherais pas s'il ne vidait la charge d'amiral de France de toute sa substance. Depuis que, l'an passé, le Roi l'a chargé des affaires concernant la marine du Levant et du Ponant, il n'est rien qui ne dépende de lui, qui ne passe par ses mains. Ainsi, il fait construire de nombreux vaisseaux afin de doter le royaume de flottes capables d'affronter n'importe quel ennemi, mais je n'ai pas le droit d'en faire sortir un seul. Je ne commande en fait qu'à une poignée de vieux navires. C'est au point que si j'en veux un neuf, et des marins pour le manœuvrer, je dois payer le tout sur mes propres biens. Et le Roi lui donne raison...

Sylvie se sentit frémir. Le regard qu'elle échangea avec le chevalier de Raguenel était plein d'angoisse. Elle devinait trop bien ce qui se cachait derrière cette espèce d'impuissance à laquelle Louis XIV et son ministre condamnaient peu à peu cet homme, puisque le Roi avait découvert ce qu'il était au juste pour lui. Le chevalier et Sylvie savaient qu'il ne le supporterait pas longtemps. On devait jouer sur l'espoir que les vieux démons de la Fronde se réveilleraient et pousseraient Beaufort à la faute. Elle l'écoutait à peine tandis qu'il achevait de dévider l'écheveau épais de son amertume : on ne cessait de lui reprocher ses meilleures initiatives, comme cet accord qu'il avait entrepris de passer avec le roi de Maroc grâce auquel on pouvait être assurés de ports de repli aussi bien en Méditerranée que dans l'Atlantique.

— On me reproche de me mêler de ce qui ne me regarde pas et Colbert ose exiger que moi, prince français, je ne m'adresse à lui que par le truchement d'un secrétaire. Il prétend que mes lettres sont illisibles ! Il a mis beaucoup de temps à s'en apercevoir !

Si le détail n'avait montré une volonté délibérée d'offenser l'Amiral, Sylvie eût peut-être souri. Avec les années, l'orthographe de François et ses tournures de phrases parfois spéciales n'avaient pas dû s'améliorer. Mais il lui était cruel de voir ce prince si généreux et si noble systématiquement humilié par un ministre, doué de grandes vues sans doute, mais qui employait vraiment tous les moyens lorsque l'on s'avisait de le gêner ou de lui porter ombrage. Sur un ton où perçait la fatigue, François conclut :

— Je savais déjà qu'il n'y avait pas de place pour nous deux dans la Marine, mais c'est lui qui l'emporte puisque le Roi vient de le nommer secrétaire d'Etat à ladite Marine...

— Vous allez vous retirer dans vos terres ? souffla Perceval incrédule.

— Vous me connaissez assez pour savoir qu'il n'en est rien. Le pape Clément IX appelle les souverains d'Europe à la croisade pour délivrer l'île de Candie, possession de Venise, que le Turc assiège depuis plus de vingt ans. Vingt ans ! Un siège tellement gigantesque qu'on l'a baptisé la « Gigantomachia » ! Il y a là-bas un homme étonnant, il a nom Francesco Morosini, capitaine-général des troupes de la Sérénissime République et de ses rares alliés comme le duc de Savoie, mon neveu. Il tient tête à l'assaillant avec une sorte de génie. Quand les Turcs entament des sapes sous ses forteresses, il fait tomber sur eux de grosses bonbonnes de verre emplies d'un mélange sulfureux qui éclate et tue trois cents hommes d'un coup ! Un soldat de cette valeur mérite qu'on l'aide et le Sultan qui a mis sa tête à prix le sait si bien qu'il envoie Köprülü Fazil Ahmed Pacha, son grand vizir, attaquer lui-même Morosini. J'ai donc décidé, puisque je n'ai plus rien à faire en France, de me vouer à cette tâche. Ainsi, je fais construire un grand vaisseau digne de ce beau titre d'Amiral qu'un Colbert est en train de réduire à rien...

A son tour, Perceval s'accouda sur la table pour regarder Beaufort de plus près. Ses paupières se resserrèrent jusqu'à réduire ses yeux à deux fentes brillantes :

— Un instant, monseigneur ! Vous n'avez pas le droit de partir ainsi sans l'aveu du Roi. Or, celui-ci entretient d'assez bonnes relations avec la Sublime Porte pour contrebalancer la puissance des Habsbourg ? Il est... autant dire l'allié du sultan ottoman.

— Sans doute, mais il est aussi le Roi Très Chrétien et il ne peut se permettre de repousser l'appel du pape.

— Autrement dit : il est pris entre deux feux ? Sauriez-vous par hasard quel est là-dessus l'avis de Colbert ?

Beaufort eut un sourire où l'ironie le disputait à l'amertume :

— Que croyez-vous ? fit-il avec une soudaine douceur. Il est d'accord pour l'envoi d'une flotte avec un corps expéditionnaire... et même pour que je commande tout cela.

— Tiens donc !

— Eh oui. J'avoue que cette soudaine générosité m'a donné à penser ; maintenant, je crois avoir compris : Colbert voit là une excellente occasion de se débarrasser de moi. Je ne sais pas encore comment il compte s'y prendre mais je sens qu'il y pense, ajouta-t-il avec un rien de mélancolie.

— Et vous avez l'intention de le laisser faire ? s'insurgea Sylvie.

— Non... Non, bien sûr. Et soyez certaine que je me garderai autant qu'il sera possible car le danger sera partout ; c'est pourquoi je vous ramène Philippe.

— Et c'est pourquoi, moi, je refuse ! s'écria le jeune homme. Vous parlez de danger, monseigneur, et vous me refusez le droit d'y participer ? Où que vous alliez j'irai !

— Tu es chef de famille. Tu es le dernier d'un très grand nom. Tu dois à tes ancêtres de les continuer. D'ailleurs, je n'emmène pas non plus Ganseville...

Il sourit à son écuyer qui rougissait et envoya à Sylvie la fin de son sourire.

— Lui aussi est le dernier de son nom Et il va se marier !

— C'est vrai ? Oh, comme je suis heureuse ! dit Sylvie en tendant une main à cet ami de toujours. Et dire que vous juriez de mourir dans le célibat !

— C'est vrai, madame la duchesse. J'en étais même persuadé jusqu'au jour où, à Brest, j'ai eu l'honneur d'être présenté à la plus jolie jeune fille que j'aie jamais vue. Son père a bien voulu m'agréer et Mgr le duc a donné son accord. Je vais donc épouser Mlle Enora de Kermorvan, ajouta-t-il d'un ton ému, mais je n'en éprouve pas moins de honte. Manquer ainsi à mon devoir envers mon prince !

— Tu dois fonder une famille... et tu pourras servir sous Abraham Duquesne qui est bien le plus grand marin que je connaisse et mon ami ! De toute façon, conclut Beaufort avec un soudain éclat de gaieté, la mer ne t'a jamais rendu ton amour. Au moins ton estomac restera en place !

— Tout cela est bel et bon, reprit Philippe avec une soudaine violence, mais moi je ne me marie pas et je vous suivrai, monseigneur, que vous le vouliez ou non. D'ailleurs, je ne courrai pas tant de risques. N'emmenez-vous pas votre neveu, le chevalier de Vendôme, qui n'a que quatorze ans et que vous aimez ?

— Il n'est pas l'aîné des fils de mon frère et il est destiné à Malte. Si Dieu le veut, il sera un jour grand prieur de France. Il est temps de l'amariner... Quant à toi...

— Emmenez-le ! pria Sylvie. Je ne veux pas le voir malheureux, et tel que je le connais, il vous rejoindrait d'une manière ou d'une autre. Je préfère le savoir à vos côtés.

Quittant sa place, Philippe courut à sa mère, la prit dans ses bras, la serra contre lui et l'embrassa avec une tendresse qui fit monter des larmes dans ses yeux.

— Tu viendras donc ! bougonna Beaufort qui contemplait la scène. J'ignore encore le moyen de vous résister à tous deux...

Tout heureux d'avoir obtenu ce qu'il voulait, Philippe se précipita chez son précepteur pour lui annoncer la bonne nouvelle. Cependant, Sylvie qui s'était déchiré le cœur en plaidant la cause de son fils éprouva le besoin d'être un peu seule. Sur une vague excuse, elle quitta la table. Les trois hommes allaient s'attarder sans doute un moment autour des pipes et des liqueurs pour savourer l'un de ces moments d'intimité entre hommes qu'ils affectionnent et où les femmes n'ont guère leur place. Elle alla prendre une grande mante à capuchon doublé de fourrure et sortit par l'une des portes-fenêtres du grand salon donnant sur un large degré par lequel on descendait vers les jardins et, plus loin, vers l'étang qu'une lune froide faisait briller comme du mercure.

A pas lents, elle traversa les parterres cernés de petit buis toujours vert, dont la terre refleurirait bientôt. La nuit était presque douce grâce à un léger vent du sud qui s'était levé après l'arrivée des voyageurs. Elle apportait déjà comme une odeur de printemps, mais la promeneuse ne s'en réjouit pas autant que d'habitude. Elle adorait la saison du renouveau, l'éclosion progressive des arbres et des plantes ; ce printemps-ci serait celui d'une angoisse de chaque moment et elle se maudit d'avoir tout à l'heure plaidé la cause de Philippe. Cette guerre, cette... croisade comme ils disaient, lui causait une peur affreuse parce qu'elle avait décelé chez François le besoin d'affirmer sa valeur par de grandes actions, peut-être même la recherche de quelque sanglante apothéose qui inscrirait à jamais son nom dans le grand livre d'or des héros. Comment interpréter autrement cette répugnance qu'il montrait à emmener le fils qu'il chérissait ? La pensée d'un autre Philippe, le petit chevalier de Vendôme, ne la consola pas : il n'était pas son enfant à elle, le seul qui lui restât puisque Marie la rejetait...

Elle s'assit sur un banc de pierre placé sous un saule aux minces branches dénudées pour regarder l'eau calme et resta là un long moment au bout duquel son oreille fine décela un pas solitaire qui s'approchait, un pas de chasseur extraordinairement léger cependant ; elle le reconnut entre mille. Elle ne se retourna pas et dit :

— Mme de Schomberg et Pierre de La Porte ont été exilés en même temps que moi. Savez-vous ce que cela veut dire ?

— Mademoiselle n'a parlé que de vous, sachant bien que vous seule m'importiez...

— C'est surprenant. L'événement a pourtant fait sensation. Eh bien, sachez que le Roi n'ignore plus rien des circonstances... particulières qui ont entouré sa naissance. Avant de recevoir l'hostie pour la dernière fois, la reine Anne s'est confessée à lui. Tenez-vous toujours à partir en croisade ?

Un silence soudain que vint troubler un soupir puis une respiration qui s'oppressait :

— Plus que jamais... peut-être pour éviter à ce jeune homme la tentation de me faire assassiner.

— Quelle sottise ! Il n'y céderait jamais. En dépit des débordements dus à sa jeunesse et à un sang... trop exigeant, il garde au fond de lui une vraie crainte de Dieu et ne se préparerait pas, en accomplissant le pire des crimes, des remords pour ses vieux jours. Mais il ne voit certainement aucun inconvénient à ce que les hasards d'une guerre lointaine lui évitent à jamais votre présence. Il sait que Colbert vous hait.

— Soyez logique ! Vous le voyez confiant un tel secret à un simple serviteur, lui qui se veut le plus grand roi du monde ?

— Bien sûr que non, mais il doit faire confiance à cette haine et la laissera faire.

— Devant Dieu le crime serait le même. Je comprends mieux certaines choses, maintenant que vous avez parlé. J'ai eu, ces jours, l'impression que ma vue lui était pénible. Déjà il ne m'aimait pas beaucoup ! Je dois lui faire horreur...

— J'ignore quels sont, au juste, ses sentiments pour vous mais la complaisance de Colbert envers votre expédition me la rend suspecte. Ne partez pas, François, je vous en prie !

Bouleversé par les larmes qui mouillaient la voix de Sylvie, il vint derrière elle et posa doucement ses mains sur des épaules tremblantes.

— Il y a si longtemps que vous ne m'avez donné mon nom, Sylvie ! Est-ce pour m'enlever mon courage que vous le prononcez ?

— Non... C'est parce que je voudrais tant... Je voudrais désespérément vous convaincre de rester...

— A cause de Philippe ? Je vous promets que je le tiendrai à l'écart du danger autant que faire se pourra.

— Pour lui, sans doute, mais surtout pour vous ! Oh, François, j'ai si peur de ce qui vous attend là-bas ! J'ai peur de ne jamais... jamais vous revoir ! Quelque chose me dit que non seulement vous ne vous garderez pas, mais encore que vous irez au-devant de la mort !

— C'est vrai que j'y pensais. Dans cette guerre que Dieu commande, j'avoue songer souvent à en profiter pour aller vers lui. Mourir en pleine bataille, en pleine gloire ! Quelle fin heureuse pour une vie manquée !

— Manquée ? Oh, François ! Comment pouvez-dire pareille chose ? Alors que...

— Chut ! Je sais ce que je vaux, Sylvie, et je crois que je suis las de moi-même autant que des autres...

D'un mouvement vif, il se glissa auprès d'elle sur le banc, saisit ses deux mains pour l'obliger à lui faire face.

— Un seul être au monde peut me donner envie de poursuivre une existence qui pèse à tant de gens et cet être c'est vous ! Si je reviens vivant, promettez-vous de m'épouser ?

Elle eut un sursaut, voulut se lever, lui échapper, mais il la tenait bien.

— C'est impossible ! Vous savez bien que c'est impossible !

— Pourquoi ? Parce que j'ai tué...

— Non. A cause de Marie qui m'a rejetée comme elle a rejeté son amour pour vous quand elle a su que vous êtes le père de Philippe.

— Comment l'a-t-elle su ?

— Vous n'avez donc pas reçu la lettre de Perceval ? Elle l'a appris par ce maudit Saint-

Rémy qui avait réussi à se glisser dans l'entourage de votre frère Mercœur et qu'elle a connu chez Mme de Forbin.

— Ce misérable était là ? En Provence ? Et je ne l'ai jamais vu, jamais su, jamais rencontré ?

— Sans doute se gardait-il de vous. Ou bien a-t-il changé d'aspect. Toujours est-il que nous en sommes là : Marie m'a jeté son mépris au visage. Si je vous épousais, c'en serait fini du faible espoir que je garde encore de la retrouver un jour. Je suis persuadée qu'elle vous aime encore !

— Mais moi, je ne l'aime pas comme elle le voudrait. Je n'avais accepté que parce qu'elle menaçait de se tuer sous mes yeux et aussi parce que vous le demandiez, mais je comptais retarder encore et encore ce mariage jusqu'à ce qu'elle comprenne... ou qu'elle rencontre un autre homme. Voilà des mois que je prie pour cela.

— J'ai peur qu'elle ne me ressemble, dit Sylvie avec un triste sourire. Et même qu'elle n'ait pris de l'avance sur moi. J'avais quatre ans lorsque nous nous sommes rencontrés. Elle n'en avait que deux. Elle vous aimera toujours.

— Parce que vous m'aimez ? Que c'est doux à entendre, mon cœur ! Quant à notre mariage, j'ai pris dessus quelques idées quand, me rendant de Brest à La Rochelle, nous avons relâché à Belle-Isle... Oh, Sylvie, je l'aime plus que jamais ! C'est le seul endroit au monde où je puisse être vraiment heureux.

— Je n'ai aucune peine à vous croire.

— Alors, retenez-moi encore à la terre !

Acceptez de m'épouser à mon retour et, j'en jure Dieu, nous abandonnerons tout pour aller là-bas vivre ensemble. Nous... disparaîtrons ! Et ainsi on nous oubliera puisque nous n'offusquerons la vue de personne.

— Vraiment ? Nous ferions cela ?

Dans son besoin de la convaincre, François faisait glisser ses mains le long des bras de son amie. Il redoutait à chaque seconde qu'elle ne le repousse, mais Sylvie n'avait plus envie de lutter. Il y avait trop longtemps ! Elle se laissa aller contre sa poitrine

— Foi de gentilhomme c'est ce que nous ferons, affirma-t-il avec gravité. Dites que vous m'épouserez !

— Revenez... et je serai à vous...

Il resserra son étreinte et ils restèrent longtemps au bord de l'étang à regarder l'eau calme parfois rayée de l'envol d'un oiseau pêcheur, à écouter le rythme accordé de leurs cœurs. Et ce fut seulement à l'instant de remonter vers le château que leurs lèvres se joignirent.

Au jour levant, Beaufort repartit pour Paris où il restait « quelques détails à régler », emmenant Ganseville dont il ne se séparerait qu'au moment de prendre la route du sud et Philippe qu'il eût volontiers laissé à Sylvie quelques jours de plus. Mais le jeune homme, méfiant, entendait s'attacher à ses pas...

Quant à ceux de Fontsomme, ils passèrent beaucoup de temps à consoler l'abbé de Résigny, honteux de s'être laissé envahir par la graisse au point d'être inutilisable et d'autant plus désespéré.

— Eh ! s'il n'y a que ça, l'abbé, on vous fera maigrir ! Lamy ne vous servira que des soupes claires, du pain rôti et de l'eau ! Ainsi vous serez tout frais pour la prochaine campagne...

Le malade leva sur Perceval des yeux de petit garçon privé de dessert :

— Ce serait bien cruel ! Le Seigneur et les bonnes choses sont tout ce qui me reste puisque Philippe est trop grand maintenant pour avoir un précepteur. On ne m'embarquerait plus...

— Et ça vous fait tant de peine ? Je ne vous savais pas si furieux marin ?

— Non... non, c'est vrai que je ne le suis guère mais... qui donc maintenant vous donnera des nouvelles ?

Il n'était pas seul à y penser. Sylvie appréhendait le silence qui allait venir et qui lui donnerait l'impression que Philippe et François étaient entrés dans un autre monde, inaccessible...

Les « détails » que Beaufort entendait régler à Paris appartenaient à la catégorie des doux euphémismes, pour l'excellente raison que ni le Roi ni Colbert ne souhaitaient que l'expédition à laquelle le pape les contraignait soit une réussite. Il ne s'agissait pas d'indisposer durablement l'allié turc. On commença par spécifier que Beaufort devrait se contenter de commander les « voiliers » tandis que Vivonne garderait les galères ; ensuite que le chef de l'expédition serait le duc de Navailles qui, s'il était un homme brave, n'avait jamais fait preuve d'une intelligence fulgurante. Dans son couple, le grand homme, c'était la duchesse Suzanne. On avait même refusé le grand Turenne pour être bien sûr que cela ne marcherait pas. Quant à Vivonne, il était prié de ne pas faire de zèle, de traîner autant que faire se pourrait avec ses galères le long des côtes d'Italie et de ne rejoindre Candie que lorsqu'il n'y aurait plus moyen de faire autrement sous peine de ridicule.

Autre avanie pour Beaufort, il ne devait en aucun cas quitter son vaisseau : ordre lui était donné d'y rester les bras croisés tandis que l'on mènerait l'assaut contre les Turcs. Cette fois, le duc se fâcha et en appela au pape qui dépêcha aussitôt un courrier à Louis XIV : dans l'esprit de Sa Sainteté, les véritables chefs de l'expédition étaient son neveu, le prince Rospigliosi, et le duc de Beaufort : il importait que celui-ci, dont la bravoure était célèbre, pût mener les troupes au combat. Ainsi tancés, le Roi et son ministre capitulèrent mais firent bien entendre que, s'ils permettaient l'expédition, il n'était pas question qu'ils y participent financièrement. C'était condamner Beaufort à la ruine car, bien entendu, il vendit tout ce qu'il possédait pour faire face à l'énorme dépense commencée avec le *Monarque*, le magnifique vaisseau-amiral que l'on construisait à Toulon [1].

Cette exigence insensée, qui eût fait reculer tout

1. Seuls deux autres vaisseaux devaient au XVIIe siècle en égaler la splendeur : le *Soleil-Royal* et la *Reale*, la prestigieuse galère.

autre chef ne portant pas dans ses veines le sang de Godefroi de Bouillon, signifiait bien pour ceux qui l'aimaient — Duquesne le premier qui s'en indignait — une arrière-pensée : Beaufort ne « devait » pas revenir de Candie, donc ses biens ne lui seraient plus d'aucune utilité.

S'en rendit-il compte ? Il balayait les objections d'un mouvement d'épaules agacé : n'allait-il pas combattre pour la foi chrétienne comme il l'eût fait s'il avait suivi le chemin de Malte ? Toutes ces contingences misérables ne le touchaient pas. Il accepta même que les Italiens de Rospigliosi lui refusent le titre d'altesse parce que leur prince à eux n'y avait pas droit :

— De l'altesse et du reste je m'en moque ! Je mépriserai tout hormis les occasions de m'illustrer...

Le 2 juin cependant, avant de quitter Marseille, il écrivit au Roi une longue lettre qui s'achève ainsi : « Je crois que nous sommes tous contents les uns des autres et qu'il y a une entière union et amitié parmi ce qui est ici gens de terre et de mer... Tout se fait d'un même concert. Nous serions bien malheureux d'être d'un autre esprit. Cela, ce me semble, peut donner un grand respect et satisfaction à Votre Majesté, laquelle me fera la grâce, s'il lui plaît, de me tenir pour sa véritable créature. Toutes sortes de raisons m'y obligent et *beaucoup plus celle que je n'oserais dire pour ne pas manquer au respect que celle du devoir...* C'est de quoi je la supplie d'être persuadée et que je suis, avec la dernière soumission, de Votre

Majesté, le très humble, très obéissant, très fidèle serviteur. Le duc de Beaufort. »

Pris peut-être d'un vague remords, Louis XIV fit verser une somme d'argent... que Beaufort distribua incontinent aux pauvres de Marseille.

Le 4 juin 1669 au matin, la flotte quittait le port du Lacydon, à Marseille, sous un soleil radieux qui faisait scintiller l'or et l'azur dont était couvert le *Monarque*. Le splendide vaisseau de quatre-vingts canons gonflait ses voiles neuves en faisant claquer, dans le vent du matin, la soie écarlate des quatre grands pavillons de l'Amiral portant les armes des Vendôme, soutenues par les effigies de saint Pierre et de saint Paul, et l'immense flamme bleu et or aux lis de France. Il accaparait le soleil, il habitait la mer à lui tout seul, et derrière lui les treize autres vaisseaux, assez beaux cependant, paraissaient sacrifiés. Debout sur le pont auprès du chevalier de La Fayette qui était son capitaine en second et son ami [1], Beaufort, tandis que tonnaient les canons du fort Saint-Jean, ne se retourna pas une fois vers la terre qu'il laissait derrière lui. Les acclamations de la foule massée sur le rivage ne l'atteignaient même pas. Il regardait la Méditerranée immense et bleue s'ouvrir sous son étrave comme une femme consentante. Il en emplissait ses yeux et ses rêves. Là-bas, dans

1. Il était le frère de Sœur Louise-Angélique, l'amie de Louis XIII, et le beau-frère de Marie-Madeleine, l'amie de Madame et l'auteur de *La Princesse de Clèves*.

une île perdue de la Grèce antique, l'attendait la gloire...

Un mois et demi plus tard, on apprenait avec consternation l'échec de l'expédition et surtout la mort du duc de Beaufort dont le corps n'avait pas été retrouvé. Son jeune aide de camp, Philippe de Fontsomme, avait eu le même sort...

Troisième partie

UN MASQUE DE VELOURS
1670

CHAPITRE 11

UN VÉRITABLE AMI...

Sylvie disait adieu à Fontsomme.

Appuyée au bras de Perceval elle faisait, au jardin, une dernière promenade avant d'effectuer le tour des pièces du château et de prendre congé de ses serviteurs. Ce mois d'avril exceptionnellement doux et ensoleillé faisait exploser la nature : les lilas embaumaient, les pommiers et les cerisiers se couvraient de blancheur délicate et chaque brin d'herbe neuve semblait proclamer sa joie d'avoir quitté les profondeurs de la terre pour revoir la lumière. L'étang ondulant sous une légère brise jetait des éclairs comme un feu d'artifice, mais toute cette joie ne faisait que rendre plus tragique la double silhouette en grand deuil qui s'y aventurait. Perceval vit une larme rouler sur la joue de sa compagne. Il serra un peu la main qui reposait sur son bras :

— Nous devrions abréger, mon cœur. Vous vous faites du mal...

— Peut-être mais j'ai passé tant d'années ici que je dois à toute cette beauté un salut, un merci. Bien qu'il me soit cruel de penser qu'elle n'appartiendra jamais à mon Philippe. Il aimait tant Fontsomme ! Le plus dur est de se dire qu'il n'y reposera pas et que son ombre ne gênera en rien celui qui va venir... Comment aurions-nous pu imaginer il y a seulement dix mois que ce misérable Saint-Rémy parviendrait un jour à ses fins et que Colbert, sinon le Roi, appuierait sa réclamation devant les cours souveraines...

— C'est d'autant plus étonnant que Beaufort comme Philippe ont été déclarés officiellement morts sur le seul rapport de cet homme, dont nul n'aurait pu imaginer qu'il était parti avec la flotte comme volontaire sous un faux nom.

En effet, dans les premiers jours de février, Saint-Rémy était revenu de Constantinople où, blessé et fait prisonnier à Candie, il aurait été soigné puis renvoyé par le sultan Mehmed IV lui-même, avec une lettre pour le roi de France lui assurant que le duc de Beaufort avait été pris pendant la bataille et décapité. Ledit Saint-Rémy aurait reconnu cette tête parmi d'autres aux cheveux clairs qu'on lui aurait montrées... La nouvelle de cette mort, à laquelle les Français et surtout les Parisiens n'arrivaient pas à croire — les bruits les plus étranges couraient ! —, fut accueillie par la Cour comme il convenait : on prit le deuil et une cérémonie eut lieu à Notre-Dame autour d'un catafalque vide. Tout cela accrut la douleur de Sylvie car, si elle conservait l'espoir que son fils et son ami, portés disparus, fussent encore vivants quelque part, cet espoir s'écroulait : si Beaufort avait trouvé la mort, Philippe qui ne le quittait pas ne pouvait avoir échappé au cimeterre du bourreau ottoman. Pourtant, il lui restait encore un ultime degré à descendre dans l'abîme du chagrin : le titre de duc de Fontsomme tombant en déshérence, la Chancellerie royale, après consultation du Parlement et examen de l'acte présenté, projetait d'en faire donation au sieur de Saint-Rémy pour réparer le dommage dont il avait été victime et le récompenser des services rendus à la Couronne.

Ce nouveau coup assené à la duchesse avait soulevé l'indignation de d'Artagnan. Sachant par celle-ci et depuis longtemps ce qu'était au juste ce Saint-Rémy, que d'ailleurs il avait vu arriver chez le Roi, il ne put la contenir et laissa entendre son sentiment à Louis XIV avec la rude franchise qui le caractérisait :

— Je ne sais, Sire, ce que Mme de Fontsomme a fait à Votre Majesté, mais il faut que ce soit très grave pour que l'exil et la mort de son fils ne vous semblent pas punition suffisante : il faut aussi la dépouiller ?

— De quoi vous mêlez-vous, d'Artagnan ? s'écria le Roi tout de suite furieux — ce qui ne parut pas troubler le mousquetaire.

— De ce que diront les braves gens. Il est vrai qu'ils sont peu nombreux dans ce palais. Les courtisans, eux, applaudiront et se hâteront de s'inscrire chez le nouveau duc... Mais je sais bien, moi, ce qu'en aurait dit l'auguste mère de Votre Majesté.

— Laissez ma mère à son repos ! En évoquant

son souvenir vous ne choisissez pas le meilleur avocat... — puis, s'apercevant soudain de l'étrangeté de sa phrase, il ajouta : La duchesse ne sera pas dépouillée comme vous le pensez : elle gardera son douaire et son manoir de Conflans, qui d'ailleurs lui appartient en propre. Ce qui allège son exil en lui permettant de résider aux abords de Paris...

— Voilà le défunt maréchal et son fils bien mal récompensés du sang versé. Ce misérable comme successeur alors que Votre Majesté n'ignore pas qu'il a tenté d'assassiner le jeune Philippe !

— Il s'est racheté depuis ! A présent, en voilà assez, capitaine. Estimez-vous heureux de ma mansuétude. Votre insolence vous vaudra seulement les arrêts pour un mois. Cela vous permettra de calmer votre tête un peu trop chaude pour mon goût !

D'Artagnan n'insista pas. Il connaissait ce ton tendu présageant un éclat de violence et craignit, non pour lui-même, mais pour Sylvie qui pouvait en faire les frais. Avant de rentrer chez lui pour s'y « arrêter » lui-même, il passa son commandement à son lieutenant et s'accorda une rapide visite au Palais-Royal, où il ne put voir Marie qui était allée prier chez les Carmélites de la rue du Bouloi mais où Madame lui réserva le meilleur accueil.

— Je dirai à Marie que vous êtes venu. Elle souffre beaucoup de la mort de son frère et vous sera reconnaissante de ce que vous avez tenté. Il y a des jours où la cruauté du Roi est confondante. Surtout quand on sait qu'il peut être si bon !

La bonté de Louis XIV, d'Artagnan n'y croyait plus guère. Revenu enfin en son logis, il prit la plume et écrivit à Sylvie une longue lettre où il laissa parler son cœur afin qu'elle fût bien certaine de pouvoir toujours compter sur son dévouement...

A présent, les deux promeneurs revenaient vers le château où les serviteurs occupés à charger dans deux chariots bagages et objets personnels venaient de s'arrêter pour s'empresser autour d'un carrosse de voyage, baisser le marchepied et ouvrir la portière avec des exclamations de joie devant la longue jeune fille mince et blonde, en grand deuil elle aussi, qui en descendait et que tous connaissaient si bien.

— Mon Dieu ! s'exclama Sylvie. C'est Marie !

Celle-ci touchait les mains que ces gens accablés de tristesse tendaient vers elle comme vers un espoir, puis quelqu'un lui désigna les jardins et ceux qui s'y trouvaient. Elle ramassa ses jupes et prit son élan vers eux. A trois pas environ, elle s'arrêta :

— Mère ! dit-elle d'une voix que l'émotion enrouait, je suis venue vous demander pardon...

Elle allait plier les genoux pour se laisser tomber sur le sable de l'allée lorsque Sylvie prévint le geste. Envahie d'une joie qu'elle n'espérait plus, elle ouvrit les bras pour y recueillir sa fille enfin revenue... La pâleur de Marie, la douleur peinte sur son joli visage disaient assez une souffrance égale à la sienne.

Un long moment, elles restèrent ainsi, serrées l'une contre l'autre, mêlant leurs larmes et leurs baisers.

— Il y a longtemps que je t'ai pardonné, murmura enfin Sylvie. Tout ce que j'espérais, c'était de revoir un jour ma petite fille. Oh, Marie, tu ne sais pas la joie que tu me donnes en revenant vers nous !

— Que tu nous donnes, rectifia Perceval. Mais moi, j'étais sûr que tu ne pourrais t'empêcher de venir partager avec ta mère ces heures terribles.

A son tour Perceval embrassait la jeune fille, avec une réticence qui n'échappa pas à Marie.

— Est-ce que vous ne me pardonnez pas ? fit-elle tristement

— Je ne serai pas plus intransigeant que ta mère mais j'ai plus de mal qu'elle, bien que je t'aime toujours autant. Elle a failli mourir alors que nous ignorions ce que tu étais devenue et, quand nous l'avons appris, c'est elle qui m'a empêché d'aller te dire, devant Madame au besoin, ce que je pensais de toi. Au fond, elle avait raison et je n'aurais fait qu'envenimer les choses. A présent, je suis heureux et nous allons tout oublier ensemble. Mais est-ce que tu sais que nous partons dans une heure ?

— J'ai vu, en effet, vos préparatifs mais pourquoi si tôt ? Et pour aller où ?

— Nous ne voulons pas attendre que le nouveau seigneur nous chasse, dit Perceval avec amertume. Et nous allons à Conflans puisque c'est tout ce que la générosité du Roi laisse à ta mère.

Et encore, parce que le manoir lui appartient en propre, comme les biens que lui a donnés, quand elle était enfant, feu Mme la duchesse de Vendôme dont Dieu ait l'âme, ajouta-t-il en ôtant son chapeau avec respect.

Sylvie ne put retenir un sanglot. La duchesse Françoise, en effet, était morte en septembre dernier dans le vieil hôtel du faubourg Saint-Honoré où elle était revenue après le départ de la grande expédition pour être plus proche des nouvelles. Elle avait soixante-dix-sept ans sans doute, mais son ancienne vitalité n'avait pas résisté à la douleur qui la frappait comme elle venait de frapper son fils aîné, Louis de Mercœur, cardinal-duc de Vendôme, abattu disait-on par la disparition de son frère. Et Sylvie avait souffert d'autant plus de la mort de celle qui avait été pour elle une seconde mère que son exil lui interdisait d'aller vers elle pour la revoir une dernière fois et prier au pied de son lit mortuaire.

Doucement, Marie glissa son bras sous celui de sa mère et repartit avec elle à pas lents vers la maison.

— Pauvre duchesse ! murmura-t-elle. On dirait que le sort s'acharne sur la maison de Vendôme.

— Oui, soupira Perceval. Elle aura survécu à ses trois enfants, ce qui est bien la chose la plus cruelle du monde. Dieu veuille protéger les deux garçons sur qui repose désormais la gloire de cette haute maison : le jeune duc Louis-Joseph qui n'a que seize ans et le petit Philippe qui a eu la chance de revenir de Candie entier... mais inconsolable de n'avoir pu retrouver son oncle...

— Beaucoup en sont inconsolables, murmura Marie. Le plus difficile est de se convaincre qu'on ne le reverra jamais plus... qu'il faudra vivre sans lui.

— Tu l'aimes toujours, souffla Sylvie en posant sa main sur celle de sa fille. Tu n'aurais pas dû lui rendre sa parole...

— Oh si ! En admettant qu'il soit allé au bout de ce mariage, il aurait fini par me détester...

Pour alléger l'atmosphère en changeant de sujet, Perceval demanda :

— Notre départ dérange tes plans, sans doute ? Tu pensais rester ici quelques jours ?

— Non. Je ne venais qu'en courant... pour faire ma paix avec vous avant de passer la mer dont on ne sait jamais ce qu'elle vous réserve. Madame part pour l'Angleterre. Le Roi l'envoie rencontrer son frère, le roi Charles II, pour rétablir l'entente entre les deux royaumes. Une ambassade extraordinaire en quelque sorte. Naturellement, je vais avec elle. Oh, le voyage ne durera guère : Monsieur, qui enrage depuis que le chevalier de Lorraine a été exilé, n'autorise pas sa femme à aller plus loin que Douvres où nous ne resterons que trois jours.

— C'est à la fois stupide et cruel ! remarqua Perceval. Quand le Roi décide...

— Monsieur ne s'incline pas toujours. Il est maladivement jaloux des succès d'une femme qu'il déteste depuis la mort de leur fils. La vie n'est pas toujours drôle dans ses châteaux, que ce soit au Palais-Royal, à Saint-Cloud ou à Villers-Cotterêts. Il a bien fallu que l'on concède ces restrictions... Mais j'ai encore autre chose à vous dire... une décision que j'ai dû prendre et que, j'espère, vous me pardonnerez...

— Un pardon encore ? interrogea Sylvie surprise.

— Oui... à l'avance. Le pardon avant le péché... Cet homme qui va ici prendre votre place, ce Saint-Rémy... est amoureux de moi depuis longtemps, paraît-il. Je me suis résolue à l'épouser.

— Quoi ?

Une même exclamation incrédule à deux voix. Tandis que la duchesse pâlissait, le chevalier de Raguenel devint très rouge :

— Tu deviens folle ? gronda-t-il.

— Non. Essayez de comprendre ! Le Roi veut ce mariage parce qu'il y voit une façon de rattacher le rameau perdu au tronc principal...

— Le Roi ! cracha Perceval. Encore le Roi !...

— Toujours le Roi ! Il pense que nous aurons des enfants. Si je n'accepte pas, il lui fera épouser quelqu'un d'autre. Je suis donc déterminée à accepter et je puis vous assurer qu'il n'y aura jamais d'enfants...

— Non, ne fais pas cela, je t'en prie ! implora Sylvie. Et ne te fie pas au fait que cet homme est beaucoup plus âgé que toi. Si tu lui refuses ce que le mariage lui permet d'exiger, il peut te contraindre à le lui donner. Tu ignores encore, fort heureusement, à quelle violence peut en venir un homme qui désire une femme, ajouta-t-elle avec un frisson d'horreur rétrospective. Cela laisse d'inguérissables...

Mais Marie ne voulait pas en entendre davantage. D'un mouvement brusque, elle saisit sa mère dans ses bras, appuya un long baiser sur sa joue puis la lâcha et partit en courant rejoindre sa voiture :

— Il faudrait pour cela qu'il en ait le temps ! cria-t-elle dans le vent qui se levait. Ne vous tourmentez pas pour moi ! J'ai toujours une amie sûre en Mme de Montespan et Madame m'aime beaucoup. Elles sauront m'aider...

— Mon Dieu ! gémit Sylvie en joignant les mains sur son visage. Mais que veut-elle faire ? Epouser cet assassin ? Partager sa maison et son lit ? Oh, c'est impensable !

Perceval haussa les épaules et reprit son bras :

— Rien n'est impensable à la cour de Louis XIV, mais je fais confiance à Marie. Elle a du caractère et ses déterminations sont inflexibles, vous le savez bien. Et si la belle Athénaïs lui a gardé son amitié, elle sera protégée. On dit que le Roi en est fou !

Il s'interrompit : l'abbé de Résigny, son bréviaire à la main comme s'il s'agissait d'un jour semblable aux autres, descendait vers eux et rien dans sa tenue n'indiquait un prochain départ.

— Où allez-vous, l'abbé ? demanda avec quelque rudesse le chevalier de Raguenel. Il n'est plus temps d'aller prier dans le parc. Ne partez-vous pas avec nous ?

Le précepteur de Philippe, qui n'avait pas beaucoup diminué de volume depuis son retour, eut un sourire triste :

— Non, parce que, tous ces jours, j'ai beaucoup réfléchi, beaucoup prié aussi et, avec votre permission, madame la duchesse, je resterai...

— Quoi, vous nous abandonnez ? Vous voulez servir le nouveau seigneur ? fulmina Perceval devenu rouge de colère. Les choses ne seront plus ce qu'elles étaient, vous savez ! Ainsi, Lamy que vous aimez tant va servir au palais du Luxembourg. Mme la duchesse l'envoie à Mademoiselle pour la remercier de son amitié. De toute façon, elle ne peut plus garder le même train de maison. Vous allez maigrir, mon ami !

Le petit abbé eut soudain les larmes aux yeux :

— Je sais tout cela et vous me connaissez bien mal, chevalier ! D'ailleurs, si Jeannette suit sa maîtresse, est-ce que Corentin Bellec ne reste pas à son poste d'intendant du domaine ?

— Certes ! On ne peut laisser le duché aller à vau-l'eau sans surveillance. Le... nouveau maître — les mots sortaient avec tant de mal qu'il eut l'air de les cracher — pourrait demander des comptes. C'est un homme qui s'y intéresse fort et ce n'est pas par plaisir que Corentin reste...

— Moi non plus ! Il va veiller sur les biens terrestres ; moi, c'est sur l'âme de Fontsomme ! J'ai trop aimé mon jeune duc pour ne pas tout tenter pour faire comprendre à cet homme qu'il commet un crime et que...

— C'est au Roi qu'il faudrait faire comprendre ça !

Sylvie alors s'interposa entre les deux hommes, celui qui pleurait et celui qui tonnait :

— Je vous en prie, Parrain ! Vous ne devez pas traiter l'abbé de cette façon. C'est une grande preuve d'amitié qu'il nous donne et non une trahison comme vous semblez le croire. Cependant je la refuse : ce Saint-Rémy est dangereux...

— C'est possible mais je resterai tout de même. Voyez-vous, je suis tout disposé à être votre espion ici, et peut-être me sera-t-il donné d'y faire du bon travail ?

— Pourquoi pas, après tout ? Avez-vous déjà oublié, mon cher Parrain, ce que Marie vient de nous dire ?

— Non... non, je n'ai rien oublié ! Pardonnez-moi, l'abbé ! J'ai tendance à prendre en mal tout ce que l'on me dit depuis quelque temps... Je dois être en train de devenir une vieille bête... Merci de votre dévouement ! J'aurais dû me douter que c'était votre seule intention.

Il prit l'abbé dans ses bras pour lui donner une chaude accolade puis le lâcha si brusquement que le malheureux serait tombé si Mme de Fontsomme ne l'avait retenu. A son tour, elle se pencha pour poser un baiser sur sa joue rebondie :

— Vous serez peut-être plus utile encore que vous ne le croyez. A nous revoir, mon cher abbé ! Votre place vous sera toujours gardée chez moi... Ah ! voilà ceux du village qui nous arrivent ! Il est temps, je crois, d'aller leur dire adieu...

Tandis que la cour d'honneur de Fontsomme était le théâtre d'une scène émouvante où la duchesse et le chevalier de Raguenel purent prendre mesure de l'affection qu'on leur portait, Marie roulait vers Saint-Quentin où elle rejoindrait l'énorme cortège parti de Saint-Germain et qui devait accompagner Madame à Dunkerque. La jeune fille se sentait allégée, heureuse même d'avoir mis fin à une séparation si cruelle pour tous. Pleine aussi d'un courage puisé dans le renouveau de tendresse qu'elle éprouvait pour les siens. Ils n'avaient que trop souffert et Marie considérait que c'était à elle de les soutenir maintenant que Philippe, le cher petit frère, ne reviendrait plus. Philippe qu'elle aimait tant et que Fulgent de Saint-Rémy avait voulu tuer ! Elle avait le devoir de faire payer ses forfaits à cet homme qui l'avait abusée trop longtemps. Et cela à l'heure même où il croirait atteindre au triomphe !...

D'un geste machinal, elle chercha un sachet de velours glissé contre sa gorge et le tint un moment dans ses mains en le caressant du bout du doigt, avec quelque chose qui ressemblait à de la tendresse. Il y avait là de quoi libérer la famille de son cauchemar.

Environ dix-huit mois plus tôt, alors que Marie luttait contre le désespoir où l'avaient jetée les révélations de Saint-Rémy et le renoncement à son rêve, Athénaïs, alors en lutte quasi ouverte contre La Vallière, lui avait conseillé de consulter une devineresse :

— Elle dit des choses étonnantes et peut vous aider à les réaliser. Des Œillets vous conduira...

Et c'est ainsi qu'un soir, en compagnie de la suivante de la belle marquise, Marie s'était retrouvée au fond du jardin d'une petite maison sise rue Beauregard, dans ce faubourg de la Villeneuve-sur-Gravois qui avait poussé au début du siècle autour de l'église Notre-Dame-de-Bonne-Nouvelle. Là, dans une sorte de cabinet meublé d'une table, de deux chaises et d'une tapisserie, elle avait rencontré une certaine Catherine Monvoisin, dite la Voisin, assez belle femme rousse de trente-sept ou trente-huit ans, vêtue d'un manteau de velours pourpre brodé d'or et d'une jupe vert d'eau drapée de « point de France », qui avait failli déclencher son hilarité plutôt que sa confiance. Pourtant, ce qu'elle lui dit retint son attention car elle décrivit assez bien la situation dans laquelle se débattait la jeune fille — dans les grandes lignes tout au moins ! Là où Marie cessa de la suivre, c'est quand elle lui prédit un nouvel amour, un amour qui viendrait de loin.

— Vous oublierez alors, lui dit-elle, cette passion qui vous est si contraire ; auparavant, vous subirez une épreuve... difficile. Je ne sais encore ce que cela sera, mais n'oubliez pas qu'à tout mal existe un remède, et que des remèdes j'en connais beaucoup. Lorsque le temps en sera venu, nous nous reverrons...

En sortant de chez la voyante, Marie n'était qu'à demi convaincue. Quelle idée saugrenue d'imaginer seulement qu'elle pourrait ne plus aimer François, le seul homme qui ait réussi à faire battre son cœur depuis la petite enfance ! Pourtant, quand la terrible nouvelle, doublement douloureuse pour elle, avait couru la Ville et la Cour, surtout quand il avait été question d'investir Saint-Rémy du duché de son frère — ce Saint-Rémy à qui elle avait permis de devenir un ami, de s'attacher à elle mais qu'elle méprisait à présent de tout son cœur ! —, Marie s'était souvenue de la Voisin. Elle était retournée la voir, seule cette fois, et la devineresse lui avait remis ce sachet de poudre blanche qu'elle tenait au creux de sa main.

— Personne ne s'étonnera qu'un homme déjà âgé tombe malade, surtout s'il épouse une demoiselle trop jeune pour lui... Cela sera l'affaire de quelques jours et vous pourrez vous tourner vers un nouvel avenir.

Du poison ! C'était du poison que la Voisin lui avait vendu et, d'abord, Marie avait eu horreur de ce qu'on lui offrait mais, dans les mauvais rêves qu'elle faisait souvent, elle croyait entendre encore la voix désespérée de sa mère lui criant : « Cet homme voulait faire mourir ton jeune frère d'horrible façon », et elle finit par s'habituer à l'idée de venger d'un seul coup tout ce que celui qui osait l'aimer avait infligé aux siens. Même son départ pour Candie avec la flotte, « afin de ramener assez de gloire pour être digne de vous ! » avait fini par prendre une coloration sinistre. Et si c'était lui qui avait porté le coup mortel à Philippe ? Dans une mêlée, ce devait être assez facile... Dès lors, une véritable horreur remplaça la sympathie puis l'amitié née sous les platanes du château de Solliès. La détermination de se changer en justicière et d'en finir avec lui vint tout naturellement. Il suffisait d'avoir assez de courage pour aller jusqu'au bout d'une tâche qui lui répugnait mais qui était nécessaire. Ensuite elle aurait tout le temps qui lui resterait à vivre pour expier dans un couvent. Au moins ceux qu'elle aimait pourraient vieillir en paix...

Elle était si bien enfoncée dans ses pensées qu'elle ne s'aperçut pas que le temps avait changé. En arrivant à Saint-Quentin, le ciel déversait des trombes d'eau, et la vieille et fière cité picarde qui, tant de fois, avait eu à souffrir des guerres espagnoles semblait aux prises avec quelque nouvelle invasion. Marie dut renoncer à atteindre le magnifique hôtel de ville où elle savait que le Roi, la Reine et les princesses passeraient la nuit. Elle laissa la voiture prêtée par Mademoiselle s'arranger comme elle l'entendrait et se lança sur le pavé boueux dans un incroyable enchevêtrement de chevaux, de voitures, de seigneurs, de dames et de valets, tous plus ou moins mouillés et crottés. Dominant la mêlée comme une sorte de phare, Lauzun, en selle sur un magnifique cheval plein de feu qui avait au moins l'avantage de lui procurer des coudées franches, lançait des ordres, s'efforçant d'organiser le chaos. Il était d'ailleurs dans son rôle : nommé quelques mois plus tôt capitaine de la 1re compagnie des gardes du corps, c'était à lui que le Roi avait confié le commandement de sa fabuleuse escorte, comportant près de trente mille personnes, qui se dirigeait vers Calais. Le plus fort est que, peu à peu, le calme revenait, l'ordre s'instaurait, même si Lauzun n'était pas encore au bout de ses peines... Soudain, son œil d'aigle découvrit Marie qui s'efforçait courageusement d'atteindre la maison commune ; il tourna son cheval vers elle, l'atteignit, se pencha en lui tendant la main et l'enleva de terre pour l'installer sur la croupe de son coursier :

— Seigneur ! que faites-vous là ? Je croyais que Mademoiselle vous avait donné une voiture pour aller à Fontsomme ?

— J'en arrive mais mon cocher ne pouvait plus avancer et j'ai préféré descendre pour ne pas rester là des heures...

— Mademoiselle est sur le perron de l'hôtel de ville. Je vous conduis à elle...

La princesse, en effet, était là. Sans se soucier de la pluie, elle contemplait, avec un sourire extasié, les évolutions de Lauzun dont, ce n'était plus un secret pour personne, elle était tombée follement amoureuse au cours de la magnifique prise d'armes où le Roi avait remis au jeune homme son bâton de commandement. Tout le monde en riait sous cape, mais un peu moins fort cependant depuis que courait un bruit inquiétant : elle aurait dans l'idée de l'épouser et de faire ainsi de ce cadet de Gascogne un duc de Montpensier, cousin du Roi et maître de la plus grosse fortune du royaume. En le voyant enlever une femme sur son cheval elle avait d'abord froncé le sourcil, mais s'était détendue en reconnaissant Marie qu'elle accueillit avec chaleur :

— Vous voilà donc, petite ! Tout s'est-il bien passé ? Comment va votre mère ?

— Assez mal, je le crains, et j'ai failli la manquer : tout était prêt pour son départ. Avec le chevalier de Raguenel, elle a dû quitter le château peu après moi pour gagner son manoir de Conflans.

— Quoi ! Déjà ? Mais le... nouveau duc n'est pas encore investi ?

— Dès l'instant où elle a reçu l'ordonnance du Roi, elle a décidé de partir. Elle ne veut pas attendre qu'on la chasse...

— C'est abominable ! fit Lauzun qui s'attardait à caresser des yeux sa princesse. Pauvre charmante duchesse, si cruellement éprouvée ! Voir ce barbon succéder à son fils perdu... A propos, j'ai ouï-dire que le Roi songeait à vous le faire épouser ?

— Oui. Ainsi, par dérogation spéciale, le titre lui serait transmis par voie féminine...

— Et vous allez accepter ?

— Il le faudra bien...

— Allez à vos affaires, Lauzun ! coupa Mademoiselle. On a besoin de vous. Je vais conduire Marie à Madame. Nous nous reverrons plus tard !

Quand les deux femmes arrivèrent au logis attribué au duc et à la duchesse d'Orléans, la voix aigre et furieuse de Monsieur résonnait jusqu'aux poutres des plafonds. Une fois de plus, le prince se livrait à ce qui était son occupation préférée depuis l'arrestation de son favori bien-aimé : faire une scène à sa femme. Le thème eût été d'une affligeante monotonie si Madame n'en avait souffert cruellement : « Vous n'irez pas en Angleterre voir votre frère si le Roi ne me rend pas le chevalier de Lorraine ! » On n'en sortait pas...

Quand Mademoiselle et sa jeune compagne entrèrent chez elle, Madame, pâle, les traits tirés et les yeux clos, était étendue sur un lit de repos, s'efforçant de ne plus entendre les hurlements de son époux qui allait et venait à travers la pièce comme un ours en cage, ne s'arrêtant guère que pour montrer le poing à sa femme. Marie se précipita vers sa maîtresse tandis que Mademoiselle s'efforçait, sans grand succès, de calmer le furieux qui lui lança :

— En vérité, je ne sais pas pourquoi Madame tient tellement à passer la Manche. Regardez-la ! Elle est à moitié morte et ne vivra certainement plus longtemps. On m'a prédit d'ailleurs que je me marierais plusieurs fois...

— Oh, mon cousin ! protesta la princesse. On ne dit pas de telles choses ! Elles ne sauraient que porter malheur !

— C'est bien ce que j'espère ! riposta Monsieur féroce.

Cela eût peut-être continué une partie de la nuit comme le prince en avait pris l'habitude si, brusquement, le Roi n'était apparu. Il embrassa la scène d'un coup d'œil et, dédaignant les révérences qui le saluaient, marcha vers la chaise longue d'où Madame faisait effort pour se lever :

— Ne bougez, ma sœur !... Je suis venu vous prier de faire silence, Monsieur mon frère. On n'entend que vous !

— Avec ou sans votre permission, je crierai, Sire, je crierai jusqu'à ce que l'on me rende justice, et je suis ici chez moi !

— Que l'on vous rende justice, cela veut dire que l'on vous rende un ami un peu trop cher et qui vous pousse à la rébellion ? Alors, je suis venu vous dire ceci, mon frère : non seulement vous laisserez Madame rejoindre le roi Charles II à Douvres mais vous tolérerez qu'elle y reste plus de trois jours, car la mission que je lui ai confiée est d'importance et ne saurait s'accommoder d'un si court laps de temps. Au moins quinze jours me semblent nécessaires et je dirai... dix-sept ? Qu'en pensez-vous ?

— Jamais ! Si l'on me pousse à bout, elle ne partira même pas.

— Fort bien. Ecoutez encore : le chevalier de Lorraine, jusqu'ici emprisonné à Lyon dans la forteresse de Pierre-Encize, vient d'être transféré à Marseille, au château d'If dont le climat est fort malsain. En outre, j'ai ordonné qu'on lui enlève son valet et que toute correspondance lui soit interdite...

Sous le souffle de l'épouvante, la colère de Monsieur tomba d'un seul coup et il fondit en larmes...

— Vous n'avez pas fait cela, Sire ?

— Je ferai pire encore si vous m'y forcez ! Sachez-le, mon frère, je ne laisserai personne se mettre à la traverse de ma politique. J'ai besoin que France et Angleterre se rapprochent. Alors je n'aurai pitié de personne et surtout pas de vous qui êtes prince français. Et si le chevalier de Lorraine me gêne par trop...

— Non, Sire mon frère ! Je vous en supplie : cessez de le faire souffrir ! Je ne... je ne puis en endurer la pensée. Le château d'If, mon Dieu !

— Il ne dépend que de vous qu'il en sorte, libre de se rendre en Italie... et d'y reprendre son écritoire.

Sous le terrible regard de son frère, Monsieur amena son pavillon, terrifié à l'idée de ne revoir jamais celui qu'il aimait tant...

— Je suis l'humble serviteur de Votre Majesté, exhala-t-il en s'inclinant avant de quitter la salle en courant comme si le diable le poursuivait.

Louis XIV le regarda sortir, un indéfinissable sourire au coin des lèvres, puis revint à sa belle-sœur dont il prit la main pour la porter à sa bouche.

— Tout ira bien, à présent, ma sœur. Reprenez courage et ne songez qu'à la joie qui vous attend !... Ah, mademoiselle de Fontsomme, vous êtes là ?

— Aux ordres de Votre Majesté, fit la jeune fille en plongeant dans sa révérence.

— Nous en sommes content ! Naturellement, vous serez des cinq demoiselles qui accompagneront Madame à Douvres. Au retour, M. de Saint-Rémy sera présenté à la Cour et nous annoncerons vos fiançailles. C'est seulement alors qu'il sera investi de ses nouveaux titres et noms.

— Comme il plaira au Roi !

— J'aime votre obéissance. Il est vrai que vous avez été bien élevée... En récompense, la duchesse douairière votre mère sera autorisée à séjourner à Paris quand il lui plaira, chez vous ou chez le chevalier de Raguenel.

Le terme de duchesse douairière appliqué à sa mère parut à Marie du plus haut comique : il allait si mal à une femme toujours charmante et chez qui la jeunesse semblait établie à jamais. Elle n'en remercia pas moins en pensant que Sylvie sans doute serait heureuse de revenir rue des Tournelles, mais nulle part ailleurs, et surtout pas à l'hôtel de la rue Quincampoix dès l'instant où Saint-Rémy l'aurait occupé, ne fût-ce qu'une heure... et naturellement pas davantage quand il y serait passé de vie à trépas... Cela d'ailleurs ne regardait qu'elle et c'était d'un sang-froid absolu doublé de résignation que Marie envisageait son avenir. Elle n'imaginait pas que le voyage en Angleterre placerait sur son chemin si fermement tracé ce qui, pour elle, était l'impensable...

Quand la *Mary-Rose* le vaisseau anglais qui était allé à Dunkerque chercher Madame et sa suite, les déposa sur le quai pavoisé de Douvres où Charles II les attendait au milieu d'une cour brillante, le regard de Marie croise celui d'un gentilhomme qui, dès qu'elle est apparue, s'est attaché à elle. Il a vingt-huit ans, il se nomme

Anthony, lord Selton ; il est l'un des proches du roi Charles II, fort riche, et il est la séduction même. Aussi brun que Beaufort était blond mais avec les mêmes yeux bleus étincelants, il traîne après lui bien des cœurs dont il ne se soucie guère parce qu'il est habité par le même besoin d'absolu que les chevaliers d'autrefois. Lorsqu'il aperçoit Marie, il sait qu'il a trouvé celle qu'il cherche depuis toujours, et Marie, de son côté, sent son cœur s'émouvoir plus qu'il ne le fit jamais : un véritable coup de foudre qui fige les deux jeunes gens sur place au point d'éveiller la curiosité amusée de leur entourage, surtout de Madame qui serait heureuse de libérer Marie d'un mariage odieux en la laissant en Angleterre. Et durant tout le temps que va durer le séjour de la princesse dans l'espace forcément réduit de Douvres où l'on s'entasse un peu — Monsieur a cédé sur le temps de séjour mais s'est obstiné sur le lieu, ne voulant pas que sa femme connaisse la gloire d'un accueil fastueux à Londres —, Anthony Selton et Marie de Fontsomme se verront sans autre interruption que les heures consacrées au sommeil.

Devant cet amour nouveau qui l'éblouit au point de lui faire tout oublier, Marie vit d'abord des jours enchantés au milieu des fêtes, des promenades en barque, des déjeuners sur l'herbe dont Charles II raffole — la fin de mai et le début de juin sont superbes ! —, mais, à mesure que le temps passe et que coulent les heures, le souvenir de ce qu'elle est et de ce qui l'attend en France lui revient peu à peu et sa joie, comme une lampe qui manque d'huile, s'éteint lentement. Comprenant qu'elle s'était laissée aller à pénétrer dans une voie sans issue, elle essaya alors d'éviter le jeune homme ; c'était chose difficile dans l'enceinte de ce vieux château dominé par un énorme donjon construit par les Plantagenêt. Et, un soir où elle était allée prier dans l'église Saint-Mary-in-Castro qui servait de chapelle, il vint l'y rejoindre et, là, lui demanda, avec une solennité qui traduisait la gravité de son propre engagement, de devenir sa femme.

— C'est impossible, répondit-elle en le regardant avec des yeux pleins de larmes. Je suis fiancée et dois me marier lorsque nous rentrerons en France...

— Je sais, et je sais aussi que vous devez épouser un quasi-vieillard qui ne peut pas vous plaire...

— Mais... d'où tenez-vous tout cela ?

— De Madame à qui je suis allé demander votre main avant de vous prier vous-même...

— Et que vous a dit Madame ?

— Qu'elle souhaitait de tout son cœur vous voir devenir comtesse de Selton mais qu'elle ne pouvait disposer de votre main et que seul le roi de France...

— Malheureusement, ce mariage est voulu par lui. Je ne peux lui échapper...

— Si. Restez ici ! Madame vous confiera à la reine Catherine en attendant que vienne la duchesse votre mère. Elle vit en exil, m'a-t-on dit. Il lui est donc loisible de quitter la France et, en

Angleterre, tous les miens l'accueilleront avec joie...

— Cela aussi est impossible et vous ne l'ignorez pas. Oh, ma mère accepterait volontiers que je vous épouse car elle n'a jamais voulu que mon bonheur, mais le roi Louis pourrait faire peser son mécontentement sur Madame...

— Allons donc ! Elle vient de signer avec son frère le traité souhaité par Louis XIV, qui nous brouille avec la Hollande et lui laisse les coudées franches. Il ne peut que l'en remercier.

— Sans doute et je sais qu'il le fera car il a pour elle une particulière affection, mais il pourrait tout de même lui en vouloir et s'éloigner d'elle, la privant ainsi d'un appui dont elle a le plus grand besoin. Monsieur est un époux redoutable qui rend sa femme très malheureuse. Au point d'en affecter sa santé. Savez-vous que, lorsqu'il a été question de ce voyage dont il ne voulait pas, il ne cessait de la poursuivre de ses assiduités afin qu'elle soit enceinte et ne puisse partir ?

Anthony ne put s'empêcher de rire :

— Alors qu'il préfère les hommes ? Quel étrange prince que celui-là ! On a peine à croire qu'il descende d'Henri IV comme son royal frère et notre Charles II qui tous deux raffolent des dames ! Quoi qu'il en soit, laissons ce sujet ! Je vois bien que le seul moyen de vous conquérir est d'aller moi-même vous demander à votre roi. Je vous accompagnerai donc en France avec les personnes qui escorteront la princesse pour lui faire honneur.

— Non, je vous en prie, ne faites pas cela ! s'écria Marie, partagée entre l'inquiétude et la joie de se savoir aimée si fermement. Il refusera et vous vous ferez tort.

— Ma chère, vous pouvez dire tout ce que vous voulez... hormis que vous ne m'aimez pas, ce qui serait faux. Autant que vous le sachiez : je porte en moi du sang normand, du sang breton et du sang écossais qui sont les plus obstinés du monde, et je veux vous gagner ! Que Dieu m'en soit témoin !

Ayant dit, il prit sa main qui était glacée, y posa un long baiser puis, tournant les talons, s'enfuit de l'église en courant, laissant Marie assez désemparée et ne sachant plus bien où elle en était. A son tour, elle décida de s'en remettre à sa maîtresse.

Elle tombait mal. Madame était fatiguée par toute cette agitation, souffrante, et elle venait de refuser à son frère de lui laisser la plus jeune de ses filles d'honneur, une ravissante Bretonne nommée Louise-Renée de Kéroualle dont il était tombé amoureux.

— Ma chère, je ne peux rien pour vous, n'ayant pas le pouvoir de fléchir la volonté du roi Louis... et pas davantage celle d'Anthony Selton. Celui-là vous aime pour la vie : il faut le laisser agir à son gré.

— Mais il peut avoir à en souffrir ?

La princesse eut un geste de la main qui balayait loin d'elle la question :

— Il est assez grand pour savoir ce qu'il fait. Les hommes n'ont que trop tendance à se servir de nous. Quand ils combattent pour nous laissons-les s'en arranger.

Un peu plus tard, cependant, elle promit à Marie de parler au roi Charles pour qu'il retienne Anthony en Angleterre aussi longtemps qu'il serait possible... Obéissant, le jeune homme s'inclina et partit pour remplir à Edimbourg la mission dont on le chargeait. A la fois rassurée et meurtrie, Marie n'eut même pas le douloureux bonheur de le revoir une dernière fois. Aussi, autant l'arrivée de la princesse sur sa terre natale avait été joyeuse, autant son départ fut d'une grande tristesse. Comme s'il devinait qu'il ne la reverrait jamais, Charles II ne parvenait pas à s'arracher de celle qu'il appelait toujours si tendrement « Minette ». Il l'accompagna en mer et, par trois fois, revint l'embrasser.

Accoudée à la rambarde du vaisseau, Marie regarda se fondre dans la brume bleue du matin les blanches falaises anglaises avec des yeux que les larmes brouillaient. Cependant son cœur était moins lourd qu'elle ne l'aurait craint parce qu'elle serrait contre lui deux petits chiens « king Charles » qu'un serviteur lui avait remis peu avant l'embarquement avec une lettre. Ou, plutôt, un bref billet mais qui disait tant de choses : « Je ne renoncerai jamais à vous parce que je vous aime plus que tout au monde. »

Il était doux de se sentir aimée à ce point, mais elle se savait irrémédiablement liée par la volonté de Louis XIV et par sa propre décision, puisque c'était la seule manière d'écarter à jamais Saint-Rémy du chemin de sa mère. En dépit du fait que Madame, apitoyée par ce chagrin silencieux qu'elle sentait auprès d'elle et qui rejoignait le sien, lui avait promis spontanément de parler au Roi pour le détourner de ce qu'elle appelait « une mauvaise action », avec la belle confiance qu'elle tirait d'une mission si bien remplie.

— Tant que vous n'êtes pas mariée à cet homme il vous faut garder confiance, petite, lui répétait-elle, et Marie, peu à peu, se prenait à cette conviction, à cette parole si entraînante...

Malheureusement, dix-huit jours plus tard, au château de Saint-Cloud, la jolie princesse qui avait su charmer Louis XIV mourait dans d'affreuses souffrances après avoir absorbé un verre d'eau de chicorée... Une mort si soudaine, si terrible que le mot de poison est sur toutes les lèvres — on chuchote même le nom du coupable : le marquis d'Effiat soudoyé depuis Rome par le chevalier de Lorraine ! — et que Louis XIV épouvanté ordonne une autopsie immédiate en présence de lord Montagu, ambassadeur d'Angleterre [1].

Quelques jours plus tard, dans la basilique de Saint-Denis, étouffante sous les tentures noires qui la drapent, ensevelie à la fois sous le deuil sévère ordonné par le Roi et par son propre chagrin d'avoir perdu la princesse qu'elle aimait, Marie écoutait

1. Une autopsie avec, bien sûr, les moyens et les connaissances de l'époque.

tonner la voix de bronze de ce Bossuet qu'Henriette avait révélé à la Cour lors des récentes funérailles de sa mère. « Madame se meurt... Madame est morte !... Pendant qu'elle versait tant de larmes en ce lieu, eussiez-vous cru qu'elle dût si tôt vous y rassembler pour la pleurer elle-même ?... »

Non, personne ne l'eût cru. Même pas Monsieur qui, d'ailleurs, n'est pas là, et Marie sait bien que sous ce catafalque d'or repose le faible espoir qu'elle gardait encore d'empêcher Saint-Rémy de succéder à son frère Philippe. Son destin à elle est scellé. Il l'a été lorsque, deux jours avant, le Roi s'est approché d'elle :

— Vous voilà sans emploi, mademoiselle ! Mais, dès maintenant, vous prendrez rang parmi les demoiselles, puis les dames de la Reine, après le mariage.

Il avait fallu remercier. A présent, Marie avait hâte que tout soit fini car elle appréhendait jusqu'au moment où elle se retrouverait en face de Fulgent de Saint-Rémy.

En fait, elle ne l'avait guère revu depuis leur arrivée commune à Paris. Durant la nuit qui avait suivi son retour de Fontsomme et tout au long du chemin, elle s'était répété sans arrêt les terribles paroles de sa mère, avec rage mais sans les mettre en doute : ce Fulgent si délicat, si affectueux, qui avait fini par devenir un ami sur qui elle croyait compter, n'en avait qu'au titre et à la fortune des siens... au point d'avoir tenté d'assassiner un enfant, son petit frère. L'accusation, elle la lui avait jetée au visage, un peu comme un chaudron trop bien fermé qui explose, en ajoutant à la fin du voyage qu'elle espérait ne le revoir de sa vie. Il ne s'était même pas défendu, se contentant de lui dire que sa cause était juste, qu'il était fort de son bon droit et qu'il était d'autant plus décidé à gagner la partie engagée depuis si longtemps qu'il était amoureux d'elle et ne souhaitait reconquérir ses biens que pour les déposer à ses pieds. Elle lui avait ri au nez :

— Et vous avez pu croire que j'accepterais ? En vérité vous êtes fou !...

— Peut-être, mais je n'aurai de cesse que vous soyez à moi et pour cela j'emploierai tous les moyens...

La dernière image qu'elle gardait de lui n'était qu'une silhouette noire contre le soleil couchant, qui se tenait debout dans la cour de la maison des Postes générales. Appuyé sur une canne, il semblait figé là pour l'éternité tandis qu'elle faisait emporter ses coffres par deux portefaix et quittait la place pour se rendre à l'asile qu'elle s'était choisi et qui était le couvent de La Madeleine, rue des Fontaines...

Le château de Saint-Germain présentait une disposition fort commode pour la vie intime de Louis XIV. Ses appartements y jouxtaient ceux de la Reine et se situaient juste au-dessus de ceux de la duchesse de La Vallière et de Mme de Montespan, entre lesquelles il n'avait pas encore tranché, même si sa passion pour l'éblouissante Athénaïs éclatait chaque jour un peu plus. Il ne parvenait pas à envoyer loin de lui une femme dont il avait eu six enfants — encore que deux seulement fussent en vie — et dont l'amour trop fidèle lui était connu. A Saint-Germain, il pouvait vivre presque « en famille » avec ses trois femmes et y séjournait le plus souvent possible.

Pour Marie aussi cette disposition était fort heureuse car elle lui permettait de voir son amie Athénaïs presque aussi souvent qu'elle le voulait, son nouveau service auprès de Marie-Thérèse n'étant pas des plus absorbants. Et ce jour-là, descendue chez Mme de Montespan en attendant de se rendre au jeu de la Reine, elle y avait trouvé Lauzun, installé là comme chez lui et bavardant avec la marquise sur le mode allègre qui leur était familier à tous les deux, tandis que Mlle Des Œillets achevait de mêler perles et diamants dans la chevelure de sa maîtresse. Préalablement étalé dans un fauteuil, il sauta sur ses pieds à l'entrée de la jeune fille et vint s'emparer de sa main qu'il baisa avec une gentillesse qu'on ne lui voyait pas souvent. Depuis qu'elle avait repoussé sa demande en mariage, leur amitié n'avait subi aucune atteinte.

— Que vous avez l'air triste, mon enfant ! s'écria-t-il. Grâce à Dieu, cela n'affecte pas votre beauté car vous me semblez plus ravissante que jamais ! Nous parlions de vous, justement...

— De moi ? Je ne suis pas un sujet de grand intérêt.

— Que vous disais-je ? s'exclama la marquise en plongeant un doigt hésitant dans une cassette déjà fort bien garnie pour y prendre des boucles d'oreilles. Notre pauvre Marie souffre d'un amour contrarié : à cette heure on devrait célébrer ses noces avec le beau lord Selton alors qu'on va la marier à un barbon qu'on affuble de son titre familial...

— Je vous en prie, Athénaïs, soupira Marie, nous avons déjà débattu de cette affaire et vous savez ce qu'il en est : je « dois » épouser M. de Saint-Rémy qui sera ce soir de Fontsomme. Sinon, ma mère pourrait en souffrir encore davantage.

— Parce que vous la croyez heureuse de ce mariage ? fit Lauzun soudain grave. Un gendre qui a bien dix ans de plus qu'elle et qui sort d'on ne sait où ?

— Il est certain qu'elle préférerait quelqu'un d'autre, mais M. de Saint-Rémy est protégé par M. Colbert, et elle n'a que trop encouru la colère du Roi. En outre, elle est restée fragile depuis la maladie dont elle a failli mourir.

— Un duc de Fontsomme sorti de la manche d'un fils de marchand de drap ? ricana Lauzun. C'est le monde à l'envers. Et vous, marquise ? Vous que le Roi idolâtre, vous n'avez rien pu pour empêcher cette... mascarade ?

— Rien. Ce n'est pas faute d'avoir essayé mais... notre sire semble nourrir envers la duchesse une rancune assez particulière dont je cherche en vain les racines. On dit qu'il lui vouait pourtant, jadis, une véritable affection. Tout cela a changé au moment de la mort de la Reine Mère...

— Le besoin, je pense, de balayer les vestiges d'une ancienne cour qui a connu le règne de Mazarin et la triste condition où il osait le reléguer, lui le Roi ! Mme de Schomberg a été écartée en même temps. C'est assez normal au fond, à défaut d'être très humain...

— Justement ! C'est on ne peut plus humain ! trancha Athénaïs... mais est-ce que le capitaine des gardes du corps ne devrait pas, à cette heure, être dans l'antichambre du Roi ? L'heure approche.

Lauzun pirouetta sur ses talons rouges et offrit à son amie — on disait même qu'elle avait été un temps sa maîtresse ! — un sourire étincelant :

— Me voilà proprement mis à la porte ! Je vais où le devoir m'appelle ! A tout à l'heure, belles dames !

Et il disparut après un salut dont un danseur eût envié la grâce.

Sans cesser de contempler dans la glace sa brillante image, Mme de Montespan se leva, fit volter autour d'elle sa robe de satin du même bleu que ses yeux et vint prendre son amie par le bras :

— Vous avez raison de vouloir obéir au Roi, Marie. C'est la sagesse. A nous de voir, ensuite, ce qu'il conviendra de faire pour que votre supplice ne dure pas trop longtemps !

Un moment plus tard, toutes deux se retrouvaient dans le Grand Cabinet de la Reine où les tables de jeu étaient disposées. Ceux qui étaient admis à y participer formaient une assemblée chatoyante où, sachant le goût du maître pour les pierres précieuses, hommes et femmes rivalisaient de scintillements sous la lumière tendre des candélabres aux innombrables bougies. Vêtue de velours noir surbrodé d'argent et relevé de ce rouge clair qu'elle affectionnait, d'énormes perles et diamants en poire alternant pour souligner son profond décolleté, d'autres perles au ras du cou, la Reine était à la fois imposante et magnifique, mais, au milieu de toutes ces brillances, Marie eut tôt fait de repérer Saint-Rémy qui, debout auprès de Colbert, jetait des regards de tous côtés : il faisait ce soir-là ses premiers pas à la Cour et, visiblement, il en était impressionné. Malgré le satin mauve abondamment brodé d'argent qui l'habillait, elle le trouva affreux. Ce qui était exagéré car l'homme, en dépit de son âge, restait mince et le port de la perruque, en cachant une calvitie avancée, l'avantageait. En outre, sa figure aux traits irréguliers n'était pas si laide, mais les yeux du cœur de la jeune fille gardaient l'image d'Anthony Selton et il était impossible de soutenir la comparaison.

Le Roi parut. Eblouissant à son habitude. Sa passion des pierreries se révélait dans la magnificence quasi orientale de ses vêtements, de ses boucles de souliers, de son baudrier cousu de diamants et de la poignée de son épée. Il brillait comme un soleil et aimait de plus en plus qu'on le compare à l'astre du jour. Il salua à la ronde, dit un mot à son frère qui, dans un habit lilas cousu de perles, retrouvait avec une joie visible une couleur plus seyante que le noir, et bavarda un instant avec sa cousine. Mademoiselle semblait elle aussi transformée : coiffée à ravir, vêtue de tons d'automne seyant à sa mine fraîche et à ses magnifiques cheveux un peu roux, la princesse vivait, à l'évidence, les heures enchantées que sont celles des amours heureuses. Au moment de prendre place à la table préparée pour lui, le Roi vint près de Marie-Thérèse dont il baisa la main et, là, se fit présenter Saint-Rémy par Colbert, avant d'annoncer qu'étant donné sa filiation, il était autorisé à prendre les nom et titre de duc de Fontsomme au jour de son mariage avec la dernière héritière. Marie dut s'avancer et mettre sa main dans celle de celui qu'elle avait juré de tuer, et même ce contact atténué par les gants la fit frissonner :

— Nous souhaitons que ce mariage ait lieu dès que possible, ajouta Louis XIV. La Reine et moi-même y assisterons et signerons avec plaisir le contrat qui permettra à une noble famille de se continuer... A présent, jouons !

Tandis que chacun, selon son rang, prenait place à une table ou restait debout à regarder, Marie, les larmes aux yeux, recula au milieu des filles d'honneur comme si elle souhaitait disparaître. Son regard douloureux cherchait vainement le réconfort d'un autre traduisant un peu de compréhension, mais il n'y avait personne. Même le capitaine d'Artagnan, qui se montrait toujours si amical lorsqu'il la rencontrait, était absent ce soir. Pour les autres, Athénaïs et Lauzun, le démon du jeu s'emparait d'eux. Elle vit — et cela lui fit de la peine — que Lauzun était assis en face de Saint-Rémy à la table de lansquenet que présidait Monsieur. Un grand honneur, pour ce gentillâtre, songea-t-elle avec rage, mais qui grandirait encore en le faisant accéder à la table du Roi si elle n'y mettait bon ordre.

Peu intéressée par le jeu, elle recula derrière le fauteuil de la Reine qui, elle, se passionnait déjà, jusqu'à atteindre l'embrasure d'une fenêtre où elle s'appuya : il allait falloir rester debout durant des heures, à écouter les brèves paroles échangées par les joueurs et le tintement des pièces d'or.

Pendant une heure environ, elle subit ce supplice quand, soudain, un cri éclata, inouï, impensable en présence du Roi :

— Tricheur !... Vous n'êtes qu'un misérable tricheur !

L'insulte avait retenti, claire, chargée de mépris et tout de suite accompagnée de « Oh ! » indignés. Lauzun s'était levé d'un bond et, penché au-dessus de la table de jeu, attaquait Saint-Rémy devenu soudain blême. Et la voix mordante continuait :

— Je vous ai vu sortir cette carte de votre manche ! Vous croyez-vous donc encore dans les tripots dont vous êtes l'habitué ? Et, tenez, messieurs ! En voilà une autre... et encore une autre !

Pour finir, il en souffleta le visage du nouveau venu qui se dressait lentement, le meurtre au fond des yeux, cherchant la garde de son épée d'une main convulsive.

— Vous en avez menti, grinça-t-il. S'il y a un tricheur ici, ce ne peut être que vous !

Autour d'eux, les autres parties s'étaient arrêtées. Le Roi lui-même jetait ses cartes, se levait, s'approchait :

— Sire ! s'écria Lauzun avec son audace habituelle, Votre Majesté devrait mieux choisir ceux qu'elle honore de ses bontés. Cet homme n'a pas sa place ici... ni d'ailleurs dans aucune société convenable.

— Sire, plaida Colbert qui venait à la rescousse de son protégé, ce ne peut être qu'un malentendu ! M. de Lauzun a mal vu...

De façon tout à fait inattendue, Monsieur s'en mêla :

— Mal vu ? Il aurait fallu qu'il soit aveugle, comme nous tous ! M. de Lauzun a tiré des cartes cachées dans la manche de cet homme sous nos yeux. Quelle idée aussi de l'avoir mis à ma table ! Si vous l'aimez tellement, il fallait le garder à la vôtre, mon frère !

— Sire, tenta de plaider Saint-Rémy, je suis victime d'un complot fomenté par celle qui est mon ennemie depuis toujours, par la duchesse de...

Une lourde main tomba sur son épaule, lui coupant la parole :

— Vous prononcez son nom et je jure de vous égorger ! gronda d'Artagnan qui était entré pendant la partie et était venu prendre place derrière le fauteuil du Roi. Ce n'est pas une bonne façon de se disculper que d'attaquer, surtout une noble dame qui vient d'avoir la douleur de perdre son fils au service du Roi !

— En voilà assez ! tonna Louis XIV.

Ses yeux, froids comme glace, se posèrent sur les deux adversaires, sur le capitaine des mousquetaires ensuite. Comme tous ceux qui étaient là, il savait qu'à une querelle de ce genre une seule conclusion était possible. Il eût pu, bien sûr, faire arrêter le tricheur ; il recula devant l'angoisse peinte sur le visage ordinairement glacé de Colbert. Si l'on envoyait son protégé en prison, c'était son honneur à lui qui allait souffrir et le Roi prisait trop haut les talents de ce grand serviteur. Il se tourna vers d'Artagnan :

— Monsieur, vous voudrez bien veiller à ce que cette triste affaire se règle comme il se doit entre gentilshommes, mais hors d'ici. Souvenez-vous seulement que nous voulons tout ignorer de ce que vous déciderez.

Mademoiselle, terrifiée à l'idée du danger qu'allait courir son bien-aimé, tenta de s'interposer :

— Sire ! C'est impossible ! Le Roi ne peut pas...

Il eut pour elle un sourire un peu moqueur :

— De quoi parlez-vous, ma cousine ? S'est-il donc passé quelque chose qui vous trouble ? Pour ma part, je ne me souviens de rien... Continuons donc notre jeu !

Et il alla reprendre ses cartes tandis que d'Artagnan emmenait Saint-Rémy et Lauzun. Celui-ci, un large sourire aux lèvres, envoya, avant de quitter la salle, un clin d'œil à Mme de Montespan qui, laissant sa place à Mme de Gesvres, alla chercher Marie pour l'emmener à l'écart :

— Demandez la permission de vous retirer, ma mie ! C'est la seule conduite que vous puissiez tenir... puisque vous êtes sur le point de perdre votre fiancé.

— Vous croyez que M. de Lauzun ?...

— Va l'embrocher ou le trouer d'une balle ? Cela ne fait aucun doute : c'est l'une des meilleures lames du royaume et un tireur hors ligne. Votre Saint-Rémy n'a aucune chance, même s'il manie bien le pistolet, qu'il choisira sans doute, le maniement de l'épée n'étant plus guère de son âge... De toute façon, il est normal que vous quittiez la Cour pour vous réfugier auprès de votre mère. Chacun admirera que vous vouliez cacher... votre chagrin.

Marie passa sur son front moite une main tremblante :

— Je n'arrive pas à croire à ce qui m'arrive, Athénaïs ! Quelle chance que ce cher Lauzun se soit aperçu d'une tricherie...

Mme de Montespan se pencha derrière son éventail dont elle fit un écran.

— Tricherie ? Elle n'a jamais existé que dans l'imagination fertile de Lauzun... et dans l'incroyable habileté de ses doigts ! Il serait capable de sortir une carte du nez même de Sa Majesté ! Allez vite à présent ! J'irai vous voir chez votre mère. Le cauchemar est fini !

— Il aurait fait cela ? souffla Marie abasourdie.

— Pour vous et pour votre mère, oui. Vous avez en lui un véritable ami.

Une heure plus tard, en effet, dans une clairière de la forêt de Saint-Germain, Lauzun tuait Saint-Rémy d'une balle entre les deux yeux, en présence de d'Artagnan et de deux de ses mousquetaires. Au matin, dans l'aurore rose et or qui lui parut la plus belle du monde, Marie, délivrée, quittait Saint-Germain dans une voiture de la Cour. Elle se sentait le cœur léger, l'âme en paix et, surtout, elle imaginait la joie de sa mère, celle de Perceval aussi quand, tout à l'heure, elle leur dirait ce que Lauzun venait de faire pour eux trois. Une hâte la saisit ; elle se pencha à la portière :

— Ne pouvez-vous aller plus vite ? Je voudrais arriver le plus tôt possible...

CHAPITRE 12

CE QUI S'ÉTAIT PASSÉ À CANDIE...

Depuis le retour triomphal de Marie rue des Tournelles, Sylvie s'était rendue chaque matin à la chapelle du couvent de la Visitation Sainte-Marie pour y entendre la messe de l'aube. Elle y allait seule, sans accepter que Marie ou Jeannette l'accompagnent :

— J'ai trop de mercis à dire au Seigneur pour m'avoir rendu ma fille et abattu enfin notre ennemi ! Je veux que ma prière aille sans accompagnement à Dieu...

— Sans accompagnement, protesta Jeannette. Et les moniales, qu'en faites-vous ?

— C'est différent. Leurs prières porteront la mienne sans en détourner l'attention du Seigneur ou de Notre-Dame, et si vous voulez aller à la messe, vous aussi, il y en a d'autres...

Elle partit donc selon son habitude, son livre d'heures à la main et enveloppée, comme une simple bourgeoise, de la grande mante noire à capuchon qu'elle affectionnait parce qu'elle s'y sentait comme dans un refuge. Depuis qu'elle avait quitté Fontsomme, elle avait banni l'apparat ducal auquel elle s'astreignait pour faire plaisir aux gens du village : le carrosse et ses laquais en livrée, le jeune valet portant le coussin de velours rouge, Jeannette portant le missel. Tout cela ne seyait plus à une mère dont la blessure ne guérirait jamais et à une femme toujours sous le coup de la colère royale. Ce matin-là, cependant, elle se sentait presque heureuse : la veille, Marie avait reçu une lettre de Mme de Montespan la rassurant sur le sort de Lauzun qui ne laissait pas de l'inquiéter. Quel accueil, l'affaire terminée, Louis XIV réserverait-il à l'audacieux qui n'avait pas craint de déchaîner un affreux scandale en sa présence et de le contraindre à fermer les yeux sur l'un de ces duels qu'il réprouvait ? Mais, sur le sujet, la belle marquise ne laissait planer aucun doute : « Le Roi, écrivait-elle, a fort disputé M. de Lauzun sur sa folle témérité, lui disant qu'il méritait d'être démis de sa charge et de retourner à la Bastille, mais il lui a finalement pardonné et l'on parle à nouveau d'un mariage entre lui et Mademoiselle. Je n'ai jamais vraiment douté, mon amie, qu'il puisse en aller de façon différente : le Roi aime beaucoup son capitaine des gardes que son esprit amuse et — ceci en confidence ! — je ne suis pas éloignée de penser qu'il n'est pas du tout mécontent d'être libéré d'une affaire où M. Colbert l'avait engagé pour je ne sais quelle obscure raison et dont il savait bien qu'elle déplaisait à tous les cœurs bien nés... »

De rares personnes, vu l'heure matinale, assistaient à la petite messe dans la chapelle ouvrant directement sur la rue Saint-Antoine par un petit perron et quelques marches. Encore Sylvie choisissait-elle toujours de rester au fond, ne s'avançant vers le chœur éclairé de quelques cierges qu'au moment de la communion. Aussi fut-elle un peu ennuyée, en revenant de la sainte table, de constater qu'une femme se tenait agenouillée, la figure couverte d'un voile sombre et cachée en plus dans ses mains, près de l'endroit où elle avait laissé son livre d'heures. Elle alla s'agenouiller à côté d'elle comme si de rien n'était, les mouvements d'humeur n'étant guère de mise lorsque l'on vient de recevoir l'hostie. Mais à peine eut-elle approché cette voisine imprévue qu'elle eut un léger mouvement de recul : l'inconnue dégageait une odeur d'ambre qu'elle n'avait pas oubliée par-delà les années écoulées, parce qu'elle était liée à l'un de ses plus mauvais souvenirs. L'impression fut si forte qu'elle saisit son livre pour changer de place ; alors elle sentit, contre son côté, quelque chose de dur qui s'enfonçait dans ses côtes. En même temps, une voix basse mais autoritaire intimait :

— Reste tranquille sinon je te tue tout de suite !

Allons, le doute n'était plus possible, et Sylvie articula :

— Chémerault ! Encore vous !

— La Bazinière, s'il te plaît ! On dirait que le temps ne t'a pas duré. Moi je l'ai trouvé infiniment long.

Le voile épais dont l'ancienne fille d'honneur était enveloppée la dissimulait bien, mais la voix était inchangée. La haine aussi, d'ailleurs.

— Je vous serais obligée de ne pas me tutoyer. J'ai horreur de ces façons de poissarde.

— Mon langage est celui qui convient à une fille de ta sorte... duchesse de rien du tout !

— Après tout c'est sans importance ! Que voulez-vous ?

— T'emmener faire une promenade. Ma voiture est devant la porte... Nous avons tant de choses à nous dire !

Pour être chuchotés, les mots des deux femmes n'en gardaient pas moins leurs poids de colère d'une part, de calme dédain de l'autre.

— Dites ce que vous avez à dire, je ne bougerai pas. Vous n'oserez pas tirer dans une église...

— Je vais te prouver que cela ne me gênerait pas. Et je te jure que tu vas sortir car j'ai à te parler de l'homme que tu as fait assassiner à Saint-Germain il y a quinze jours. De Fulgent de Saint-Rémy... mon amant !

La surprise fit sursauter Sylvie et elle faillit crier :

— Votre amant ? Mais cet homme n'avait pas un sou et vous avez toujours été une femme chère...

— Il a réussi à en gagner pas mal et je l'y ai aidé car, sache-le, je l'ai suivi partout où il est allé... sauf à Candie bien sûr. Je m'étais établie à Marseille depuis plusieurs années. Nous allions enfin toucher au but lorsque toi et ta fille avez tout démoli. Je ne serai jamais duchesse de Fontsomme comme j'en ai rêvé depuis le temps du Grand Cardinal.

— Ma fille ? C'est elle qui devait l'être en épousant ce misérable...

— Misérable si tu veux mais, justement, elle ne le serait pas restée très longtemps. Ensuite tout me revenait... Alors tu sors ?

Le chant des religieuses avait couvert le léger bruit de la dispute. A présent l'office s'achevait. On s'agenouilla pour recevoir la dernière bénédiction.

— Tirez ! chuchota Sylvie. Je ne me lèverai pas...

— Tu crois ?

La gueule du pistolet quitta ses côtes pour pointer sous le voile vers l'une des personnes présentes :

— Si tu ne suis pas, je tue celle-là d'abord...

Le chien claqua. Comprenant que cette femme, sans doute à moitié folle, était capable de tout pour l'amener là où elle voulait, Sylvie se leva.

— Je vous suis.

— Que non ! Tu vas prendre mon bras et nous allons sortir gentiment comme les bonnes amies que nous sommes...

Bien que ce contact lui fît horreur, Sylvie laissa Mme de La Bazinière lui prendre le bras, puis sentit à nouveau l'arme, dirigée cette fois contre son flanc.

— Une balle dans le ventre ça fait très mal, souffla la femme, et l'on met longtemps à mourir. alors tiens-toi tranquille !

— Et nous allons ?

— Là où j'ai décidé de t'abattre... d'une façon

qui me laissera tout le temps de savourer ta mort...

Elles sortirent sur le perron. Au bas des marches, en effet, une voiture attendait. Sylvie comprit que, si elle y montait, c'en serait fait d'elle et décida de tout risquer. Au moins, il se trouverait peut-être quelqu'un pour arrêter sa meurtrière. Elle rassembla ses forces, demandant mentalement pardon à Dieu, repoussa sa compagne si brusquement que celle-ci trébucha, faillit tomber dans l'escalier mais se retint à la rampe de fer. Avec un cri de rage, elle dégagea le pistolet, tira. Sylvie s'abattit dans un cri de douleur.

Elle n'entendit pas le coup de feu, venu de la rue, qui la vengea aussitôt.

Sa perte de conscience ne dura pas longtemps. Lorsqu'elle ouvrit les yeux, réveillée par la douleur et une sensation d'inconfort certain, elle se trouvait dans les bras d'un homme barbu qui l'emportait en courant. Un peu en arrière, Perceval de Raguenel s'efforçait de suivre. Elle murmura :

— Posez-moi à terre, monsieur, je devrais pouvoir marcher...

— Nous arrivons. Ne bougez pas !

Cette voix ! Elle essaya de mieux voir le visage, couvert d'une abondante végétation blonde et abrité sous un grand chapeau noir.

— Me direz-vous ?

— Chut ! Ne parlez pas !

On ouvrait devant eux les portes de l'hôtel de Raguenel. L'homme qui la portait escalada l'escalier, suivi de Jeannette qui glapissait comme un animal affolé, déposa finalement Sylvie sur son lit et s'assit sur le rebord tandis que Marie et Jeannette prenaient possession de l'autre côté, parlant toutes les deux en même temps. Sylvie ne les entendait même pas. Pas plus qu'elle ne sentait sa douleur : dans l'homme si abondamment barbu et chevelu qui lui tenait les mains et la regardait avec une telle tendresse, elle venait de reconnaître Philippe.

— Mon Dieu !... Est-ce que c'est bien toi ? Je ne rêve pas ? Tu es... vivant ?

— On dirait !

Elle ne s'évanouit pas mais tendit les bras pour le serrer contre elle. Ils restèrent un long moment embrassés, pleurant et riant tous les deux, sans rien trouver à dire tant l'émotion les étranglait. Pendant ce temps, Marie se faisait raconter par Perceval ce qui s'était passé devant la chapelle et comment, venus pour chercher la duchesse dont Philippe prétendait qu'il la sentait en danger, ils avaient été témoins de la scène, à laquelle un jeune homme de belle allure mais de mine sévère, qui se trouvait dans la foule, avait mis fin en abattant la meurtrière d'un coup de pistolet. Ensuite, les gens de la voiture avaient emporté leur maîtresse et pris le large sans demander leur reste.

— Qui était cet homme ? demanda Marie. Et comment s'est-il trouvé là à point nommé pour tirer sur cette folle ?

— Ce n'est pas une folle, c'est la veuve du financier La Bazinière et l'ennemie jurée de ta mère depuis qu'elles étaient ensemble au service de la reine Anne. L'homme au pistolet, lui, est un ancien commis de Fouquet passé au service de M. de La Reynie, le magistrat pour qui le Roi a créé la charge de Lieutenant de police. Il surveillait l'ex-Mlle de Chémerault depuis quelque temps parce qu'elle fréquentait les tripots et des gens de mauvaise vie... Assez parlé à présent, il faut voir sa blessure.

— Elle n'a pas l'air gravement atteinte, sourit Marie en contemplant le couple formé par la mère et le fils, qui semblait sourd et aveugle à tout ce qui l'entourait.

— Elle a perdu pas mal de sang... Allons, Philippe lâche-la ! Marie et Jeannette vont la déshabiller puis je l'examinerai.

— Il faut envoyer chercher un médecin, protesta Marie. Celui de la Reine, M. d'Aquin...

— Sûrement pas. Si cela dépasse mes connaissances, nous ferons appel à Mademoiselle.

— Quelle drôle d'idée ! Mademoiselle est sans doute...

— Je sais ce que je dis ! Allons ! au travail ! Toi, Philippe, tu devrais aller faire un peu toilette et te faire raser par Pierrot. Tu as l'air d'un homme des bois.

— Peut-être ! Je me laverai avec plaisir, mais je refuse de changer quoi que ce soit à ma figure. Je vous l'ai dit tout à l'heure : en dehors de ceux de cette maison dont je sais qu'ils garderont le silence, personne ne doit me savoir de retour.

Comme l'espéraient Perceval et Marie, la blessure de Sylvie était douloureuse mais pas autrement inquiétante : la balle passant sous le bras droit avait arraché la chair sans léser les côtes. Le chevalier lava avec du vin la longue plaie qui ressemblait plus à une brûlure qu'à une coupure, l'enduisit d'huile de millepertuis avant de poser un pansement de toile fine qui enveloppait le thorax de la blessée puis, désespérant de calmer la surexcitation causée par l'apparition quasi miraculeuse de son fils, lui fit avaler presque de force une tisane de tilleul additionnée de miel et d'un peu d'opium. Après quoi il alla dans une petite pièce jouxtant sa « librairie » où il avait installé un laboratoire assez rudimentaire mais suffisant pour extraire le suc des plantes et en composer des sirops, des tisanes, des onguents. Cette fois il prépara un pot de cérat de Galien à base de cire blanche, d'huile d'amande et d'eau de rose qui, en alternance avec le millepertuis, devait selon lui faire merveille... Ensuite il descendit à la cuisine pour indiquer à Nicole Hardouin, son inaltérable gouvernante, les mets les plus propres à compenser la perte de sang subie par Sylvie et à lui rendre rapidement des forces...

En fait, la joie était sans doute le meilleur médecin car, en se réveillant le lendemain, Sylvie se sentait presque bien. Pas tout à fait, à cause de l'angoisse qui avait accompagné son réveil : elle craignait d'avoir rêvé ce bonheur inouï. Mais son fils fut là tout de suite et elle put l'embrasser. Non sans se plaindre gentiment de ce visage poilu qui lui donnait l'impression d'embrasser un ours :

— Tu n'as pas l'intention de rester comme cela,

tout de même ? Tu vas devoir te rendre à Saint-Germain, faire savoir que tu es bien vivant afin de reprendre ta place, ton rang... tout ce que l'on voulait te prendre.

— Je sais. Pendant que vous dormiez, le chevalier et Marie m'ont appris les événements de ces derniers mois. Mais, autant que vous le sachiez, Maman, il faut que je continue à passer pour mort. Peut-être même devrai-je rendre définitive cette situation si je ne veux pas que l'on se charge de me faire passer de vie à trépas...

— On voudrait te tuer ? Mais pour quelle raison ?

— A cause de celui qui a disparu avec moi... ou plutôt moi avec lui puisque je le suivais.

— Et qui, lui, est bien mort ! murmura Sylvie douloureusement.

Philippe sourit, puis se pencha sur sa mère pour lui parler de plus près :

— Non. Il est aussi vivant que je le suis, encore que bien moins heureux, mais si le Roi, Colbert ou son compère Louvois qui ont machiné le piège diabolique où il est tombé me savaient à Paris, je ne donnerais pas cher de ma peau. Plus tard, peut-être, je pourrai jouer les revenants mais il y faudra du temps...

— Tu dis qu'il n'est pas mort ? souffla Sylvie partagée entre la joie et l'inquiétude suscitée par la mine grave de son fils. Mais où est-il alors ? Toujours à Candie... ou à Constantinople ? Des bruits ont couru qui l'ont dit prisonnier des Turcs ?

— Il l'a été comme moi mais il ne l'est plus. Des

Turcs tout au moins. Je vous dirai plus tard où il est...

La cloche du portail venait de se faire entendre, ce qui était surprenant. Les visites étaient rares depuis que la maison de la rue des Tournelles abritait une réprouvée. Seuls s'y risquaient encore les amis « littéraires » de Perceval, la chère Motteville et Mademoiselle, mais l'homme qui descendit d'une sobre voiture vert foncé n'y était jamais venu. Cependant, Perceval qui regardait par l'une des fenêtres l'identifia, non sans une bien normale inquiétude :

— C'est M. de La Reynie, le Lieutenant de police...

— Que vient-il faire ? s'interrogea Sylvie.

— Nous allons l'apprendre. Je vais l'accueillir. Toi, Philippe, tu ferais bien d'aller t'enfermer dans ta chambre...

Le jeune homme approuva d'un signe de tête et sortit en même temps que Perceval et Marie. La curiosité toujours en éveil de la jeune fille la poussait à aller recevoir, elle aussi, l'important personnage :

— Ma mère est au lit. Il est normal que je la remplace, déclara-t-elle d'un ton si péremptoire que Perceval ne jugea pas opportun de s'y opposer. Ensemble ils pénétrèrent dans la salle de réception à l'ancienne mode où attendait le Lieutenant de police.

A quarante-cinq ans, Nicolas de La Reynie était un homme de haute taille, les yeux et les cheveux bruns, de visage agréable en dépit d'un nez puissant, le menton fendu d'une fossette sous des lèvres fermes et bien ourlées qui savaient sourire. Né à Limoges, il appartenait à cette grande bourgeoisie de robe qui finit toujours par rejoindre la noblesse. Riche, compétent et cultivé, c'était aussi un homme d'une grande intelligence et d'une rare valeur que son incorruptibilité avait porté tout naturellement sous les yeux du Roi qui lui faisait confiance. Non sans raisons : dès sa nomination au poste créé pour lui, La Reynie avait commencé par s'attaquer à l'insécurité en entreprenant le nettoyage des cours des miracles, en même temps qu'il faisait surgir une police digne de ce nom et tout entière réunie dans sa main.

Il salua en homme qui connaît son monde, en s'excusant d'une visite peut-être un peu matinale.

— Je tenais, dit-il, à prendre des nouvelles de Mme la duchesse de Fontsomme qui a été vilainement attaquée hier à la sortie de la messe. Comment va-t-elle ?

— Beaucoup mieux que l'on aurait pu craindre. La balle a seulement déchiré les chairs sans attaquer aucun organe. La blessure cicatrisée, elle ne souffrira plus de rien...

— Vous m'en voyez très heureux ! Le Roi, je pense, le sera aussi...

Perceval eut un haut-le-corps :

— Le Roi ? fit-il sèchement. Voilà qui est nouveau ! Il n'y a pas si longtemps Sa Majesté se souciait peu de ce que pouvait souffrir ou ne pas souffrir Mme de Fontsomme.

— Il est difficile, dit La Reynie avec un

demi-sourire, de pénétrer ses pensées profondes. On dirait qu'elles... oscillent entre la sévérité générée par une sorte de rancune dont j'ignore la source... et une espèce de tendresse venue de très loin dont leur maître ne peut se déprendre. C'est, en tout cas, par son ordre que je suis ici. Et très heureux de ce que je viens d'entendre...

— Est-ce que vous le voyez tous les jours ? demanda Marie qui n'aimait guère rester silencieuse.

— Presque. Le Roi travaille beaucoup plus qu'on ne l'imagine. Il se tient au fait de tout ce qui se passe, dans le royaume sans doute, mais singulièrement à Paris.

— Il ne l'aime guère cependant et souhaite, dit-on, s'installer dans ce nouveau Versailles qu'il fait construire à si grands frais...

— Je n'ai jamais dit que c'était par amour. Par méfiance plutôt. Je crois qu'il n'oubliera jamais la Fronde... Eh bien, je vais me retirer, ajouta le visiteur en se levant.

— Un instant encore, s'il vous plaît ! coupa Perceval. Pouvons-nous savoir ce qu'il advient de la meurtrière ? Est-elle morte ?

— Si elle ne l'est pas, elle n'en vaut guère mieux. Sachant qui elle était, Desgrez, l'exempt qui a tiré sur elle et qui est le meilleur de mes collaborateurs, a préféré, vu son état, la laisser mourir chez elle sans divulguer son nom. Il s'agit de ménager une famille respectable en tous points. Mme de La Bazinière aura succombé à une brève maladie... J'ai approuvé, bien entendu. Le Roi aussi.

La Reynie avait repris son mouvement pour sortir et ses deux hôtes se disposaient à l'accompagner quand il se ravisa :

— Ah j'allais oublier !... Ce jeune homme qui, hier, semblait si ému et a rapporté ici Mme de Fontsomme ? Qui donc est-il ?

Avec une présence d'esprit qui confondit Raguenel, Marie fournit instantanément une réponse paisible :

— Gilles de Pérussac, un ami d'enfance de mon frère. Ils se voyaient souvent quand Gilles était en Vermandois chez sa grand-mère Mme de Montgobert. Il nous aime beaucoup et, ayant appris le... le départ de mon frère Philippe, il est passé hier ; il n'avait que peu de temps, il a voulu aller au-devant de ma mère.

Le lieutenant de police considéra cette belle jeune fille, si fière dans le grand deuil qui exaltait sa blondeur, et ne put s'empêcher de lui sourire, mais demanda cependant :

— Il est déjà reparti ?

— Je l'ai dit : il ne faisait que passer avant de rejoindre à Brest M. Duquesne sous qui il sert...

— Ah ! C'est un marin ! Cela explique son aspect... un peu négligé.

La Reynie reparti, Perceval qui avait retrouvé son inquiétude du début de l'entretien complimenta Marie de son sang-froid :

— C'était magnifique ! Quel aplomb ! Mais n'as-tu pas été un peu trop loin ? Cet homme a les moyens de tout savoir de ce qui se passe en France et s'il cherchait à Brest...

— Ou dans l'escadre de M. Duquesne ? Il y trouverait Pérussac. Comme il est réellement un ami d'enfance et que sa cousine est aux filles d'honneur de la Reine, je pouvais l'affirmer sans crainte.

— Bravo !... Seulement, au cas où des doutes viendraient à M. de La Reynie, il vaut mieux que ton frère reste caché ici ou se trouve un coin tranquille en province...

— Sans doute, mais avant de prendre une décision, il convient d'entendre d'abord son histoire...

On attendit cependant le soir afin d'être certain de n'être plus dérangé. Après le souper qu'elle prit dans sa chambre et tandis que Jeannette refaisait son lit, Sylvie demanda à sa fidèle suivante de se retirer dès qu'elle l'aurait aidée à se recoucher. C'était la première fois qu'elle l'écartait ainsi du cercle de famille et Jeannette ne put retenir un regard surpris. Alors, elle expliqua :

— Nous sommes tellement proches l'une de l'autre, et cela depuis toujours, que je ne t'ai jamais rien caché. Tu as tout partagé de ma vie. Pourtant, tu ne dois rien savoir de ce qui va se dire ici tout à l'heure. N'y vois pas méfiance mais le souci profond de te tenir à l'écart d'une affaire trop grave pour n'être pas dangereuse. Lorsqu'il s'agit de ce qui ne peut être qu'un secret d'Etat, il faut en écarter ceux qui n'ont rien à y faire et que l'on aime. Et je t'aime beaucoup...

Les larmes aux yeux, Jeannette vint s'agenouiller près du fauteuil de sa maîtresse et posa sur ses genoux une tête où les cheveux blancs se faisaient plus nombreux :

— Vous n'avez aucune explication à me donner et je ferai ce que vous désirez. Les secrets du royaume ne m'importent qu'en considération du mal qu'ils peuvent vous faire et, depuis l'enfance, vous n'en avez que trop pâti. Promettez-moi seulement de ne pas nous laisser de côté, mon Corentin et moi, si vous, ou les enfants, ou les trois, devez encore courir quelque danger !

— Je te le promets ! affirma Sylvie en relevant Jeannette pour l'embrasser. Nous resterons ensemble tant qu'il plaira à Dieu...

Rassurée, Jeannette acheva son ouvrage, réinstalla Sylvie dans son lit, remit des bûches dans la cheminée et sortit sans éteindre les chandelles comme elle le faisait chaque soir, ne laissant qu'une veilleuse. Un moment plus tard, le chevalier de Raguenel, Philippe et Marie venaient prendre place autour du grand lit tendu de soie jaune doublée de blanc en tirant leurs sièges au plus près afin que le conteur n'eût pas à élever la voix.

— Voilà ! dit Perceval en allumant sa pipe, je crois qu'à présent nous sommes prêts à t'écouter, mon garçon ! J'espère que la fumée du tabac ne te gêne pas ? Elle est sans effet sur ta mère...

— J'en use aussi, dit le jeune homme en souriant. Et puis Marie a placé là-bas, sur le cabinet d'écaille, un plateau avec des verres et du vin d'Espagne... Nous ne manquerons de rien.

Il se pencha en avant, mit ses coudes sur ses

genoux écartés, posa sa figure dans ses mains et parut se recueillir dans le silence qui s'établit.

— Si je n'avais pas vécu ce que je vais vous rapporter, je pense que j'aurais peut-être eu peine à le croire si l'on me l'avait raconté. Même maintenant, il m'arrive de me demander si je n'ai pas fait un cauchemar tant cela bouleverse les idées que je gardais sur la grandeur des rois et la noblesse des hommes. De certains tout au moins...

— Tu peux être sûr, grogna Perceval, qu'aucun de nous ne mettra ta parole en doute...

— J'en suis certain... Lorsque nous avons quitté Marseille, je croyais vraiment partir pour la croisade comme jadis mes ancêtres. Nous allions combattre l'Infidèle ! Nous étions des soldats de Dieu ainsi qu'en faisait foi l'Etendard du Christ en Croix que Sa Sainteté le pape avait fait porter à M. l'amiral quelques semaines plus tôt. Lui-même, d'ailleurs, après tant d'avanies subies des gens du Roi ne se voulait plus que le « capitaine général des armées navales de l'Eglise » et une foi profonde en sa mission l'habitait. Les vents favorables qui nous menèrent en vue de l'île de Candie en quinze jours le confortèrent dans ses certitudes, et il se sentit plus ardent encore à combattre pour une cause si sainte lorsque nous fûmes devant la capitale de l'île, appelée elle aussi Candie [1]. Ce que nous découvrîmes alors était à la fois d'une grande beauté et d'une profonde tristesse. Presque un décor de fin du monde...

1. Aujourd'hui Héraklion, l'île de Candie étant la Crète.

Il était tôt, ce matin-là, et les premiers rayons du soleil éclairaient d'un jour frisant une crête montagneuse d'un gris roussâtre, des plateaux couverts d'une herbe rêche et odorante avec de rares bouquets de chênes verts et d'oliviers sauvages. Au pied, coulant jusqu'à la mer d'un bleu presque violet, l'anse d'un port protégé par une digue où s'élevait une vieille tour à feu, une ville aux murailles orgueilleuses, des bastions frappés du lion de saint Marc mais labourés par le canon, troués, éventrés, creusés de ravines. Une ville de rouges palais vénitiens, de maisons blanches, certaines à demi écroulées, et d'environs où se voyaient les galeries de mines éventrées par l'arme étrange dont se servait Morosini, ces bouteilles de verre à quatre faces et quatre mèches qui répandaient en se brisant une fumée infecte et meurtrière. Partout la trace des incendies, partout les stigmates de la mort et, sur tout cela, intacte, affirmant une farouche volonté de tenir, la bannière rouge et or de Venise remuait doucement dans le vent léger du matin. Les Turcs n'étaient visibles que par leurs feux de cuisines sur les position élevées qu'ils tenaient. Tout s'anima vite cependant quand les premiers feux du soleil firent flamboyer les ors du *Monarque* et ceux des autres vaisseaux. Partie du port où l'on s'assemblait, une énorme acclamation les salua...

— Nous sommes les premiers, constata Beaufort qui observait l'île à la longue-vue. Ce n'est pas normal. Parti avant nous de Marseille avec ses galères plus rapides, Vivonne devrait être là, ainsi que ce Rospigliosi qui me refuse le titre d'altesse. Il vient de Civitavecchia, lui ! Cela pourrait donner à penser...

Il en fallait davantage, cependant, pour décourager l'Amiral. Il prit place dans une chaloupe avec M. de Navailles, M. Colbert de Maulévrier [1], son neveu et moi afin d'aller prendre langue avec Francesco Morosini, le capitaine-général de Venise. Celui-ci vint au quai avec M. de Saint-André-Montbrun, capitaine français au service de la Sérénissime, pour nous recevoir après le passage du goulet, formé par la digue du phare. Cela fut effectué sous le feu des Turcs. Heureusement, ces gens-là tiraient mal...

Je ne vous cacherai pas la forte impression que m'a faite Morosini, véritable incarnation des plus hautes valeurs de Venise. C'était un homme de cinquante-deux ans grand et mince qui, dans sa cuirasse cabossée, ressemblait à une lame d'épée. Son visage énergique, à la peau recuite par le soleil, montrait des traits fins sous la chevelure où paraissaient des mèches blanches, une bouche sensible entre la moustache soyeuse et la « royale », et surtout de profonds yeux noirs, fiers et dominateurs sous le sourcil arrogant que l'impatience faisait frémir. Pourtant cet homme, ce marin, ce soldat, ce stratège savait user d'une patience infinie qui était l'une des facettes de son

1. Frère cadet du ministre et de quatorze ans plus jeune, le comte de Maulévrier était, curieusement, l'ami de Beaufort qu'il admirait.

génie[1]... Entre lui et notre amiral l'entente fut tout de suite absolue : ces deux hommes étaient faits pour se comprendre. Malheureusement, ce n'était pas le cas de M. de Navailles qui, hélas, avait le pas sur Monseigneur pour les opérations terrestres...

Philippe s'arrêta pour sourire à sa mère dont le regard passionné le dévorait :

— Je suis navré, mère, si je vous cause quelque peine parce que Mme de Navailles est, je le sais, votre amie depuis longtemps, mais il n'en reste pas moins que son époux est un rude imbécile qui, dans cette affaire, a, par sa sotte vanité, été la cause de la catastrophe...

— Ne te tourmente surtout pas ! J'ai toujours su que, dans ce couple, elle était de beaucoup la plus intelligente. Si seulement, après leur exil, le Roi n'avait rappelé qu'elle !... Mais continue, je t'en prie...

— A vos ordres !... Navailles donc commença par refuser l'offre de Morosini qui lui proposait, comme avant-garde pour l'attaque à venir, des soldats habitués depuis longtemps à cette guerre et connaissant parfaitement le terrain. Il refusa aussi de causer avec M. de Saint-André-Montbrun que Monseigneur, outré, alla rejoindre aussitôt au

1. Francesco Morosini, 1619-1694, sera le dernier des grands doges de Venise après avoir reconquis sur les Turcs Patras, Lépante, Corinthe, Athènes et Sparte. Après avoir aussi écrit l'une des plus belles pages de l'histoire de la Sérénissime, il mourra à Nauplie où la flotte avait pris ses quartiers d'hiver.

bastion San Salvatore où il resta toute la nuit à tirer des plans avec Morosini et le capitaine français. Tous tombèrent d'accord : il fallait attendre Vivonne, Rospigliosi et les troupes que portaient leurs galères, auxquelles s'ajoutaient trois mille Allemands enrôlés par Venise. Le tout afin de fournir un puissant effort, d'attaquer l'ennemi par terre et par mer, de s'emparer de leurs travaux de siège avec leurs canons et de s'y fortifier...

Par malheur, lorsque nous avons regagné le bord, M. de Navailles avait pris en lui-même la plus funeste décision : celle d'attaquer les Turcs par terre sans attendre l'autre partie de l'armée. Le pire est qu'il ne jugea pas utile d'en aviser M. l'amiral et qu'il eut même l'audace, quand celui-ci fut informé, de lui conseiller de « ne pas mettre pied à terre parce qu'il avait acquis assez de réputation sans qu'il soit besoin de s'exposer là où l'on n'avait pas besoin de lui... ». Vous imaginez l'effet de cette déclaration ?

— Seigneur, gronda Perceval. Il faut que Colbert et Louvois soient fous à lier pour avoir confié un tel pouvoir à ce crétin !

— Mon cher chevalier, ne perdez pas de vue que, dans la pensée de ces ministres, comme dans celle du Roi d'ailleurs, il n'était pas question de se mettre la Sublime Porte à dos et que la belle expédition était vouée à l'échec dès le départ ! Songez que l'on avait refusé ce commandement au maréchal de Turenne !

— ... à qui Beaufort se serait soumis sans

discussion ! La suite, mon garçon ! Bien que je la devine peu glorieuse...

— Pour les armes de la France, sans doute mais, sachez que pour Monseigneur, elle le fut de façon extraordinaire... En effet, puisque l'on devait attaquer le matin suivant, il déclara qu'il serait le premier, selon l'exemple de son aïeul Henri IV. Les officiers des vaisseaux alors se réunirent autour de lui pour tenter de l'en empêcher, répétant qu'il ne devait pas se plier à une décision aussi folle, que si M. de Navailles voulait perdre Candie ou vaincre les Turcs tout seul cela le regardait mais que, pour réussir l'attaque, il fallait une plus longue préparation. Il leur donna raison mais refusa de les écouter plus longtemps. Il fallait, dit-il, qu'il soit à la tête de la vague d'assaut pour conforter le moral des troupes qui n'étaient pas au mieux : beaucoup avaient souffert du mal de mer et en souffraient encore. Raison de plus, clamèrent en chœur MM. de La Fayette, de Kéroualle et de Maulévrier, pour leur donner le temps de se remettre. Mais Navailles s'entêtait, Navailles eut le dernier mot... Il ne répondait qu'au Roi de ses décisions.

Pendant ce temps, bien entendu, les Turcs ne restaient pas inactifs. Depuis l'apparition de la flotte, ils avaient beaucoup observé, un peu tiré sur la chaloupe de l'Amiral mais surtout rassemblé sur les hauteurs leur rapide cavalerie. Köprülü Ahmed Pacha, le grand vizir du Sultan venu commander lui-même le siège de Candie, était un homme avisé, aussi prudent et sagace que

Navailles était impatient et aveugle. Nous allions bientôt nous en apercevoir...

Sa dernière nuit à bord, Monseigneur la passa à prier dans sa belle chambre tendue de soie couleur d'aurore. Il avait compris ce que signifiaient les entraves mises à ses desseins et l'incroyable entêtement de Navailles : on n'avait aucune envie, en France, de le voir revenir auréolé d'une victoire. En revanche, l'annonce de sa mort sous les coups des Turcs en ravirait plus d'un... Vers trois heures du matin nous le vîmes paraître, sans cuirasse, simplement protégé par un justaucorps de buffle sur lequel pendait une croix de cuivre, noir comme son chapeau et ses plumes. Pour protéger ceux qu'il aimait, le chevalier de Vendôme et moi-même, il voulut que nous restions à bord mais nous refusâmes avec force. Alors il ordonna à Vendôme de combattre à l'écart de lui et le confia à ce que l'on ne pouvait appeler que deux gardiens, mais il n'eut pas raison de moi. Je lui affirmai mon intention de le suivre où qu'il aille comme je le faisais depuis des années. Il me dit alors que le danger serait grand, que je devais songer à vous, ma mère, et au nom que je porte...

— Qu'as-tu répondu ? demanda Sylvie.

— Que vous m'aviez confié à lui quand j'étais enfant pour que je ne le quitte jamais, que vous n'ignoriez pas les dangers que cela comportait et que, justement, le nom de mes pères me faisait obligation de l'honorer de quelque façon que ce soit, fût-ce par la mort... Que vous comprendriez, enfin...

— Oui, fit tristement la duchesse, c'est ce que disent les hommes ! Les femmes, les mères surtout, pensent parfois autrement.

— Ne dites pas cela ! protesta Philippe. Songez plutôt que si je ne m'étais pas obstiné, si je ne l'avais suivi envers et contre tout, nous ne saurions pas, à cette heure, qu'il est toujours en vie...

— Tu as raison et je suis une ingrate envers Dieu. Dis-nous la suite, mon fils !

— La nuit était claire, douce, pleine d'étoiles. L'une de ces belles nuits d'Orient qui nous sont inconnues et qui font oublier le poids écrasant du soleil. Un instant de magie avant le cauchemar ! Une fois à terre où nous avancions lentement par crainte des mines turques, nous avons découvert que pour passer, en ordre de bataille, de la position choisie par Navailles à celle de l'attaque véritable, il fallait se précipiter d'une contrescarpe dans une ravine et remonter de l'autre côté par un sentier à chèvres d'où les guetteurs turcs pouvaient tirer sur nous à loisir. Monseigneur nous fit coucher à terre pour attendre le jour, le soleil alors nous serait favorable en frappant les yeux de nos ennemis. Mais Navailles avait une sottise de plus à commettre — on pourrait presque dire un crime ! Nous entendîmes soudain le roulement des tambours qui battaient la charge, donnant ainsi l'éveil à l'ennemi : il fallait attaquer dans cette nuit qui s'était faite plus noire à l'approche de l'aube... et ce fut le drame. Les Turcs nous tombèrent dessus de partout, semant une véritable panique dans les rangs des soldats aux jambes encore incertaines.

Ce fut une débandade générale que Monseigneur ne put endurer. Quelque part dans la nuit une mine éclata, lui faisant croire que de ce côté les Turcs avaient affaire aux gens de Morosini et qu'il serait possible de les prendre par-derrière. Mais il avait été blessé à la jambe et ne pouvait guère courir. C'est alors que, sorti je ne sais d'où, je trouvai un cheval. Il se mit en selle et je sautai en croupe :

— Allons, mes enfants ! cria-t-il. Reprenez courage ! Suivez-moi ! Saint Louis ! Saint Louis !

L'épée à la main, nous avons foncé droit devant nous, droit vers les soldats ottomans qui déferlaient mais que nous ne voyions pas. Quelques minutes plus tard, après une défense vigoureuse mais dérisoire nous étions, lui et moi, prisonniers...

Alors que nous étions désarmés au milieu des cimeterres menaçants auxquels les premiers rayons du soleil arrachaient des éclairs, nous nous sommes vus morts, nos têtes tranchées mises au bout de piques, mais le grand vizir avait promis quinze piastres par prisonnier et soixante-dix pour les chefs. On nous chargea donc de liens et l'on nous traîna vers le camp situé assez loin de la ville, d'où l'on découvrait enfin les galères turques embossées dans des criques. Pour moi qui étais indemne ce fut pénible, mais pour Monseigneur dont la blessure ne cessait de saigner, ce fut un calvaire qu'il endura sans une plainte. Il trouva même assez de force pour réussir à se relever et à se tenir droit quand on nous jeta sous la tente d'un gros homme vêtu de soie, assis sur des coussins auprès desquels une sorte de secrétaire se tenait debout, armé d'un rouleau de papier, d'un calame et d'un encrier attaché à sa ceinture. C'était un renégat chrétien qui s'appelait Zani et servait d'interprète. Il apostropha Monseigneur :

— Pourquoi te présentes-tu avec cette arrogance ? Tu n'es pas vêtu comme celui-là d'un habit brodé et d'une belle cuirasse...

— Un prince se reconnaît à autre chose qu'à son vêtement.

— Un prince ? Il n'y en avait qu'un parmi ceux qui nous ont attaqués...

— Je suis celui-là ! François de Bourbon-Vendôme, duc de Beaufort, amiral de France.

— Et celui qui gît à tes pieds ?

— Mon aide de camp et mon fils... spirituel. Il a nom Philippe, duc de Fontsomme !

Tandis que le secrétaire traduisait ces paroles, l'homme au turban roulait de gros yeux effarés. De toute évidence, l'importance de sa prise le dépassait. Il dit ensuite quelques mots précipités et le renégat expliqua :

— Il est possible que tu mentes, cependant mon maître préfère s'en remettre à plus haut que lui de ton sort. Tu auras l'honneur d'être traduit devant Sa Hautesse le grand vizir qui saura bien si tu dis vrai ou non.

— En attendant, dis-je, vous devriez bien soigner sa blessure, sinon M. l'amiral pourrait ne pas avoir cet « honneur »...

Un coup de pied dans les côtes me montra le peu de cas que l'on faisait de ma personne et, dès cet instant, on nous sépara en dépit de nos protestations. Deux gardes emmenèrent Monseigneur en le soutenant avec quelque sollicitude. Quant à moi, on m'emporta comme un paquet pour me jeter sous une tente où j'endurai tout le poids du jour sans une goutte d'eau et sans nourriture. J'entendais, un peu étouffés par la distance, des cris affreux, des plaintes et aussi les coups de feu, le canon, la bataille quoi ! Et puis une sorte de silence, le plus pesant que j'aie jamais subi... celui des grandes catastrophes. Quand on se décida à me porter un peu d'eau et quelque nourriture, la mine satisfaite du gardien me dit assez que nous étions vaincus. J'ai pleuré mais le pire fut que je ne pouvais obtenir de nouvelles de Monseigneur puisque je ne parlais pas la langue de ces gens-là. J'essayai bien le grec dont je devais une assez bonne connaissance à mon cher abbé de Résigny, sans résultat. On me tira seulement de la tente pour m'enchaîner dans une grotte que fermait une palissade de planches et j'avoue que j'appréciai : au moins j'étais à l'abri de la terrible chaleur du jour. J'allais y rester quinze jours, jusqu'à une nuit où Zani l'interprète vint me voir. Bien qu'il me déplût fort, c'était tout de même une joie de pouvoir parler à quelqu'un. Il me dit que j'allais quitter l'île pour Constantinople cette nuit même, que j'y serais retenu prisonnier jusqu'à ce que l'on sache si ma famille était disposée à payer une rançon suffisante pour conserver ma tête sur mes épaules...

— Mais nous n'avons reçu aucune demande de rançon ! s'exclama sa mère. Tout ce que nous avons su, c'était que tu avais disparu avec le duc de Beaufort et, ensuite, on vous a déclarés morts...

— Je vous parlerai de cette histoire de rançon tout à l'heure, dit Philippe avec un sourire de dédain, car, en vérité c'est à n'y pas croire ! Mais revenons à mon départ de l'île de Candie que je quittai, en effet, une heure après, sur une galère où l'on m'enferma dans le réduit placé dans la proue où l'on gardait les boulets destinés aux canons du gaillard d'avant. J'y étais attaché mais c'était un endroit assez propre où l'on m'avait même donné un seau pour les besoins naturels. A ma surprise, Zani partait avec moi et, durant le voyage qui dura un peu plus de huit jours, il vint souvent me voir, posant sans arrêt des questions sur ce que j'étais, sur ma famille, ma vie en Europe, le Roi et, bien entendu, Monseigneur, surtout Monseigneur ! Mais lorsque moi je lui demandai de me donner de ses nouvelles, il répétait toujours la même phrase : « Ton amiral est le prisonnier de Sa Hautesse le grand vizir Fazil Ahmed Köprülü Pacha qu'Allah — Son Nom soit trois fois béni ! — veuille nous conserver. » Il n'y changeait jamais un mot et je finis par en avoir assez de toutes ces bénédictions. Il me suffisait au fond de le savoir toujours en vie.

Je l'avoue, la vue de Constantinople que nous atteignîmes un soir au coucher du soleil m'émerveilla. La ville est assise sur trois bras de mer mais je n'en vis qu'un en débarquant de ma galère : le Bosphore resserré entre la rive d'Asie et la longue pointe de Stamboul chargée de dômes dorés, de coupoles bleues ou vertes, de longs minarets blancs au milieu d'une infinité de jardins, qui se prolongeaient par le palais et les jardins du Sultan plongeant jusque dans l'eau bleue. Les derniers rayons du jour habillaient tout cela d'une gloire d'or et de pourpre, soulignée par les grands cyprès noirs que l'on voyait un peu partout et qui relevaient la beauté des constructions. Mais je n'eus pas le droit de pénétrer dans ce qui, de loin, ressemblait à une image du paradis. La galère accosta sous les murs d'une puissante forteresse marquant la jonction des gigantesques murailles dont Stamboul était ceinturé avec le rivage marin. Zani se fit un plaisir de me renseigner. C'était Yedi-Koulé, le château des Sept Tours, dont la sinistre réputation avait fait, depuis longtemps, le tour de la Méditerranée. Les têtes coupées que l'on voyait aux créneaux disaient assez que cette réputation n'était pas usurpée. On disait même qu'un sultan y avait été massacré par ses janissaires cinquante ans plus tôt. En outre, l'odeur y était insoutenable parce que dans les environs immédiats de cet enfer, proche de l'un des abattoirs, se trouvaient des ateliers de tannage, de colle forte et de cordes en boyaux. Je crus d'abord qu'il me serait impossible de vivre dans cette puanteur, pourtant je finis par m'y habituer. En outre, j'eus la chance que la cellule où l'on me jeta bénéficie d'une étroite ouverture, grillée mais donnant sur la mer.

C'est là que je suis resté des mois et des mois, gelant l'hiver, étouffant l'été, sans rien voir, sans rien entendre que l'appel des muezzins, les cris des mouettes ou des suppliciés. Ceux des condamnés au pal étaient atroces, intolérables. Le pire était de rester sans nouvelles. J'en arrivais parfois à oublier qui j'étais parce que les images du passé m'étaient particulièrement douloureuses. De plus, l'inquiétude où j'étais du sort de Monseigneur me rongeait comme une gale. Pourquoi me laissait-on là à me tourmenter, sans autre présence que celle du geôlier muet qui m'apportait chaque jour de quoi ne pas mourir de faim ?

J'avais fini par admettre que je passerais le reste de ma vie dans ce tombeau quand, un soir, des soldats vinrent me chercher. Persuadé que je touchais à mon heure dernière, je me hâtai de dire une prière mais, dans la cour du château, on me banda les yeux et l'on me fit monter dans une litière fermée par des rideaux de cuir et l'on partit. Je ne vis rien du parcours. L'odeur ignoble à laquelle j'étais accoutumé fit place à des senteurs plus agréables, puis à d'autres qui me parurent divines lorsque l'on me fit descendre. Je devais être dans un jardin car j'avais l'impression d'être entouré de fleurs. Ensuite, mes pieds nus touchèrent des dalles lisses et glissantes jusqu'au moment où, dans une atmosphère humide et chaude, on m'enleva enfin le bandeau. Je compris que j'étais dans ce que les Turcs appelaient un hammam, un endroit réservé aux bains. Deux esclaves noirs me dépouillèrent des guenilles infâmes dont j'étais encore vêtu, me plongèrent dans une cuve pleine d'eau chaude où ils m'étrillèrent comme un cheval à grand renfort de savon et de brosse dure. Les deux bains successifs, un chaud et un froid, le massage avec une huile parfumée me parurent le comble des délices et je me retrouvai presque aussi dispos qu'avant ma longue captivité. Ensuite, on me vêtit d'une chemise, d'une longue robe bleue serrée par une ceinture, on me chaussa de babouches rouges et, après m'avoir servi un repas de viande grillée et de riz, de nouveau on me banda les yeux pour me confier à un personnage dont je n'aperçus, sous le bandeau, que le bas d'une robe blanche et les pieds couverts de babouches jaunes.

Sans m'adresser la parole, il me conduisit à travers ce qui me parut être une infinité de cours et de jardins. J'arrivai enfin sur un tapis d'un beau rouge profond traversé de fils d'or au bord duquel on me fit déchausser. J'avançai encore de quelques pas et le bandeau fut enlevé : j'étais devant un homme qu'à ses riches habits et à l'importance de son turban blanc drapé autour d'un cône de feutre rouge et orné d'aigrettes je devinais être un haut personnage. Le sabre, au fourreau et à la garde d'or sertis de rubis, posé devant lui sur une table basse en faisait foi.

Il se tenait assis, jambes croisées, sur une sorte de banquette couverte de brocart rouge et de coussins qui reposait sur une estrade garnie de tapis en soie. Cette estrade occupait le fond d'une salle tapissée de carreaux aux couleurs brillantes, sous de hautes fenêtres à vitraux par lesquelles entrait la musique d'une fontaine. L'homme qui m'accompagnait me jeta face contre terre. Ce traitement me révolta. Je voulus me relever aussitôt et, à ma surprise, il ne me rejeta pas au sol. Je vis alors que le haut personnage le renvoyait d'un mouvement de tête, puis il revint à moi :

— On m'a dit que tu parles le grec ? dit-il dans cette langue.

— Celui de Démosthène qui n'a plus cours mais grâce auquel je peux me faire comprendre...

— En effet... aussi nous nous exprimerons dans la langue de ton pays, ajouta-t-il en un français un peu zézayant mais très compréhensible et qui me remplit de joie. Sache d'abord devant qui tu comparais ce soir : mon nom est Fazil Ahmed Köprülü Pacha et j'ai succédé à mon père, le grand Mehmed Köprülü, à la charge de grand vizir de la Sublime Porte. C'est moi qui ai vaincu à Candie les forces de ton pays. La bannière du Prophète flotte désormais sur l'île entière, mais Morosini a obtenu les honneurs de la guerre, en hommage à sa vaillance. Il est reparti pour Venise avec les siens...

— Francesco Morosini a droit à toute mon admiration et je suis heureux pour lui, mais il ne m'intéresse pas. Ce que je supplie Votre Excellence de m'apprendre, c'est le sort de Mgr le duc de Beaufort, notre Amiral...

— Viens ici ! ordonna-t-il en désignant une place à ses côtés.

Sans montrer à quel point cette invitation me surprenait, je lui obéis. Cela me permit de le voir mieux. C'était un homme jeune à la peau claire, aux traits énergiques, aux yeux gris dominateurs. Une longue moustache noire pendait de chaque côté de sa bouche ferme et bien dessinée. Comme je l'appris par la suite, il n'était pas turc mais albanais et, sous son gouvernement comme sous celui de son père, l'Etat ottoman, affaibli par des sultans sinon indignes du moins incapables — l'actuel, Mehmed IV était surnommé le Chasseur parce qu'il y passait le temps qu'il ne consacrait pas à son harem —, avait retrouvé force et stabilité.

— Je veux que tu me parles de lui, me dit-il. Tu as prétendu être son fils ?

— Spirituel, Seigneur ! Ma mère et lui ont été élevés ensemble. Il est pour moi comme un oncle vénéré.

— Tu l'aimes ?

— C'est peu dire. Je l'admire et je donnerais ma vie pour lui sans une seconde d'hésitation...

— Explique ! Raconte-moi !

Je parlai donc avec un enthousiasme grandissant à mesure que, retraçant sa vie, je la redécouvrais. Fazil Ahmed Pacha m'écouta avec une extrême attention, m'interrompant seulement pour frapper dans ses mains et aussitôt faire apparaître un serviteur avec un plateau de café. J'avoue que j'en bus avec un vif plaisir puis je repris le cours de mon récit qu'il ponctua cette fois de quelques questions. La dernière fut celle-ci :

— Si j'ai bien compris, ton roi ne l'aime pas bien qu'il soit un bon serviteur ?

— Et son cousin proche !

Pour la première fois, je le vis sourire :

— Les liens de famille ne comptent guère lorsque l'on occupe un trône. Ici moins qu'ailleurs. Nous avons ce que nous appelons la « loi du fratricide » qui ne s'oppose pas à ce qu'un souverain en arrivant au pouvoir se débarrasse de ses frères, gêneurs éventuels. Mais toi, pour cet homme que tu vénères, serais-tu prêt à... contrecarrer, voire à t'opposer à la volonté de ton roi ?

— S'il s'agissait de sa vie ? Sans hésiter, quitte à y laisser la mienne.

— C'est bien ce que je pensais. Alors écoute !

J'appris l'impensable. Dès avant notre départ de Marseille, la Sublime Porte avait reçu secrètement, du roi de France, l'assurance que le royaume ne souhaitait pas, en autorisant l'expédition, porter une atteinte grave aux bonnes relations, surtout commerciales, entretenues jusqu'alors. On ne faisait que complaire au pape et l'on ferait en sorte de confier le commandement à des chefs divisés et qui, de ce fait, ne seraient guère dangereux, l'un étant de peu de jugement, l'autre brave jusqu'à la folie. On laissait entendre d'ailleurs qu'au cas où le second, qui était bien entendu le duc de Beaufort, ne serait pas tué au combat, il serait souhaitable qu'il fût capturé... en toute discrétion afin de permettre au bruit de sa mort de se développer.

— C'est ce qui s'est passé, ajouta Fazil Ahmed Pacha. Il y avait à bord du navire-amiral un homme qui nous renseignait sur les intentions de ton chef, par le truchement d'un pêcheur venu offrir du poisson et aux mouvements de qui l'on ne prêtait guère attention, surtout la nuit. Nous avons su de quel côté il dirigerait son attaque et, bien qu'une grande confusion se soit produite durant la bataille, l'explosion que nous avons allumée dans nos propres lignes a joué le rôle que nous espérions : l'Amiral a cru qu'une voie s'ouvrait devant lui et s'est jeté dans le piège. Nous n'avions pas prévu que tu y entrerais avec lui, mais mes ordres étaient sévères : en aucun cas on ne devait attenter à sa vie. Tu as bénéficié de la même chance. D'ailleurs, nous avons vite compris que tu lui étais précieux...

— Qui l'a trahi si vilainement ?

Le grand vizir secoua la tête avec un mince sourire :

— Cela, je ne te le dirai pas. L'amitié des peuples étant d'un maniement difficile, il se peut que nous ayons, un jour ou l'autre, encore besoin de ses services. C'est lui qui a porté en France la confirmation de la mort de l'Amiral... et de la tienne.

— Me direz-vous ce qui s'est passé ensuite ?

— Nous avons fait tenir un message au ministre français pour lui apprendre que le cousin du Roi était en notre pouvoir ainsi que toi et en réclamant bien sûr une rançon. Ce message a été porté par un émissaire discret et la réponse nous est parvenue par le même canal sans passer, bien entendu, par le nouvel ambassadeur qu'on nous a envoyé : un M. de Nointel qui a besoin qu'on lui apprenne les bonnes manières...

— Et quelle était cette réponse ?

— Curieuse. Le Roi acceptait de payer la moitié de la rançon demandée, un prix suffisant pour un mort. La somme nous serait versée par deux hommes qui arriveraient avec un bateau afin d'emmener le prisonnier vers une destination connue d'eux seuls. La remise devrait se faire de nuit et dans les conditions que l'on indiquerait. Quant à toi, on préférait de beaucoup que nous mettions fin à tes jours...

— Pourquoi ne pas l'avoir fait ? Mais peut-être ne sortirai-je pas d'ici vivant ?

— Les dalles de ce palais ne boivent pas le sang. Et si je t'ai épargné, au reçu de la lettre, c'est parce que ton Amiral était devenu mon ami. Durant tout ce temps écoulé — un an et demi ! — depuis qu'à Candie on l'a amené sous ma tente, j'ai eu le loisir d'apprendre à le connaître et je ne suis pas éloigné de partager tes sentiments envers lui...

— Où est-il ? A la prison des Sept Tours ?

— Non. Il n'y est jamais allé. Je l'ai gardé dans ce palais d'abord, puis dans une résidence bien cachée. J'ajoute qu'il a toujours demandé que l'on t'y amène mais j'ai refusé. Te maintenir à Yedi-Koulé, loin de lui, c'était la meilleure façon de m'assurer qu'il ne chercherait pas à s'enfuir.

— Sa parole de prince français ne vous suffisait pas ?

— Je ne suis pas un Latin comme toi et la prudence est, à mon sens, une vertu indispensable à qui veut conserver le pouvoir. Et je suis le grand vizir de ce pays. C'est-à-dire une cible.

— Alors pourquoi m'avoir tiré de mon cachot, ce soir ?

— Parce qu'il était temps que je te connaisse... et parce que les gens qui viennent le chercher sont arrivés...

— Ah !

En quelques mots il venait de réveiller les angoisses qui me tenaient compagnie depuis si longtemps. Je lui demandai s'il allait leur remettre l'Amiral. Il a dit oui : le Sultan le voulait.

— Alors laissez-moi partir avec lui !

— Les hommes de ton roi te croient mort. Mais je peux te proposer une chance, sinon de le sauver, du moins d'apprendre ce qu'on lui réserve. Vois-tu, l'idée qu'on le mène à un destin peut-être pire que la mort me hante et je rougis d'être contraint de livrer un ami. Alors, écoute bien : le bateau français — un « marchand » peu rapide mais bien armé — quittera le port demain dans la nuit. Toi, avant que le jour se lève, tu auras embarqué sur la meilleure felouque, dont le patron et l'équipage sont à moi. Stavros a déjà reçu l'ordre de se tenir prêt à suivre le Français où qu'il aille. A Marseille sans doute...

— Suivre un navire en mer sur une aussi

longue distance sans le perdre de vue ou risquer de le confondre ?...

— Stavros l'a déjà fait. Son navire est taillé pour la course et c'est le meilleur marin que je connaisse. En outre, au sortir des détroits, le Français arborera le pavillon rouge de mes bateaux afin d'écarter de lui ceux que vous appelez les Barbaresques. Il sera donc facile à repérer et il ne sera pas attaqué. Mais, une fois parvenu au but, ce sera à toi de continuer la poursuite. Je te donnerai de l'or français pris sur celui de la rançon et des vêtements convenables pour un marin grec...

Quelle joie était la mienne ! Certes, j'avais honte de mes compatriotes, mais je débordais de reconnaissance pour cet ennemi au cœur si noble. Il refusa du geste mes remerciements et, quand je demandai la faveur de voir mon prince, ne fût-ce qu'un instant, il refusa :

— Trop dangereux. Il ne doit rien savoir de mes dispositions. Quant à toi, le mieux est que tu oublies m'avoir jamais vu !

Une heure plus tard, un bonnet rouge sur la tête et un gilet en peau de chèvre sur le dos, j'étais conduit au port par l'un des serviteurs muets du vizir et confié sans un mot au patron de la felouque *Thyra*, un Grec aussi large que haut, pourvu d'un profil de médaille, d'un rire tonitruant, de muscles redoutables sous leur couche de graisse et qui cachait, sous une inaltérable bonne humeur, une finesse et une pénétration extrêmes. Je pus vérifier par la suite ce qu'en disait Fazil Ahmed Pacha : c'était un très grand marin et je m'intégrai sans peine à un équipage de quatre hommes qui lui était entièrement dévoué.

Quand le jour se leva, je vis mieux notre position au milieu d'autres bateaux dont les proues étaient toutes tournées vers le quai, de même que ceux d'en face : la largeur de la Corne d'Or, le port de Constantinople le permettait. Un seul était ancré parallèle à la terre dans le léger courant venu d'un petit fleuve : c'était une flûte comme en construisaient les Hollandais mais de faible tonnage permettant un équipage réduit. Son aspect paisible à la panse arrondie était celui d'un honnête commerçant.

— Il a tout de même quatre canons, commenta Stavros, qui ajouta en riant : Faut bien qu'il protège les ballots de tapis et de fourrures venus de Russie qu'il embarquera dans la journée de demain. Mais c'est seulement à deux heures du matin qu'il mettra à la voile. Nous, on partira juste après...

— Et nous allons le suivre durant tout ce voyage ? C'est impossible ! Il ira plus vite que nous.

— C'est nous qui pourrions aller plus vite que lui. Si tu n'étais pas dessus, tu verrais que cette felouque est taillée pour la course, comme une galère, que ses mâts peuvent porter plus de toile que d'habitude et que si le vent fait défaut ça devient vraiment une galère : on rame ! Ce que ce lourdaud ne peut pas. Tu verras, ajouta-t-il en me tapant sur l'épaule, ça fait les muscles !

— Et qu'es-tu censé aller faire à Marseille ?

— Du commerce comme tout le monde ! En principe, je travaille pour les frères Barthélemy et Giulio Greasque de Marseille, qui ont des comptoirs ici. Il y a là-dedans du café et de la cannelle, du poivre et de l'opopanax. Si on coule, on sentira bon !

Et de partir de ce rire énorme qui lui allait si bien. Le soir venu, nous nous installâmes sur le pont pour observer la *Vaillante*. Aux environs de minuit, alors que le froid se faisait plus vif, Stavros me tendit une longue-vue sans rien dire : une chaloupe glissait sur l'eau calme en direction de la flûte. On y voyait assez clair : la lune qui imprimait au ciel le croissant de l'Islam dessinait les silhouettes noires des hommes qui la montaient. L'un d'eux arracha soudain son chapeau pour secouer ses cheveux dans le vent d'un geste que je connaissais bien. On l'obligea à le recoiffer aussitôt, mais j'avais eu le temps de remarquer la clarté de cette chevelure. Un moment plus tard, la *Vaillante* quittait son mouillage et commençait sa descente vers la mer. Nous nous affairâmes aux manœuvres d'appareillage...

— Je ne vous infligerai pas le détail de ce voyage, continua Philippe, avec un coup d'œil à sa mère qui lui semblait bien pâle mais qui le rassura d'un sourire. Il se passa au mieux grâce à l'habileté de Stavros et aux qualités nautiques de son bateau. Le Français d'ailleurs jouait son jeu de commerçant, ne se pressait pas, s'arrêtant aux escales obligatoires où parfois nous le précédions.

Par Ténédos, Tinos, Cythère et Zante, nous avons atteint le canal de Sicile puis celui de Sardaigne sans mauvaises rencontres et, surtout, sans avoir perdu notre gibier. Enfin, un soir, au coucher du soleil, ce furent les rives du Lacydon . Stavros, après avoir observé que la flûte ne venait pas à quai, dirigea son bateau — nous étions aux rames depuis l'entrée du port — vers un emplacement voisin du nouvel hôtel de ville alors en construction. Ainsi nous avions retrouvé à peu près le même poste de surveillance qu'au quai du Phanar, sur la Corne d'Or. Cela nous permit de voir, à peine arrivés, un homme vêtu de noir qui prenait place dans la chaloupe et se faisait conduire de l'autre côté du port, vers un endroit qui se situait entre l'arsenal des galères encore inachevé et les tours de l'abbaye Saint-Victor :

— Il va prévenir quelqu'un, commenta Stavros qui m'avait pris en amitié et voulait m'aider autant qu'il lui était possible. Peut-être que le mystérieux voyageur ne va plus rester là bien longtemps. A ton tour de faire en sorte de continuer à le suivre...

Ayant séjourné longuement dans la ville avant le départ pour Candie, je la connaissais bien et savais où m'adresser pour trouver les moyens de poursuivre mon voyage : des habits occidentaux, de quoi constituer un bagage et surtout un cheval. En déambulant dans les rues bruyantes descen-

1. Du nom d'un ruisseau qui, à l'époque grecque, coulait de Longchamp, à peu près sur l'emplacement de la Canebière.

dant de l'église Saint-Laurent où se mêlaient à peu près toutes les races du tour de la Méditerranée, j'étais plein d'ardeur mais aussi d'inquiétude : allais-je réussir, tout seul, à garder la piste de Monseigneur sans me faire remarquer ? C'est alors que le Ciel me donna une chance inattendue : je rencontrai Pierre de Ganseville !

— Ganseville ? s'exclama un chœur à trois voix. Que faisait-il là ?

— Il cherchait un bateau pour se rendre à Candie. Mais, de prime abord, je faillis ne pas le reconnaître tant les traces de son malheur l'avaient changé. En effet, il était tombé du haut du ciel dans les tourments de l'enfer : sa jeune femme, dont il était passionnément épris, est morte en donnant le jour à un fils qui, au bout d'une semaine, suivit sa mère dans la tombe. Vous imaginez ce qu'il a souffert !

— Pauvre, pauvre garçon ! murmura Sylvie émue. Mais tu parlais d'une chance pour toi ?

— Et une grande ! Je vous l'ai dit, du fond de son malheur a surgi une idée fixe : chercher les traces de Beaufort à la mort duquel il ne voulait pas croire et qu'il se reprochait d'avoir quitté pour un bonheur trop bref jugé à présent égoïste. Nous nous sommes retrouvés avec la joie que vous concevez, bien qu'il ait eu quelque peine à me reconnaître avec cette abondance de barbe. Quand je lui ai appris pourquoi j'étais à Marseille, je l'ai vu revivre, se transformer sous mes yeux, et si le joyeux compagnon d'autrefois était toujours absent, l'homme qui me tendit la main avait retrouvé toute son énergie. La perspective de sauver notre chef le galvanisait et nous avons établi un plan : nous allions prendre logis dans une auberge voisine de l'abbaye Saint-Victor où logeaient les fidèles qui venaient faire leurs dévotions au saint lieu, sans se douter de la mauvaise réputation des moines depuis quelques années. Son avantage était que, de ses fenêtres, on pouvait surveiller la *Vaillante* qui se trouvait à peu de distance. Puis Ganseville m'attendit en gardant le cheval que je venais d'acheter tandis que j'allais faire mes adieux à Stavros et changer mes vêtements grecs pour ceux que je m'étais procurés. Content des quelques pièces d'or que je lui offris en signe de gratitude, ce brave homme me promit de ne pas repartir tant que la flûte serait au port, au cas où elle quitterait Marseille sans avoir débarqué son passager...

— Si cela se produisait, dit-il, tu t'en apercevrais et tu n'aurais qu'à revenir au galop pour que nous reprenions la poursuite... Quand on me confie une mission je la mène toujours à son terme.

Grâce à Dieu, il existe des gens de cette qualité ! Cependant, pendant plusieurs jours il ne se passa rien. Jour et nuit, nous nous relayions à la fenêtre de notre chambre, Ganseville et moi, et l'inquiétude commençait à nous gagner quand, enfin, une nuit, des cavaliers entourant une voiture fermée vinrent prendre position sur la petite place déserte que formait la berge près de chez nous. Aussitôt, la flûte mit une chaloupe à l'eau et la scène observée à Constantinople se renouvela dans le sens inverse...

Le cœur nous battait fort, je vous assure, tandis que nous gagnions silencieusement l'écurie où nos chevaux restaient sellés toute la nuit. Un moment plus tard, la voiture et son escorte repartaient à allure réduite.

Commençait alors pour nous la poursuite la plus cruelle, parce que nous comprîmes vite que tout espoir de délivrance était impossible. Nous n'étions que deux quand il aurait fallu, sinon une armée, du moins une compagnie. L'escorte était déjà nombreuse mais, dès avant Aix, des cavaliers de la maréchaussée vinrent l'augmenter et envelopper le carrosse dont on ne cacha plus qu'il contenait un prisonnier d'Etat. Pourtant, nous avons continué en dépit des chemins qui devinrent plus rudes quand on s'enfonça dans les montagnes mais qui nous permettaient de mieux nous dissimuler. L'allure s'était de beaucoup ralentie. C'est ainsi que nous sommes tout de même arrivés à la fin de ce calvaire...

— Où est le duc ? demanda Perceval d'une voix dont la sécheresse cachait l'émotion.

— A Pignerol, une forteresse à la frontière de la Savoie...

— Nous savons, soupira Sylvie. C'est là que l'on a enfermé ce pauvre Fouquet... Qu'avez-vous fait ensuite ?

— Nous avons pris un peu de repos dans la bourgade voisine en essayant de réfléchir, sans parvenir à trouver la moindre solution. Ganseville, alors, m'a conseillé de venir vous rassurer sur mon sort. Lui a choisi de rester là-bas pour être aussi près que possible de son prince. Mais je vais y retourner. Peut-être la chance nous sourira-t-elle un jour et trouverons-nous un moyen...

— Au cours de votre route, coupa Perceval, l'avez-vous seulement vu ?

— Ganseville, en soudoyant un valet d'auberge chargé d'apporter du vin et de la nourriture, a réussi à l'apercevoir. Il faut vous dire qu'entre Marseille et Pignerol on ne l'a pas laissé descendre une seule fois de sa prison roulante. Quand Pierre est revenu vers moi, il est tombé dans mes bras en pleurant. Non seulement Monseigneur est séquestré de façon inhumaine mais, en outre, son visage est caché sous un masque... Un masque en velours noir.

CHAPITRE 13

UNE FORTERESSE DANS LES ALPES

Cette nuit-là, bien après que tous se furent retirés, Sylvie garda les yeux grands ouverts, réfléchissant sur ce qu'elle venait d'entendre, rassemblant des souvenirs anciens ou plus récents comme les morceaux d'un jeu de patience. Le silence de la maison qui l'enveloppait d'un cocon rassurant était propice à cet exercice car jamais son esprit n'avait été aussi clair. Tout s'ajustait selon une logique implacable, depuis les nuits du Val-de-Grâce [1] jusqu'à la récente aventure de Philippe, tellement incompréhensible pour qui ne savait rien du plus lourd secret pesant sur la maison de Bourbon. Si le Roi Très Chrétien pouvait espérer que les hasards d'une bataille le délivrent d'un lien qui devait tourner au cauchemar, la loi de Dieu lui interdisait, sous peine de damnation, d'ordonner de façon directe ou indirecte la mort de son père. Même un « accident » de parcours l'entacherait d'infamie : on ne triche pas avec le Tout-Puissant ! Restait à le faire passer

1. Voir tome I, *La Chambre de la Reine*

pour mort, à s'assurer de sa personne, à l'enfouir en un lieu si secret, si retiré du monde que personne ne songerait à l'y chercher. Tout s'expliquait, même le masque ! Aucun visage n'était plus connu, plus populaire en France que celui du duc de Beaufort, prince de Martigues, Roi des Halles, amiral de France... Ce fut le choix de Pignerol, le donjon du bout du monde où languissait Fouquet, que Louis XIV considérait comme son pire ennemi. Combien significatif des sentiments profonds de ce jeune homme ! Il mettait là ceux qui avaient encouru sa haine !

Seulement, dans cette prison des neiges devant qui toute autre qu'elle se fût abandonnée au désespoir, Sylvie voyait, au contraire, une chance exceptionnelle. Il y avait là une carte maîtresse qu'elle décida de jouer. Quand le premier coq du village de Charonne eut jeté son cri, aussitôt relayé par celui des moines de Saint-Antoine, Sylvie tâta son côté encore douloureux, s'assit dans son lit puis doucement se leva. C'était plus facile qu'elle ne l'aurait cru. En dépit de sa nuit blanche, elle n'avait pas de fièvre et se sentait presque bien. Assez en tout cas pour aller jusqu'au cabinet florentin d'écaille, d'ivoire et d'argent, jadis offert par la duchesse de Vendôme à l'occasion de son mariage et qui la suivait toujours dans ses diverses résidences. Elle l'ouvrit, découvrant une collection de petits tiroirs encadrant une niche qui abritait une statuette de la Vierge en ivoire. Elle se signa, ôta la statuette et fit jouer l'ouverture d'une petite cache. Le moment était venu d'en sortir certain papier qu'elle gardait là depuis dix ans sans imaginer qu'il pût un jour lui servir. Elle le relut soigneusement puis, allumant un chandelier à sa veilleuse, elle alla gratter doucement à la porte de son parrain qui lui ouvrit aussitôt... Perceval était en robe de chambre, mais la fumée qui emplissait la pièce disait assez qu'il n'avait pas dormi lui non plus. La visite de Sylvie ne lui causa aucune surprise. Son regard alla du visage encore pâle mais résolu au document qu'elle tenait à la main. Puis il sourit :

— Je me demandais si vous alliez y penser, dit-il en la faisant entrer.

A l'aube du lendemain, Philippe repartait pour Pignerol avec des instructions bien précises.

— Je te rejoindrai dans deux mois environ, lui avait dit sa mère.

Aussitôt corrigée par Perceval :

— « Nous » te rejoindrons ! Vous n'imaginez pas, mon cœur, que je vais vous laisser courir les routes seule alors que la mauvaise saison sera là ? Je suis peut-être un vieil homme mais je tiens encore debout.

— Je préférerais que vous restiez auprès de Marie puisque Corentin continue de monter la garde à Fontsomme où, grâce à Dieu, le Roi n'a pas encore nommé de titulaire...

— Marie passe sa vie à guetter des lettres d'Angleterre. Elle les guettera tout aussi bien chez sa marraine qui se sent un peu seule à Nanteuil-le-Haudouin. Moi, je vous accompagne !

Tous deux étaient si déterminés que l'intéressée,

lorsqu'elle fut mise au courant, ne souleva aucune objection. Elle savait que sa mère allait s'engager dans une aventure dangereuse et elle se refusait à lui être une gêne quelconque. En outre, elle aimait beaucoup Mme de Schomberg. C'était auprès de l'ex-Marie de Hautefort au caractère si bien trempé qu'elle serait le mieux pour attendre le retour des chers aventuriers et le résultat de leur entreprise. En partageant ses angoisses on les trouve moins pesantes...

Durant le mois qui suivit, Sylvie se soigna du mieux qu'elle put, mit ordre à ses affaires au cas où il lui arriverait malheur et écrivit quelques lettres dont une au Roi et une pour ses enfants. Elle les confia à Corentin que Perceval avait envoyé chercher. Enfin tout fut prêt et, le samedi 14 novembre au petit matin, les deux voyageurs, laissant derrière eux Jeannette que Sylvie s'était refusée à emmener, quittaient la rue des Tournelles pour prendre une route qui allait durer trois longues semaines...

Aux confins du royaume et au flanc des Alpes italiennes, la gigantesque citadelle de Pignerol, écrasant de sa masse la petite ville triste et l'entrée de la vallée du Chisone, ressemblait tout à fait à ce qu'elle était : le sourcil froncé de la France dardé sur le duché de Savoie-Piémont dont Turin était alors la capitale. Au traité de Cherasco, en 1631, Richelieu avait obtenu cette place forte commandant la route de Turin, ce balcon de surveillance accroché au flanc du royaume, et l'avait fortifié en conséquence.

A mesure qu'ils en approchaient, les voyageurs découvraient avec un peu d'effroi les formidables bastions de pierre rougeâtre profilant leurs lignes brisées. De là surgissait le « château » dans le style de la Bastille : rectangle crénelé, flanqué de grosses tours rondes que dominait le donjon proprement dit, étroit par comparaison avec le reste des bâtiments, mais si haut qu'il ressemblait à un doigt menaçant cherchant à percer le ciel. La première impression fut sinistre : auprès de cette prison du bout du monde, Vincennes ou la Bastille devaient avoir l'air assez bon enfant ! Les plaques de neige accrochées aux rochers et le ciel bas, d'un vilain gris jaune annonçant d'autres chutes, le froid qui régnait, tout cela ajoutait à l'impression de désolation. Sous l'amas de fourrures dont Perceval l'avait emmitouflée, Sylvie eut un frisson. Sa pensée se partagea entre l'homme qu'elle aimait et que l'on avait ramené de si loin pour le jeter sur cette terre de désespoir, et le charmant, le délicat Fouquet, l'être sans doute le plus raffiné du monde croupissant là, si près et si loin tout à la fois. L'impression fut si forte que l'ardente conviction qui la soutenait depuis le départ en fut ébranlée : était-il vraiment possible de sortir un être humain de ce piège de pierre ?

— Ce n'est pas le moment de perdre courage, dit Perceval qui suivait sans peine le cheminement de sa pensée. A chaque jour suffit sa peine et quelque chose me dit qu'un premier problème va bientôt se présenter...

Les deux chevaux attelés à la voiture venaient de grimper la rampe menant à l'entrée de la petite cité montagnarde enfermée dans des remparts récents. On se glissa dans des ruelles étroites et noires creusées comme des failles entre de hautes maisons aux toits rouges pour déboucher sur une place, dont la majeure partie était occupée par une belle église ogivale flanquée d'un campanile : le Dôme. En face ouvrait l'auberge soigneusement décrite par Philippe où l'on était convenu de le retrouver ainsi que Pierre de Ganseville... Et le problème annoncé par Raguenel apparut aussitôt à Sylvie : devant l'auberge, des chevaux noirs, des tapis de selle rouges, des tuniques bleues frappées de croix fleurdelysées blanc et or.

— Des mousquetaires ! souffla-t-elle atterrée.

— Il m'avait bien semblé en apercevoir un dans une rue transversale, soupira Perceval, mais j'espérais m'être trompé.

— Qu'est-ce que cela veut dire ? Le Roi n'est tout de même pas ici ?

— Sûrement pas ! Je croirais plus volontiers qu'ils ont accompagné quelque prisonnier illustre. Souvenez-vous que ce sont eux qui ont amené Fouquet...

— A moins qu'ils ne viennent en chercher un autre pour le conduire dans un autre château ? murmura Sylvie d'une voix blanche. Mon Dieu, qu'allons-nous faire ?

D'un mouvement instinctif, elle se penchait déjà

pour ordonner à Grégoire de rebrousser chemin. Perceval l'en empêcha :

— Ce serait le meilleur moyen d'attirer l'attention sur nous et il n'y a aucune raison de s'affoler. Souvenez-vous ! Nous sommes d'honnêtes voyageurs, des pèlerins sans plus. La nuit tombe, il fait froid et nous allons faire étape...

Les soldats, qui tous avaient mis pied à terre à présent, s'écartaient, en effet, le plus naturellement du monde devant les cris impérieux de Grégoire qui réclamait : « Place, messieurs les mousquetaires ! Place ! »

— Miséricorde ! gémit Sylvie ! Il se croit encore à Saint-Germain ou à Fontainebleau !

On s'y serait cru en effet. Non seulement, les interpellés obéirent mais l'un d'eux, apercevant derrière la vitre une silhouette de femme, poussa la galanterie jusqu'à ouvrir la portière et présenter sa main gantée. Il fallut bien accepter, remercier d'un sourire et se laisser guider vers la porte au seuil de laquelle l'aubergiste venait d'apparaître et saluait avec le respect auquel invite une confortable voiture de voyage, même couverte de boue. C'est alors que Sylvie crut que le ciel lui tombait sur la tête, bien qu'elle en eût la vague prescience : derrière l'homme au tablier blanc, d'Artagnan en personne venait d'apparaître et bouchait la porte. Impossible de lui échapper. D'ailleurs, il l'avait déjà reconnue et son visage s'illuminait ; il bouscula l'aubergiste pour se précipiter vers elle :

— Ma belle duchesse ! s'écria-t-il, employant dans sa joie le terme dont il se servait lorsqu'il pensait à elle — il arrivait même que ce fût Sylvie tout court ! Mais quelle merveille que vous voir paraître dans ce pays perdu. Entrez ! Venez vite vous réchauffer ! Vous êtes glacée !...

Il avait pris sa main qu'il dégantait pour en baiser les doigts puis garda dans les siennes. Comment lui dire que son apparition gelait Sylvie plus encore que la température extérieure ? Entraînée par lui, celle-ci se retrouva devant une grande cheminée où rôtissaient un mouton entier et quatre poulets :

— Par pitié ! murmura-t-elle au moment où il ouvrait la bouche pour activer l'aubergiste. Oubliez la duchesse mais souvenez-vous que je suis exilée. Je voyage sous un nom d'emprunt.

— Dieu que je suis bête ! Mais je suis si heureux ! Pardonnez les éclats de ma faconde gasconne !... Mais, au fait, où vous rendez-vous par ce temps ?

Perceval se chargea de la réponse :

— A Turin ! souffla-t-il.

— Vous fuyez la France ?

— Non. Nous sommes simplement des pèlerins qui vont porter leurs prières au Très Saint Suaire de Notre Seigneur. Ma filleule espère encore obtenir le retour de son fils dont elle refuse d'accepter la mort. Mais vous-même ? Par quel heureux hasard vous rencontrons-nous ?

Avant de répondre, d'Artagnan fit asseoir Sylvie près du feu et réclama du vin chaud pour les voyageurs ; enfin, avec un haussement d'épaules :

— Encore une de ces fichues corvées que je

déteste : je viens de confier à M. de Saint-Mars un nouveau pensionnaire. C'est l'un de vos amis.

— Qui donc ?

— Le jeune Lauzun !... Non, ajouta-t-il vivement devant le mouvement brusque de Sylvie qui avait failli renverser son verre, ce n'est pas pour avoir mis hors de nuire le triste sire que l'on voulait obliger votre fille à épouser, mais c'est tout de même pour une histoire de mariage. Il n'était bruit ces temps derniers à la Cour que de sa prochaine union avec Mademoiselle...

— Cela donnait à parler en effet, d'après Mme de Motteville que cela amusait beaucoup tout en la scandalisant un peu...

— D'autres s'en sont scandalisés plus encore et, parmi ces personnes, la Reine elle-même et Mme de Montespan pour une fois d'accord. Toujours est-il qu'à l'avant-veille du mariage, alors que tout était prêt pour l'entrée triomphale de « M. le duc de Montpensier » au palais du Luxembourg, le Roi qui avait donné sa parole l'a retirée. Mademoiselle est au désespoir mais Lauzun, toujours aussi soupe-au-lait, a fort mal pris la chute de son beau rêve. Il a eu, avec le Roi, une scène violente à la suite de laquelle il a brisé son épée et l'a jetée presque à la face de Sa Majesté. Il a été arrêté sur l'heure. A présent il est là-bas, ajouta-t-il avec un mouvement de tête en direction de la forteresse, un peu repentant bien sûr, mais je crois qu'il y est pour un bout de temps ! Et moi, quelque regret que j'en aie, je vais devoir y retourner pour souper chez Saint-Mars tandis que mes hommes vont festoyer ici avec les officiers de M. de Rissan [1].

— Pauvre Lauzun ! soupira Sylvie avec une amertume qu'elle n'essaya même pas de cacher. Il devrait pourtant savoir qu'il est malsain de s'en prendre au Roi, surtout quand c'est lui qui a tort. Parole de Roi ne se reprend pas !

— Vous en avez fait l'expérience, ma pauvre amie ! Mais sachez que je n'aurai de cesse que votre ordre d'exil, tellement incompréhensible, soit rapporté. Je souhaite si fort vous revoir à la Cour !

— Je n'ai aucune envie d'y retourner. Par grâce, laissez-moi à mon obscurité ! Il se peut d'ailleurs que je la souhaite plus épaisse encore et cherche le refuge final d'un couvent...

— Oh non ! Pas vous ! Vous y péririez d'ennui ! Et puis vous êtes trop jeune...

— Trop jeune alors que la cinquantaine approche ? Vous serez toujours aussi galant, mon ami.

— Pourquoi pas flatteur ? Or je suis tout ce que vous voulez sauf cela. Si je dis que vous êtes jeune c'est que je le pense. Regardez-vous dans un miroir !

Deux hommes pénétraient dans la salle : Philippe et Pierre de Ganseville. Un coup d'œil leur suffit pour apprécier la situation. Aussi se

1. A Pignerol, M. de Saint-Mars gouvernait seulement le château proprement dit qui était la prison. La citadelle et la place forte relevaient d'un lieutenant du Roi, en l'occurrence M. de Rissan.

dirigèrent-ils vers une table un peu éloignée sans paraître s'occuper de ce qui se passait.

— Pour en revenir à Lauzun, dit Perceval, qui venait d'avoir une idée, ne serait-il pas possible de lui faire une visite un peu réconfortante ? Mme de Raguenel et moi — sur le passeport qu'il avait obtenu, Perceval avait mentionné Sylvie comme sa nièce ! — lui avons de si grandes obligations ! Il n'est pas au secret au moins ?

— Je ne pense pas. Il est même, je crois, assez bien traité... J'en parlerai tout à l'heure à Saint-Mars, mais... à une condition.

— Laquelle ?

— N'allez pas, une fois là-bas, demander la même faveur pour M. Fouquet. Je sais combien vous l'aimiez mais lui est toujours au secret.

— Je vous en donne ma parole, dit Sylvie. Ce serait si bon à vous de nous obtenir cette faveur ! Marie, qui se mariera bientôt avec celui qu'elle aime, lui doit son bonheur...

— Je ferai de mon mieux !

Il prit la main de Sylvie et la baisa un peu plus longtemps peut-être que ne l'exigeait la courtoisie, puis se retira en promettant de revenir au matin, soit pour escorter ses amis chez Saint-Mars, soit pour les mettre en voiture pour Turin avant de reprendre lui-même le chemin de Paris. Ceux-ci le suivirent des yeux, le virent dire quelques mots à son brigadier et quitter la salle.

— Demain matin, ma chère, vous serez malade ! marmotta Perceval. Votre amoureux n'aura pas le plaisir de vous mener chez le gouverneur. Ni d'ailleurs de vous faire un bout de conduite en direction de la ville.

— Et s'il décidait d'attendre ma guérison ?

— Ce serait à craindre s'il était seul, mais c'est un soldat ; il est très strict sur la discipline et ne peut, pour convenance personnelle, immobiliser ici une quarantaine de mousquetaires. Allons à présent demander nos chambres et nous y faire servir à souper.

Escortés par la femme de l'aubergiste, ils gagnèrent l'escalier raide qui menait à l'étage en se gardant bien d'accorder un regard aux deux buveurs attablés à côté. En passant près d'eux, le chevalier de Raguenel demanda négligemment à son hôtesse quelles chambres elle leur attribuait.

— La première et la deuxième à main droite, répondit la femme.

Philippe sourit dans sa barbe. Un peu plus tard dans la nuit, après le départ des convives vers leurs cantonnements de la citadelle, il vint gratter à la porte la plus proche de l'escalier, celle où logeait Perceval.

— Voilà deux jours que nous vivons dans l'angoisse, chuchota-t-il. Vous imaginez ce que nous avons pensé en voyant arriver les mousquetaires et plus encore ce soir en voyant d'Artagnan causer avec Mère ?

— Rassure-toi ! Jusqu'ici tout va bien...

En quelques mots, il relata la conversation avec le capitaine, ajoutant que l'on pouvait même voir une chance dans cette rencontre puisqu'elle allait permettre d'obtenir une visite chez Saint-Mars sans avoir à la demander directement. Philippe fit la grimace :

— C'est cette entrevue, justement, qui me tourmente. Avez-vous une idée du danger que vous allez courir ?

— Qui ne risque rien n'a rien et ta mère est très déterminée à se servir de l'arme qu'elle possède. Rappelle-toi ce que l'on t'a raconté à Paris : il y a dix ans, à Saint-Jean-de-Luz elle a évité à un mousquetaire nommé Saint-Mars d'être pendu comme voleur. En remerciement, il lui a écrit une lettre aux termes de laquelle il lui fait don de sa vie et de son honneur au cas où elle en aurait besoin. C'est cette dette qu'elle va lui demander de payer.

— Un homme change en dix ans. Il se peut que le geôlier ne juge pas cette dette suffisante pour contrebalancer la remise d'un prisonnier de cette importance. Depuis qu'il est ici, Ganseville a jugé plus prudent de ne pas rester à l'auberge. Il a loué une petite maison en ville, entre le vieux palais des princes d'Achaïe et l'église Saint-Maurice qui est en haut de la ville [1]. Il s'y donne pour un descendant de Villehardouin qui souhaite écrire l'histoire de l'antique principauté et en recherche les traces...

Les sourcils de Perceval remontèrent au milieu de son front :

1. La principauté d'Achaïe ou de Morée, conquise au XIIIe siècle par Guillaume de Champlitte et Geoffroy de Villehardouin, faisait partie de l'Empire latin d'Orient.

— Où diable a-t-il été chercher cette idée ?

— C'est tout simple : il descend de Villehardouin par les femmes. Il s'en est souvenu lorsqu'on nous a montré le palais. L'idée de s'en servir est venue ensuite. Sa présence constante à l'auberge aurait pu éveiller l'attention à la longue. Dans son logis, il est plus libre et les gens le regardent avec plus de sympathie, ce qui ne l'empêche pas de descendre à l'auberge tous les jours, boire un pot de vin et, parfois, y manger. Il parle peu mais il écoute et comme il paie volontiers un pichet on parle devant lui. Un bruit court depuis quelques semaines d'un prisonnier tellement important qu'on lui fait porter un masque. Il n'aurait pas le droit de l'ôter sous peine de mort, pas le droit de parler, sinon au gouverneur, et ce serait celui-ci qui lui porte à manger et tout ce dont il a besoin, mais il aurait droit au linge le plus fin, à la meilleure nourriture...

— Avance-t-on une hypothèse sur son nom, sa personne ?...

— Pas encore, mais on s'interroge loin des oreilles des soldats. Voilà la situation, cher « Parrain ». Ce qui ne m'a pas empêché de faire les préparatifs que nous avons décidés à Paris : Nous avons des chevaux chez Ganseville et j'ai acheté une tartane qui nous attend dans le port de Menton.

— Pourquoi l'as-tu fait si tu penses que c'est perdu d'avance ?

— Je n'ai jamais dit cela. J'ai dit que Saint-Mars aimera peut-être mieux mourir que lâcher ce prisonnier-là dont il ne pourrait expliquer la disparition. Seulement, à cela nous avons une solution que le masque rend possible : Ganseville a décidé de prendre sa place...

— Prendre sa place ?

— Si quelqu'un peut le faire, c'est bien lui. Ils ont le même âge, la même taille, presque la même couleur de cheveux, sans compter les yeux bleus, et comme seul le gouverneur du château peut l'approcher... C'est, je crois, notre meilleure chance de mener à bien le projet de Mère...

L'idée était aussi généreuse que géniale. Perceval l'admira sans réserve, mais bientôt son enthousiasme s'éteignit :

— Vous qui connaissez si bien Beaufort, comment pouvez-vous croire qu'il accepterait cela ?

— Il faudra le convaincre. Pierre se fait fort d'y parvenir. Et puis... Mère sera là. A ce propos, il est indispensable que Ganseville l'accompagne en vos lieu et place.

— Tu veux que je la laisse aller seule dans ce piège ?

Philippe posa ses deux mains sur les épaules de son vieil ami dont la soudaine tristesse le touchait :

— Elle ne sera pas seule et Ganseville se ferait tuer pour elle. En outre — pardonnez-moi ! — il est plus jeune que vous... et beaucoup plus entraîné aux armes.

— On ne saurait dire avec plus de grâce que je ne suis plus qu'une vieille bête ! grogna-t-il en secouant les épaules pour échapper à l'étreinte consolante. Mais au fond tu as raison... A propos, où loges-tu ?

— Ici bien sûr, bien que je n'y sois pas à demeure. Je bouge beaucoup et je suis censé avoir lié connaissance avec Ganseville ici... Essayez de dormir, à présent ! Je vais en faire autant...

Le lendemain, comme convenu, Sylvie était malade. Lovée au fond de son lit sous un amoncellement de couvertures et d'édredons, elle toussait à fendre l'âme quand d'Artagnan se présenta à l'auberge :

— La pauvre dame a pris froid, c'est sûr, lui dit l'hôtesse qui justement s'apprêtait à monter un bol de lait chaud. Monsieur son oncle est auprès d'elle.

Le pli soucieux entre les sourcils du capitaine se creusa un peu plus.

— Je vous suis. Il faut que je parle au moins à lui...

Laissant sa prétendue nièce aux mains de la bonne femme, Perceval sortit de la chambre et entraîna d'Artagnan dans la sienne.

— Elle n'est pas raisonnable, lui confia-t-il. Elle ne prend pas assez soin d'elle-même : ce voyage, alors que nous abordons l'hiver, était une folie, mais elle n'a pas voulu m'écouter et, depuis qu'elle a été si malade, j'évite de la contrarier...

— Si vous espérez lui faire rebrousser chemin, vous vous trompez. Telle que je la connais, si elle a décidé d'aller prier au saint suaire, elle ira...

— Oh, je ne l'ignore pas !... Au fait, pourrons-nous voir M. de Lauzun ?

— Oui. Je venais vous dire que Saint-Mars vous recevrait ce soir vers neuf heures. Je ne vous cache pas que cela n'a pas été sans mal. Je n'ai jamais connu cet homme aussi pusillanime, aussi inquiet. Il donne l'impression d'être assis sur un tonneau de poudre. Je ne sais à quoi cela tient. C'est proprement ridicule. Quoi qu'il en soit j'ai réussi, mais il m'a fallu lever l'incognito de la duchesse. Il a admis qu'il lui devait quelque chose...

— Quelque chose ? fit le chevalier de Raguenel avec dédain. C'est priser bien bas son honneur et sa vie...

— C'est ce que je lui ai dit mais que voulez-vous, il n'est plus mousquetaire. Seulement geôlier. Et un geôlier fort bien payé : cela vous change un homme... Bon, je vais aller lui annoncer la maladie de notre duchesse et lui dire que c'est partie remise. De toute façon je vais rester ici jusqu'à ce que vous ayez vu Saint-Mars...

Soudain, Perceval eut aussi chaud que Sylvie dans son lit.

— Mais, vos ordres, vos hommes ?...

— Cahuzac, mon brigadier, peut se mettre en route avec eux. Je les rattraperai plus tard...

C'était la dernière chose à faire et pour un peu Perceval eût crié « Au secours ». Pourtant, il eut assez d'empire sur lui-même pour réagir comme il convenait. Son visage devint un poème de sérénité et de charité chrétienne tandis qu'il posait une main lénifiante sur l'épaule du mousquetaire :

— Non, mon ami. Nous ne pouvons accepter que vous vous mettiez pour nous dans un mauvais cas. Déjà vous en avez fait beaucoup en obtenant de M. de Saint-Mars qu'il nous permette d'embrasser le cher Lauzun. Ma filleule refusera que vous fassiez plus...

— Je ferais bien davantage pour Mme de Fontsomme. Comprenez que j'aie peine à l'abandonner, malade, dans ces montagnes hostiles...

— Si vous m'accordiez confiance ? fit Perceval la mine vexée. Je suis un peu médecin et je peux vous assurer qu'elle sera vite remise. Le pèlerinage fera le reste et nous rentrerons sagement à Paris ensuite.

— N'y voyez pas offense, chevalier ! Je sais bien que vous veillez sur elle comme un père. Eh bien, je reviendrai lui faire mes adieux tout à l'heure... Ah, n'oublions pas ceci ! Le laissez-passer pour vous rendre au château. Sans lui vous ne franchiriez pas la première enceinte. Je retourne prévenir Saint-Mars et je reviens...

L'alerte avait été si chaude que Perceval dut s'asseoir avant d'aller rendre compte à Sylvie. Qui le réconforta :

— Ce cher ami ! ajouta-t-elle avec un soupir attendri. S'il nous a fait peur quand nous l'avons découvert ici, il faut avouer qu'il nous aura fort aidés sans le vouloir. Son laissez-passer est sans prix. Cela vaut bien un peu d'angoisse et vous avez su dire ce qu'il fallait...

Sa reconnaissance — et aussi la profonde amitié qu'elle lui vouait — lui dicta des mots charmants quand le capitaine vint la saluer avant son départ. Elle promit de prier pour lui à Turin, mais ce fut tout de même avec un vif soulagement qu'elle entendit le pas des chevaux décroître puis s'éteindre sur la route de montagne. Le temps toujours froid, sans excès, s'était éclairci dans la nuit. On pouvait en augurer que le voyage des mousquetaires serait sans encombre... Restait maintenant à patienter dans cette chambre d'auberge pendant les trois jours que l'on avait fixés comme terme à sa maladie fictive.

Dans l'après-midi du quatrième, Sylvie et Perceval quittaient ostensiblement Pignerol en direction de Turin. Au bout d'un quart de lieue, on abandonna la route pour un chemin qui s'enfonçait entre deux collines et rejoignait une ferme en ruine, depuis longtemps repérée par Philippe et dont, pendant la « maladie » de sa mère, il avait montré l'accès à Grégoire. C'est là que l'on retrouva Ganseville et Philippe. On allait y attendre la nuit et l'heure de se rendre chez Saint-Mars à qui, le matin, Sylvie avait fait porter un mot par son cocher, annonçant sa visite pour le soir même.

Jamais sans doute le sablier du temps ne se vida si lentement. Les cinq personnes réunies là étaient à la fois pressées par la hâte de commencer l'aventure et conscientes des périls qu'elle comportait. Tout allait dépendre des réactions de Saint-Mars. S'il se considérait quitte envers Sylvie par une simple rencontre avec un prisonnier somme toute anodin, tout était à craindre lorsqu'il saurait le but réel de la visite et le chevalier de Raguenel s'efforçait de cacher la peur grandissante qu'il éprouvait. D'autant plus poignante qu'il n'y serait pas : seul Pierre de Ganseville jouant son personnage accompagnerait Mme de Fontsomme. Lui et Philippe allaient devoir attendre dans les ruines le retour de la voiture. Si elle revenait ! Et il n'était pas possible d'exprimer son angoisse tout en sachant fort bien que ses compagnons devaient en éprouver autant.

Deux d'entre eux, pourtant, affichaient un véritable optimisme : Sylvie d'abord, galvanisée par l'idée de se dévouer pour celui qu'elle n'avait jamais cessé d'aimer. Ensuite Pierre de Ganseville. De l'homme accablé par le désespoir et hanté par les idées de suicide que Philippe avait rencontré sur le Lacydon, il ne restait rien. L'approche de l'action, l'excitation de ce qui serait peut-être le dernier combat lui restituaient, non pas un courage inhérent à sa nature, mais une vitalité nouvelle. Tout à l'heure, quand Sylvie, en le rejoignant pour la première fois, l'avait embrassé spontanément sans rien dire mais avec des larmes dans les yeux, il avait retrouvé pour elle son sourire d'autrefois :

— Il ne faut pas pleurer, madame la duchesse ! Rien ne peut me rendre plus heureux que ce que nous allons accomplir, si Dieu le veut, et je l'ai tant prié que j'ai confiance.

— Croyez-vous sincèrement qu'il acceptera de vous laisser sa place si nous arrivons à l'atteindre ?

— Il le faudra bien parce que cette vie recluse qui m'attend, je l'aurais choisie s'il n'existait pas. J'aurais pleuré ma chère épouse dans le plus sévère des monastères en attendant l'heure de la rejoindre. Dans la prison de Pignerol, je sais que je serai heureux parce que je le saurai libre dans l'île où vous voulez le ramener. Il y sera captif aussi mais le cachot sera à ses dimensions et il retrouvera la mer...

Il n'y avait rien à ajouter.

La nuit vint enfin et, avec elle, le moment de se mettre en route. Tandis que Ganseville vérifiait une dernière fois les armes dont il était bardé — deux pistolets et une dague en sus de son épée, le tout caché par son grand manteau noir —, Sylvie embrassa son fils et son parrain, raides d'angoisse inavouée, en s'obligeant à donner le ton de l'au revoir et non celui de l'adieu à leur séparation, puis monta calmement dans la voiture où Ganseville la rejoignit.

On fit le chemin en silence. Le temps s'étant maintenu froid et sec, l'obscurité n'était pas totale. Les yeux s'y accoutumaient aisément. De temps en temps, Sylvie tournait la tête vers son compagnon qui restait immobile. Seul, un léger mouvement de sa bouche révélait qu'il priait. Elle ne voulut pas le troubler. A mesure que l'on approchait son cœur battait plus fort, ses mains se refroidissaient dans leurs gants. Quand, après avoir gravi la rampe d'accès, on fit halte au premier poste de garde, elle ne put s'empêcher de chercher la main de son compagnon et de la serrer, tandis que Grégoire présentait le laissez-passer que le factionnaire examina à la lumière d'une lanterne. Ganseville, alors, tourna la tête vers elle et lui sourit d'un air si encourageant qu'elle se sentit mieux.

Le soldat rendit le document, salua et recula. Grégoire fit repartir ses chevaux. Deux arrêts encore et l'on pénétrait enfin au cœur du château, dans la cour que dominait la silhouette vertigineuse du donjon, loin au-dessus des trois tours d'enceinte... Là, un garde prit livraison des visiteurs et les dirigea vers les appartements du gouverneur qui occupaient un large espace entre la chapelle du château et la grande tour sud-est [1].

A sa surprise, Sylvie, mal impressionnée par les rudes bâtiments médiévaux, vit que de vraies fenêtres leur donnaient une vue sur la vallée, qu'ils renfermaient de beaux meubles et qu'ils étaient arrangés avec un goût révélant une main féminine. Elle se souvint alors que Saint-Mars était marié, que sa femme, sœur de la maîtresse de Louvois, passait pour extrêmement belle — et extrêmement sotte ! —, mais qu'elle n'était pas Maïtena Etcheverry pour laquelle l'ex-mousquetaire était prêt jadis à tant de folies. Leur guide abandonna les nouveaux venus dans une pièce assez petite et fort encombrée d'armoires et de livres autour d'une table de travail chargée de papiers. Deux sièges lui faisaient face. Sylvie se posa sur l'un. Ganseville resta debout. L'attente fut brève. Une porte s'ouvrit et Saint-Mars entra...

En dix ans, il avait changé de façon notable. Plus épais, plus enveloppé — on ne transforme pas

1. Fouquet et Lauzun y étaient enfermés. M. de Rissan, gouverneur militaire, occupait celle du sud et la troisième était réservée aux prisonniers de moindre importance.

impunément un cavalier en fonctionnaire sédentaire ! —, son visage bien rasé était plus plein sous la perruque ne permettant pas de voir si les cheveux blanchissaient et ses yeux gris, que Sylvie avait vus pleins de larmes, étaient à présent bien secs et durs comme les pierres de sa forteresse. Il réserva cependant à sa visiteuse un accueil courtois, souriant et aussi chaleureux qu'il était possible chez un tel homme, se contentant pour le faux Perceval d'un salut protocolaire. L'idée effleura Sylvie qu'il devait être content d'en finir à si bon compte avec une vieille dette.

— Qui aurait dit que nous nous reverrions un jour, madame la duchesse, dans ces tristes lieux et après tant d'années !

— Dix tout juste. Ce n'est pas si long ! Mais je suis heureuse de constater que vous n'avez pas oublié nos... bonnes relations d'autrefois.

— Comment le pourrais-je alors que je vous dois tant ?

— Oh ! d'une façon bien simple, vous...

— Je sais ! Je vais donner ordre que l'on amène ici M. de Lauzun qui est de vos amis... Evidemment, je ne peux pas vous accorder une longue entrevue et vous le comprendrez sans peine.

Visiblement pressé d'en finir, il se ruait déjà vers la porte par où il était entré, mais Ganseville lui barra le passage :

— Doucement, monsieur ! Pas tant de hâte ! Mme de Fontsomme ne vous a pas appris ce qu'elle désirait au juste.

— Mais... M. d'Artagnan m'a dit...

— M. d'Artagnan n'était pas au fait de la question. Certes, nous aimons beaucoup M. de Lauzun...

— Mais c'est le prisonnier masqué de velours noir que nous voulons. Non pas voir un instant mais emmener ! assena Sylvie.

Comme si un serpent l'avait piqué, Saint-Mars se retourna vers elle qui s'était levée et venait de déplier la lettre écrite autrefois.

— Je... je ne sais de quoi vous voulez parler.

— Oh si vous le savez ! Il s'agit de cet homme... ou dirai-je de ce prince qu'on vous a amené il y a peu depuis Constantinople et que vous devez garder au secret. Il s'agit aussi de cette lettre où vous m'écrivez que votre vie et votre honneur m'appartiennent et que je peux venir vous les demander quand il me plaira...

— Et c'est ce que vous faites ? Mais c'est une erreur ! Il n'y a pas ici le moindre prince. Certes, je l'avoue il y a bien... un prisonnier que je tiens au secret, dont je m'occupe seul et que personne ne voit ; il s'agit d'un certain Eustache Dauger... et j'ignore pour quelle raison il est emprisonné. Tout ce que j'en sais est qu'il a été arrêté à Dunkerque et amené ici il y a deux ans...

A ce moment, un coup bref fut frappé à la porte et un geôlier entra, visiblement très mal à l'aise et en tortillant nerveusement son bonnet :

— Qu'est-ce que vous voulez, vous ? aboya Saint-Mars.

— C'est... c'est le valet de M. Fouquet... ce

Dauger ! Il est malade et on ne trouve pas le médecin. L'a dû manger quelque chose d'mauvais. Y s'tord par terre. Qu'est-ce que j'fais ?

— Est-ce que je sais, moi ? Donnez-lui de l'émétique et tâchez de retrouver le médecin ! Maintenant sortez !

L'homme disparut comme un rat terrifié. Ganseville se rapprocha du gouverneur, un sourire menaçant aux lèvres.

— Dauger, hein ?... Valet de M. Fouquet ? et arrivé depuis deux ans ? Ce n'est pas là notre compte. Celui dont nous parlons est chez vous depuis environ quatre mois. Voulez-vous que je vous dise comment il s'appelle ?

— Non ! Si vous voulez vivre !... Soit, j'ai ici un prisonnier exceptionnel dont personne — vous entendez ? — personne ne doit savoir qui il est. Les ordres sont de le tuer s'il enlève son masque ou tente de communiquer avec qui que ce soit d'autre que moi.

Replongé dans le devoir impitoyable qu'on lui avait imposé, Saint-Mars reprenait de l'assurance. Il avait eu très peur, mais la peur se dissipait sous l'effet de la colère .

— Et vous, ajouta-t-il, vous venez ici me réclamer en échange de ce chiffon de papier qui n'intéresse que moi ? Je vous ai écrit, madame que ma vie vous appartenait ? Mais depuis que j'ai ici ce prisonnier, personne ne peut la réclamer sinon le Roi. Et, puisque vous savez le mot de ce redoutable secret, je dois vous appliquer ma consigne : vous ne sortirez plus d'ici. Vivants tout au moins !

Il allait saisir un cordon de sonnette mais Ganseville le devança et serra son bras avec tant de force qu'il le fit gémir de douleur. En même temps, il tirait une dague de sa ceinture et la lui appliquait sur le ventre.

— Tout doux, mon bonhomme ! Nous savons maintenant ce que vaut votre parole, mais vous, vous ne savez pas tout : nous avons des compagnons qui le connaissent aussi votre secret. Si nous ne sortons pas d'ici, le bruit s'en répandra à travers la France. Surtout à travers Paris qui n'oublie pas son Roi des Halles...

— Je ne vous crois pas. Vous essayez de m'influencer...

— Vraiment ? Oubliez-vous qu'à dix lieues d'ici, à Turin, règne la duchesse Marie-Jeanne-Baptiste, fille de sa sœur la duchesse de Nemours née Vendôme, et qu'elle aime beaucoup son oncle ?

— Je ne veux pas en entendre davantage...

— Oh que si ! Certes, nous serons morts mais le secret divulgué vous tuera vous aussi et le Roi aura une nouvelle Fronde.

— De toute façon je mourrai. Que croyez-vous qu'il arriverait si je vous remettais mon prisonnier ? fit-il en essayant de nouveau d'atteindre la sonnette sans y parvenir. Ganseville sourit avec férocité :

— Je vais vous dire, moi, ce qui se passerait · rien du tout !

— Allons donc ! Vous me voyez écrire à M. de Louvois pour lui annoncer que son prisonnier s'est évadé ? Nous faisons tout pour éviter ce malheur. Le prisonnier est bien traité si cela peut vous rassurer, mais moi seul peux le visiter. Moi, qui suis à la fois son geôlier et son valet.

— Qui vous parle d'évasion ? Nous ne saurions laisser votre cachot vide. Si vous remettez le duc à Madame ici présente, quelqu'un prendra sa place.

— Et qui donc, vous, peut-être ?

— Moi, tout justement ! Regardez-moi bien, Saint-Mars ! Je suis de la même taille. J'ai comme lui les cheveux blonds, les yeux bleus et je sais tout de lui parce que, depuis l'enfance, j'ai vécu auprès de lui dont j'étais l'écuyer. Je connais ses habitudes, sa façon de vivre. Presque sa façon de penser. Je suis venu ici pour prendre sa place...

— Allons donc ! Vous vous condamneriez à la prison perpétuelle ? Car c'est cela le sort qui l'attend. Aucun homme n'a ce dévouement !

— Moi si. Parce que je n'ai plus que lui à aimer. Parce que j'ai tout perdu...

Il relâchait sa pression, Saint-Mars en profita pour se dégager et revint vers sa table de travail en se massant le bras :

— Admettons ! exhala-t-il. Admettons que je fasse ce que vous demandez ! Que se passerait-il ? A mon tour, je vais vous le dire : dès qu'il serait dehors, il ameuterait ses partisans, il se changerait en chef de bande. Vous avez eu tort, il y a un instant, d'évoquer la Fronde !

Sylvie, alors, se fit entendre :

— Sur ma vie et mon salut éternel, rien de tout cela n'arrivera. Je l'emmènerai au bout du monde, dans un endroit connu seulement de lui et de moi. Il ne sera plus rien et sa vie sera aussi cachée que dans votre prison, avec cette différence que ses gardiens seront le ciel, la mer... et l'amour que je lui porte.

Les yeux gris du gouverneur ne cessaient d'aller de l'un à l'autre de ces deux êtres également vêtus de noir, comme des statues funèbres : la femme transfigurée par son amour, déjà loin de la forteresse, et l'homme sombrement déterminé qui n'avait remis sa dague au fourreau que pour saisir un pistolet. Saint-Mars se sentait pris au piège mais ne parvenait pas à s'y résigner.

— Non ! gémit-il. Non, je ne peux pas ! Allez-vous-en ! J'oublierai que je vous ai vus.

— Mais pas nous, dit doucement Sylvie. Si je repars sans lui, il en sera exactement comme si vous preniez notre vie : la France entière saura qu'il est vivant et où on le retient captif. Nous la soulèverons.

— Vous n'y arriverez pas C'est loin, la Fronde...

— Sans doute, mais ils sont innombrables, ceux qui aiment le duc et refusent de croire à sa mort. Et son visage est connu de tout le royaume depuis les côtes de Provence jusqu'aux frontières du Nord Il a combattu partout et partout il a laissé une empreinte. Il est amiral de France, il est le duc de...

Un élan jeta Saint-Mars sur elle pour plaquer une main sur sa bouche et empêcher que le nom redouté la franchît. Sylvie écarta doucement cette main et conclut avec plus de douceur encore :

— C'est pourquoi il doit, à jamais, porter un masque ? Eh bien... il y aura un autre visage sous le velours noir et nul n'en saura rien ! Que vous et moi...

— Et si M. de Louvois venait en inspection ? S'il voulait le voir ?

— C'est tout simple, reprit Ganseville. Quand le prisonnier est arrivé ici, il était masqué...

— En effet.

— Et vous ne l'avez jamais vu à nu ?

— Jamais. On me l'a remis ainsi et j'avais déjà mes ordres : je ne dois jamais voir son visage...

— Alors vous n'avez aucun moyen de savoir si, durant le long voyage depuis Constantinople, quelqu'un d'autre ne lui a pas été substitué. Vous avez pris ce que l'on vous a donné un point c'est tout ! Quant à Louvois, que voulez-vous qu'il vienne faire dans votre château des neiges ? Une inspection serait indigne de sa grandeur. La même chose pour Colbert... On se poserait des questions.

— On pourrait venir voir M. Fouquet ? Ou M. de Lauzun... votre ami, ajouta-t-il avec amertume en se tournant vers Sylvie.

— Il est bien réellement mon ami, fit-elle avec un petit sourire triste, comme l'était aussi M. Fouquet. Me direz-vous au moins comment il se porte, depuis tout ce temps ?

— Je ne dirai pas au mieux car sa santé n'a jamais été bonne mais il est calme, d'une grande résignation qu'il puise dans sa foi chrétienne. Il est... entièrement soumis à la volonté de Dieu. Ce qui n'est pas le cas de M. de Lauzun...

— De toute façon, personne ne viendra « inspecter » qui que ce soit, s'impatienta Ganseville.

Le Roi souhaite ne se souvenir de l'ancien surintendant des Finances qu'au jour où on lui annoncera sa mort. Quant à Lauzun, il est en pénitence et on se gardera bien de lui laisser entendre que l'on puisse encore s'intéresser à lui. Maintenant que décidez-vous ? Le temps presse !

Il y eut un silence. Effondré dans son fauteuil, Saint-Mars pesait, dans son esprit, toutes les données du problème. On lui laissa un moment pour réfléchir. Le cœur de Sylvie battait si fort durant ces minutes de tension extrême qu'il lui semblait prêt à l'étouffer. Enfin, Saint-Mars se leva et vint à Ganseville :

— Enveloppez-vous de votre manteau, enfoncez votre chapeau sur vos yeux... et venez avec moi ! Vous, madame, vous attendrez ici !

Les deux hommes allaient sortir quand Sylvie s'élança vers l'ami si fidèle qu'elle ne reverrait plus, le saisit en se haussant sur la pointe des pieds et l'embrassa :

— Dieu vous garde et vous bénisse pour votre cœur généreux !

— Qu'il vous garde tous deux et je serai heureux ! répondit-il en lui rendant son baiser.

Puis il suivit celui qui allait devenir son geôlier et qui était déjà son complice...

Un long moment plus tard, dans sa voiture qu'un garde était venu l'inviter à rejoindre pour attendre son compagnon, Sylvie, le cœur battant la chamade et les yeux grands ouverts guettant la porte encadrée de deux pots à feu, vit sortir

Saint-Mars accompagné d'un homme emmitouflé qui ressemblait tellement à Ganseville que sa gorge se serra. Sans un mot, le gouverneur le fit monter, salua Mme de Fontsomme, claqua la portière et fit signe au cocher de partir, puis rejoignit deux officiers qui venaient de sortir d'un bâtiment annexe.

Tétanisée par l'angoisse, Sylvie osait à peine respirer. Il faisait noir, dans cette voiture, et elle ne voyait de son compagnon qu'une ombre un peu plus épaisse, mais elle ne voulait pas prendre le risque de rompre le silence tant que l'on serait dans l'enceinte de la forteresse. L'espérance, cependant, revenait petit à petit : Ganseville n'aurait eu aucune raison de se taire si obstinément.

Le passage des postes de garde se fit plus vite qu'à l'aller. Ayant contrôlé la voiture à l'entrée, les sentinelles n'avaient guère de raisons de l'empêcher de sortir. Enfin, la dernière barrière entre la prison et le chemin libre fut franchie. Grégoire lança ses chevaux. L'ombre noire s'anima, desserra les plis du manteau, relevant le bord du chapeau, puis une voix sourde se fit entendre. Tellement différente des clameurs d'autrefois !

— Si vous n'étiez pas venue, jamais je n'aurais accepté qu'il prenne ma place, dit Beaufort. Il n'est pas juste qu'un autre paie pour moi les fautes que j'ai pu commettre.

— Vous n'avez commis d'autre faute que d'encourir la haine d'un roi que vous rêviez seulement de servir jusqu'à la mort...

— Si c'est cela, que ne m'a-t-il fait tuer ?

— Il comptait sur les hasards de la guerre. Dieu les lui ayant refusés, il n'osera jamais attenter à vos jours : ce serait se damner. Or vous passez pour mort. Il importait de s'assurer de votre personne et de la faire disparaître du monde des vivants sans vous tuer.

Elle parlait machinalement, déçue jusqu'au fond de l'âme de cette attitude lointaine et accablée. Elle se doutait bien qu'il n'accepterait pas facilement que Ganseville prenne sa place, mais elle espérait au moins un élan, un mot traduisant un peu de joie de la revoir. Les épreuves subies aux mains des Turcs puis au long de l'interminable voyage et enfin à Pignerol étaient-elles venues à bout de sa force, de son courage, de cette incroyable vitalité qui le caractérisait ? Elle se sentait tout à coup affreusement lasse... Et le silence, à nouveau, pesait entre eux...

La voiture à présent roulait dans la campagne nocturne. Sylvie entendit soudain :

— Où me conduisez-vous ?

— Tout près d'ici, dans une ferme en ruine. Là, Philippe et le chevalier de Raguenel vous attendent...

Alors, ce qu'elle n'espérait plus se produisit : il réagit avec une sorte de violence :

— Philippe ?... Vous voulez dire... votre fils ?

— Notre fils ! corrigea-t-elle sèchement. Comment croyez-vous que nous ayons pu relever votre trace jusqu'ici ? Il vous a suivi depuis le Bosphore jusqu'à Marseille à bord d'une felouque grecque aux ordres du grand vizir, puis de

Marseille à Pignerol, cette fois avec l'aide de Ganseville rencontré par hasard sur le port où il cherchait à s'embarquer pour Candie afin d'essayer, au moins, de retrouver votre dépouille ou bien de périr. Le grand vizir ne vous a-t-il rien dit la nuit de votre départ ?

— Fazil Ahmed Pacha ? Non... Ce n'est pas faute pourtant d'avoir supplié qu'on vous renvoie Philippe, mais il disait toujours qu'il préférait le garder et que, d'ailleurs, il n'avait rien à craindre. La seule chose qu'il m'ait dite, avant de me remettre à ceux qui venaient me chercher, c'était une demande de pardon. Il lui déplaisait de livrer un homme qu'il considérait comme un ami mais ainsi l'exigeait la politique. Il ne pouvait faire autrement.

— Seulement il était inquiet pour vous et il a lancé sur votre piste celui dont il savait bien qu'il ferait tout et l'impossible. Arrivé ici, votre écuyer est resté dans la région pour surveiller les mouvements de la forteresse tandis que Philippe — que je croyais mort lui aussi — a galopé jusqu'à Paris pour nous prévenir. C'est lui qui nous a ramenés et vous connaissez la suite. De toute façon, vous aurez tout le temps d'échanger vos souvenirs pendant le voyage que vous allez faire ensemble... Des chevaux vous attendent dans les ruines et une tartane dans le port de Menton...

— Pour aller où ?

— Oh, là où il vous plaira ! fit-elle avec un soupir excédé. Il semble que nos plans ne vous satisfont qu'à demi, sinon pas du tout. Alors à vous de décider !

Elle avait hâte à présent que tout cela se termine, hâte de se retrouver seule avec Perceval dans cette voiture tandis qu'il galoperait vers la liberté. Elle avait tant espéré cet instant qu'elle l'avait paré de la tendre lumière de l'amour. Que restait-il de l'amour après tout ce temps ? Une question qu'elle regrettait maintenant de ne s'être pas posée.

— Mais... vous venez avec moi ?

— Non, dit-elle en détournant la tête, ce ne serait pas prudent. Pendant que vous rejoindrez Menton avec Philippe, Perceval et moi continuerons notre route vers Turin où nous sommes censés nous rendre en pèlerinage. Il faut que j'y aille... pour remercier Dieu de nous avoir permis de réussir votre évasion.

Soudain il se rua sur la portière en criant :

— Arrêtez, cocher !

— Vous êtes fou ? Que voulez-vous faire ? dit-elle en se jetant sur lui. Nous n'avons pas de temps à perdre...

— Moi, j'ai tout mon temps et je veux savoir. Quels plans aviez-vous préparés pour moi ? Allons, parlez, ou je retourne me constituer prisonnier...

— Quelle bonne idée ! Et que deviendrait alors Ganseville ? Si vous y tenez, voilà ce que nous avions prévu : vous faire traverser la mer jusqu'aux environs de Narbonne où vous trouverez sans peine des chevaux puis, en suivant les vallées des rivières, gagner un port sur l'océan, et enfin...

— Enfin ? Parlez que diable ! Il faut vous arracher les mots !

— Enfin Belle-Isle où j'ai conservé ma maison sur la mer...

L'image dut le frapper car il se calma aussitôt. Ce fut d'une voix changée, une voix où perçait enfin une joie qu'il murmura :

— Belle-Isle ! Depuis toujours je rêve d'elle... — puis retrouvant aussi vite sa hargne : Mais que pourrais-je y faire sans vous ? Ganseville m'a dit que vous m'attendiez, que vous alliez m'emmener...

— Et c'est cela qui vous a décidé ?

— Oui... — mais comme il n'avait jamais bien su mentir, il ajouta, plus bas : Et aussi la crainte qu'il se tue si je n'acceptais pas. Jamais homme a-t-il possédé cœur plus généreux ?...

— Ni plus désespéré ! L'avez-vous seulement regardé ? La mort de sa jeune épouse a failli le rendre fou. Seule l'idée de pouvoir encore quelque chose pour vous l'a aidé... Alors, que faisons-nous ?

Comme il ne répondait pas, Sylvie donna à Grégoire l'ordre de repartir. Beaufort s'était rejeté dans son coin mais elle l'entendit renifler et comprit qu'il pleurait.

— Regrettez-vous à ce point votre prison ? fit-elle douloureusement.

— Je ne sais pas encore... Vous m'offrez de vivre à Belle-Isle et je n'en espérais pas tant, mais Ganseville m'avait laissé entendre que vous m'accompagneriez et qu'enfin nous aurions ce bonheur, poursuivi notre vie durant sans jamais l'atteindre... Si c'est pour y vivre seul, quel paradis garderait son charme ?

— Cela veut-il dire que vous m'aimez toujours ?

— Je ne vous ai jamais permis d'en douter, assura-t-il avec une mauvaise foi masculine, inconsciente sans doute mais si flagrante que Sylvie ne put s'empêcher de rire.

— Mais vous ne faites que bouder depuis que vous êtes monté dans cette voiture... J'ai même cru un moment que vous m'en vouliez.

— Mais je vous en veux ! Ne pouvez-vous comprendre quelle douleur, quelle honte j'éprouve à condamner un homme que j'aime plus qu'un frère à un sort si cruel ? Tout à l'heure, je me suis retrouvé auprès de vous étourdi, assommé par ce qui m'arrivait. Je ne pensais qu'à cette porte refermée sur lui, au claquement sinistre des verrous... à ce masque enfin qu'il porte à ma place. La joie de vous revoir passait au second plan, mais si je dois aussi renoncer à vous...

Sylvie tendit la main, rencontra un poing crispé qu'elle recouvrit de ses doigts :

— J'ai dit que je ne vous accompagnais pas ; je n'ai jamais dit que je ne vous rejoindrais pas. N'avais-je pas juré d'être à vous si vous reveniez vivant ?

L'instant d'après elle était dans ses bras avec, contre sa joue, un visage humide et barbu dont les lèvres cherchaient les siennes.

— Jurez-le encore ! exigea-t-il entre deux

baisers si ardents qu'en dépit du bonheur éprouvé, Sylvie détourna la tête au prix d'un effort de volonté.

— Nous arrivons. N'oubliez pas que Philippe ignore toujours ce que nous sommes l'un pour l'autre ! Je ne voudrais pas qu'une révélation inattendue...

La voiture s'engageait dans le chemin de terre dont les cahots lui coupèrent la parole.

— Vous n'avez pas juré.

— Le faut-il vraiment ?

Ce fut elle, alors, qui revint contre lui pour un dernier baiser, avant de s'écarter avec la conscience cruelle que des mois s'écouleraient sans doute avant que tous deux ne goûtent de nouveau ce bonheur. Il dut le ressentir aussi car il soupira

— Un jour viendra-t-il enfin où nous ne nous séparerons plus ?

— Ce jour est proche, n'en doutez pas, mon cœur, affirma-t-elle soudain envahie de certitude. Bientôt nous serons ensemble là où le monde nous oubliera...

Un moment plus tard, deux cavaliers quittaient la ferme en ruine pour s'engager dans un chemin qui, par Saluzzo et Cuneo, les conduirait à Menton et à la mer libre. Puis ce fut le tour de la voiture emportant Sylvie et Perceval vers Turin où les pauvres recevraient une généreuse aumône, Sylvie avait de grands mercis à dire au Seigneur.

CHAPITRE 14

LES AMANTS DU BOUT DU MONDE

Le mariage de Marie de Fontsomme avec Anthony Selton eut lieu dans la chapelle du château de Saint-Germain dans les premiers jours du mois d'avril 1672, en présence du Roi, de la Reine, de toute la Cour et du duc de Buckingham venu représenter le roi Charles II et combattre aux côtés de la France dans la guerre de Hollande qui allait commencer. Un très brillant mariage symbolisant en quelque sorte le traité de Douvres, dernière œuvre de la charmante Madame, duchesse d'Orléans, si tôt et si cruellement disparue ! L'atmosphère n'en était pas moins étrange dans la chapelle pleine de fleurs et de lumière où Marie, ravissante dans une robe de satin blanc parfilée d'argent et brodée de perles, fut conduite à l'autel par son frère le jeune duc de Fontsomme, miraculeusement échappé aux prisons ottomanes et dont les aventures passionnaient les salons depuis son retour. Aventures soigneusement élaborées et mises au point dans la « librairie » du chevalier de Raguenel dont la vaste culture — l'imagination aussi ! — s'était révélée d'un grand secours durant les entretiens subis par le jeune homme dans les cabinets ministériels. Tout s'était passé à merveille et le Roi lui avait rendu sans la moindre difficulté — peut-être même avec une sorte de soulagement ? — les titres et biens si aventurés dans l'affaire Saint-Rémy.

Le bonheur des fiancés, l'éclat du royal décor, c'était le côté positif de l'événement. Le négatif, c'était l'absence de la duchesse de Fontsomme à qui le Roi ne permettait toujours pas de reparaître devant lui et qui, à cette même heure, priait pour le bonheur de sa fille au milieu des moniales au couvent de La Madeleine, cher à son amie la maréchale de Schomberg venue discrètement l'y rejoindre. C'était la mine affreuse de la Reine en deuil de sa dernière fille, une petite Marie-Thérèse de cinq ans, morte un mois plus tôt, et qui, sans joie aucune, se retrouvait enceinte une fois de plus. C'était les larmes de Mademoiselle, inconsolable du sort fait à son bien-aimé. Celles aussi, brillantes de colère, de Buckingham lorsqu'il posait les yeux sur la princesse allemande, plantureuse et un rien vulgaire, épousée depuis le dernier automne par le duc d'Orléans : on l'appelait à présent Madame et le jeune duc le ressentait comme un soufflet, incapable qu'il était d'oublier celle qui avait porté ce titre avec tant de grâce... C'était enfin l'imminence du départ pour la guerre. Le Roi allait partir pour rejoindre Turenne et Condé déjà en campagne, et, si tous ceux qui le suivraient se réjouissaient à la perspective de se couvrir de gloire, les femmes, elles, se demandaient combien en reviendraient et en quel état ? Une seule éclatait de rayonnant orgueil : la marquise de Montespan dont l'emprise sur le Roi était maintenant absolue. Dans deux mois elle irait accoucher discrètement, dans le manoir du Génitoy près de Lagny. Pour l'heure, ses robes somptueuses ne cachaient rien de l'enfant à venir. Ce mariage — tout au moins l'éclat qu'on lui donnait ! — était son œuvre. Si, à sa surprise, elle n'avait pas obtenu la présence de Mme de Fontsomme, elle s'y comportait en sœur aînée et entendait que nul ne l'ignore. A la réception nocturne qui suivit — le mariage avait été béni à minuit selon la coutume —, elle couvrit ostensiblement le jeune couple de sa protection, ce qui valut à Marie un entretien avec Louis XIV :

— Vous nous quittez pour l'Angleterre, lady Selton, dit-il, et nous en avons du regret. Mon frère Charles gagne ce que nous perdons et nous ne pouvons que l'envier. Avez-vous l'intention de saluer la duchesse votre mère avant votre départ ?

— Oui, Sire. Dès demain.

— Un bruit court à son sujet : elle aurait renoncé au monde et, pour que son éloignement en soit plus grand encore, elle aurait choisi un couvent perdu de Bretagne ?

— Les Bénédictines de Locmaria, Sire, jadis sous la généreuse protection de feu madame la duchesse de Vendôme...

— La duchesse protégeait bien des couvents. Pourquoi celui-là et pourquoi si loin ?

— Le Roi veut dire : si loin de la Cour ? C'est

l'une des raisons, Sire. Les autres étant que, là-bas, elle se sentira plus près de mon frère qui va commander en second — par la grâce de Votre Majesté — le *Terrible* de M. Duquesne. De moi aussi en quelque sorte, puisque je vais passer la mer dont elle sera proche. Enfin, elle désire surtout que le monde... et le Roi l'oublient, ajouta la jeune fille avec une soudaine audace.

Louis XIV, pourtant, ne se fâcha pas. Il eut même un sourire un peu mélancolique :

— Comment lui donner tort ? soupira-t-il. La vie ne l'a pas ménagée et nous non plus, mais le règne oblige et isole. Dites-lui tout de même... qu'en dépit de ce qu'elle peut penser, il nous arrive de rencontrer, dans nos palais, l'ombre d'un petit garçon qui porte une guitare trop grande pour lui, un petit garçon qui l'aimait beaucoup...

Il tendit sa main chargée de diamants aux lèvres de Marie, salua son époux avec grâce puis alla rejoindre Mme de Montespan qui l'observait discrètement derrière son éventail.

— Une histoire qui se termine, lui dit-elle en désignant le jeune couple en train de recevoir les compliments de Monsieur.

Elle sourit, puis, du fragile écran de nacre et d'or, elle désigna Philippe qui bavardait avec Buckingham et d'Artagnan :

— Et une autre qui commence. Ce jeune Fontsomme est de ceux qui engendrent des dynasties si Dieu leur prête vie.

— J'aimerais qu'il en soit ainsi. Je ne sais trop pourquoi, mais ce jeune marin m'inspire une sorte de tendresse... comme si je voyais en lui un... jeune frère. Ne trouvez-vous pas qu'il me ressemble ?

Athénaïs partit de ce rire qui n'appartenait qu'à elle et la rendait si séduisante puis, plus bas :

— Personne ne vous ressemble, Sire... Dieu soit loué !

Tous deux riaient encore en sortant ensemble de la galerie, avec une note de soulagement chez le Roi... Il aurait vraiment plaisir à protéger la carrière de Philippe.

Trois jours plus tard, Sylvie quittait Paris pour n'y plus revenir. Seul Perceval l'accompagnait : il savait où elle se rendait en réalité et serait désormais le seul lien qu'elle conserverait avec le monde extérieur. Ainsi, c'était à lui que le geôlier de Pignerol devrait signaler toute nouvelle concernant son prisonnier. Marie et son époux étaient partis la veille pour l'Angleterre, cependant que Philippe rejoignait Brest...

Le plus dur avait été l'adieu à tous les fidèles compagnons de sa vie passée, surtout à Jeannette qu'elle aimait comme une sœur, mais le secret qu'elle partageait avec son fils, Perceval et naturellement Ganseville, ne devait pas s'étendre davantage quelle que fût la confiance en une fidélité sans commune mesure. D'où la décision de se retirer en apparence dans un couvent perdu au fond de la Bretagne dont la Supérieure, en souvenir de Mme de Vendôme, avait accepté d'être un peu sa complice. Impossible d'y emmener qui que ce soit !

— Vous ne voulez donc pas connaître vos petits-enfants ? sanglotait Jeannette.

— Toi tu les connaîtras et tu les aimeras pour moi. Et puis, ma Jeannette, même si j'acceptais que tu te cloîtres avec moi, je n'en aurais pas le droit. Tu as un époux, notre cher Corentin. Tu te dois à lui comme il se doit au duché dont il a la charge. A vous deux, vous aiderez les Fontsomme à continuer...

— Je sais, je sais tout cela et nous sommes fiers, mon Corentin et moi, de votre confiance et de celle des enfants mais... ne plus vous revoir...

— Allons ! Tu m'as habituée à plus de courage. Il m'en faut à moi aussi. Mais je dois m'en aller. Je le ressens dans tout mon être. Là-bas, près de la mer que François aimait tant, je crois que je trouverai la paix.

— La vie dans un couvent ne sera-t-elle pas trop dure ? Votre santé n'est plus ce qu'elle était. Vous êtes restée fragile depuis votre grande maladie...

— Sois tranquille ! Je serai bien soignée. Et puis il en sera ce que Dieu voudra...

Plus facile, en dépit de ce qu'elle craignait, fut l'adieu à l'ex-Marie de Hautefort. Celle-ci leva des sourcils surpris au-dessus de ses yeux bleus toujours aussi beaux. Puis, après avoir considéré un moment son amie en penchant la tête d'un côté et de l'autre, elle eut un sourire où se retrouvait l'espièglerie d'autrefois :

— Vous, dans un couvent breton ?... A qui ferez-vous croire cela, ma chère ? Pas à moi en tout cas.

— Et pourquoi pas ?

— Parce que cela ne vous ressemble pas. Vous avez toujours détesté les couvents... Ou alors, faut-il croire à une conversion obtenue par la grâce du Très Saint Suaire de Notre Seigneur ?

— Y verriez-vous un inconvénient ? Sérieusement, Marie, où croyez-vous donc que je vais ?

— Au juste je ne sais pas mais... je vous verrais assez dirigeant vos pas vers... les îles grecques ? Pas plus que moi vous ne croyez à la mort de Beaufort et vous allez voir, vous-même, s'il est possible d'en savoir plus « in situ ». C'est ce que je ferais à votre place.

Sylvie ne put s'empêcher de rire, et ce fut avec une profonde tendresse qu'elle embrassa celle qui partageait avec elle le plus meurtrier des secrets d'Etat :

— Vous êtes folle, Marie ! Mais c'est aussi pour cela que je vous aime...

— Et moi donc ! soupira la maréchale. Vous allez me manquer, mais j'espère que si vous trouvez quelque chose vous me le ferez savoir. Ce serait une telle joie pour moi d'apprendre que le fils indigne n'a pas réussi à rayer son père du nombre des vivants...

Sa main, lorsque Sylvie quitta Nanteuil où elle était venue pour ce dernier revoir, agitait un joyeux mouchoir. Quand la poussière retomba derrière les roues du carrosse, celle que l'on appelait jadis l'Aurore éclata en sanglots et courut s'enfermer dans son oratoire d'où elle ne bougea de la journée...

D'Artagnan vint le dernier. A l'instant où les voyageurs allaient monter en voiture, il surgit comme une bombe dans la rue des Tournelles, sauta de son cheval sans se soucier de perturber ceux de l'attelage, courut à Sylvie, la prit dans ses bras et posa sur ses lèvres le baiser le plus doux, le plus tendre qu'elle eût jamais reçu.

— Il y a des années que j'ai envie de faire cela ! expliqua-t-il sans se soucier d'excuses que du reste on ne lui demandait pas. C'est mon adieu à moi puisque je... je ne vous reverrai plus. En ce monde tout au moins, où je ne resterai plus longtemps, grâce à Dieu !

— Comment pouvez-vous dire cela ? Vous êtes plus jeune que jamais et je crois bien que vous le resterez toujours ! Vous partez, vous aussi ? ajouta-t-elle en considérant l'équipement de campagne de l'officier.

— Oui. Les mousquetaires quittent Saint-Germain avec le Roi au début de l'après-midi. Quelque chose me dit que vous pourrez prier pour moi dans votre couvent car je ne reviendrai pas [1]. Oh, ne soyez pas triste ! Mourir à la guerre, c'est le sort que souhaite tout soldat, et mon âme pourra aller vers vous quand elle le voudra...

Il lui donna la main pour l'aider à rejoindre Perceval déjà installé qu'il salua. Il referma la

1. Il sera tué au siège de Maastricht un an après, alors qu'il devenait maréchal de France.

portière. La dernière image, après celle de Jeannette sanglotant dans les bras de Corentin et Nicole dans ceux de Pierrot, fut une mince et martiale silhouette debout au milieu de la rue des Tournelles, saluant profondément, les plumes rouges du feutre balayant la poussière, la voiture qui s'en allait, comme elle eût salué la Reine en personne...

— Vous laissez derrière vous beaucoup de chagrin, mon cœur, murmura Perceval qui avait peine lui-même à retenir ses larmes. Etes-vous certaine de ne pas le regretter un jour ?

— Je le regretterai chaque jour, mon cher Parrain, mais... comprenez que je vais vivre enfin le rêve de toute ma vie !...

— Nul n'a souhaité votre bonheur autant que moi. J'espère qu'il sera à la mesure de ce rêve...

Il y pensait encore quelques jours plus tard, tandis que, debout sur le petit quai du port de Piriac, il regardait s'éloigner, par un matin rayonnant de soleil et de mer bleue, le bateau à voile rouge qui emportait Sylvie vers son amour. Avec moins de douleur qu'il ne l'aurait cru parce qu'il était sans le moindre égoïsme et que, seul avec Philippe, il gardait le privilège de pénétrer dans le cercle magique où François et Sylvie allaient s'enfermer. Pas avant un an, bien entendu, et là se posait la grande question : combien de temps Dieu accorderait-il encore à un homme né avec le siècle mais qui, en vérité, n'en sentait guère le poids ?

— Au moins tant que je pourrai lui être bon a quelque chose ! pria-t-il mentalement, les yeux sur la petite tache rouge qui dansait à la crête des vagues.

Puis, sans se retourner cette fois, il remonta vers le bouquet de pins à l'abri duquel Grégoire attendait avec la voiture. En levant les yeux vers le vieux cocher resté sur son siège, il vit qu'il regardait l'horizon et que de grosses larmes roulaient sur ses joues. La douleur muette de ce vieux serviteur des Fontsomme, célibataire endurci et que l'on disait taciturne et bourru parce qu'il ne proférait pas trois paroles par jour, mais dont Sylvie venait de récompenser la fidélité en lui faisant connaître sa destination réelle, le bouleversa. Au lieu de prendre place à l'intérieur, le chevalier de Raguenel se hissa sur le siège à côté de Grégoire, lui tapa sur l'épaule et lui sourit avec, dans l'œil, une lueur de complicité.

— A présent, tu me conduis au couvent de Locmaria. Il faut que je parle à la Mère supérieure et nous avons des dispositions à prendre...

Grégoire lui rendit son sourire, timide d'abord, puis soudain plein de chaleur. Entre ces deux vieux hommes il y avait maintenant un lien de plus, un de ces liens qui aident à vivre. Approuvant de la tête avec vigueur, il fit tourner ses chevaux pour rejoindre la grande route de Vannes...

Cependant, assise contre le mât, Sylvie regardait approcher les falaises de granit rose de Belle-Isle, les criques fourrées d'une végétation d'un vert dense sur lequel tranchait l'or clair des genêts, ses landes mauves et ses rares maisons blanches. Haut sur la mer, l'île ressemblait à une citadelle enfermant un jardin dont les frondaisons dépasseraient les murailles. En respirant à longs traits, comme un breuvage magique, le vent chargé de l'odeur des algues et du sel, la voyageuse pensait qu'Avalon, l'île heureuse des légendes nordiques, devait ressembler à cela...

Après tant d'années, elle revenait avec l'espoir de retrouver le cœur de ses vingt ans, comme si elle l'avait confié au creux d'un rocher avant d'aller se composer un autre personnage dans les combats qu'il avait fallu traverser. La petite Sylvie de jadis qui courait pieds nus dans le sable et pêchait la crevette dans les flaques laissées par la marée l'attendait-elle au seuil de sa maison ?

C'était délicieux d'y croire. Pourtant une inquiétude, d'abord floue, se faisait plus nette à mesure que l'on approchait : quel François allait-elle trouver là-bas ? L'homme meurtri et bourré de remords qu'elle avait tiré de Pignerol presque de force, ou bien un autre dont elle n'arrivait pas à imaginer ce qu'il pouvait être, après plusieurs mois de solitude océane. De toute façon l'ancien Beaufort flamboyant d'audace, de vitalité et de gaieté devait avoir disparu pour toujours. Celui qu'elle venait rejoindre était « officiellement » un certain baron d'Areines que son amitié affichée pour Fouquet contraignait à l'exil et qui trouvait refuge dans la maison jadis achetée pour Mlle de Valaines. Un refuge vraiment sûr. Son ennemi écrasé, le Roi se souciait peu de l'île dont, jadis, Colbert s'efforçait de hanter ses cauchemars. Il n'y entretenait pas de garnison et l'avait même rendue à la courageuse Madeleine Fouquet, dont la lutte incessante pour le souvenir de son époux et la récupération de ses biens finissait par forcer son admiration. Les Bellilois avaient tout le loisir de regretter leur ancien maître.

A mesure que les rochers sauvages s'interposaient entre l'horizon et le bateau, Sylvie sentait grandir sa nervosité. L'amour dont son cœur débordait résisterait-il à ce qui l'attendait ?

La barque dépassa le port du Palais et poursuivit son chemin. Lorsqu'elle doubla la pointe derrière laquelle s'abritait le port du Secours, la petite crique dominée à un bout par sa maison et à l'autre par le moulin de Tanguy Dru, où Sylvie avait demandé qu'on la dépose, elle vit tout de suite un homme qui réparait un bateau tiré sur le sable et maintenu par de grosses cales de bois. Le casque et les armes en moins, il ressemblait à un Viking avec sa barbe et ses longs cheveux gris. Vêtu seulement d'une culotte effrangée qui le serrait des genoux à la taille, il continuait de rôtir au soleil des muscles solides couverts d'une peau tannée digne d'un sauvage d'Amérique.

Quand le patron de la *Gaud* le héla pour qu'il vienne aider à débarquer sa passagère, il se redressa pour considérer l'arrivant, une main abritant ses yeux de la réverbération. Sylvie sut alors que le François de jadis n'avait jamais cessé d'exister... à moins que l'île ne l'ait rappelé à la vie ? Un sourire alluma un éclair dans sa barbe tandis qu'il entrait dans l'eau transparente pour approcher le bateau... Le cœur battant la chamade, Sylvie pensa qu'il était plus beau que jamais et que bien des jeunes gentilshommes de la Cour pourraient envier à cet homme de cinquante-six ans son corps de marin entraîné à la dure. Sa voix, celle d'autrefois, clama à l'adresse du patron qu'il semblait connaître :

— Merci à toi qui m'amènes enfin mon épouse. Je commençais à me demander si elle viendrait un jour.

— Si elle s'est mise en retard sans raison, elle doit en demander pardon, dit gravement le Breton. La femme doit suivre son époux où qu'il aille. C'est écrit !

Avec un rire bref, François enleva Sylvie dans ses bras pour la porter sur la plage, tandis que deux matelots déchargeaient une petite malle de cuir et un grand sac qu'ils déposèrent sur le sable avant de rembarquer. Le couple remercia et laissa le bateau aller reprendre le vent. Alors seulement, François se pencha, enleva Sylvie dans ses bras, remonta en courant, sans dire un mot, la plage et le sentier terminé par des marches grossières, atteignit la maison, y entra comme un vent de tempête et repoussa la porte d'un coup de pied. Là, il posa Sylvie à terre et s'écarta de deux pas pour la regarder, l'œil soudain sévère :

— Te voilà chez toi ! déclara-t-il. Tu as mis du temps à venir !

Il ne l'avait même pas embrassée. Sylvie, vexée, sentit la moutarde lui monter au nez en même temps qu'une bonne odeur de soupe de poisson. Un bref coup d'œil circulaire lui avait appris que l'ancien prieuré était d'une absolue propreté, que le feu flambait dans la vieille cheminée et qu'un bouquet de genêts occupait un pot en cuivre. Tout cela évoquait la main d'une femme et piqua son orgueil :

— Vous saviez qu'il me faudrait quelques mois pour mettre ordre à mes affaires, mais le temps n'a pas dû vous paraître si long ? Vous n'êtes pas seul ici. Cela se voit !

Il éclata de rire, vint à elle et l'emprisonna dans ses bras en serrant si fort qu'elle en eut le souffle coupé.

— Tu as raison : je n'ai jamais été seul parce que tu as toujours été avec moi...

— Et c'est moi qui faisais le ménage, la cuisine...

— Nous éluciderons ce mystère plus tard... Ainsi, tu penses qu'une femme se cache quelque part et qu'elle a couru se cacher en te voyant arriver ?

— Pour... pourquoi pas !... Lâchez-moi ! Vous m'é...touffez !

— C'est bien mon intention. Je vais t'étouffer de baisers... te faire mourir d'amour...

Il relâchait un peu son étreinte pour qu'elle pût respirer et s'emparait de sa bouche qu'il violenta avec une ardeur d'affamé contre laquelle Sylvie s'efforça de lutter, furieuse de se sentir le jouet de cette volonté torrentielle, qui éveilla bientôt en elle des sensations oubliées. Elle n'était pas de taille contre ce déferlement de passion qui faisait fondre sa colère et lui ôtait toute force. Elle s'abandonna, attentive seulement au désir qui l'envahissait.

Quand il sentit céder sa résistance, François se mit à la déshabiller à petits gestes doux mais rapides, s'emparant à mesure de ce qu'il libérait, sans interrompre son baiser. Et, brusquement, quand elle n'eut plus que ses bas de soie blanche retenus par des rubans bleus, il l'écarta de lui et la tint à bout de bras pour la contempler. Un rayon de soleil entrant par la petite fenêtre l'enveloppa tout entière de sa chaleur lumineuse sous laquelle elle ferma les yeux, cherchant d'un geste instinctif à cacher ses seins de ses mains croisées. Il les écarta doucement.

— Comme tu es belle ! souffla-t-il. Ton corps est aussi pur que celui d'une jeune fille. Tu n'as pas changé du tout. Comment as-tu fait ?

Cette fois, elle ouvrit les yeux tout grands et lui sourit avec malice :

— Je l'ai soigné... Peut-être parce que, sans oser me l'avouer, j'ai toujours espéré te le donner un jour...

— Eh bien, donne-le-moi, mon amour... Le jour est venu que j'ai tant attendu...

Longtemps après, alors que tous deux dévoraient avec un appétit d'adolescents la soupe de poisson, préparée par la femme du meunier qui se chargeait aussi du ménage, devenue une sorte de bouillie épaisse, François s'arrêta de manger pour contempler Sylvie à travers ses paupières mi-closes. Le jour s'achevait dans une tendre lumière rose qui caressait sa peau et ses cheveux répandus sur ses épaules.

— Sais-tu que nous venons de commettre le péché, ma douce, et que nous allons continuer ?

Elle le regarda avec horreur. Ce qu'ils venaient de vivre était si beau, si intense que la notion humiliante du péché lui faisait l'effet d'une insulte.

— Est-ce ainsi que tu le vois ? fit-elle, avec dans sa voix un reproche, une tristesse.

Il se mit à rire, quitta sa place et vint prendre Sylvie par les épaules pour l'obliger à se lever et à venir contre sa poitrine :

— Bien sûr que non, mais tu sais bien que j'ai toujours été un mauvais plaisant. Il n'empêche que nos âmes sont aventurées si nous ne faisons rien, fit-il mi-sérieux mi-rieur. Habille-toi vite ! Il faut que nous sortions...

— A cette heure ? Pour aller où ?

— Faire une promenade. La nuit est si douce...

Comme deux enfants, ils partirent en se tenant par la main à travers la lande. Au lieu de suivre le littoral comme l'espérait Sylvie, ils tournèrent le dos à la mer et se dirigèrent vers la petite église qu'elle connaissait bien pour y avoir souvent prié au temps où elle fuyait le bourreau de Richelieu.

— Que prétends-tu faire ? demanda-t-elle sans pour autant ralentir le pas. Nous conduire à confesse en pleine nuit ?

— Pourquoi pas ? Dieu ne dort jamais, tu sais !

Elle trouva l'idée étrange mais ne voulut pas le contrarier. Au fond, elle était heureuse de revoir le petit sanctuaire dont le clocher bas résistait si bien aux vents violents des tempêtes. Il s'élevait auprès des ruines d'un vieux château et des quelques chaumières d'un hameau. François alla droit à celle qui en était la plus proche, la seule d'ailleurs qui eût encore de la lumière : une chandelle qui éclairait un homme déjà âgé, un prêtre attablé devant un modeste repas. Après avoir frappé trois coups brefs à la porte basse, François entra, poussant Sylvie devant lui. Le prêtre leva les yeux et, reconnaissant son visiteur, il sourit, se leva et vint l'accueillir :

— Ah ! fit-il. Elle est arrivée ! C'est donc pour ce soir...

— Si cela ne vous dérange pas trop, monsieur le recteur. Vous savez depuis longtemps quelle hâte est la mienne...

— Alors, venez avec moi, dit-il après avoir pressé la main de Sylvie d'un geste doux et réconfortant.

En dépit de l'étrange émotion qui s'emparait d'elle, Sylvie voulut parler mais François mit un doigt sur sa bouche :

— Chut !... Pour l'instant tu dois te taire.

Derrière le vieil homme, ils gagnèrent l'église dont celui-ci ouvrit la porte simplement maintenue par un loquet. Il les fit entrer puis referma soigneusement en se servant cette fois d'une lourde clef. Tous trois se retrouvèrent dans une obscurité à peine troublée par la veilleuse rouge allumée devant le tabernacle.

— Ne bougez pas ! Je vais allumer les cierges.

Il en alluma deux sur l'autel puis fit signe à ses visiteurs de le rejoindre après avoir passé à son cou l'étole rituelle :

— Je vais, à présent, vous entendre en confession, madame. Ensuite j'entendrai... votre compagnon.

Comprenant que cette histoire de confession évoquée tout à l'heure en plaisanterie était sérieuse, Sylvie demanda :

— Mais... pourquoi ?

— Parce que je ne peux vous marier si vous n'êtes pas en paix avec le Seigneur, ma fille. J'espère que vous n'y voyez pas d'empêchement ?

— Nous marier ?... Mais, François...

— Chut ! Ce n'est pas à moi qu'il faut parler. Va, mon cœur... Et n'oublie pas que le secret en est inviolable pour un prêtre ! Et je connais celui-là...

Après la confession la plus incohérente de toute sa vie, Sylvie se retrouva devant l'autel au côté de François qui la regardait en souriant...

— Allons-nous vraiment faire cela ? souffla-t-elle. Tu sais bien que c'est impossible. Le... baron d'Areines n'existe pas...

— Qui parle ici du baron d'Areines ? Sache que j'ai promis à ton fils de t'épouser durant notre long voyage jusqu'ici.

— Est-ce qu'il sait ? fit-elle avec effroi.

— Non. Il sait seulement que j'aime sa mère depuis longtemps. Il sait aussi qu'il n'aura jamais honte de notre étrange situation.

Le prêtre revenait avec un petit plateau sur lequel reposaient deux modestes anneaux d'argent. Il fit agenouiller les futurs époux devant lui et joignit leurs mains tandis que, les yeux au ciel, il invoquait le Seigneur. Puis ce fut le moment de l'engagement et Sylvie, avec une sorte de terreur sacrée, l'entendit prononcer ce qu'elle ne croyait plus possible d'entendre.

— François de Bourbon-Vendôme, duc de Beaufort, prince de Martigues, amiral de France, acceptez-vous de prendre pour épouse très haute et noble dame Sylvie de Valaines de l'Isle, duchesse douairière de Fontsomme, et jurez-vous de l'aimer, de la garder en votre logis, de la défendre et de la protéger pour le temps qu'il plaira à Dieu de vous accorder sur cette terre ?

— ... et au-delà ! ajouta François avant d'articuler fermement : « Je le jure ! »

Comme dans un rêve, Sylvie, que l'émotion étranglait, s'entendit prononcer le même serment. Le prêtre bénit les anneaux avant de les leur donner ; il couvrit leurs mains jointes d'un pan de son étole et prononça enfin les paroles qui les unissaient devant Dieu et devant les hommes. François, alors, salua profondément celle qui devenait sa femme.

— Je suis l'humble serviteur de Votre Altesse Royale, dit-il gravement. Et aussi le plus heureux des hommes !

Appuyés l'un contre l'autre, le duc et la duchesse de Beaufort sortirent de l'église et la nuit tiède les enveloppa de sa splendeur étoilée qui leur offrait, tandis qu'ils revenaient lentement à travers la lande solitaire, une cour plus brillante et plus majestueuse que ne l'eût jamais été celle de Saint-Germain, de Fontainebleau ou même de ce Versailles encore inachevé dont la magnificence étonnerait le monde. Belle-Isle leur offrait ses senteurs nocturnes de pin, de genêt et de menthe sauvage, cependant que la grande voix de l'océan chantait, mieux que les orgues, la gloire de Dieu et l'union de deux êtres qui s'étaient si longtemps cherchés...

Oubliés du monde et voués à une éternelle clandestinité, François et Sylvie allaient vivre leur amour avec intensité, modestement mêlés au petit peuple des pêcheurs et des paysans qui ne chercherait jamais à percer un mystère qu'il sentait pourtant de façon confuse. Il les aima surtout quand vint, en 1674, l'épreuve d'une meurtrière descente hollandaise menée par l'amiral Tromp dont les vaisseaux, comme jadis ceux des Normands, parurent un matin devant la plage des Grands Sables. Les hommes passèrent sur l'île comme un vent de malheur, pillant et brûlant, sans que la vieille citadelle des Gondi — à peu près vide —, que Fouquet voulait faire si forte, pût grand-chose pour sa défense. François et Sylvie, dont la maison au fond de la crique fut épargnée, accomplirent des prodiges pour aider, soulager et soutenir ceux que le fléau atteignait. Ensuite pour les aider à réparer. Dès lors, Belle-Isle meurtrie se referma vraiment sur eux et leur amour s'en trouva exalté.

Ce bonheur si bien caché allait durer quinze ans

ÉPILOGUE

Sylvie mourut le 22 juin 1687. Ou, plutôt, elle cessa de vivre car la mort la prit doucement sans qu'aucun signe avant-coureur eût laissé présager sa venue. C'était la fin d'une belle journée. Assise auprès de François, sur le banc de pierre adossé à leur maison, elle contemplait avec lui la mer incendiée par le plus glorieux des couchers de soleil quand sa tête se posa sur l'épaule de son époux comme elle le faisait souvent, avec un soupir heureux... qui fut le dernier.

On l'enterra sous la bruyère, à l'ombre d'une croix de granit plantée près de l'église où elle s'était mariée. Accablé par le chagrin, François, alors, entra dans un silence que troubla à peine la venue d'une lettre comme il en arrivait parfois du continent. Après l'avoir lue, il prépara un petit bagage, monta dans sa barque à la marée du soir, comme s'il allait pêcher, et gagna la terre ferme où il abandonna le bateau. Belle-Isle ne le revit plus...

La lettre était de Philippe de Fontsomme, à présent marié et père de deux garçons. Lorsque le chevalier de Raguenel s'était éteint trois ans plus tôt, dans sa maison de la rue des Tournelles en revenant de sa dernière visite aux exilés — il faisait le voyage de Bretagne environ une année sur deux —, Philippe avait fait savoir à Saint-Mars qu'il prenait le relais des nouvelles. On sut ainsi qu'après la mort de Fouquet survenue en 1680 et le retour en grâce de Lauzun, un an plus tard, le geôlier et son prisonnier avaient quitté Pignerol pour un autre château-prison. Cette fois, le message de Philippe annonçait que Saint-Mars venait d'être nommé gouverneur de l'île Sainte-Marguerite, l'une des îles de Lérins situées en Méditerranée, face à un village de pêcheurs nommé Cannes. Le prisonnier masqué l'avait suivi dans une chaise fermée, couverte de toile cirée et accompagnée d'une forte escorte.

François connaissait bien ces îles constituant des places fortes au large des côtes de Provence. Il savait que, dans Saint-Honorat, la plus petite et la plus éloignée, subsistait une poignée de moines têtus, souvent en butte depuis des siècles aux coups d'ennemis variés venus de la mer, dont les protégeait tant bien que mal une série d'écueils et d'anciennes fortifications...

Quelques semaines après le départ de Belle-Isle, le père abbé de Saint-Honorat prenait place dans une barque menée à la rame par l'un de ses moines dont le capuchon ne laissait voir que la barbe grise et gagnait Sainte-Marguerite, pour demander au gouverneur une entrevue au moyen d'une lettre que porta une sentinelle. Le jour était magnifique, la Méditerranée d'un bleu si intense qu'il pâlissait le ciel, mais le soleil d'été faisait étinceler les baïonnettes des gardes et luire les gueules massives des canons sur les chemins de ronde. Jamais prisonnier n'avait été mieux gardé.

Pourtant, lorsque les deux religieux quittèrent l'île-prison, un observateur scrupuleux eût noté que la barbe du moine rameur était peut-être un peu moins claire et un peu moins fournie. Cette nuit-là, M. de Saint-Mars dormit mieux qu'il ne l'avait fait depuis toutes ces années : le visage que recouvrait le masque était bien celui auquel on l'avait destiné. Pierre de Ganseville, heureux de respirer le même air que son prince, ne quitta plus Saint-Honorat.

Il vivait encore lorsque, en 1698, Saint-Mars reçut la récompense de ses longs et loyaux services : il devenait gouverneur de la Bastille, la reine des prisons d'Etat, celle qui rapportait le plus. Mais s'il avait accumulé une énorme fortune, l'éternel geôlier de l'homme au masque n'en profitait guère. Il ne connaissait même pas les terres bourguignonnes qui devenaient siennes et ne passa une nuit dans son château de Palteau qu'à l'occasion de la remontée vers Paris où, bien entendu, il ramenait un prisonnier auquel il était lié comme un forçat à sa chaîne. Ceux qui aperçurent, alors, le mystérieux captif admirèrent sa haute stature, l'élégance de son allure dans ses vêtements de velours noir, la barbe blanche, longue et soyeuse, qui semblait couler du masque.

Cinq ans plus tard, le lundi 19 novembre 1703, l'homme à qui l'on avait ôté jusqu'à son visage mourait à la Bastille. Le lendemain, on portait son corps au cimetière Saint-Paul comme il était d'usage pour ceux qui décédaient dans la vieille prison. Il était quatre heures de l'après-midi et, sur le registre des Jésuites qui avaient en garde le champ des morts, on écrivit un nom parce qu'il fallait en écrire un, et ce nom était : Marchiali [1].

Quelques nuits plus tard, des inconnus vinrent ouvrir la tombe, mais ils n'y trouvèrent qu'un corps sans tête : elle avait été coupée et remplacée par une grosse pierre, ronde comme un boulet de canon...

FIN

Saint-Mandé, juillet 1998

1. Certains chercheurs ont vu une anagramme dans un nom venu de nulle part : hic amiral : ce (fameux) amiral !...

TABLE

ROMAN

ADLER ELIZABETH
Secrets en héritage
Le secret de la villa Mimosa

ASHLEY SHELLEY V.
L'enfant de l'autre rive
L'enfant en héritage

BEAUMAN SALLY
Destinée
Femmes en danger

BENNETT LYDIA
L'héritier des Farleton
L'homme aux yeux d'or
Le secret d'Anna

BENZONI JULIETTE
De deux roses l'une
Un aussi long chemin
Les dames du Méditerranée-Express
1 - La jeune mariée
2 - La fière Américaine
3 - La princesse mandchoue
Fiora
1 - Fiora et le Magnifique
2 - Fiora et le Téméraire
3 - Fiora et le pape
4 - Fiora et le roi de France
Les loups de Lauzargues
1 - Jean de la nuit
2 - Hortense au point du jour
3 - Félicia au soleil couchant
Les treize vents
1 - Le voyageur
2 - Le réfugié
3 - L'intrus
4 - L'exilé
Le boiteux de Varsovie
1 - L'étoile bleue
2 - La rose d'York
3 - L'opale de Sissi
4 - Le rubis de Jeanne la Folle
Secret d'État
1 - La chambre de la reine
2 - Le roi des Halles
3 - Le prisonnier masqué

BICKMORE BARBARA
Une lointaine étoile
Médecin du ciel

BINCHY MAEVE
Le cercle des amies
Noces irlandaises
Retour en Irlande
Les secrets de Shancarrig
Portraits de femmes
Le lac aux sortilèges

BLAIR LEONA
Les demoiselles de Brandon Hall

BRADSHAW GILLIAN
Le phare d'Alexandrie
Pourpre impérial

BRIGHT FREDA
La bague au doigt

BRUCE DEBRA
La maîtresse du Loch Leven

CASH SPELLMAN CATHY
La fille du vent
L'Irlandaise

CHAMBERLAIN DIANE
Vies secrètes
Que la lumière soit
Le faiseur de pluie

CHASE LINDSAY
Un amour de soie

COLLINS JACKIE
Les amants de Beverly Hills
Le grand boss
Lady boss
Lucky
Ne dis jamais jamais
Rock star
Les enfants oubliés
Vendetta

Collins Joan
Love
Saga

Courtillé Anne
Les dames de Clermont
1 - Les dames de Clermont
2 - Florine
Les messieurs de Clermont

Cousture Arlette
Émilie
Blanche

Crane Teresa
Demain le bonheur
Promesses d'amour
Cet amour si fragile

Dailey Janet
L'héritière
Mascarade
L'or des Trembles
Rivaux
Les vendanges de l'amour

Delinsky Barbara
La confidente

Denker Henry
Le choix du docteur Duncan
La clinique de l'espoir
L'enfant qui voulait mourir
Hôpital de l'espoir
Le procès du docteur Forrester
Elvira
L'infirmière

Dervin Sylvie
Les amants de la nuit

Deveraux Jude
La princesse de feu
La princesse de glace

Dunmore Helen
Un été vénéneux

Falconer Colin
Les nuits de Topkapi

Gage Elizabeth
Un parfum de scandale

Gallois Sophie
Diamants

Goudge Eileen
Le jardin des mensonges
Rivales

Greer Luanshya
Bonne Espérance
Retour à Bonne Espérance

Gregory Philippa
Les dernières lueurs du jour
Sous le signe du feu
Les enchaînés

Haran Maeve
Le bonheur en partage
Scènes de la vie conjugale

Ibbotson Eva
Les matins d'émeraude

Jaham Marie-Reine de
La grande Béké
Le maître-savane
L'or des îles
1 - L'or des îles
2 - Le sang du volcan

Jones Alexandra
La dame de Mandalay
La princesse de Siam
Samsara

Krantz Judith
Flash
Scrupules (t. 1)
Scrupules (t. 2)

Krentz Jayne Ann
Coup de folie

Laker Rosalind
Aux marches du palais
Les tisseurs d'or

La tulipe d'or
Le masque de Venise
Le pavillon de sucre
Belle époque

Lancar Charles
Adélaïde
Adrien

Lansbury Coral
La mariée de l'exil

McNaught Judith
L'amour en fuite
Garçon manqué

Perrick Penny
La fille du Connemara

Philipps Susan Elizabeth
La belle de Dallas

Pilcher Rosamund
Les pêcheurs de coquillages
Retour en Cornouailles

Plain Belva
A force d'oubli
A l'aube l'espoir se lève aussi
Et soudain le silence
Promesse

Purcell Deirdre
Passion irlandaise
L'été de nos seize ans
Une saison de lumière

Rainer Dart Iris
Le cœur sur la main
Une nouvelle vie

Rivers Siddons Anne
La Géorgienne
La jeune fille du Sud
La maison d'à côté
La plantation
Quartiers d'été
Vent du sud
La maison des dunes

Ballade italienne
La fissure

Roberts Ann Victoria
Possessions

Ryan Mary
Destins croisés

Ryman Rebecca
Le trident de Shiva
Le voile de l'illusion

Shelby Philip
L'indomptable

Simons Paullina
Le silence d'une femme

Sloan Susan R.
Karen au cœur de la nuit

Spencer Joanna
Les feux de l'amour
1 - Le secret de Jill
2 - La passion d'Ashley

Steel Danielle
L'accident
Coups de cœur
Disparu
Joyaux
Le cadeau
Naissances
Un si grand amour
Plein ciel
Cinq jours à Paris
La foudre
Honneur et courage
Malveillance
La maison des jours heureux
Au nom du cœur
Le Ranch

Taylor Bradford Barbara
Les femmes de sa vie

Torquet Alexandre
Ombre de soie

Trollope Johanna
Un amant espagnol
Trop jeune pour toi
La femme du pasteur
De si bonnes amies
Les liens du sang

Victor Barbara
Coriandre

Walker Elizabeth
L'aube de la fortune
Au risque de la vie

Westin Jane
Amour et gloire

Wilde Jennifer
Secrets de femmes

Wood barbara
African Lady
Australian Lady
Séléné
Les vierges du paradis
La prophétesse
Les fleurs de l'Orient

Achevé d'imprimer en janvier 2000
sur les presses de l'Imprimerie Bussière
à Saint-Amand (Cher)

POCKET - 12, avenue d'Italie - 75627 Paris Cedex 13
Tél. : 01-44-16-05-00

— N° d'imp. 2909. —
Dépôt légal : septembre 1999.

Imprimé en France

